貫井徳郎
Nukui Tokuro

新月譚
Shingetsutan

文藝春秋

新月譚

オブジェ　トップノッチ／田中福男
写真　渡会審二
装幀　関口聖司

プロローグ

東京メトロ千代田線《ちよだ》の代々木上原駅《よよぎうえはら》で降り、井ノ頭《いがしら》通りを越えて数分も歩くと、足を踏み入れるにも腰が引けるほどのお屋敷街になった。職業柄、大きい家を訪ねることは珍しくないとはいえ、新興住宅地とは別種の貫禄を漂わせるこの一帯には圧倒されるものを感じる。ましてこれから向かう先のことを思うと、緊張で掌《てのひら》が汗ばむほどだった。新宿のデパートで買ってきた手みやげの袋を握り直し、渡部敏明《わたべとしあき》は前方を睨みつけた。まるでこの先に闘いが待ち受けているようだなと自分を客観視するが、ある意味ではそのとおりなのかもしれないとも思う。

咲良怜花《さくられいか》の情報は、できる限り仕入れてきた。筆を折ったのはまだ八年前のことだから、直接担当した編集者も社内に残っている。そうした人を摑まえて、ぜひ自分が担当したいのだと気持ちを伝えると、誰もが口を揃えて『無理じゃないか』と言った。咲良怜花が絶筆宣言をしたとき、各社がこぞって翻意を促したことは知っている。そしてそれらの努力がことごとく実を結ばなかったことも、あたかも歴史のひと齣のように知識として持っていた。しかし、一度絶筆宣言をした小説家が執筆を再開した例もある。八年も経てば人の気持ちは変わる。誰もが書かせることを諦めてしまったから今の咲良怜花の気持ちがわからないだけで、もしかしたらふたたび創作意欲が湧いているかもしれないではないか。ともかく、入社三年目の編集者でしかない敏明は、絶筆前後の事情を知らないのだ。書いてもらえないとしても、直接会って断られないことには諦められなかった。

やるだけやってみれば、という投げやりな編集長の言葉を心の糧として、敏明は接触をとってみた。まずは手紙を書き、一度お目にかかりたいと伝えた。返事があることは期待していなかった。咲良怜花に限らず、小説家に手紙を送って返信が来ることはめったにない。いきなり電話をする不作法を緩和するための、前振りとしての手紙なのだ。手紙が着いたであろう日の二日後に、敏明は勇を鼓して電話をかけた。

「ご丁寧なお手紙をありがとうございました。そういうことでしたら、一度拙宅においでになりませんか」

怜花がどのような態度に出るかわからずに緊張していたが、思いがけず気さくな口調で拍子抜けした。しかも、あっさりと会う約束を取りつけられた。『無理じゃないか』と言った数人の顔が思い浮かぶ。やはり最初から諦めては、何も始まらないのだ。熱意を込めた手紙が怜花の心を動かしたと思うと、大きな達成感があった。

とはいえ、耳にした咲良怜花の評判は、心配の種だった。悪評ばかりだったわけではない。人によって言うことがばらばらなのだ。ある人に言わせれば、咲良怜花は名声と不釣り合いなほど普通の人だそうだ。気さくで腰が低く、年齢の割に綺麗すぎる点を除けば、ただの上品な中年女性でしかないという。しかし別の人の言葉によると、咲良怜花はプライドが高く、愛想笑いの裏で別のことを考えている女だそうだ。人なつこいと言う人もいれば、人見知りだと言い切る人もいる。編集者を人とも思わない横柄な小説家かと思えば、気配りのできる優しい女性だとも聞く。才気走ってあらゆる発言に深い意味を込めていると語る編集者もいる一方、取るに足りない無駄話が大好きなおばさんだと切って捨てる編集者もいた。それらの人物評はまるで重なり合わず、ひとりの人間について語られたものとはとうてい思えなかった。だからこそなおさら、興味を惹かれた。見る人によってそれほどイメージが変わるのは、咲良怜花が多面体の魅力を持った女性だからではないか。怜花が相手を見て態度を変えているのだとしたら、否定的な印象しか持てなかった編集者はその程度の評価しか受けなかったということだろう。自分の目に怜花はどう映るのか、敏明は怖くもあり楽しみでもあった。

咲良怜花は現在、五十七歳になっているはずだ。対して敏明は、まだ二十六歳に過ぎない。怜花から見れば、駆け出しとも言えない洟《はな》垂れでしかないだろう。しかしそういう相手にどう接するかで、その人の格が見えてくると敏明は思っている。最初から半人前扱いしてくる人は、いくら面白い小説を書いていても、底の浅さを露呈している。編集者だから相手を立てて接しはするが、人間として尊敬はできなかった。逆に若輩だからと見くびることなく、対等に接してくれる小説家は、やはり人としての器が大きい。実るほど頭を垂れる稲穂かな、という格言を、敏明に何度も思い浮かばせてくれる素晴らしい小説家も少なくなかった。怜花が後者であってくれればいいと望んでいるが、実際はどうなのか。人格が破綻していたとしても、新作を書いてくれればそれでいいとする開き直りも、心の中には準備してある。

　現在の咲良怜花の写真は、手に入らなかった。最新の写真で、絶筆数年前のものだったから、四十代後半の頃だ。その写真で見る限り、怜花はびっくりするような美貌の持ち主だった。年齢を重ねて貫禄を身につけた大女優だと言われても、そのまま頷けてしまう美しさである。才色兼備という言葉は咲良怜花のためにある、などと評されていたのがよくわかる容姿だった。五十になろうとする年齢でそうなのだから、若い頃はどれだけ華やかだったのか。怜花がここまで美しくなければ、果たして大ベストセラー作家になり得ていただろうかと、失礼なことまで考えてしまった。それほどに、見た者の胸に残る美しさであった。

　写真を撮影したときからすでに、十年近い年月が流れている。それは筆を折った美人閨秀《けいしゅう》作家の上に、どんな年輪を刻んだのか。年相応に美しく老いているのか。あるいは、時間が止まったかのように化け物的に美貌を保っているのか。あれこれ想像するだけで、胸が躍る心地だった。まみえることをここまで楽しみに思わせてくれる小説家は、他にいなかった。

　携帯電話のＧＰＳを使ったので、迷わずその屋敷の前に辿り着けた。豪邸が建ち並ぶこの一帯では突出して大きいわけではないが、女性のひとり暮らしとすればやはり目を瞠《みは》るばかりの豪壮さだ。敷地面積に見当をつけようとしたものの、門の外からでは全容が窺えないのでよくわからない。少なくとも、百坪では収まらない大きさなのは確実だろう。ひと昔前のベストセラー作家はこんなところに住めるのかと、まだ若い敏明はただただ驚いた。

　敏明の身長の二倍はありそうな高い門の向こうに、青々とした芝生を貫いて続く飛び石が見える。その行き着く先には、洋風とも和風とも言いかねる屋敷があった。玄関の造りは洋風だが、左に目を転じると庭に面した和室が見える。しかし二階の窓には開き戸がついていて、明らかに洋風だ。屋根や壁は洋風建築なのだが、そこにアクセントのように和のテイストが導入されている。庭もまったく同じコンセプトで造られているらしく、芝生の一角には鹿威《ししおど》しのある池が掘られていた。ミスマッチと言えば確かにそうなのだが、相反する咲良怜花の評判を耳にしてきた身には、いかにもそれらしいと思える屋敷の佇《たたず》まいだった。表面的な解釈を拒んでいる、一瞥しただけでは理解できない屋敷。この家の主もまたそうなのだろうと、敏明は改めて覚悟を固めた。

インターホンを押しておとないを告げると、「はい、少々お待ちください」と軽い口調の応答があった。怜花本人かもしれないが、これだけの豪邸なのだから、身の回りの世話をする人がいてもおかしくないと思い至る。門は電動だったらしく、自動で開いた。足が地に着いていないような思いで中に入っていくと、屋敷の玄関が内側から開けられた。

出迎えたのは、やはり咲良怜花本人ではなかった。五十前後と見受けられる、小太りの女性。エプロンをしているその様子からすると、おそらく家政婦なのだろう。敏明が名乗ると、「お待ちしておりました」と福々しい顔で言った。

案内されたのは、外からも見えた和室だった。二十畳はあろうか。広い部屋の中には大きな座卓と座布団しかないが、床の間に生けられている花のお蔭で閑散とした雰囲気を免れている。花の後ろにある水墨画は、この和室の静謐《せいひつ》な気配によく合っていた。

まだ窓を開け放つには早い季節なのでガラス戸が閉まっているが、障子は開いている。そのため庭が一望でき、外からでは窺えなかったこだわりが見て取れた。屋敷に近いところは枯山水、池の周辺は池泉庭園、左に目を転じると英国庭園風に変わり、薔薇が養生されている。つまり体の向きを少し変えるだけで、いろいろな景色が楽しめるように工夫されているのだ。咲良怜花の発想の大胆さが、庭を見るだけで窺い知れた。

「お待たせいたしました」

長く待たされることを覚悟していたのに、ほんの一分ほどでドアが開き、人が入ってきた。敏明は飛び上がるように立ち上がる。シンプルな白いワンピースを着ているだけなのに、部屋の明度が上がったかと錯覚させるほどの艶やかな雰囲気を身にまとった女性。入ってきたのは、咲良怜花その人だった。

これが、ほとんど伝説となりかけているベストセラー作家か。敏明は不作法にならない程度に、相手を観察した。驚いたのは、十年近く前の写真とあまり変わっていない点だ。十年前ですら五十間近には見えず、せいぜい三十代後半くらいの外貌だったが、今でもそれは同じだった。これで五十七歳だとしたら、やはり化け物的である。その事実に、まず驚嘆した。

加えて、美貌にも度肝を抜かれた。あまりに整いすぎた顔は、嘘臭く見えるのだと初めて知った。デジタル写真を修整してできあがった顔のように、非現実感すら漂っている。こんな綺麗な人がいるはずがない、というレベルの顔が、生きた人間として目の前に現れたのだ。呆然としてしまうのは避けられなかった。

目はどちらかと言えば吊り気味だが、気性が激しいと思わせるほど吊り上がっているわけではない。目尻が上方に向かってすっと美しく伸びている一方、下瞼がぷっくりと膨れていてかわいらしくもある。鼻はやや日本人離れして高く、呼吸が苦しいのではないかと心配になるほど鼻孔が細い。年齢のせいか頬の肉が少なく、頬骨がわずかに浮いているものの、それが全体の美しさを損なうことはなかった。頬から顎にかけての曲線が見事に優美で、あとほんのわずかでも角度がずれていたら台なしになりそうな危ういバランスの上に成立している。唇は薄いが、口角がわずかに上に向いているので、親しみやすさがあった。どの点を取っても、写真で見るより断然好ましい。一瞥で魂を掴まれたと表現しても、大袈裟ではなかった。

　しかし、向こうの表情にもなぜか驚きの色があった。立ったまましばし動きを止め、敏明を見つめている。何か自分の顔についているのかと不安になったが、手を当てて確かめるわけにもいかない。怜花が視線を外したタイミングで名刺を差し出し、名を名乗って挨拶をした。怜花は名刺を受け取ると、座布団に手を差し伸べて坐るように促した。

「編集者がいらしてくださるのは、久しぶりのことなんですよ」

　座卓を挟んで向かい合うと、怜花はそう切り出した。正座して両手を腿に置き固まっている敏明を見て、楽にしてくださいと笑みを含んで言い添える。はい、と応じた敏明の声は、緊張で震えていた。

「お手紙がすごく丁寧な上に達筆だから、もっと年配の方かと思ってました。お若いのね」

　怜花の口調は楽しげだった。表情を綻《ほころ》ばせても、目尻の皺はあまり目立たない。その硬質な美しさに圧倒され、敏明は怜花を直視できなかった。座卓に視線を落としたまま、会う時間を作ってくれたことへの礼を口にする。

「まさかこうしてお招きいただけるとは思いもよらず、大変感謝しております。静かに暮らしていらっしゃるご様子なのに、お騒がせして申し訳ありません」

「静かすぎて退屈ですから、お客さんがいらしてくださるのは嬉しいですよ」

社交辞令かもしれないが、やはり客足が遠のいたのは怜花にとって寂しいことだったのだと言葉どおり受け取った。各社編集者はもっと、怜花と接触を続けるべきだったのだ。もしかしたらこちらの意欲次第で突破口が開けるかもしれないと、この先の展開に期待した。

先ほどのエプロンの女性がお茶を運んできて、しばし会話が途切れた。勧められるままに湯飲み茶碗に手を伸ばし、一気に飲み干してしまう。緊張で喉が渇いていた。怜花は「あらあら」と言って、お茶をもう一杯持ってくるよう部屋の外に命じた。

「緊張していらっしゃるのね。そんなにわたし、怖いイメージを持たれているのかしら」

「いえ、とんでもない」

クスリと笑う怜花に、慌てて首を振った。こちらを見る怜花の目は、まるでいたずらっ子のように輝いている。若い編集者をからかって楽しもうという意図があるのだろうか。もしそういうつもりなら、いっそ存分にいたぶって欲しかった。

「先生の作品は、中学生の頃から愛読していました。ですので、憧れの先生にこうしてお目にかかれて、舞い上がっております。ご容赦ください」

「中学生の頃から。わたしが年を取るわけね」

怜花は機嫌がいいようだった。クスクスと笑うその姿には、偉ぶった気配は微塵もない。とはいえ顔立ちはやはり異様に美しいので、とても普通の人とは言いかねる。事前に聞いていた様々な評判のうち、どれが当たっているのか、まだ判断がつかなかった。

「特に中学当時に読んだ本では、『薄明の彼方』に大変感銘を受けました。なんと言いますか、それまでは単に綺麗に舗装された一本の道を歩んでいただけの人生が、いくつにも分岐し始めたように感じたんです。こっちにはこんな道が、あっちにはあんな道がといった感じで、突然視野が広くなりました」

　用意してきた感想は頭から消し飛んでしまったので、なんとか言葉を掻き集めて当時の気持ちを口にした。たどたどしい物言いになってしまったが、しかしそれは追従《ついしょう》ではなく本当に当時感じたことだった。怜花は今度は嫣然《えんぜん》と微笑み、「ありがとう」と言った。

「そんなふうに言っていただけると嬉しいわ。でも、まだ純真な中学生には、あんな話は刺激が強かったのではないかしら」

『薄明の彼方』は、ひとりの女性の変貌を描いた作品だった。悪人に利用されて大切なものを次々に失っていく女性が、それ故に強くなっていく過程を細密に描いている。中学生だった敏明は、一読して女性のしたたかさにおののいたが、同時に敬意も覚えた。敏明が抱いている女性全般に対する畏敬の念は、間違いなく『薄明の彼方』を読み終えたときから生じたものだった。

『薄明の彼方』は、咲良怜花の出世作だった。怜花はデビュー自体は早かったものの、初期数作は取り立てて見るべきところのない凡庸なもので、そのままであればいずれ消えていてもおかしくなかった。ところが『薄明の彼方』は、それまでの殻を完全に打ち破り、まるで別人のような熱気と粘りを感じさせる作品だった。以後、咲良怜花は傑作を連発し、ベストセラー作家の道を邁進することになる。中学生だった敏明が『薄明の彼方』を手にしたのも、そうした話題性故《ゆえ》だった。

「刺激は確かに強かったです。でも、もう中学生なら経験してもいい刺激だったと思ってます」

　敏明の返答は怜花を満足させたらしく、微笑を浮かべて二度頷いた。自作を誉められれば喜ぶのは、どんな小説家でも同じである。少なくとも今のところ、気難しいという印象はなかった。

今日は面識を得ることが目的なので、立ち入った話をするつもりはなかった。なぜ四十九歳という半端な年齢で筆を折ったのか、なぜ作風が突然変わったのか、そういった疑問はあるが、会ったばかりでぶつけるのは得策ではない。むしろ、新作原稿を書いてもらうためには触れない方がいいかもしれなかった。怜花本人に尋ねたいことは山ほどあったが、あえて控えて作品に対する思いだけを一方的に語った。

わざわざ新しい編集者がやってくるのは、世間話をするためだけでないことくらい、怜花も承知しているだろう。新作を書かせたいという敏明の意図は、とうにお見通しのはずだ。しかし、怜花の方から本題を促す気振りはない。敏明も一度会っただけで新作を書いてもらえるなどとは思っていない。勢い、当たり障りのない話に終始することになり、一時間ほど経ったところで引き上げることにした。問題は、今後も会ってくれるかどうかだった。

いとまを告げると、怜花は玄関まで送ってくれた。靴を履き、振り返って改めて挨拶をする。

「今日はお会いいただき、本当にありがとうございました。上擦って一方的に喋ってしまいましたが、どうかご容赦ください。またお邪魔させていただけると、大変嬉しいです」

最後に思いきって言ってみると、怜花はぱっと表情を明るくさせた。

「こちらこそ、久しぶりに若い編集者とお話しできて楽しかったですよ。こんなおばさんの相手でよければ、ぜひまたいらしてください」

それを聞き、敏明は内心でガッツポーズを取った。一度会えば義理は果たしたとばかりに、再度の対面になかなか応じてくれない小説家もいるのだ。ぜひまた、という言葉には社交辞令でない本心が滲《にじ》んでいるように聞こえる。敏明は喜びを隠しきれず、「はいッ！」と大きな声で答えてしまった。

ふわふわと足許が定まらない心地で、門の外に出た。立ち止まって、もう一度屋敷を視野に収める。怜花は気さくで、よく笑い、他者を拒絶するような孤高の気配はなかった。そういう意味では「普通のおばさん」という評は当たっているようではあるが、しかしあの圧倒的に美しい容姿は非凡で、近寄りがたいものすら感じる。結局、たった一時間だけの対面では怜花の本質を摑むことができなかった。咲良怜花という小説家をもっと知りたいと望む気持ちは、さらに強くなっていた。

＊

敏明が咲良怜花の作品を初めて読んだのは中学時代だが、すぐにファンになったわけではなかった。中学生なら経験してもいい刺激、と怜花には言ったものの、やはり中学生男子が完全に理解できる世界ではなかった。鉛の球を喉の奥に押し込まれたようなインパクトを受けはしたが、それは未知の世界への恐怖をも喚起し、続けて同じ体験をしたいとは思わなかった。まだ校庭を駆けずり回って遊ぶのが似合う年頃の男子には、もっと単純明快な作品の方が面白く感じられた。

敏明がふたたび咲良怜花の作品を手に取った動機は、いささか不純だった。高校在学時に付き合っていたクラスメートが、怜花のファンだったのだ。本を読む習慣を持つ者が少なかったクラスの中で、彼女は異質な存在だった。休み時間は友達と群れることなく、自分の席でずっと本を読んでいた。かといって仲間外れにされているわけではなく、弁当を一緒に食べる友達はいた。要は、単に休み時間にも本を読まずにはいられないほど読書好きだったのだ。その点で、敏明と気が合った。

敏明は自分のことを読書家だと自任していた。中学までは、敏明以上に本を読んでいる人は周りにいなかった。だから彼女も当然、読書量は自分以下だろうと決めてかかっていた。ところが、よく話をしてみて認識を変えざるを得なかった。彼女の読書量は、敏明を大きく上回っていたのだ。結果、敏明は彼女から未知の書名をたくさん教わることになった。

楽しい日々だった。振り返って、敏明は温かい思い出に包まれる。あれほど知的興奮を味わった期間は、他にない。彼女が教えてくれる本はどれを取っても見知らぬ興奮を敏明に与えてくれ、まさに目眩《めくるめ》くようだった。それまで自分を読書好きと考えていたのが滑稽に思えるほど、段違いの没頭度で本に耽溺した。

そして敏明は、咲良怜花に再会した。充分に親しくなってようやく、彼女は自分が一番愛読する作者を教えてくれたのだ。あのときのおどおどした態度を、敏明は鮮明に憶えている。彼女は自分が大切に守り抜いてきた宝物を初めて他人に見せるかのように、咲良怜花の名前を口にしたのだった。

『ねえ、渡部君は咲良怜花を読んだことある?』

彼女が咲良怜花の名を挙げたのは、敏明にとって納得できることでありつつも、多少意外だった。ベストセラー作家だから読書家の彼女が読んでいても不思議ではないが、女子高校生が熱中するにはいささか不穏な気配がある小説だったからだ。咲良怜花は女性の本音を赤裸々に描き、際どい性描写も少なくない。不倫や三角関係の話を喜んで読む女子高校生がいるとしたら、やはりそれは不健全ではないかと敏明は生真面目に考えていた。

『「薄明の彼方」なら読んだよ。でも、一冊だけ。強烈な話だから、お腹いっぱいになっちゃったな』

　それが本音だった。話題作だから読んでみたものの、ずしりと胸に残った得体の知れないもやもやした固まりは、恐ろしくもあった。現実の女性をよく知りもしない前に、知識として真の女性の姿を知ってしまいたくないとも思った。

『咲良怜花はすごいよ。人の心にはいろいろな形があると思うけど、そのすべてを描けるのは咲良怜花だけだと思う』

　彼女は声を低めたが、しかし熱っぽい物言いだった。その口調が印象に残り、咲良怜花の他の作品にも興味を覚えた。いろいろな形の人の心をすべて描ける、という彼女の評は、最大の誉め言葉だとも思った。

　まずは、彼女に一冊借りて読んでみた。頭を矢で射貫かれたような衝撃だった。『薄明の彼方』とはまた違う、女の強さ、怖さ、優しさが描かれていた。人間の感情はこんなにも起伏するのかと、人生経験に乏しい身には驚きだった。女性主人公が繰り広げる人生の修羅は、悲惨であるが故に美しかった。

　どうしてこれほど、人間の醜い感情を美しく描けるのか、不思議でならなかった。咲良怜花が描く人間模様は、まさに目を背けたくなるほど醜いのだ。それなのに、総体としては神々しいばかりの眩《まばゆ》さを放っている。それは文章の力なのか、作者の洞察力のなせる業なのか、あるいは神が宿っているのか。敏明は真実が知りたくなった。

　貪《むさぼ》るように、咲良怜花の著作を読んだ。すでに咲良怜花は多くの文学賞を総なめにし、大家としての地位を確立していた。まずはなんらかの賞を取っている作品から読み始め、やがてそれ以外の作品にも進んだ。しかし驚いたことに、賞を取っている作品と取っていない作品の間に、差異はなかった。無冠の作品といえど、人生観を揺るがせる力を持っていることに変わりはない。つまり、咲良怜花が生み出す傑作群を称揚するには、文学賞の数が足りないのだった。

一本道の人生がいくつにも分岐した、という経験は、実はこのときのことである。敏明は人の生の恐ろしさ、底知れなさ、刹那《せつな》の喜び、永続することの悲しみ、貪ることの快楽《けらく》など、すべてを咲良怜花の著作から学んだ。脳神経の一本一本が別の回路と接続し、まったく別の自分に生まれ変ったような心地すらした。一冊の本が人生を変える、などという物言いは大袈裟すぎるかもしれないが、敏明は間違いなくこのときの体験でその後の人生を決定づけられたと思っている。というのも、編集者になりたいという希望は咲良怜花の作品を読んでいて芽生えたからだった。

『咲良怜花はすごいね』

図書室でいつものように顔を合わせたときに、敏明は彼女に告げた。無意識に声を潜めたのは、それが呪文のように特別な力を有した言葉だと感じたからかもしれない。「咲良怜花はすごい」という言葉の意味を理解したとき、その人の人生は変わる。彼女には、敏明の人生観が大きく開けたことを理解して欲しかった。

『感情を鷲摑みにされて、粘土みたいにぐにゅぐにゅと形を変えられた気がする。咲良怜花の本を何冊か読んだら、もう前の自分には戻れなくなるよ』

『そうでしょ！』

彼女は嬉しそうに表情を輝かせた。それを見て、彼女も同じ経験をしたのだと知った。彼女もまた、咲良怜花の膂力《りょりょく》で心の形を変えられたのだ。

『本当にそうなの。あたし、それまでは不倫も三角関係も絶対に許せないと思ってた。醜いだけで、薄汚いものだと考えてたのよ。でも今は、ぜんぜんそんなふうに思わないもん。どうしようもない人間の感情もあるんだってことを知っちゃったのよね。心が汚れたのかもしれないけど、読んだことを後悔はしてないよ。人ひとりの心を汚せるほど力がある本って、すごいじゃない』

まさにそうだと思った。咲良怜花の本は、読んだ者の心を汚す。しかしいずれ俗世の垢をまとう心なら、咲良怜花の美しい言葉で汚して欲しかった。汚れた心もまた美しいと思える感性を、身につけたかった。

彼女から次々に咲良怜花の作品を借りた。借りては読み、借りては読み、読み終えてしまって翌日が待てないときは自分でも購入した。当初は発表順を無視して手当たり次第に読んでいたが、やがて頭の中で咲良怜花の年譜ができあがると、世界観の変容が見えてきた。咲良怜花の初期作品はすごいが、本当に深いのは最近の作品だと思った。初期作品を鉈《なた》だとすると、近作はカミソリのような切れ味を持っている。しかも、ぬいぐるみの中に仕込まれたカミソリだ。表面上はおとなしく、口当たりがよくなったように見えるが、その奥に人を傷つける刃が潜んでいる。しかしそれに気づけるのは一部の人だけで、咲良怜花が仕込んだ毒に触れずに読み終える読者も多いだろう。きっとそんな読者は、「咲良怜花も丸くなったね」などと言っているのではないか。刃に気づいた自分は、選ばれた存在のように思えて、密かに嬉しかった。

近作の方がすごい、という点で彼女とも意見の一致を見た。同じ本を読み、感想を披露し合える関係を幸せに感じた。もともと咲良怜花に再挑戦したのは、彼女と共通の話題を持ちたいという下心があったからでもあったが、今はそんな計算も吹き飛んで本気で熱中している。彼女と自分が、同じくらい深く咲良怜花を理解していることが嬉しかった。

彼女は咲良怜花の著作すべてを持っていると言っていた。当然、持っているなら貸してもらえるものと思っていた。ところがあるとき、『もうこれ以上は読まなくていいよ』などと言った。意味がわからなくて、敏明はぽかんとした。

『なんで？　まだ何冊か残ってるよね。全部読みたいんだけど』

『残りは「薄明の彼方」より前の作品だから、読まなくてもいいと思う』

『どうして？』

最初期の作品が少し力不足だったことは、文庫解説などに書いてあった。それでもファンなら、全作品を読破するのが当然だと考えていた。まさか彼女に、読まなくていいと言われるとは思わなかった。彼女は最初期の作品が好きではないのだろうか。

『本当にぜんぜん違うよ。作品の力だけじゃなく、テーマも文体もまるで違うんだから。別人が書いたと言われた方が、まだ頷けるくらい』

『そうなの？』

同じ作者の作品が、ある日を境にそれほど豹変するとは、いささか信じがたかった。売れなかった人が急に売れ出すことはあっても、質的に変わることなどないのではないか。力がある人は、売れる前からいい作品を書いていたのだ。それが注目を浴びなかったのは、単に運が巡ってきていなかったからだろう。敏明はそう考えていた。

『じゃあ、一冊読んでみる？』

納得しない敏明を見て、彼女は気が進まなそうに言った。次の日に彼女が学校に持ってきた文庫本を借りて、敏明はさっそく読み始めた。

数ページで、違和感を覚えた。改めて表紙に戻り、作者名を確認してしまったほどだ。確かに文体が違う。センテンスが長く、目で追っているうちに文章が絡みついてくるような感覚を味わうことになる咲良怜花の文体は、そこにはなかった。読みやすく、整ったリズム。しかしそれだけに、一文一文は頭に残らない。悪文ではないだけに、個性もなかった。

ストーリーはよくできていた。読者の興味を逸らさない工夫が施されていて、最後まで飽きずに読み切れた。とはいえ、すべて作者の計算の中で展開し、予定どおりに閉じた物語だった。どこに連れていかれるかわからない、読んでいて恐怖すら覚える咲良怜花の作品とは、別種の面白さであった。

『どうだった？』

本を返したときに、興味深そうに彼女は尋ねた。敏明は感想に困り、結局彼女の言葉を繰り返すことになった。

『別人が書いたみたいだね』

『そうでしょ』

面白いという点では、互いに否定しなかった。これを買って読んだとしても、金を返せとは思わない。一定時間をそこそこ楽しませてくれる、エンターテインメントの見本のような作品。書店の店頭で日々消費され、数年後には手に入らなくなる多くの本のうちの一冊だった。

敏明も彼女も、そうした本も好きだった。特に彼女が雑食なだけに、文学作品だけを尊ぶようなスノビッシュな読書はしていなかった。だから文句はないのだが、作者名が咲良怜花だというその一点だけが不可思議でならなかった。作者名が別人でさえあれば、まったく引っかかるところのない作品なのだ。

『「薄明の彼方」より前の作品は、みんなこんな感じなの？』

『うん、そうだよ。だから読まなくていいって言ったのよ』

あたしの説明は正しかったでしょ、と言いたげな彼女の口振りだった。それでも、いや、だからこそよけいに、敏明は咲良怜花にさらなる興味を抱いた。

『どうしてなんだろう。なんで急に小説のレベルが変わったのかな。知ってる？』

『知らない。あたしも気になっていろいろ読んでみたけど、どこにも書いてなかったわ。本人のインタビューでも、それらしいことは言ってなかったし』

『何か、私生活であったのかね』

それくらいしか思いつかなかったが、一介の高校生が頭を捻って推測できることには限界があった。敏明は豹変の秘密を探るために、最初期の作品をその後も読み続けたものの、結局作品の中に理由は見つけられなかった。単に、咲良怜花の著作全部を読み切ったという充足感だけが報酬だった。

すべてを読み終えてしまえば、新作を楽しみにするしかなかった。咲良怜花は精力的とは言えないが、二年に一冊くらいのペースで新刊を出している。そろそろ次の作品が出てもおかしくない頃だと思っていた。

そんなときに、衝撃的なニュースを耳にした。なんと、咲良怜花が絶筆宣言をしたというのだ。報道されている限りでは、明確な理由がわからない。本人の言によれば、創作意欲がなくなったとのことだった。しかし咲良怜花は当時四十九歳で、気力が衰えるような年齢ではない。仮に衰える前にやめる気持ちでいたのだとしても、四十九歳という半端な年齢は区切りが悪かった。五十歳とか、あるいは六十歳ならば、筆を折るタイミングとして理解できる。四十九歳での絶筆は、なんらかのアクシデントがあったことを想像させた。にもかかわらず、一読者の身には何も伝わってこない。

もどかしさが、敏明に告白を強いた。敏明は彼女に、こう宣言したのだ。

『おれ、編集者になって咲良怜花に会うよ。それで、絶筆の理由を訊いてみる。できることなら、新作を書いてもらう。それがおれの夢なんだ』

『へぇ、すごいね』

彼女は驚きつつも、笑顔で応じてくれた。誰にも語っていない夢だったが、打ち明けてよかったと思った。

『ぜひ確かめてみて。まだまだすごい作品が書けるはずなのに、やめちゃうなんておかしいよ。咲良怜花に新作を書いてもらえたら、一生の宝になる大仕事だね』

彼女はそんなふうに敏明の夢を認めてくれてから、おずおずと自分の夢も語った。彼女は敏明とは違い、自分で創作する道を目指していた。同じ本を読んでいながら違う方向を見ていたことに、敏明は驚きつつも不安を覚えた。思えばそれは、予感だったのだ。

彼女は小説家になりたいという夢を、親にも語っていなかった。言えば反対されるに決まっていると考えていたのである。だから夢を胸の裡《うち》に秘め、孤独に創作作業に打ち込んでいた。書いた小説は、誰にも見せたことがないそうだった。

『読ませてよ』

　敏明は軽い気持ちで言った。打ち明けたからには、向こうもこちらに読ませる気があるはずだと考えた。彼女はかなり渋りながらも、結局は見せてくれた。第三者に読んでもらう必要性を、彼女自身も感じていたとのことだった。見せるなら、その相手は敏明しかいなかった。

　家に持って帰って読んでみた敏明は、いささか複雑な思いを抱いた。手放しで誉められる出来ではなかったのだ。高校生の女の子が書いた作品なのだから、それも当然だった。まして敏明は、咲良怜花の底なし沼のような世界を知ってしまっている。比較するのはかわいそうだとしても、どうしても基準が高くなってしまっていた。

　感想を求められて、敏明はうまい言い回しができなかった。さんざん表現を考えた挙げ句、『ちょっとパンチが足りない』などと言ってしまった。今から思えば、まずいいところを探して誉めるべきだったが、高校生男子にそんな配慮はできなかった。彼女がショックを受けた様子もなく、照れ笑いを浮かべただけだったのもよくなかった。

　亀裂は、すぐに大きくなったわけではなかった。しかし何度も同じようなことを繰り返すうちに、彼我の思いは徐々に離れていった。正確に言えば、向こうの気持ちが敏明から離れていたのだ。にもかかわらず、敏明は気づけずにいた。どんなときでも男は鈍感なものだと咲良怜花の小説から学んでいたはずなのに、それを生かせなかった。三年生に進級する際に別のクラスになると、彼女との仲は疎遠になった。

　受験勉強をするから、という口実で、会うことを断られるようになった。学校ですれ違っても、視線を向けてもらえないことが増えた。敏明は現実を受け入れられずに彼女に詰め寄ったが、それは逆効果でしかなかった。学校で摑まえようとすると避けられ、メールを送っても無視された。下校時に待ち伏せをすると、彼女は怯えた顔をした。そんな表情がショックで、敏明はろくな会話もできなかった。三ヵ月もそうした状態が続くと、自分が振られたのだと認めざるを得なかった。

そのような心理状態では、勉強も手につかなかった。当然の帰結のように受験には失敗し、一年の浪人生活を送ることになった。一方彼女は本当に勉強をしていたらしく、見事に有名大学に現役合格した。小説家デビューをしたという話は聞かないが、今でも夢は諦めていないのだろうか。編集者になって咲良怜花に会う、という夢を叶えた今、敏明は昔の記憶を切ない思いとともに回想する。

＊

初めての訪問のすぐ後にお礼の手紙を書き、翌週に様子伺いの電話をした。隠遁生活をしている人は電話をいやがるかもしれないと恐れたが、まったくそんなことはなく喜ばれた。咲良怜花は人嫌いだとの評判もあったのに、敏明が見る限りはそんな様子もない。人嫌いというよりも、人見知りが激しいだけなのかもしれない。だとしたら、電話をして喜ばれる敏明は受け入れられたのか。あまりあれこれ考えても仕方がないので、都合よく解釈しておいた。

以後、四日に一度のペースで電話をした。その都度怜花は、機嫌のいい声を発した。敏明が体の調子を気にかけると、「そんなおばあさんじゃないわよ」と怨《えん》じるように言う。しくじったかとひやりとしたものの、怜花の口振りには年下の男をからかって楽しむ気配も感じられた。実際、怜花は怒っていなかった。

そんなやり取りを続けるうちに、再度の訪問を許された。前回は単なる顔見せだから、今回こそが勝負だと密かに思う。前回とは別種の緊張を胸に、敏明は代々木上原を訪ねた。

また和室に案内され、怜花と相対した。会うのが二度目でもやはり、非現実的な美しさに圧倒される。怜花は一度も結婚歴がないが、あまりに美しすぎたのが原因ではないかと敏明は考えた。どんなことであれ、過剰すぎるのは悲劇なのだ。才色兼備というよりも、この美しさは巨大な才能と引き替えの、怜花にかけられた呪いのようにも思えてくる。

「またお招きいただき、光栄です」

敏明が堅苦しく挨拶すると、怜花は目許を綻ばせて「いいえぇ」と言った。

「どうせなんにもすることがない、暇な身ですから。お客様をお迎えするのは嬉しいですよ」

「趣味で小説を書くこともないんですか」

いきなりデリケートな部分に切り込む質問をしてしまい、自分で驚いた。どこか、怜花に乗せられたような気もする。それほど怜花の口振りは気さくだったのだ。

「それが、ないのよ。まったく文章が湧いてこなくてね。言霊《ことだま》が去ってしまったみたい」

怜花は怒りもせず、穏やかな表情で答えてくれた。敏明は密かに胸を撫で下ろした。

「言霊が去る。そんなことがあるんですか。それは本当に残念です」

まだ立ち入ったことを訊いて許される自信がないので、無難に応じておいた。「ありがとう」と、怜花はにこやかに言う。

「残念がってくれる人がいるのは嬉しいわ。でも、わたし自身はぜんぜん残念じゃないのよ。もう小説を書く意味を見失ってしまったから」

「小説を書く意味？　書きたいテーマがなくなったということでしょうか」

「それよりももっと根本的なこと。小説って、なんのために書かれるんだと思う？　わたしはね、究極的には自己満足だと思ってるの。自己達成の手段、よね。だから目指すべきものがなくなってしまったら、何も書けないのよ。目標を失った人の人生は、その時点で終わり。今のわたしは、ただ余生を生きてるだけ。いつから余生を送るかは、年齢には関係ないことなの。意味ある生が終わったからには、もう後はどうでもいいのよ」

　怜花の述懐は、ひどく贅沢なものに思えた。持てる者の悩みは、どんなときでも空疎に響く。筆を折ったのは世俗的成功が理由だったのかと、敏明は失望を覚えた。他人の魂の形を強引に変えてしまうような膂力を持つ怜花には、そんな俗なことは言って欲しくなかった。だから、つい計算を忘れて言葉にしてしまった。

「やはり、小説家として手にできるものすべてを手にしてしまうと、創作意欲は衰えるものですか」

　言った直後にわずかに後悔したが、どうにでもなれと開き直る気分が強かった。もちろん、読者として敬愛していた小説家に実際に会ったら失望したという経験は、編集者ならば避けられない。小さい失望なら、敏明自身も何度も味わっている。しかし咲良怜花の口から、金も名誉も手にしたから小説を書く気がなくなったといった意味合いの繰り言は聞きたくなかった。断筆の理由は、もっと崇高なものであって欲しかった。

　腹を立てるだろうかと、反応を窺った。だが怜花は立腹するどころか、敏明の意表を衝《つ》くことを口にした。

「自分の小説に満足したことは一度もないわ」

「そうなんですか？」

驚きのあまり、目をしばたたいた。あれほど凄まじい傑作をいくつも書いていながら、満足していなかったのか。ならば、目標を失ったという先ほどの言は、いったいどういう意味なのか。もしかしたら怜花の欲は、敏明の想像を遥かに上回るほど深かったのかもしれない。創作に貪欲な人間だけが、読者の心の形をも変える傑作を書けるのか。

「満足なんてできなかったわよ。だって、言葉で語れることには限界があるんだもの」

つまりそれは、自分の中にある物語を小説にする際にこぼれ落ちるものがあったということだろう。そう理解して、敏明は強い感銘を受けた。怜花の述懐を勝手に曲解して腹を立てただけに、恥じ入る思いもある。怜花の中にある物語を、直接見てみたいと思った。

「わたしの『蒼影』って読んだ？」

唐突に、怜花は話題を変えた。『蒼影』は怜花の中期の傑作である。それまで怜花は、特殊な境遇に身を置く女性を主人公に据えることが多かったが、『蒼影』は普通の主婦の物語だった。特に劇的な事件が起きるわけではないものの、日常の些細な鬱屈が少しずつ主人公の心に溜まっていく過程を、鬼気迫る筆致で描いている。普通であることが怖いと思わせられる小説に、敏明は初めて出会った。

「もちろん、読んでます。大変、怖い小説でした」

正直な感想を言うと、怜花はふと寂しげな笑みを口許に刻んだ。

「現実も、あんなものよ」

すぐには怜花の言葉の意味がわかりかねたが、つまり他者から見たその人の姿と、自分自身の認識は違うということだろうと理解した。小説家としての栄誉を一身に浴びながら、怜花の胸の裡には鬱屈が降り積もっていたのか。

「怖い小説、ね。何も起きないのにホラーみたいな話だって感想は、よく言われたわ。特に男性は、自分の足許が崩れるような怖さがあったみたい。あなたもガールフレンドのことが信用できなくなっちゃった？」

一転して怜花は、面白がるような表情で敏明の顔を覗き込んだ。目をきらきらさせる怜花は、実年齢より遥かに若く見える。今でも怜花に思いを寄せる男は少なくないだろうと想像した。敏明自身、もう少し年齢が近ければどういう感情を持ったかわからない。三十歳以上も年が離れていてよかったと、心底思う。怜花の魅力に引き込まれたら、自分自身が何か別のものに変貌してしまいそうだった。

「いえ、そんなことはないです。ああ、でも、当時付き合っていた子から『蒼影』を借りたんですけど、彼女も同じようなことを言ってましたね。『女のことが信用できなくなったんじゃない？』って」

今ではもう、なんの胸の痛みも伴わずに思い出せるようになっていた高校当時のことが、なぜか口にすると辛かった。咲良怜花本人と会って話をする、という夢のさなかにいるからかもしれない。夢は残酷なものだと思った。

「で、どう答えたの？」

怜花は興味があるようだった。敏明はわざと苦笑いを浮かべた。

「少し、って答えました」

「あー、正直ねぇ。わたしのせいであなたたちの間に隙間風が吹いたんじゃなきゃいいけど」

怜花は鋭いことを言った。直接の原因ではなくても、遠因になったのは確かだ。「いえいえ、大丈夫です」と答えはしたものの、内心を見抜かれているような気もした。

「じゃあ、『薔薇の挽歌』は読んでる？」

また怜花は、いきなり別の書名を挙げた。怜花のすべての作品を読破しているのだから、『薔薇の挽歌』も当然読んでいるが、今度は返答に困った。『薔薇の挽歌』は『薄明の彼方』以前の作品だったのだ。

とっさに、ふたつの選択肢が頭に浮かんだ。ひとつは率直な感想を言うこと。しかしそれは、的外れな腹立ちを見逃してもらったばかりではいささか口にしにくかった。さっき怒らなかったからといって、今度も許してもらえるとは限らない。もう一度危険を冒す勇気はなかった。

作品評を正直に言えてこそ、小説家と編集者の関係は本当に健全なのだと思う。その意味で、敏明と怜花の間にはまだ健全な関係が成立していなかった。いつか、思ったことをそのまま口に出せる関係になりたいと念願する。

もうひとつの選択肢は、いい点を見つけて誉めることだった。それは決して追従ではなく、編集者の仕事のうちでもある。小説家になるような人には傷つきやすいタイプが多いので、持ち上げるのも必要なことだ。弱点を指摘して伸びる人なら減点法で読むのもいいが、怜花に対していまさらそんなことをしても意味はない。積極的にいいところを探して誉めて、その結果として怜花に新作執筆の意欲が湧くなら、本当の感想を言わずにおくのも卑屈なことではなかった。

『薔薇の挽歌』は、構造が綺麗な作品だと思います」

　思ってもいないことを言ったわけではなかった。実際、怜花の最初期の作品はよくできている。きちんと練り込んであることがわかるし、物語のカタルシスもある。しかしその努力に見合わず、どこか既視感があるのが難点なのだ。それは『薔薇の挽歌』に限らず、最初期の作品すべてに言えることだった。

「構造が綺麗、ね。ものも言いようね」

　怜花は若干自虐が入ったような口振りだったが、表情は嬉しげだった。作品の出来と作者の思い入れは、まるで異なる場合がある。出来がよくなくても、最初期の作品は怜花にとって大切なのかもしれない。それを誉められ、喜んでいるのだろう。

　しかしそのこともまた、怜花の俗な一面を見せられたように感じ、敏明は軽い幻滅を覚えた。怜花は自分に厳しいからこそ、あそこまでの高みに上れたのだと勝手に想像していたのだ。咲良怜花ならば、最初期の作品を駄作と切って捨てるのではないかと思っていた。編集者の誉め言葉に相好を崩している様は、並みの小説家となんら変わりなかった。

　おれは潔癖すぎるのだろうか。冷えた頭で、敏明は考えてみる。想像の中で理想の小説家を作り上げ、それを怜花に当てはめようとしていたのではないのか。だとしたら怜花には迷惑な話で、敏明は考えを改めなければならない。だがその一方、自分の想像を捨てたくないとする執着も、心の中には確かにあった。咲良怜花こそ完璧な小説家だという思いは、感受性の中心に居座ってもはや取り除けなかった。

　答えを求めて、怜花の顔を見た。淡い微笑を浮かべた怜花の表情は、まるで名匠の手によって作り出された仏像のようで、心の奥をまったく覗かせなかった。

次に怜花の屋敷を訪れたのは、ほぼ一ヵ月後のことだった。招きに応じてこれまでのように和室で相対すると、怜花は一ヵ月のブランクなどなかったかのように話を始めた。

「『薔薇の挽歌』の評価、あれは本音だったのかしら」

すぐに、今日はこれを問うために敏明を呼んだのだと悟った。怜花は前回の感想に満足していなかったのだ。試されている。そう受け取り、背筋が強張った。緊張のあまり、冷や汗が出そうだった。

「どうしてですか」

そう尋ね返したのは、単なる時間稼ぎ以外の何物でもなかった。わずかな間に、正直になるかあくまで誉め続けるか、態度を決めなければならない。この判断によって、怜花との今後の付き合い方が左右されると予感した。

「たいていの人は、『薄明の彼方』以前の作品を誉めてくれないからよ。構造が綺麗なんて、うまい誉め方だなと思った」

怜花は率直に答える。敏明はよけいに追いつめられたように感じた。

「もちろん、『薄明の彼方』以後の作品とは、出来に差があります」

とっさに、無難な物言いを選択した。たいていの人は誉めてくれない、と言うからには、この程度の感想ならば逆鱗に触れないだろうと計算したのだ。しかし怜花は、それだけでは満足してくれなかった。

「出来に差、って、どんな差があるかしら」

これはまさに試験だ。顔が青ざめる思いで、敏明は理解した。歴代の担当編集者は皆、この試験をかいくぐって原稿をもらっていたのだろうか。咲良怜花は怖い人だ、と評する意見があったことを思い出す。小説家と編集者の真剣勝負だと思った。

「わ、わたしは『薄明の彼方』以降の作品は本当に好きです。他の小説家の作品を圧倒するほどに、わたしにとっては特別です。でも、『薔薇の挽歌』などの最初期の作品は、そこまで好きではありません。わたしは圧倒されません。すみません、あくまで個人的評価ですが」

ほとんど捨て鉢になって、気持ちをそのまま口にした。高校生の頃の、ガールフレンドとのやり取りを思い出す。目の前にいるのは怜花ではなく、あのガールフレンドであるかのような錯覚すら覚えた。

「ずいぶん正直ね。綺麗に作り過ぎとか、パワーが足りないとかはよく言われたけど、好きじゃないとまで言われたのは初めてだわ」

そう言って怜花は、ころころと笑う。その笑いは心の底からの笑いなのか、あるいは本心を隠す仮面なのか、どちらともわからずに敏明はただ硬直した。

「じゃあいっそ、もっと正直になりなさいよ。どうしてそんなに急に作風が変わったのか、知りたいんじゃないの？　それを訊いたら、わたしが怒ると思ってた？」

言葉の内容だけなら、編集者をいじめている小説家の言としか取れないだろう。しかし敏明は、いじめられているとは思わなかった。むしろ、最初期の作品は好きではないと率直な気持ちを明かした敏明を、面白がっている気配を感じる。その感触が間違いでないことを祈りながら、頷いた。

「訊いてはいけないことかと思ってました」

「あら、作風の転換についてはならないことにでもなっているのかしら。だったら、絶筆の理由も？」

「はい、お尋ねしても答えていただけないものと……」

「知りたい？」

怜花は再度問う。ここまで来たら引き下がるわけにはいかないと、敏明は計算をかなぐり捨てた。

「はい、知りたいです」

本音を曝《さら》け出すからには、いっそ自分がどれだけ怜花の小説に魅せられているかを理解してもらいたいと考えた。小説家としての咲良怜花のすべてを、敏明は知りたいのだ。怜花の過去を知り、今を知り、そしてこれからのことを知りたい。今後も小説を書く可能性があるなら、自分の手で原稿を受け取りたい。そんな熱誠を、「知りたい」というひと言に込めたつもりだった。

「別に、触れてはいけないことってわけではなかったのよ。みんなが勝手に気にして、遠慮してただけ。だから話す機会がなかったの」

怜花の口調はあくまで淡々としていて、敏明の覚悟を察しているかどうかはわからなかった。敏明は納得できずに、指摘する。

「そうなんですか？　でも、絶筆の理由は誰にもお話しになっていないと聞きましたが」

「作風の転換と絶筆は、言ってみればひと続きの話なの。絶筆の理由だけ訊かれても、うまく説明できないのよ」

怜花はこともなげに言うが、そんな話は初耳の敏明としては仰天するばかりだった。そもそも作風の転換こそ、絶筆の遠因だったというのか。ならばどうしても、その話を聞かせてもらわずにはいられなかった。

「教えてください。なぜ急に作風が変わったんですか。それと、なぜ四十九歳なんて若さで筆を折られたんですか」

今度こそ勘気を蒙《こうむ》るかもしれないという不安はあった。しかし今や、知りたい気持ちは叱られる恐怖を大きく上回っていた。挑むような目を向けている敏明に、怜花は何かを企むかのような微笑みを見せた。

「知りたいなら、覚悟を見せてちょうだい」

「覚悟」

覚悟とはなんだ。編集者としての覚悟か。あるいは、他人の半生を背負う覚悟か。怜花の話は、聞く側に覚悟を強いる種類のことであるらしい。ならば、腹を括ろう。心を定めるのに、敏明は一瞬も躊躇しなかった。

「わかりました。ではどのように覚悟をお見せすればいいのか考えますので、少々時間をください。わたしには先生の話を伺う覚悟があると、きっとおわかりいただけるように努力します」

言い切ると、怜花は笑った。嬉しそうだ、と敏明の目には映った。

覚悟を固めることはできても、それを形で示すのは難しい。敏明は一心に考え続けた末に、やはり作品への感想こそ覚悟を示す一番の方法だと結論した。一作や二作の感想ではない。怜花の全作品の感想を、文章にして提示するのだ。そこまでして初めて、怜花も敏明の覚悟を理解してくれるだろうと思った。

感想を書くためには、読み返さなければならない。幸い、怜花は活動期間に比べて著作数が多くない。短編集の収録作品の重複はあるが、おおよそ二十五冊前後といったところか。他にも読まなければならない本やゲラがある中での再読になるから、多少時間はかかりそうだが、それでも二ヵ月もあれば充分だろうと計算した。

その日から敏明は、文字どおり寸暇を惜しんで怜花の本に読み耽った。一分でも手が空く時間があれば、怜花の本を開く。もともと睡眠時間は少ないが、さらに削って読み続けた。職業柄、再読は苦でないとはいえ、予想以上に読書を楽しむことができた。大まかなストーリーは忘れていないのに、描写に力があるので引き込まれる。高校生の頃とはこちらの視点も変わっているので、以前は素通りしてしまった文章に目を奪われ、感銘を受けることも一度や二度ではなかった。

読み終えた作品から、千二百字程度を目処に感想を綴った。追従の羅列にならないよう、美点と欠点をしっかり指摘しようと考えている。特に最初期の作品は、そうすることが必要だと思った。作風が豹変して格段に素晴らしい作品を書くようになったからには、怜花自身が自作の欠点を把握したはずである。その把握と敏明の指摘が一致していれば、認めてもらえるのではないかという計算もあった。

ところが、意外にそれは難しかった。テクニカルな面からは、あまり欠点らしい欠点が見当たらなかったのだ。よくできている、という高校生当時の感想は、やはり間違っていなかった。これと言って悪いところはないのだが、読み終えると印象が薄い。それが、怜花の最初期の作品だった。

充分にプロの作品として通用する水準にある。それだけに、その殻を破って一段階上に行くのは難行だったのではないかと推察した。欠点がはっきりしているなら、修正もしやすい。しかしある意味完成されている最初期の作品は、手を加えようがない。別人になるより他に進化の方法はなく、実際に怜花はその不可能事を成し遂げたのだった。編集者になった今だからこそ、それがどれほど希有《けう》なことかわかる。ますます、豹変のきっかけが知りたくなった。

〝こぢんまりしている〟〝パワー不足〟などといった漠然とした常套句《じょうとうく》は避け、なんとか最初期の作品の感想をすべて書き終えた。改めて読んでみて、咲良怜花らしさがまるでないことに驚く。巧みなプロット、読みやすい文章、計算されたカタルシス、本来はいずれもプラスとなるべき点が、後の怜花を知っている目には足枷《あしかせ》に見える。それらを食い破って独自の境地に達した怜花は、もはや小説の文法すら無視しているのだ。怜花と初めて会ったとき、その容姿を化け物的と感じたが、小説こそ化け物だと再認識した。

豹変後の作品は感想を書くのも楽だったが、今度は絶賛の連発にならないよう気をつけなければならなかった。素直に書けば、どうしてもそうなってしまうのだ。極力冷静に書くことを心がけ、個々の作品の達成点を指摘する。大それた試みとは思いつつも、文学史における位置づけも論じた。そんな論を展開したくなるほどに、怜花の作品はどれも独特なのだった。

熱中して読んだために読書にかかった時間は予想より短かったが、感想を書くのに呻吟《しんぎん》したから、結局二ヵ月近い期間を必要とした。その間、怜花に連絡はしなかった。中途半端な状況で連絡をとっては、こちらの覚悟が伝わらないと思ったのだ。二ヵ月ぶりに電話をすると、「忘れられたのかと思ってたわ」と怜花は怨じるように言った。

「ちょっといじめすぎたかしらと心配してたのよ」

「いじめるなんて、とんでもない。先生のお話を伺わせていただくために、覚悟を示す準備をしていたのです」

敏明の手許には今、プリントアウトした感想の束がある。できるだけ早く、これらを怜花に読んでもらいたいと思っていた。

「あら、そうなの？　覚悟を示す準備って、何かしら。楽しみね」

今日これからでもいいと怜花は言うので、一時間後に訪ねる約束をして電話を切った。四度目となるこの訪問は、自分にとってはむろんのこと、怜花にとっても特別なものになるのではないかと予感した。

「久しぶりね。ぜんぜん連絡をくれないから、寂しかったわ」

いつもの和室で会うなり、怜花はそんなことを言った。三十歳以上も年上とはいえ、目を瞠るばかりに美しい怜花の言葉である。胸を射貫かれたような感覚が走り、敏明は相手の顔を直視できなかった。

「ご、ご無沙汰してしまいまして、申し訳ありませんでした」

「何よ。どうしてまた緊張してるの？」

怜花は面白そうに言う。怜花の前では率直になることに決めた敏明は、正直に告白した。

「いや、あの、先生のようなお綺麗な方にそんなことを言われて、ドキドキしております」

「お綺麗って、この顔？」

何がおかしいのか、怜花はふふふと笑う。そして、思いがけないことを言った。

「顔の美醜って、やっぱり大事よね。みすぼらしい服を着ていたら、相手に与える印象が悪くなるでしょ。それと同じことだと思うのよ」

敏明は驚いて、顔を上げた。怜花のように容姿に恵まれた女性が口にするには、あまりにも傲慢な意見だと思ったのだ。いったい怜花は、何が言いたいのか。

「この顔、整形なのよ」

「え?」

耳を疑った。単語ひとつひとつの意味は理解できるのに、全体としてはとてつもなく難解なことを言われたかのようだった。大袈裟でなく、呼吸することすら忘れている。動いているのはただ、何度もしばたたく瞼だけだった。

「若い頃に整形手術を受けて、この顔にしたの。前の顔とは似ても似つかないわ。本当に別人。もちろん、前の顔は綺麗でもなんでもなかったのよ」

怜花はなぜか、楽しげに告白した。絶句した敏明は、怜花のそんな態度を不可解に感じただけだった。

「そ、そうだったんですか」

かろうじて、声を絞り出した。それに答えるといった様子でもなく、怜花は勝手に続ける。

「接する相手の態度が顔の美醜で変わるなんて、本当に理不尽だと思ったわ。でも、それが現実。だったら手術でもなんでもして、自分に有利な状況を作ろうと考えたの。美人になったとたんに、世間の男の態度がころっと変わったのが面白かったわ」

「大変失礼なことを申しました。わたしは先生の容姿に惹かれて、ここにいるわけではありません。あくまで、先生の小説に魅了されているのです」

慌てて言い訳をした。覚悟を示すためにやってきたのに、気持ちを疑われては元も子もない。怜花の話を聞くためになぜ覚悟が必要なのか、朧気《おぼろげ》ながら理解できてきたと思った。

「覚悟を示す準備をしてたと言ったわね。準備って何？」

怜花は話を戻してくれた。敏明は安堵する思いで、持参した紙の束を鞄から取り出した。

「これが、わたしの覚悟です。お目通しください」

差し出すと、怜花はきょとんとした顔で紙の束を見た。怜花の意表を衝くことには成功したようだ。

「これは？」

「先生の全作品の感想を書いてきました」

多少の誇らしさを感じつつ言うと、怜花は「まあ」と声を上げた。

「全作品？　本当に全部なのね。忙しい編集者が、よくそんなことができたわね。すごいわ。感激しました」

それは口先だけのことではないようで、怜花はなかなか紙の束に手を伸ばせずにいた。何度かためらった末に、紙の重みを嚙み締めるようにして掲げると、束を胸に抱く。

「今、読んでもいいかしら」

「ぜひ、読んでください」

促すと、怜花は紙の束を座卓に置き直し、一枚目から丁寧に読み始めた。途中、何度か小さく頷いている。意に沿う感想を書こうとしたわけではないが、少なくともこちらの熱意だけは伝わっているのではないかと期待した。

怜花は真剣な面もちだった。俯いてはいるが、敏明の坐る位置からも硬質な美しさは見て取れる。この顔は人工的なものだったのか。唐突な告白を反芻《はんすう》して、なおも驚愕を味わった。怜花が整形手術を受けていたなど、噂でも聞いたことがない。もしかしたら、怜花自身も初めて他人に打ち明けたことかもしれなかった。

ならばなぜ、敏明にはそんな秘密を打ち明けたのだろう。そこまで親しくなった実感はないので、ただ不思議だった。しかも怜花は、口を滑らせたわけではなく、むしろ積極的に告白した感がある。容姿の変貌は、作風の変化にも関係があるのだろうか。

怜花は最後の一枚を読み終えると、丁寧に紙を揃え直し、座卓の上に置いた。そしてふたたび、「感動しました」と小さく言った。

「あなたの覚悟、充分に伝わりました。ここまでしてくれたのは、あなたが初めてです。わたしもあなたの覚悟に応えたいと思います」

怜花は硬い表情のまま、敏明を真っ直ぐに見つめた。視線の圧力を感じ、息苦しささえ覚える。だが目を逸らすわけにはいかないので、なんとか受け止めた。「ありがとうございます」と応じることができたのは、心の奥底が震えるような未知の感覚に押されたからだった。

「わたしも、誰かに一度語っておきたかったのです。すべてをわたしの記憶の中だけに留めたままで死ぬのは、さすがに寂しいですから。そんなふうに感じ始めていたときに、あなたがやってきました。語れる相手が現れて、嬉しいです」

怜花の中で敏明の評価が変わったのか、口調が変化していた。それを光栄に思いつつも、戸惑いも覚える。怜花がこれから語る話に、おののく思いもあった。

「タイミングがよかった、ということですか」

確かめると、ようやく怜花は口許をわずかに綻ばせた。

「そういうことです。もちろん、あなたが示してくれた覚悟にも胸を打たれました。それからもうひとつ、つまらない理由もあります」

「つまらない理由?」

思い当たることがなかったので、訊き返した。だが怜花は照れたような笑みを浮かべるだけで、教えてくれなかった。

「すべて聞いていただいた後で、それもお話しします。つまらないことです」

「そうですか」

納得し、敏明は居住まいを正した。今から敏明は、業界の誰も知らない怜花の秘密を聞くことになる。その栄誉に、体が押し潰されそうな重圧を感じた。

「長くなりますよ。一日じゃ、たぶんとても足りないです。何度かに分けてお話しすることになりますが、それでもいいですか」

「もちろん、かまいません。先生がお疲れにならない限り、何度でも伺わせていただきます」

「そう。では、お茶を入れ替えてもらってから始めましょうか」

怜花は卓上の鈴を鳴らし、家政婦に新しいお茶を持ってくるよう命じた。そして、静かな声で呟くように語り始めた。それは人ひとりの半生をかけた、長い闘いの物語だった。

1

わたしと木之内徹《きのうちとおる》との出会いに、劇的なことなど何もなかった。人生の岐路に立ったその瞬間、人はどれだけそれを察知できるものだろうか。少なくともわたしには、予感めいた感覚は訪れなかったし、打たれるような運命を感じることもなかった。木之内徹はただ、わたしを面接する人として目の前に現れただけだった。

「社長の木之内です」

名乗られて、内心で軽く驚いた。木之内は社長という肩書が似合わない、若い男だったのだ。わたしはてっきり、社員のひとりかと思っていた。差し出された名刺に確かに「社長」と書いてあるのを認め、うろたえた。

「後藤《ごとう》です」

つい、名乗る声がくぐもってしまった。入社の面接なのだからもっとはきはき喋らなければならないと思ったが、後の祭りだ。わたしは自分が、他者にいい第一印象を与えないことを知っている。

にっこり笑うだけで好意を持ってもらえるような容色に生まれなかったことを、何度悔しく思ったか。だからこそ、せめて態度だけでもきびきびしているところを見せなければならないのに、最初から失敗してしまった。早くも気分が落ち込み、好印象を与える努力をするのが面倒になった。

「どうぞ、坐ってください」

対照的に木之内は余裕のある態度で、応接セットのソファに坐るよう促した。木之内は背が高く、脚が妙に長いので、坐ると膝がテーブルにぶつかり窮屈そうだった。社長ならば自分の体に合わせてソファの位置を決めればいいのにと思ったが、ここに坐ることなんてめったにないのだろうと気づいた。膝が当たらないよう、少し体を捻って坐っているところは、どこか不器用そうに見えた。

四十代半ばくらいの小太りの女性が、お茶を運んできた。わたしたちの前に置いて、自分のものらしき事務机に戻る。四十平米ほどの事務所に、他に人の姿はなかった。社員は皆、出払っているのだろうか。

「後藤さん。ええと、短大を出てすぐに入社した前の会社を、この春に辞めてるんですね。大手なのに、そこを辞めてうちに入ろうというんですか。ずいぶんもったいないですね」

木之内は目の前にある履歴書を見て、面白半分めいた口調で言った。前の会社を辞めた理由まで話さなければいけないのかとわたしはげんなりしたが、採用する側としては当然の興味だったのかもしれない。取り繕うのも面倒だったので、正直に話すことにした。

「相性が悪い先輩がいて、ずっといじめられ続けていたんです。一年経って我慢も限界が来たので、辞めました」

「ほう」

木之内は履歴書をテーブルの上に投げ出すと、ソファの背凭れに体を預けて腕を組んだ。視線はわたしに真っ直ぐ向けられていて、一瞬も逸れない。こんなにも真正面から他人に見つめられた経験がないので、わたしは圧力を感じて俯いた。まるでおできのように膨らんでいる頬のほくろを、手で隠してしまいたかった。

「先輩って、女性でしょ。だったら、少し我慢していれば結婚していなくなったんじゃないの？」

木之内はわたしの判断が早計だったかのような指摘をした。そのとおりですね、とでも言っておけばかわいいのだろうと思ったが、つい言い返してしまった。

「あんな人、結婚できるわけないです」

「あははは、そういう人なんだ？　それは災難だったね」

わたしにしてみれば笑い事ではないのだが、遠慮もなく堂々と笑われてしまうと、その程度のことだった気もしてきた。わたしもつられて笑いそうになったけれど、なまじ笑顔を作るとかえって不気味な表情になると恐れて、中途で固まった。わたしの表情筋は、いつもぎこちなくしか動かない。

「君が結婚して辞めれば一番平和だったろうに、まあ、そう都合よくはいかないか」

木之内の軽口に、わたしは反射的に心の扉を閉ざした。結婚退職など、考えてみたこともない。容色に恵まれていないなら、せめて性格だけでも明るく人なつこくいたいのに、それもできないわたしに寄ってくるような男はいない。性格が暗いから同性からもいじめられ、せっかく入った大企業も一年余りで辞めてしまった。二十一歳にして、わたしは自分の人生に絶望していたのだった。

「趣味は読書って書いてあるけど、じゃあ、これまで読んだ本のベストスリーを挙げてみて」

木之内は唐突に質問を変えた。そんなことを訊かれるとは予想していなかったわたしは焦ったが、なんとか頭を回転させて三つの書名をリストアップした。

「ベストスリーですか。でしたら、ええと、『赤毛のアン』、『シャーロック・ホームズの冒険』、『華麗なるギャツビー』ですかね」

「ほう」

相変わらず木之内は、わたしから視線を逸らさない。その目にはどこか、やり取りを楽しんでいるような気配がある。この質問はもしや、わたしをからかっているのだろうか。仕事とはとうてい関係なさそうなことを訊いておいて、あっさり不採用にするつもりではないかと疑った。

「面白いな。じゃあ、結婚退職はこの会社を辞めるときにしたまえ。できるなら、長くうちにいて欲しいけどね」

「えっ」

あまりに脈絡のない話の展開に、戸惑わざるを得なかった。つまりそれは、採用という意味か。こんな質問だけで採用を決めてしまうとは、やはりからかわれているとしか思えない。

「あのう、わたしを採用していただけるんですか」

「そうだよ。気に入ったからね」

木之内はこともなげに言う。わたしは納得がいかず、よけいなことを尋ねてしまった。

「でも、大したことを喋ってませんが、いいのでしょうか」

いい加減に決められたように感じ、プライドが傷ついていた。要は、誰でもよかったのか。

「いいんだ。ぼくは本を読む女性が好きなんだよ。大して本を読むわけでもないのに外聞がいいから趣味欄に読書と書く人もいるけど、生涯のベストスリーに今の三冊を挙げるような人なら本当に読書家なんだろう。採用だよ。できるなら、明日からでも来て欲しい」

「は、はい」

理由は奇妙だが、どうやら本当に評価してもらったのだとわかって、喜びがじわじわと込み上げてきた。そのときになってようやく、木之内がかなりいい男であることに気づいた。最前までは緊張のあまり、相手の顔立ちなど意識していなかったのだ。

木之内は顔の彫りが深い男だった。鼻が日本人離れして高く、目尻が筆を払って描いたかのように切れ上がっている。唇が薄いのは酷薄な印象を他者に与えそうだが、常に何かを楽しむように笑みを含んでいるのでうまく相殺されていた。ウェーブがかかった前髪は、無造作なのか計算された髪型なのか、ワイルドに左から右へ流れている。これは女性に好かれそうな男だ、と思った。つまりそれは、わたしとは無縁の男だという意味だ。

好ましい男は皆、他の女のものになる。わたしは諦めるでもなく、ただ事実としてそう認識していた。木之内は左手の薬指に指輪をしていないが、付き合っている相手くらいはいるのだろう。こういう男を、世間の女は放っておかないはずだ。

「ねえ、山口《やまぐち》さん。いい人だと思わないか？　ぼくはひと目で気に入ったよ」

木之内はわたしの肩越しに、背後にいる中年女性に大きな声で話しかけた。彼女は山口というらしい。わたしはなんとも照れ臭く、振り向いて軽く会釈をした。山口さんはそんなわたしを嘗めるように見回すと、「はい」と応じた。

「いい人ですね。ええ、いいと思いますよ」

「よし、決まりだ。一時間くらいかかると思ってたのに、ずいぶん時間が浮いたな。じゃあぼくはちょっと本屋に寄ってから木戸《きど》物産に向かうから、彼女が明日から出社できるよう、山口さんが面倒を見てあげて」

木之内は長い脚を持て余すようにして立ち上がると、「じゃあ明日」とわたしに言い置いて事務所をふらりと出ていってしまった。風のように軽やかな人だな、というのがそのときの印象だった。

まさかこの男が、その後のわたしの人生に大きく関わってくるとは、夢想もしなかった。

2

労働条件は募集要項を見て大まかにわかっていたが、休みがどれくらい取れるのか、残業はどれくらいあるのかといったことを、山口さんから説明してもらった。不満はないので、明日からすぐに働き始めることにする。前の会社を辞めてからここで二件目の面接だが、あっさり再就職が決まって胸を撫で下ろす思いだった。わたしはいい短大こそ出ているものの、特に資格や技能があるわけではなく、言ってみれば特徴のない人間だ。新卒という有利な条件を失ってしまえば、セールスポイントはひとつもないのである。もっと苦労することを覚悟していた。

その意味では、採用してくれた木之内には感謝した。わたしがこの小さい貿易会社の面接を受けてみようと考えたのは、ひとつところに落ち着くことに恐怖を覚えたからだった。大きな会社にはいろいろな人間がいて、中にはわたしと相性の悪い人もいる。いじめ抜かれて精神を磨り減らしながら会社に執着するくらいなら、いつ辞めても惜しくない程度の小さい会社に勤めてみようと思ったのだ。想像どおり、事務所は大きくない。事務机も五つしかない。社員は全部で四、五人といったところだろうか。

「他の社員の人は、あと何人いるんですか?」

わたしは山口さんに尋ねてみた。すると彼女は、こちらの意表を衝くことを言う。

「ひとりだよ」

「ひとり?」

では木之内と山口さん、そしてわたしも入れて、全部で四人しかいないということか。わたしは営業職で雇われたわけではないから、実質的に対外的な仕事をしているのはふたりだけになる。予想よりも遥かに小さい会社だったようだ。

「社長の甥。安原《やすはら》くんっていって、あなたの少し上くらいの若い子よ。本当は前にもうひとりいたんだけど、辞めちゃったから新しい人を募集してたのよ」

「社長の甥」

なるほど、ここは木之内の親族会社みたいなものだったのか。四人の社員のうち、ふたりは給料の安い事務職なのだから、会社にとって最も負担となる人件費があまりかかっていないことになる。甥の安原なる人物がどういう人かわからないが、もし親戚に頭が上がらないなら、木之内のワンマン会社と言ってもいいのかもしれなかった。

「あんた、気をつけなよ」

背の低い山口さんは、こちらを上目遣いに見ながら、妙なことを言った。わたしは意味がわからず、問い返す。

「何にですか？」

「何にって、社長にだよ。社長は女に手が早いんだ。前の子も、社長とのいざこざで辞めちゃったんだよ」

そういうことか。それは非常にわかりやすい話だ。あの社長のそばに若い女がいれば、ややこしいことになるのはごく自然だと思える。あまりに当たり前すぎて、特に興味も湧かなかった。

「その人は綺麗な人だったんですか」

確認すると、山口さんは小鼻をひくひくさせて不愉快そうに言った。

「綺麗か綺麗じゃないかって言ったら、綺麗だったわね。でも、あんまり仕事はできなかったけど。さっきの面接でわかったろうけど、社長はろくに人のことを見ないで採用しちゃうんだよ」

「はあ」

ならばわたしも、やはりいい加減に採用されたのだろうか。だとしたら前任者と同様、わたしも仕事ができない女かもしれないのに、山口さんはそうは考えていないようだ。綺麗な女は仕事ができない、でも綺麗じゃない女は仕事ができる、そんなふうに図式で捉えているのだろう。そうであるなら、期待に応えられるようがんばらなければと思った。

「どうもあんたは社長に気に入られたようだからさ、気をつけてね。すぐに辞められたら、あたしが困るんだから」

ひと言釘を刺しておかねば気が済まないのだろうが、それは取り越し苦労というものだった。前任者が綺麗な人だったなら、なおさらだ。

「わたしは大丈夫ですよ。社長と面倒な関係になんてなりませんから」

そんなことが起きるわけがない。わたしは諦念からそう言ったのだが、山口さんは違うように受け取ったようだ。

「そうかい。いや、あたしはまだあんたのこと何も知らないからさ。失礼なこと言っちゃってごめんね。身持ちが堅い人なんだね」

あまりの的外れぶりにわたしは笑いたくなったが、なんとかこらえて無表情を保った。身持ちが堅いと言えば確かにそうだが、堅くする必要性がそもそもなかったのだ。どうしてこのわたしを見て、社長と妙な仲になることを案じるのだろう。山口さんは目が悪いのだろうかと、本気で思った。

翌日からわたしは出社した。試用期間ということで鍵はまだ持たされていないから、朝早く出社しても山口さんが来るのを待たなければならなかった。それでも一番に来ていたことで、山口さんにはいい印象を持ってもらえたようだ。「前の女とは大違いだね」と比較するようなことを言われると、わたしも気分がよかった。

木之内は八時四十五分頃にやってきて、わたしを見ると「今日からよろしくね」と軽い口調で言った。

「夜は歓迎会をやるから。時間、あるよね」

暇に決まっていると決めつける物言いだが、不愉快ではなかった。なるべく早く会社に溶け込みたいから、そういう会を催してもらえると嬉しいとこちらも思っていたのだ。わたしはつい「はいッ」と大きい声で応じてしまい、こんなときだけ元気な奴だと思われたのではないかと赤面した。

甥の安原は、始業時間直前になって事務所に飛び込んできた。ひょろりと背が高いのは木之内に似ていなくもないが、それ以外に共通点はない。まだ学生気分が抜けないようなぼっちゃん顔は、与《くみ》しやすい相手だと初対面の女に思わせてしまう幼さだった。正直、わたしは安堵した。

「ああ、あなたが今日から来てくれる人ですか。よろしく。安原です」

わたしを認めて、安原はぺこりと頭を下げた。それきりこちらへの興味を失ったように、木之内相手に仕事の話を始める。男のそんな態度には慣れているので、かえって心地よかった。これで社員全員なら、この会社はなかなか居心地がよさそうだと思った。

わたしの仕事は電話番と事務処理、それと木之内のスケジュール管理だった。秘書と事務職を兼務するようなものだ。初日だから勝手がわからず、かかってきた電話を機械的に木之内か安原に繋ぐぐらいしかできなかった。それでも会計担当の山口さんの負担を大いに減らす役には立ったらしく、「やっぱりひとり増えると楽だわー」と夕方に言われた。

「書類整理なんて大して難しくないから、そのうち自然に覚えると思うし。それよりも取引先の名前をひととおり理解すると、仕事が面白くなると思うわよ。うちの社長、若いけどけっこうやり手だから」

木之内と安原が出かけているときの言葉なので、山口さんの評価はおそらく本音なのだろう。午後に木之内が出かけるまでの半日だけだが、わたしもその仕事ぶりを見ていて優秀さを感じた。電話でのやり取りでも、押すところと引くところをきちんとわきまえて話しているようだった。何より、海外にいる相手との交渉を英語で自然にやっているのは、単純に格好よかった。

「気疲れしたでしょうけど、うちの雰囲気はよくわかったでしょ。いい会社だと思わない?」

山口さんはそんなふうに言った。物言いはずけずけしているが、この山口さんも会社を愛しているようだ。わたしは心の底から同意した。

「はい。ここで働けることになってよかったです」

「じゃあ、そろそろ事務所を閉めて移動しましょうか。近くの居酒屋だけど」

事務所を片づけ、山口さんに伴われて居酒屋に向かった。木之内と安原は直接来ることになっているという。店にはまだふたりの姿がなかったので、わたしたちは座敷に上がって何も飲まずに待った。安原はともかく、木之内は待つべきだろうという山口さんの意見に、わたしも賛成だった。

「社長も忙しい人だから、時間どおり来ることは期待できないんだけどね」

その山口さんの言どおり、結局木之内は三十分遅れでやってきた。先に来た安原がビールだけでも頼もうと言うのを止めていたので、お茶しか飲んでいない。木之内はやってくるなり、「いやー、ごめん」と謝った。

「せっかくの歓迎会なのに、大遅刻で申し訳ない。相手があっての仕事だから、時間どおりに終わらないんだよ」

「わかってます。お気になさらないでください」

木で鼻を括ったような物言いにならないよう、気をつけた。言うとともににっこり微笑めばベストなのだろうが、わたしが微笑んだところで効果はない。生まれつきの容姿のハンディを、いったい何で補えばいいのか、わたしは未だにわからないのだった。

歓迎会は楽しいものになった。その楽しさは主に、木之内のお喋りが生み出していた。わたしが主役だからと気を使ってくれたのか、木之内はあれこれと質問をしてきた。こんなに男性から質問を浴びせられたのは、生まれて初めてのことだ。しかし、木之内がわたしに興味を抱いているなどとは誤解しなかった。社長としての義務感から、誠実に歓迎会を盛り上げているのだろう。たとえそうだとしても、その誠実さは好もしかった。

「後藤さんは読書家なんだぞ。生涯のベストスリーに『華麗なるギャッビー』を挙げるくらいだからな。『華麗なるギャッビー』、知ってるか？」

木之内は安原に向かって、そんなことを言った。安原はへらへら笑いながら、答える。

「カクテルの名前ですか？」

「阿呆。しょせんお前はその程度だな。後藤さんに読書指南してもらえ」

木之内はそうやってわたしを持ち上げてくれるが、木之内自身も読書家に違いない。こんなふうに誉めてくれた人は、木之内が初めてだった。

残念なのは、いろいろ訊いてもらってもわたしには答える何物もないことだった。木之内は表情にこそ出さなかったが、さぞやつまらない女だと思ったことだろう。普通の両親の許で、特に波乱も修羅もなく成長し、勤め先でいじめに遭って小さい会社に移ってきた女。要約すると、たったそれだけの人生なのだ。平凡に生きてきたことを恥じた、最初の瞬間だった。

わたしは自己卑下をしていたわけではない。それが証拠に木之内は、一次会が終わるとさっさと解散して帰ってしまったのだ。そのときになってようやく、わたしは自分自身を偽っていたことに気づいた。木之内との間に何かが起こるわけもないと達観したつもりでいながらも、『社長に気に入られたようだ』という山口さんの言葉は、思いがけずわたしを喜ばせていたのだった。

もし、他人の心の内を覗けるエスパーがこの場にいたなら、わたしは恥ずかしさのあまり自殺していただろう。わたしのようなつまらない女が、こともあろうに木之内から誘ってもらえるかもしれないと期待していたとは。こんな落胆を味わわないよう、中学生の頃から夢を見ないよう固く自分を戒めてきたのだ。にもかかわらず密かに期待を胸に抱いていた己を、厳しく叱りつけてやりたかった。

よけいなことは考えないようにしよう。わたしは頭をひと振りして、気分を切り替えた。一緒に駅に向かう山口さんは、こちらの屈託も知らず陽気に喋っている。その鈍感さが、今はありがたかった。

3

わたしはあっという間に会社に馴染んだ。というのも、木之内はひとりでいるのが嫌いな人間なので、何かというと仕事後に飲み会を開いたのだ。安原はむろんのこと、山口さんも実は独身で、つまり飲み会に参加するのを躊躇する人がいない職場だったのである。週に二、三度のペースで飲み会があれば、いくら他人とのコミュニケーションが苦手なわたしでも、彼らとの距離は急速に縮まった。

飲み会の席での木之内は、本当に楽しい人だった。話題が豊富なので、ただ耳を傾けているだけで飽きない。学生時代にバックパックひとつ背負ってアメリカを西から東へ横断した話や、北欧でアポなしで陶器メーカーに飛び込み契約を取った話、東京のラーメン屋でどこが一番おいしいかを見極めるために毎日食べ歩いた話、これまで読んだ本で心を動かされたシーンのベストスリーなど、内容は多岐に亘《わた》っていて感心させられる。わたしのように小さい世界で生きてきた人間には、眩しいばかりのエピソード群だった。

その一方、仕事ではさすがに厳しい面もあった。わたしが大きなミスをしたとき、木之内の叱責は容赦がなかった。

「君はここでの仕事に慣れてきて、緊張感を失ってるんじゃないか。どんなに緊張感をもって仕事をしていても、ミスをすることはある。それは仕方がない。でもこのミスは、明らかに緊張感の欠如が原因だろ。自分でもそうは思わないか」

木之内はわたしを机の横に立たせ、きつい目つきでこちらを見上げた。机の上には、わたしが書いたメモがある。時刻とともに、《田中《たなか》》という名前が書いてあった。

わたしが犯したミスは、電話の取り次ぎミスだった。木之内が出かけているときに電話を受けたわたしは、先方の名前を聞き間違った。正確には、社名を聞き逃したのだ。〇〇商事の田中、と相手は曖昧な口調で言った。わたしはすぐに社名を訊き返すべきだったが、田中という人物には心当たりがあったので、その人だろうと思い込んでしまったのだ。実際には、別の会社の谷中《やなか》さんだった。

わたしの聞き間違えのせいで、谷中さんを三十分も待たせてしまった。自社のことだけでなく、取引先に迷惑をかけてしまったからこそ、木之内は怒っているのだった。

「申し訳ありません。以後、気をつけます」

わたしとしてはただ、反省して頭を下げるよりなかった。木之内の叱責はまったく正当で、こちらも弁解のしようがない。居心地のよさに甘えていたつもりはなかったものの、こういうミスをしてしまうとやはり緊張感を失っていたと自覚しなければならなかった。

それから終業時刻まで、わたしは黙々と働いた。緊張感を取り戻すためには、ただ仕事に集中すべきだと考えたのだ。そんなわたしの様子を見てか、木之内は飲みに行こうと言い出した。気を張り詰めていて疲れたから真っ直ぐ帰宅したかったが、わたしに気を使ってくれてのことだとわかるので、断るわけにもいかなかった。

一度落ち込むと、なかなか気分が上向かないのはわたしの悪いところである。木之内の話も今夜ばかりは楽しめず、無言でくいくいとビールを飲んでしまった。気づいてみれば、アルコールに酔って抑制が外れかけていた。

「どうしたんだよ、後藤君。元気がないじゃないか」

見かねた木之内が、ついに声をかけてきた。わたしは自分の裡から込み上げてくるものを抑えられなかった。

「わたしはいい会社に採用してもらったと思ってます。前に勤めていた会社は世間的には一流ですが、職場の人たちがみんな冷たかったんです。それに比べて皆さんは本当にいい人たちで、毎朝の出勤がぜんぜん苦じゃないくらいです。でもわたしはその雰囲気を、仲良しサークルみたいなものと勘違いしてたんですよね。本当に駄目です。自分がいやになります」

「おいおい、君は愚痴上戸だったのか。目が据わってるぞ。大丈夫か」

木之内がおどけた調子で言った。「後藤さん、泣いたりしないでよー」と安原も茶化す。しかし酔ったわたしの耳には、そんな言葉は届かなかった。

「わたしはなんの取り柄もない女なんです。容姿が並み以下なのは生まれつきなので仕方がないとしても、だったら中身を磨くべきなのに、磨くものを持ってないんです。その上仕事もきちんとできないんだから、なんのために生きてるのかわからないですよね。わたし、自分が大嫌いです」

「ちょっと待て、後藤君。それは聞き捨てならないな。君は自分に取り柄がないと思ってるのか。だとしたら、自己評価が低すぎるというものだ」

木之内の口調が改まっていた。まるで自分を侮辱されたかのように、険しい顔で身を乗り出す。わたしも負けていなかった。

「社長がわたしの何を知ってると言うんですか。やってる仕事は誰だってできるような内容です。取り立てて才能なんて必要ありません。性格も今こうやって愚痴っているとおり、決して明るくありません。社長はわたしのどこを見て、自己評価が低いと言うんですか。わたしはいったい、自分のどこを評価すればいいんですか」

酔っていなければ言えないことだった。しかも、こんなふうに絡むこと自体、木之内に甘えているのだ。かなりたちが悪いのだから、木之内は冷淡に扱ったところで誰からも責められなかっただろうに、驚くことに正面から論破してきた。

「よし、じゃあ言ってやろう。君はスタイルがいいじゃないか。こんなことを言うと助平だと思われるから言わなかったが、君のスタイルのよさはかなりのものだ。それが取り柄じゃなくて、なんだ。君は自分の容姿が並み以下だと言う。なるほど確かに、顔かたちは決して美しいとは言えない。遠慮なく言えば、十段階評価の四か三くらいだろう。しかし君のスタイルには、十をつけられる。十だぞ。すごいじゃないか。君のスタイルのよさは、充分に自慢になる。顔かたちの美しさに負けないくらい、自慢していいことだと思うぞ。どうだ、参ったか」

そのときのわたしはおそらく、ぽかんと口を開けていただろう。ここまで捲し立てられるように、わたしの長所を指摘されたことはなかったからだ。確かにわたしは、スタイルには多少の自信があった。母が似たような体型の人だったのだ。顔は父親似だが、体は母親似。女の体に男の顔を載っけたようなもので、より滑稽に見えるのが難点だった。だからあくまで、自分のスタイルに寄せる自信は〝多少〟でしかなかった。

それを木之内は、素晴らしいことのように言う。顔かたちの美しさにも負けないと言う。わたしは思いがけない指摘に呆然としたが、心の奥に何かが灯ったのを朧気に感じていた。何なのかはわからない。確固とした自信なのかもしれないし、未来を見つめる勇気なのかもしれないし、夢を見てもいいのだという希望かもしれない。まだ朧で正体が判然としないが、しかしひとつだけ明らかなことがあった。その何かを植えつけてくれたのは、木之内だということだった。

木之内はわたしを黙らせたことが嬉しいのか、勝利を誇る顔をしている。そんな表情は子供のようだが、決して腹立たしくはなかった。それどころか、彼の表情から目が離せなくなりそうで怖かった。

「ぼくも前から、後藤さんはスタイルいいなぁと思ってたんですよ。ついつい胸に目がいっちゃって、困ってたんですよねー」

安原が尻馬に乗ることを言い、後頭部を山口さんに叩かれていた。あまりにいい音がして、わたしを含めた四人が同時に笑った。涙が出るほどおかしかった。

4

わたしには昔から、空想癖があった。妄想癖、と言った方が正確かもしれない。ひとつの事柄をとっかかりに、空想がどんどん広がっていく。空想はもちろん、わたしにとって望ましい方へしか展開しない。空想の中のわたしは万能で、おできのようなみっともないほくろが頬にあるにもかかわらず異性から好かれ、同性からは羨まれる。やはり妄想と言うしかない。

妄想は楽しく、実害がない。中学生だった頃、誰も話しかけてこない休み時間に窓際の席に坐り、運動会でリレーの選手として走って何人もごぼう抜きにする自分を妄想した。高校では、定期テストで常に一番になり、超一流大学にストレートで合格する未来を夢想した。もちろん、現実とはまるで違う妄想である。だが、違うからこそ妄想は楽しかった。わたしは自分の妄想を誰にも語らなかったので、心の内を見透かされる心配もなかった。

そんなわたしも、ひとつだけ自らに禁じていることがあった。恋愛絡みの妄想だ。わたしは異性から好かれる自分を妄想するくせに、その相手と恋愛関係に発展することだけはどうしても思い描けなかった。いや、妄想の翼を広げることは簡単だっただろう。しかしその果てに、自らを傷つける空しさが待っていることを本能的に察していたのだ。足の速さや成績なら、現実との落差に落ち込むことはない。罪のない妄想と、最初から割り切っているからだ。だが実在の相手を巻き込む妄想は、自分自身を惨めにするだけである。わたしは絶対に、恋愛絡みの妄想だけはしないようにしてきた。

それなのに、気づけば木之内の気配を感じようとしている己がいた。木之内の声、動く音、わずかな体臭、そんな些細なことを全身で感じたがる自分がいた。わたしはできるだけ、木之内に目を向けまいとした。しかしそのせいでいっそう、視覚以外の感覚で木之内を探してしまうのだった。

視覚を封じると、妄想が湧きやすい。わたしは何度も、先日の飲み会のことを思い返した。わたしのスタイルを誉めた木之内。いやらしい目で見られたことはあっても、面と向かってあそこまで誉められたことはなかった。自分を好きになれなかったわたしが、唯一ほんの少しだけ自信を持てたのがスタイルだ。それを堂々と誉められては、弱点を正確に射貫かれたも同然だった。

妄想の中で木之内は、何度もわたしのスタイルを誉めた。ありとあらゆる語彙を尽くして、誉めそやした。木之内が駆使する語彙は豊富で、ときにそれは文学的であり、ときに場末の娼婦でも口にしないほど淫猥だった。わたしは美しい形容にも、下卑た言葉にも、等しく反応してしまう。男に認められる喜びを、全身で味わおうとしてしまう。そんな自分は、ひどく浅ましかった。

わたしは何度も、頭の中から木之内を追い出そうとした。妄想が始まると、頭を振って意識を逸らそうとした。それなのに木之内は、去るどころかその存在感をますます大きくしていった。木之内の誉め言葉は、わたしの胸の底深くに突き刺さる銛《もり》だったのだ。捨て去るために引き抜こうとすれば、大出血は避けられない。それが怖くて、わたしは銛を放置するしかなかった。

木之内を追い出そうとする努力は、態度に表れた。木之内に目を向けず、話しかけもしない。向こうから呼びかけてきても、最低限の返事しかしない。木之内からすれば、かわいくない女としか思えないだろう。それがわかっていても、態度がつっけんどんになってしまうのはどうしようもなかった。

それが何日も続けば、さすがに木之内も気になったようだ。木之内の不在時にかかってきた電話の内容を伝え終え、自分の机に戻ろうとしたとき、呼び止められた。

「なあ、後藤君。ぼく、君に何かしたかな？」

「いえ、別に」

わたしの返事は、木で鼻を括るとはこういうことだという見本のようだった。木之内は眉根を寄せ、困惑を露《あら》わにした。

「別にってことはないだろう。何かに怒ってるみたいじゃないか。ぼくが何かしたっけ？」

何かしたっけ、もないものだ。あんな太い銛をわたしの胸に突き刺しておいて、何も憶えていないとは。本気で腹が立ち、わたしは無言で席に着いた。経営者に対してこんな態度をとれば、馘《くび》を切られても仕方ないと思うが、こうした感情をうまくやり過ごす処世術は持ち合わせていなかった。

木之内はそれきり何も言わなかった。ただ、椅子の背凭れが大きく軋む音が、内心の憤懣《ふんまん》を物語っていた。山口さんも安原も、何も気づいていない振りをしている。こういうことは過去にもあったのだろうかと考えてみると、またしてもむかっ腹が立った。

「わかった！」

唐突に木之内が声を上げたのは、かれこれ三十分も経った頃だろうか。木之内を見まいとしていたわたしも、思わず目を向けてしまった。わたしと同じように驚いている山口さんと安原を尻目に、木之内は立ち上がると近づいてくる。そして勝ち誇った態度で、わたしを見下ろした。

「後藤君、君は意外とおぼこ娘なんだなぁ。ぼくが君のスタイルのことをとやかく言ったものだから、それで怒ってるんだろう。何も怒ることはないじゃないか」

木之内は無神経な人間ではないはずなのに、このことに関してだけは鈍感なようだ。どうしてわたしが怒らなければならないのか。ああいうことを言えば相手がどう思うのか、想像できないのだろうか。わたしの気分はますます陰に籠り、「違います」と愛想のかけらもない言葉が口から飛び出した。木之内はニヤニヤするだけだった。

「違うことはないだろう。いいかい、ひとつ忠告しておく。誉め言葉は素直に受け取るものだ。誉めた相手にいちいち腹を立てていては、恋人なんか永久にできないぞ」

「恋人なんてできなくてけっこうです！」

わたしは自分でも驚くような大声を出してしまった。悔しいことに、目に涙が滲んでいる。つい先ほど考えたことを、わたしは撤回した。木之内は無神経だ。何もわかっていない。

「社長。若い女の子をからかうのもいい加減にしないと、また辞められちゃいますよ」

ついに見かねたのか、山口さんが窘《たしな》めてくれた。それなのに木之内は、まるで悪びれなかった。

「からかってなんかいないさ。ぼくが本気で誉めたことをわかってもらおうとしているだけだ。後藤君のスタイルは、それは見事なものなんだからな。幸輔《こうすけ》、お前もそう思うだろ」

最後は安原への呼びかけだった。お調子者の安原は、いやらしげに笑いながら答える。

「いや、もう、見事です」

「ほらみろ」

飲み会のときと同じように、木之内は勝ち誇った顔をした。風船から空気が抜けていくように、怒りのボルテージが下がる。それどころか、木之内の言葉を嬉しく思っている自分を見つけて、わたしは恥じ入りたくなった。

「もういいです。本当に怒ってないですから」

わたしは木之内から顔を背けたまま、小声で言った。山口さんの視線がこちらに向けられていることを感じる。木之内は鈍感でも、山口さんには気持ちを見抜かれているのではないかと恐れた。

「怒ってないならいいんだけどな」

木之内は機嫌よくそう言うと、自席に戻っていった。わたしはわざと音を立てて、電卓を叩き続けた。

わたしも気分屋だと思うけれど、木之内もその点では負けていなかった。基本的に陽気な男なのだが、何かうまくいかないことがあるとすぐ態度に出る。行儀悪く机に脚を載せ、苛々と貧乏揺すりをしていることがよくあった。そんなときは眉間に深い皺が刻まれ、ぴりぴりと帯電しているような気配を放った。山口さんはそうした場合の扱いを心得ているのか、完全に無視している。安原に至っては、要領よく外に出ていってしまう。苛々をぶつけられるのは、不器用なわたしだけだった。

「後藤君！　なんで今日はこんなに蒸し暑いんだ。窓を全部開けたまえ。まったく、気が利かないな」

理不尽な物言いだと思う。窓を開け放てば、風に煽られて書類が飛んでしまう。窓を全開にしないのは、気が利かないからではないのだ。八つ当たりをする木之内は、どう見ても子供じみていた。

それなのにわたしは、不思議に腹が立たなかった。むしろ嬉々として、「はい」と素直に応じて言われたとおりにする。わたしは本来かわいげのない女だし、理不尽なことには立ち向かわずにいられない気の強さもある。そのわたしが、木之内の八つ当たりを喜んでいる。自分の気持ちがよくわからなかった。

木之内のいいところは、理不尽なことを言った場合は後できちんと反省する点だった。機嫌が直るまでには時間がかかるが、必ず謝ってくれる。日が暮れて夜になる頃には、神妙な顔で詫びを口にするのだ。

「後藤君、昼間はすまなかったな。君ほど気が利く女性はいないのに、ひどいことを言ってしまった。許してくれ」

そんなときの木之内は、雨に濡れた仔犬のように悄然としていた。世にあまたいる女の中でひとりでも、この木之内に腹を立て続けられる人はいるだろうか。少なくとも、わたしには無理だ。

「いいえ、気にしてませんから」

わたしは顔面の筋肉を意識的に硬直させていた。そうしなければ、溶けたバターのように表情が崩れてしまいそうだったからだ。

5

ここ数日、木之内の不機嫌は続いていた。貿易は相手があってのことである。海外との取引ならば、日本の常識が通用しないこともままあるようだった。期日に遅れる程度ならいい方で、完全に連絡がとれなくなることすらあるらしい。木之内が苛々しながら待っているのは、海外からの電話だった。

時差があるので、夜遅くまで待たなければならないとのことだった。すでに山口さんも安原も、木之内を置いて帰っている。残業代には上限があるから、木之内に付き合って残っていても仕方がないのだ。でもわたしは、手早く済ませれば昼のうちに終わっていた仕事を、だらだらとやり続けていた。なんとなく、木之内を放っておくことができなかったのだった。

時計の長針が12を差すたびに、木之内は「七時だ。帰りたまえ」、「八時だ。まだ終わらないのか」と声をかけてきた。だが九時になったときには、何も言わなかった。わたしがいたところで役には立たないのだが、ぽつぽつと言葉を交わすことで気が紛れていればいいと思う。帰れと言われなかったのが嬉しかった。

「後藤君、君は彼氏はいないのか」

先ほどから、たわいないことを口にしては黙るの繰り返しだった。数十分の沈黙に飽きたかのように、また木之内がそう話しかけてきた。わたしは一瞬絶句した。わたしに向かってそんなことを尋ねてきた男は、かつてひとりもいなかったからだ。

からかわれているのだろうかと思った。わたしは顔を上げ、木之内をまじまじと見つめた。だが木之内は笑っておらず、むしろ真剣な表情だった。わたしが答えないので、焦れたように問いを重ねる。

「いるのか？」

「いえ、いません」

慌てて、大きく首を振った。ここで否定しておかなければ、木之内はわたしに恋人がいると解釈するだろう。木之内にだけは、そんな誤解をされたくなかった。

「なんだ、いないのか」

木之内はつまらなさそうに言う。その口調は素っ気なくて、わたしへの興味を失ったかのように響いた。もちろん、それは一方的な誤解だ。木之内は単に退屈していただけで、最初からわたしに興味など持っていない。改めて自分に言い聞かせると、胸が締めつけられるように痛んだ。

社長は彼女がいるんですか？　逆にそう問い返したかった。山口さんが言うには、以前ここで働いていた人と付き合っていたとのことだった。その人が辞めたのは、木之内との仲がこじれたからなのだろう。ならば今は誰とも付き合っていない可能性が高いが、単にわたしが都合よく解釈しているだけかもしれない。恋人がいる、という返事を聞きたくなくて、わたしは木之内に尋ねられなかった。

十時を回ったときに、木之内は痺れを切らしてまた電話をかけた。これで何度目になるかわからない。だがわざわざ海外に電話したにもかかわらず、相手は摑まらなかったようだ。憤然として受話器を置いた木之内は、唐突に立ち上がった。

「後藤君、飲みに行こうか」

「えっ」

そんなふうに誘われるとは、まったく予想していなかった。そもそも、仕事をここで諦めていいのか。わたしは戸惑いから、応じる代わりに訊き返してしまった。

「電話はもういいんですか？」

「いいんだ。これ以上待っていても、苛々して不愉快なだけだ。そんなことなら、君と酒を飲んだ方がよほどいい。付き合え」

「はい」

付き合え、と命令調で言われて、今度は素直に頷けた。まるでぱたぱたと尻尾を振る犬のようだと自分で思ったが、木之内は気にしていない。わたしがついてくるのは当然だと思っているような態度は、なぜか不愉快ではなかった。

事務所は表参道《おもてさんどう》にあるので、近辺に酒を出す店はたくさんある。木之内は後ろを歩くわたしを振り返りもせずにどんどん進み、行きつけのショットバーに入った。わたしも何度か連れてきてもらったことがあるが、そのときには山口さんか安原のどちらかがいた。木之内とふたりでこの店に入るのは、初めてだった。

「君も腹が空いているだろう。マスター、何か食べられるものを作ってよ」

わたしに話しかけておきながら、返事も聞かずに店の人に注文する。一緒にビールを頼むと瓶で出てきたので、わたしが酌をした。木之内は当然のように瓶をわたしの手から奪い、こちらのグラスに注ぐ。そういうことを自然にやっているところが好ましかった。

わたしと木之内は、カウンターに並んで坐っている。先客はそれほど多くなく、テーブル席にひと組の団体、それからカウンターの反対端に男がひとりいるだけだ。わたしたちはカップルに見えるのだろうか。そんなふうに思うと心臓が高鳴り、黙っていたら木之内に聞こえてしまうのではないかと不安だった。

木之内はグラスを傾けながら、目の前の棚に並ぶ酒瓶を眺めていて、何も言おうとしなかった。仕事のことを考えているのだろう。わたしが隣に坐っていることを忘れているかのような、静謐な横顔だ。わたしは木之内の横顔が好きだった。正面から見ることができないので、いつも横顔を盗み見ているからだ。今もわたしは、気づかれないように彼の横顔に何度も視線を向けている。わたしの目の動きに気づいてくれないのが、少し残念だった。

「仕事、どうなるんですか」

やがて、存在を忘れられていることに耐えられなくなった。黙考を破って申し訳ないと思いつつ、話しかけてしまう。木之内は正面を見つめたまま、ぽつりと言った。

「なんとかなるよ」

その答えの早さに、わたしを忘れていたわけではなかったのだと知った。ならばどうして、黙り続けているのだろう。男性とふたりでお酒を飲んだことのないわたしは、相手が何を考えているのか見当がつかなかった。

「なんとか、なりますか」

わたしは事務仕事をするために雇われた身だから、経営に口を挟む気はなかった。それでも今は、木之内の話し相手になりたかった。木之内が胸に不安を抱えているのなら、打ち明けて欲しかった。そのために、わたしはここにいるのだ。

「これまではなんとかなってきた。こんなことで終わるようなら、ぼくの運もここまでだったということさ」

木之内は投げやりな口調だった。強がっているが、この取引が不首尾に終わりそうなことにショックを受けているのは明らかだ。わたしは何か言いたかったが、表層的になりそうでうまい言葉が見つけられない。世慣れない自分をもどかしく思っていると、ちょうどそこにナポリタンが出てきて間《ま》を繋いでくれた。

「やあ、ナポリタンか。ここのナポリタンはうまいぞ。たくさん食べるといい」

木之内は一転して機嫌よく言うと、自らフォークとスプーンを手にして、取り分けてくれる。わたしが慌てて代わろうとしても、「いいから」と押し返されるだけだった。

「ぼくはね、まともな社会人になれなかった人間なんだ」

フォークとスプーンを動かしながら、木之内は唐突に呟いた。まるでわたしではなく、ナポリタンに向かって話しかけているかのようだった。だからわたしは相槌を打たず、ただ耳を傾けた。木之内は続けた。

「子供の頃から、なぜかサラリーマンにはならないと決めていた。人と同じ道を歩むのはいやだった。自分に何ができるかなんて、わからなかった。それなのに、自力で生きていこうという気構えだけは、いっちょ前に持っていた。あれは、なんだろうな。自信でもないし、決意でもないんだから、本能的に自分をわかっていたってことかな。ぼくは組織の中で生きていくのに向いていない人間なんだよ。きっと、生まれつき何かが欠損しているんだ」

「何かが、欠損」

その何かとはなんだろう。わたしにはわからなかったが、とっさに思ったのは、何も欠けていない人間なんてつまらないということだった。自分には欠けているものがあるとナポリタンに向かって語る木之内は、わたしがこれまで会ったことのない種類の人だ。胃の下、腸の奥が熱くなるような不思議な感覚を、わたしは味わった。

「そう、ぼくは欠損しているんだ。だからすでに中学生のときには、どうやったら会社を作れるのか考えていた。高校に入ってからは、具体的に経営のことを勉強し始めた。大学でアルバイトをして、友達ともろくに遊ばずにせっせと金を貯めて、小さくても自分の会社を作ったときには本当に嬉しかった。もちろん不安も大きかったけど、達成感は圧倒的だった。あの達成感を味わえただけで、ぼくの人生は報われたと思ったよ。誰もが味わえるわけじゃない、大きな大きな達成感だ。それがぼくの自慢なんだ」

食べたまえ、木之内は皿に向けて顎をしゃくった。わたしはつい最前まで空腹を感じていたが、今は忘れていた。食事なんてどうでもいいから、もっと木之内の話を聞いていたかった。

「羨ましいです。人生の目標があって。素敵だと思います」

わたしは思ったままを口にしていた。わたしには何もない。特別な能力も、夢も、自己愛すらもない。他人に誇れる何物もない。だからこそ、木之内の語りにわたしは魅了されていた。耳だけでなく、全身で木之内の話を聞きたかった。

「そうか」

木之内はわたしを見て、笑った。誉められて、単純に嬉しいようだ。木之内は世間ずれしたしたたかなところがあるかと思うと、こんなふうに少年のようにたわいなく笑うこともある。どちらも本当の木之内なのだろう。

「まあ、夢を語る男は素敵だよな。傍目にはそう見えるんだろうと思うよ」

木之内はまるで謙遜することなく、堂々と言ってのけた。木之内でなければ、何を自惚《うぬぼ》れているのかと呆れるところだが、彼の言葉にはまだ続きがありそうだった。

「でも夢なんてのは、夢のままにしておいた方がいいのかもしれないと思うこともあるよ。夢を実現させるのは、自分から望んで苦労を背負い込むようなものだからな」

「自分から苦労を……」

きっとそうなのだろう。会社経営が、楽しいだけで済むわけがない。ここ数日の木之内の苛立ちを見ていれば、よけいにそう感じる。しかしそれでも、木之内が苦労に押し潰されるだけの男とは思えなかった。

「でも、夢を追うための苦労なら、何も苦労しないで生きるよりいいと思います」

偉そうなことを言っている自覚はなかった。わたしは本気で、木之内のことを羨んでいたのだ。わたしが味わってきた苦労は、何も生み出さない非生産的なことばかりだった。目標がある苦労は、やはり羨ましい。

「だったら君も、夢を持てばいい」

木之内は簡単に言った。幼い頃から自分の将来を見据えていた木之内にとって、夢を持つことなど簡単なのだろう。夢を持つにも才能がいるのだということを、木之内は知らない。でも、わたしはわかってもらおうとは思わなかった。夢や目標を目指してもがいている木之内を、少し離れたところから見ているだけで充分だった。

「わたしは無理です。社長みたいには生きられませんから」

「何を言うんだ。ぼくみたいな生き方は、誰にでもできる。はみ出す勇気が、少しあればいいだけなんだから」

はみ出す勇気。それを持つことこそが難しいのだ。でももしかしたら――、わたしはそのとき予感した。もしかしたら、木之内がその勇気をわたしに与えてくれるかもしれない。わたしが知らなかった未知の世界に、強引に連れ出してくれるかもしれない。どうしてそんな予感がしたのか、自分でもよくわからない。例の妄想癖かもしれない。だとしても、それまでは思い描けなかった未来を垣間見たのは確かだった。二十一年間生きてきて、初めて抱いた夢かもしれなかった。

「社長は、いつも意外なことを言います。わたしは何度もびっくりさせられています」

体の火照りを自覚して、わたしはそれをごまかすために話の向かう先から逃げた。木之内は思いがけないことを言われたとばかりに、眉を吊り上げる。

「そうかな。当たり前のことしか言ってない気がするけど」

「当たり前ではないです」

「君こそ、ぼくの意表を衝くことを言ってるぞ」

木之内は言い返すと、にやりと笑った。

この夜の木之内は饒舌だった。ナポリタンを食べ終えると、飲み物をビールからウィスキーのロックに切り替え、早いペースで呷《あお》った。木之内は大学時代のアルバイト経験から、今に至るまでの苦労を滔々《とうとう》と語った。木之内は自分の軌跡を苦労と言うが、彼の口から飛び出すエピソードはむしろ楽しげだった。わたしは感嘆したり、笑ったり、魅せられたり、考えさせられたり、短い間に様々な感情を味わった。ウィスキーの水割りをこんなにおいしいと思ったことはなかった。

「後藤君、君は相槌の打ち方が最高だな。君があまりにうまく相槌を打つものだから、ぼくはついつい喋りすぎてしまう。ぼくは本当は、こんなお喋りな男ではないんだ」

木之内は楽しくてならないといった口調だった。自分をお喋りな男ではないと思っているなんて、自覚がないにもほどがある。でもそんなちぐはぐさもいとおしく、わたしは体の強張りが解けていくのを感じる。男性とふたりだけで言葉を交わしているのに、もはやまるで緊張していなかった。

「駄目だ、後藤君」

不意に木之内は、真顔になってわたしを正面から見た。何が駄目なのかわからず、わたしは目をしばたたく。木之内はこちらを凝視したまま、真剣に言った。

「ぼくは相槌がうまい女性を、つい手許に置きたくなるんだ。離したくなくなってしまうんだよ。だから外に出よう」

何がだからなのか、文脈が理解できない。それでも木之内はかまわず、精算を終えるとさっさと店を出てしまった。わたしは慌てて後を追う。ドアを出て少し上がる階段の途中で、木之内はわたしを待っていた。

「後藤君、ここだ、ここ」

木之内は自分の横を指差した。ここに来いという意味だろう。従うと、木之内は思いがけない行動に出た。わたしを強引に抱き締め、唇を合わせてきたのだ。

驚いたのは一瞬だけだった。すぐに全身から力が抜け、そのまましゃがみ込んでしまいそうだったので、わたしは木之内に取りすがった。木之内に摑まらなければ、とんでもない場所まで流されていきそうで怖かった。

6

翌日は会社を休みたかった。寝不足の上に、二日酔いだったからだ。気分がよく、つい酒を過ごした。しかし、そんなことは言い訳に過ぎない。わたしはただ、木之内の顔を見たくなかったのだ。木之内の顔を見れば、強い感情が込み上げてくる。それはもう、間違いなかった。長い間、持つことを自分に禁じてきた強い感情だ。強い感情は、わたし自身を傷つける。それ以外の役には立たない。わたしだって傷つきたくはない。だから、木之内に会いたくなかったのだった。

それなのに木之内の態度は、予想とまるで違った。わたしは心底驚き、目を丸くして彼の顔を眺めてしまったほどだった。

「おはよう、後藤君。昨日の夜は楽しかったな」

まさか自分から昨夜のことに言及してくるとは、まったく想像していなかった。あれは酔った勢いの過ちだと、一夜明けて後悔しているはずだと思ったのだ。それなのに木之内は、後悔どころか本当に昨夜の余韻を楽しむかのような顔でニヤニヤしている。何が起きているのか、わたしは理解できなくて戸惑った。

バーを出た後、木之内はわたしから離れなかった。ずっとわたしの腰に手を回したまま、密着していたのである。その体勢でタクシーを拾い、渋谷まで行った。渋谷ではわたしの意思も確認せず、ラブホテルに入った。強引と言えば強引だが、あまりに自然だったのでわたしは抵抗する気も起きなかった。何度もこういうことをしているような気分が、木之内とわたしの両方を支配していた。

木之内はわたしの服を脱がせると、『見事だ』『すごい』『綺麗だ』とスタイルを誉めそやした。いやらしい視線ではなく、本気で感心している口振りだった。だから体だけを誉められているにもかかわらず、わたしは不愉快ではなかった。むしろ誇らしくすら感じられた。

過去に、体目当てで男が近づいてきたことがなかったわけではない。わたしも、自分の取り柄が体しかないならと、相手の求めに応じた。しかしそうした男たちは、本当の意味で体しか求めなかった。顔は愛してくれなくていい。でも、気持ちは大事にして欲しかった。それなのに、男たちはわたしを物のように扱うだけだった。わたしもまた感情を持つ人間だということから、ずっと目を逸らしていた。

木之内もまた、そういう男だろうと思っていた。それでもいい、とわたしは考えた。木之内がわたしの体に価値を見いだすなら、与えたい。認められることの喜びを味わいたい。昨夜わたしは、そんな思いだったのだ。

木之内は潔いまでに、体しか誉めなかった。もちろん、それでいいと思っていたのだから文句はない。自分の気持ちを偽らないだけ、これまでの男よりはずっとましだと感じられた。だから木之内と過ごした一夜は楽しく、夢のようだった。夢は、必ず覚める。わたしは現実と直面したくなかった。

朝まで一緒にいようと、木之内は能天気なことを言った。むろん、そんなことができるわけもない。普通に生きている女が、そのような大胆な行動に出られるはずがなかった。わたしはぐずる木之内を引きずるようにしてホテルを出て、タクシーを拾った。タクシーで帰らなければならないような時刻まで外にいたのは、初めてのことだ。別れ際に木之内がどのような顔をしていたのかも記憶に残らないほど、わたしは自分の不道徳に恐れおののいていた。両親が、ことに父がどんな反応をするか想像すると、恐怖で体が竦《すく》み上がった。案の定、父は寝ないでわたしを待っていて、口を極めて娘のふしだらな振る舞いを罵《ののし》った。頃合いを見て母が割って入らなければ、徹夜で叱り続けていたことだろう。わたしにとっては辛い時間だったが、しかし実際に面罵されてみれば恐れていたほどではなかった。むしろ、夢のような時間が終わってしまったことに大きな虚脱感を覚えていた。

夢は終わったのだと、わたしは自分に言い聞かせた。過去の男たちは、暗がりの中でわたしの体をまさぐるうちは満足していたが、白日の下でこちらの顔を見ると白けた表情を浮かべた。向こうも夢が覚めたのだろう。そして、わたしが親しげにするのをいやがった。一度抱かれたくらいで恋人面するな、とはっきり罵った男すらいた。木之内がそこまでたちが悪くなくても、白けた表情を見せられるのは辛い。だからわたしは、木之内の顔を見たくなかったのだった。

木之内の態度は、昨夜とまるで変わらなかった。白けた表情どころか、至極機嫌がいい。その上、昨夜のことを隠そうともせず、自分から他のふたりにも聞こえるように口にした。何もかも予想と違い、わたしはただただ面食らった。嬉しいはずなのに、あまりに意外すぎて感情が働かない。ぽかんとした、という形容が一番的確だった。

わたしは言葉を発せずにいたが、木之内は気を悪くした様子もなかった。昨夜の苛立ちが嘘のように、晴れ晴れとした顔をしている。鬱屈が晴れた原因がわたしとの一夜にあるなら、こんなに嬉しいことはない。たった一夜だけの付き合いでも、わたしは後悔しないだろうと思った。

機嫌がいいときの木之内は、悩みなど生まれてこの方持ったことがないかのような陽気さだった。わたしが人知れず決意を固めているのにも気づかずに、終日陽気に喋りまくった。自分はお喋りな人間じゃないと言っていたことを思い出し、笑いそうになる。わたししか聞いていない言葉があることが、密かに誇らしかった。

「さあ、今日はこれで終わりにしよう。後藤君、もし時間があるならご飯を食べに行こうよ」

夕方六時を過ぎたときに、木之内はこちらの意表を衝くことを言った。まさか、昨日の今日でまた誘ってくるとは思いもしなかった。どれだけこちらの予想外のことをすれば気が済むのだろう。こんな男には、かつて会ったことがなかった。

「えっ」

またしてもわたしは絶句した。わたしを抱いておいて、翌日にもまた誘ってきた男はいなかったのだ。それだけでも意外なのに、木之内は人目があるところで堂々と誘ってくる。これまでは社員みんなで飲みに行っていたのだから、わたしだけ誘ったら何かあるのかと勘ぐられてしまうではないか。無神経にもほどがあると思ったが、その無神経さが言葉にならないほど嬉しかった。

「何か予定があるのか」

断られることなどまるで考えていなかったように、木之内は不満げな口振りだった。わたしは苦笑しつつ、「別に予定なんてないです」と慌てて答えた。

「大丈夫です。ご一緒させてください」

ここそこ答えるわけにはいかなかったので、わたしもはっきりと応じた。聞こえているだろうに、山口さんも安原も知らん顔をしている。これまでにこういうことは何度もあったのだなと悟った。でも、腹は立たなかった。木之内ならば、過去に何人もの女がいたのも当然だとしか思わなかった。

「お先に」

気を利かせたつもりか、山口さんも安原もさっさと帰っていく。残されたわたしたちは、連れ立って事務所を後にした。昨日とは違い、今日は食事をするためのレストランに入る。お金に余裕があるカップルしか来ないような高級なフレンチレストランだ。見栄を張っているのかと思ったが、わたしに対して見栄を張ってくれること自体にたわいもなく感激した。

木之内は昨夜のように翳《かげ》があるところは見せず、朝からの陽気なテンションを保っていた。木之内の話題は無尽蔵で、いくらでも面白い話が飛び出してくる。わたしはただ相槌を打っているだけだったが、それをこそ向こうが望んでいるかと思えば気が楽だった。わたしの価値はこんなところにあったのかと、木之内が教えてくれた事実に目を啓《ひら》かれる思いだった。

わたしは人に語るべき何物も持っていない。ならば、聞き役に徹しようではないか。木之内はわたしを、相槌の打ち方がうまいと誉めてくれた。つまり、聞き上手ということだ。わたしはどんどん話を聞こうと決めた。話を聞いて、空っぽな自分を満たしたい。他人の知識や体験を吸収することで、自分自身を高めたい。そんなちっぽけな野望が、胸の底には芽生えていた。

木之内は昨夜ほど酒を飲まなかった。ふたりでワイン一本を空けただけだ。食事を終えたときはまだ九時前だった。別れるには早い。でも、もっと一緒にいたいなどとは言えない。だからせめてもう一軒、誘って欲しいと心の中で念じた。

「よし、次はラブホテルに行こう」

木之内は食事だけで済ませるつもりはなかったようだ。わたしはバーでカクテルでも飲めればそれで充分だったのだが、木之内は一度だけではなく二度までもわたしを求めてくれる。それも、開けっぴろげに誘う。わたしは恥ずかしさも感じず、ただ「はい」と答えるだけだった。声が弾んでいるのが、自分でもわかった。

昨日と同じように、タクシーに乗った。体全体が火照るような充実感を覚えている。それなのに木之内は、窓の外を見て涼しい顔をしていた。わたしだけがのめり込んでしまうのだろうか。いつか木之内に飽きられて捨てられることはわかっているのに、このままついていくのか。自問したが、タクシーを降りようとは思わなかった。深く傷つく未来が見えていても、今この瞬間の幸せを自分から手放したくはなかった。

木之内はホテルの部屋に入ると、すぐにわたしを抱き締めてきた。わたしは思わず吐息を漏らす。そこには、自分がこんな声を出せるのかと驚くほどの官能が籠っていた。抱擁の時間は長く、木之内はなかなかわたしから離れなかった。このまま永遠にこの時間が続けばいいと望んだ。

7

視界が急に開けたように感じていた。これまではまるで、灰色のフィルターで眼球を覆っていたかのようだ。フィルターが取り去られてみれば、世界はこんなに明るいのかという驚きがあった。譬《たと》えて言えば、夜には日も沈まぬ北方の国に生まれ育った人が、突然に常夏の島に連れてこられたような気分だろうか。以前に生きていた世界と、今見ているこの現実が地続きとはとうてい思えない。わたしは初めての恋愛によって、世界が変貌する驚きを味わっていたのだった。

以前のわたしは、朝が嫌いだった。またつまらない一日が始まってしまったと、軽い絶望感すら覚えていたほどだ。それなのに今は、朝は喜びを伴っていた。今日も木之内と会える。彼の声を聞き、姿を見、そしてもしかしたら触れ合うことすらできるかもしれない。そう考えるだけで、わたしはたわいなく幸せになれた。誰もが経験するような恋愛の魔法なのだろうが、免疫がなかったわたしには強烈だった。恋愛は人生に必要なことなのだと、深く実感した。

木之内は否定をしない男だった。駄目なところではなく、いいところを積極的に探して、誉めてくれる。わたしが読書家であることを認めてくれたのもそうだし、体を誉めてくれたのもその典型例だ。他人に認めてもらうことの少なかったわたしには、木之内の言葉は麻薬のようだった。一度味を憶えてしまえば、それなしではいられなくなる。危険な匂いを嗅ぎ取っていても、どうしようもなくずぶずぶとのめり込んでしまうのだった。

そのうち木之内は、わたしの最大のコンプレックスである顔にまで言及するようになった。木之内は口がうまい。そのことに、わたしは心底感謝した。

「君は確かに、美人とは言えない」

木之内はそんなふうに切り出したのだ。わたしは思わず身を固くする。顔に関する話題は苦手だ。反射的に、そうした話題は避けようと体が反応してしまう。

「でも、よく言えば個性的だ。それはいいことだぞ。無個性の美人より、個性的な不美人の方がずっといい。だって、個性があるからな」

木之内はそんな珍妙なトートロジーを使ったが、それすらも微笑ましく、また涙が出そうなほど嬉しかった。木之内はわたしという存在をすべて肯定しようとしてくれているのだ。そんな人は、親以外にいなかった。人間は、誰かに認められることが大事なのだと初めて知った。認められることで、生きていく活力が湧く。自分にも取り柄があるのだと、自己否定の泥沼から抜け出せる。もちろん親の愛はありがたいが、それが盲目的であることを子供は知っている。だからこそ、他人の肯定が必要なのだった。

木之内は、わたしを肯定してくれた。わたしという存在に、愛なのかどうかはわからないが、少なくとも執着してくれた。わたしが最も必要としていた全面的肯定。それを与えてくれた木之内には、いくら感謝をしても足りない。たとえ明日、この関係が終わったとしても、わたしは一生感謝し続けると心に誓った。

木之内とわたしは、年齢がちょうどひと回り違う。干支が同じ巳年なのだ。十二歳も違えば、向こうは遥かな大人である。ましてこちらは、短大を卒業して世間に出たばかりの子供だ。彼我の差は大きく、木之内が生きる大人の世界にわたしは感嘆するばかりだった。

木之内はわたしをあちこちに連れていってくれた。仕事後の食事だけでなく、週末にはデートにも誘ってくれた。わたしは木之内と恋人として付き合えるとは思っていなかったので、それは大きな驚きだった。木之内は様子がいい男だから、並んで歩くのは申し訳ないという引け目を最初は感じた。誰が見ても、釣り合いが取れないカップルだったからだ。だがそれも、当の木之内がまるで気にしていないようなので、楽になった。どうして木之内のような男がこの世に存在するのだろう。そしてどんな幸運が、わたしを木之内と引き合わせてくれたのだろう。その幸せを思うと、わたしは気が遠くなる。自分が手にしているものの温かさに、恐れおののく。わたしのような女に、こんな幸せが舞い込んでくるはずがない。これは何かの間違いだ。そんな思いが、どうしても拭えなかった。

それなのに木之内は、わたしの内心など知らずに無邪気にデートに誘ってきた。木之内の誘いは多彩だった。わたしが聞いたことのない画家の個展に誘ってくれることもあれば、浜離宮《はまりきゅう》から船に乗って浅草《あさくさ》に向かうというデートを考えてくれたこともある。子供のとき以来十数年ぶりに上野《うえの》動物園に行ったのは思いがけず楽しかったし、銀座《ぎんざ》で高級ブランドショップを見て回ったのは雲の上の世界に紛れ込んだかのような高揚感を与えてくれた。

夜に連れていってくれる店にも、木之内は詳しかった。都内のありとあらゆるおいしい店を知っているのではないかと思えるほどの精通ぶりだった。フレンチ、イタリアンは言うに及ばず、中華料理、インド料理、寿司、精進料理、懐石料理、果てはこれまで名前も聞いたことのなかった郷土料理まで食べさせてくれた。食事をしながら木之内が披露する知識も目新しく、わたしはすべてを聞き逃すまいと集中して耳を傾けた。ひょっとしたらデートの甘やかさよりも、教師と生徒のような雰囲気があったかもしれない。それほどにわたしは、木之内からたくさんのことを学んだのだった。

木之内が詳しいのは経済のことばかりではなかった。料理に関する蘊蓄《うんちく》、そしてそこから連想される国の歴史、価値観の相違、彼自身が実際に足を運んで経験したこと、感じたこと、世界中に存在するらしい友達、少し危うい体験、どれもこれもが目新しく、面白かった。芸術、スポーツ、科学、どんな分野でも知らないことがないかのようで、たった十二歳しか違わないとは信じられない。わたしがあと十二年生きたところで、木之内のように豊富な話題は持ち得ないだろう。会えば会うほどに、なんと希有な人なのかという思いは深くなっていくばかりだった。

わたしはただ木之内の話を聞いているだけで満足だった。だが時折、自分でも知っている話題になるとつい相槌ついでに口を挟んでしまうこともあった。わたしの知識の大半は、本から得たものだ。実体験を伴わない、受け売りの知識に過ぎない。にもかかわらず木之内は、こちらが恥じ入りたくなるほど誉めてくれた。

「和子《かずこ》、君はいろんなことを知ってるんだなぁ。本で読んだだけだと言うけど、その読書量はただごとではないよ。すごい女がいたもんだ」

わたしの知識量など、木之内に比べればごくごく些細なものだ。それこそなんでも知っている木之内に感心されると、身の置き所がなくなる。そして頭の片隅で、これは木之内のテクニックなのかもしれないとも思った。一緒にいる女を楽しませるには、誉めるのが一番だ。木之内はその鉄則を、愚直に守っているだけなのかもしれない。だとしたところで、こちらがいい気分になっているのは事実だった。木之内にもっと認められたい、もっと誉められたい。そんな思いが、徐々に膨らんでいく。

木之内は付き合い始めて数日で、わたしを下の名前で呼ぶようになった。わたしはあまりに平凡な自分の名前が嫌いだったが、木之内に呼ばれるとその響きさえもがいとしく思えた。だからわたしも、呼び方を変えたかった。なんと呼べばいいかと、木之内に問うた。

「なんでもいいよ。社長でも木之内さんでも、好きに呼んでくれよ」

わたしはこの答えに、軽くがっかりした。ふたりでいるときまで、「社長」となど呼びたくなかった。わたしは「社長」でも「木之内」でもなく、下の名前で呼びたかったのだ。どう呼べばいいか訊いたのは、下の名前で呼ぶ許可を遠回しに得ようとしたに過ぎない。

しかし木之内は、こういうときは鈍感なのだった。仕方なく、わたしはなるべく呼びかけないようにした。木之内が気づかぬうちに、下の名前で呼ぶ関係に持ち込もうと計算したのだ。

木之内の名前は、徹といった。徹さん、とわたしは何度も心の中で呼びかけてみた。

8

その日もわたしは、木之内と食事をする約束だった。いくら毎日顔を合わせているからといって、毎晩食事をともにしているわけではない。木之内には自分の世界もあったし、仕事の付き合いが入ることも少なくなかった。わたしはといえば、他の用事などないから毎晩でもかまわなかったのだが、デートの回数が増えるほどに飽きられる日が近づいてくるようで、少しペースを落としたかった。わたしは以前には感じなかった恐怖、失う恐怖を知ってしまったのだった。

木之内は四時過ぎにかかってきた電話に呼び出されて、外出した。わたしは事務所に残り、定時まで仕事をした。安原も外回りに出ていたので、事務所にいるのはわたしと山口さんだけだった。山口さんは電卓を叩く手を休めず、「ねえ」と話しかけてくる。

「今日も社長と食事?」

「えっ」

木之内がこの場にいないのにどうしてわかったのか不思議で、わたしはすぐには返事ができなかった。そんなこちらの驚きを見透かしているかのように、山口さんは顔を上げるとニヤーッと笑う。

「そわそわしてるからね。電話がかかってくるのを待ってるんでしょ」

わたしと木之内が付き合い始めていることは、宣言こそしていないものの、山口さんも安原も承知しているはずだった。だから変にとぼけず、素直になることにした。

「はい。でも、仕事が長引いているみたいですね」

「社長は女を振り回すタイプだからね。まあ、あんたもわかってて付き合ってるんだろうけど」

木之内の悪口を吹き込むという感じでもなく、ごく当たり前の事実を述べているだけといった口振りだった。わたしは表情にこそ出さなかったものの、軽いショックを受ける。女を振り回すとは、具体的にどういうことなのか。わかってて付き合っているとは、完全に買い被りだ。わたしは何もわかっていない。

「わたし、別に振り回されていませんよ」

抗議口調になればからかわれるだけなので、やんわりと言い返したつもりだった。それでも山口さんは、いやらしげな笑みをますます深くする。

「最初は優しいんだよ。そうだろ？　男は誰でもそうだけど、社長は特にその辺りがうまいんだ。で、女がめろめろになったところで、我が儘《まま》ぶりを発揮し始めるんだよ。いつもそうだから、笑っちゃうけどね」

山口さんはわたしの前任者と木之内が付き合っているところを、身近で見ている。その山口さんが言うからには、でたらめとも思えなかった。最初は優しい、という言葉も事実なだけに、聞き流すこともできない。もっと詳しい説明が聞きたかった。

「社長、我が儘なんですか？」

よほどわたしの顔が不安そうだったのだろう、山口さんは呵々《かか》と笑うと、「なんだ、気づいてなかったの？」と呆れたように言った。

「子供がそのまま大きくなったような人なんだから、我が儘に決まってるじゃない。でも、そこがいいんでしょうけどね。まだわからなくても、きっとそう思うようになるよ。社長は我が儘上手だから」

「そうなんですか」

我が儘なところがいい、というのはわからなくもなかった。木之内が我が儘を言うなら、確かに許してしまいそうな気がする。ましてそれがわたしに対してだけの我が儘であれば、嬉しくすら感じるかもしれないと思った。

「それにしてもさ」山口さんは目を輝かせ、下からわたしの顔を覗き込むようにした。「思ったとおりだったよ。社長はあんたのこと気に入ったみたいだって、最初に言ったろ。付き合ったりしないって言ったくせに、結局付き合ってるんじゃないの」

言われて、頬がかっと熱くなるのを自覚した。あのときは、木之内と付き合うなんて夢の中ですら考えられなかったのだ。それが今こうして、山口さんにからかわれるまでになっている。現実に起きていることが嘘のようだった。

「どうして、社長がわたしを気に入ったと思ったんですか」

最初に言われたときから、知りたかったことだった。外見が好みとは思えない。ならばいったい、どこを見て山口さんはそう考えたのだろう。

「まあ、社長は好みの幅が広い人だから、好みじゃない女を探す方が難しいんだけどね」

山口さんはこちらの気持ちを萎えさせることを言う。顔色を変えたつもりはなかったが、がっかりしたのは隠しきれなかったのだろうか、彼女は慌ててつけ加えた。

「いや、もちろん後藤さんは社長の好みなんだよ。社長は頭がいい人が好きだからね」

「わたしの前任者も、頭がいい人だったんですか」

どうしても、前任者のことが気になってしまう。ふだんは忘れようとしているのだが、こんなふうに機会を与えられれば訊かずにはいられなかった。

「とんでもない」しかし山口さんは、大袈裟に首を振った。「あれは馬鹿だったよ。取り柄は顔が綺麗だってことだけ。仕事はできないし、気は利かないし、頭の中身なんて豆粒くらいしかなかったんじゃないの」

では、木之内の好みと違うではないか。むしろ、わたしと正反対と言える。どちらが本当の好みなのか、不安を覚えた。

「社長は、その人のどこを気に入っていたんでしょう？」

「顔でしょ。顔しか取り柄がないんだから」

だったらわたしは駄目ではないか。思わず頬に手をやり、ほくろを隠したくなる。やはり本当は、木之内も顔の整った女が好きなのだろうか。

「じゃあ、どうしてわたしを好みだと……」

質問を最後まで口にはできなかった。自分で言葉にするには、あまりに辛かった。山口さんは察してくれて、同情を顔に浮かべる。

「あたしも社長とはそこそこ付き合いが長いからわかるんだけど、あの人は懲りるんだよ。顔だけで頭が悪い女と付き合うと、反省して次は正反対の人を好きになるわけ。だから、次はあんただなと思ったのよ。あ、正反対なんて言っちゃ悪かったわね。ええと、あたしの言う意味はわかるよね」

「わかります」

別に気を使うことはない。そのとおり、わたしは前任者と正反対の女だ。だからこそ木之内に気に入ってもらえたのだと思えば、少し安心できる。でもその理屈で言うと、いずれ木之内は美しい女に惹かれるのではないだろうか。心に巣くう不安は、どう理屈で押し潰そうとしても消えない。

そうこうするうちに、六時を過ぎたので山口さんは帰り支度を始めた。わたしは木之内の連絡待ちだから、帰れない。電話を待つこと自体は苦でないものの、さきほどのやり取りがあるからひとりになるのが怖かった。ひとりでいれば、あれこれ考えてしまう。よけいなことを聞かせてくれた山口さんを、軽く怨じたくなった。

お先に、と山口さんはそそくさと帰っていった。わたしの内心を読んだようだ。敏感な人だ、と苦笑したくなるが、そんな人の評価ならば間違っていないのだろうとも同時に思ってしまう。木之内は我が儘で、女を振り回す男なのだ。こうして待たされているのも、振り回される前兆なのかもしれない。

覚悟を固めていたが、さほど待たされることなく電話はかかってきた。六時十五分を回ったときのことだ。やっぱり木之内は誠実ではないかと山口さんに心の中で反論しつつ、相手の言葉に耳を傾ける。木之内は急いだ調子で「ごめん」と言った。

「打ち合わせから、そのまま接待になっちゃったんだ。でも、今夜は和子と会うと決めてるから、予定は変えないよ。さっさとこっちを終わらせるんで、待ってて。また電話する」

木之内はこちらの返事も聞かず、一方的に電話を切った。受話器を置くわたしは、自然に微笑んでいた。木之内は忙しい中で、無理をしてわたしと会う時間を作ろうとしてくれている。ならば、待たされるくらいはどうということもなかった。

どうせならと、ふだんはやらない仕事をして時間を潰した。以前から、ひとまとめになっている書類の箱が気になっていたのだ。わたしが働き始めてから、ファイルの項目をこれまでより細かくした。その方が木之内も安原も、資料を探しやすいのだ。以前の書類も同じ仕分けをしようと考えつつ、時間がなくてできなかった。それをするには、今が好機だった。

仕分けに熱中していると、空腹を忘れられた。ちょっとその辺りで食べるものを買ってくる、などということがこの界隈では夜になると難しい。食事時を逃してしまえば、小腹を満たす手段もなかった。九時過ぎに資料の仕分けが一段落すると、とたんに空腹が応えるようになった。

その後は、鳴らない電話を見つめて時間をやり過ごした。本を読もうにも、活字を目が上滑りして内容がまったく頭に入ってこない。「さっさとこっちを終わらせる」などと言うものだから、せいぜい八時過ぎには落ち合えると思っていた。それが九時どころか、九時半も回って十時になろうとしている。相手があることだから思うようにならないのは仕方ないとしても、せめて電話の一本くらいかけてくれてもいいのではないか。いや、接待相手が大事であればあるほど、私用で席を外すわけにもいかないのだろう。ならば、木之内の立場を理解してじっと待つべきだ。わたしの考えは千々に乱れる。

結局、電話がかかってきたのは十時半のことだった。木之内は「悪い」と開口一番言ったものの、あまり気持ちが籠っているようでもなかった。

「今からそっちに行く。お腹空いてるだろ。もう少し待っててくれ」

「今日は無理して会わなくてもいいですよ。疲れてるでしょう」

無理をしているのはわたしの方だった。どんな時刻になっても、わたしは木之内と会いたかった。だが木之内の大変さを思えば、自己主張はできない。木之内の忙しさも含めて、わたしは愛しているのだった。

「いや、絶対和子と会うぞ。待ってろ」

そう言って、木之内は忙しなく電話を切った。機械音が聞こえる受話器を握り締めたまま、わたしは顔に笑みが浮かぶのを自覚した。

さらに二十分ほど後に、木之内はタクシーで事務所の前に乗りつけた。そのままわたしを乗せると、渋谷まで行ってくれと運転手に告げる。わたしは木之内の横顔を見ながら、「お疲れ様でした」と声をかけた。

「大変でしたね。わたしのことなんか、気にしなくてよかったのに」

「何を言うんだ。和子との約束は最優先事項だ。他の予定が入ったからって、中止にはできないよ」

当たり前だろとばかりに、木之内は眉を吊り上げる。わたしはじんわりとした幸せを感じたが、ふとそこに、かすかな翳が差した。わたしの鼻が、異臭を嗅ぎ取ったのだ。

異臭、というほど悪い匂いではない。むしろよい香りだろう。木之内の体からは、女物の香水の香りが漂っていたのだ。

わたしの顔が強張ったのだろうか、木之内は「ん？」と反応すると、自分の肩口を鼻に近づけて嗅いだ。

「あ、香水の匂いがするな。あの女、強烈な匂いをさせてたからな」

「あの女？」

聞き捨てならないひと言に、わたしは敏感に反応した。それでも木之内は慌てた様子もなく、堂々と答える。

「ああ、さっきまでいた店の女の子だ。体をぴったりくっつけてくるから、匂いがついちゃったみたいだな。ごめん」

素直に謝られると、こちらも臍《へそ》を曲げるわけにもいかなかった。今日は接待で、木之内が自ら好んで女の子がいる店に行ったわけではないのもわかる。だからそれ以上追及はしなかったが、わたしの心は波打っていた。心の水面に、一滴の墨汁を垂らしたかのようである。墨汁の正体は、不安だった。

木之内は魅力的な男だ。さぞや女にもてるだろう。選《よ》り取り見取り、とまではいかないまでも、付き合う相手に不自由しないに違いない。つまり、わたしのような美しくない女と付き合うのは、彼にとって単なる酔狂に過ぎないかもしれないということだ。

和食があまり好きでない人でも、毎日フレンチやイタリアンを食べていれば、久しぶりの味噌汁をおいしく感じるかもしれない。美女から美女へと渡り歩いてきたかもしれない木之内にとって、わたしは久しぶりの味噌汁なのだ。今はホッとしていても、遠からず飽きる。また、脂っぽいフレンチやイタリアンが食べたくなる。その日はすぐそこまで迫っているのではないかと思うと、叫び出したくなるほど不安だった。

「なんだ、黙っちゃって。怒ったのか？　言っておくけど、今日初めて会っただけで、本名も知らないホステスだぞ。和子はそんな女にも焼き餅を焼くのか」

半ば面白がっているかのような、木之内の言葉だった。わたしはこんなことを言わせてしまった自分の態度に腹が立つ。もう少し、大人の女性として大らかな対応をした方が、木之内も安心できるのではないか。それがわかっていて、自分の感情をコントロールできなかったことが情けなかった。

「いいえ、怒ってません。よくわかってますから」

口調がつっけんどんにならないよう、細心の注意を払った。嫉妬する女は、男からすると面倒だと聞いたことがある。わたしは面倒な女だと木之内に思われたくなかった。木之内に嫌われてしまうかもしれないことは、どんな些細なことであろうとしたくない。わたしのような女が木之内と付き合っていくためには、好かれるための努力を最大限にしなければならないのだった。

「そうか。それならいいんだけど」

木之内はあっさり納得してくれた。わたしは胸を撫で下ろしつつも、全身が足許から砂に変じて崩れていくような感覚を味わっていた。木之内はわたしの体を誉めてはくれるが、決して愛しているとは言ってくれない。もちろん、体だけが目当てでもかまわないと、わたしは覚悟を決めている。それでも、そんなことだけで木之内をいつまでも繋ぎ止めておけるとは、とうてい思えなかった。

つい今朝まで、わたしの心はかつてないほど自信に満ちていた。男の気持ちを勝ち得た女の昂揚を、しゃぶり尽くすように味わっていた。それなのに、木之内の体から匂う香水を嗅いだだけで、自信はたやすく萎えてしまった。自分に自信を持てずにいたわたしがついに手にしたものは、簡単に霧消する。木之内を引き留めておく魅力がない我が身を、わたしは悔しく思った。

9

わたしの不安は的外れではなかった。ただし、不安が現実になるまでには思いがけず時間がかかった。結局わたしは、半年近くもの長い期間、木之内を独り占めにしていられたのである。木之内は変わらず優しく、わたしに自尊心を植えつけてくれた。わたしは不安を感じていつつも、幸せだった。この半年間があったからこそ、わたしにとって木之内は特別な存在になったのだと思う。この期間の思い出だけでその後の人生を生きていけると感じられるほどに、満たされた日々だった。

しかし、そんな幸せな期間にも終わりは来る。終わりは最初、さりげない形で忍び寄ってきたので、わたしはなかなかそれが終わりの始まりだとは認められなかった。木之内の仕事が忙しくなり、会える回数が減った。ただ、それだけのことだと思っていた。

間近で見ているのだから、多忙が口実でないことはわかる。人と会うためにあちこち巡り歩いていると聞けば、終業後にデートできないことに不満を覚えるわけにもいかない。わたしは木之内を信じたかったし、信じているつもりでいたかった。それでも、心の水面に落ちた不安は決して消えていなかったのだった。

木之内は夕方に出かけると、そのまま事務所には帰らないことが増えた。そんなとき木之内はいつも、遅くなるから先に帰ってくれと言い残していった。わたしは友達が少ないから、木之内とのデートがなければ他にすることがない。仕事を終えてから真っ直ぐ帰宅する、寂しい日々が続いた。

自分を駄目だと思うのは、気持ちがすぐ顔に出てしまう点だった。落ち込んでいるつもりはなかったのだが、傍目には消沈ぶりがはっきりしていたらしい。あるとき、山口さんにずばり言われてしまった。

「後藤さん、最近社長とデートしてないでしょ」

「えっ」

唐突だったので、わたしはうまく反応できなかった。山口さんは他に人がいるときは素知らぬ顔をしていてくれるが、それは単に詮索好きの本性を押し殺しているだけなのである。ふたりきりになると、いやらしげな笑みを浮かべて木之内との付き合いをあれこれ尋ねてくるのが常だった。以前のわたしであれば、訊かれるのは迷惑ではなかった。むしろ、木之内について語れるのが嬉しかったから、どんどん訊いて欲しかった。だが今は、話しかけられるのが煩わしかった。山口さんが何を見抜いているのか、聞かずともよくわかったからだ。

「社長、近頃忙しそうだからね。かまってもらえなくて、寂しいねぇ」

最近になってようやくわかってきたが、木之内が手を出した女をこんなふうにからかうのが山口さんの趣味らしい。前任者も、もしかしたらその前の人も、同じように山口さんの好奇の対象になったのだろう。この会社になかなか女性社員が居着かないのは、そのせいもあるのではないかと疑いたくなった。

「仕方ないです。仕事ですから」

わたしは目を合わせず、手許だけを見て答えた。それでも、山口さんがますます口許を吊り上げたのが感じられた。

「本当に仕事だといいけどねぇ」

今度は声も出なかった。わたしは顔を上げ、山口さんを見つめた。何を仄《ほの》めかされたのかわかっているのに、意識全体が理解することを拒んでいる。だから、わかっているのにわからないという不思議な状態だった。

「どういう意味ですか」

わたしは単刀直入に尋ね返した。ふだんは人とぶつかることを避けて生きているのに、ふとした弾みに強気な面が現れる。争い事も辞さない気分に支配されると、わたし自身が驚く。わたしの中には、自分にとっても意外な一面が潜んでいるのだった。

「どういう意味って、そんなのわかるでしょ」

わたしの態度に、山口さんは怯んだようだった。いやらしげな笑みが、冷笑気味になる。わたしはそれに腹が立った。

「わかりません。何が言いたいんですか」

「女よ、女。他に女ができたんじゃないのかって心配してるんじゃない」

山口さんは口を尖らせて、答えた。とてもわたしを心配している口振りではない。だが、そんなことはどうでもよかった。わたしが考えまいとしてきたことを突きつけられ、情けなくも動揺していた。

「社長が事務所に戻ってこないのは、他の女と会ってるからだと言うんですか」

最前までの強気は、瞬時にして消え失せた。わたしは迷い犬のような憐れさを発散していたのかもしれない。山口さんの態度に、同情の色が現れた。

「いや、わかんないよ。あたしは探偵じゃないんだからさ。でも、そういう可能性もなくはないってこと」

「前にも同じようなことがあったんですか」

聞きたくなかったのに、訊かずにはいられなかった。わたしは木之内と付き合い始めたときからずっと、それが知りたかったのだった。

「社長を悪くは言いたくないんだけどね――」

「教えてください」

きっぱりと言った。教えてもらわなければ山口さんを帰さないという気持ちだった。わたしの決意は伝わったらしく、山口さんは小さなため息をひとつつくと、仕方ないとばかりに頷いた。

「社長はまめだし、元気だからさ。ふた股っぽいこともできるみたいよ。別れるときはいつも、おんなじようなことをして揉めるんだよね」

「じゃあ、今回もやっぱりそうなんでしょうか」

そうならそうと、はっきり言って欲しかった。わたしに覚悟はできている。木之内をいつまでも引き留めておけるなどとは、端《はな》から思っていなかったのだ。知りたいのはただ、来るべきときが来たのかどうか、それだけだった。

「だから、あたしに訊かれてもわからないって。そんなに不安なら、本人に直接訊けばいいじゃない」

そうでしょ、とつけ加えて、山口さんは一方的に話を切り上げた。これ以上食い下がられる前にといった急ぎぶりで、さっさと事務所を出ていく。わたしは誰もいなくなった事務所で、ただ呆然と木之内の席を見つめていた。

木之内を信じたかったし、信じているつもりでいたかった。しかし、そんなふうに考えること自体、わたしが木之内を心から信じ切れずにいる証左だった。水面に落ちた墨汁はぱっと広がり、そして水はもう二度と元の透明には戻らない。不安という名の墨汁を落とされたわたしの心は、もはや澄みきってはいなかった。

10

本人に直接訊けばいい、と山口さんは簡単に言った。それができればどんなにいいかと、わたしは恨み言を腹の中に溜める。問い詰めて、開き直られたらどうすればいいのか。よけいなことを尋ねたせいで、木之内に捨てられるかもしれないのだ。たとえ木之内が他の女と付き合い始めていたとしても、向こうがわたしと別れたいとはっきり言わない限り、こちらから別れを切り出すつもりはない。惰性でも付き合い続けていれば、他の女との付き合いの方が先に終わるかもしれないという甘い考えもあった。

しかし、何も気づかない憐れな女を演じ続けるのも、口惜しかった。木之内がわたしを馬鹿にしているなら、悲しいし悔しい。とはいえ、馬鹿にされていてもいいから別れたくないと考える情けない自分もいた。わたしは恋愛の喜びに心を縛りつけられ、自分で何かを選び取る自由を失ってしまった。木之内と付き合い続けていられるなら、どんな屈辱的な状況にも耐えられてしまいそうなのが怖かった。

木之内がわたしをどう思っているかは、確かめたくない。仮に彼が語ろうとしても、わたしは耳を塞ぐだろう。そんな恐ろしいことは、とても聞くことができない。木之内が遊びのつもりでわたしと付き合っているのでもいいのだ。だから、わたしは何も聞かない。

だが、どうしても知りたいことがあった。それは、相手の女についてだった。どこの誰なのか。どんなふうに木之内と知り合ったのか。美人なのか。スタイルはいいのか。頭はいいのか。木之内は女のどこを気に入ったのか。女は木之内の話に、どんな相槌を打つのか。女の相槌を、木之内は心地よく感じているのか。木之内は女を、どこに連れ込むのか。いつもわたしと行くような安いラブホテルか。高いシティーホテルか。あるいは、一度もわたしを招いてくれたことがない自宅か。疑問は黴《かび》のようにわたしの心に広がり、決して拭き取ることはできなかった。

木之内には直接訊けない。だが、相手の女のことは知りたい。この矛盾したふたつの思いを抱え、わたしは鬱々としていた。どちらかが勝つことはない。むしろ、せめぎ合ううちに双方がどんどん肥大していくだけだった。わたしは苦しかった。かつてわたしは、恋愛の苦しみなど贅沢な悩みだと思っていた。苦しみを味わえるだけ、幸せではないかと冷ややかに考えていた。だが実際には、苦しみを甘美と感じる余裕はない。苦しみは苦しみでしかない。いっそ、何もなかった灰色の日々が懐かしいほどだ。苦しみは日ごとに先鋭化し、わたしの心に穴を穿《うが》つ。

あのままでいたら、いつか耐えられなくなったのだろうか。それとも、恐れていたようにずるずると耐え続けてしまったのか。わたしにはどちらともわからない。わたしの意思とは関わりなく、事態は勝手に動いたからだ。

その日も木之内は外出し、そのまま事務所には帰らないことになっていた。安原も外回りに出ていて、山口さんはてきぱきと自分の仕事を終えた。だがわたしは予定のない夜を過ごすのがいやで、だらだらと仕事を続けていた。山口さんが帰ってしまった後も、特に急ぎでもない書類整理を続けていた。

七時半を過ぎた時点で、区切りをつけることにした。うじうじしている自分に自己嫌悪を覚えたのだ。わたしは荷物をまとめて、事務所に鍵をかける。夜の表参道は賑わい始めていたが、そこに溶け込めないでいるわたしは場違いな異邦人だった。木之内と一緒にいるときはここが自分のための街であるかのように感じられるのに、ひとりでいるとこんなにもよそよそしい。早く帰らなかったことを後悔した。

青山《あおやま》通りに出て、駅の方へと向かい始めたときだった。俯き気味に歩いていたわたしだったが、ふと何かを感じて顔を上げた。その瞬間、電気が体を通り抜けたような感覚を味わった。わたしの体は考えるよりも先に動き、近くにあったビルのエントランスに飛び込んでいた。エントランスには太い柱が立っている。わたしはその陰に身を潜めた。

道の前方から歩いてくるのは、木之内だった。木之内はひとりではない。傍らに女を伴っていた。

女を連れてこの表参道に来るとは、なんという図々しさか。わたしは呆れたが、木之内にしてみれば、こんな時刻までわたしが残業しているとは思わなかったのだろう。慣れた街の慣れた店に、女を連れていってやろうとしているのではないか。わたしに見つかってもかまわないと考えるほど、ふてぶてしい男とは思いたくなかった。

わたしは柱の陰から、ふたりが通り過ぎるのをじっと待った。右目だけを出し、路上を注視する。やがて、木之内はわたしの視界に現れた。女が右側、つまりわたしの側を歩いているので、よく観察できた。ほんの数秒間のことだったが、わたしに絶望を与えるには充分な長さだった。

女は美人だった。わたしが勝負にならないのはむろんのこと、たいていの女は敵《かな》わないだろう。平均より上、などといった消極的な表現ではとうてい足りない。十段階評価をすれば八か九をつけられる、極上の女だった。

幾分吊り気味の、切れ長の目。横から見ると呆れるほどに高い鼻。鋭角だが優美さも伴っている顎の線。もちろん、目立つほくろなどない。その顔の美しさを隠さないよう真っ直ぐに伸びている黒髪は艶めき、均整の取れた体つきは女の理想のようだった。加えてファッションセンスも抜群で、わたしが着れば滑稽にしか見えない流行の最先端の服を、モデルのように堂々と着こなしていた。

そのときのわたしの気持ちは、うまく表現できない。ショックは、意外なほどに感じなかった。奇妙なことに、『ああやっぱり』といった、自分の予想が当たっていたことを誇りたい思いもあった。やっぱり木之内は、ああいう女を選ぶのだ。わたしとの付き合いは気まぐれだと思っていた。

木之内も存外に底が浅い男だ。わたしの予想の範囲内でしか行動できないのだから。

　そしてそれは、諦念でもあった。予想とはつまり、緩衝材《かんしょうざい》だ。強い衝撃を受け止めかねて、自分の心が傷つくのを避けるための緩衝材。覚悟をしておけば、どんな事実に直面しても打ちのめされることはない。わたしはこの日が来るのを、大袈裟に言えば木之内と出会った瞬間から覚悟をしていたのだろう。わたしの未来予想は見事なまでに正確だったが、誇るほどのことではない。なぜなら、誰でもできる簡単な予想でしかなかったからだ。最初からわかっていたと己に言い聞かせることで、わたしは自分を守ろうとしていた。

　それなのに、なかなかその場から立ち去れなかった。泣けるうちはまだ、心が動いているのだと知った。動かなくなった心は、悲しみすら感じない。だからわたしは、木之内たちが視界から消えた後も、柱の陰で固まっていた。

11

　木之内の考えていることがわからなくなったのは、他に女を作っていながら、わたしを誘うのをやめないからだった。「後藤君、今日の夕飯は付き合ってくれよ」などと軽く言う。木之内は会社にいるときは、「和子」ではなく以前のように「後藤君」とわたしを呼ぶ。しかしかつてと違うのは、「後藤君」と呼びかけるときの目には、いたずらっ子めいた悪ふざけを楽しむ色があることだった。白々しく「後藤君」と呼ぶことで、山口さんと安原の目を盗んでいるつもりなのだろう。もしかしたら、すべて見透かされていることに気づいていなかったのかもしれない。そういう子供っぽさを、木之内は持っていた。

誘われれば、断れない。拗《す》ねて木之内の誘いを断るなど、わたしには思いもよらないことだった。ただひたすら従順な女でいること、それだけが木之内に捨てられないで済む唯一の道だと思えた。社長は女を振り回す、と言った山口さんの言葉が、今になってようやく実感されてきた。

仕事を終えて、フランス料理店に移動した。フロアの隅のテーブルで向き合い、木之内が注文したワインで乾杯する。木之内は機嫌がよく、わたしに対して後ろめたいところがあるとはとても思えない堂々とした態度だった。先日目撃した光景は幻だったのではないかと、わたしは本気で思い込みたくなった。

ワインで口を滑らかにしながら、あれこれ楽しい話を木之内が披露してくれ、わたしが耳を傾ける。それがいつものパターンだった。依然として木之内の話は興味深く、聞いていて飽きない。わたしは熱心に相槌を打ったし、別のことに意識を引っ張られているつもりはなかった。それなのに、木之内には心境の変化を読み取られてしまった。

「どうしたの？　今日はなんだか元気がないな」

木之内はいやになるほど鈍感なところがあるかと思うと、妙に女の心を読むのがうまいときもある。今は鈍感でいて欲しかったのに、見抜かれてしまった。それほどわたしは、鬱屈を顔に出してしまっていたのだろうか。

「そうですか？　別にそんなことないですよ」

わたしは白を切った。今の関係に波風を立てる勇気は、まったく持ち合わせていなかったからだ。しかし木之内は、納得してくれなかった。ワイングラスを置くと、物理的圧力を感じさせるほど真っ直ぐにわたしを見つめる。

「君はとぼけるのが下手だな。何があった？」

そうなのだろうか。わたしはそんなに内心を隠すのが下手なのか。そうではなく、木之内がわたしの心を読むのがうまいのだと思った。わたしは木之内にだけは、秘めた思いを読み取られてしまう。それは決して不愉快ではなかった。

わたしは迷った。波風は立てたくない。しかし、木之内の前では裸同然なのだと自覚すれば、隠し続けられる自信もない。何より、この苦しみから逃れたいという気持ちが強かった。木之内の視線の圧力が、わたしに語るよう促している。

「実は……」

そう口走ったのは、ほとんど衝動的なことだった。熟考していたら、何も言えなかっただろう。木之内が醸し出す心地よい雰囲気に呑まれ、口を開かされたとしか言えなかった。

「おとといですけど、七時半まで残業してたんです」

「あれ？　そんなに仕事が多かったかな」

木之内は話の向かう先に気づかないようで、首を傾げる。なぜ残業したかを説明するのが面倒だったので、わたしは「少し」と曖昧に答えておいた。

「ようやく終わって帰る途中で、木之内さんを見かけました」

わたしは木之内の目を見ていた。じっと見ていた。一瞬の狼狽も見逃すまいと、思い定めていた。果たして木之内は、目を逸らすような愚かな真似はしなかった。ただ、ぱちぱちと数度、瞬《まばた》きをしただけだった。

「ああ、そうか、あれは七時半くらいだったか」

木之内は見事に振る舞った。動揺する気振りもなく、至極自然に答えた。わたしが何を見たのかわかっているはずなのに、口籠りもせず平然としていたのだった。その完璧な対応に、わたしは皮肉でなく感嘆した。

「わかったよ、君がどうして元気がないか。あのときぼくが、女性と一緒に歩いていたからだろ。なんだ、そんなことだったのか」

木之内はわたしの不安を和らげるように、苦笑を浮かべた。わたしはまだ笑えない。木之内がどんな言い訳をするのか、一言一句正確に聞き取りたかった。

「あれは取引先の女性だよ。話が長引いたんで、何か食べながら続きを相談しようかってことになって、それで表参道に来てたんだ。すごく綺麗な人だから、びっくりしたんだな。でもそれだけのことだから、安心してくれ」

「そうだったんですか」

わたしは笑みを浮かべた。木之内も、こちらに合わせて微笑んだ。

「そうだよ。ぼくが君以外の女と付き合うわけないだろ。それにしても、焼き餅を焼くなんて君もかわいいな」

木之内はまたワイングラスに手を伸ばして、一気に呷った。わたしはそこにワインを注ぐ。木之内はわたしにも飲めと勧めた。言われるままに、グラスを口に運んだ。

ついさっきまで、わたしは内心をうまく隠せなかった。隠すすべを知らなかった。だが今は、どうやら完璧に隠しおおせたようだ。この短いやり取りの中で、わたしは経験を積んだ。自分の気持ちの隠し方を。心とは裏腹の笑みを顔に浮かべる方法を、わたしは学習したのだった。

木之内の態度は完璧だった。それなのにわたしは、木之内が嘘をついていると見抜いてしまった。根拠はない。強いて言うなら、木之内の演技が完璧すぎたからだろうか。もう少し慌てる様子があれば、わたしも木之内の言い訳を信じただろう。だが木之内はまったく動じなかった。だからこそ、わたしはそれを嘘だと思った。

なぜわたしは、木之内のつく嘘に騙されないのだろう。木之内はあれほど完璧に演技してくれていたのに、わたしには通用しないのだ。わたしは木之内に騙されたかった。騙されることで、心の平安を得たかった。

しかしわたしは、木之内の嘘を見抜く力を得てしまった。これが女の勘というものなら、そんなものはいらなかった。わたしに嘘をつく木之内。騙されている振りをするわたし。わたしは相手の嘘を見抜いているのに、木之内はこちらが演技していることに気づいてくれない。些細だが、とても大きい齟齬《そご》。

賢い木之内が、この夜はひとつだけ間違いを犯した。木之内は終始、ずっと優しかったのだ。食事中もラブホテルのベッドの中でも、木之内はいつもより優しかった。わたしは木之内に抱かれながらも、彼の優しさの中に嘘を見ていた。

12

不安は心に広がる黴だ。一度生えてしまえば、根絶するのは難しい。表面を擦ったところで、黒い跡が残ってしまう。わたしは木之内の嘘を信じようとしたが、どうしても無理だった。不安は心に根を下ろし、さらにじわじわと侵食の手を伸ばし続けている。

木之内と過ごしていない夜は、ことに不安に苛《さいな》まれた。今もあの女と、ふたりだけの時間を過ごしているのかもしれない。わたし相手では決して味わえない、容姿の美しさを愛でる喜びを感じているのかもしれない。そう考えると、気のせいではなく本当にぎゅっと心臓が縮まり、息苦しくなった。なぜ木之内を好きになってしまったのかと、自分の心の動きを恨めしく思った。こんなに苦しい思いをするなら、好きになりたくなかった。世の中の大半の男がそうであるように、わたしと無関係のままでいて欲しかった。わたしは苦しみを与える木之内を恨んだが、そこに甘やかさが交じっているのも自覚していた。憎しみが交じらない、愛情と区別がつかない恨みもあることを、初めて知った。

不安は心を閉ざす。閉ざされた心は、己の中で思考を発酵させる。わたしは苦しみに耐えかね、そこから逃げ出す手段をなんとか模索していた。そして、平時ならとても考えられないことを思いついたのだった。

木之内をこちらから誘ってみよう。わたしはついにそんなことを考えた。言うまでもなく、これまでの人生で男を誘ったことなどなかった。わたしが慎み深い女だからではなく、身の程を知っていたからだ。男を誘って許される女と、許されない女が世の中にはいる。わたしはむろん、後者だった。

事改めて自己卑下していたわけでもなく、ごく自然にそう自覚していたわたしが、木之内を誘おうと決めた。どれだけ追いつめられていたのか、わかろうというものだ。こちらから誘いさえすれば、気持ちは楽になる。受け身でいるから苦しいのだ。付き合い始めて半年にもなるのだから、食事に誘うくらいは許されるだろう。ともすれば暗い隘路《あいろ》に迷い込みそうになる自分の思考を、わたしは努めて明るい方へと導こうとした。

緊張は、なかった。自己暗示が功を奏したのかもしれないし、あえて山口さんたちがいる場で誘うことにしたからかもしれない。わたしは上司におねだりする無邪気な女性社員を装い、誘ってみた。

「社長、今晩何かご馳走してくれませんか。ここのところ、仕事をがんばってるので」

正面に坐っている山口さんが、ぎょっとした顔でこちらを見るのを視界の端で捉えた。だがわたしは気にせず、ただ木之内だけを見ていた。経済雑誌を読んでいた木之内は、完全に予想外のことを言われたかのようなきょとんとした表情をしている。そして、心底申し訳なさそうに眉根を寄せた。

「ああ、ごめん。後藤君ががんばってくれてるのはよくわかってるよ。でも、今夜は駄目なんだ。先約が入ってるんだよ。また今度必ず奢るから、今日は諦めてくれ。すまない」

「そうでしたか」

わたしは微笑みつつも、少し失望した色を顔に滲ませた。つまり、こうした場合に誰もが浮かべるであろう表情を、意図的に作ったのだ。本心はまったく違った。わたしの心の奥底には、これまで感じたことのない感情が唐突に芽生えていた。

怒りだった。火柱状の、天に駆け上らんばかりの怒り。怒りは臓腑を貫き、脳天に達した。だが顔面だけは素通りした。わたしを見て、内心を見抜ける人はいなかっただろう。体を左右に引き裂いてしまいそうなほどの怒り。獰猛な野獣にも似た荒々しさを有した怒り。かつて感じたことのない怒りは、しかし意外にも心地よかった。なぜなら怒りは、枷を食い破っていたからだ。解放される喜び。怒りは、縮こまっていたわたしを解き放ってくれたのだった。

解放されたわたしに、怖いものはなかった。わたしは瞬時に肚《はら》を固めていた。木之内が女といるところを押さえてやる。それに伴うデメリットが考えられなかったわけではないが、そんなことはどうでもよかった。この決意の前には、木之内に捨てられるかもしれないという恐怖でさえ些細なことでしかなかった。

わたしは木之内を観察して、行動パターンを読んでいた。木之内はどうやら、午後四時に外出してそのまま事務所に戻らないときに、女と会っているようなのだ。それ以外のときは、会っている取引相手を特定できた。木之内は決していい加減な男ではない。いい加減では、会社経営はできない。しかしその律儀さが、今回はわたしに推測を許したのだった。

午後三時半を回ったときに、わたしは演技を開始した。腹痛を訴え、早退させて欲しいと願い出た。何も気づいていない木之内は、心配顔で許可してくれた。わたしは荷物をまとめ、山口さんに何度も詫びてから事務所を出た。向かう先は、道を挟んで事務所の正面にある喫茶店だった。

その喫茶店は二階建てで、道に面する側は大きなガラス張りだった。つまり、二階の窓際に陣取っていれば、事務所が入っているビルの出入りを観察できるのだった。そのことには、かなり以前から気づいていた。いつかこの手を使うことを、わたしは覚悟していたのかもしれない。だからこそ、ここで監視を始めることにためらいは覚えなかった。

木之内が四時に出てこなければ、それもよし。今日は本当に別件があったのだろう。だが四時に出てきたなら、わたしの勘が当たっていたことになる。窓際に坐ってぼんやりと外を眺めている三十分間は、わたしにとって長かった。

果たして、木之内は現れた。四時二分。わたしは絶望感に苛まれながらも、用意してあった小銭と伝票を手にして立ち上がる。レジにそれらを置き、ウェイトレスが小銭を数えるのも待たずに外に出た。木之内を見失うわけにはいかなかった。

木之内はちょうど、地下鉄の入り口を降りようとしているところだった。わたしは道路のこちら側にある入り口から、地下に入る。切符を買っている木之内が見えたので、小走りに別の切符売り場に急いだ。木之内が入場するのを見てから、わたしも駅員に切符を切ってもらった。

駅のホームでは、木之内と二輛分ほど離れたところに立った。尾行されているとは夢にも思っていないらしい木之内は、まるで周りを警戒していない。電車はすぐにやってきたので、他の客に紛れて乗り込む。ほどほどに混んでいるため、わたしも不自然な動きをしないで済んだ。

電車は浅草行きだった。降りるのは銀座辺りかと見当をつけていたところ、まさにそのとおりだった。木之内は人の流れに乗って、銀座駅で降車する。わたしも一歩遅れてついていき、改札を通り抜けた。

木之内が目指している場所は、地上に出てすぐだった。四丁目交差点近く、鳩居堂《きゅうきょどう》の前が待ち合わせ場所だったようだ。わたしがそれに気づいたのは、見憶えのある女が立っていたからだ。先日、表参道を木之内とともに歩いていた女。忘れようもない、あの美人が鳩居堂の前に立っていた。

木之内は女に近づいていき、やあとばかりに手を挙げた。いつもの木之内の挨拶だ。週末に待ち合わせたとき、木之内は先に待っているわたしにそうやって手を振った。今はわたし以外の女に、手を振っている。許せないと思った。

ためらわなかった。足早にふたりに接近し、木之内の背中を軽く叩いた。振り返った木之内は、さすがに顔色を変えた。動揺している木之内を見たのは、これが初めてだった。

「ご、後藤君」

和子、と呼ばなかったのは、さすがと言うべきか、わたしとしては悲しむべきか。思考回路が焼き切れたらしき木之内は、それきり何も言わなかった。視線を動かすことすらできずにいる。だから木之内は、見開いた目でただわたしだけを見ていた。

わたしはそんな木之内を相手にしなかった。木之内を責める気はなかったのだ。わたしの標的は、女だった。木之内を押しのけ、女の前に立った。

「あなたは木之内さんとどういう関係ですか」

単刀直入に問うた。わたしにはこの問いを発する権利があると思っていた。女もまた、突然の闖入者に驚いているようだったが、立ち直るのは木之内よりずっと早かった。わたしに触発されてか、一瞬にして戦闘モードに切り替えていた。

「この人、誰？」

わたしではなく、木之内に尋ねた。わたしを無視することが、女の攻撃だった。木之内は答えられずにいる。会社の子、などと説明されたら深く傷ついていたところだったので、木之内が自失しているのはありがたかった。

「わたしは木之内さんと付き合っている者です」

堂々と言い放った。第三者に向かってそう言い切れる自分は、別人のようだった。わたしは生まれて初めて、自分自身を誇らしく感じた。これでもう、木之内に捨てられてもかまわないとすら思った。

「付き合ってる？　えっ、本当に？」

女の反応は、半ば揶揄《やゆ》、そして半ば驚きのようだった。木之内がわたしのような不細工な女と付き合っているのが、意外だったのだろう。女は木之内に視線を向けていた。わたしも木之内を見た。木之内は首をどちらに振るのか。縦か、それとも横か。

木之内は首を動かさなかった。その代わりに、迎合するような笑みを浮かべた。誰に迎合しているのだろう。わたしは頭の片隅で考えた。

「後藤君、具合が悪かったんじゃないのか？　あれは仮病だったのか。それならよかった。心配してたんだぞ」

木之内は意外なことを言った。まったく、完全にわたしの意表を衝いていた。木之内はわたしが尾行していたと悟っているはずなのに、怒るどころかこちらの身を案じた。その場凌《しの》ぎの口先だけの心配なのかもしれないが、だとしたところで今この瞬間にそう口にできるのは大したものだと認めなければならなかった。

「すみません」

だからわたしは謝った。謝るつもりなんて、ほんの数秒前までまったくなかったのに、謝罪の言葉が口から出た。わたしは自分の敗北を自覚した。木之内相手には勝てない。ならばせめて、女には怒りをぶつけておきたかった。

「あなたは木之内さんとどういう関係なんですか？」

同じ質問を繰り返した。この女も、木之内の恋人のつもりなのだろうか。木之内はふた股をかけているのか。それとも、わたしから乗り換えようとしているのか。どちらかが本気で、どちらかが浮気なのか。その答えを、女を詰問することで得たかった。

「徹、何この女？　付き合ってるって、本当なの？」

女はあくまでわたしを無視する。だがそんなことよりも、女が木之内に「徹」と呼びかけたことの方がショックだった。わたしはまだ、そんな呼び方ができずにいる。しかもこの口の利き方。わたしは敬語で、女は対等に話しかける。木之内はなぜ、こんな話し方を許しているのか。

「本当よ。だから、木之内さんとどういう関係かって訊いてるんじゃない」

わたしは女の視線の向かう先に立ち塞がり、代わりに答えた。女が信じないのも無理はないが、わたしが木之内と付き合っているのは事実なのだ。無視することは許さない。

「うそー。徹、そんなに趣味悪かったの？」

女は呆れたように斜め上を見上げた。完全にこちらを見下した態度。容姿に恵まれた女は、ときにひどく傲慢になる。女は明らかに、己の容姿が優れていることを自覚してこんな態度をとっているのだった。

「後藤君」

後ろから肩を掴まれた。わたしを振り返らせると、木之内は女にではなくわたしに向かって言った。

「前にも言ったけど、この人は取引先の人だ。だから喧嘩を売らないでくれ」

「えっ、ちょっと――」

木之内の説明が、女は不満そうだった。わたしだって、木之内の説明をまったく信じていなかった。どこの取引先の人が、「徹」と下の名前で呼びかけるだろう。木之内は信じてもらえないことがわかっていて、こんな無理な説明をしているのだった。

つまり木之内は、この女とは付き合っているわけではないと言っているのだ。女にではなく、わたしに向かって言い訳をしている。そのことが、何より嬉しかった。わたしは勝者なのか。一瞬、そう思うことができた。

だが次の瞬間、わたしの喜びは水を浴びせられた。木之内は心底困り果てたように眉根を寄せると、顔の前で両手を合わせた。

「そういうことだから、今日は取りあえず帰ってくれ。なっ。また明日、きちんと説明するから。頼むよ」

木之内は身を屈め、わたしを拝んで懇願した。なりふりかまわないその振る舞いに、わたしは絶句した。木之内はわたしに帰れと言っている。女にではなく、わたしに帰れと言っている。これが敗北でなくて、なんなのか。わたしの視線は中空をさまよい、女の顔を捉えた。女は勝ち誇った表情をしていた。

不意に、体から力が抜けた。それはそうだよな、と思う。勝敗は、最初からわかりきっていた。こんな綺麗な女と、男を争って勝てるわけがなかった。わたしはただ、勝負を挑むこと自体に酔っていたのだ。勝負を挑めることそのものが嬉しく、勇んでここまでやってきた。言わば、勝敗は度外視していたのである。わたしは負けることも、木之内に嫌われることも覚悟していた。それでもここまで木之内を追いかけてきた衝動がいとおしかった。わたしのような女でも、後先を考えられなくなるほど男にのめり込めたことが嬉しかった。

わたしは木之内に頷き、踵を返した。何も言わなかった。言えば惨めになる。勝敗が決したからには、ただひたすらこの場から遠ざかりたかった。

足早に歩きながら、わたしは泣いていた。銀座の街を涙を流しながら歩く女は目立ったろうが、誰も声をかけてこない。それはそうだ、とまたしても思う。わたしのような不細工な女が泣いていても、声をかけてくる男はいない。これが現実なのだ。現実を知ったからといって、いちいち泣くことはない。そう自分に言い聞かせても、涙はうんざりするほど溢れ続けた。

13

会社を辞める覚悟はできていた。あれだけのことをしたのだから、このまま居続けられるわけもない。木之内はわたしの顔を見るのもいやだろうし、あの女との付き合いを邪魔されたくもないだろう。ただ、自分から身を引くような殊勝な真似をする気はさらさらなかった。木之内に臍を切らせ、多少なりとも後ろめたさを味わわせたかった。

だから翌日も、わたしはいつもどおり出勤した。事務所を開け、全員の机の上を拭く。なじられるなら、山口さんや安原がいるところで怒鳴られたかった。何が原因でわたしが辞めさせられるのか、ふたりには知っておいて欲しかった。

山口さんが来て、次に安原も姿を見せた。ふたりとも、わたしの決意には気づかない。それだけ表面を取り繕うのがうまくなったのかもしれないが、そうではなく単にわたしに関心がないのだろう。こちらは彼らに多少なりとも愛着を感じ始めていたところだったので、一緒に働くのも今日が最後になるかと思うと寂しかった。

定時の二分前に、事務所に飛び込むように木之内はやってきた。壁の時計を見て、「セーフ」などと呑気なことを言う。その様は怒りを無理に抑えているようには見えず、わたしは戸惑った。

「経営者自ら遅刻しちゃいかんからな。示しがつかない」

誰にともなく木之内は呟くと、そのまま自席に坐って卓上のメモを読み始めた。わたしに何か言おうとする素振りはない。いつもの朝と、なんら変わらなかった。

わたしは拍子抜けしたが、これで済むわけがないと思っていた。考えるに、木之内は他のふたりがいるところで修羅場を演じるのを避けているのだ。ならば、引導を渡されるのは今夜だろう。そう覚悟していると、昼休みに入る前にさりげなく、「今晩付き合ってくれ」と言われた。

覚悟はしていたはずなのに、体が硬直するほどの緊張を覚えた。ふだんどおりに振る舞っている木之内に、騙された気分にもなる。最初から怒りを表明してくれていれば、わたしも諦めとともに受け入れられた。体面を重んじ平静を装っている木之内のせいで、わたしはこんなにもおののいている。ただ、どうせならそのことについても文句を言ってやろうなどという猛々しい気持ちも湧いていた。

夕方に山口さんと安原を先に帰らせると、「七時に店を予約してあるんだ」と木之内は言って立ち上がった。わたしはぎこちない返事しかできないのに、木之内は何も言わない。言うべきことはすべて、店に行ってから話すつもりのようだ。わたしは木之内から二歩分ほど遅れて、ついていった。傍目には、とても恋人同士には見えなかっただろう。

木之内が用意していたのは、フランス料理店の個室だった。周りの耳や目を憚《はばか》る話をするのだと、個室に案内されて改めて予想する。きっとおいしいコース料理が供されるのだろうが、最後までは食べられないなと思った。おそらくわたしは、途中で席を立たなければならなくなる。

木之内はメニューを見て、てきぱきと注文をした。こうした際の食前酒はだいたい決まっているので、わたしに好みを訊いたりもしない。だからまともに言葉を交わしたのは、ウェイターが個室を出ていった後だった。

「さて、昨日は悪かったね」

そんなふうに木之内は切り出した。わたしは「こちらこそ」と言うべきだったのかもしれないが、昨日の振る舞いを自己否定するような真似はしたくなかった。わたしは悔いてはいない。ならば、木之内の気持ちを引き留めるために思ってもいないことを口にするべきではなかった。わたしは俯いたまま、ただ小さく首を振った。

「ええとさ、なんて言ったらいいのかわからないんだけど、きっとびっくりしたよな」

意外にも、木之内は強気な態度はとらなかった。むしろ、下手《したて》に出ているようにも聞こえる。これは修羅場を避けるためのテクニックなのだろうか。わたしが泣き喚くのを、木之内は恐れているのかもしれない。

「びっくりというか……」

腹が立ちました。そう続けたかったが、さすがに控えた。せっかく木之内が下手に出てくれているのに、怒らせることはない。木之内がテクニックを駆使するつもりなら、そのお手並みを拝見してやろうという気になっていた。

「いや、和子がどう思ったかは、ぼくもよくわかってるんだよ。頭に来たよな。そりゃそうだ。あの人、けっこう馴れ馴れしいからさ。仕事が終わった後だったから、寛いだ気分になってて、それでぼくに対してあんな接し方をしてたんだよ。和子が誤解するのは当然だと思うよ」

わたしは木之内の言い訳を聞いて、思わず顔を上げてしまった。驚いたのだ。この期に及んでまだ、木之内は言い繕おうとしている。あの女は仕事関係の付き合いだという言い訳を、あくまで貫きとおそうとしている。何を考えているのか、見当がつかなかった。

「誤解、ですか……？」

あまりに頓狂な言い訳に、つい訊き返した。木之内はすかさずそこに食らいついてくる。

「そうだよ、誤解だよ。いやぁ、ぼくもあの人の態度にはちょっと困ってたんだ。もしかしたら、思わせぶりな態度をとっちゃったのかもしれない。だとしたら、ぼくの責任なんだけどな」

そこまで言われてようやく、木之内が別れ話を切り出そうとしているわけではないのだと理解した。そんな可能性はまったく想定していなかったので、理解が遅れた。喜ぶべきところなのだろうけれど、〝なぜ〟という思いの方が先に立つ。なぜ木之内は、こんな無理な言い訳を続けているのだ。

「じゃあ、あの人とは本当になんにもないんですか」

わたしのとるべき態度は決まっていた。木之内がそのつもりなら、騙されてもいい。いや、木之内だってわたしがこんな言い訳で騙されるとは思ってないだろう。単にわたしが、怒りを収めさえすればそれでいいはずだ。馬鹿にされているとは思わなかった。わたしの本音は、どんな形でもいいから木之内と付き合っていたい、だった。ただ、そのためになりふりかまわず、泣いて縋《すが》るような真似はできなかった。向こうが落としどころを用意してくれるなら、それが一番望ましいのだった。

「ないない、ないよ。そんなことは和子が一番よくわかってるじゃないか。そうだろ？」

鉄面皮を絵に描いたような、木之内の笑顔だった。この男は不誠実だ。わたしはついに悟った。わたしは不誠実な男を好きになった。でも、それが判明したからといって嫌いにはならなかった。わたしの感覚はおかしいのかもしれない。こんな不誠実な人を許してしまう女は、男からすると単に都合がいい存在でしかないかもしれない。それでもわたしは、この選択が間違っていないと直感していた。わたしは自分で道を選んだ。決して後悔しないという自信が、胸の底に厳然としてあった。

「わたしは木之内さんの——徹さんのなんなんですか？」

どさくさに紛れて、思い切って呼びかけ方を変えた。あの女が木之内を「徹」と呼ぶなら、わたしだってそう呼んでも許されるはずだ。果たして木之内は、呼称にはまったくこだわらずに、内容にだけ気を取られていた。

「何って、そりゃああれだろ。彼女だ。違うのか？」

問われたこと自体が不本意であるかのように、木之内はちょっと口を尖らせた。そんな態度はあまりに三十男に似つかわしくなく、わたしは思わず笑ってしまった。笑ってしまえば、こちらの負けである。木之内に初めて〝彼女〟と認めてもらって、硬く縮こまっていた心は完全に防壁を崩されていた。

「徹さんの彼女は何人いるんですか」

これは意地悪な質問だと、自分でも思った。木之内は苦笑いを浮かべ、「和子ひとりに決まってるだろ」と答える。完全な誘導尋問だが、わたしはその言葉を木之内自身の口から聞きたかったのだ。あの女ではなく、他の誰でもなく、わたしが木之内の彼女だと、確言して欲しかった。それを聞けば、わたしの中の何かが大きく変わるという予感があった。

木之内を信じたわけではなかった。むしろ、木之内を信じたい気持ちが激減した瞬間だったと言えるかもしれない。でもわたしは、耳に心地いい言葉は受け入れることにした。たとえそれが実を伴わない空疎なものだったとしても、かつて誰ひとりわたしには囁いてくれなかったのだ。木之内がわたしを彼女だと言ってくれる限り、その言葉は楽しい気持ちで受け止めたかった。

なぜ木之内はわたしの機嫌をとるのか。どうして、面倒な女だとは思わなかったのか。そんな疑問は依然として残っていたが、もう問い質す気はなくなっていた。木之内はこれまでにも、何度もわたしを誉めてくれた。スタイルを誉め、知識を誉め、機知を誉めてくれた。だったらその言葉を疑わず、それらの要素に木之内が惹かれているのだと思うことにした。わたしにも魅力はある。そう気づかせてくれた木之内には、いくら感謝してもしたりなかった。

木之内がわたしをいい気分にさせてくれる限り、別れるなどとは考えないようにしよう。大した決意も意気込みもなく、そう決めた。

14

木之内の言葉とは裏腹に、会社にも女からの電話がかかってくるようになった。商用の電話は一日に何本もかかってくるから、その中の一本があの女からとは最初わからなかった。妙に突っかかる物言いをする人だなとは思ったものの、だからといってこちらも感情的な応対はできない。あくまで慇懃に応じて、木之内に回した。

するとと木之内は、一瞬動揺を見せはしたがすぐに立ち直り、ビジネス上の相手と言葉を交わしている振りをした。その様はなかなか見事だったが、わたしの目をごまかせるほどではなかった。わたしはもう、木之内の嘘を見抜ける目を獲得していたのだった。

木之内はなんでもない顔をして電話を切ったが、二時間ほどすると出かけていき、それきり帰らなかった。木之内がどこに行き、何をしているのか、わたしにはわからなかった。

木之内との付き合いでは、喜びだけを感じようと思っていた。辛いことは受け流し、ただ楽しいことだけを満喫する。そう決めれば楽になると想像していたのに、実際にはなかなか難しかった。人の心にスイッチはない。そんなに簡単に、都合のいいことだけ感じ取れるようにはできていないのだ。

女は毎日電話をかけてきた。木之内は何回かに一度は居留守を使って電話に出なかったが、それはわたしの目を気にしたポーズのようにも思えた。行く先を曖昧にしたまま出かけて、そのまま戻らないことも増えた。女との付き合いは切れていないのだった。

心に鑢《やすり》をかけられているようだった。電話に出るのがいやになった。わたしが電話を取ると、女は勝ち誇った声で木之内への取り次ぎを願う。わたしは事務的に応じて、木之内に回す。木之内は表面を取り繕って話し、夕方になると出かけていく。電話が鳴るたび、わたしの心は磨り減っていく。

木之内の態度は、以前と変わることはなかった。週に二、三度のペースでわたしを食事に誘い、陽気に飲み食いしては、ホテルに向かった。木之内は後ろめたさなどまったく感じていないようだし、わたしに飽きた様子もなかった。ふたりの女と同時に付き合えるような男は、そもそもまめなのだろう。不誠実な性格であっても、女とふたりきりでいるときは心の底から誠実な男でいられるのだ。だからわたしも、他の女からの電話に臍を曲げるような野暮な真似はできず、楽しさに流されてしまった。

わたしは木之内にとって、どういう存在なのだろう。つい、改めて考えてしまう。都合のいい女か。おそらく、そういう面は確かにある。誘いやすく、気持ちよくお喋りができる相手。わたしはそれでいいと思っていた。木之内がわたしと一緒にいる時間を楽しいと思ってくれるなら、こんなに嬉しいことはない。それ以上を望んだりは、決してすまいと決めていたつもりだった。

それなのにわたしは、木之内があの女とわたしのどちらを大事にしているのかと考える。向こうが本命で、わたしは遊びなのか。それとも、わたしこそ木之内にとっての一番なのか。二番はいやだと、わたしの心が叫ぶ。どんなに宥《なだ》め賺《すか》そうとも、どうしても納得しようとしない。わたしはどんどん図々しくなっていく。

わたしが一番であるはずがない。冷静に考えれば、そう結論するしかない。木之内は下手物《げてもの》食いというわけではない。それが証拠に、あの女は一般人離れして顔立ちが整っている。やはり木之内は、美しい女が好きなのだ。ならば、わたしはとても勝負にならない。

わたしは左頬に手を伸ばす。指先に感じる突起。おできのようなほくろ。このほくろさえなければいいというわけでもないのはわかっていたが、それでも幼い頃から、これがコンプレックスの源だった。幼稚園の頃から、心ない男子にからかわれ続けてきた。人にはない、わたしだけのハンディ。このほくろがあるせいで、いつも他人に後れをとっている気分だった。異性はもちろんのこと、同性に話しかけるにも気後れした。一瞬でも相手の視線が動き、ほくろに注意を向けたと感じると、心がたちまち萎縮する。木之内と付き合うことでコンプレックスも小さくなるのではないかと期待したが、結局変わりはない。このほくろがある限り、自分が一番になる日は来ないのだと思えてならなかった。

　取ってしまおうか。ふと、そう考えた。いや、今突然に考えたわけではない。それこそ小学生の頃から、ずっと取ってしまいたいと望んでいた。にもかかわらず未だに手術を受けずにいたのは、単純に怖かったからだ。病気でもないのに自分の体にメスを入れ、一部分を捨ててしまう。それはひどく冒瀆的な気がしたし、親に対して申し訳ないという思いもあった。わたしが自分の容姿にコンプレックスを持っていることで、親もまた傷ついている。心のどこかで親を恨んでいることを、特に母親は悟っている。そんな親に対し、手術を受けてほくろを取りたいとはなかなか言い出せなかったのだ。

　手術に対する抵抗は大きい。できることなら避けたい気持ちに変わりはない。ただ、木之内の一番になりたいという願いは、日ごとに強くなっていく一方だった。自分の望みが、わたし自身を苦しめる。わたしはこの悩みを、人に聞いてもらいたいと思った。

　そんなときに思い浮かぶ相手は、ひとりしかいなかった。高校時代の同級生である、川村季子《かわむらときこ》。木之内の会社に就職してから一度も会っていなかったが、そろそろ連絡をとる頃合いかもしれなかった。

季子はわたしにとって、数少ない友達のひとりだった。同性にすら構えて接するわたしは、なかなか打ち解けて話すことができない。ぎこちない態度の相手に、人は心を開かない。だからわたしはいつも、他人と表面的な付き合いしかできないのだった。

そんな中、季子はかまわず話しかけてくれた。わたしが無意識に張り巡らしている見えない壁を、強引に突破してくれる人なつっこさを持っていた。友達を作るために能動的に動こうとしないわたしには、季子のような積極的な人が必要なのだった。

大学まではほぼ毎日のように連絡をとり合っていたが、お互いに社会人になってしまえばそれも難しい。加えて、季子は何かに夢中になるとわたしのことは忘れる傾向がある。ここ半年ほど電話もかかってこないのは、彼女の気を惹くことが他にあるからなのだろう。きっと彼氏だと推測していたので、わたしの方からは連絡していなかった。

自宅に電話をしてみると、遅い時刻だったので季子は在宅していた。開口一番、「久しぶりね、どうしたの？」と尋ねてくる。わたしから電話をするときは何か用があるときと決まっているから、こんな訊き方をするのだ。用がなければ電話もしない自分の不義理を、わたしは恥じた。

「ごめんね、ぜんぜん連絡しないで。新しい会社に慣れるのにいっぱいいっぱいで、ちょっと余裕がなかったんだ」

「そうだろうと思ってた。でも、電話してきたってことは、もう慣れたのね」

「うん、まあ。それで、久しぶりに会えないかなぁと思って」

「何か悩みがあるのね」

季子は断定した。長い付き合いだと、どうしても見透かされてしまう。そのとおりだと認めてしまう勇気もなく、「ちょっと……」と曖昧に答えておいた。それだけで、季子は察してくれた。

その週の日曜日に、わたしたちは渋谷で会った。去年できたばかりのパルコの前での待ち合わせは、季子の希望だった。季子は流行に敏感で、話題の場所には必ず足を運ぶ。パルコ前での待ち合わせなんてわたしには華やかすぎて臆したが、約束の時刻に十分ほど遅れてやってきた季子の態度は堂々としたものだった。

「久しぶりー。元気だった？」

季子は遅れたことの詫びも言わずに、わたしに近づいてきた。こちらの両肘を摑み、嬉しげに揺する。以前からの季子の友情表現なので、わたしは懐かしく感じた。その一方、季子がずいぶんと綺麗になっていることに戸惑わされた。

忌憚《きたん》なく言って、季子の容姿は中の中から中の上辺りといったところだった。むろん、わたしよりは遥かに恵まれているが、特別感はまったくない。ごく普通の、どこにでもいる女の子のひとりだった。

それが今は、周りの男がちらちらと視線を向けるほど目立っていた。パルコ前で待ち合わせるにふさわしい、ファッション雑誌からそのまま抜け出したようなプリーツスカートを身にまとい、しかも不自然でない。昔はショートだった髪型も、肩にかかるほど長くなっている。加えて化粧がうまくなったのか、目鼻立ちがくっきりして見えた。これならもう、とても十人並みとは言えない。美人と評しても、決して誉めすぎではないだろう。その変わりように、わたしはなぜかショックを受けた。

「季子、どうしたの？　ずいぶん綺麗になったねぇ」

友人の変身を誉めてやれないほど、意地が悪くはないつもりだ。内心のショックを押し隠し、わたしは素直に驚きを表明した。季子は嬉しげに微笑む。

「何言ってんのー。和子だって大人っぽくなったよ。あ、ほら、ちょうどそこの席が空いてるみたいじゃない。入ろうよ」

ガラス越しに見えるパルコ内の喫茶店に目を向け、季子は促した。わたしの返事も待たず、さっさと入っていく。その素振りから、何度も来たことがあるのかもしれないと思った。そんな態度も、なにやら別世界の人のようだった。

席に落ち着き、季子と向かい合った。確かに知っている季子なのに、やはり別人のようだ。女はある時期突然綺麗になることがあるというが、それが季子にも訪れたのだろう。わたしにはただただ羨ましかった。

思えばその瞬間、相談するまでもなく心は決していたのだ。わたしも変身したい。その思いはまさに変身願望と言うにふさわしく、わたしを強烈に摑まえ縛り上げた。わたしではない、誰か別の人になりたい。季子のように、見違えるほど綺麗になってみたい。自分に可能かどうかは考えなかった。単純に、季子に置いていかれたのが悔しかった。わたしも季子の後に続くのだ。望むことはただそれだけで、もはや迷いはなかった。

「季子、彼氏ができたの？」

わたしは直截《ちょくせつ》に尋ねた。そうした問いを遠慮するような関係ではない。季子は澄ました顔をしていたが、すぐににやりと笑った。よく訊いてくれた、と言いたげな笑みだった。

「いるよ」

あっさりと答える。その自信に満ちた物言いもまた、わたしの羨望の念を掻き立てた。わたしはまだ、木之内のことをこんなふうに他人には語れない。他の女にも目を向ける木之内を、自分の恋人として誇ることができない。二十歳過ぎの女性としてごく普通の生活を送っているらしき季子の前で、わたしは引け目を感じた。

「和子はどうなのよ」

いきなり核心に入られてしまった。木之内のことを聞いて欲しくて呼び出したのに、わたしの引け目がそれをためらわせる。恋人を他の女に取られてしまいそうだなどとは、恥ずかしくてとても言えなかった。

「……うーん」

だから、曖昧に答えておいた。「いる」と答えれば、季子は興味を示すだろう。そうなると、木之内の行状を語らずには、ほくろを取ろうと考えている理由が説明しにくくなる。いくら季子相手でも、自分が惨めに感じられるような話はしたくなかった。

「何よ、うーんって。好きな人がいるのね」

季子は断定した。好きかそうでないか、そのふたつでしか考えない季子の発想は、至極健やかだと感じられた。好きだけでは物事が済まない世界に、わたしは足を踏み入れている。自分は人並みの恋愛をしたかったのに、いつのまにか不健全な匂いが漂う関係になりつつあったことに気づいて、愕然とした。

「ちょっとね」

うまく答えられず、わたしの方から呼び出しておいたにもかかわらず不誠実な返事をしてしまう。

季子は呆れたふうに、アイスコーヒーをストローで掻き回した。

「相変わらずねぇ、和子は。そうやってなんだかはっきりしないから、陰気に見られちゃうのよ。もっとはきはきした方が、人に好かれるのに」

聞きようによってはひどい物言いだが、これでも季子に悪意はないのである。むしろ、わたしのためを思って言っているつもりなのだ。実際、そのとおりだと思う。わたしだって、直せるものなら自分の性格を直したい。まったく別の人間になりたい。

「季子の彼って、どんな人？」

わたしは強引に話題を戻した。自分について語るとき、季子はなんらためらわない。臆面もなく自慢話をするその態度は、いっそすがすがしいとすら思う。裏表がない性格はときに誤解を招くこともあったが、わたしはそんな季子が好きだった。だから、季子の自慢話を聞くのは決して嫌いではなかった。

季子は以前と少しも変わらない調子で、滔々と自分の恋人について語った。会社の二期先輩だというその男性は、身長が高く、スポーツマンで、有能な会社員なのだそうだ。わたしは適宜《てきぎ》相槌を打ち、心の底から羨ましがり、「それでどうしたの？」と話の先を促した。かつて季子の話は、わたしにとって未知の世界を垣間見させてくれる扉だった。でも今は、先達の経験談である。季子がどんなふうに男と接し、どこにデートに行き、そして夜をどのように過ごしているのか、わたしは貪欲に知識として仕入れようとしていたのだった。

さんざん喋って満足したのか、季子はようやく、「で、悩みってなんなの？」と尋ねてきた。本題をすっかり忘れていたようだ。もっとも、わたしも悩み相談があるとはっきり言ったわけではないのだから、季子のマイペースぶりを責めるわけにはいかない。

「うん、あのね」

わたしは語るまでもなくすでに決心していたのだが、やはり聞いてもらいたい。聞いて、決心が正しいと肯定して欲しかった。わたしは声を潜め、とんでもない悪事を打ち明けるように言った。

「わたし、このほくろを取っちゃおうと思って」

季子はわずかに眉を吊り上げただけで、大袈裟に驚いたり、呆れたりはしなかった。ひとつ頷くと、意外な鋭さで指摘した。

「好きな人ができたからね」

「――そうなの」

よけいな説明をせずとも理解してくれたことが嬉しかった。久しく会っていなかったから忘れかけていたが、友情のありがたさを再認識した。季子はわたしの顔つきから本気さを見て取ったのか、口許を優しげに綻ばせた。

「いいんじゃない。和子もさんざん考えた末のことだろうから、いいと思うよ。あたしもね、そのほくろは取った方がいいんじゃないかと前から思ってたんだ。でも、そんなこと言えないでしょ。やっとその気になったのかと、今は思うよ。ほくろひとつ取って和子が変われるなら、やった方がいいよ」

「季子もそう思う？」

思わず、声が弾んだ。やはり相談してよかった。わたしが変わりたがっていると、季子は正確に見抜いていた。さすがは長い付き合いだ。ここ半年ほどのブランクが、もったいなく感じられてきたほどだった。

「うん、思うよ」季子は力強く言う。「だって、そのほくろがずっとコンプレックスになってたんでしょ。ほくろのせいで、和子はいつも俯きがちに人と接するのよね。もっとちゃんと前を向けばいいのに。ほくろがなくなれば、相手の顔を正面から見られるようになるよ、きっと。だから、取っちゃいなよ」

「ありがとう。そうする」

肯定してもらって初めて、季子に手術を止められるかもしれないと考えていたことに気づいた。季子はごく普通の感性の持ち主だ。整形手術にいい印象は持っていないだろう。そんな手段に頼らず綺麗になった季子からすれば、わたしの決断は愚かとしか見えないに違いない。内心で、勝手にそう決めつけていた。

季子はそんな人ではなかった。常識だの世間体だのに囚われず、ただ純粋にわたしの気持ちを察してくれただけだった。正直、こんなに相手の気持ちがわかる人とは思っていなかった。誤解していて申し訳なかったと、心底思う。季子に感じていた友情は、今ようやく確固としたものになったのだと実感した。

「でも、和子がそこまで考えるなんて、相手の人はよっぽど素敵なのね。どんな人なのよ」

季子は一転して、好奇心に目をきらきらさせた。わたしは苦笑しながらも、頭の中で素早く考えを巡らせた。語っていいことと、いけないことを選り分ける。そして無難に、同じ職場の人で、十二も年上のおじさんだと卑下するように説明した。季子はその説明に驚いた様子で、「おじさんを好きになるなんて、やるじゃん」と面白がった。季子が思い描く木之内は、実際とはまるで違っているのだろう。そのギャップが、わたしは少し残念だった。

15

手術費用は、なんとかなる。給料の大半はそのまま貯金に回しているし、ほくろを取るだけの手術なら費用はそれほど高額ではない。問題は、親への説明だった。無断で手術を敢行《かんこう》し、事後承諾を得るという方法も考えたが、できるならそれは避けたい。わたしにとっての一大事ならば、やはり親にも事前に知っておいて欲しかった。

わたしはまず、母に決心を打ち明けた。わたしに似ていない母。公平に見て、母は若い頃は綺麗だったろうと思わせる顔立ちである。実際、昔の写真を見て驚いた。わたしを産んだ頃の母と今のわたしは年齢的に近いが、面差しはまるで違う。わたしたちを見て親子と思う人は、ほとんどいないだろう。そしておそらく、そんな現実を母は申し訳なく感じている。母に「ほくろを取りたい」と告げるのは、嗜虐《しぎゃく》的な喜びをわずかに伴っていた。

「えっ」

母は絶句した。わたしがそう望む日が来ることを、まったく想像していなかったのだろうか。いや、そんなはずはない。他ならぬ母自身も、わたしに手術を勧めようと何度も考えたはずだ。それを今日まで言い出せずにいたのは、臆病だからか、それとも親としての気遣いか。このほくろについて語るのはわたしたち母子にとってタブーであり、親子間に存在する痼《しこ》りなのだった。

母の絶句は、予期していても避けられないことだったのかもしれない。それが証拠に、母はすぐに適切な対応をした。笑顔でわたしの決断を肯定したのだ。

「そうなの。よく決心したわね。和ちゃんのことだから、きっとじっくり考えて決めたんだと思う。だからお母さんは反対しないわ。手術費用も出してあげる」

「いいよ、貯金があるから」

わたしは母の申し出を素直に受け取れなかった。そんなことをいまさら言うくらいなら、もっと綺麗に産んでくれればよかったのにと、理不尽な文句を心の中で並べてしまう。もちろん、どんなに願っても子供の容姿を変えることなどできないのはわかっている。だからこれは親に対する甘えだが、自覚していても心は素直にならない。それほどに、わたしの心は屈折してしまっているのだった。

「本当にいいの？」

母は手術費用を出すことで、自分の負い目を少しでも軽減したいのだ。そう察していても、優しくなれない。劣等感は人の心をささくれ立たせる。わたしは顔だけでなく、心も醜いと自覚する。

「大丈夫だから。ありがとう」

最後に言い添えたのは、醜い自分がいやになったからだった。

難関は、父だった。父は絶対に反対する。だから最初に母に打ち明け、味方に引き入れておきたかったのだ。会社から帰ってきた父が夕飯を食べ、風呂に入り、ビールを飲み始めていい気分になったところを見計らって、わたしは話しかけた。

「お父さん、話があるの」

父は厳《いか》つい顔が物語るように、抑圧的な人だった。小さい頃のわたしは、些細なことでよく叩かれた。返事をしないと言っては叩かれ、行儀が悪いと言っては叩かれ、親の手伝いをしないと言っては叩かれた。父に対する恐怖は心の奥底に刷り込まれ、成人した今も消えていない。父と差し向かいで話すのは、できれば避けたいことだった。

「なんだ」

父の声は尖っていなかった。女に対して愛想よくするのは男の沽券《こけん》に関わると考えているような人なので、声が攻撃的でないこと自体が珍しい。わたしは切り出す勇気を得て、口を開いた。

「あのね、わたし、手術を受けてこの頬のほくろを取ろうと思って」

「手術？」

案の定、父は眉を顰《ひそ》めた。怒鳴られるかもしれないと予想し、わたしは身構える。しかし、意外にも父は考え込むように沈黙を保った。

「ほくろか」

しばらくしてから、ぽつりと父は言った。父は悄然としているように見えた。

「どうしても取りたいのか」

父の口調は弱々しげですらあった。それを聞いて、母と同じくらい父もわたしに対して引け目を感じていたのだと悟った。わたしの顔は、父にそっくりである。父はお世辞にも、いい男とは言えない。そんな自分に娘が似てしまったことを、父が密かに心苦しく思っているのは察していた。だがその引け目の度合いを、わたしは甘く見積もっていたようだ。

「はい」

言葉を費やす必要は感じなかった。ただ、力強い返事だけで父を打ちのめすと本能的に感じた。

案の定、父はビールを飲むグラスに視線を落として、なかなか顔を上げない。ようやく発せられた言葉は、あまりに凡庸だった。

「女の幸せは、顔に左右されるものじゃないぞ」

それを聞いて、瞬間的に怒りが沸騰した。父に何がわかる。男の父に、何がわかる。たとえまったく同じ顔でも、男と女では事情が異なるのだ。男は容姿に恵まれていなくても、評価基準が他にたくさんある。それに引き替え女は、ただ見た目だけで存在価値を決められてしまうことが多々あるのだ。加えてわたしは、父にもない醜いほくろが、頬のど真ん中にある。これがわたしの人生を左右してないなどと考えるのは、いかにも女の現実を知らない父らしい発言だった。

「お父さん、和ちゃんの好きにさせてあげてください」

母が横から助け船を出したのは、わたしのためではなく父のためだったかもしれない。母が口を挟まなければ、わたしは我を忘れて父を決定的に傷つける言葉を口にしたかもしれなかった。そうならなかったのは、父とわたし双方のため、ひいては母も含めた家族のためだった。母はわたしの容姿について過敏になっていたからこそ、適切なタイミングで崩壊を防げたのだろうと思う。

「――手術するなら、ちゃんといい医者を選ぶんだぞ。金は出してやる」

むっつりと、父は言った。爆発寸前だったわたしの心は、急速に萎んだ。とたんに父に対する根源的な恐怖が舞い戻ってきて、許しを得たことに安堵する。何か、ひどく大きな仕事を成し遂げた心地だった。

「お金は、自分の貯金で払えるからいい」

同じ台詞《せりふ》でも、母に対して発したときのような嗜虐的な気分はなかった。単に、父の助けを借りたくなかったのだ。父に借りは作りたくない。わたしは自力で、現状を変えてみせる。そのときはそう考えたのだった。

「――そうか」

父は頷くと、ぬるくなったビールを一気に飲み干した。その様はなぜだか、少し寂しげに見えた。

両親の許可が得られれば、ためらう理由は何もない。わたしは美容整形手術では名を知られた形成外科に行き、予約を取った。簡単な手術なので、それほど待つ必要はなかった。一週間後、緊張に身を震わせながら手術に臨むと、抜歯よりも簡単にほくろはわたしの顔からなくなった。わたしを長く苦しませ続けた、厭《いと》わしいほくろ。諸悪の根源にすら思えた呪いが、こんなにも簡単に取り除けたことにわたしは拍子抜けした。なぜこの程度のものに拘泥し、長期に亘って劣等感を育ててきたのか、馬鹿馬鹿しくなる。ほくろの重さは一グラムにも満たないのに、なくなってみると両肩にのしかかっていた重圧が消え去ったかのようだった。

頬に貼ったガーゼを取り去る日が待ち遠しかった。会社では、おできができたのだと嘘をついた。山口さんは、「あら、大変ね」と言い、安原と木之内は感想を口にしなかった。わたしが頬にガーゼを貼っている間、木之内は食事に誘ってくれなかった。

十日経って、ようやくガーゼが取れた。手術の痕跡は、かさぶたとして残っている。だが、ぷっくりと膨らんでいたほくろはもはや存在しなかった。わたしはかさぶたすらいとしく、左頬を鏡に向けて飽きるほど眺めた。こんなにも長時間に亘って鏡に向き合ったのは、初めてのことだった。

冷静に考えれば、ほくろがなくなったからといってわたしの容姿が劇的によくなったわけではない。それでも、そのときは自分が別人になれたようなすがすがしさを覚えた。ほくろはわたしにとって、蛹《さなぎ》の殻だった。脱ぎ捨ててしまえば、中から美しい蝶が現れる。手術後のわずかな間は、そんなふうに錯覚していることができた。

かさぶたが取れるまで、わたしは絆創膏を貼ってその部分を隠した。中途半端な状態で、人に見られたくなかったのだ。頬の真ん中に貼ってある絆創膏はみっともなかったが、醜いほくろよりはずっとましだ。だからわたしは堂々と、絆創膏を貼り続けた。

そして、何度かの消毒を経てようやくかさぶたがなくなったとき、わたしの変身願望は満たされた。ほくろのない顔。それは夢にまで見た姿であり、だからこそ現実感を欠いていて、何度見ても嘘のようだった。しかし、嘘ではない現実として、鏡はわたしの顔を映し出している。心の中心部がかっと熱くなり、その熱が全身に染み透《とお》ってわたしに多幸感を与えるようだった。これほどに幸せを感じたことは、記憶になかった。

次の日、わたしは意気揚々とした心地で出社した。最初にわたしの顔の変化に気づくのは誰か。おそらく、詮索好きの山口さんだろう。それが少し残念だったが、どうしようもないことだった。木之内が山口さんより先に出社してくることは、めったにない。

しかし、そのめったにないことが起きた。何を思ったか、木之内はいつもより二十分も早く姿を見せたのだ。だからわたしは木之内から離れられないのだと、観念する思いで苦笑した。こんなときに限って早く出社してくるなんて、木之内はわたしの心を鷲摑みにする運命に従って生きているかのようだ。わたしは笑みを浮かべて、「おはようございます」と声をかけた。

「おはよう。って、あれ？　なんだ、ほくろ取ったのか」

木之内は鈍い男ではない。ひと目でわたしの変化に気づいてくれた。嬉しくて、「はい」と答える声が弾んでいた。あなたのためにほくろを取ったのだ。あなたを他の女に奪われたくないから、思い切った決断をしたのだ。その気持ちを、どうか評価して欲しい。

「なんだ、いいじゃないかよ、和子。うん、いいぞ。なんだか見違えるようだな」

他に人がいないのをいいことに、木之内は思いきり顔を近づけてきてしげしげと眺めた。そして、「いいな、いいな」と何度も連発してくれる。木之内は不誠実でも、それを補って余りある魅力の持ち主だ。わたしは木之内の蜜に搦め捕られ、もう飛び立てなくなった蝶だった。

16

やがて、会社にかかってくる女からの電話に、木之内は冷たく応対するようになった。以前からわたしの目を気にして事務的な話し方を演じていたのだが、気づいてみれば演技ではなく本当に素っ気なく返事をしている。女から電話がかかってきてもいそいそと外出したりはしないし、むしろ仏頂面で残業をしていた。明らかに、ふたりの仲はうまくいっていないようだった。

わたしがほくろを取ったからだろうか。すぐに、そんなふうに自分に結びつけて考えた。ほくろを取り、女としての魅力が増したから、木之内はわたしを選んだのだ。わたしはあの女に勝ったのだ。

その考えは、わたしをこの上なく陶酔させた。まさか、わたしがあの女に勝てるとは思わなかった。ファッション雑誌から抜け出てきたような、格の違いを感じさせる容貌の女。あのような女に、このわたしが勝った。幼い頃から容姿にコンプレックスを抱き、誰からも愛されることなどないだろうと諦めていたこのわたしが。生きていればこんな思いがけないことが起きるのか。人生は面白いものだなと、このとき初めて思った。

勝利の陶酔は、しかし長続きしなかった。日が経つにつれ徐々に、得体の知れない不安が込み上げてきたのだ。わたしの心は、昂揚したかと思うと不安に苛まれる。木之内と付き合い始めてからこちら、ずっとそれを繰り返していた。勝者の喜びを充分に味わえない自分が、残念でならなかった。

わたしは、勝ったこと自体に不安を覚えていたのだった。わたしが勝った相手は、女として最上級のレベルにあった。それなのに木之内は、理由はわからないが女から離れた。あんな女でも捨てられるなら、わたしだっていずれは同じ運命を辿るのではないか。わたしがほくろを取ったくらいで、木之内の気持ちを永続的に惹きつけておけるわけがない。言葉にすれば、そうした不安だった。

不安を抱えたまま、木之内と付き合い続けることもできた。でもわたしの中では、確実に何かが変わっていた。ひとりで鬱々と考え込むわたしは、ほくろとともに消え去ったのだ。ほくろがなくなったからには、どこかが劇的に変わっていてしかるべきだとも思った。

だから、次に木之内と食事をしたとき、わたしは正面から尋ねた。

「徹さんは面食いじゃないの？」

木之内は面食いではないのではないか。それが、ひとつの仮説だった。より正確に言うなら、女の評価基準を顔に置いていないという意味だ。木之内は外見に惑わされず、女の本質を見ているのかもしれない。だから、あの女の容姿がいかに優れていても、木之内には意味がなかったのだ。

そうであって欲しいと思った。女の外見ではなく、中身を見てくれる男なら信頼できる。木之内がそういう男であれば、わたしはずっと愛することができる。

「面食い。うーん、どうだろう。人並みに綺麗な女は好きだけどね」

木之内は首を傾げ、ぬけぬけと言った。期待外れの返事に、わたしは悄然とした。よくもわたしを前にして、綺麗な女が好きだなどと言えるものだ。デリカシーがないにもほどがある。

「なんでそんなことを訊くの？」

逆に尋ね返された。本当にわからないのだろうか。半ば怪訝に思いながら木之内の顔を見つめると、「ああ」と勝手に納得する。

「まだあの人のことを気にしてるのか。本当に仕事関係の付き合いだったんだけどな」

あくまで言い訳を貫きとおそうとするのは、いっそあっぱれだった。苦笑したい気持ちを抑えながら真顔を保つと、木之内は今度こそわたしの聞きたかったことを言った。

「あの人、綺麗だけど気が強いんだよな。気が強い女は嫌いじゃないけど、度が過ぎるとちょっと接してて辛いね。やっぱりぼくには、和子みたいな女がいいよ」

やはり木之内は、女を喜ばせるツボを心得ている。一度がっかりさせておいてからこんなことを言うのだから、わたしは翻弄されっぱなしだ。しかし、それは決していやではなかった。

「わたしだって気が強いと思うんですけど」

だから、応じたわたしの言葉には媚びがあった。自分が男に媚びたことを言うなんて、少し前には考えられなかった。普通の女になっていくようで、嬉しい。他の女ではなく、わたしを選んでくれたことを、木之内に心から感謝した。

別の日には、季子からも連絡があった。季子はわたしの手術が成功したかどうかを気にしてくれていたのだ。相談しておきながら報告しなかったことを申し訳なく思い、また渋谷で会った。季子は開口一番、「綺麗に取れてるじゃなーい」と言ってくれた。

「すごいすごい。ぜんぜんわからないよ。ほくろなんて最初からなかったみたいに、つるっとしてるね」

季子は遠慮なく手を伸ばしてきて、わたしの頬を触った。「すべすべしてる」と、何度も撫で回す。わたしは物理的にも、気持ち的にもくすぐったかった。季子が自分のことのように喜んでくれるのが嬉しかった。

「どう？　気分は変わった？」

喫茶店に落ち着いてからも、季子はそう訊いた。いつもは自分のことばかり話す季子が、今日はわたしの話を聞こうとしてくれる。前回と異なり、引け目を感じずに語れることに解放感を覚えた。

「変わったよー。なんか、自分が軽くなったみたい」

「それだけ、あのほくろを重く感じてたのね。気持ちはわかるわ。だから、取っちゃって正解だったのよ」

「うん、そう思う」

わたしはしみじみ頷いた。手術に抵抗を感じていたかつての自分を、窘めてやりたいほどだった。いったいどれだけの長い月日を無駄にしたことか。生まれ変わるのは、難しいことではなかったのだ。

「で、好きな人の反応はどうだったの？」

季子は目を輝かせて、身を乗り出してくる。やはり、一番興味があるのはそこなのだ。わたしは苦笑しつつも、少し誇らしく感じながら答えた。

「いい、って誉めてくれた。すごくいいって」

「よかったじゃない！　じゃあ、うまくいくかもしれないわね。和子も自分に自信が持てたでしょ。がんばって、迫ってみちゃえば？」

いたずらっ子のように、季子は言った。季子はわたしが片思いをしていると誤解している。こちらが正直に語っていないのだから、仕方がない。疚しさから、前回話せなかったことを少しだけ明かした。

「その人、他に好きな人がいたのよ。でも、気が強すぎていやになったとかで、もう別れたみたい」

「えっ、そうなの？　ますますチャンスじゃない？」

「うん」

短く応じると、季子は少し口を噤んだ。そして、いまさら気になったかのように、口調を改めて尋ねてきた。

「和子の好きな人って、どんな人？」

季子が聞きたいのは、先日話したような表面的なデータではないのだろう。ならば、こちらも腹を括って木之内のことを語らざるを得ないようだ。わたしはためらいながらも、打ち明けた。

「実は、わたしの新しい職場の社長さんなの。といっても、わたしとその人の他にはふたりしか社員がいない、小さい会社なのよ」

変に想像を膨らまされる前に、急いで説明した。それでも季子は、驚いていた。

「へーっ、社長さん。和子、やるわねぇ。じゃあ、あわよくば社長夫人？」

「そんな、結婚なんてまだ考えてないよ」

それは嘘ではないし、そもそも木之内と結婚したからといって社長夫人という形容は違和感があった。何しろ総勢四人しかいない小所帯なのだ。わたしと木之内が結婚しても、家族経営に毛が生えたようなものでしかない。

「でも、経営者なんてかっこいいね。三十三歳だっけ？　まだ若いじゃない。それで一国一城の主なんて、すごいなぁ。で、見た目はどうなの？」

「えっ、見た目？」

どう答えるべきか、しばし迷った。結局、主観を交えずにデータ的なことを話しておいた。身長は百七十五センチほど、痩せているけど筋肉質、ちょっと吊り目、面長の輪郭、など。季子はいちいち頷き、最後に「へーっ」と言った。

「なんか、かっこよさそうね。いいなぁ、和子。そんな人と一緒に働いてるなんて」

「季子だって、かっこいい彼と付き合ってるんでしょ」

わたしは言い返したが、季子は聞こえていないかのような態度だった。

「和子の勤め先の人なら、そのうち会う機会もあるかもね」

そうだろうか。木之内を引き合わせる機会などあるとは思えなかったが、むきになって否定するわけにもいかず、わたしはただ「そうかもね」とだけ言っておいた。

17

喜んでいるのも束の間、ひと月もするとまた木之内の挙動がおかしくなってきた。今度は別の女から電話がかかってくると、行く先を告げずに出かけていくようになったのだ。わたしも何度か電話を受けたので、前の女と別人であることは間違いないとわかる。口調は攻撃的でないし、何より声質がかわいらしい。だからこそ、ビジネスの電話ではなく私用であることを強く印象づけた。

腹が立つというより、がっかりした。またか、という徒労感もある。木之内の正体はわかっているつもりだった。一度他の女に目をやったからには、同じことを繰り返すだろうと予想もしていた。しかし、まさか一ヵ月しか経っていないのに次の女を見つけるとは、思いもしなかった。木之内は病的に女を欲する体質なのだろうか。病気だから、わたしひとりでは満足できないのか。それとも、わたし自身に問題があるのか。

いやになるのは、木之内に幻滅しながらも、愛想が尽きないことだった。まるで、もてない女がようやく摑まえた男にしがみついているかのようではないか。いや、〝まるで〟ではないのだろう。まさしくわたしは、木之内にしがみついているのだ。多少なりとも自信を植えつけてくれた木之内と、離れて生きていくことはできない。わたしはまだ変化の途中であり、その触媒として木之内が必要なのだと本能的に察していた。

わたしは一度勝利者になった。だから二度目も鷹揚に構えていればいいようなものだが、実際にはそんな心境にはなれなかった。勝利者になっても、不安を覚えたのだ。次もまた勝てる、ではなく、今度こそ木之内の気持ちが他の女に行くとしか考えられない。そしてそれを止める手段は、ろくに思いつかないのだった。

以前のわたしであれば、ひとりでうじうじ悩んでいた。でも今は、季子に連絡がとれる。季子に相談したところで木之内を女と別れさせる妙案が得られるとは思えないが、少なくともわたしの気持ちは軽くなるだろう。悩みや恨みを心の底でふつふつと煮えたぎらせるのは、自分自身にとっても辛いことなのだった。

電話をして、ちょっと聞いて欲しいことがあると切り出すと、「彼のことでしょ」と季子は鋭いことを言った。その口調はどこか面白がっているかのようでもあったが、友人の相談は聞く側にとって面白いのは当たり前だ。わたしは気にせず、会うための日時を決めた。こんなに頻繁に季子と会うようになるとは、少し前には考えもしなかったことだった。

「なぁに？　まだ彼にアタックできなくて悩んでるの？」

落ち合ってから喫茶店に入ると、季子は開口一番そう決めつけた。季子には話していないことがたくさんある。それをどこまで打ち明けるべきか、わたしはまだ整理ができていなかった。話の流れで、明かせるところまで明かすしかない。

「そうじゃなくって、もっと複雑なの」

「複雑？　三角関係とか？」

季子はからかう口調だった。本気で言っているわけではないのだ。まさかわたしが、そんな修羅場を経験しているわけがないと思っている。少し悔しかったので、認めてしまった。

「えっ、ホントなの？」

頷いたわたしを見て、季子は目を丸くした。昔のわたしを知っていれば、当然の反応だ。わたし自身、自分がこんな悩みを抱える日が来るとは、想像もしなかった。わずかな誇らしさと、恥ずかしさと情けなさを感じながら、打ち明けた。

「うん。彼が、どうも他の人とも付き合ってるみたいなのよ」

季子の誤解を解くべきときだった。正直にならなければ、相談を聞いてもらう資格がない。察しのいい季子は、すぐにわたしの仄めかしを理解する。

「他の人ともって、じゃあ、和子はもうその人と付き合ってるわけ？」

季子は目を見開き、口をぽかんと開けて、驚きを露わにしていた。あまりにその驚き方が大袈裟なので、吹き出しそうになる。いくらなんでも、そんなに驚かなくてもいいだろうにと言いたくなった。

「実は、そうなの」

内心を押し隠して、恥ずかしがる振りをした。季子はようやく驚きから立ち直ったのか、「へーっ」と素っ頓狂な声を上げた。

「なんだ、今までとぼけてたわけ？　水臭いなぁ。付き合ってるなら付き合ってるって、言ってくれればよかったのに」

「なんとなく、恥ずかしくて」

おそらく、これが一番無難な返事だ。季子は簡単に納得してくれた。

「和子らしいわねぇ。あたしにまで秘密にしておくなんてさ。まあ、それはいいわ。で、その彼が他の女とも付き合ってるの？」

「どうも、そうらしいのよ」

前の女のこと、それから新しい女の影が見え始めたことを、順を追って話した。季子はいちいち驚きながら、相槌を打つ。すべて、想像もしなかった話のようだった。

「なぁんだか、ちょっと会わない間に、ずいぶんいろんな経験をしてたのね。和子もやるわねぇ」

季子は呆れているようだった。呆れるのも無理はないと、わたしも思う。ただそれだけでなく、同情を寄せてくれてもいるはずだ。高校以来の友人が、悩みを抱えているのである。それを呆れるだけで終わりにするような、そんな冷たい人ではないはずだった。

「どうしたらいいと思う？　また相手の顔を確かめて、詰め寄るべきかな」

そうしたところで効果がさほどなかったことが、わたしをためらわせていた。どうせ行動に出るなら、もっと効率的なことをしたい。それに木之内も、二度目ともなれば攻撃的なわたしに嫌気が差すかもしれない。わたしはまだ、木之内とうまく付き合っていくすべを見つけられずにいるのだった。

「どうしたらって、そんな浮気な男とは別れた方がいいんじゃないの？」

季子は至極当然のアドバイスを口にした。まったくもってそのとおりだ。一度ならず二度までも他の女に目をやったなら、この先三度目も四度目もあるだろう。常識的に考えるなら、ここで別れておく方が賢い。でも木之内は、わたしに必要な男なのだ。木之内への気持ちは恋愛感情だが、損得で考えてもまだ別れるときではないと感じる。ただ、その感覚を第三者にわかってもらうのは難しかった。

「別れたくないのよ」

だからわたしは、ただ短く答えた。未練がましい女だと思われてもいい。実際、そうなのだから。果たして季子は、親しみと同情と、そしてわずかな憐れみをまぶしながら、慨嘆した。

「馬鹿ねぇ、和子は」

自分でもそう思うので、つい笑ってしまった。わたしが笑うのを見て、季子も笑う。それによって、わたしの恋愛話はなんとか落ち着きどころを見つけたのだった。

「別れたくないなら、しょうがないわね。じゃあ、なんとかする方法を一緒に考えてみようか」

季子は姿勢を正して、陽気な声を出した。わたしは嬉しくなって、「うん」と頷く。たとえ解決策が見つからなくても、季子がきちんと話を聞いてくれただけで満足できると思った。

「彼を直接問い詰めるのは、あんまり賢いとは言えないわよね」

季子はまず、断言した。そうなのか。わたしは迷っていたが、いずれその手段に出る可能性もあった。相談してよかったかもしれないと、胸を撫で下ろす。

「問い詰めたら、まずいの？」

「まずいわよ。相手を開き直らせちゃうかもしれないでしょ。そうなったら、彼は向こうを選ぶかもよ」

季子の言うとおりだ。前のときもわたしは、そのリスクを冒して女との対決を選んだのだ。リスクを冒すのも、一度だけならいい。あのときと同じ覚悟は、もう固められそうになかった。

「でも、相手の女を突き止めて詰め寄るのも、結局同じことよ」

「同じなの？」

季子に言わせれば、してはいけないことばかりをわたしはやっていたことになりそうだ。かなり不安に駆られて、季子が続ける言葉を待つ。

「同じよ。女に詰め寄ったって、そのまま彼の耳に入るだけなんだから。北風と太陽の話があるでしょ。北風で迫っても駄目なの。太陽で行かなきゃ」

「太陽で」

なんとなく、季子の言わんとすることはわかる。でも、具体的にはどうすれば太陽として木之内に接することができるのか、見当がつかない。困惑を顔に浮かべたわたしに、季子も苦笑を見せる。

「と言っても、太陽作戦も難しいわね。通じない相手だったら、意味ないし」

「木之内さんは、今のところわたしと別れる気はなさそうなのよ。だったら、もっと好かれるようにすればいいのかしら」

うっかり木之内の名前を口にしてしまった。季子は聞き逃さず、「彼は木之内さんっていうのね」と合いの手を入れる。なんとなく失敗したように感じたが、いまさら取り返しはつかなかった。

「うん、もちろんそうね。それは和子のがんばり次第よ。自信ある?」

問われれば、自信なんてないと答えるしかなかった。わたしはほくろを取ったことで別人になったかのような心地を味わっていたが、実際には顔かたちまで変わったわけではない。ほくろがなくても、わたしはわたしだ。きっと新しい女も、わたしより美しいのだろう。そう思うと、胸が抉《えぐ》られるほどの悔しさが込み上げてきた。

「いくらがんばったって、いずれ飽きられるかも……」

結局、そこに行き着くのだ。木之内を繫ぎ止めておく魅力が、わたしには決定的に欠けている。自信がないから、簡単に不安に陥る。自信を得るためなら、わたしはどんな手段でも取るだろうと思った。

「なんか、面倒な人を好きになっちゃったねぇ、和子」

消沈した声を出すわたしを見て、季子は憐れむように言った。もっともな意見に、ただ頷くしかない。季子はしばらくこちらを見つめてから、わずかに微笑んだ。

「わかった。それでも別れたくないんでしょ。それはもうわかってる。だったらさ、諦めて受け入れるしかないかもね」

「諦めて、受け入れる？」

季子の言葉の意味が、すぐにはわからなかった。季子は声に力を込めて、「そう」と言う。

「そうよ。そういう人なんだからと思って、受け入れるの。いずれ和子のところに帰ってきてくれるなら、待っていればいいし、別の女の許に行っちゃうなら、そこまでの男だったと思い切るしかないでしょ。そういう男を好きになっちゃったんだから」

「……そうね」

特に目新しい結論ではなく、わたし自身が心の底で漠然と考えていたことだった。それでも、改めてこうして第三者に言われると、覚悟が固まる。わたしは木之内を丸ごと受け入れるしかないのだろう。それができるかできないかで、こちらの度量が試される気がする。嫉妬でのたうちながらも、度量の広い女になってやる。そんな決意が、胸の底にかすかに灯った瞬間だった。

18

決意がわたしを強くしてくれるかと期待したが、自信がない現状はどうにも変わらない。言ってみれば、わたしには武器がないのだ。闘うための武器。徒手空拳で闘いに挑んで敗れ去るのは、愚か者のすることである。そしてわたしは、どのようにすれば武器を手にできるか、もう知ってしまっていたのだった。

前回ほど、悩むことはなかった。やはり最初の一歩が難しいのだ。踏み出してしまえば、抵抗も逡巡もなくなる。まして今度は、マイナスをゼロに戻す作業ではない。今度こそ、プラスを目指すことができる。考えただけで、わたしの胸は沸き立った。

コンプレックスを数え上げればきりがないが、腫れぼったい一重瞼はその最たるものだった。これまではほくろがコンプレックスの象徴を担っていたけれど、それが消えた今、自分の顔で一番嫌いなのがこの一重瞼である。わたしはこれをどうにかするつもりだった。

親にはもう、事前に話そうとは思わなかった。すでに一度、許可は得ている。整形手術でわたしのいじけた心が少しでも伸びやかになるなら、親にとってもその方が望ましいはずだ。いきなり二重になって、父や母を驚かせてやりたいという茶目っ気もあった。

資金は、ぎりぎりだった。まだ社会に出て二年目に過ぎないのだから、どんなにつましく暮らしていても、貯金額はたかが知れている。むしろ、わたしだからこそ二度に亘って整形手術を受けられるほど貯めたのだと思う。この手術に使ってしまえば無一文になるが、いっそそれもすがすがしいかもしれないと考えた。裸一貫、新しい自分として出発する。ほくろを取ったときにもそのように感じたのに、わたしは今度こそ新しい自分になれると夢想したのだった。

以前と同じ病院で予約を取り、さっさと手術を受けた。もはや手術に対する恐怖はないから、流れ作業のようなものだった。しかも、手術といってもメスを使うわけではなく、針と糸で二重瞼を作るだけである。十分ほどで終了し、大袈裟に包帯を巻いたりガーゼを貼ったりする必要もなかった。ほくろを取ったときより、ずっと簡単だった。

腫れているので、週末を挟んで前後三日の休みをもらった。腫れが引いてみると、以前とあまりに印象が違うので驚いた。目許はその人の印象を決定づけるのだ。わたしの瞼は今や綺麗な二重で、意思の強さすら感じさせる。目だけを見ていたら、自分ではなく誰か別の美人のようだ。しかし顔全体を鏡で映してみれば、やはりそこにいるのはわたしで、軽い失望を味わった。だから満足感は、ほどほどだった。

とはいえ、コンプレックスの源がふたつも消え去ったことで、気分が上向いたのは確かだった。病院を出るときには、足取りも軽かった。早くこの顔を木之内に見せたい。そんな気持ちでいっぱいになる。木之内はこのようなとき、絶対に気の利かないことは言わない。必ず誉めてくれるとわかっているからこそ、わたしは整形手術という手段に訴えるのである。木之内はわたしを変えてくれる。それが内面だけでなく、外見にも及び始めているのが快感だった。

休み明けには、きちんと目許にメイクをして出社した。今回はさすがに山口さんに最初に見つかってしまったが、木之内もすぐに姿を見せた。山口さんは朝の挨拶もそこそこに、大事件が勃発したかのように木之内に訴える。

「ほら、見てくださいよ、社長。後藤さんの目許、こんなぱっちりして」

「えっ、どれどれ？　あっ、また手術したのか。すごいな」

木之内は珍奇なものでも見るように、わたしの顔を覗き込む。山口さんが見ている前でそんなに顔を近づけられたら恥ずかしいが、木之内はいっこうに気にしていない。そしてじっくり観察した末に、わたしが最も欲していた言葉を言ってくれたのだった。

「綺麗になったなぁ。いやぁ、綺麗になったよ」

心が瞬時に満たされた。すべて報われた気分だった。どうして木之内は、こんなにもわたしの心を温める言葉を知っているのか。どれほど欠点があり、女癖が悪くても、こうして要所要所で一番聞きたい言葉を囁いてくれるならそれでいいと思えてしまう。こんな男は他にいない。この先何十年生きようと、決して巡り合わないだろうと確信した。

「社長のために、後藤さんは手術したんですよ。いじらしいじゃないですか。大事にしなきゃ駄目ですよ」

山口さんが釘を刺すように言う。山口さんはお節介で詮索好きだけど、それでもわたしの味方だ。わたしの手術をそんなふうに受け取ってくれるとは予想しなかったので、嬉しさのあまり涙が出そうになる。整形手術と言うと世間の人は否定的な印象しかないだろうが、わたしにとっては人生を変えてくれる魔法だった。手術をすることで、自分の人生がどんどんいい方向へ舵を切り始めている気がする。

その一方、季子の反応は好意的ではなかった。事前に電話で話してあったから、顔を合わせても驚きはしなかった。しげしげと目許を見て、「ふうん」と口を尖らせる。付き合いが長いだけに、違和感があるのかもしれない。

「手術、うまくいってよかったね。失敗することもあるわけでしょ。そうしたら、お岩さんみたいになっちゃうのかな。そうならなくてよかったわね」

それが、季子の最初の感想である。前回のように誉めてくれると期待していたので、かなり落胆した。整形手術などに頼るわたしに、内心で呆れているのだろうか。でもわたしには、これしかないのだ。この思いをわかって欲しかったが、コンプレックスを持っていない季子には理解できないことなのかもしれないと悟る。

「うん、よかった。でも簡単な手術だから、失敗する心配もなかったのよ。有名な病院でやってもらったし」

季子が考えるほど、大したことではない。そういうニュアンスを込めて答えたのだが、あまり伝わった様子はなかった。むしろ、冷ややかな目でわたしを見る。

「手術して、少しは自信がついた？　彼を繫ぎ止めておくために、そんなことまでしたんでしょ」

季子は正確に、わたしの気持ちを見抜いていた。そこまで男に尽くすわたしを、情けなく思っているのか。でも、わたしは木之内に尽くしているつもりはない。木之内のためではなく、自分のために変わりたいのだ。そう説明したかったが、理解してもらえるとはとうてい思えなかった。季子が呆れるのは、ある意味当然なのかもしれない。

「自信になったよ。綺麗になった、って誉めてくれたもん」

「あら、よかったわね」

季子の口調は冷ややかだった。残念だが仕方がない。季子にわたしの気持ちはわからないのだ。季子はメイクや髪型を変えることで、見違えるほど綺麗になった。しかし世の中には、その程度のことでは変わりようがない女もいるのである。しょせん人間は、同じ階層に属していないと他人の気持ちは理解できないのだろう。わたしは低い階層に居続けることに飽き飽きした。だから、這い上がろうと決めた。この決意を、第三者にとやかく言われたくはなかった。

「でもさ、浮気性の男相手に、そうまでする価値があるのかな。あたしには和子が、悪い男に振り回されているようにしか見えないよ」

季子は不意に、こちらを気遣うような口振りになった。いくら情けないと思っても、やはり最終的には友人を見捨てられないのだ。だからこそわたしは、季子と友達でいられるのだと再認識した。

「ありがとう。でも、振り回されてるんじゃないのよ。この二重瞼は、闘うための武器なの。わたしには必要なものだったのよ」

わたしの説明に、季子は怪訝な顔をするだけだった。それはそうだろう。こんな説明で理解してもらえるとは、こちらも思っていない。でも、これが偽らざる気持ちなのだった。

早いもので、わたしの波乱の一年はそろそろ終わりを迎えようとしている。巷には師走《しわす》の気配が満ち、吐く息は白くなった。繁華街を歩けば、クリスマス用の飾りつけが目立つ。正直に言えば、実はそれがわたしを焦らせてもいたのだった。

果たして木之内は、クリスマスを誰と過ごすのか。わたしは十一月のうちから、ずっとそればかりを案じていた。こちらの不安に気づかずにいるのか、あるいは気づいていて無視しているのか、木之内はクリスマスについてはまったく触れなかった。予定がはっきりしていたら、もしかしたらわたしは手術をしなかったかもしれない。毎年家族と過ごしてきたクリスマスだが、今年ばかりはそれを変えたかった。だからこそ、寒くなる季節に背中を押されるように、手術を受けることをすぐに決めたのだった。

二重瞼になって数日後、木之内は事務所にいるときにさりげなくメモを渡してきた。《クリスマスの予定は空けておいてよ》。決して綺麗とは言えない木之内の字を見たとき、わたしは表情が変わるのを抑えられなかった。きっとわたしは、恥ずかしげもなく輝くばかりの笑みを浮かべていたことだろう。自分がこんなにも感情を剝き出しにするのが、信じられなかった。至福という状態を、その瞬間わたしは初めて味わったのかもしれない。視界にいきなり光が差して何もかもが違って見えるこの感覚は、簡単には忘れられなかった。そしてそれを味わわせてくれたのは、間違いなく木之内なのだった。

自分の席に戻った木之内と、目が合う。木之内は口許をニッと綻ばせ、わたしにだけ見えるように親指を立てた。わたしは幸せだった。

19

クリスマスをわたしたちは、銀座のレストランで過ごした。木之内は吝嗇《りんしょく》ではなく、いつもいい店に連れていってくれるのだが、この日ばかりは特別だった。ソムリエと相談して選んだワインはいかにも高価そうで、ろくに味の違いがわからないわたしが飲ませてもらうのは申し訳ないほどだった。だが料理が一級品であることは、素人目にも明らかだった。木之内にあちこち連れていってもらうようになって多少は舌が肥えているつもりだが、それでも思わず「おいしい」と呟いてしまうほどの別格のレベルだった。

店内は照明を絞っていてムードがあり、広いフロアの端ではピアノの生演奏が行われている。給仕にやってくる店員は愛想がよく、離れたテーブルに坐っている客たちは上流の雰囲気を自然に醸し出していて、小市民のわたしは別世界に紛れ込んでしまった感覚になる。だからよけいに、木之内には感謝した。木之内が見せてくれる新しい世界は、わたしを広げてくれる。自分がどこまで変わっていくのか、その果てを見てみたかった。

「なあ、瞼を手術したのは、ぼくのためなの?」

木之内はワイングラスを傾けながら、とぼけた質問をした。わからないなら鈍感すぎるが、あえて言わせようとしているのかもしれない。だからわたしは、期待に応えた。

「もちろんよ。誉めてもらいたくて」

木之内は満足そうに頷く。そんな表情を見て、わたしも満たされた。

わたしは木之内に、クリスマスプレゼントとしてキーケースを買った。毎日使ってもらえる物にしたかったのだ。高級品ではないが、実用性と品のよさで選んだ。木之内は子供のように喜んでくれて、毎日持ち歩くと明言した。

木之内の方は、ネックレスをくれた。ペンダントトップはふたつの輪を組み合わせたデザインで、それぞれに小さなダイヤがあしらわれている。わたしは不覚にも、それを受け取って泣いてしまった。どうしようもなく感情が膨れ上がり、溢れてしまったのだ。こんな幸せなクリスマスは、かつて経験したことがなかった。可能なら来年も再来年も、三年後も四年後も、ずっとずっと同じ思いを味わいたいと貪欲に考えた。

年末もわたしたちはともに過ごした。両親はすでにわたしに恋人ができたことを悟り、喜んでくれていた。男と縁がないままに一生を終えるのではないかと、案じていたのだろう。だから大晦日の日は、年越しの瞬間まで木之内と一緒にいられた。寒い中、明治神宮で太鼓が鳴るのを待つのは、子供のようにわくわくする体験だった。

そうしていつしか、季節は一巡した。わたしが初めて木之内と知り合った季節、春がまたやってきたのだ。一年という長い時間が過ぎ去ったことが、信じられない。あっという間の出来事で、わたしにとってはせいぜい数十日に思えたからだ。それほど、漫然と過ぎ去る時間はなく、一分一秒が濃密だったのだろう。時間には濃度の差があるのだと、わたしはこのとき初めて知った。

楽しいばかりの一年ではなかった。木之内の怪しい素振りは、この間何度もあった。二度目のかわいい声の女と疎遠になった後も、おそらく木之内はふたりの女に手を出している。わたしはその都度、神経を金鑢で擦られるような苦しい日々を送ることになったが、結局気づかない振りをしとおした。今度こそ木之内は女の方に行く、今度こそ捨てられる。そんな恐怖は何度味わっても慣れるものではなく、木之内に馬鹿にされているとも感じたが、それでも別れることはできなかった。いっそ別れてしまおうと、考えなかったわけではない。それどころか、何度も何度も考えた。この苦しみから逃れるためには、木之内から解放されるより他にないのだ。そんなふうに思い詰めると、まさに自分が木之内の呪縛下にあると自覚され、笑いたくなる。木之内はわたしにとっての呪い。呟いてみたら馬鹿馬鹿しくなり、別れる気もなくなるのだった。

季子には、幾度も愚痴を聞いてもらった。かつてわたしたちは、わたしが聞き役、季子が話し役という関係だった。それなのにいつしか、季子はわたしの相談相手となっていた。この逆転も、信じられないことのひとつである。季子相手にわたしが恋愛の悩みを吐露するなんて、高校時代は夢の中ですら起きない事態だったのだ。

木之内のいい面も悪い面も、包みなく話すことになってしまった。季子と再会したときにはあんなにも恥ずかしく感じたのに、悩みを聞いてもらうためにはやはり隠してはおけないのだった。季子は呆れ、木之内に腹を立て、ときにわたしに同情し、ときに突き放し、でも最終的には親身になってくれた。季子も年を重ねて、性格が丸くなったようだ。以前の季子だったら、わたしのことなどお構いなしに自分の話ばかりをしていただろう。話し相手がいることのありがたさを、今ほど痛切に感じたことはなかった。

さんざん木之内について語るうちに、季子の態度も変わってきた。最初は木之内に憤るばかりだったのに、そのうち興味が出てきたようだ。それはやむを得ない。これほど語り甲斐がある男なら、聞く側の興味を喚起しないわけがないのだ。だから季子は、やがてこんなことを言うようになった。

「まったく、どんな男なのか、一度顔を見てみたいよ」

冗談めかしてはいたが、半分は本気なのだろうと見て取った。でもわたしは、季子を木之内に引き合わせる気はなかった。わたしだって人並みに、自分の男を友人に自慢したい気持ちはある。まして木之内は、見栄えのいい男だ。見せびらかして感心してもらいたいのは山々だったが、季子にはなんとなく会わせたくなかった。これは、言葉にはできない予感だったのだろう。季子が最近、自分の彼氏について何も言わなくなったことも、わたしの胸にわずかに引っかかっていた。

ある日のことだ。わたしと木之内は連れ立って事務所を出た。このまま食事に行く予定だった。山口さんを先に帰らせていたので、木之内が事務所の戸締まりをする。ビルの階段を下り、表通りに出て立ち止まった。どの店に行こうか、わたしたちはまだ決めていなかったのだ。思案しているときに、不意に声をかけられた。

「和子」

その呼びかけを聞いた瞬間に、誰の声なのかわかった。それなのに、何が起きているのかはまるで理解できなかった。こんなところで聞くはずのない声。接点のないふたつの世界が交差したことに、わたしはパニックにも似た混乱を覚えたのだった。

路上に立っていたのは、季子だった。偶然の出会いを驚くように、目を丸くしている。そして親しげな笑みを浮かべると、こちらに近寄ってきた。

「和子の勤め先って、この辺りなんだ？　今、仕事が終わったところ？」

話しかけられても、混乱が大きすぎて答えられなかった。どうしてここにいるのかと問いたい気持ちばかりが頭を占拠し、普通の応答ができない。視線が意味もなく左右にさまよい、その結果、いやなものを見つけてしまった。

わたしは車道を挟んで反対側に位置する喫茶店を見たのだった。以前に、わたしが事務所の監視に使った喫茶店だ。もしかしたら季子は、つい数分前までそこにいたのか。季子が声をかけてきたのは偶然ではなく、意図があってのことだったのか。

「ひょっとして、そちらが噂の社長さん？　和子の言うとおり、背が高くてかっこいいわねぇ」

わたしの背後に向けて、季子は話しかける。それに対する木之内の態度は、見る前から予想がついた。

「後藤君の友達？　こんなところで会うなんて、偶然だねぇ。後藤君はぼくのこと、背が高くてかっこいいなんて言ってるのか。なんていい社員なんだ。今度のボーナス、奮発しないとな」

木之内のいつもの反応だ。こうして冗談交じりに親しげな態度をとり、するりと相手の懐に入ってしまう。きっと顔には、人好きのする笑みが浮かんでいることだろう。これが木之内という男だとわかっていても、今だけはこんな振る舞いをして欲しくなかった。

「社長さん、面白い人なんですねぇ」

季子は口許に手を当て、ころころと笑う。木之内も、声を立てて笑う。沈んでいるのはわたしだけだった。

季子は日中に、わたしに誘いの電話をかけてきた。夕方に落ち合って、一緒にご飯を食べようと言うのだ。でもわたしは、先約があるからと断った。むろん、誰との約束かは言わなかった。それでも、季子以外にわたしが会う相手など、ほぼひとりに限定されていた。

木之内の顔が見たいと考えていた季子は、わたしの予定を知り、今日が好機と表参道まで駆けつけたのではないか。そして前にわたしが話したことを憶えていて、同じ喫茶店で事務所を見張っていたのだ。照明が消えると同時に店を飛び出し、横断歩道を渡って素知らぬ顔で歩いてくれば、ちょうどあのタイミングで声をかけることになる。そうまでして木之内に会おうとした、季子の意図がよくわからなかった。

「わたし、川村季子といいます。和子の高校からの友達です。お会いできて光栄ですわ。ずっと前から会いたい会いたいと和子に言ってたのに、ぜんぜん会わせてくれなかったんですよ」

わたしを完全に無視し、季子は木之内に媚びを売るような話しかけ方をした。木之内も木之内で、すっかり相好を崩していた。

「なんだ、そうだったんですか。ぼくなんかでよければ、いつでもお会いしましたのに。後藤君は変に遠慮がちなところがあるからなぁ」

「きっと和子は、社長さんのことが大切なんですよ。だから他の人には見せたくなかったんだわ」

「そんなこと言ったって、ぼくは後藤君のペットじゃないぞ。誰に会うかは、ぼくの自由だ」

木之内の口調はおどけているが、これこそが本音なのだとわたしには理解できた。むろん、木之内をペットにできるなんて思っていない。首輪をつけた時点で、木之内の魅力の大半は消えてなくなるだろう。

「今からデートなんですかぁ？」

季子は上目遣いで尋ねる。わたしが見たこともない、季子の表情だった。

「デートって言うか、仕事後の慰労だね。これでも社長だから、社員は大事にしないと」

木之内はそんなことを言う。わたしは面白くなかった。

「いいなぁ、和子。こんな素敵な社長さんに慰労してもらえるなんて。わたしも雇ってもらえないかしら」

「どうぞどうぞ、と言いたいところだけど、残念ながら欠員はないんだ。これ以上、社員を雇う力はないんだよね」

木之内は眉根を寄せ、さもすまなさそうに答える。わざわざそんな表情を作らなくていいのにと、わたしは腹立たしかった。

「ごめんね、季子。そういうわけで今から食事に行くから、また今度」

このまま放っておけば、木之内は三人で食事に行こうと言いかねなかった。だからわたしは、誤解が生まれないよう、きっぱりと季子を拒絶した。策を弄してまで木之内に会おうとした心根が不愉快だし、少し怖くもあった。

「あ、ごめんね。せっかくのデートを邪魔しちゃって。どうぞごゆっくり。楽しんできてね」

季子は気を悪くした様子もなく、にこやかに応じた。木之内も、残念そうな顔などしない。ふたりの反応に満足し、わたしは季子に手を振った。そのまま木之内の肘を摑み、強引に歩き出す。一刻も早く、季子の視界から消えたかった。

20

そしてまた、木之内の周囲に女の影を感じた。これでもう何度目になるか、数えたくもなかった。わたしの恋人はもてて素敵だわ、などと開き直れれば少しは楽だったのかもしれないが、そんなやけっぱちな心境にはまだなれない。むしろ、自分の外見を変えたい欲求がまたしてもむくむくと込み上げてきて、それを抑え込むのに四苦八苦していた。

わたしはいつものように、季子に向かって愚痴を垂れた。また木之内の病気が始まったと、ほとんど恒例行事のように切り出した。喫茶店で向かい合った季子は、腕を組んで「うーん」と唸る。

「木之内さんって、本当にひどい人ね。この前会ってみて思ったけど、すごく軽いじゃない。あんなふうに女に接する人は、ちょっと信用できないわよ」

わたしは驚いて、季子の顔を見つめた。季子が木之内を悪し様に言うとは、予想していなかったのだ。きっと季子も木之内を気に入り、わたしが落ち着かなくなるほど誉めるだろうと思っていた。確かに季子が言うとおり、木之内は一見軽薄だ。堅い女性なら、あの手の男に警戒心を覚えるだろう。季子はわたしが思うよりもずっと、真面目な性格だったようだ。

「木之内さんは少しサービス精神旺盛なところがあるのよ。わたしの友達だからって、なんとか楽しませようとしたみたい。誰に対してもあんな調子ってわけじゃないのよ」

だから、心ならずも木之内を弁護することになってしまった。木之内に対しての腹立ちは、相対的に小さくなっていく。その意味では季子に感謝しなければいけないところだったのだろうが、驚きが大きくてそこまで考えられなかった。

「でもさ、三十を過ぎた大の男が、あれはないんじゃない？　初対面の女にでれでれしちゃって、浮気性なのもよくわかるわ」

季子の人物評は容赦がなかった。何もそこまで言わなくてもいいだろうと、反発心が芽生える。季子はわたしの恋人を貶しているのだ。いささか腹が立った。

「そんなふうに言わなくたって。確かに軽薄だったかもしれないけど、いいところだってたくさんあるのよ」

だからこそ、ふた股をかけられる屈辱に耐えて、今でも付き合い続けているのだ。木之内のよさは、ほんのふた言三言言葉を交わしたくらいでは理解できない。いや、わたししか理解できないのだと、心の中で強く思った。

「そうかもしれないけど。きっとあたしにはわからないんでしょうよ」

言い返されて、季子は不満のようだ。口を尖らせ、捨て台詞を吐くと黙り込む。こんなはずではなかったのにと、わたしは気分が沈んだ。

もう、季子相手に木之内の話はできないなと考える。季子は木之内に対して、悪印象を持ってしまった。木之内についての愚痴をこぼせば、いやな顔をされるだけだろう。こんな気まずい思いをするくらいなら、わたしも木之内の話題は避けたかった。

「ねえ、和子。悪いことは言わないから、ああいう男とは別れた方がいいよ。付き合ってたって、ろくなことはないよ。絶対に最後は、和子が泣くだけだから。ねっ。あたしは和子のためを思って言ってるんだよ」

不意に、季子は口調を変えた。身を乗り出し、熱誠を込めていると言ってもいい口振りで、わたしを諭す。それは純粋な友情の発露に見えてわたしをふたたび驚かせたが、同時に古い記憶を刺激される台詞でもあった。だが、それがなんの記憶なのか、すぐには思い出せなかった。

「うん……」

わたしは曖昧な返事をするだけだった。木之内と別れるなど、考えられない。だが第三者から見て、木之内が悪い男としか映らないのは理解できる。木之内と付き合い続ける愚かさは、わたしもよくわかっていた。だから正面から忠告されると、反発もできないのだった。

帰宅してから、季子の言葉を嚙み締めた。付き合ってたってろくなことはないと、季子は言った。果たしてそうだろうか。わたしはこの一年で、大きく変わった。コンプレックスの固まりだった陰気な女は、自分のプライドを守るために恋敵《こいがたき》に嚙みつけるまでになった。変わったのは内面だけではない。わたしは外見を変えることにまで成功したのである。まだ十人並みのレベルかもしれないが、それでもコンプレックスの根源は取り除いた。木之内と付き合い続けることで、わたしはもっともっと変われると確信している。

その変化が止まった時点で、別れを考えればいいのではないか。そんな結論がぽんと浮かんできて、わたしはそれを非常にいいアイディアだと思った。付き合い続けるメリットがある限り、別れない。だが、木之内が何も与えてくれなくなったら、もう用はない。振り回されているのではなく、じめじめとした未練に縛られているのでもなく、自分の主体性を保った結論だ。わたしはそんなふうに思い込もうとした。

しかし、ドライな割り切りは空しさを生み出すだけだった。違う。わたしはメリットだけを期待して木之内と付き合っているのではなかった。木之内と一緒にいると楽しい。これからもずっと、楽しい時間が続けばいいと思っている。この感情に、計算はない。利益のみを求めて付き合っているのではないのだから、損をするからといって別れることなどできなかった。

呪いだ、と改めて思う。わたしは木之内に魅入られた。だが、幸せだ。これでいいと、心が訴えている。だから、いくら友人の忠告でも、耳は貸せなかった。

そこまで考えて、ある回想が卒然と脳裏に甦った。季子から忠告されたときに、刺激された記憶。季子の忠告には、どこか既視感があった。その正体に、ようやく思い至ったのだった。

あれは高校時代のことだ。わたしが通っていた高校は進学校だったから、二年生の夏休みから受験勉強に本腰を入れ始める生徒が多かった。だがわたしは大学生活に夢を抱いていたわけではないから、目の色を変えて勉強に取り組む気にはなれなかった。特別な努力をしなくても成績が上位だったことも、わたしを本気にさせない理由のひとつだった。

クラスの女子たちは、予備校の夏期講習に行くべきかどうかで悩んでいた。ひとりが行くと決めれば、雪崩《なだれ》を打って追随者が現れるのが若い女の子の常だ。思えばあのときはまだ、その最初のひとりが現れていなかったのだろう。わたしが迷っていたのは別の理由でだったが、決めかねていたことに違いはなかった。

『ねえ、和子は夏期講習、どうする？』

女子たちのお喋りの種は多岐に亘っていたが、夏期講習は最も関心度が高いトピックだった。話しかけてきた季子は、当然のようにその話題を口にした。当時わたしは、嫌われていたわけでもいじめられていたわけでもなかったが、女子特有のグループ行動が苦手で、なんとなくお喋りの輪に加われないでいた。陰気な性格が、他人を遠ざけていたのだろう。そんなわたしに、臆せず話しかけてくれるのは季子だけだった。孤独には慣れているつもりだったが、向こうから声をかけてくれる季子の存在に救われていたのもまた、確かな事実だった。

『うーん、迷ってる』

わたしは正直に言った。どうせ他の予定があるわけでなし、夏期講習に行って勉強に打ち込むのもいいという考えもあったのだ。季子にも、儀礼的に問い返した。

『季子はどうするの？』

『あたしは行かない』

存外に、きっぱりとした答えが返ってきた。季子はいい大学を目指しているものと思っていたので、わたしは少々驚いた。

『行かないんだ。何か予定があるの？』

『うん、たくさんあるよ。だって、来年は遊んでられないじゃない。だから今年が最後だと思って、たくさん予定を入れたの』

季子は誇らしげだった。何も予定がないわたしが、引け目を感じるほどであった。正直に言えば、羨ましいと思った。

『そうねぇ。来年こそ勉強漬けだもんね。季子の考え方は正解かも』

わたしは引きずられて、季子の考えに賛同した。季子は我が意を得たりとばかりに、声に力を込めた。

『そうよ。和子も何かしたいことがあるなら、今年の夏のうちにやっておくべきよ。特に和子は、あたしより成績いいんだしさ。勉強なんてしなくても、受験は大丈夫でしょ。高校生活で実質最後の夏休みなんだから、もっと楽しいことに使わなきゃ』

『うん、そうかもね』

季子に言われて考えたのが、読書だった。当時わたしの家には、父が買い揃えた文学全集があった。一冊一冊が重いのでなかなか手を出せず、学校の図書室で借りた文庫本ばかりを読んでいた。しかし、せっかく家にあるのだから、いつかは全集を一巻から読んでみたいと思っていた。あの全集に挑戦するなら、この夏が最後の機会かもしれない。季子の言葉に背中を押され、わたしはそう考えた。あの大部の全集を制覇したときの達成感を夢想すると、それだけで陶然としそうだった。

わたしは結局、夏期講習には行かなかった。ひと夏を家に籠りきり、ただひたすら世界の文学を読み漁った。それは目眩く体験で、十代のうちにあのような豊かな時間を過ごしたのは非常に有意義だったと今でも思う。自分のために休みを使うことを勧めてくれた季子に、感謝をした。

気になることを耳にしたのは、休みが明けて二学期に入ってからだった。わたしは休み時間に自席に坐り、持ってきた本を読んでいた。すると、聞くともなしに近くで交わされる会話が耳に入ってきた。そのグループは、夏休みの出来事を語り合っていた。

『——あの先生はわかりやすかったよね。あたし、英語の構造が生まれて初めて理解できたよ』

『ああ、あたしも。なんか、目から鱗《うろこ》って感じだった』

『あの先生、ふだんは千葉校舎にいるんでしょ。なんで千葉なのかなぁ。東京にいてくれれば、これからも教えてもらえたのに』

『あの先生のこと、季子は別の意味で気に入ってたんじゃないの?』

『えーっ、別の意味って何よ』

『だってさ、先生を見る季子の目、ハート型になってたよ』

『そんなことないよー』

思わずわたしは、顔を上げた。グループの中には、季子もいたのだ。どうやら今のやり取りからすると、季子は夏期講習に行ったらしい。夏休みを別のことに使えとわたしに勧めた季子が、結局夏期講習に行ったのか。事情が変わったのだろうか、と考えて納得しておいた。

二学期の中間テストでは、あまりいい成績が取れなかった。周囲の人たちが夏期講習に行ってみっちり勉強した中、わたしは自宅で読書三昧だったのだから、差がついて当然だ。わずかに悔しかったのは、季子に負けたことだった。一年生のときからずっと、わたしは成績で季子に負けたことがなかった。季子がわたしよりいい成績を収められたのは、明らかに夏期講習のお蔭だった。

あの忠告はいったいなんだったのだろう。わたしは考えざるを得なかった。季子の言葉は、友情から発した忠告だと思えた。それに従って有意義な時間を過ごしたことで、わたしは感謝すらしていた。それなのに季子は、自分の言葉に反して夏期講習に行き、わたしよりいい成績を収めた。まさかあれは、わたしを蹴落とすためのお為ごかしだったのだろうか。

わたしはそこで、考えるのをやめた。季子の真意を知りたくないと思ったのだ。わたしは季子のお蔭で、豊かな夏休みを過ごした。その事実だけで充分だと思った。

二学期の期末テストで、わたしはふたたび季子を抜き返した。以後、一度も成績で季子に負けることはなかった。

あれから五年の歳月が過ぎ、季子はふたたびわたしに忠告をした。季子の口振りは、わたしのことを案じる友情に満ちているかのようだった。それなのにわたしは、過去の些細な出来事を思い出している。あのときの真意すらわからないのに、共通点を見つけていやな解釈をしようとしている。

わたしは自分の卑しい性格に、嫌悪を覚えた。

21

わたしの幸せだった日々は、終わりを迎えようとしていた。予兆は、すでにあった。それなのにわたしは気づかず、そこはかとない違和感を抱えて毎日を過ごすだけだった。とはいえ鈍感だったわけではなく、単に目を瞑《つぶ》っていただけだったのだ。破局が近づいているという現実からの逃避。逃避している限りは幸せが続き、終わりを先延ばしにできる。そう本能的に察したからこそ、ああも何も見えていなかったのだろう。それほどに、木之内と過ごす生活をわたしは手放したくなかったのだった。

季子に避けられている気がした。電話をしても、留守なことが多くなった。季子のお母さんはその都度、「ごめんなさいねぇ」と恐縮してくれた。謝らせてしまうのが申し訳なく、そのうち電話もしにくくなった。折り返しの電話を頼んでも、向こうからかかってくることはなかった。

季子に別の彼氏ができたのだろうかとは考えた。最近は、これまで付き合ってきた彼のことを話さなくなっていた。うまくいってないのかもしれないと察していたから、新しい彼氏ができても不思議ではなかった。季子が友情よりも男性との交際を優先させたとしても、特に腹は立たなかった。

木之内の挙動は、相変わらず不審だった。わたしと会う回数が減り、仕事後の行方がわからない。それは他に女を作ったときの、いつものパターンだった。わたしは呆れても、もう強い不安を覚えなくなっていた。

ひとつだけ、奇妙に思うことはあった。女から会社に電話がかかってこないのだ。これまでの例では、女はビジネス関係の人間の振りをして電話をしてきた。おそらく当日にならないと決められないことがあったのだろうし、わたしの目を盗むスリルを木之内は楽しんでいたのかもしれない。完全にわたしを馬鹿にした態度だが、容認できないわけでもなかった。というのも、木之内にとってわたしが特別な存在になっていると実感できたからだ。まるでわたしは、木之内の正妻のようではないか。そう考えると倒錯した幸せが味わえて、なんとか耐えられてしまうのだった。

今回はなぜか、女は会社に電話をかけてこなかった。わたしはそのことに不安を感じるべきだったのに、なんとも思わなかった。破局から目を逸らしていたわたし。あの時点まではまだ、幸せの残滓《ざんし》を味わうことができた。叶うなら、何も気づきたくなかった。気づかないうちに、これまでのように女と別れてくれさえすれば、わたしはまた木之内を許していたのだ。

気づくきっかけは、あえて言えばストレスだったのかもしれない。いくら木之内の女癖の悪さに慣れたと言っても、まったく心が傷つかないわけではなかった。だからわたしは話し相手が欲しくて、季子への電話はしばらく我慢していたのに、またかけてしまったのだった。季子の会社にかけたので、摑まえることはできた。

「ねえ、今日の夜は空いてる？」

昼休み中だったから、単刀直入に尋ねた。すると季子は、「うーん、ごめんねぇ」と詫びる。

「もう予定が入ってるのよ。何度も電話をもらってるのに、こっちから連絡できなくてごめんね。ここのところ、忙しくて」

季子は、さも申し訳なさそうに言った。やっぱり新しい彼氏だな、とわたしは内心で考える。

「ううん、忙しいなら仕方ないよ。気にしないで。ちょっとお喋りしたかっただけだから」

「落ち着いたら電話するから、また一緒にご飯でも食べよう」

「うん、そうしよう」

わたしたちは和やかに通話を終えた。振り返ってみれば、これが互いの間に友情が存在すると信じていられた最後の会話だったのだ。鈍感だった自分が道化のようだが、それでも道化でいる方がまだましだった。季子がどんなつもりでわたしと会話していたのかを想像すると、嫌悪や怒り、憎しみなどの負の感情が一気に吹き上げてくる。

胸に槍が突き刺さったほどの衝撃を受けたのは、夕方のことだった。定時になると、そそくさと木之内が帰っていった。その様子から、女と会うのだと直感した。そして一拍遅れて、季子との会話を思い出した。

もちろん、普通に考えれば単なる偶然でしかなかった。今夜、予定を抱えている人は世界中で木之内と季子だけしかいないわけではない。ふたりの接点はほとんどないのだし、木之内の挙動と昼の電話を結びつけて考えるのは、勘ぐりすぎというものだった。

それでもわたしは、直感してしまった。いやなことが起きている。考えることすら厭わしい最悪の事態。それは邪推などではなく、なぜかわたしには疑いようのない事実と感じられた。あまりの衝撃に、吐き気すら覚えた。

わたしの心をがんじがらめに縛り上げてしまった男と、たったひとりの友人。そのふたりが揃ってわたしに嘘をついていたと考えるのは、世界の破滅に等しい大事件だった。実際、それまでの平凡だが平穏だった世界はあのとき終わったのだ。わたしはただ、胃がひっくり返るような不快さに曝されていた。

22

わたしは行動力を得たはずだったのに、このときばかりはしばらく何もできなかった。確かめるのが怖かった。確かめてしまえば、事実として確定する。この期に及んでまだ、逃避願望が心に居座っていたのだった。

それでも、知ってしまったからにはもう逃げ続けるのも無理だった。木之内がいそいそと出かけていく姿を見ると、嫉妬の酸が心を蝕む。その痛みはあまりに激しく、癒す手段があるならなんでもしてやるという気持ちになる。わたしが行動を起こしたのは、自暴自棄になった果てのことだった。

とはいえ、本人たちに問い質す勇気はなかった。嘘をつかれるにしても真実を告げられるにしても、そのときの相手の顔を見たくなかった。見れば、自分が抑えられなくなるかもしれない。そして暴発した結果、最後にはこちらの心に大きな傷が残るのは簡単に予想できた。迷った末に、わたしは妙案を思いついた。妙案など思いつかなければいいのにと、自分の知恵を呪った。

木之内の挙動がおかしくなる日を待った。木之内はここのところ、一週間に二度ほど行方がわからなくなる。週末はなんだかんだ理由をつけてわたしと会わなくなり、夜の食事は三週間前に一度したきりだ。それは他に女ができたときのペースそのままだった。わたしに見抜かれていることは当然わかっているだろうが、それでも社内では普通に接してくれることを喜ぶべきか。馬鹿にされていると感じるべきか。わたしはもう、感覚が麻痺して通常の反応ができなくなっている。

木之内が定時に退社した日、わたしは季子の家に電話をした。電話口に出たお母さんに、季子はいるかと尋ねる。すると案の定、まだ帰ってきてないとの返事があった。わたしの視界は、大袈裟でなく暗転した。

「今日も木之内さんと会ってるんですか?」

そう訊き返した声は、平板だった。わたしの声から内心のショックは、とても窺い知れなかっただろう。季子のお母さんは、何も知らずあっさりと答えた。

「そうなのよぉ。あの子は和子ちゃんにものろけてるの?」

お母さんの言葉に悪意がないのはわかる。知っていてこんなことを言う人ではない。だからこそ、その言葉はわたしの心をちりぢりに引き裂いた。人間の持てるあらゆる負の感情が、心の破片ひとつひとつに宿るかのようだった。

「ええ、いつも話は聞いてます」

我ながら、よく答えられたものだと感心する。ちりぢりになった心の空洞に、何か別のものが忍び込んだとしか思えない。いや、別のものと言いながらも、それ自体がやはりわたしなのだ。わたしの心は別のわたしで満たされようとしていたのだった。

受話器を置き、目を見開いたまま中空を見つめ続けた。葛藤が始まった。今後どうすべきか。これまでのように、ただ耐え忍んで木之内が季子と別れるのを待つか。それともこの屈辱的な状況を打破するか。過去に何度もあった浮気とは、根本的に違う。何しろ相手は、わたしの高校以来の友人なのだ。付き合いの長さを思えば、親友と言ってもいい。木之内はわたしを裏切り、そんな大切な友人に目を移した。そして季子は、わたしを騙し続けて平然としていた。木之内とは別れた方がいいというお為ごかし。あれはやはり、自分のための忠告だったのだ。高二の夏の、あのアドバイスのように。

許せなかった。木之内も季子も、とてもではないが許せない。わたしはずっと耐え続けてきた。それは、こんな屈辱を味わわされるためではなかった。最終的には木之内がわたしの許に戻ってきてくれると信じていたから、耐えることができたのだ。それなのに木之内の腰は落ち着かず、ついにはわたしの親友に手を出した。同じ浮気でも、許せる相手と許せない相手がいる。この屈辱に耐えられるだけの強靭さを、わたしの心は備えていなかった。

踏ん切りはなかなかつかなかった。できることなら木之内には季子と別れ、わたしに詫びて欲しかった。そういう形に収める方法はないものかと、未練たらしくいつまでも考えていた。しかし、考えたところで何か働きかけをしないことには事態が動くわけもない。いつの間にか事が収まっているのを、ただじっと待ち続けるような真似はもはやできなかった。

胃がきりきり痛むほど逡巡した末に、木之内を直接問い詰めることにした。話がしたいと木之内に告げると、「ごめん。今は忙しいんでまた今度にしてくれないか」などと言う。わたしは思わず、底意地の悪い言葉を返してしまった。

「季子に会うので忙しいんですか」

木之内は愕然として顔を上げた。相手の名前を知られているとは思っていなかったようだ。馬鹿な男。こんな馬鹿に執着しているかと思うと、自分が情けなくなる。しかし、人は完璧な人間を愛するものだろうか。少なくともわたしには無理だ。不完全だからこそ、馬鹿だからこそ、わたしは木之内に惹かれたのだった。

「時間を作ってください」

驚きのあまり何も言えないでいる木之内に、わたしは決然と求めた。声は震えておらず、ただ固い決意だけを伝えているのが不思議だった。わたしはこんな強い人間ではない。内心では泣き喚き、木之内に縋って気持ちを引き留めたいのに、なぜこうも平静を装っていられるのだろう。怒りや絶望は、あまりに大きいと心の奥深くに潜っていくのだろうか。木之内はわたしの気迫に押されたように、スケジュールを確認する。静かな場所で話し合いたかったので、個室のあるレストランを探してもらうことにした。

これまでとは違うことを木之内も察したらしく、翌日には時間を作ってくれた。わたしの視野は、朝から狭まっていた。同じ空間に木之内がいるのに、それを意識が弾き出している。木之内がいなければ仲違いすることもないと、無意識のうちに考えているかのようだ。木之内もわたしに用を言いつけたりせず、すべて山口さんに頼んでいた。狭い空間を共有していながら、別個に存在するわたしたち。昨日までとはもう違うのだと、否応もなく気づかされた。

いつもだったらふたりで事務所を閉めて店に向かうのに、今日は「先に行っていてくれ」と言われた。本当に仕事が残っているのかもしれないし、わたしと並んで歩くのがいやだったのかもしれない。いずれにしても、もはや取り返しのつかない何かがあることだけはわかった。わたしは言われたとおり、先に事務所を出発した。

近くの店で、木之内が来るのを待った。木之内はなかなかやってこなかった。わざと待たせているのか、仕事が終わらないのか、わたしにはわからない。気づいてみれば、木之内の考えていることすべてがわからなくなっていた。これが、蜜月の終わりということなのだろう。

二十分待たされた。やってきた木之内は、硬い表情で「すまない」と言うだけだった。いつもの軽薄さはどこに行ったのか。軽薄でない木之内は、年齢差を感じさせた。大人の木之内。この期に及んでまだ別の顔を見せる木之内は、やはりずるい男だと思った。

「和子が怒っているのはよくわかるよ」

注文もしていないのに、木之内はそんなふうに切り出してきた。わたしは戸惑いのあまり、うまく言葉が出てこない。完全に主導権を握られてしまっている。だから木之内から離れられないのか。いまさらのようにわたしは考えたが、ごまかされては駄目だとも思った。今度ばかりはこちらの怒りも尋常ではないのだと、はっきり示さなければならないのだった。

「わかるならどうして……?」

かろうじて、恨み言を口にした。ちょうどそこにウェイターが注文を取りに来たので、険悪なやり取りは断ち切られる。注文はすべて木之内に任せて、わたしは水を飲んで気持ちを静めた。

「わかるって、何がわかるんですか」

ウェイターが出ていった後は、わたしの方が先に言葉を発した。このまま主導権を握られっぱなしではいけないと思ったのだ。木之内は真面目な顔つきのままで、重苦しく答える。

「ぼくは和子に甘えすぎていたということだよ」

「甘えていた？」

わたしにとっては意外な返事だったが、客観的に見ればそうなのだろうと納得できた。ああ、これまでのことは甘えだったのかと、卒然と理解する。だがそれは、馬鹿にしているとも言い換えられるのだ。喜んでいる場合ではなかった。

「うん、甘えていた」木之内は頷く。「和子が許してくれるとわかっていて、つい出来心を起こしてしまっていたんだからね。でも、君にだってプライドがあるだろう。今度のことはいくらなんでもひどすぎると、自分でも思っていた」

「だったら、どうして！」

これは懐柔なのだろうかと思った。理解があるようなことを言って、結局はごまかそうとしているのか。ならば断固、糾弾しなければならない。わたしが本気で怒っていることを、なんとかわからせたかった。

「どうしようもなかったんだ」

木之内は顔を歪めた。本当に苦しそうに見えた。この表情はいったいなんだろう。見たくなかったものを見せられた心地になり、わたしは目を逸らしたくなった。

「和子には申し訳ないと思ったよ。でも、自分でもどうにもならなかったんだ。どうにかなるようなら、和子以外の女に目を向けたりはしなかった。どうにもならないから、こうして君を傷つけてしまったんだ」

「なんですか、それ……?」

わたしは単純に、「すまなかった」とか、「もう別れるから許してくれ」という言葉が聞きたかったただけなのだ。それなのに木之内は、ただならぬ気配で何かを告白しようとしている。やめて欲しいと思った。木之内がこれから言おうとしていることを、聞きたくなかった。

「君が感づいたように、ぼくは季子と付き合っている。いずれきちんと、君には話さなければいけないと思ってた」

木之内の態度に、悪びれた様子はなかった。むしろ、堂々としていられることに安堵しているようですらあった。そんな態度に、わたしは強い衝撃を受けた。

これまで木之内は、〝浮気〟をしていただけだった。本気はわたしに対してだけであり、他の女に向ける気持ちはただの浮気でしかなかった。そう思えたからこそ、わたしも我慢できたのだ。実際、木之内は必ずわたしの許に戻ってきてくれた。

しかし今、木之内は違うことを言おうとしている。自分の気持ちが本当はどこにあるのか、明らかにしようとしている。わたしの心はかつて経験したことのない恐怖に竦み上がり、動けなくなった。耳を塞ぐことすらできなかった。

「虫のいいことを言うと、ぼくは和子と別れる気はない。でも、季子とも別れたくないんだ。こんなぼくに君が腹を立てるのは、当然だと思う。許せないと感じて離れていっても、仕方がないことだ。そういう覚悟はできている」

木之内の言葉に、わたしはただ呆然とした。どちらかを選ぶなら季子を選ぶと、木之内は言っているのだ。わたしではなく季子を。親友の男を横からかすめ取るような女を。わたしがそのとき覚えた感情は、絶望という形容でも足りないほど深い深い穴に直結していた。わたしは闇の奥を覗き込んでいた。

「どうして、なんですか?」

ただただ不思議でならなかった。なぜわたしではないのか。なぜよりによって季子なのか。答えを求めようにも高度すぎる数学の問題のように理解不能で、解答はわたしの関知しない世界に存在していた。簡単に納得などできなかった。

「どうしてって、理屈では説明できないよ」当たり前だろうと言いたげに、木之内は答える。「ぼくが和子のどこを好きなのかは、ひとつひとつ列挙することができる。でも、その条件をすべて満たす他の人がいたとしても、ぼくが必ずその人のことを好きになるとは限らない。言葉にできない部分でぼくは和子に惹かれているからだ。恋愛感情って、そういうものだろう」

「だから、季子を好きになった理由も説明できないって言うんですか?」

問いが詰問調になってしまうのは、どうしようもなかった。実際、わたしは木之内を問い詰めたいのだ。不実をなじりたい。なぜ他の女に気持ちを移すのか、きちんと説明してもらいたい。それなのに木之内は、のらりくらりと躱《かわ》すだけだった。

「ぼくだって、どうして自分が同時にふたりの人を好きになってしまうのかわからないよ。できるなら、和子ひとりとだけ付き合っていたかった。でも、理屈じゃないんだからどうしようもないんだ。腹が減るのはどうしようもない。夜になると眠くなるのはどうしようもない。それと同じ次元のことなんだよ」

その論理はおかしいと反射的に思った。ふたりの女と同時に付き合うような真似は、世間の誰もがしていることではない。食事や睡眠と同列に語るのは欺瞞《ぎまん》でしかないと言いたかったが、しかし木之内がごまかしを口にしているわけでないのだけはわかった。木之内にとってふた股は、本能に根ざした生理現象なのだ。考えてみれば、そんなことはとっくに理解していたのだった。怒りが不意に毛穴から体の外に抜け出ていったような感覚を覚える。怒りという支えを失ってしまえば、わたしはただの抜け殻だった。

「季子と別れてくれれば、もうそれでいいんです」

結局わたしは、そこまで妥協してしまった。向こうから言わせたかったのに、歩み寄ってしまった。自分をこれほど情けなく思ったことはない。それでもわたしは、木之内を取り戻したかったのだ。

「だから、無理なんだよ。どうしても無理なんだ。ぼくは第三者から、和子と別れろと言われても断固拒否する。ぼくは和子と別れたくない。季子に対しても同じだ。君になんと言われようと、現時点で別れる気はない」

なんという開き直りか。世の中の女性全員が、こんな男は許せないと感じるだろう。わたしだって例外ではない。木之内が許せなかった。こんな不実な男に執着し続ける自分が許せなかった。

「どうしても別れてくれないんですか?　季子と別れなければわたしたちの関係は終わりだと言っても、それでも別れてくれないんですか」

怒りではなく、言ってみれば厭世観に取り憑かれて、わたしは問いかけた。もう何もかもいやになった。木之内との恋愛、季子との友情、人を好きになること、生きていかなければならないこと、そして自分自身。自分の性格も、容姿も、執着心も、すべていやだった。

「——すまない」

あろうことか、木之内は頭を下げた。わたしに向かって頭を下げた。季子と別れさえすればいいのに。これまでのごたごたを思えば、その程度のことはいとも簡単なはずなのに。ひと回りも年下のわたしに、木之内は頭を下げている。そんなにも季子がいいのか。季子のどこがいいのか。まるでわからない。季子と別れられない理由のひとつでも挙げてくれれば、わたしは納得したかもしれないのに。それならやむを得ないと、気持ちを収められたかもしれないのに。頭を下げれば済むと考えているのだとしたら、とんでもない思い違いだ。でも、わたしは疲れた。もう、いやになった。

わたしは席を立った。怒りにまかせて席を蹴ったわけではない。むしろ、自分でも意識していないうちに体が勝手に動いたのだ。あまりに唐突だったからか、トイレにでも行くと思ったらしく、木之内は引き留めようとしない。ちょうど前菜を運んできたウェイターと入れ違いに、わたしは個室を出る。そしてそのまま、見えない誰かに手を引かれるように店を後にしてしまったのだった。

感情の起伏は少なかった。むしろ、麻痺したと言っていいほど何も感じなかった。わたしは機械的に地下鉄に乗り、帰路に就いた。家に着くまで何を考えていたのか、自分でもわからない。帰宅してからは普通に両親に挨拶し、風呂に入った。湯船に浸かって呆然としていると、ようやくまともな思考ができるようになってきた。

もう終わりだな。感情が麻痺しているわたしは、冷静に結論することができた。もうこれ以上は無理だ。思い返せば、ずいぶん長い間我慢してきたものだ。もう、充分だろう。ここまで馬鹿にされて、なおも執着するほどわたしのプライドは薄っぺらくない。いくら男に相手にされない不細工な女でも、最低限の矜持《きょうじ》はある。それを保つためには、自分から別れを切り出すべきだった。

　翌日、わたしは辞表を提出した。木之内は大きく目を見開いて辞表とわたしの顔を交互に見たが、最終的には「わかった」と言って受け取った。引き留めないのか。わずかに抱いていた期待を裏切られ、軽いショックを覚える。ただ、感情が麻痺している今はさほど大きな痛みではなかった。悲しみも解放感もない、ひとつの終わり。わたしの人生を大きく変えた木之内との別れは、劇的な要素など微塵もなく、静かだった。

23

　本当なら辞表を提出してすぐ会社を辞められるわけもないが、すべては木之内の行動に起因することなので、翌日からもう出社しなかった。最後に山口さんと安原に挨拶をすると、ふたりとも「よくあること」と言わんばかりにさばさばした態度だった。山口さんに至っては、「けっこう続いたね」などと感心するような物言いをした。これまでの人は、もっと短期間で辞めていったようだ。わたしは彼らにも愛着を感じていたのだが、このような態度をとられては名残惜しいと感じるのも難しかった。だからわたしの最終日は、いともドライに過ぎ去っていった。送別会をやろうという声も、誰からも上がらなかった。

　次の日から、家の中でごろごろと寝て暮らした。両親には正直に、会社を辞めたと告げた。きっといろいろ訊きたいことはあるだろうに、ただならぬわたしの気配を察したのか、静観してくれているのがありがたい。腫れ物に触るような心地なのかもしれないが。

そして、その電話がかかってきた。取り次いだ母が相手の名前を口にしたとき、わたしは何かの間違いだろうと思った。だから「えっ？」と訊き返したのだが、母は聞こえなかったと解釈して、繰り返した。

「季子ちゃんよ。あなたのこと心配して、電話くれたんじゃないの？」

季子がわたしの心配なんて、するわけがない。でも、電話をしてきた意図がわからない。わたしは電話に出たくないと思ったが、同時に季子の言葉を聞きたい気持ちもあった。ずっと麻痺していた感情に、わずかに痛覚が戻ってきたようにも感じた。

受話器を手にする際は、手が震えた。わたしが怖がらなければならない謂われはないのに、季子と言葉を交わすのが怖かった。これが、敗者の心理か。そんなふうに考えるとちっぽけな闘志が芽生え、なんとか受話器を耳に当てることができた。

「もしもし、和子？　あたし、季子」

季子の声にも、こちらを恐れるような気配があった。わたしはそのことに、救われた気分になる。これで季子が堂々としていたら、立つ瀬がないところだった。電話をしてくるに当たっては、季子もありったけの勇気を必要としたに違いないと推察する。

「なんの用なの？」

わたしは声に怒気を込めた。この一声だけで、こちらの気持ちが伝わるはずだった。

「和子、会社辞めたんだってね」

季子は恐る恐る訊いてくる。そのことも木之内に知らされたのだと思うと、声だけでなく、麻痺した感情にも怒りが宿るようだった。

「辞めたわよ」

それだけを答えた。季子の確認は、単なる前置きに過ぎない。続けて何を言うか、わたしは待った。

「何も辞めることはなかったのに」

季子の言葉は鈍感だった。あるいはふてぶてしいのか。あのまま木之内の会社に居続けることなど不可能なことくらい、季子にも想像がつくはずだ。だとしたら、この鈍感な物言いは何か？　わたしをからかっているのか。

「何が言いたいの？」

このまま無駄なやり取りに付き合い続ける忍耐力はなかった。季子がこちらをからかっているのだとしたら、なおさらだ。だから、直截に意図を問い質した。

「うん、あの……、なんと言ったらいいのかわからないけど、ごめんね」

詫びか。わたしは皮肉の笑みを浮かべる。謝るくらいなら、こんなことをしなければよかったのだ。どの面下げて詫びなど口にしているのか、と言いたかった。

「いまさら謝って、なんの意味があると思ってるの？」

わたしの言葉は友人に向けるものではなかったが、もはや友人だと思っていないのだから仕方がなかった。季子は人生最悪の悲しみをもたらした女だ。言葉に配慮してやる必要など感じなかった。

「和子が怒るのは当然だけど、でもあたしにしてみれば、謝るしかないし。本当に悪いとは思ったけど、どうしようもなかったのよ」

どうしようもなかった——、季子は木之内と同じ言い訳を口にした。そのことが、無性に許せなかった。

「木之内さんは軽い男で信用できないとか、さんざんに言ってなかった？　それがどうして、こういうことになるのよ」

いまさら問い詰めても意味がないと思いつつも、わたしは尋ねてしまった。あれはやはり、わたしと木之内の仲を裂くためのお為ごかしだったのか。

「だって、和子が悪いのよ」

だが、季子の返事はわたしの意表を衝いた。わたしが悪い？　まったく考えてもいなかったことを言われ、絶句した。こちらの反応がないのをいいことに、季子はしゃあしゃあと続ける。

「和子が何度も何度も木之内さんの話をするから、最初はそんな気もなかったのに、興味を持っちゃったのよ。そんなに女にもてる男ってどんな人なのかと、誰だって興味持つわ。あたしが特別にひどい女ってわけじゃないんだからね」

季子は完全に開き直っていた。どうやら最初の殊勝な物言いは、単なる様子見だったようだ。これが季子の理屈か。わたしは呆れて、言葉がなかった。

「あのね、あたしだって悪いとは思ってるのよ」季子はなおもそんなことを言った。「木之内さんは、ようやくできた和子の初めての彼氏だもんね。そんな人を取っちゃうのは、あたしだって罪悪感があったわよ。でも結局、男が他の女の方に行っちゃうのは、女のせいでもあるのよ。和子がちゃんと繫ぎ止めておけば、こんなことにはならなかったんだから。和子は気が強いから、徹のプライドを傷つけるようなことをさんざん言ったんじゃないの？」

季子の声には、隠しきれない悪意があった。そうか、これが本音だったのか。長い付き合いの間、ずっと隠し続けてきた本音なのか。わたしはすべてに納得がいった。わたしだってまったく鈍感なわけではない。高校時代から、おかしいと思うことは多々あった。それでも、季子はただひとりの友達だからと疑念を押し殺してきた。相手の言葉や行動に悪意を感じてしまうのは、こちらの心がねじ曲がっているからだと自分を責めたりもした。

勘ぐり過ぎなどではなかった。季子は高校当時からずっと、わたしを馬鹿にしていたのだ。季子当人も、さほどレベルの高い女ではない。高校時代は、むしろ野暮ったい女の子だった。クラスの中には華やかな女の子たちが他にたくさんいて、季子はまるで目立たなかった。だからこそわたしと同類だと思えたのだが、季子の考えは違ったようだ。季子はわたしを見て、自分の方がまだましだと心の中で思っていたのだろう。引き立て役としての存在。わたしに示す友情らしきものは、単に傍らに引き立て役を置いておきたいという意図だけに発していたのだ。鈍感な言動の数々は、ただ迂闊に漏らしてしまった本音だった。そんな季子の本性にうすうす気づいていながら、目を瞑り続けてきたわたし。友情に見えるものに必死に縋っていたわたしは、さぞや滑稽だっただろう。季子に腹の中で嗤《わら》われていたことが、何より悔しくてならなかった。

「――わたしのこと、友達だなんて最初から思ってなかったのね」

声がくぐもっていた。心の麻痺が、唇にまで及んだかのようだ。だが実際には、うまく動かないのは唇だけだった。心の麻痺は解け、激しい情動が底から込み上げていた。怒りや憎しみなど、既存の言葉で言い表しては矮小化されてしまう、巨大なうねり。冷たく暗い負の感情が体の奥から染み出してきて、全身に行き渡るのを感じていた。

「友達だと思ってたわよ」

それなのに季子は、こちらの変化になどまるで気づかず、鈍感なことを言う。あるいは鈍感を装っているのか。勝者の余裕を見せつけているつもりなのか。

「和子は今でもあたしの大事な友達よ。でも和子の方はもう、そう思ってくれないんでしょうね。残念だけど、仕方ないわ」

季子がどんな顔をしてこんな鉄面皮なことを言っているのか、見てやりたかった。しかし、季子が目の前にいなくてよかったのだろう。もし手が届くところにいたら、わたしは季子を殺していたかもしれない。人がどんなときに殺意を覚えるのか、深く理解した気がした。

わたしは何も言わず、電話を切った。これ以上、この不愉快なやり取りを続けたくなかった。頭のてっぺんから爪先にまで、細胞のひとつひとつにまで染み渡ってしまった負の感情。自分の体が自分のものではないように感じられる。わたしは自分という存在そのものを持て余し、途方に暮れた。得体の知れない情動に苛まれ、その晩は眠れなかった。

気持ちを落ち着かせるのは難しかった。難しいどころか、不可能なのではないかと思えた。わたしの頭は混乱していて、だから普通なら考えないことまで考えてしまい、抑制が利かなかった。どうにかして季子に報復してやりたいと、わたしは考えていたのだった。

季子に一番ダメージを与える方法、それはやはり、木之内との仲を裂くこと以外にあり得なかった。どうやらわたしは、頭がおかしくなっていたようだ。そうとでも思わなければ、あんな方法が有効だと考えた理由がわからない。わたしは季子をひどい女だと思った。同時に、木之内にはふさわしくないとも考えた。嫉妬もあるが、ただ純粋に木之内のためによくないと思ったのだ。だからわたしは、季子が言ったことをそのまま伝えてやることにした。

午後三時過ぎに、家を出た。そして表参道に向かい、事務所前の喫茶店で木之内を待ち続けた。木之内が事務所にいるとは限らないが、無駄足になってもかまわないと思った。この怒りがある限り、どんなことにでも耐えられる。怒りがあるからこそ、わたしの存在そのものを押し潰しかねない巨大な絶望にも抗っていられるのだった。

何かを賭けたつもりはなかった。しかしこんなときに限って、わたしは賭けに勝つのだ。木之内は夜七時過ぎに、事務所から出てきた。わたしは木之内の姿を見かけた喜びと、そしてもう彼が自分のものではないという悲しみの両方を等分に感じつつ、喫茶店を出て反対側の歩道へと走った。

「徹さん」

背後から、そう呼びかけた。あえて「徹」と呼んだのは、意地のようなものだ。季子に対する対抗心もあった。

振り向いた木之内は、声もなく驚いているようだった。軽く仰《の》け反《ぞ》って目を見開きはしたが、言葉を発しようとしない。わたしは近づいていき、前置きもせずに言った。

「季子がわたしに電話をしてきました。ごめんねと言いつつ、わたしが悪いのだと季子は言い訳をしました。わたしがちゃんと徹さんを繋ぎ止めておかないから、いけないのだと。そうなんですか？」

「な、なんだよ、藪から棒に」

木之内はまだ、こちらの意図が理解できないでいるようだった。この場で泣かれたら困る、などと凡庸なことを考えているのかもしれない。

「季子はわたしをあざ笑っていました。昔から季子は、わたしのことをずっと嗤っていたんです。

ずっと見下して、優越感に浸っていたんですよ。季子はそういう女です。腹の中で別のことを考えて、他人を見下せる女なんです。そんな女に騙されないでください」

　木之内を取り戻したいという気持ちは、確かに心の片隅にあった。でもこのときは純粋に、木之内を悪い女から救い出してやりたいとだけ考えていた。どうして男は、女の本性に気づかないのだろう。表面を取り繕うのがうまい女に、なぜ手もなく騙されてしまうのか。他の男ならともかく、木之内のように女慣れしている人が、どうして季子なのか。疑問は苦しいまでに膨れ上がり、わたしを内側から食い破りそうだった。

　木之内は最初の驚きから立ち直ると、徐々に表情を変え始めた。木之内の目には、わたしにとってあまり嬉しくない色が浮かんでいる。憐れみか、蔑みか、あるいは呆れているのか。木之内はしばしじっとこちらを見つめた。その視線に、わたしは息苦しさを感じた。

「そんなことを言いに、わざわざ来たのか」

　木之内の口調には、抑揚がなかった。こんな喋り方をする木之内は、見たことがなかった。思ってもいなかった反応が返ってきたことに戸惑い、わたしは軽く身を引く。逆に木之内は、問い詰めるように顔を寄せてきた。

「なあ、和子。そんなことをして、自分が惨めにならないか？　和子はもっとプライドが高い女だと思ってたよ。痩せ我慢してでも、不様なところは見せない女だと思ってた。買い被り過ぎだったのか」

　わたしは言葉を失っていた。まったく、完全に脳裏が真っ白になり、まともな思考ができなくなっていた。視覚も聴覚も、そのときは働かなくなっていたのだろう。だから木之内がいつ姿を消したのか、それすらも認識していなかった。気づいてみれば、わたしは路上にひとりぽつんと立っていた。

惨め、と言えばこれ以上惨めな状況もなかった。失ったものは途方もなく大きく、この時点ではまだ、その質量も根深さも簡単には理解できなかった。わたしはただ、この欠落は一生埋まらないかもしれないという漠とした予感に怯えていただけだった。

24

わたしは家に閉じ籠った。外に出ていく気には、どうしてもなれなかった。外を歩けば、道ですれ違う人が皆、惨めなわたしを嗤うのではないかと怖かった。わたしは恋人と親友を同時に失い、世界のすべてを敵に回したように感じていた。世界は刺々《とげとげ》しく、わたしがいられるところは家の中しかなかった。

だから、生きていくためには再就職しなければならないと頭ではわかっていても、行動に移せなかった。就職を考えれば、どうしても木之内のことを思い出す。今は、少しでも木之内に繋がることはしたくない心地だった。わたしは本来、現実から逃避するタイプではない。それなのにこのときばかりは、何もかもから目を背けていたかった。そうすることだけがただひとつの、生きてここに存在することをわたしに許してくれるすべだった。

おそらくわたしは、話しかけるのも憚られるほど暗いオーラを発していたのだろう。両親は遠巻きに眺めるだけで、退社の理由をいっさい訊いてこなかった。それはわたしにとって、ありがたいことだった。もし尋ねられていたら、世界で唯一の居場所を失っていただろうからだ。両親にとっては腫れ物に触るような扱いを強いられてさぞや迷惑だったはずだが、それがわたしを助けてくれたのは事実だった。父母の沈黙に甘え、ひたすら内向きの思考を研ぎ澄ました。

とはいえ、ただ閉じ籠っているだけで逃避できるほど、現実は甘くなかった。内向きの思考は、ともすればわたし自身を傷つけた。忘れてしまいたいのに、どうしても季子の言葉が頭から離れない。わたしが悪いのだと言った季子。季子の言葉は正しいと、肯定してしまう自分がいた。わたしが季子より魅力的なら、こんなことにはならなかったのだ。そう考えるのは、己の歯で指を一本一本食いちぎるほどの痛みを心に与えた。

体だけでなく、心の逃げ場も必要だった。そうしてわたしは、小説に辿り着いた。高校時代の季子との苦い思い出が導いた場所だったが、逃げ込む先としては最適だった。わたしは過去に読んだ作品を本棚から引っ張り出し、片っ端から再読した。再読に飽き足らなくなると、心の飢えに突き動かされて、ついに外に出る勇気を得た。書店に行き、次に読む本を物色している間は、現実の辛さをいっときなりとも忘れられた。

それは甘美な時間だった。乾ききった砂漠に水を撒くように、わたしは物語を吸収した。喜劇はもちろんのこと、悲劇すら心地よかった。現実の世界では、他人の心の動きは読み取れない。だからこそ、裏切られもする。しかし創作の中では、登場人物の心の中に入り込み、深く理解することができた。人々の喜びや悲しみを我が事として感じ、別の人生を生きることができた。振り返っても、このときほど感受性が研ぎ澄まされていた時期はない。何も感じなくなれないなら、いっそぎりぎりまで心を研ぎ澄ましてやると思った。

わたしは多くの物語に支えられて、ようやく立ち上がることができた。家に籠って泣き暮らしているだけでは、いっそう自分を惨めにするだけだと気づいた。わたしは閉じ籠り生活を二ヵ月続けた末に、生きていく気力を取り戻した。新しい勤め先を探すと宣言すると、母は涙を流して喜び、気難しい父すらも安堵の表情を浮かべた。

職業安定所に行き、人を求めている会社を紹介してもらった。会社の大きさにはこだわらなかった。最初に就職した大企業には悪いイメージを持っていた反面、木之内の会社は居心地がよかった。それを思えば、会社の規模は問題ではなかった。ともかく、人間関係が難しくないところであればどこでもかまわなかった。

選り好みをしなかったから、複数の会社を紹介してもらえた。わたしはその中の一社を選び、面接を受けに行った。社員数二十人強の、小規模な印刷会社だった。そこに決めたのは、基本給がよかったのと、会社の場所が通いやすかったという理由からだ。雰囲気は実際に行ってみないとわからないので、運を天に任せる心地だった。

雑然とした事務室に案内され、そこで中年男性を相手に面接を受けた。男性の口調は事務的で、自分がどういう印象を与えているのか推し量るのは難しかった。これまでの職歴や志望動機を淡々と訊かれ、三十分弱で終了する。結果は後で連絡するとのことだった。

たったそれだけのことだったので、会社の雰囲気は摑めなかった。しかし、摑む必要などなかったことがすぐにわかった。不採用との連絡が、翌日には届いたからだ。電話をかけてきたのは面接をした中年男性のようだが、不採用の理由は説明してくれなかった。

そこから、わたしの苦闘が始まった。職安に通っては会社を紹介してもらい、面接を受けに行くという作業を繰り返すことになったのだ。繰り返したのは、どこにも採用してもらえなかったからだ。一社目のときは単に巡り合わせが悪かったのだと思えたが、何度も不採用の憂き目を味わうと、自分自身を否定されたように感じられてくる。職を得ることがこんなにも難しいとは、これまで知らなかった。自分の考えの甘さを指摘された心地だった。

大学を卒業してすぐの就職は、新卒という肩書があったし、実は父親のコネがものを言った。木之内の会社は、思えば社長の妙な好みで採用されたようなものである。つまりコネや僥倖《ぎょうこう》を失ってしまえば、わたしはどこにも採用されない程度の人間でしかなかったのだ。この事実には、大いに打ちのめされた。

やがてわたしは、自分の矜持を守るために卑屈な考えに逃げ込んだ。どこにも採用してもらえないのは、容姿が劣るからだと考えたのだ。もしわたしが美人だったら、どんな会社でも簡単に入れただろう。わたしが行った会社はどこも、面接官は男性だった。彼らはわたしの容姿に失望し、もっと美しい女性社員を欲したに違いない。

わたしはそんなふうにしか考えなかった。容姿を悪く言われるのには慣れている。だが内面性まで否定されるのは耐えられない。すべての原因が容姿にあると考えているうちは、かろうじて心の平衡を保つことができた。

わたしは男を失い、職を失い、終いには健全な心まで失おうとしていた。わたしの心はどんどんねじ曲がっていくのだった。

25

わたしの運勢は、完全に無卦《むけ》に入っていたようだ。何をしてもうまく行かない時期は人生に必ずあるものだろうが、わたしの場合は極端だった。木之内と別れ、職を失っただけでも辛いのに、さらに追い討ちをかける事態が待っていた。それは、考えられる限り最悪の運勢だった。

木之内の会社を辞めてから、わたしは青山に近寄らないようにしていた。偶然にでも、木之内に会ってしまうのを避けていたのだ。むろん、会いたい気持ちは依然として胸の中に存在した。でも、会ったところでどうにもならないのなら、もう二度と顔を合わせない方がましだった。笑って再会できるほど、わたしの胸に残った傷は小さくなかった。

それでも旧知の人物に出会ってしまったのは、やはり無卦に入っていたからとしか思えない。わたしはその日も面接を受け、これまでの経験からしておそらく不採用だろうと自己判断し、落ち込みながら新宿の地下街を歩いていた。そんなときに、背後から声をかけられた。

「あら、後藤さんじゃないの」

後ろから肩を叩かれ、わたしは振り向いた。そこに立っていたのは山口さんだった。山口さんは以前と変わらない人なつっこい笑顔を浮かべ、こちらを見ている。わたしは山口さん個人にはなんの遺恨もないものの、あの会社での日々を思い出させる人に会ってしまったことで、戸惑いを覚えた。正直な気持ちを言えば、山口さんはわたしにとって会いたくない人だった。

「ああ、どうも……。お久しぶりです」

戸惑いが、口調に露骨に表れていた。その挨拶で山口さんはこちらの内心を察したらしく、苦笑を浮かべる。

「何よー、いやな人に会っちゃったみたいな顔して。ちょっと冷たくない？」

「ごめんなさい。そんなつもりはないんですけど……」

「わかってるわよ。あたしとの付き合いはもう忘れたい過去なんでしょ」

山口さんはずけずけとものを言うタイプなので鈍感そうに見えるが、実は洞察力のある人なのだ。いちいち言い訳をする必要がなくなり、少し気が楽になった。

「はい、そういうことです」

素直に認めると、山口さんは理解を示すように頷く。

「まあ、仕方ないわよね。でも、もう終わったことならいつまでもくよくよしてないで、すぱっと割り切った方が楽しいわよ」

まったくそのとおりだと思った。それができないから苦しんでいるのだが、山口さんの物言いは小気味いい。さも簡単そうにアドバイスされると、いつかそうできるのではないかと思えた。

「山口さん、何か用事があって新宿にいるんですか」

今のわたしに必要なのは、山口さんのような人ではないかと考えた。このどうしようもなく重い気分を、ばっさばっさと容赦ない言葉で切り捨てて欲しかった。

「うん、そうだけど、もう終わった。コーヒーでも飲んでいく？」

山口さんはまたこちらの気持ちを察してくれた。わたしは嬉しくなって頷いた。

近くの喫茶店に落ち着いて、注文を終えた。山口さんが喋り始める前に、再就職がうまくいかないのだとわたしの方から切り出した。山口さんは運ばれてきたコーヒーにたっぷり砂糖を入れ、一緒に頼んだケーキを嬉しそうにつつきながら、「ふうん」と相槌を打つ。

「後藤さん、仕事できるのにね。なんでちゃんと見てくれないんだろうね」

「わたしがブスだからですよ」

つい、自虐的な言葉が口を突いて出てしまった。こんなことを言われても、山口さんも反応に困るだろう。果たして山口さんは、それに対しては直接答えず、違うことを言った。

「社長はあれで、人を見る目があるんだよね」

しみじみ呟かれると、今度はわたしの方が言うべき言葉を見つけられなかった。まったくそのとおりだ。木之内は最初から、わたしの容姿などまったく問題にせず、中身だけを評価してくれた。そういう男だからこそわたしも好きになったのだが、その希少性にまでは思いが至らなかった。今になってようやく、木之内のような男は他にいないのだと痛感する。失ってしまったものの大きさに、わたしは泣きたくなった。

「後藤さんも会社に馴染んでたんだしさ、辞めなきゃよかったのに」

山口さんはいまさらそんなことを言う。わたしは自分の気持ちを抑え込んで、首を振った。

「そんなの、無理ですよ。あのまま働き続けられるわけないです」

「普通はそうだろうけど、でも社長はきっと、後藤さんを追い出したりはしなかったよ」

そう言われれば、木之内なら平然とわたしを容認しただろうと思えてきた。木之内にはそうした、悪く言えば鈍感、好意的に評すれば度量の大きいところがあった。考えまいとしていた楽しい日々の思い出が甦りそうで、わたしは慌てて気持ちを逸らす。もはや、思い出しても仕方のない過去だった。

「今からでも戻ってくれれば？　まだ後任の人は決まってないから、あたしから社長に言ってあげるよ」

山口さんは優しさからそう言っているのだろうが、わたしには酷だった。なぜなら、その誘いには大いに心を動かされてしまったからだ。戻れるものなら戻りたい。たとえ木之内と恋人同士に戻れなくても、あの楽しかった日々の一部なりとも取り戻したい。そんな欲求が急激に膨れ上がり、わたしの口をこじ開けて飛び出しそうだった。

しかしわたしは、恥知らずにはなれなかった。最後に木之内がわたしに向けた目。あれを思い出せば、いくら鉄面皮な人間でも戻れるわけがなかった。まして木之内は、季子と付き合っているのだ。その事実を知りながら、一社員として木之内と接していくのはとうてい不可能だった。

「それは……、でも、無理です」

なんとか声を絞り出した。それだけでこちらの内心の葛藤を見て取ったのか、山口さんは「そうか。そうよねぇ」とため息交じりに応じる。

「いくらなんでもきついか。よりを戻せるならともかく、もうその可能性はないわけだし」

「えっ？」

わたしは鋭敏だった。山口さんのさりげない言葉の意味に引っかかりを覚えた。こちらの反応で山口さんも失言に気づいたらしく、しまったという顔をする。わたしは追及した。

「よりを戻せる可能性がないって、どうしてですか」

「いや、ちょっと、どう答えたらいいのかしら。あのね、こういうことは別に珍しいことじゃなくって――」

「大丈夫ですから、教えてください」

慌てて言い訳をする山口さんを遮って、わたしはきっぱりと言った。聞かずに済ませられはしなかった。

「ごめんね。ホントに意地悪するつもりはなかったのよ」

山口さんはケーキを食べる手を休め、悄然と肩を落とした。わたしは申し訳ない気持ちになったが、それでもその先が知りたかった。

「木之内さん、結婚するんですか」

自分でも驚くほど、するりとその問いかけは出てきた。山口さんはかろうじてわかる程度に、小さく頷く。

「……そういう話だけど」

「相手は誰なんですか？」

それが一番の問題だった。わたしは無意識のうちに身を乗り出していた。山口さんはこちらの剣幕に怯えたように、体を遠ざける。

「よく知らないけど……」

「嘘はつかないでください。正直に教えてくださいよ」

絶対にごまかされてなるものかと、いささか喧嘩腰の気分になっていた。山口さんこそが恋敵であるかのように、睨んでいたかもしれない。山口さんは困じ果てたように、眉根を寄せた。

「あたしも会ったことはないのよ。話で聞いただけ。だから名前しか聞いてないし、その名前もはっきり憶えてないいんだけど」

「季子、というんじゃないんですか」

このタイミングで木之内が結婚するなら、相手は季子かもしれない。しかし気の多い木之内のことだから、さらにまた別の相手を見つけた可能性もある。そんな期待を込めて問い返したのだが、山口さんの返事は無情だった。

「ああ、そんな名前だったかもしれない」

山口さんはおそらく、季子がどういう女か知らないのだ。まさかわたしの知り合いが、わたしから木之内を奪ったなどとは想像もしていないのだろう。だから悪気もなく、簡単に認めたのだ。それはよくわかった。

だからといって、わたしの衝撃が和らぐわけではなかった。よりによって季子が。またしてもわたしは、何度も頭の中で転がしたフレーズを繰り返す。よりによって、なぜ季子なのか。木之内はこれまで、びっくりするような美人とも付き合っていたではないか。それに比べて季子は、多少自分をよく見せるすべを身につけたかもしれないが、もともとの素材が格別優れているわけではない。性格だって悪い。ただ単に、男の前で自分の本性を隠し続けるのがうまいだけだ。あの木之内が、そんな女に騙されてしまったのか。とびきりの悪夢のように、事態は非現実的だった。

「そうですか。ありがとうございます」

言うなり、わたしの体はすうっと立ち上がった。財布を取り出して自分のコーヒー代をテーブルに置き、そのまま喫茶店を後にする。山口さんが呼び止めたような気がしたが、わたしは振り返らなかった。

家に帰る途中で何を考えていたのか、自分でもよくわからない。たぶん、何も考えていなかったのだろう。自宅の部屋に籠り、たっぷり二時間は放心していた。放心している間に、胸元がぐっしょり濡れていた。どうやら泣いていたようだ。枕を引き寄せ、そこに顔を埋める。静かな嗚咽が込み上げてきて、わたしは啜り泣いた。惨めな敗者の泣き声は、遥か遠くから聞こえてくるかのようだった。

26

わたしを支配していたのは、圧倒的な敗北感だった。こともあろうに、あの季子に負けた。他の面識もない相手だったら、おそらくここまで敗北感は大きくなかっただろう。季子だからこそ、長い間同類だと思っていた季子だからこそ、わたしは立ち直れないほど打ちのめされたのだ。

自分が恥ずかしかった。消えてなくなってしまいたいと思った。わたしはやはり、なんの取り柄もない女だった。人に勝てる部分が何ひとつない、容姿も性格も能力もまったく秀でたところがない、いてもいなくてもどうでもいい女。こんなわたしが、なぜ世の中に存在するのか。どうして生きているのか。わたしは自己の存在理由を見つけられず、ただ消え入りたいと望んだ。価値がないなら、無意味な自分を消し去ってしまいたかった。

しかしわたしは、自殺だけは考えなかった。自覚はしていなかったが、なんとか立ち上がりたいと望む意地が心の根底にかろうじて残っていたようだ。自殺すれば、そのときこそ完膚無きまでの敗北になる。二度と逆転のチャンスは訪れず、季子の勝利が永遠に確定する。それだけは、まさに死んでも容認できなかった。

　生きたまま己を消す手段を考えた。考えに考え、ぐつぐつと煮詰め続け、心の潤いが完全になくなり干涸らびるまで考え続けた。自殺という手段を封じつつ、わたしを受け入れようとしなかった世間と、愚かな選択でわたしではなく季子を選んだ木之内に復讐するすべを探った。無価値な自分を消し去り、同時に世間と木之内、季子を見返す手段。それは結局、ひとつしかないのだった。

　別人になること。干涸らびた心に最後に残った結論は、それだった。別人になれば、惨めさを忘れられる。敗北感から逃れられる。新しく生まれ変わりさえすれば、世間は態度を変えるだろう。場合によっては、木之内を後悔させることだってできるかもしれない。そう夢想して初めて、わたしの顔に笑みが甦った。

　遡って考えてみれば、この結論はかなり以前から心に居座っていたのだった。結局わたしは、顔かたちを変えないことにはもう一歩も先に進めないのだ。長い間わたしを縛りつけてきた、強固なコンプレックス。真実の敵はこのコンプレックスなのだと、ずっと前から気づいていた。だからこそ、負債を少しずつ取り返すように、二度に亘って顔を整形したのである。

　しかし、もはや少しずつでは間に合わない。一気に取り返して初めて、わたしは息を吹き返せるのだ。別人になるほどの整形手術。それだけが、わたしを救ってくれるだろう。

　結論は出た。出たからには、一刻も早く実行に移したかった。だがわたしにはもう、そのための資金がなかった。いくらつましい生活を送って貯金していたといっても、二度の美容整形手術ですべて使い切ってしまった。この上さらに、顔かたちを抜本的に変える大手術の料金など、捻出できるはずもなかった。

だからわたしは、親を頼った。親に何かをねだることなどついぞなかったよい子のわたしが、このときばかりは堂々と手術料金を要求した。心の奥底に両親に対する恨みがあることを、わたしは改めて自覚した。なぜもっと綺麗に産んでくれなかったのか、という恨み。それ故に、手術料金を出すのは親の当然の義務だと考えた。

父母が揃っているときに、わたしは「話がある」と切り出した。再就職がうまくいっていないことを知っていた両親は、いずれわたしが相談を持ちかけるとでも考えていたのか、あまり驚いた様子はなかった。そんなふたりに、わたしは言葉を投げつけた。

「顔を整形手術しようと思うの。今度はほくろを取るとか瞼を二重にするとか、そんな部分的なものじゃなく、この顔全部を丸ごと変える」

そのとき両親は、しばらく動きを止めた。まるで、わたしの言葉がふたりを金縛りにしたかのようだった。まったく反応がないのでわたしは苛立ち、「聞いてるの？」と続けた。先に口を開いたのは、母だった。

「な、何を急に言い出すの？　顔を丸ごと変えるだなんて、そんなことできるの？」

母は動揺した心を落ち着かせる暇もないまま、ただ浮かんだ疑問をそのまま吐き出しているだけと見えた。その反問は煩わしかったが、ふたりに手術の必要性を理解させるためには長いやり取りが必要だとわたしも覚悟していた。

「急にじゃないわ。ずっと考えていたことよ」

「あのね、和ちゃんが自分の見た目を必要以上に気にしているのはお母さんも気づいてたけど――」

「必要以上なんかじゃないわよ。わたしは子供の頃から、この容姿に悩まされてきたの。わたしの気持ちは、そこそこ綺麗に生まれたお母さんには絶対にわからないわ」

恨み言が口を突いて出た。思っていても、決して口に出してはいけないと考えていた禁句。こんなことを言えば、母が深く傷つくとわかっていた。それでも今は、言わずにはいられなかった。

母は目を見開いて絶句した。申し訳ないとは思ったが、わたしは表情に出さなかった。たとえ親を傷つけてでも、生まれ変わらなければならない。それは不退転の決意だった。

「馬鹿なことを言うんじゃないぞ、和子」

父が声を発した。以前のわたしなら、この一声で怯えていた。暴力をもってわたしを支配していた父。笑顔を浮かべず、家にいるときは常に帯電しているようなぴりぴりした気配を放っている父は、恐怖の対象だった。逆らうことなど、考えも及ばなかった。

しかし、自らを捨てる決意をした人間に、怖いものなどないのだった。むしろ今は、抑圧的な父に怒りを覚える。わたしとそっくりな顔を持つ父は、消し去りたい自分と直結した存在だった。わたしは父の性格が憎かったが、それ以上に顔が憎かった。

「何が馬鹿なの」

わたしの声は静かだった。闘う意思を秘めた静かさだった。その響きは父を戸惑わせたらしく、不審そうにこちらを見返した。わたしは思いの丈を吐き出した。

「何が馬鹿なの？　わたしは何も馬鹿なことを言ってないわ。わたしのこの顔はハンディなの。世間に出ていくに当たって、大きなハンディなの。お父さんだって、お母さんと結婚したからには美人が好きなんでしょ。みんなそうなのよ。世の中の男はみんな、あたしと美人が並んでいれば美人を選ぶの。そうに決まってるんだから」

　自分で言いつつも、木之内だけは違ったと考えていた。美人とふた股をかけていながら、木之内はわたしを選んでくれた。他にふたりといない男。そんな男を失ったからには、意地でも別人になるしかなかった。

　父は呆然としていた。こんな顔をする父を、わたしは初めて見た。娘に言い返したいのに、反論の言葉が浮かばないのだろう。それはそうだ。大した深い考えもなく、ただ反射的に娘を窘めようとしているだけの人に、わたしが負けるわけがない。わたしは自分の心が干涸らびるまで考えたのだ。女の現実を何も知らずに生きてきた父に、負けるわけがない。

「わたしの再就職先がなかなか決まらないのは、お父さんもお母さんも気づいてたでしょ。どうしてだかわかる？　わたしはちゃんとした学歴もあるし、仕事の経験もある。それなのに採用されないのは、この顔のせいなのよ。わたしを面接する人はたいてい、お父さんと同世代か少し下くらいの男よ。みんな、どうせ採用するなら美人がいいと思ってるんだわ。面接を約束して、どんな女が来るかわくわくしてたら、わたしみたいなのが来てがっかりするの。これが世間なのよ。これが現実なの」

「いくらなんでも、そんなはずはないだろう」

　父はかろうじて声を絞り出したといった体《てい》だった。なんの根拠もない、ただの思いつきの反論。わたしはぴしりと言い返した。

「じゃあなんで、わたしは採用されないの？　頭が悪いから？　性格が悪いから？　どうなのよ、お父さん。わたしの何が悪いの？　教えてよ」

わたしの問いかけに、父はただ黙り込んだ。男は皆、女の容姿コンプレックスの前に絶句するだけなのだ。卑怯な沈黙。自分の中にある差別意識を浮き彫りにさせられ、かといって潔くそれを認めることもできず、ただ黙り込むだけ。父はわたしとそっくりな顔を持つだけに、なおさら腹立たしかった。

吸り泣く声が聞こえた。切れ切れの声で、母だった。母は腿の上に両手を置いて俯き、流れる涙を拭おうともしていなかった。

「ごめんね、和ちゃん。ごめんね、ごめんね……」

綺麗に産んであげられなくてごめんね。母はそう謝っているのだ。謝られても意味はないが、母親としてはそうするしかないのだろう。こんなことを詫びさせる自分を親不孝だと思ったけれど、しかし引き下がる気はなかった。わたしは優しい声で語りかけた。

「いいのよ、お母さん。もういいの。わたしは顔を変えて違う自分になるから。だからお母さんには、もうどうにもならないことを謝るんじゃなくって、できることをして欲しいの」

わたしの言葉を受けて、父が改めてこちらに視線を向けた。その視線の意味は、言葉にせずともわかった。わたしは答えた。

「もう手術代がないの。わたしはぜんぜん貯金がないの。だから、今度の手術代は出して欲しい」

父は無反応だった。わたしの言葉をどのように感じたのか、その厳つい顔からは想像がつかなかった。やがて父は、絶対に口にしたくなかったことを無理矢理言わされているかのように、重苦しく問うた。

「いくら必要なんだ」

「まだわからない。そんなに安くはないと思う。それでも、全額払ってもらう。だって手術は、もう一度わたしを産み直してもらうようなものだから。そのための代金は、わたしではなくお父さんたちが払うのが当然でしょ」

わたしのふてぶてしい物言いは、ふたたび父を黙らせた。性格がねじ曲がってしまったと、自分でも思う。もしかしたら再就職できないのは、この性格の醜さが理由かもしれないとも一瞬考えた。だがわたしは、そんな発想をすぐ振り捨てた。たかだか三十分から一時間の面接で、性格の良し悪しまで見抜けるわけがない。彼らはやはり、顔を見ただけなのだ。そうに決まっていると、わたしは思い込んだ。

「そんなに……、そんなに自分の顔がいやなの？　わたしとお父さんが和ちゃんをそういうふうに産んだのに、その顔が嫌いなの？」

問いを発したのは母だった。母の顔は涙でぐしょぐしょだったが、なおもわたしよりはましだった。なぜ母がそんな質問をするのか、わたしは理解できなかった。聞かずとも答えがわかっているはずなのに、なぜ改めて問うのかわからなかった。

「嫌い。大っ嫌い」

だからわたしは、間違えようもないほどはっきりと言った。母は声を上げて号泣した。

「和子」

父が、たまらずといった様子で呼びかけた。わたしは顔を向けただけで、無言で先を促した。父の表情は悲しげだった。

「お前が容姿に恵まれてないことは、子供のときからわかっていた。母さんに似ればよかったのに、お前はおれに似たからな。だからおれは、お前に毅然とした人間になって欲しかった。顔立ちの良し悪しなんかにくよくよしない、強い人間になって欲しいと育ててきた。でも、おれは失敗したようだ。お前は弱い人間だ」

初めて、父の言葉が突き刺さった。父になど負けるはずがないと思っていたのに、これまでの人生すべてをかけた決意で全身を鎧《よろ》っていたのに、父の言葉はわたしを貫いた。そのことにわたしは呆然とした。なぜこの期に及んでそんな言葉を発するのかと、ただただ父が恨めしかった。

「金は出してやる」

父は厳《おごそ》かに言った。悔しいことに、父の口調はわたしにとって厳かだった。

「金は出す。もう一度産み直せと、お前は言ったな。そうしてやる。お前を生まれ変わらせてやる。だから、顔だけでなく心も綺麗になって戻ってこい。おれや母さんを、これ以上悲しませるな」

父はそれを最後に、立ち上がってふらりとリビングを出ていった。玄関ドアが開く音がする。父は上着も羽織らず、まるでこの家に居続けるのが耐えられないかのように出ていった。父を追い出したのは、わたしだった。

母の泣き声が、ひときわ大きくなった。

27

過去二回の手術をしてくれた病院に行き、希望を伝えた。わたしの希望はこうだった。目をもっと大きくぱっちりさせ、鼻の形をシャープに修正し、同時に小鼻は縮小させる、唇は薄く口角を吊り気味にする、加えてフェイスラインも厳つさを消すように変えて欲しい。担当医にこれらを告げると、目を丸くされた。ここまでいっぺんに要望する患者は、多くないのだろう。別人になりたいのですか、と医師は問いかけてきた。

「はい」

わたしは曖昧さのかけらも混入しないよう、きっぱりと返事をした。迷いがあると思われては、手術を引き受けてもらえないかもしれない。顔を抜本的に変えるような手術を希望するのは、精神に問題があると疑われる恐れもある。そうではなく、熟考した上での結論なのだということを理解して欲しかった。

案の定、なぜそこまで顔を変えてしまうのかと根掘り葉掘り訊かれた。面倒だったが、避けては通れない過程だと思い、正直に答えた。いまさら恥ずかしさは感じなかった。コンプレックスがどれだけ大きいか、この顔のせいでどんなに損をしてきたか、これまで誰にも言えなかった数々の恥を曝け出す。精神上の汚物とも言える劣等感をまともにぶつけられ、医師はたじろいでいた。結局、こちらの気迫に押されたかのように手術の具体的な方法に話題を移行させた。

わたしの希望を叶えるための手術を、医師は考えてくれた。目を大きくするためには目頭を切開し、鼻を高くするためにシリコンを入れて鼻軟骨を整え、それでも小鼻が小さくならないときには鼻翼を調整し、唇の内側の粘膜を切開して縮め、えらの骨を削ることで輪郭をすっきりさせて同時に口角を吊り上げるのだそうだ。医師は絵心があり、画用紙に鉛筆で顔を描いてからそれらの修正を反映させた。絵は修正前とは別物になり、わたしの変身願望を満たしてくれる期待を抱かせた。絵は大雑把なものだったが、それでもわたしはこんな顔になりたいと切望した。

手術は一ヵ所ずつ行《おこな》っていくのがよいと、医師はアドバイスした。ひとつひとつの手術はさほど大変ではないが、腫れが引くまでに一週間ほどかかる。腫れが引いて手術がうまくいったことを確認してから、次の箇所に取りかかるのがいいだろうとのことだった。わたしは医師を全面的に信頼していたので、すべて任せることにした。

医師が提示した見積額は、驚くような数字だった。二十歳を過ぎた娘が親にねだる額ではない。だがわたしは、手術代を出してもらうことに罪悪感は覚えなかった。父はわたしに、心も綺麗になって戻ってこいと言った。つまり父の目に、わたしは心が醜いと映っているのだ。ならば、綺麗になるのは父の望みにも叶うはずだった。わたしは手術によって、長年のコンプレックスを振り捨てる。そのときになってようやく、父が求める娘になれていることだろう。

家に帰って手術の総額を告げても、父も母ももはや何も言わなかった。母はショックから立ち直っていないため、そして父は諦念によって言葉がないようだった。わたしの強すぎる変身願望が、家族の根本的な何かを変えてしまったように感じる。だがそれでも、引き返すつもりはまったくなかった。何を犠牲にしようと、たとえそれが肉親の情であろうとも、わたしは前に進むしかないのだった。

まずは目許からスタートした。以前に二重瞼にしてあるため、手術は難しくなかった。目頭を切開するなどと聞けば、さすがのわたしも人並みに恐怖を覚える。それでも、仕上がりを想像すると後込《しりご》みする気持ちは失せるのだった。実際に手術を受けてみると、二重瞼にする手術のときよりも腫れず、案ずる必要はなかった。

一週間後に抜糸すると、すでにわたしの顔は変貌を始めていた。やはり人間の印象を大きく左右するのは、目なのだ。瞼を二重にしたときにもその効果はあったが、形を完全に変えるともはや雰囲気そのものが変わる。予想していたにもかかわらず、その劇的な変化に驚かずにいられなかった。

目頭が厚ぼったく、左右の距離が空いていた目は、今や吸引力すら備えた杏仁《きょうにん》型になった。鏡で見ている自分でさえ、こちらを見返す目に魅入られるような錯覚を覚える。目にはその人の意志が宿るのだとしても、これまでの目では器としての形が悪すぎた。こうして整えられて初めて、自分の意志力がはっきりと反映されたのだと感じた。

もしわたしが通常の意味で綺麗になることだけを欲していたなら、もうこれで充分だっただろう。だがわたしの望みは、自分を消し去ることだった。医師はどうやらわたしが目許の手術だけで満足するかもしれないと考えていたらしいが、翻意などあり得ない。ためらうことなく、鼻の手術も希望した。もっともっと遠くへ行きたいと、心が希求していた。

二週間ほど間を空けて鼻に取りかかった。今度の変貌は、目ほど劇的ではなかった。それでも団子鼻がまるで外国人のそれのようにつんと高くなったのには、誇らしさを禁じ得ない。目のときと同様、わたしは鏡をいくら眺めても飽きることがなかった。

次は唇だった。厚すぎる唇もまた、コンプレックスの主要因だった。わたしの顔の中では、ほくろの次に目立っている部分だったかもしれない。それが証拠に、小学生の頃は厚い唇を揶揄した渾名《あだな》を心ない男子からつけられていた。ほくろがなくなり、今またこの厚い唇も消え失せてくれるかと思うと、自分の予想を遥かに超える解放感が押し寄せてきた。

幾度も体験を重ね、ガーゼを取る瞬間が好きになった。そこに隠れている、美しいわたし。この感激は幾度味わっても色褪せることがなく、今回もやはり同じだった。唇は薄くなればいいというものではなく、薄すぎれば酷薄な印象を見る人に与えてしまう。その点、わたしの新しい唇は絶妙の厚さだった。絵心がある医師は、整形術においてもその美意識を十全に発揮してくれているのだった。

あと少しだった。今のわたしは、ふたつの福笑いを組み合わせたようなものだ。美しくない顔の輪郭に、美しい目鼻のパーツを配置している。パーツひとつひとつを注視すれば美しいものの、総体としてはまだどこかちぐはぐだった。父の面影を連想させる輪郭は、断じて残しておけるものではなかった。

この間、両親はわたしの顔の変化に何も言わなかった。まるで娘の顔かたちは以前のままであるかのように振る舞った。これは親としての意地なのかもしれない、親不孝な娘への報復なのかもしれない、あるいは単なる現実逃避なのかもしれない。言えるのはただ、顔に関する話は我が家でタブーとなったということだった。そのことにさえ触れなければ以前と何も変わらずにいられると、父母だけでなくわたしまでもが盲信している、危うい関係の上に家族が成り立っているのだった。

そして、輪郭改造の日がやってきた。もはや手術はなんら怖いものではなくなった。わたしの顔の中でメスが入っていない部分は、もう輪郭と耳だけなのだ。耳はいじるほどではないので、輪郭は消し去るべき最後の部分になったのである。そのときのわたしの気分は、長い距離を走破した末にゴールを視野に捉えたマラソンランナーにも似ていたかもしれない。もうすぐだと思えば、早く辿り着きたいという気持ちはいやが上にも増すのだった。

骨を削る作業となると、さすがにこれまでのように短時間では済まなかった。顔の外側にメスを入れるのではなく、口の中から骨を削るため、傷跡はいっさい残らない。とはいえ、これまでの手術の中で一番大事《おおごと》なのは間違いなかった。説明を詳細に聞けば心が怯んでもおかしくないところだが、今やわたしは医師に全幅の信頼をおいているので怖くなかった。わたしは自分が、医師の作品のように感じ始めている。作品であるからには、美しくできあがるのは当然なのだった。

手術を終え、二週間を過ごし、術後の経過を確認するために病院に行った。圧迫用のフェイスマスクを、医師の手で外される。するとそこには、細面の女性の顔があった。医師の仕事ぶりは完璧だった。完璧な作品であるわたしが、鏡の中にいる。以前の面影は微塵も留めず、完全な別人に生まれ変わった姿。かつての知人たちは、間違いなく誰ひとりこれがわたしとは気づかないだろう。想像の中にしか存在しないような、現実にはあり得ないレベルの美しさを誇る女性が、他ならぬわたしなのだった。

危惧というほどのものではないが、ひとつだけ案じていたことがあった。自分が失われてしまうことに、わずかなりとも寂しさを覚えるのではないかという不安だ。しかし現実にこうして完璧な変貌を遂げてみると、寂寥《せきりょう》感は皆無だった。わたしは前しか見ていない。捨てたかった過去を振り返るノスタルジアなど、嬉しいことに心には存在していなかった。

だが、解放感もなかった。前途への希望も、重荷を振り捨てたすがすがしさもない。むしろ、追いつめられた焦りめいた感情が、いつの間にか胸中には芽生えていた。言ってみればわたしは、最終手段に頼ってしまったのである。もうわたしには後がない。過去を捨てることで、退路を断ってしまったのだ。わたしはこの顔を手にすることで、まったく新しい人生を歩むしかなくなった。それは重圧であり、新たな枷となりそうな予感があった。

いいだろう。わたしはこの顔に浮かれるような馬鹿ではない。こんな顔がもたらすであろう多くの厄介事にも、きちんと想像が及んでいる。それでもわたしは、すべてを背負う覚悟があった。新しい人生を生き抜いてやるという決意があった。これは意地であり、劣等感の中でも最後まで堅持していた矜持だった。決して困難から逃げないと、新しい顔を見つめて誓うのだった。

うわぁ、という声が聞こえた。鏡に映った顔を覗き込んだ看護婦が、思わずといった様子で発した声だった。美容整形手術をする病院に勤めていても、ここまで変貌する患者を目にしたことはなかったのだろう。わたしが硬い表情のまま目を向けると、看護婦は気圧されたように視線を逸らせた。

「綺麗になりましたね、後藤さん」

わたしが微笑まないことに不審を覚えたのか、医師が話しかけてきた。工芸品の仕上がりを確認する目でわたしの顔を眺め回し、大きく頷く。

「綺麗になりました。どうですか、満足ではないですか？」

問われて、ようやく張り詰めていた気持ちが緩んだ。そうだ、わたしは綺麗になったのだ。どんな美人にも負けない美貌を手に入れた。わたしはこうなることを心底望んでいたのではないか。ならば、もっと素直に喜べばいい。

「はい、満足です。綺麗すぎて、怖かったんです。ありがとうございました」

気持ちを言葉にして吐き出すと、自然と表情筋が動いた。鏡の中で微笑む美女は、女のわたしの目すら奪うほど美しかった。

28

変化は内面より先に、わたしを取り巻く周辺環境に現れた。道を歩いているだけで、視線を集めるようになったのだ。わたしは顔を変えて初めて、他人の視線に粘りけを感じた。遠目から露骨にわたしを追う視線、至近距離からの驚きを伴う視線、こちらと目を合わせないように配慮した盗み見、それとなぜか憎しみが籠った眼差し。

体感では、男性のおよそ八割はわたしに視線を向けた。残り二割は老人や子供、あるいは己の中に没入しているらしき周囲が見えない人だ。美しい外見がこれほど男の目を惹きつけるとは、驚きの発見だった。何しろ、女性連れの男ですら、ちらりとこちらに目をやるのだ。一緒に歩いている女性は、さぞかし不愉快に感じていることだろう。世の中の男たちがいかに女性の容姿を重視しているか、身をもって実感した。

だが、視線は男のものばかりではなかった。女性もまた、わたしに目を向けるのだ。驚愕と羨望と嫉妬。大別すればそういうところだろうか。わたしは超能力者ではないので、彼女たちの内心までは読み取れない。しかし同じ女性として、視線の意味はその辺りだろうと推測できる。よくも悪くも、わたしは目立つ存在になったのだった。

これを快感として受け止めるのは、まだ難しかった。むしろ、不愉快に感じるだけだった。わかっていたこととはいえ男の本音を見せつけられたように思うし、彼らが内心で考えていることは想像したくもないし、謂われのない敵意を向けられるのも正直怖い。わたしは自分を変えたつもりだったのに、そうではなく世界の方が変わっていたかのような違和感があった。

変化に対して怖じ気づく自分を、わたしは否定したかった。これは自らが望んだことなのだと、何度も心の中で確かめた。だからまた以前のように家の中に籠りたくなる気持ちを抑え込み、意図的に外に出るようにした。不愉快な視線にも慣れなければ、新しい人生は開けないのだと悟った。

変化は、悪いことばかりではなかった。就職があっさり決まったのだ。わたしを面接した人の態度は、過去に会った面接官のそれとはまるで違った。こちらを見て目を見開き、啞然としているのを隠そうともしない。写真つきの履歴書を事前に送っているのだから、そこまで驚くこともないだろうにと思うが、実物の印象はやはり強いのだろう。わたしは相手の反応を面白いとは感じたが、誇らしくは思えなかった。しょせんは偽物の顔である。顔につけたお面を賛美されたとしても、喜べるはずもない。

面接官は驚きから立ち直ると、ひととおりの質問をした。わたしは過去の面接で答えたことと同じ返事しかしなかったが、今度は採用されるだろうと漠然と予感していた。案の定、その日の夕方に採用の電話がかかってきた。わたしはそれを、白けた気分で聞いた。

わたしが入社したのは、業界の中堅どころに当たる医療機器メーカーだった。わたしも名前を知っていたくらいの、思いもかけない大規模な会社だ。ひょっとしたらと考えて受けてみたところ、採用されてしまった。これは露骨な就職差別ではないかと思ったが、採用されたわたしが文句を言えることではない。

医療機器メーカーとはいえ、総務部で働くために採用されたので、特別な知識は必要なかった。採用通知をもらった二日後から、わたしは働き始めた。総務部の人員はわたしを含めて十二人で、うち半数が女性だった。わたしが出社し、すでに来ていた部長に挨拶すると、やはり驚かれた。わたしは給湯室の場所を教わり、台布巾《だいぶきん》を持ってきて部内の机すべてを拭き、後から出社してくる人全員に丁寧に挨拶をした。皆、わたしの顔を見て戸惑っていた。相対する人を困惑させてしまう顔もあるのだと、初めて知った。

女性社員のひとりが、わたしの面倒を見てくれることになった。初日は終日、その人につきっきりであれこれ教えてもらうことになるようだ。女性は三十代後半くらいのベテランで、部内のことならなんでも知っているかのような風情だった。頬骨が出るくらい痩せているその人は、なんとなく態度がつんけんしていた。楽しい職場であればいいと望んでいたので、ひとりでも意地悪そうな人がいるのは残念だった。

仕事中はさすがに話しかけてくる人はいなかったが、昼休みに入ったとたんに声をかけられた。お昼ご飯を一緒に食べようと誘われたので、ついていくことにする。部員の半分が会社に残り、半分は休みを取るというシステムだった。

いつもは男性と女性はそれぞれ別に昼食を摂《と》るそうだが、今日はわたしがいるので、合同で入れる店に向かった。一緒に行動している中には、意地悪そうな女性社員はいなかった。他の人たちは、総じて好意的だった。一番若く見える女の子などは、店を目指して歩きながら、「すごい綺麗なんでびっくりしちゃいました」と率直に言ってくれた。わたしはこんなとき、謙遜すべきなのかまだ判断がつかないでいたため、「ありがとう」とだけ応じておいた。

男性も女性も、皆わたしに興味を持っているようだった。それは新入社員に普通に向ける興味なのか、あるいはこの顔に起因することなのか、判断がつかない。レストランで席に着くと、質問攻めが始まった。どこに住んでいるのか、以前はどんな会社に勤めていたのか、といった無難な問いかけから始まり、趣味や休みの過ごし方など、立ち入った質問に移行していく。興味を持ってもらえるのは嬉しいことなので、わたしは丁寧に答えた。

「おれも質問。彼氏はいるんですか?」

わたしと同じ年くらいの、少し剽《ひょう》げた雰囲気の男性が、手を挙げて尋ねた。女性陣はいっせいに、「あー」と声を上げる。

「絶対訊くと思った」

「男の人たちはみんな、朝からずっとそれを訊きたくてたまらなかったんだもんねぇ」

「こんな綺麗な人なんだから、いるに決まってるでしょ」

呆れ気味の言葉が、質問者に浴びせられる。でもそれが一段落すると、「で?」とこちらにまた水を向けてきた。

「どうなの? 彼氏はいるの?」

なぜか、女性もそれが気になるようだ。わたしは笑いながら首を振った。

「いないですよ」

「えーっ、嘘でしょ」

「なんで? なんでなの?」

「へーっ、そうなのか」

「やった!」

わたしのひと言は、様々な反応を引き起こした。他人からこんなにも興味を持たれたことはなかったので、わたしは怖じ気づきながらも嬉しかった。

「本当に彼氏いないの?」

女性の先輩に、改めて確認された。そんなに不思議なのか、と思いつつ答える。

「嘘じゃないです。本当にいないんです」

「別れたばっかりとか?」

さすがに女性は鋭い。わたしは嘘はつきたくなかったから、曖昧に笑ってごまかしておいた。

「やったー、チャンス」

剽げた男性が、そんなことを言ってガッツポーズを取った。すかさず女性社員たちから、「ぜんぜんチャンスじゃないよ」と突っ込まれている。「自分の顔を見なさいよ」などという声もあり、わたしは新鮮な驚きを覚えた。というのも、彼の顔は目尻が垂れているので愛嬌があるが、決して不細工ではなかったからだ。どうやらわたしは、こんな人とも釣り合わない女と見られるようになったようだ。

さらに驚いたのは、わたしの噂が瞬く間に社内中に広まったことだった。他部署の若い男性たちが、入れ替わり立ち替わり総務部に顔を出しに来た。遠くからわたしを見て、「あれが噂の……」などと囁いている。わたしはどんな表情をしていいかわからなかったので、聞こえない振りをしたり、あるいは軽く会釈をしたりしてやり過ごした。この新しい顔が生み出す波紋には、まだ当分慣れそうになかった。

その週の金曜日に、歓迎会を開いてもらった。出席率はよく、最初にわたしにいろいろ教えてくれた三十代後半の女性を除いて全員参加した。あの人はもともと社交的ではないらしいが、わたしには特に態度が冷たいようだと他の人から聞いた。この顔が謂われのない反感を呼び起こすこともあると自覚していたので、やむを得ないと諦める。できるだけ接点を少なくするしかなかった。

　部署内にいる六人の男性のうち、半分は既婚者だった。だがそんなことは関係なく、全員が揃ってわたしと話をしたがった。男はこういうものなのかと、新たな発見をした心地になる。わたしがビールを注《つ》いだだけで相好を崩すのだから、たわいないと言えた。わたしは微笑みながらも、内心では白けていた。

　この顔はリトマス試験紙のようだと思った。女を外見だけで区別する男と、そうでない男をはっきり色分けする。落胆したのは、女性の中身を見ようとする男がまるでいないことだ。男は誘蛾灯に誘われる蛾の如く、この顔に群がってくる。わたしは一歩どころか十歩ぐらい退いた場所から、その滑稽な様を眺めている気がする。男を惹きつける顔とわたし自身は、未だに一致していない。

　一度トイレに立ち、化粧を直してから出たときのことだった。細い廊下に、男性が立っていた。総務部の中では一番見栄えのいい人だ。年は三十前後か。独身だと、自己紹介のときに言っていた。会釈して横を通り抜けようとしたら、「後藤さん」と呼び止められた。

「あさってって、予定空いてる？」

「えっ？」

　唐突に訊かれたので、言葉の意味までは理解できなかった。なぜこの人がわたしの予定を気にするのか、などと考えた。

「もし空いてたら、誘おうかと思って」

　男性は堂々と言う。だからわたしはまだ、ピント外れな返事をした。

「誘おうかって、何にですか?」

「なんでもいいよ。映画でも、ドライブでも、後藤さんの好きなことをしよう」

ようやく、デートに誘われているのだと悟った。わたしはまだこの男性と、ほんの通り一遍の会話しか交わしていない。それなのにデートに誘われたことに、心底仰天していた。この人はわたしの何を見て、一緒の時間を過ごしたいと考えたのか。やはり顔だけを見ているのか。

「ごめんなさい。急なことなんでびっくりしちゃって、よくわからないです。また改めて、でいいですか?」

とっさに、そう答えていた。嘘ではなく、本当にどう対処すればいいのか判断がつかなかったのだ。冷静に考えれば、男性は名の通った会社の社員だし、様子もいい。そんな人から誘われて断る理由はなかったはずなのに、わたしは簡単に応じることができなかった。誘われることに慣れていないのが一因だが、それだけでなく、やはり状況の変化への戸惑いが大きかったのだ。

「ああ、悪かった。いくらなんでも、おれも焦りすぎだな。きっとライバルが山のように出てくるから、せっかく同じ部署になった利点を生かして、一番乗りしようと思ったんだよ。また誘うから、そのときは考えてみてくれ」

男性はそう言い残し、わたしより先に席に戻っていった。女を誘い慣れているのか、率直なのか、よくわからなかった。

男性の予言は当たっていた。その誘いを皮切りに、わたしは次々に社内の男性から声をかけられたのだった。垂れ目の剽げた人も誘ってきたから、同じ部署の独身男性三人のうち、ふたりがわたしに興味を示したことになる。それだけでなく、既婚男性までもが食事に誘ってきたのには驚いた。

唖然としてわたしが顔を見返すと、その男性はばつが悪そうに離れていった。

他部署の男性からも、様々なアプローチがあった。接点がないところに無理矢理縁を作ろうとするからか、総務部には俄《にわか》に他部署からの合同飲み会の誘いが増えた。出席すると、隙を見て声をかけられた。あまりにいろいろな人から誘われるので、会社を挙げてわたしを担いでいるのではと疑いたくなった。

最初は男性たちもこそこそと行動していたのに、やがて周りの目を気にしない人も現れだし、それにつれて女性たちの態度が変わっていった。名前も知らない社内の女性から、露骨に睨まれたりするようになったのだ。どうやら、その女性が好きだった男性社員をわたしが振ったらしい。似たようなことが何度か繰り返されるうちに、最初は親しげだった総務部の女性たちも、いつの間にか事務的な口調でわたしに接するようになっていた。女性全員が、意地悪そうな女性社員と似た態度をとるようになったのである。居心地がいいと思っていた総務部は、気づいてみれば刺々しい雰囲気の職場に変わっていた。残念でならなかった。

わたしはどの誘いにも、結局応じなかった。そのため、身持ちのいい女だと噂されるようになった。選択肢が多すぎて選べなかったのだが、それ以前にもともと誰の誘いにも応える気がなかったようにも思う。顔を変えたことで、わたしは男たちの真意が読めなくなってしまった。顔だけに釣られて寄ってくる男を、まったく信用できなくなっていた。木之内のような男はどこにもいないのだと考えると、自分の判断すべてが間違っていたのではという恐怖に駆られる。男に誘われれば誘われるほど、木之内の影は大きくなっていくかのようだった。

29

高校時代の同級生から電話がかかってきた。さして親しい相手ではなかったので、同窓会でもやるのだろうかと考えた。そうだとしたら、わたしは出る気がない。いや、出られない。こんな別人の顔で、旧知の人たちの前に出る勇気はない。彼女たちが陰で何を言うか、聞かなくてもすべて想像がつくからだ。そもそも、高校当時は季子しか話し相手がいなかった。その季子と絶縁してしまった今、同窓会に行っても誰と話をすればいいのかわからなかった。

「久しぶり」

相手は親しげに言った。「美菜子《みなこ》よ」と名乗ってもらわなければ名前さえ思い出せない程度の仲でしかなかったのに、わたしとかつて親しい関係にあったと錯覚しているのだろうか。そんな疑いを抱えながら穏当に応じたわたしに、美菜子は軽い口調で問いかけた。

「もう聞いてるよね、季子のこと？」

「えっ、季子？」

当然知っているはず、と決めつけている美菜子の口振りが不思議だった。クラスの輪に入れなかったわたしの耳にまで届くと思われるほどの大ニュースと言えば、ひとつしかない。ついにそのときが来たのだろうか。いやな予感に、わたしの手は汗ばんだ。

「なんだ、知らないの？　結婚するんだってよ」

「——誰と？」

わかっているのに、問い返さずにはいられなかった。事情が変わって木之内ではない相手と結婚することになったのではないかと、ほとんどあり得ない可能性にこの瞬間は賭けたくなった。でも、答えは聞きたくなかった。季子が誰と結婚しようが、わたしにはどうでもいい。わたしの知っている人と結婚するのでさえなければ、季子のことなどどうでもいいのだった。

「どこで知り合ったのかは聞いてないけど、青年実業家だって。若いのに、社長なんだってよ。季子もやるわねぇ」

美菜子の陽気な言葉に、耳を塞ぎたかった。青年実業家のどこがいいのかと、言い返したかった。どうせそんな男は、すぐに他の女に目を移す浮気性なのだ。結婚したって、苦労するのは決まり切っている。季子は馬鹿だ。愚かな選択をした。

こちらが己の思考に沈み、不毛な悪態をついているとも知らず、美菜子は一方的に続けた。

「結婚式は割とすぐなのよ。びっくりしちゃった。どうしてそんなに早いんだろうと思ったら、ちゃんとわけがあったの。一応内緒にしてるつもりらしいんだけど、季子ねぇ、妊娠してるんだって。もうびっくりよ」

妊娠。そのひと言を聞いて、わたしは腑に落ちた。あの木之内が季子と結婚するなど、おかしいと思ったのだ。結婚という二文字が似合わない男が世の中にいるとしたら、木之内はその筆頭だろう。なぜ季子と、という以前に、どうして木之内が、という疑問をわたしは抱いていたのだった。

納得がいくと同時に、そうだったのかという思いが今になって胸に押し寄せてきた。そうか、木之内は相手が妊娠すれば責任をとって結婚するタイプだったのか。結婚前に妊娠することなど考えてもみなかったが、もし木之内がそういう男だとわかっていたら、わたしも妊娠を望んだだろうか。

思ってしまう。

木之内と、彼との間の子供をいっぺんに手に入れられるなら、あえて妊娠を望んだかもしれないと

そこまで考え、愕然とした。まさか、季子も同じことを狙ったのか。木之内を手に入れるために、外聞の悪さも顧みずに捨て身の手段に出たのか。木之内はわたしと寝るとき、必ず避妊をした。それは彼の責任感を物語ってはいるものの、女の側が妊娠を望めばなんとでもなる。勇気のいることではあるが、自分の一生がかかっていると思えば決してできない挑戦ではなかった。

木之内は嵌められたのか。わたしはその推測に、怒りよりも脱力感を覚えた。わたしはそこまではできなかった。だから、季子に木之内を取られてしまったのだろう。季子の方が本気だったということか。わたしは思いの強さで季子に負けていたのか。悔しさも後悔の念もなく、ただぞっとするような脱力感だけが体を蝕む。女であることを武器にした季子のしたたかさに、わたしは純粋な敗北感を覚えていた。

「——だからね、お腹が目立つようになる前に結婚式を挙げたいんだって。まあ、そりゃそうよね。それで、みんなで二次会をやろうってことになったんだけど、和子は当然来るわよね」

わたしの絶句を単なる驚愕と思ったのか、美菜子は無邪気に続ける。その鈍感さが、なんとも厭わしかった。

「行かない。わたし、季子嫌いだから」

言い切ると、美菜子は「えっ?」と頓狂な声を上げた。わたしは静かに受話器を置いた。

30

記憶は簡単に切り捨てられるものではない。逆に、静電気でまとわりつく埃のように、払おうとすればするほど頭から離れなくなる。木之内のことは忘れてしまおうとこれだけ努力しているのに、季子の妊娠という情報に動揺したわたしは、過ぎた日々を無意味に思い出しているのだった。

木之内はかつてわたしに、結婚する気はないんだと言った。独身でいるメリットが、妻帯するメリットより勝《まさ》っているうちは結婚しない、と。

『結婚のメリットはわかってるつもりだよ。精神的充足感も大きいと思う。でもその一方で、失うものも少なくないはずだ。そこから目を背けて、ただいいところだけを見て結婚するから、世の中の大半の人は結婚生活に失望するんだよ。ぼくは現実を直視することから逃げたくないんだ』

いかにも木之内が言いそうなことではあった。わたしは一度も、木之内と結婚したいなどという意思を示したことはない。匂わせたことすらない。結婚という行為がまだ現実的ではなかったし、その相手として木之内を想定するのはさらに難しかった。だから木之内がそんなことを言ったのは、わたしを牽制するためではなかったのだろう。単に、自分の考えを表明しただけなのだ。

『それに』と木之内は続けた。『ぼくはまだ、自分に自信が持てないんだ。人ひとりを幸せにしてあげられる自信がない。そんなぼくと結婚しても、相手が不幸になるだけだと思う。まだ会社は不安定だし、やりたいことはたくさんあるし、こんな腰の据わらない男と結婚しても、女は不幸だよ。和子もそう思うだろ？』

木之内のあの問いかけは、結婚に関する話題がわたしにとって完全に他人事《ひとごと》と見做《みな》していたからこそできたのだろう。つまりわたしと結婚する気がまったくなかったということだが、不思議と悲しくも腹立たしくもなかった。おそらくわたしは、自分が木之内と結婚することはないだろうと予感していたのだ。いくらわたしに妄想癖があっても、木之内との結婚生活だけはどうしても思い描けなかった。

そんな木之内が、季子と結婚する。それだけでなく、ふたりの間には子供までできる。美菜子が嘘をつく謂われはないから、その情報は事実なのだろう。にもかかわらずわたしは、強い違和感を拭い去れなかった。木之内には似合わないと、負け惜しみのようなことを何度も頭の中で呟いてしまうのだった。

木之内はどんな女がよかったのだろう。専業主婦を望むような女が好きだったはずはない。木之内は誰も頼らない代わりに、誰からも頼られたくないのだ。ひとりで自由に生きていきたいと思う男。一生の伴侶にするには向いていない男であり、無理に家庭に閉じ込めれば魅力の大半が失われてしまうだろう。思えば、わたしと付き合っていながらも他の女と会うことをやめられない奔放さもまた、悪質なまでに魅力的だったのだ。平凡な家庭人など、木之内の個性から最も遠い属性だった。

木之内はよく、わたしの賢さを誉めてくれた。より正確に言うなら、受容度の高さだろうか。わたしはどんなことにでも興味を持ち、自分には関係ないとは思わなかった。だから木之内が見せてくれる新しい世界が常に新鮮で、いつまでも耳を傾けていたかった。情報を咀嚼《そしゃく》し、自分なりの意見を持てるようになることで、成長している己を実感した。わたしは世界が変わっていくのが楽しくてならなかったのだ。

『和子くらい好奇心の強い人には会ったことないよ』

木之内はそんなふうにわたしを評した。知識に対する貪欲さがすごい、と。

『和子は誰よりも貪欲なんだと、ぼくは思うよ。普通、貪欲というと金銭的なことを思い浮かべるけど、和子の場合は知識欲だな。いや、知識だけに限らない。和子は知識と同じくらい経験も欲しているようだからね。知識を得て、経験を積んで、自分の幅を広げることに貪欲なんだよ。だからぼくと付き合ってるんだろ』

そのとおりだと思った。自分が貪欲だと自覚したことはなかったが、言われてみれば確かにそうなのだ。わたしは木之内を貪っていたのかもしれない。木之内から吸収できるありとあらゆることを、まだまだ欲していたのかもしれない。木之内が秘めている未知なるものを吸い尽くす前に別れてしまったから、こんなにも未練が残っているのだ。他の男では、木之内ほど刺激を与えてくれないから。

木之内はわたしのこれからについても、興味を持ってくれた。二十二歳という年齢の人間が持つ、たくさんの選択肢を羨んだ。

『そうやって自分の幅を広げて、和子は何に使うんだろうな。例えば英会話を勉強していても、最初のうちはなかなか思うように言葉が出てこないものなんだ。でも諦めずにこつこつ英単語や単文を暗記しているうちに、あるとき突然言葉が口から流れ出してくるようになる。そんなふうに、和子の中に蓄積されているものが、いつか溢れ出す瞬間があるんだろうと思うよ。ぼくはそのときが楽しみだ』

もしかしたらあれは、木之内一流のリップサービスだったのではとも思う。耳に心地よいフレーズで持ち上げ、一緒にいる短い時間を楽しくさせるテクニックだったのかもしれない。しかしわたしには、大きな言葉だった。付き合っていた当時から勇気づけられていたし、別れた今はなおさら大切な言葉となった。

わたしは木之内の期待に応えなかったのだ。今になって卒然と、そう悟る。木之内はわたしの中に何かを見ていてくれたのに、こちらはただ木之内から貪ることしか考えていなかった。二十二歳という年齢に甘え、踏み出すことをしなかった。そんな態度が、木之内を失望させたのだろうか。だから木之内は、季子を選んだのか。

わたしの心得違いは、それだけに留まらない。わたしは木之内が離れていった理由を、すべて容姿に求めた。容姿が人並み以下だから、男を繋ぎ止めておけないのだと短絡した。美しく生まれてさえいれば、男性はもちろん、女性にも好かれる人間になっていたはずだと恨みを溜めた。そのため、まったくの別人に生まれ変わることにためらいを覚えなかった。

しかし実際に生まれ変わってみれば、世界は一変するどころか、親しい友達のひとりも作れずにいる状況はまるで変わらなかった。寄ってくる男は皆、女を見かけでしか判断しない、底の浅い輩《やから》ばかりだった。一方女はといえば、嫉妬を剝き出しにする醜い性根を曝け出した。いや、わたしは他人を批判できる立場ではない。周囲の人間の態度は、わたしの本性を映す鏡なのだ。わたしは人を容姿で差別し、醜い嫉妬を心に燻《くすぶ》らせている人間だった。整形手術をしてようやく、それがわかった。整形して得たものといえば、たったそれだけなのだった。

空しくてならなかった。わたしは美しくなって、木之内に後悔させたかったのだ。それが、正直な気持ちだった。勘違いにもほどがある。木之内はわたしの容姿になど興味を持っていなかった。美しくない容姿を気にかけないということは、たとえ美しくなってもそれで気を惹けるわけがないのである。わたしはそこを見誤り、大金を浪費して容姿を変えた挙げ句、己の醜さを直視しただけだった。なんという空しさか。自嘲するより他に、できることはなかった。

今からでもいい、木之内の期待に応えたかった。それが絶望的に遅すぎるとしても、この空しさを抱えて生きるよりは遥かにましだ。いや、わたしはただ空しさから逃れるすべを求めていたのかもしれない。自己否定を重ねた末に、本当の意味で生まれ変わる一歩を踏み出す気概を得たのだった。

裡に蓄積したものを吐き出すすべ。木之内のように起業するノウハウは、さすがに身についていない。学校の先生や講師になり、教え子に知識を授けるほど系統立った勉強もしていない。だとしたら、能力を発揮できるのは創作方面か。創作ならば、思いつくのは小説しかなかった。

詩は危険だった。心の声が露骨に反映されてしまう。それは短歌や俳句でも同じことだ。心の内を他人に曝け出すくらいなら、裸で外を歩いた方がましである。せっかくの創作なのだから、虚構を創り上げたい。わたしとはまったく違う主人公を創り、違う人生を歩ませたい。そのためには、小説ほど適した器はなかった。

小説か。わたしはいささか逃避気味に考えてみた。悪くない気がした。音楽や絵は、自分の才能を簡単に見極められる。非才を顧みず挑戦するような無謀は、最初から避けられる。それに対して小説は、さほど敷居が高くない。文章を書くだけなら、誰でもできる。もちろんいい文章を書くのは簡単ではないだろうし、その総体としての小説をいいものに仕上げるのはむしろ至難の業《わざ》のはずだ。それでも、創作の世界に没頭してみるという考えはあまりに魅力的だった。ただ原稿用紙に文字を連ねるだけなら、誰にも迷惑をかけない。その点も、わたしの背中を押した。

　現実逃避なのだと思う。妄想の世界に逃げ込むのは、言わば得意技だ。それでも、形として外に出してみるのは決して後ろ向きの行為ではないと思った。他人には大袈裟に聞こえるかもしれないが、わたしは生きる指針を得た思いだったのだ。追いつめられ追いつめられ、ようやくにして見つけた突破口が小説執筆だった。

　わたしは翌日、仕事帰りにさっそく文房具屋に寄って、大量の原稿用紙と万年筆を買った。万年筆なら持っていたが、新たな挑戦には新たな道具がふさわしいと考え、新調した。貯金のないＯＬには分不相応なものを、あえて選んだ。それは、不退転の決意の表れでもあった。

　原稿用紙の束は重かった。だがその重さが心地よかった。わたしをどこかに導いてくれるかもしれない重さ。他人をではなく、木之内をではなく、自らの力を恃《たの》んでみようとわたしは初めて思ったのだった。

31

　会社での飲み会には、ほとんど誘われなくなった。女性からは嫌われているし、男性はそんな女性たちの雰囲気を察して声をかけてこない。こっそり個人的に誘ってくる男はいたものの、こちらも応じなかった。勢い、仕事が終わった後はただ家に真っ直ぐ帰るだけだった。

　木之内と過ごした日々とのあまりの違いに殺伐とした思いを嚙み締めていたが、やることができた今はかえってそれもありがたくなった。わたしは残業もせずにさっさと帰宅し、小説執筆に取りかかった。初めてのことだから、どのような手順を踏むべきかよくわからない。とはいえ、いきなり書き始めてもろくなものにならないことくらいは予想できたので、まずはきちんとしたストーリーを作り上げることにした。

恋愛に焦点を当てた話は書きたくなかった。恋愛は、現実の経験だけでうんざりだった。木之内の影が少しでも反映しているようなキャラクターは、絶対に出さない。それは、わたしの最低限の意地だった。

しかし、経験豊富とは言えないわたしの頭には、木之内との思い出を除外すれば何も残らなかった。自分の人生の貧しさに、うんざりする。小説執筆とは、己の厚みと向き合う作業なのではないかと思った。薄っぺらなわたしからは、薄っぺらな言葉しか出てこないのだ。

自室で原稿用紙に向き合い、書くことを見つけられずに呻吟する日々が続いた。本来小説とは、語りたいことが内側から溢れ出して形になるものではないかと思う。だとしたら、ともかくなんでもいいから書きたいと願うわたしは、動機が不純だった。現実逃避のためなのに、妙に創作にこだわってしまったことが、語るべきことを見つけられない原因だった。

結局、また読書に戻ることにした。売れている小説家の本を読み漁り、自分に書けそうなテーマを探す。十冊ばかり続けて読むと、朧気に方向性が見えてきた。

夢を託せばいいのだ。わたしには不可能な生き方を、小説の主人公に経験させる。読書とは疑似体験であり、その意味では夢を実現させる手っ取り早い手段だった。主人公がわたしとまるで違う人であっても、それはいっこうにかまわない。大勢の人から好かれ、才能に恵まれ、望むがままの人生を送ることも小説の中なら可能だ。そうした夢を、虚構の中で成立させればいいのだと理解した。

わたしの夢とはなんだろう。改めて考えてみて、さしたる夢がないことに愕然とした。わたしは大した夢を持っていなかった。普通に結婚して、子供を産み、もし可能ならばマイホームを持ち、そして年老いていければ御の字だと思う。しかしわたしは、結婚にも夢を持っていなかった。自分には結婚など不可能ではないかと、心の奥で考えている。平凡な夢すら持てずにいるわたしには、目指すものが遥か彼方にすらないのだった。

ひょっとしたら小説執筆は辛い作業かもしれないと、ふと頭の片隅で予感した。語るべき何物もない自分を直視するだけの作業。果たしてわたしは、いつまでそれに耐えられるだろうか。現実逃避をするつもりで、最も見たくない現実を見てしまうことになるのではないかとおののいた。

それでも、引き返そうとは思わなかった。この道こそが進むべきただひとつの道なのだと、何かが訴えている。おそらくは、これもまた予感だったのだろう。たとえどんなに辛い作業であっても、決して嫌いにはならないだろうという予感。わたしは小説を読むのが好きであり、だから書くことも好きになるはずという確固とした実感があった。好きならば、いくら辛くても耐えられる。そのただひとつだけの思いが、わたしを前に進める原動力となった。

わたしは強い女になりたいと望んだ。わたしには不可能な、強い生き方。そうだ、それこそが書くべきことだと、確かな手応えを感じる。スタート地点は、わたしと似た状況でもいいだろう。鬱屈した日々を、詳細に描く。しかしそこから抜け出し、広い世界に羽ばたいていくのだ。そんな女性を、わたしは自分の文章で創造してみたかった。

テーマが決まれば、次はプロットだった。物語の作法をきちんと守った方が、素人には書きやすいだろうと思う。道なき道を行くよりも、整地された道を歩いた方が楽なのと同じだ。物語の基本形といえば、起承転結である。わたしはそれを念頭に置いて、起伏のあるプロットを組み立ててみた。

主人公は大会社に勤めるＯＬにした。大学卒業直後のわたしがモデルだ。大会社だけあって社員の数は多く、大勢の人がいれば必然的に摩擦が起きる。主人公は誰とでも如才なく仲良くできる性格ではなく、そのため先輩女性社員に些細なことで睨まれてしまう。

本人にはどうしようもないことで嫌われ、やがて周囲から陰湿ないじめを受ける様子をきっちり書き込む。ここは実体験を元にすればいいから、それほど難しくないだろう。当時の記憶を追体験するのはいやだが、その後のカタルシスを思えば耐えられないことではなかった。

主人公が嫌われていることは上司の耳にも届くが、取り合ってもらえない。それどころか、職場の和を乱すとして叱責さえ受ける。そこに至ってついに、主人公は会社を辞める決意を固める。辞めた時点では、将来の展望など何もない。ほとんど絶望的な辞職だった。

この辺りから、虚構を交えていく。主人公には恋人がいることにする。大学時代からの付き合いにしておこう。同学年なので、同時に社会に出ている。互いに新しい環境に順応するのに精一杯で、会う時間を作るのも難しかった。加えて、双方に悩みがあり、それを打ち明け合って慰めているうちはよかったが、やがてお互いに自分の立場からの発言が増えてくる。主人公には恋人の悩みが小さいことに思えるし、恋人は主人公の協調性のなさが職場での居心地を悪くしている原因だと指摘する。その溝はどんどん大きくなっていき、やがて破局。珍しくもない話なので、経験のないわたしにも書けるだろうと思った。

仕事と恋人をいっぺんに失った主人公は、言わば人生のどん底に落ちる。整形前のわたしのようだ。いや、わたしよりはまだましだが、虚構だからこの程度の試練でいいだろう。主人公にはこの後、立ち直ってもらう必要があるのだから。

主人公は落ち込むが、どん底から這い上がっていく。ここから、わたしの願望を託すことになる。わたしは誰に見せる当てもない小説を書くことで現実の辛さから逃避しているだけだが、主人公はもう一度社会に出ていく。会社で見聞きしたことを元に小さい会社を興し、成功していくのだ。最後は、主人公をいじめた先輩女性と偶然出会い、羨望と嫉妬の眼差しを向けられるシーンで終わる。叶えられることはない願望をきっちり盛り込みつつも、小説としての結構は整っているプロットができあがったと思った。

もともとわたしには妄想癖があった。だから、願望を託したストーリーを作り上げるのは難しくなかったし、単純に楽しかった。小説執筆は辛い作業かもしれないという予感は、大外れだったなと感じる。ストーリーができあがれば、それを文字にするのが待ち遠しかった。

始動までもたついたものの、ようやく原稿用紙に文字を埋めるときが来た。わたしは万年筆を手に、最初の一行を書いた。頭の中でずっと温めていた一文。それを文字にすると、今から新しいことが始まる期待に胸が高鳴った。

書くことが決まっているからか、早く形にしたいという気持ちが強いからか、予想以上に文章はすらすらと出てきた。あまりに簡単に書けるので、書き飛ばしているのではないかと不安に思うほどだった。五枚書いたところで筆を休め、最初から読み直してみた。多少の修正は必要だったが、それほど雑に書いている感じはしない。自分の文章に満足して、続きに取りかかった。

十枚書いて、ひと区切りとした。時計を見ると、二時間半経っていた。そんなに集中していたかと、軽く驚く。主観では、せいぜい三十分くらいしか経っていないように感じていたからだ。もっと書きたい気持ちはあったものの、明日も会社があるのでここまでにしておく。自分の中から溢れる言葉の多さに頭が興奮し、なかなか寝つけなくて困った。

家に帰るのが楽しみになった。夕食を摂り、入浴するという最低限の作業も煩わしく思える。それらを手早く終え、できるだけ長く原稿用紙に向かい合いたかった。白い原稿用紙を前にすると、またしても文章は体の奥から滾々《こんこん》と湧いてくるのだった。

全部で八十枚の小説を、半月もかからずに書き上げた。初めての創作で、いきなり八十枚もの長さの文章が書けたことに自分で驚いた。これまではせいぜい、学校の作文を三枚ほど書くくらいが関の山だったのだ。長文の文章を一気に書き上げられたことは、大きな自信になった。

すぐにも読み返したかったが、一度頭を冷やす必要があると考えた。今読み返しても、客観的な視点など持てるはずがない。だからあえて三日間置いて、そして通読した。自分で書いた文章でありながら、ストーリーに引き込まれた。おそらく、文章のリズムが合っていたのだろう。自分の文章なのだから当然だが、夢中になって読めること自体が嬉しかった。

ラストシーンは、改めて読んでも痛快だった。きちんと狙った地点に着地していることに満足した。これならばわたし以外の人が読んでも面白いのではないかと、ふと欲が出る。小説を書く楽しみはこれかと、なにやら危険な香りのする領域に踏み込んだような感覚すらあった。

32

思っていた以上に整った小説に仕上がると、やはり誰かに読んでもらいたくなった。他人に見せることを前提に書いていたわけではないが、できあがってみると、読まれることをどこかで意識していたのではないかと自覚されてくる。とはいえ、見せられる人など周りにはいなかった。会社の人間は論外だし、昔の知人にもこんな私的な秘密を打ち明けられるほど親しい人はいない。今のわたしに一番近い存在は親だが、父はもちろんのこと、母にも見せたくはなかった。近くでわたしを見ているからこそ、願望丸出しの内容を読まれるのは恥ずかしかった。

木之内ならなんと言うだろうかと、つい想像してしまった。木之内なら必ず、わたしが小説執筆に挑戦したことを誉めてくれるだろう。ちゃんと目を通し、いい点と悪い点を的確に指摘してくれるはずだ。木之内は人の粗ばかり見る人間ではないし、ただ持ち上げるだけの甘い男でもない。読み手として、あれほど信頼できる人もいなかった。

しかし、木之内に読んでもらうことは絶対に不可能なのだった。何かの間違いで会社の同僚に読まれることがあったとしても、木之内にだけは届けられない。木之内とわたしの運命はもう離れ、今後は遠ざかっていく一方なのだ。木之内を思い出してもただ空しいだけで、わたしは落ち込んだ。

知人に読んでもらうわけにはいかないとなると、残る手段はひとつしかなかった。新人賞に応募してみるのだ。会ったこともない人に読まれるなら、恥ずかしいことは何もない。感想は聞けなくても、読んでもらえること自体が嬉しい。受賞はまったく夢見なかったが、小説を書いたことに意味を与えたいと思った。

とはいえ、どんな公募式の賞があるのか、わたしはまるで知識がなかった。小説を書いてみたい気持ちは突然湧いたものだし、まして小説家になりたいなどとは考えてもいなかった。だから書店に行き、小説雑誌を調べてみた。有名な雑誌を見ると、それぞれに新人賞を持っている。こんなに新人賞があるとは知らなかったので、驚いた。

その中から、八十枚の原稿を受けつけていつつ、なおかつ締め切りが近い賞を選んだ。ともかく新人賞はいくつもあるので、選ぶのに困りはしなかった。条件に合った賞を持っている雑誌を一冊購入し、帰宅する。原稿の送り先を決めるとそれだけで胸が弾み、店頭で立ち読みした応募要項をもう一度熟読してしまった。

すぐにも送りたかったが、原稿の綴じ方、梱包の仕方も知らないことに気づいた。ただ、この一作に自分の人生を賭けるといった気持ちはまったくなかったので、気楽に常識的な処理をした。送り先を書き、そのまま郵便局に持っていく。受けつけてもらうと、ひと仕事終えた達成感があった。

構想に始まり原稿の送付に至るまで、すべて楽しかった。木之内と別れて以来、最も楽しい時間を過ごしたと言ってもいい。こんなにも心弾む経験なら、これから何度でもしたい。そんなふうに思える趣味が見つかったことが、この上なく嬉しかった。

だからすぐに、次の作品を書くことにした。今度も新人賞を目指すわけではなく、あくまで趣味だ。欲が出れば苦しくなりそうな気がする。この楽しみを捨てないためには、よけいな欲はかかないことだと自分を戒めた。

まずはまたテーマ探しを始める。こうありたいと望む姿。望むだけなら、どんなことでも可能だ。

わたしの妄想は、制止弁が外れたかのように広がった。書きたいことは、無尽蔵に湧いてくる気がした。

33

賞の応募が締め切られて三ヵ月後に、二次選考までの結果が雑誌に載った。まったく期待していなかったから楽しみにしていたわけではないが、それでも雑誌の発売日は念頭にあったので、会社の昼休みにわざわざ外に出て書店に向かった。大して胸を高鳴らせもせず、雑誌を開く。二次選考の結果発表のページには、小さい文字がたくさん並んでいた。タイトルと作者名の一覧。細字が一次選考止まりの作品で、二次まで進んだものは太字で書いてある。そしてタイトルの上に星印がついていると、最終選考まで残ったことを示していた。

順を追って名前を見ていき、息を呑んだ。わたしの名前があった。しかも細字ではなく、太字で。生まれて初めて書いた小説が、二次選考まで進んでいたのだった。

タイトルの上に、星印はなかった。二次選考で落選したのだ。それでも、初めての小説で二次まで進めば上々ではないか。名前が載っていること自体、期待していなかったのである。自分が目にしている奇跡がなかなか信じられず、何度も何度もその一行だけを読み直してしまった。

思い返せば、これが小説を読まれる喜びを初めて感じた瞬間だった。自己満足に過ぎなかった小説執筆を、名前もわからない誰かに認めてもらえた。わたしはそれまで、人に認められるという経験をしてこなかった。ただひとり認めてくれたのが、木之内だった。だからこそあんなにも木之内にのめり込んでしまったのだと、二次選考の結果発表を見てようやく理解する。どんな形であれ認められるのは、存在自体を肯定された安堵感に繋がる。わたしは今生きてここにいることをまず木之内に肯定され、そして次に小説によって肯定されたのだった。

わたしは雑誌を買って、会社に戻った。その日は一日、体が地上から二センチほど浮いている気分だった。何をしても現実味がなく、ただ長い夢を見ているだけではないかと疑っては、怖くなった。失うことには慣れていても、手に入れることには馴染みがなかったのだ。もちろん、一次選考を通っただけでは何も手にしたわけではない。それでもわたしは、進むべき指針を見つけたように思っていた。

二作目は、すでに書き上げていた。一作目と同工異曲のサクセスストーリーだったが、書き慣れた分、表現に凝ることができた。客観的評価は難しいけれど、一作目より出来はいいのではないかと思える。しかし、わたしはこの作品を手許に留め置いていた。もしかしたら無意識のうちに、一作目の結果が出るのを待っていたのかもしれない。一次選考通過という成果を得て、二作目をまた賞に投じる勇気が湧いた。

来年まで待って同じ賞に応募しようとは思わなかった。一年も結果を待ち続けるような、悠長なことをする気はない。わたしは小説家になりたいのではなく、単に人に認められたいだけなのだ。認めてくれる相手は、誰でもよかった。

確か、来月締め切りの賞があったはずだ。仕事を終えた後にもう一度書店に行き、雑誌で確認する。記憶していたとおり、その賞ならば締め切りに間に合うし、規定枚数内に収まっている。ここに送ると決めて、またその雑誌を買った。

翌日には原稿を出版社に送り、結果を待たずに三作目に取りかかった。今やわたしにとって、小説執筆は一番の趣味になっていた。読書以外の趣味が見つかり、充実感を覚えている。生き甲斐と言っては大袈裟だが、人と心を通い合わせることができず、本来の自分の顔すら失ってしまった虚構の人生で、小説執筆が支えになっていたのは事実だった。美人だからと男にちやほやされるわたしは偽者であり、周囲の女性の嫉妬を買うわたしも嘘の姿でしかない。本当のわたしは、小説を書いているときのわたしなのだと思い込むことができた。

日々は坦々《たんたん》と過ぎていく。木之内と共有していた時間が濃密だっただけに、よけいに毎日が無味乾燥に思えた。わたしは会社に行き、帰宅して小説を書いた。ただそれだけの繰り返し。しかし、空しくはなかった。原稿の枚数が増えていくことが、わたしの存在証明だった。自分の上を通り過ぎていく時間に、小説を書くことで爪痕を残そうとしていたのかもしれない。たとえそれが引っ掻き傷程度でしかなくても、何も残さずに年老いていくよりは遥かにいいと思えた。

ある日のことだった。会社から帰ったわたしを、母はうろたえた顔で出迎えた。お帰りとも言わず、「和ちゃん、和ちゃん」と繰り返す。わたしは変事が起きたことを察し、不吉なことだけを想像した。とっさに考えたのは、父に何かあったのだろうかということだった。

「えっ、何？　お父さんがどうかしたの？」

「違うわよ。そうじゃないの。あのね、あのね、連絡があったのよ、連絡」

母の話は要領を得ない。わたしは訝しみ、問い返した。

「連絡って、どこから？　何があったのよ」

「出版社よ、出版社。世界書房って、出版社でしょ？」

「えっ」

文字どおり、わたしは息を呑んだ。呼吸を止めてしまい、ただその場に立ち尽くした。あらゆる突発事を予想する用心深さがあったとしても、出版社からの連絡だけは想定外だった。世界書房は、わたしが二作目の原稿を送った会社であった。

なぜそこから連絡が来るのか。考えられるのは、わたしの小説が賞の最終候補に残ったという事態だけだった。だが果たして、そんなに簡単に物事がうまくいくものだろうか。自分のこれまでを振り返れば、運に恵まれているとはとうてい言えない。わずか二作目にして賞の最終候補に残るような、そんな僥倖が自分に訪れるとはとても思えなかった。

「それで、なんだって？」

ようやく発することができた言葉に、母は決定的な答えを返した。

「和ちゃんの書いた小説のことだって。また連絡するって言ってた」

やはり、そうなのか。わたしの小説が、編集者の目に留まったのか。不意に大きな感情が込み上げてきて、わたしはその中に呑み込まれた。それは喜びも含んでいただろうが、むしろ恐怖に近かった。目の前のドアを開けてみたら、広く深い海があったという状態。あまりに唐突に開けた視野に、わたしは恐れを抱いた。この一歩を踏み出し、果ても知れない海に泳ぎだしていく覚悟が、まだこの時点ではできていなかったのだった。

編集者からの電話は、それから三十分ほど後にかかってきた。わたしは緊張のあまり、拍動が耳許で聞こえるような心地で電話に出た。相手はあっさりした口調で、「後藤さんですか」と確認する。わたしの返事を聞くと、こう続けた。

「『白い仕事』が小説世界新人賞の最終候補に残りました。おめでとうございます」

「あ――」

ありがとうございます、と言いたかったのだが、言葉が中途で途切れた。感情が高ぶると、うまく言葉にできないのだと知った。編集者はそんな反応に慣れているのか、こちらの無礼も気にせずに淡々と先を続けた。最終選考がある日と、電話でその結果を伝える旨を告げられる。平日なので、夕方以降に自宅に電話してもらうことにした。

電話を終えた後、わたしは自室に籠って小さく震えた。単なる自己逃避で始めた小説執筆が、わたしを新しい世界へと導こうとしている。受賞すれば当然、職業作家としてやっていくことを出版社に求められるだろう。小説執筆は、ＯＬ勤めをしながら片手間にできることだろうか。もしそれが無理なら、専業作家として独り立ちしなければならない。しかし、わたしにそんな能力があるのか。

ただ最終選考に残っただけの段階では性急すぎる考えだったかもしれないが、自問せずにはいられなかった。わたしは己の能力を大きく超えたことに挑んでしまった無謀を、いまさらながら反省していたのである。だが、後悔はしていなかった。後悔するくらいなら、先に待ち受けるのが修羅の道だとしても前に進むだけだった。

一ヵ月後、ふたたび出版社からの連絡があった。残念でした、と編集者は告げた。わたしは落胆したが、しかしショックは少なかった。こうであるべきだという、妙な納得があった。目の前にある壁は高くなければならず、簡単に乗り越えてしまうことには恐怖があったのだった。

わたしはいっときの落胆から立ち直ると、新たな闘志が湧き上がるのを感じた。もう小説執筆は現実逃避の手段ではなかった。わたしの中には、小説家になる覚悟ができていた。自分の妄想を不特定多数の人の目に曝す覚悟。それによって傷つくことが小説家の宿命だとしても、逃げる気はなかった。

34

わたしはいろいろな苦しみから逃れ、迷いや揺れを振り払ったつもりだった。それなのに、簡単に心はぐらついた。ひとつに思いを定められない自分が情けなくなる。しかし、あの話を耳にして動揺しなければ、それはもはや人間ではないと思った。

わたしの心を不安定にさせたのは、一本の電話であった。かけてきたのは、季子の妊娠を告げた高校の同級生だった。彼女の名前を聞いた瞬間、わたしはいやな予感を覚えた。美菜子とは高校時代、まったく親しくなかったどころか、むしろ不愉快な関係だったと言ってもいいくらいだからだ。わざわざ電話をしてくるなら、いい報せのはずがない。わたしは顔を歪めながら、母から受話器を受け取った。

「あ、あたし。美菜子。久しぶり」

屈託なく名乗るのは、先日と同じだった。かつての関係を忘れ去ったかのような、明るい声。わたしはそれが腹立たしく、反感を覚える。面と向かって〝暗い性格〟と指弾し、仲間外れにした過去などなかった振りをしている美菜子。それが大人になるということだと考えているなら、わたしとは認識に大きな隔たりがあった。

「うん、久しぶり。何？」

空々しい挨拶など交わしたくなかったので、さっさと用件を尋ねた。鉄面皮な美菜子は、こちらの内心など察する気配もない。「相変わらずせっかちねぇ」などと癇に障ることを言いながら、楽しげに続けた。

「和子さぁ、季子と仲がいいと思ってたのに、喧嘩したんだってね」

それがどうしたのだ。あなたには関係ないでしょ、という言葉が喉元まで出かかったが、なんとかこらえる。わたしはいつも、言いたいことを胸の奥に呑み込んできた。それは高校を卒業してかなり経つ今でも、少しも変わっていなかった。

「季子の話なの？」

季子に関する話題はひと言たりとも聞きたくないと思いつつも、それが木之内に繋がるとなればやはりどうしても知りたくなってしまうのだった。極力感情を抑えて訊き返したつもりだったのに、美菜子はこんなときだけ敏感になる。

「聞きたい？」

相手が弱みを見せればすぐ優位に立とうとする性格は、懐かしささえ覚えさせるほど高校時代と同じだった。美菜子のペースに乗せられたくはなかったので、ただ短く応じる。

「なんなの？」

「聞いたわよぉ、和子と季子の話。季子の旦那さん、前は和子と付き合ってたんだって？　略奪愛よね。それじゃあ和子が怒るのも無理ないわ。季子もしたたかよねぇ」

どうやらわたしと季子は、格好のゴシップネタを提供したようだ。季子の結婚式の二次会は、密かな囁き声で大いに盛り上がったことだろう。その場にいなくてよかったと、心底思った。

わたしはもう、言葉を発さなかった。ただ沈黙で、先を促す。美菜子は言いたいことを抑えられないかのように、べらべらと喋った。

「季子も今や社長夫人だけど、本当なら和子がその座に納まってるはずだったんでしょ。ひどいわねぇ。でも、季子もやるわよね。それくらいじゃないと、いい男は摑まえられないってことかしら。あたしも見習わなきゃ」

この女は他人の傷口に塩を擦り込むことで喜びを覚えているのだろうか。おそらく、そうなのだろう。そしてこんな女に限って、男の前ではしおらしい態度を貫いたりする。純朴な男を騙して結婚に持ち込むくらい、美菜子ならそれほど難しいことではないだろうと思った。

「とはいえね、あたしも季子はひどいと思ったのよ。いくらなんでも和子がかわいそうだって。だからね、和子が喜びそうな話を聞いたから、教えてあげようと思って電話したの。知りたいわよね？」

わたしが喜びそうな話？　美菜子が何を匂わせているのか、見当がつかなかった。しかし、自分でもいやになるほど、その話が知りたかった。

「季子は妊娠してたって、この前言ったでしょ。そんな恥ずかしいことをしたのは、和子から奪うためだったのね。でも、悪いことをすればちゃんと報いがあるのねぇ。季子、流産しちゃったんだって」

「流産」

思いがけない単語が飛び出し、わたしの思考は停止した。偽りでなく、その可能性はまったく頭の中に存在しなかったのだ。もうそろそろ生まれる頃だろうかと、漠然と頭の中で計算していた。まさか、何ヵ月もかけて育んできた命が生まれ出ないとは、想像もしていなかった。

「そうなのよぉ。かわいそうだとは思うけど、神様はちゃんと見てるんだなぁとも思うわ。和子もこれで少しは肚の虫が治まるでしょ。だからね、絶対教えてあげなきゃと思ったのよ」

肚の虫が治まる？　果たしてそんな簡単なことだろうか。わたしは美菜子の言葉に、素直に首肯できなかった。だが、そのような考えが美菜子だけの意地悪なものの見方と言い切ることもできなかった。

「よけいなお世話だったかしら。そんなことないわよね。あたしだったら、絶対知りたいもん。和子も嬉しいわよね」

美菜子は押しつけがましい物言いをした。わたしはといえば、不思議な脱力感を覚えていた。心の支えを取り払われたような、頼りない気分。嬉しいなどということはなかったが、さりとて感情が揺り動かされていないわけでもない。むしろ激しく揺さぶられて、その激情の正体が自分でも把握できないほどだった。

「嬉しいわ。ありがとう」

望むのはただ、この不愉快な女とのやり取りを終わらせることだけだった。だから相手が聞きたがっている言葉を吐き捨て、電話を切った。受話器がすべての活力を奪い取ったかのように、疲れ果てていた。

それから数日間、わたしは夢の中にいる心地で過ごした。あんなに楽しかった小説執筆も、気持ちがまったく向かなくなった。原稿用紙を前にしてペンを手にする気になれず、かといって他に何かをするわけでもなく、ただ放心して時間が経つのをやり過ごした。体の芯を抜き取られたように、全身に力が入らなかった。

そうなってようやく、これまでわたしを支えてきたものの正体に気づいた。木之内と季子に対する意地が、生きていく上での力になっていたのだ。季子と結婚したことを、木之内に後悔させてやりたい。その思いだけが、わたしに前に進む活力を与えてくれていたのだと知った。

木之内はただ従順なだけの女は好んでいなかった。かつて言ったように、特別な才能を秘めている人が、男女を問わず好きなようだった。だからわたしは、才能があるとはとても思えないものの、何かを創造してみようと考えたのだ。それが木之内の好みに適うと、心の片隅で計算していたから。むろん、仮にわたしの小説が新人賞を取ったとしても、それで木之内の心を取り戻せるとは思っていなかった。季子に子供ができてしまったからには、木之内がわたしの許に戻ってくる可能性はゼロになった。そんなことはわかっている。だからこその意地なのだ。ただ木之内を忘れるだけなら、それは季子に対する敗北でしかない。木之内を忘れず、季子以上に彼の好みに適う女になってみせて初めて、一矢報いたと言えると思っていた。

しかし、状況は変わった。わたしは季子に子供ができたと知ったから、木之内を諦めたのだ。その子供が流れてしまったのなら、木之内と季子を結びつけるものはなくなったことになる。木之内の好みを考えれば、子供さえできていなければ季子と結婚したとはとても思えない。木之内も今頃は、結婚を早まったと考えているのではないか。

そんな発想が、頭の奥底に湧いてくるのだった。わたしはそれを漠然と自覚しつつも、あえて意識の表面に上がらせないようにした。そのため、集中できずにぼんやりとしてしまう。ひとたび頭の靄《もや》を取り払ってしまえば、自分を苦しめるだけの考えに取り憑かれてしまうのは明らかだった。

いまさらそんなことを考えてどうする。わたしは自問する。季子の子供が流れても、木之内の結婚生活が解消されるわけではない。木之内が季子と入籍したのは事実であって、過去に遡って打ち消すことはできないのだ。わたしが木之内を奪い返せないことには変わりなかった。

動揺なんてしたくない。せっかく見つけた小説執筆という道を、ただ迷いなく進みたかった。しかしその原動力が木之内と季子に対する意地だけなら、早晩頓挫《とんざ》するのは自明のことだった。わたしを創作に向かわせていたのはただそれだけだったのかと、改めて愕然とする。

いや、そんなことはないはずだ。わたしは頭を振った。これはまだ勘の段階でしかないが、意地だけではない何かがわたしを駆り立てている気がする。それがなんなのかはわからない。創作に付随する、得体の知れない力なのかもしれないとも思う。そこに一度足を踏み入れれば引き返せない、底なし沼のような深淵。わたしはその深みに魅了され、魂を摑まれているようにも感じるのだった。

わたしはまだ、深淵を言い表す言葉を持たなかった。裂け目の淵に立ち、おずおずと底を覗き込んでいたわたし。季子の流産は、深淵に飛び込む勇気をわたしから奪っていた。

35

しかし結局のところ、わたしには他に道はないのだった。季子の流産という情報に動揺させられても、それで何かが変わるわけではない。いっそ誰か適当な男の誘いに乗ってしまおうかという考えが頭をよぎらないでもなかったが、そこまで自暴自棄にもなれなかった。毎朝、鏡を覗き込むたびにこちらを見つめ返す見知らぬ顔。本当の顔を失ったわたしは、自分が自分であることを証明しなければならなかった。

才の乏しさが悔しかった。まだ二十代前半に過ぎなければ、いろいろな人生の選択があってしかるべきだろう。だが顔を完全に変えたことで退路を断ってしまったわたしには、もはや失敗をする自由すら許されていなかった。一日も早く、自分の存在理由を確立しなければならないという焦りがあった。

となると、手応えを感じている小説執筆を続けるよりなかった。新人賞を取り、活字になった作品を木之内に読んでもらいたい。それによって季子から木之内を奪い返せるとは思っていなかったが、小説を読んで欲しいという気持ちは抑えられなかった。ただひとり、わたしを認めてくれた男。その事実は彼が誰と結婚しようと変わることはなく、だからこそ木之内の賞賛を欲してしまう思いにいつまでも呪縛されるのだった。

美菜子からの電話をもらって一ヵ月ほどすると、ようやく創作に向かう気力が戻ってきた。道の先にある裂け目を覗き込んだ恐怖はまだ心に残っているものの、自分如きが直面することはないだろうという楽観も芽生えた。何より、新人賞の最終候補に残ったという事実は、わたしに自信を与えてくれていた。小説で評価されるのは、この偽りの顔ではなく、わたし自身が認められることでもある。木之内以外誰も誉めてくれなかったわたしを、他の誰かが認めてくれるかもしれないのだ。それを思えば、いっときの沈滞から抜け出す気力が湧いてきた。

焦らず、少しずつ新作を書き進めていった。二作目が最終選考まで残って何よりよかったのは、プロの小説家に読まれ、選評を書いてもらえたことだ。プロの指摘は、ひとりで悩んでいるより遥かに有益だった。欠点を指摘されたものの、素直に受け入れることができる。二作目で問題視されたのは、主人公の行動に一貫性がない点だった。それはわたしが、ストーリーの都合で主人公を動かしてしまった結果だ。ストーリーはあくまで、人間の当然の心の動きを組み込んで創らなければいけないのだと学んだ。

その反省を生かして、プロットを組み立てた。起承転結のフォーマットには沿っても、転の部分で無理に話を盛り上げたりはしない。結果、話の落としどころは劇的ではなくなったが、そういう小説でもいいのではないかと思えた。今は背伸びをしないことが一番だと判断した。

代わりに、一文一文を大事にした。勢いに乗って書くのは気持ちよかったが、それはあくまで趣味で書いているときの話だ。新人賞という土俵で評価されたいなら、自分の気持ちよさだけを優先していてはいけない。他人に読まれることを、初めて意識して書いた。

あえてゆっくり書き進めたので、完成まで二ヵ月かかった。今回は、最初に投じた賞に送ると決めていた。その賞がわたしの初めての小説を二次選考まで残してくれたからこそ、以後も書き続ける意欲が湧いたのである。その意味では賞に感謝していたから、もう一度挑んでみようと考えたのだった。

毎日は依然として殺伐としていた。これで給料がよくなければ転職を考えているところだが、さすが大手だけあって、ボーナスも驚くほど出た。整形手術前に就職で苦労したことを思い出すと、簡単に辞める気にはなれない。偽りの顔で男にちやほやされる日々はすべて仮の姿だと思えば、人間関係に恵まれていなくても我慢ができた。

そうしていつの間にか、木之内と会わなくなって一年以上もの月日が経っていた。激動の日々だったようにも思うが、振り返れば何も残っていない。それを空しく感じれば感じるほど、創作の世界に没頭できた。顔を変えても何も摑めなかったわたしは、創作でこそ確かなものを摑まなければならなかった。

出版社からの連絡は、同じく電話で来た。二度目なのに、母はまた興奮して平常心を失った。わたしは前回に比べれば冷静でいられたつもりだったが、声が上擦ったから自分で思うほどではなかったのだろう。他人に認められるのは、何度経験しても飛び上がりたいほど嬉しかった。

「選考会がある日は、どちらにいらっしゃいますか」

電話をかけてきた女性編集者は、そんなことを確認した。前回は訊かれなかったことだ。出版社が違うからだろうかと思ったが、どうやらそうではないらしいとすぐにわかった。

「実は、後藤さんはかなり有力候補なんです。今年は不作で他にいい候補がないだけに、後藤さんの出来はずば抜けてました。できたら、すぐ連絡がつくようにしておいていただけるとありがたいのですが」

「そ、そうなんですか」

俄には、相手の言葉が信じられなかった。こんなことを言ってぬか喜びだったら許せない、と身構える気持ちがあった。傷つくことには耐性ができているが、自信を打ち砕かれる経験はほとんどしていない。期待しなければ落胆もないと、ほとんど反射的に自衛の姿勢に入っていた。

当日は早めに帰宅して、家で待機すると告げた。編集者は満足そうに電話を切る。わたしは昂揚して、その夜はいつまでも目が冴えていた。

一ヵ月後、わたしは選考会が始まる二十分前には帰宅し、電話の前に陣取っていた。母が夕食を作ってくれていたけれど、喉を通らないので食べない。選考にどれくらい時間がかかるのかわからないが、最低一時間は必要だろう。それでも、電話の前を離れる気にはなれなかった。

　時計の針が進むごとに、焦燥と後ろ向きの気持ちがどんどん膨らんでいった。編集者は調子のいいことを言ったが、選考委員はどう読むかわかったものではない。目の付け所が編集者とは違い、思いもかけない候補作を推しているのではないか。わたしの小説は、意外な点を突かれて低評価なのではないか。そんな想像が、頭の中に溢れかえった。そう考えていなければ、ただ連絡を待つだけのこの時間には耐えられなかった。

　八時過ぎ、つまり選考開始から二時間経ってようやく、電話が鳴った。ぱたぱたと忙しく動き回っていた母も、会社から帰宅して知らぬ顔をしてテレビを見ていた父も、いっせいにこちらに顔を向ける。わたしはこの場から逃げ出したい気持ちをこらえ、父母に頷いた。そして、受話器を取り上げて耳に当てた。

「おめでとうございます」

　名を名乗ったこちらに対して、相手は第一声でそう言った。残念でした、ではなく、おめでとうございます。わたしは一瞬気が遠くなり、受話器を取り落としそうになった。こんなことが現実に起きていいのかと、あまりに大きすぎる喜びの前で呆然とした。

「受賞です、後藤さん。おめでとうございます」

　女性編集者は、無反応なわたしに同じことを繰り返した。わたしは言葉につかえながら、「ありがとうございます」と返した。編集者は続けて、明日にも会いたいと言う。わたしは夢見心地のまま、求められるままに予定をすり合わせた。

「やったわね、和ちゃん！　おめでとう」

「和子、すごいな、よくやった」

母と父が、そう言葉をかけてくれた。母だけでなく父までが、本当に嬉しそうに満面に笑みを浮かべていた。わたしは泣きそうになってしまった。ようやく扉が開いたのだ。何者でもなく、そんなふたりの顔を見て、わたしは泣きそうになってしまった。ようやく扉が開いたのだ。何者でもなく、ただひたすらに凡庸だったわたしの前に、新しい道が開けた。道はどこまで繋がっているのかわからない。わたしをどこへ導くのか、見当もつかない。踏み出してはみたものの、最初の一歩で道から転げ落ちてしまう可能性だってあった。それでも、開けた視界はわたしに圧倒的な喜びを運んできた。後頭部から背中にかけて、痺れるような感覚が繰り返し走る。この瞬間の歓喜を絶対に忘れまいと、わたしは己に誓った。

36

次の日の夕方に、出版社を訪問した。社屋は古かったがその分歴史を感じさせる佇まいで、わたしは腰が引けた。これが日本有数の大手出版社の雰囲気なのかと、ただただ感嘆する。二十代前半の小娘には、ひどく居心地が悪かった。

受付で名前を告げると、ロビーのソファに坐って待っているよう指示された。すぐにも誰かが下りてくるかと思いきや、しばらく待たされた。編集者は忙しいと聞くから、手が離せないのだろう。文句を言えた立場ではないので、場違いな思いをこらえながら、ただじっと待ち続けた。

十五分ほどした頃、エレベーターから四十前後の女性が出てきて、人を探す顔でロビーを歩き始めた。この女性が今日会う相手ではないかと思い、目を向けて注意を惹こうとしたが、こちらと視線が合っても無視する。どうやら違うようだと判断し、目を逸らせた。女性が受付に声をかけてなにやら話している様子が、視界の隅に映っていた。

受付の人が、こちらを手で指し示した。女性は顔を向け、驚いたように動きを止める。そして真っ直ぐに歩いてくると、わたしの前に立った。

「ごめんなさいね、お待たせしちゃって」

やはりこの人が待ち合わせていた編集者なのか。わたしは慌てて立ち上がり、低頭した。女性は名刺を差し出してきて、名乗った。

「『小説稿人《こうじん》』編集部の高井《たかい》といいます。このたびはおめでとうございます」

「後藤和子です。ありがとうございます」

わたしは名刺を受け取り、おずおずと名乗った。相手のはきはきした口調に、気圧される思いがあった。おそらくこの人は、持ち前の能力を評価されて社会で生きてきたのだろう。そんな自信が、全身から満ち溢れている。親のコネだの容姿だの、そういった別の要因で会社に入れてもらったわたしとは根本的に種類が違う人間だ。隙のないスーツ姿を一瞥して、そう直感した。

「ごめんなさい、後藤さんに気づかなくて。てっきり女性誌のモデルさんかと思ったのよ。まさかこんな綺麗な人だとは思わなかったわ。びっくりした」

高井は坐るように促しながら、そう言い訳をした。驚かれることにはもう慣れているので、曖昧に笑うことで応じた。高井はなおも無遠慮に、わたしを舐め回すように見る。ますます居心地が悪くなった。

「失礼だけど、後藤さん、どうして小説なんて書こうと思ったの?」

「えっ」

これは何かの試験だろうかと、とっさに考えた。ここでうまいことを答えなければ、見込みがないと見做されるのか。わたしは必死になっていい答えを捻り出そうとしたが、それより先に高井が先を続けた。

「そんなに綺麗なら、他にもいろいろ仕事はあるでしょ。それこそモデルでもいいし、芸能人だって無理じゃないかもしれないし、容姿を生かせる仕事はたくさんあるじゃない。小説なんて、心に鬱屈したものを抱えている人が書くものだと思ってた」

そういう意味か。わたしは得心した。高井の言うとおりだと、内心で首肯する。わたしは心に鬱屈したものを溜めているから、小説を書いたのだ。まったく不思議なことはなかった。

しかし、正直に話すわけにはいかなかった。整形手術をして以来、絶対に守ろうと決めているルールがひとつあった。今後初めて会う人には、手術したことを秘密にしておく。それは仮面を被って相手と接することでもあるが、いまさら脱ぐことができない仮面だった。ならば、偽りを貫きとおすしかない。打ち明けたところで、好奇の目で見られるのが落ちだ。

だから、高井に説明するのは難しかった。わたしの心には汚泥にも似た劣等感が巣くっていると言っても、この容姿なら誰も信じてくれないだろう。理解されないどころか、嫌みな女だと反感を持たれてしまうかもしれない。容姿に関する話題は、慎重に対処する必要があった。

「昔から、小説を読むのが好きだったんです」

これ以上ない、無難な答え方をした。小説を書こうという人なら、例外なく読むのも好きなはずだ。自分でも書いてみる動機として、特に不自然ではない。果たして高井は、「ふうん」と鼻を鳴らすような声を出して引き下がった。

「すぐに編集長も来るから、お待ちくださいね。あ、言ってるそばから来た」

エレベーターの方に視線を向け、手を挙げて合図をする。早足で近づいてきた男性は、わたしたちのテーブルから三メートルほどの地点で立ち止まり、口をあんぐりと開けた。どうやら、高井と同じ反応のようだ。

「加藤《かとう》さんもびっくりしました？　この人が今年の受賞者ですよ」

高井がそんなふうにわたしを紹介する。気のせいか、その口調にはどこか呆れたニュアンスが交じっているように聞こえた。

「編集長の加藤です。なんで高井がモデルと話をしてるのかと思いましたよ。あなたが後藤さんですか。いやー、驚きました」

加藤と名乗った編集長は、腹が突き出た五十絡みの男性だった。動きがせかせかしているせいか、落ち着きがなく感じられる。だがその分、尊大な雰囲気は皆無で親しみが持てそうだった。ころんとした体型には、愛嬌があった。

「後藤和子と申します。このたびはありがとうございました」

立ち上がり、丁寧に頭を下げた。加藤の眉と目尻はもともと下がっていたが、笑うとさらに垂れる。福笑いのような顔で、「いやー」と繰り返した。

「受賞者が若い女性というだけでもトピックなのに、こんなに美人とは前代未聞だね。間違いなく、歴代の受賞者で一番の美人でしょ。こりゃあ驚いた。後藤さん、あなた話題になりますよぉ」

加藤は高井の隣に腰を下ろすと、身を乗り出して捲し立てた。高井はそんな加藤を、横目で冷ややかに見ている。わたしはといえば、過去に何度も経験したことをまた繰り返されて、多少辟易していた。結局こういう反応なのかと、失望する思いがある。

「表紙にしてもいいくらいだ。受賞作発表号の表紙は、あなたの写真でいきましょうか。どうだ、高井」

「いきなり表紙を変えたら、読者が戸惑うだけです。女性の写真を表紙に使ったことなんて、これまで一度もないじゃないですか」

加藤の案を、高井はぴしりとはねのけた。加藤はわははと笑って、「冗談、冗談」とやり過ごす。

「ただ、グラビアには写真を出すぞ。今までもそうしてたことだからな。でも、うちのグラビアはモノクロだからなぁ。カラーじゃないのがもったいないな。カラーだったら、それだけで部数がどかんと増えるだろうに」

「言ってることがいきなり変わってませんか。ついさっきまで言ってたことと、ぜんぜん違うじゃないですか」

高井は反論する。さっきまで言ってたこと、とはなんだろうかと不安になった。

「そりゃあ、こんな人を目の前にしたら変わるのは当然だろう。いまさら君に言うことじゃないと思うが、小説を売るのは大変なんだぜ。武器があるなら、最大限に使わなきゃ」

「それはわかりますけど……」

高井は不服そうに黙った。わたしにとってはなにやら不穏なやり取りだった。

「いやー、後藤さん。お会いできてよかった。ちょっと今日はこれで失礼しますが、今度改めて授賞式をやりますので、またそのときに。受賞作についての評価は、高井から聞いてください」

ではこれで、と言い置いて、加藤はせかせかとエレベーターに向かった。本当に挨拶だけだったようだ。わたしは高井とふたりだけにされて、急に心細くなった。

「ごめんなさいね、言いたいこと言って」

加藤の姿が見えなくなると、高井は肩を竦めた。そしてまた正面から、しばらくわたしを見つめる。

「でも、今みたいなこと、これからさんざん言われるわよ。もし小説をちゃんと評価してもらいたいと思っているなら、仕事は選ぶべきだと忠告しておく。新人に向かって忠告なんて、普通はしないんだけど」

「はい、わかりました」

もちろん言われるまでもなく、小説家として世に出るに当たって容姿を売りにする気などない。そんなつもりで小説を書き始めたわけではないのだ。しかしわたしの意思と関わりなく、容姿にばかり注目する人は読者にも編集者にもいるかもしれない。もしかしたら、この容姿は今後のわたしにとって邪魔になるかもしれないと、初めて不安に感じた瞬間だった。

「顔写真は出したくないとか、そういう希望はあります?」

高井の確認に、一瞬迷った。いっそ、顔は出さない方がいいのではないかと考えたのだ。

「高井さんは、出すべきじゃないと思いますか?」

だから助言を求めると、高井は逆の返答を寄越した。

「それは出した方がいいと思うわよ。著者が美人だというだけで買う男性読者は少なくないし、何より話題になるから。さっきの加藤の言葉じゃないけど、まずは話題にならないと駄目なのよ。それには、残念ながら新人賞を取った程度じゃ足りないの。賞を取ったけどそれっきりで消えていく人なんて、一年のうちに何人もいるんだから」

「そう……なんですか」

簡単な世界だと考えていたわけではないが、わたしの覚悟など甘かったことを思い知らされた。自分の容姿がセールスポイントになるとは、まったく考えもしなかったという点だけでも見通しの甘さが露呈する。わたしの作品が編集者の目にどう映ったのか、評価を聞くのが怖くなった。

「まあ、いいわ。話がいろいろ逸れちゃったわね。改めまして、受賞おめでとうございます。電話でも言いましたように、そんなに揉めない選考でした。他の候補作はちょっと欠点が多くて、佳作も難しいという感じだったので」

「ありがとうございます。運がよかったと思います」

あえて謙虚に受け答えした。わたしは人付き合いが苦手だという自覚がある。この世界でだけは失敗したくないと、慎重になっていた。

「いや、ホント、後藤さんは運がよかったのよ。他の年だったら、絶対受賞してなかったから」

遠慮のないことを言われ、面食らった。仮にも受賞者なのだから、欠点を指摘するにしてももう少しオブラートに包んだ言い方をするのではないかと漠然と考えていたのだ。わたしの戸惑いをよそに、高井は平然と続ける。

「率直に言うけど、後藤さんの作品は加点法では点が伸びないタイプの作品よ。うまくパターンに嵌め込んでまとめてみましたという体裁だから、これと言って特色がないでしょ。そういう作品って、他に強い候補がない場合は浮上しやすいのよ。選考委員の意見が割れてお互いが推す作品を否定し合うことになったとき、双方が妥協しやすい第三の作品として受賞に至るわけ。今回は受賞作なしにするか、後藤さんのを受賞させるかで議論になったんだけどね。そういう評価だから、あまり舞い上がらないで、ともかく自分だけの何かを摑めるようにがんばってくださいね」

ぽんぽんと飛び出すきつい言葉に、わたしは耳を疑う思いだった。新人とは、ここまで厳しいことを言われなければならないのだろうか。あるいはこの高井が、歯に衣《きぬ》着せぬタイプの編集者だということか。他の編集者を知らないので、比較ができない。わかるのは、前途は予想以上に多難そうだということだけだった。

「はい、わかりました」

なんとなく、高井に好意を持たれていないことが察せられてきた。もしかしたら、最前の加藤編集長のでれでれした態度が気に入らなかったのかもしれない。その反感をわたしにぶつけられても理不尽だが、よくあることなのは確かだった。以前の顔だったら、この女性もここまで攻撃的ではなかったのではないかと考える。

「後藤さん、会社に勤めてると経歴には書いてたわよね。今でもそう？」

高井が何を言いたいのか、予想がついた。わたしが「はい」と答えると、「それはよかった」と頷く。

「当面、会社は辞めないでね。小説だけで食べていけるなんて、思わないで。さっきも言ったように、新人賞を受賞したことが小説家としてやっていける保証になるわけじゃないから。うちの賞は歩留まりがいい方だけど、それでも小説家専業になれる人は数年にひとりくらいなのよ。二、三作書いてそれっきりの人の方が、圧倒的に多いの。だから、会社を辞めようなんて考えないでね」

お前は間違いなく消えるから、と言外に仄めかされているようだった。それを聞いて、わたしの内なる闘志に火が点いた。なぜここまで言われなければならないのか。そんなにもわたしの受賞作はレベルが低いのか。ならば、生き残ることでこのいやな編集者を見返してやろう。わたしは小さく、だが強く心に誓った。

「がんばって、消えないようにします」

とはいえ今は、闘志を表に出すような愚は犯さなかった。こういう無理解な人と、今後わたしは小説で闘っていかなければならないのだ。新人作家と編集者なら、編集者の方が圧倒的に強いことは想像にかたくない。わたしは初手から不利な状況に置かれている。これからの闘いの困難さを思うと、闘志に不安が忍び入ってきそうだった。

「そうは言っても、加藤の言葉どおり、あなたの場合はその容姿を売りにする手もあるわよ。絶対に話題になるから。そういう意味では、他の受賞者より有利よね。話題が続いているうちにいい作品を書いてくれることを、こちらも期待してます」

もはや高井がこちらへの反感でものを言っているのは明らかだったが、わたしはいちいち腹を立てなかった。むしろ、なるほどと頷く。わたしは小説家として生き残っていきたいと思っている。そのためには、利用できるものならなんでも利用する。この容姿が有利に働くなら、いくらでも露出しよう。その間に力を溜め、顔の美醜など関係なく評価される作品を書く。整形手術で作った顔など、本のカバーと同じだ。小綺麗なカバーに惑わされない読者は、必ずいるはずと信じた。

「ご期待に応えられるよう、努力します」

わたしのこの言葉は嫌みではなく、本心だった。せっかく摑んだ世に出る機会を、顔でしか人を判断しないような狭量な女に潰されたくない。わたしがあくまで下手に出ることに気が引けたのか、高井はふと苦笑気味の表情を浮かべると、「じゃあ、具体的な話をしましょうか」と言って持ってきた封筒からわたしの原稿を取り出した。テーブルの上に置かれた原稿には、たくさんの付箋がついている。わたしは身が引き締まる思いを味わいつつ、その原稿と向き合った。

37

わたしは自宅で、原稿を前にして考え込んでいた。高井から渡された、直しの指摘が入った原稿である。高井は赤字で、わたしの原稿のコピーに書き込みをしていた。無造作に書いているようだが読みやすい、仕事ができる女性の字だと思った。それに対してわたしの字は、雑ではないが決して綺麗とは言えない。ひとつひとつの文字の大きさが不揃いで、原稿用紙にひと枡ずつ書いていなければ読みにくくて仕方なかっただろう。字が本当のわたしを体現しているようで、苦笑したくなる。

わたしは高井の指摘に困惑していた。大幅な直しを要求されたわけではない。むしろ、拍子抜けするほど厳しくなかった。あんな前置きをされたくらいだから、原形を留めないほど直させられるものと覚悟していた。ところが案に相違して、ストーリーに関しての指摘はほとんどなかった。直す部分がないのだと、高井は言った。

『うまくまとまってるから、ここをこうすればもっとよくなるって箇所がないのよね』

高井は幾分困惑気味に見えた。それはそうだろう。高井自身の評価は高そうではないのに、よりよくするための指摘ができないと言うのだ。いささか矛盾していた。

『小説の文法ってものがあるなら、後藤さんは本当にうまく文法どおりに書く人なのよ。文字で言えば楷書かしら』

高井の評は、納得できるものだった。わたしはそのように書くべく心がけたからだ。どんなことでも基本は大事だろう。わたしは基本に忠実に書いたつもりだった。

『でも、楷書が味のある文字かというと、それは違うでしょ。何を書いているのかもわからない草書の方が、見て楽しかったりするじゃない。加点法で点が伸びないと言ったのは、そういう意味。まだ一作しか読んでないから違うかもしれないけど、後藤さんは自分で作った枠の中にうまく収めることを考えている気がする』

『枠、ですか』

わたしの枠とはなんだろうか。考えてみた。劣等感か。確かに劣等感は、わたしの人生を狭めてきた。しかしもう、その劣等感は過去のものとなった。わたしを規定する力はないはずだ。それなのにまだ、小説が枠に囚われているというのか。

『伏線はうまく張られているし、登場人物の心理も不自然じゃないから、ラストにいろいろなことがまとまるのは「なるほど」ってカタルシスがあるのよ。でも現実に、そんなに綺麗に物事がまとまることなんてめったにないでしょ。だからトータルでは人工感があるというか。と言っても、そもそも小説ってそういうものだから、それが悪いと言ってはいけないんだけどね。評価すればやっぱり、よくできてるってことになるのよ』

高井の感想は、わたしには理解できなかった。それこそ、どこが悪いのかわからないのだ。そんなことを言って新人作家を混乱させるのが編集者の仕事なのか、と問いたい。もっと有益な助言が欲しかった。

わたし自身、新人賞をもらったとはいえ、この小説が完璧な作品とは思っていない。直してよくなるものなら直したい。しかし、自力ではこれ以上よくできない。だからこそ、プロの編集者の助言に頼りたい気持ちがあったのだった。

助言をしないのは、もしやわたしへの反感のためか、と一瞬疑った。だが考えてみれば、顔を合わせる前に高井は指摘を原稿に書き込んでいたのだ。意地悪で改善方法を提示しないのではないだろう。本当にわたしの小説は、これで完成形ということか。

高井の赤字は、主に語句に関してのことばかりだった。漢字の不統一や、表現の間違いなど。だから直そうと思えば、簡単に直せる。本来なら喜んでもいいことなのだろうが、わたしはどこか不安だった。枠に嵌っている小説。その枠とはなんだろうと、わたしは一心に考える。

二週間ほどして、新聞にわたしの名前が載った。聞いていなかったので、驚いた。そうか、新人賞受賞は新聞で報じられるニュースなのかと改めて思う。初めて、わたしがひとつのことを成し遂げたのだという実感が得られた。

ただ、〝後藤和子〟という名前を活字で客観的に見てみると、凡庸だと感じざるを得なかった。かつてのわたしに似つかわしい、誰の記憶にも残らない平凡な名前。顔を変えて生まれ変わったように、小説家になるなら名前も変えなければならないと決意する。後藤和子の名前で世に出るのは、不徹底だった。

思いがけない電話をもらったのは、その夜のことだった。耳に心地よい、聞いただけで胸が温かくなる、木之内の声。

38

いつもなら母が電話に出るのだが、そのときはたまたま母は風呂に入っていた。だからわたしが代わりに、なんの予感もなく受話器を取り上げた。「もしもし」としか言わなかったのに、向こうはそれだけでわたしだと察したらしく、「和子か」と問いかけてくる。わたしは息が止まった。

「木之内だよ。久しぶり」

木之内の口調は、彼らしくもなく遠慮がちだった。そんな探るような物言いが、一年以上のブランクを感じさせる。いまさら電話できた立場ではないことくらいわかっていると、木之内はたった数語で表現したのだった。

わたしは息だけでなく、思考まで停止していた。もう二度と聞くことはないと思っていた木之内の声を、なんの前触れも予告もなく聞かされ、心を大きく揺さぶられていた。だから声が出なかったのだが、木之内はこちらの沈黙を別の意味に受け取った。

「いきなり電話して、悪かったね。電話していいものかどうか迷ったんだけど、すごく嬉しくって、どうしてもおめでとうと言いたくなったんだよ」

木之内が嬉しがっている？　木之内の喜びがわたしとなんの関係があるのかわからず、ようやく「えっ？」と声が出た。木之内はこちらの機嫌を窺うように言う。

「新聞を見たんだよ。和子、小説を書いたんだな。賞を取るなんて、すごいじゃないか。小説家を目指してたなんて、知らなかったよ」

「あ――」

木之内はあの小さな新聞記事に気づいたのか。あれは自分だけの褒美のようなものであり、他の人の目に留まることは想像していなかった。もしわたしが最初から筆名を使っていたら、木之内が知ることもなかっただろう。まだ筆名にしてなくてよかったと、反射的に思った。

「あれは和子だろ？　同姓同名の人じゃないよな。和子ならいつか、こんなふうに世に出るんじゃないかと思ってたよ。それとも違うのか？」

あまりにこちらが何も言わないから、不安になったようだ。わたしは少し力が抜け、笑った。

「わたしです。わたしが小説を書いたんです」

「やっぱりそうか！　すごいな。和子には特別な才能が眠ってると思ってたよ。そうか、小説か。さすがだな」

何かの計算があってではなく、木之内が手放しで喜んでくれているのが伝わってきた。その弾む声は、乾いた土壌に撒かれた水のように、心に沁み込んでくる。ああ、わたしはこれを欲していたのだ。わかっていたことだが、しみじみと自覚した。木之内に誉めてもらいたい、認めてもらいたいという一心で、わたしは創作に縋りついていたのだった。

「ありがとうございます」

わたしは知らず微笑んでいた。最後に木之内と会ったときにどんな会話を交わしたかも、すっかり記憶から消え失せていた。一年以上のブランクは瞬く間に埋まり、ただ慕わしさだけが胸に込み上げる。結局この一年と数ヵ月の月日は、木之内を忘れるためにはなんの役にも立っていなかったのだと知った。

「いつから小説を書いてたんだ？　ぼくに秘密にしてたわけじゃないよな」

木之内はそんなことを気にした。わたしが木之内に隠して小説を書いていたとしたら、とんでもない裏切りだと考えているかのようだ。いかにも木之内らしくて、面白く感じる。木之内はそういう考え方をする人だったと、懐かしく思い出した。

「書き始めたのは、木之内さんと会わなくなった後です。隠してたわけじゃないから、安心してください」

答えると、木之内は「そうか」と本当に安堵したような声を出した。わたしは木之内とのやり取りを楽しんでいた。

「受賞作が雑誌に載るのはいつだ？　活字になったら、絶対読むよ」

期待どおりのことを、木之内は言ってくれる。そこは昔から少しも変わらず、胸が締めつけられるような感覚を味わった。

「再来月発売号に載ります」

「本になるのか？」

「まだ短編一本だから、単行本にはならないですよ。この後いい作品をいくつも書かないと」

そうだ。わたしはまだ、小説家になるための扉をくぐってもいないのである。言ってみれば、扉の前に立つ権利を与えられただけだ。自分の本を出したいと、不意に強く思った。そしてそれを、木之内に受け取ってもらいたい。わたしの初めての本を手にして、喜ぶ木之内の姿が見たい。夢はいきなり立ち現れ、わたしの心に食い込んだ。

「そうか。でも、これからどんどん雑誌に小説を発表していくんだな。和子は小説家になるんだな。すごいよ」

強い感慨を覚えているかのような、木之内の口調だった。あなたに認められたくて小説を書いたのだ、と叫びたい衝動が喉元まで込み上げる。わたしの中には何かが眠っていると言ってくれたから。誰も気に留めない冴えない女だったわたしを、あなただけがただひとり認めてくれたから。心に言葉が溢れかえる。でもわたしには、それを口に出す権利がなかった。悲しかった。

「なあ、和子。久しぶりに会わないか？　電話じゃもどかしい。もっともっと、和子の話を聞きたい。なあ、いいだろ」

正直に告白すれば、わたしは木之内がそう言い出すのを期待していた。だが、望んでいたことそのままを言われ、面食らった。これは現実ではなく、わたしの妄想の世界なのではないか。木之内とはもう二度と会えないと、心に区切りをつけていたはずなのに。永久に交わることはなくなったわたしと木之内の人生が、また交差するのか。運命がふたたび動き出す音を聞き、身震いを覚えた。

「はい」

ためらいなく頷いていた。わたしは今もなお、木之内の言葉に逆らうことなどできないのだ。木之内はわたしの呪いだ。久しぶりに、そう実感する。魅入られたわたしに、逃れるすべはなかった。

39

木之内はせっかちだった。明日にも会いたいと言った。わたしに予定などない。以前に行ったことのある、青山の店で待ち合わせることにした。

次の日は、朝から落ち着かなかった。ひと晩経って、わたしが以前の自分ではないことをいまさらのように思い出したのだ。木之内はきっと、今のわたしを見ても気づかないだろう。そのことが、譬えようもなく悲しい。わたしはなぜ、木之内が愛してくれたあの顔を捨ててしまったのか。むろん、もう二度と木之内と会うことはないと考えたからだ。それなのに、またこうして木之内の前に立つことを考え不安になっている。なんのために手術をしたのか、わからなくなった。

木之内のことだから、この新しい顔を誉めてくれるだろうとは思う。事実、ほくろを取ったときも二重瞼にしたときも、彼は誉めてくれた。木之内は決してわたしを貶さない。その点は、信頼しても大丈夫だった。

しかし、本音ではどう思うかわからなかった。ここまで顔を変えてしまったわたしに、呆れるのではないか。顔を変えたのは、自分に自信がなかったからだ。木之内はそんな女を好かないに違いない。大人としての礼儀を守って、本音を押し隠してわたしを誉める木之内を想像してみる。怖くてならなかった。

終業時刻になり、退社する頃には、すっかり憂鬱な気分になっていた。木之内と会いたくないと思っている自分が、確かにいた。それでも、約束をすっぽかす気はない。会いたい気持ちは、それ以上に強くわたしを支配していたからだ。相反する思いを抱えたまま、青山の店へと向かった。

思考がどこにも焦点を結んでいなかったからだろう、あろうことかわたしは、電車を乗り過ごしてしまった。渋谷まで行ってようやく気づき、慌てて電車を乗り換えて表参道に戻った。約束の時刻には充分間に合うつもりで会社を出てきたのに、これではぎりぎりになってしまう。店に電話をすることも考えたが、それよりはともかく電車に飛び乗った方が早いと考えた。

店は駅から少し遠かったので、焦った。ハイヒールを履いてきたことを後悔しながら、小走りに店を目指す。店の前に着いたときには、約束の時刻を一分過ぎていた。

息を切らしながら店に入り、木之内の名前を告げた。ウェイターに案内されて、奥に向かう。窓際の席には、すでに木之内がいた。懐かしい、木之内の横顔。この一年数ヵ月の間に独身者から既婚者へと変わったというのに、遠目から見る限り横顔にはなんの変化もなかった。不意に、泣きたいような強い感情が込み上げてくる。わたしは思わず、足を止めてしまった。

案内するウェイターが気づいて、怪訝そうに振り返った。その動きを目に留めたのか、木之内もこちらに顔を向ける。だが、そこにはなんの感情も浮かばなかった。木之内はわたしを認識していないのだ。変わり果てたわたしは、木之内の知らない女になっているのだった。

ウェイターに目で促され、仕方なくまた歩き出した。近づいていくわたしたちを、木之内は不思議そうに見ている。ウェイターは「こちらです」と言って椅子を引いたが、わたしはすぐには腰かけられなかった。

「ひとまず、けっこうですから」

坐る介添えをしようとするウェイターに断り、いったんこの場を去ってもらった。木之内は戸惑いを隠さず、「ええと」と声を発する。わたしは立ったまま、「お待たせしてごめんなさい」と言った。

見る見る、木之内の顔つきが変わった。目を大きく見開き、口をOの字にする。わたしはその驚愕の視線に耐えられず、顔を伏せた。この顔を見ないで欲しいと思った。

「和子、なのか？」

自分でも信じられないでいることを問うている口調だった。わたしは頷き、「お久しぶりです」と応じる。すぐにも踵を返し、この場から逃げ出したかった。

「お、驚いたな。ずいぶん変わったじゃないか。街ですれ違ってもわからないよ」

木之内はすぐに、何があったかを理解したようだった。〝整形手術〟という単語を口にしないのは、彼一流の気遣いか。わたしにはそんな些細なことが慰めだった。

一礼して、椅子に腰を下ろした。視線はまだ上げられない。木之内がこちらをしげしげ見ているかもしれないと考えると、目を合わせるのが怖かった。

「綺麗になったな、和子」

木之内はぽつりとこぼすように言った。わたしは木之内がどんな顔をしてそう言うのか見たかった。別れた女が綺麗になったことを悔しがっているのか。あるいは、そうまでして自分を消さなければならなかったわたしを憐れんでいるのか。わたしは木之内の真意を知りたかったが、目を逸らしていたくもあった。

木之内はそれ以上、言葉を続けなかった。なぜわたしが顔を変えたのか、訊かなくても理由がわかっているかのようだった。それがありがたく、ようやく顔を上げる勇気を得た。わたしはおずおずと、木之内の顔を正面から見た。

特別に整っているわけではないが、目に力があり、一瞥で強く印象に残る顔。真面目な表情と笑顔の落差が大きく、どちらが本当の顔なのだろうかと見る者に思わせる。あるときはくだらない冗談に馬鹿笑いし、あるときは真剣に自分の夢を語り、そしてまた別のときにはわたしの幼い悩みに耳を傾けてくれた。木之内はまるで変わっておらず、そんな彼がすぐ目の前にいる奇跡におののかざるを得なかった。変わってしまったわたしと、変わらない木之内。わたしはいったいどこに行くつもりなのかと思った。

「お元気そうでよかった」

考えるよりも先に、するりと言葉が出てきた。変わらずにいる木之内を、羨んだのかもしれない。木之内はわたしの言葉を受けて、なぜか苦笑気味の表情を浮かべた。「うん、まあ」という返事は、彼らしからず歯切れが悪かった。

木之内はウェイターを呼び、飲み物を注文した。食前酒とボトルワイン。ワインの銘柄は、わたしに確認せずに頼んだ。ワインの知識がないわたしは、いつも注文を任せきりだった。以前と同じように振る舞う木之内が、嬉しかった。

「今、どうしてるんだ？　どこかに勤めてるのか」

再会を祝してグラスを合わせてから、木之内はそう尋ねた。わたしが勤め先の名前を挙げると、眉を吊り上げて驚きを示す。

「へえ。大手じゃないか。うちを辞めてよかったな」

そんなこと、言って欲しくなかった。同じ事務仕事でも、日々の充実度は段違いなのだ。ただお金をもらうために会社に通うのと、充実感を得るための仕事では、雲泥の差がある。そして、充実感を得られる仕事は世の中にそうそうないのだと、わたしは今になって悟っているのだった。

「でも、人間関係がうまくいかなくて」

詳しく語る気はなかったのにこぼしてしまったのは、他に打ち明ける相手がいなかったせいだろう。木之内に依存する気はさらさらなかったけれど、ただ話を聞いてもらえるだけで楽になることもある。わたしは聞き手を欲していたのだ。

「和子は友達を作るのが下手だからな」

木之内はそう言った。かつてであれば、それは木之内の深い理解を示した言葉であり、わたしは手放しで喜べた。だが今は、季子に何かを聞いたのだろうかと考えてしまう。煩わしい季子の影。やはり以前のように接することはできないのだと知った。

ウェイターが前菜を運んできたので、一度会話が途切れる。ウェイターは内容を説明してくれるが、まるで頭に入らなかった。そんなこちらの気持ちがわかるのか、ウェイターが去ると木之内は「さあ、食べようか」とわたしを促した。ナイフとフォークを動かしながら、話を続ける。

「今の和子なら、自分から積極的に話しかけることもできるんじゃないか」

木之内はわたしのコンプレックスを知っているから、それが解消された今は性格も変わったのではないかと尋ねているのだ。わたしもそのように望んでいた。しかし、人間はそう簡単には変われないということだろう。わたしの本質は、依然としてわたしのままで居続けている。

「努力はしたんですけど、結局駄目でした」

口に出すと、自分が情けなく感じられた。親に脅迫紛いのことまで言って手術費を出してもらったのに、結局は何も変わっていない現状。だからこそなおさら、小説家になるチャンスを無駄にはできなかった。

「そうか。でも、人間関係がいやなところにいつまでも勤める必要はないだろ。そりゃあ大手は給料がいいかもしれないけど、今の和子には新しい道が開けたんだから」

木之内は励ましてくれた。そのとおりなのだ。わたしはこの道を行くしかない。でも、人生が劇的に薔薇色になるという、甘い夢も抱けずにいた。

「わたし、別の自分になりたかったんです。だからこうやって顔も変えたし、小説を書いたんです」

木之内はとっくに知っていることだろう。それなのにわざわざ口にしたのは、一年以上のブランクがあるからだ。木之内は頷く。

「和子の気持ちはわかってるつもりだよ。和子は和子のままでよかったとぼくは思うけど、変えたいのなら仕方がない。だったらよけいに、いやな会社なんか辞めて筆一本で食べていくんだな」

「そのつもりです。でも、今のお給料と同じくらい小説で稼ぐのは、かなり難しいと思います」

「それが面白いんじゃないか。簡単にうまくいったら、つまらないよ。ぼくは前に、和子には何か特別な力が眠っている気がするって言っただろ。大丈夫だよ。和子なら消えないでやっていける。ぼくが保証する」

わたしの文章を一度も読んだことがない木之内が保証したところでなんの説得力もないが、それでもわたしが勇気づけられたのは事実だった。心にわだかまっていた不安の固まりが、すっと溶けていくのを感じる。わたしは自分の力は信じられなくても、木之内の保証なら信じられた。

「どんな小説を書いたんだ？」

求められ、わたしは話した。木之内相手に話すことを、心のどこかでいつも夢想していた。しかしそれは、夢想のまま終わると思っていた。まさか実現するとは、それこそ夢のようだ。新人賞をもらったことよりも、夢に思えた。

「へえ、自立する女性の話か。和子らしいな。和子は結婚して家庭に収まるタイプじゃないもんな」

木之内はなんの気なしにそう言ったのだろうが、わたしは少し引っかかってしまった。そうか、木之内はわたしをそう見ていたのか。わたしと結婚するという選択肢は、最初からなかったのか。いまさらなじっても仕方ないことなので、腹の底に沈める。木之内の結婚生活については、意地でも聞く気はなかった。

「ただ、担当についてくれた編集者には、あまり気に入られてないんです。すごく意地悪なことを言われて、これからが不安で」

またしてもわたしは愚痴をこぼす。木之内が相手だと、顔に刻んだ偽の仮面を気持ちの上だけでも外すことができる。おそらく木之内はこの顔に違和感を覚えているだろうに、それをおくびにも出さないことに感謝した。

「受賞作なのに？　どうして」

木之内は不思議そうだ。部外者には理解できない話だろう。わたしだって、あんなことを言われるとは予想もしなかった。わたしは高井の評価をそのまま語った。

「そうなのか。難しいもんだな。ともかく、受賞作が載ってる雑誌が発売されたら、すぐ読んでみるよ。和子は人に言われたことでくよくよするタイプだから言うけど、これからは図太くなった方がいいと思うぞ。きっと、好意的な評価ばかりじゃないだろうから。自分の力だけで生きていくのは、そういうもんだよ」

「自分の力で──」

「そうだ。和子はこれで、他人から給料をもらって暮らすのではなく、自力で稼ぐ人間になったんだよ。働かなければ収入はゼロ、でも一所懸命働けば、給料をもらっているときには味わえなかった達成感が得られるかもしれない。ぼくがそういう生き方をしているから、よくわかるんだ。和子はぼくの同類になったんだよ」

　和子はぼくの同類。木之内がその表現に特別な意味を込めたわけでないのはわかっていても、わたしの胸には温かな水が沁みるような感覚が訪れた。やはり木之内は、わたしを認めてくれた。自分と同じ種類の人間だと言ってくれた。こんな嬉しい評価があるだろうか。小説を書いてよかったと、心の底から思った。

「でも、ペンネームはどうするんだ？　このまま本名を使うつもりじゃないよな。せっかく新しい人生に踏み出すんだから、名前も新しくした方がいいんじゃないか」

　木之内はよくわかっている。今のわたしに必要な、新しい名前。新聞記事で自分の凡庸な名前を目にしてからずっと考えているのだが、なかなか決めかねていた。今後使い続けていく名前だと思えば、いくつもの案からひとつだけを選ぶのは難しかった。

「考えてはいるんですけど、どれもピンと来なくて」

「じゃあ、ぼくが考えてやろうか」

気負うことなく、木之内はあっさりと言った。それはいい、とわたしもすかさず同意する。そうだ、木之内に考えてもらおう。木之内がつけてくれた名前で、今後の人生を生きていく。それは圧倒的に魅力的な考えで、わたしを陶然とさせた。木之内がつけてくれた名前を使い続ける限り、彼との絆も切れずにいるように思えた。

やり取りの合間に運ばれてくる料理は美味なはずだが、わたしにはよくわからなかった。今ここにこうして木之内といること、木之内がわたしを認めてくれること、それだけで満足で、他に何もいらなかった。

40

三日後に、また木之内から電話があった。一年以上のブランクなどなかったかのように、木之内は気楽に電話をかけてくる。それが装った姿なのか、あるいは本当に何も考えていないのか、よくわからない。木之内を理解できたと思ったことは、考えてみれば一度もないのだった。

「ペンネーム、考えたよ」

木之内は嬉しそうだった。人の名前を考えるという行為に、喜びを見いだしているのだろうか。もしかしたらそれは、我が子に名前を授けてやれなかったことの代償行為なのかもしれない。木之内は女の子が生まれていたらつけていたかもしれない名前を、わたしに与えようとしているのか。

反射的にそう考えてしまい、自分の思考にうんざりした。いちいち木之内の言葉の裏を読んでしまう、この臆病さ。自分に自信を持てないという点では、いくら顔を変えても何ひとつ変化がないのだ。木之内のように明るく振る舞えたらどんなに楽しいだろうと思う。

「どういう名前ですか」

だからわたしは、内心の思いを押し殺して問い返した。木之内がつけてくれる名前を楽しみにしている、といった体を装って声を弾ませてみたかったが、残念ながらそこまでの演技力はない。勢い、口調はぶっきらぼうになってしまったが、いつものわたしなので木之内はまるで気に留めなかった。

「せっかくだから、直接伝えたいよ。また会えないかな」

あくまで木之内は、気楽だった。なぜこの一年余りの間会わずにいたのか、その理由や原因を完全に忘れ去った口振り。忘れているわけはないのだから、木之内の面の皮が厚いということなのだろう。それでも、わたしは不愉快には感じなかった。

むしろ、ただ嬉しいだけだった。木之内とまた会える喜び。いまさら、などとは思わない。以前のような関係には戻れなくても、ただ会って言葉を交わすだけで嬉しかった。一年会わなかったことで、木之内がいかに特別な男であったか、わたしは実感していた。

ふたつ返事で応じては足許を見られるような気がして、予定を確認する振りをした。予定などあるわけがない。わたしは自分の見栄を嗤いつつも、心が弾むのを感じていた。木曜日に会うことを約束して、電話を切った。

わたしと会うことを、木之内は当然季子には話していないだろう。季子の目を盗んで、木之内はわたしに会いに来る。それは季子を出し抜いているような小暗い喜びがあったが、さらにその先に進みたいという欲望はなかった。木之内を独占したい気持ちは、付き合っていたときから持っていない。障害ができたことで、木之内への気持ちはますます純化していくかのようだった。

今度は赤坂《あかさか》のサパークラブで待ち合わせた。以前には一度も行ったことがない店だ。木之内との新しい付き合いの始まりを象徴しているようで、胸がときめいた。前回は遅刻してしまっただけに、今回は二十分も早く店に着いた。

「やあ、お待たせ」

約束の時刻ちょうどにやってきた木之内は、後ろめたさのまるでない声で言った。昔付き合っていた女と会うというより、単にかつての部下と約束しているだけといった態度だ。でも、それでいい。わたしも今の木之内への気持ちが恋愛感情なのかどうか、自分でもよくわからずにいる。突き詰めて考えたくはなかった。

「和子はすっかり目立つ女になったからさ。人目につきにくい店にしたんだよ。どう？　いい雰囲気でしょ」

木之内は自分の手柄のように自慢する。店は広いホールなのにテーブルのひとつひとつが離れていて、隣席の会話が聞こえてくるようなことはなさそうだ。それどころか、照明を絞ってあるので顔立ちを判別するのも難しい。時間が早いせいか、そもそも客の姿もまばらだった。木之内に気を使わせてしまっているなと思った。

「素敵です」

「和子がこれから有名人になったら、会うときは個室にした方がいいかもな」

冗談めかして、木之内は言う。わたしが人目を気にしなければならなくなる事態など冗談事でしかないが、これからも会うことを前提に話しているのが嬉しかった。

「じゃあ、和子の第二の人生の出発に乾杯しよう」

注文したワインが来てから、木之内はグラスを掲げた。先日は再会を祝してだったので、わたしの小説家デビューを祝ってもらうのは初めてということになる。両親以外には誰にも告げられずにいる小説家デビューだったが、木之内に祝福してもらえれば寂しくはなかった。

「いやぁ、名前を考えるのって難しいね。五十個くらいは考えたかもしれない。何しろ、和子の人生を左右するかもしれないんだからな。責任重大だと思って、画数にまでこだわったよ」

「どんな名前ですか」

電話のときとは違い、木之内が考えてくれた名前を聞くのが本当に楽しみだった。子供のようにわくわくする気持ちを抑えられない。名前を考えてもらうのがこんなにも胸躍ることとは、知らなかった。

「紙に書いてきたんだよ。こういう名前」

木之内は内ポケットから折り畳んだ紙片を取り出すと、それを広げてわたしの前に滑らせた。わたしは手に取らず、書かれた四文字を見た。

「咲良、怜花」

「そう、咲良怜花。綺麗な字面だろ。これから和子の人生が花開くようにという願いを込めたんだ。どうかな」

どうと問われて、わたしがいやがるはずもなかった。木之内が考えてくれた名前なら、なんでもいい。後藤和子などという平凡極まりない名前を脱せられるのであれば、どんな名でもかまわなかったのだ。しかしそういうことを抜きにしても、咲良怜花という名前はいいと思った。確かに綺麗だし、濁音の入らない響きは柔らかい。加えて、非凡でありつつも人工的すぎないのもよかった。わたしはその四文字の上に何度も視線を走らせ、この名前が自分にふさわしいかどうか感じようとした。以前の顔にはまるで似合わない名前だが、今の顔なら名前負けせずに済むだろうか。若くしてデビューする閨秀作家のイメージに合致しているだろうか。

「すごくいいです。でも、ちょっと綺麗すぎ」

わたしは恥じらわずにはいられなかった。本名との落差に、人は嗤うだろうと思った。

「今の和子にはぴったりだよ。むしろ、もう和子という名前の方が違和感があるくらいだ。最初は変な感じだろうけど、何度も呼ばれていればそのうち慣れるよ」

「じゃあ、この名前にします。ありがとうございます」

わたしは紙片を手にして、胸元に押しつけた。咲良怜花という美しい名前。それを自分の体に沁み込ませたいと思った。

「気に入ってくれてよかった」

木之内も満足げだった。五十もの名前を考えてくれたという、その手間暇が嬉しかった。

「良く咲く花、という意味はわかりましたけど、じゃあ『怜』はなんですか?」

わたしは残った疑問を尋ねた。れいか、という響きは気に入ったが、なぜこの字を当てるのか、意図を聞いておきたかった。

「なんとなくかっこいいから選んだんだけど、賢いという意味があるらしいよ。和子にぴったりだと思った」

「そうなんですか」

そこまで考えて命名してくれたのかと思うと、さらに喜びが増す。木之内が込めた思いを知るほどに、早くこの名前を使って生きていきたいという気持ちが強くなった。

前菜が運ばれてきたのをきっかけに話題を変え、わたしたちはたわいのないお喋りに興じた。木之内が語る仕事については理解できるので、なんの注釈も必要とせずに相槌が打てる。逆に木之内は、小説執筆という作業に強い興味があるようだった。わたしたちは一年数ヵ月のブランクを一挙に埋めようとしたから、いくら喋っても足りなかった。

あっという間にデザートまで出てきたので、それを食べ終えてから席を移した。近くのショットバーに行き、カクテルを飲みながら話の続きに熱中する。わたしたちの呼吸には一瞬の齟齬もなく、話し相手としてベストの相手と一緒にいるのだと思えてならなかった。木之内がわたしではなく別の女と結婚していることなど、ただの間違いのような気すらしてきた。

だが、錯覚は長続きしなかった。十一時半を過ぎた時点で、木之内はお開きにしようと言ったのだ。わたしは心密かに、さらにもう一軒行こうと誘ってくれないかと望んでいた。多くは求めない、単なる無駄話をしているだけでわたしは幸せになれるのだ。しかし、それすらもはや大それた望みでしかなかった。

「じゃあ、また。楽しかったよ」

木之内はそう言ってあっさりと去っていく。どうしてそんなに簡単に別れられるのか。わたしにとっては替えが利かない特別な存在なのに、木之内にとってのわたしはそうではないのか。もちろん、わたしは木之内の女友達のひとりでしかないのだろう。そんな現実を思い知らされ、しばし落ち込む。木之内がくれた紙片をまた胸に当て、わずかでもいいから温もりを感じようとした。

家に帰って、漢字辞典を開いた。《怜》という字の意味を、自分でも確認してみようと思ったのだ。すると、確かに《怜》には賢いという意味があったが、それだけではなかった。《怜》は《憐》の俗字でもあった。

心がきゅっと収縮した。怜花——憐れな花。それはひどく自分に似つかわしい気がして、胸が苦しくなった。叶えられない思いに悶々として、わずかな接触に一喜一憂するわたしは、まさに憐れな存在でしかない。木之内がそんなことを意図していたわけではないとわかっていても、あまりに絶妙すぎて息ができなくなりそうだった。

ようやく、これが自分の名前だと実感できた。咲良怜花。わたしはこの名前とともに生きていく。木之内がつけてくれた名前。二重の意味を持つこの名前に、わたしはどんな愛と憎を感じて生きていくのだろうかと思いを彼方に投げた。

41

高井との打ち合わせの際に、ペンネームを伝えた。高井はわたしが言う漢字を手帳に書き取り、それをしばし眺めてから「いいんじゃない」と言った。

「いいペンネームだと思うわ。失礼だけど、本名よりずっと似合ってるわよ。後藤さん、見かけは華やかなのに、名前は地味なんだもんね」

高井は遠慮のないことを口にするが、笑いを含んでいた。確かに、見かけと名前のギャップは面白かっただろう。これでわたしは、顔だけでなく名前まで本来のものを捨てる。重い荷物を降ろしたような、すがすがしさがあった。

わたしたちがいるのは、出版社のそばの喫茶店だった。編集者御用達の店らしく、どこのテーブルでも出版人らしき人たちが打ち合わせやデスクワークをしている。猥雑だがエネルギッシュな気配は、わたしにとって未知のものだった。自分が新しい世界に入っていくことを、改めて意識した。

「じゃあ、受賞作掲載号からこの名前を使いましょう。今後は呼びかけも、後藤さんではなく咲良さんにするわ。ねっ、咲良さん」

咲良という姓で呼ばれても、それがわたしだという実感はまだなかった。ただ、その実感のなさは咲良怜花の虚構性を際立たせてくれた。わたしはずっと、自分ではない別の人間に生まれ変わりたいと望んでいた。その望みが、とうとう叶ったのである。満足だった。

「ところで、今日は二作目について相談したくて来てもらったのよ。どうかしら。何かアイディアはある？」

高井はさっさと本題に入った。高井が変に情を絡めずに事務的なのは、慣れてみれば心地よくもあった。人付き合いが下手なわたしには、高井のような人の方が合っているかもしれないと思う。

「少し考えていることはあります」

答えたわたしの声には、自信のかけらもなかった。受賞作が絶賛で迎えられたのではないのだから、自信の持ちようがない。指針のないまま、大海に乗り出す心地だった。

「わたし、小説を書いた経験がほとんどないんです。受賞作の前には、ふたつ書いたことがあるだけでした。だから、ぜんぜん違うタイプの話に挑戦するのはまだ早いと思うんです。高井さんはどう思います？」

意見を求めてみた。これまでの新人はどうしていたか、教えて欲しかったのだ。

「つまり、受賞作と同じパターンを踏襲するってこと？」

高井は尋ね返す。わたしは頷いた。

「はい。その方が安全かな、と」

「まあ、ね。自分のパターンがすでにあるなら、それもいいけど」

高井は言ってから、こちらの顔をじっと見た。考えをまとめているようなので、続く言葉を待つ。

高井は爪で、テーブルの天板を二度叩いた。

「小説家には二種類いるのよ。得意パターンをしっかり確立してそればかりを書くタイプと、一作ごとに違う話に挑戦するタイプ。安定した作品を生産して人気作家になるのは、前者ね。読者もその人の作品ならこういう話と、安心して手に取れるから売れるわけ。その意味で言うと、一作ごとにパターンを変える小説家はあんまり売れないのよ。新作を出しても、どうしても一定数の読者の期待は裏切ることになるから。とはいえ、編集者的視点で言うと、こっちのタイプの方がスリリングで面白いんだけどね。正直、がっかりさせられることもあるけど」

わたしは黙って耳を傾けた。わたしも小説はそれなりの数を読んでいるので、高井の説明は理解できる。その小説家の作品ならどんな話でも好き、という読者を摑むのは、なかなか難しいことなのだろう。

「だから、咲良さんが前者の小説家になると言うなら、それもいいわよ。売れるかもしれないし。ただ、縮小再生産にならないようにするのも大変だからね。たいていそうなっちゃうから、売れる人はひと握りなのよ」

高井の口調は素っ気なかった。それがいつもの口調なのか、それともわたしに期待していないからなのか、判断がつかない。

「で？　二作目にはどんなアイディアがあるわけ？」

気がなさそうに、高井は促す。わたしがここで受賞作とはまったく違うアイディアを提示していれば、高井の目の色も変わったのだろうか。しかし、そんな冒険はとてもできない。わたしはまだ、小説の書き方も知らない素人でしかないのだから。

考えていたストーリーを話した。受賞作とは、主人公の職業を変えた。受賞作の主人公は大手企業勤務だったから、今度は小さい会社に勤める女性にした。小さい会社なら、木之内の会社をイメージすればいい。そこでの挫折と、やり甲斐の発見。最後には前向きに生きる姿を見せれば、読者の共感も得られるのではないかと考えた。

「ふうん」

高井の反応は鈍かった。あまり面白がっていないようだ。受賞作と同工異曲と思われたのかもしれない。でも、それがわたしが摑んだパターンなのだからやむを得なかった。このパターンで書く限り、商品として出しても恥ずかしくないものが書けるはずだった。

「じゃあ、取りあえずそれで書いてみて。で、できたら見せてください」

高井は露骨に内心を態度に出すタイプのようだった。裏表がない人は付き合いやすいかもしれないが、こちらを評価していないことをここまで態度で示されるとやはり消沈する。加えて、よくよく考えてみて気づいたのだが、高井が担当になったのは他の編集者はもっとわたしを評価していないからなのだ。担当を引き受けてもいいと思った高井ですらこの態度なのだから、社としてのわたしに向ける期待は相当低いレベルにあるのだろう。

　初めて高井に会ったときに聞かされたことを思い出した。新人は一年に何人も出てくるが、生き残れるのはその中のほんのわずかでしかない。さしずめわたしなどは、消える最右翼なのだろう。悔しくてならなかったが、しかしそれ以上に怖くもあった。せっかく手にした《咲良怜花》という虚構の姿を、あっさり失いたくはなかった。

「ところで、受賞作掲載号が発売されたら、他社からの問い合わせが入ると思うのね。でも、まずうちで最初の単行本を出すまでは、他社との接触は控えて。うちで囲い込ませてもらうから、そのつもりでいてね」

　続けて高井は、わたしにとって思いがけないことを言った。仕事相手は高井のいる稿人社しか考えておらず、他の会社から依頼が来るとは想像していなかったのだ。しかし、言われてみればあり得ることだった。そうなって欲しいとも思った。

「わかりました。まずは二作目をがんばります」

「そうそう。一作目と合わせて単行本にできるかもしれないし、本を一冊出したらいよいよプロだから、次は五冊出すのを目標にしましょう。最初に脅しておくけど、五冊出すのは大変だからね。こちらもお金をかけて新人を世に送り出すんだから、歯を食いしばってでも生き残ってちょうだいよ」

「そのつもりです」

　言ってみればわたしは、現実から逃げて今ここにいるのだ。もうこの他に逃げ場はない。ここで生きていけなければ、世界のどこにも呼吸できる場所はなくなってしまう。歯を食いしばってでも生き残るのは、当たり前のことだった。

翌日から、二作目執筆に取りかかった。これまでは趣味として気が向くままに書くことができたが、この二作目からはそうはいかない。活字になることが前提で書かなければならないと思うと、意外なほどにプレッシャーがあった。流れを摑めばさらさらと湧き出てきた文章が、プレッシャーの下では思うように出てこない。ようやく捻り出した文章もどこか縮こまっているように感じられて、何枚も原稿用紙を無駄にする羽目になった。

そんな状態で二週間を過ごし、やがて開き直る気分が頭をもたげた。幸い、高井から締め切りは言い渡されていない。もともと期待されていないのだから、焦らずにじっくり書けばいいのだ。そう自分に言い聞かせると、ほんの数行ずつではあるが、なんとか書き進められるようになった。

ちょうど二作目が形になる頃に、また高井から呼び出された。受賞作掲載号の見本ができたと言うのだ。わたしはこの前と同じ喫茶店に行き、高井と向き合った。高井の前には、「小説稿人」の最新号が置いてあった。

「はい、どうぞ」

なんのもったいもつけず、高井はあっさりと雑誌をわたしに手渡した。受け取るわたしの手は、微妙に震えていた。自分の書いた小説が載っているかと思えば、感動とも恐怖ともつかぬ感情が身裡を走り抜ける。嬉しかったが、簡単には表紙を開けなかった。

表紙には、《小説稿人新人賞受賞作》として小説のタイトルと、咲良怜花という名前が書かれていた。わたしの名前だ。誰のものでもない、わたしの名前。木之内がつけてくれた名前。ついに咲良怜花は世に出て、わたしはそれを自分だと実感した。わたしは咲良怜花だった。

恐る恐る、表紙を捲った。目次にもわたしの名前が載っている。それだけではない、顔写真まで掲載されていた。わたしは極端な写真嫌いだったから、整形後の顔をこうして客観的に眺めるのは初めてだった。自分の顔とは思えなかったが、これが咲良怜花の顔ならば納得ができた。

目次に続いて、モノクロのグラビアページがあった。三ページに亘って、わたしの写真が載っている。稿人社のカメラマンに撮ってもらった写真だ。生まれて初めてプロのカメラマンに撮ってもらった写真は、驚くほど被写体をうまく捉えていた。表情こそ硬いが、そこに写っている女性はモデルのようだった。

「やっぱりそうしてグラビアにしてみると、咲良さんの容姿はインパクトあるわね。インタビューのオファーは、たぶんたくさん来るわよ」

高井が言葉を差し挟んだ。わたしは本来の自分とあまりに乖離したグラビアの姿に複雑な思いを抱いていたので、「そうですか」としか答えられなかった。

目次に戻り、受賞作が掲載されているページを探した。雑誌の真ん中辺りの該当ページを開くと、まずは選評が載っている。目を通そうとしたら、また高井が話しかけてきた。

「厳しいことが書いてあるけど、それも咲良さんの受け取り方次第だから。落ち込むか、反発するか。選考委員への反感を糧にしてもいいし、指摘されたことを素直に受け取るのもいいし。まあ、めげてやる気をなくしたりしないことを願うけど」

どうやらいいことは書かれていないようだ。ある程度は覚悟していたので、いまさらショックはない。目を通してみると、三人の選考委員は誰ひとり積極的にわたしを推していなかった。消極的支持の集積として受賞に至ったことは、特に深読みしなくても理解できる。曰く「新鮮味がない」、

「手慣れている」、「既視感がある」、「安定感だけが評価できるポイント」などなど。だったらどうして受賞させたのかと思うが、落とすほどの不出来でもないというのが一番の理由のようだ。要は、可もなく不可もなし、ということか。

こんな選評を読んで、受賞作を面白そうと感じる読者はひとりもいないだろう。言わばわたしは、最初から味噌をつけられたようなものである。祝福されずに生まれる子供は不幸だ。わたしはどうやら、不幸な生まれ方を強いられた小説家になったようだ。

わたしも感情を持つ人間だから、落ち込まなかったと言えば嘘になる。だがそれ以上に、悔しさが心を埋め尽くした。不出来なら、落選させればよかったのだ。授賞しておきながらわたしの未来を閉ざすようなことを言う選考委員たちは、育児放棄をする親に等しい。親に愛されていなくても、わたしは生まれ出てしまった。ならば、独力で生きていくまでのことだ。少しでも長く小説家として活動すること以外に、この悔しさを晴らす手段はないと思えた。

「どう？ 感想は」

わたしが選評を読み終えたのを見計らって、高井が尋ねてきた。わたしは一瞬ためらったが、自分の感情をうまくごまかすすべはまだ身についていなかった。

「悔しいです」

だから言葉を選ばずに答えたのだが、それに対して高井は、眉を軽く吊り上げて驚いたような表情を作った。

「ああ、そう。へえ」

わたしの返事は優等生的ではなかったのだろう。選考委員は皆、業界の大御所であり、大切さで言えば海のものとも山のものともつかない新人風情とは比較にならない。そんな木っ端のような存在が大御所の選考に楯突くことを言ったのだから、編集者としては不愉快に感じるのも当然だ。失敗したとは思ったが、一度口にしたことは取り消せない。後悔はなかった。

高井はなぜか、わたしの顔を今初めて見たかのようにまじまじと見つめた。そして続けて、意外なことを言った。

「咲良さんのこと、ちょっと間違えて捉えてたかもしれない」

「間違えて？」

意味がわからなかったので、そのまま問い返した。だが高井は答えず、いきなり話を変えた。

「咲良さん、あなた、外見で損をするタイプね。それは意識しておいた方がいいわよ」

ますます高井の言葉は理解できなかった。かつてのわたしの外見であれば、大いに損だった。あんな容姿で得だったことはひとつもない。だが今は、女としての幸せを満喫できる顔貌を手に入れたのだ。一種類の顔しか経験していない高井に何がわかる、と反発を覚えた。

「何言ってるの、って顔をしてるわね。まあ、そのうちわかるわよ。最初のうちはその綺麗な顔が咲良さんにとって有利に働くはずだから、心配しなくていいけどね。ただあたしは、顔が重荷になった後の咲良さんを見てみたい」

「――どういう意味なんでしょうか」

馬鹿にしているわけでも、からかっているわけでもないのはなんとなく感じ取れた。高井はもう少し大事なことを言っている気がする。だから詳しく説明して欲しかったが、高井はやはりまともには答えてくれなかった。

「何にしろ、咲良さんが書く小説を何本か読んでみないことには、何もわからないわね。二作目、どうなの？」

「もうそろそろ、お見せできると思います」

「あ、そう。楽しみにしてるわ」

素っ気ない口調で言われ、訊きたいことをはぐらかされてしまった。二作目の出来が受賞作よりいいのかどうか、自分では判断がつかない。せめて同水準を保っていて欲しいと思うが、同水準でいいのかという疑問もある。今後は新作を書くごとに少しずつでもレベルを上げていかなければいけないのだとしたら、とてもわたしには無理なのではないかという恐れが兆した。

目の前にあるこの雑誌が店頭に並んだ日から、わたしの新しい人生が始まる。それは、誰の庇護も受けられない孤独な人生だ。言い訳も反論も許されない、ただ己の仕事ぶりを不特定多数の目で評価されるだけの一方通行。裸で街の中に出ていき、大勢の人に糾弾されるにも似た心地がする。ひとつだけ救いなのは、わたしの顔も名前も偽物だという点だ。偽の顔と名前に縋ってようやく息をついているのに、いざとなればそれは本当の自分ではないと言い抜けようとしているダブルスタンダード。デビューに際し、わたしは己の欺瞞を見た。

42

受賞作掲載号の発売日は平日だったので、昼休みに書店に行って店頭に並んでいることを確認した。しばらく店内にいて観察していたら、一冊売れていくところを目撃した。わたしの小説が目当てではないだろうが、嬉しかった。わたしも一冊買って帰った。

夜に、木之内から電話がかかってきた。二ヵ月ぶりの電話だ。普通に考えればかかってくるのは明日以降だろうが、わたしは今日電話があるのではないかと期待していた。そのとおりに電話してきてくれる木之内は、やはり昔とちっとも変わっていなかった。

「雑誌、買ったよ」

木之内は開口一番、そう言ってくれた。わたしの読者第一号は、木之内であって欲しかった。わたしの願いを裏切らずに叶えてくれる木之内。なぜ彼が他の女と結婚しているのか、すごく不思議に思える。

「和子の小説も読んだ。面白かったよ」

「もう読んでくれたんですか。ありがとうございます」

わたしは素直に喜びたいところだったが、そうはできなかった。高井や選考委員の感想を耳にしていては、誉め言葉を額面どおりに受け取ることはとうてい無理だ。木之内も「でも……」と続けるはずだと考え、身構えた。

ところが木之内は、逆接で言葉を継がなかった。

「いやあ、本当にすごいよな。和子が新人賞を取ったのはもちろんわかっていたけど、こうして活字になったのを読むとまた別の感動があるよ。和子はすごい女だ。和子と知り合いなのが誇らしいよ」

表面上の世辞ではなく、心底感嘆しているのが伝わってくる熱い口調だった。そうだ、木之内はこういう人だったのだ。人のいいところを見つけて誉める男。別れた女を摑まえて〝知り合い〟と言えてしまう図々しさまで含めて、木之内は木之内だった。

「嬉しい。わたし、木之内さんに読んでもらいたいと思ってたんです。そういう日は来ないだろうと諦めてたんだけど、まさか本当に読んでもらえるなんて、嘘みたい」

「読むよ。和子が小説を書いたなんて知ったら、絶対読むに決まってるじゃないか。ぼくがそういうタイプの人を好きなのは知ってただろ？」

「ええ」

だから小説を書いたのだ、と言いたかった。木之内が以前、わたしの中には何か力が眠っていると言ってくれたから。背中を押してくれたのは間違いなく木之内であり、あの言葉がなければ小説を書いてみようなどとは思わなかった。木之内は咲良怜花の名付け親であるだけでなく、生みの親なのだ。

それをそのまま伝えたかった。しかし、できなかった。木之内が独身でさえあれば、たとえ恋人として付き合っていなくても言えた。わたしと木之内の間に立ち塞がる、季子の影。喉に刺さった小骨のように、わたしの言葉を封じてしまう。もどかしくてならなかった。

「二作目はどうなの？　書いてる？」

二作目が掲載されたら、また真っ先に読むよ。楽しみだ。単行本が出たら、お祝いをしよう。木之内は軽く興奮しているかのように、次々と言葉を向けてきた。それらひとつひとつには真情が籠っていたが、しかし結局、作品についての評価はあまり語ってくれなかった。そのことが気がかりで、せっかくの木之内からの電話だというのにわたしの気分はあまり浮き立たなかった。木之内はどんなときでもわたしを否定しない。そのことが、彼の本音を見えにくくしているように感じた。

しょせんわたしが書く小説は、〝そこそこ〟でしかないのだろうか。そんな自虐的な思いが、どうしても胸に生じた。わたしは精一杯書いている。むしろ、自分にこんな小説が書けるのかと感嘆すらしている。わたしは力を出し切っているのであり、余力は残っていない。それなのにそこそこでしかないのだとしたら、結局わたしはデビューしては消えていく泡沫作家のひとりになるだけではないのか。そうした予感が背中を伝い、薄ら寒くなった。

「ねえ、木之内さん。わたしの小説だけど、何か足りないところはないかしら。自分では客観的に読めなくて、よくわからないんです。正直な感想を言ってくれませんか」

痺れを切らして、そう求めた。直截すぎると自分でも思うが、それだけ追いつめられてもいたのだ。話の流れを断ち切られて木之内は一瞬黙ったが、すぐに同じ調子で続ける。

「選評を気にしてるのか？　そんなの、気にすることないよ。せっかくデビューできたんだから、今はただ喜んでいればいいいんじゃないか」

「そうなんですけど……」

それができれば、どんなに幸せか。しかし残念なことに、わたしは楽天家ではない。楽観するどころか、一歩でも後退すれば落ちていく崖っぷちに立っている心境なのだ。他に逃げ道はないのに、前に進む手段が見つけられない。助けて欲しかった。

「浮かれてないのは、それだけ本気だからだな。和子は本気で、小説の世界で生きていく気なんだな。だったら大丈夫だよ。和子ならやれる。ぼくが保証するよ」

また木之内は、なんの根拠もない保証をしてくれた。しかし、わたしには救いだった。木之内が言うなら、がんばってみよう。ありもしない才能をあると思い込み、なんとか足掻《あが》いてみよう。木之内の励ましは、魔法のようにわたしを勇気づけてくれる。同時に、木之内に依存している己を危ういとも感じたが、どうすることもできなかった。

「ありがとうございます。木之内さんに励まされると、できる気がしてきます。あの……、また今度会って、直接励ましてください」

つい、物言いが大胆になった。木之内に断られることはないという安心感が、わたしを大胆にさせていた。果たして木之内は、ふたつ返事で応じてくれた。わたしたちは日時を決めて、電話を切った。

受話器を置くと、自然に笑みがこぼれていた。木之内はふたたび、わたしにとってかけがえのない人になりつつある。その予感はしかし、不愉快ではなかった。

「和ちゃん」

不意に背後から声をかけられ、わたしは飛び上がらんばかりに驚いた。振り返ると、そこには眉根を寄せた母が立っていた。

「木之内さんとは別れたんじゃなかったの？　木之内さんはもう結婚してるのよね」

わたしが既婚者と未だに付き合っていることを、母は快く思っていない。そのことを、眉間の皺に雄弁に語らせていた。わたしのささやかな幸福感は一瞬で霧散してしまい、水を差してくれた母に腹が立った。わたしは顎を反らせ、「だから何？」と冷えた口調で言い返した。

そのまま踵を返したので、母がわたしの言葉をどのように受け止めたかはわからなかった。

43

受賞作掲載号が発売されても、かつての知人からの反響はまったくなかった。顔も名前も違うのだから、当然のことだ。知人の中にふだんから小説誌を読む人がいたとしても、咲良怜花の正体が後藤和子とは思いもしないだろう。それでいいと、わたしは思う。わたしは過去を切り捨てたのだ。むしろ以前のわたしを知る人には、咲良怜花の正体を知られたくなかった。

しかし整形手術後に知り合った人には、隠しようがなかった。雑誌の新聞広告に、わたしの顔写真が載ってしまったからだ。事前に掲載の諾否は確認されなかったので、朝刊で初めてそれを見て驚いた。自分の顔が新聞に載る日が来ようとは、夢にも思わなかった。

広告は発売日の翌日に掲載されたので、会社の人には一日遅れで気づかれたことになる。わたしが出社すると、まず課長が声をかけてきた。

「後藤さん、これ、この写真、君じゃないの?」

新聞を手にして、少し慌てたように近づいてくる。とぼけるわけにもいかず、わたしは曖昧に頷いた。

「はあ」

「えっ、やっぱりそうなの? 君、小説書いてたの?」

まだ朝早かったので全員出社してはいなかったが、それでも女性は大半揃っていた。当然、皆の注目が集まる。ふだんはわたしの話題など完全に無視する人たちまで、「えーっ」と声を上げた。

「驚いたね。そういう才能があったのか。いや、びっくりだ。まったく、まったく」

どう言い表していいのかわからないらしく、課長は意味のない言葉を繰り返した。だが最後に真顔になると、厳しい声を出した。

「後藤さん、うちは副業を禁じてるのは知ってるよね。こういうのはまずいんじゃないかなぁ」

「駄目、ですか」

言われて初めて気づいた。これは副業に当たるのか。報酬をもらうのだから、副業には違いないかもしれない。だが小説執筆はあくまで個人的なことだと思っていたので、副業を始めたという意識はまったくなかったのだ。

「うーん、こんなのは初めてだから、ちょっと確認してみるよ。いや、まったく驚きだ」

ぶつぶつ口の中で呟きながら、課長は離れていく。自分の席について人事部に電話をかけ、あれこれ説明を始めた。

辞めるしかないのか、とわたしは腹を括った。どちらかを選ばなければならないなら、小説家になる道を採る。それはまったく迷いのない結論だった。今のわたしから小説を取ったら、何も残らない。

すぐには結論が出なかったらしく、課長はいったん電話を切って「ちょっと保留」と言った。処遇を宙ぶらりんにされるのは居心地が悪いものだが、わたしは存外に泰然としていられた。腹を括った者は動揺しない。退路はもともと断たれているのだから、会社を辞めろと言われてもまったく痛手ではなかった。

ところが、そんなわたしの覚悟は無駄に終わった。午後一番に、お咎めなしという裁断が下ったのだ。

「会社にとっても名誉なことだから、特例で許すことになったよ」

課長はまるで自分の尽力でその結論が出たかのように、誇らしげに言った。なるほど、そういう判断になるのか。わたしは皮肉を込めた感想を抱かざるを得なかったが、居続けてもいいというなら辞める必要は感じなかった。これから小説家としてやっていくのか、と尋ねる課長におざなりに返事をして、席に戻る。やり取りを聞いていたはずの同じ課の人たちは、遠巻きにわたしを眺めるだけで何も言わなかった。

またしても噂はあっという間に社内を駆け巡ったようだが、今度は静かな反応しか呼び起こさなかった。誰もが皆、なぜかわたしに恐る恐る接するようになったのだ。話しかけてくる人はたいてい、「後藤さん、小説家になるんだって?」と事実確認をする口調で尋ねるだけだ。そんな非現実的なことが身近に起こるとは驚きだ、とでも言いたげな口振りだった。わたし自身、二年前には小説家になりたいなどとは考えてもいなかったのだから、驚く気持ちはわかる。わたしが「そのつもりです」と答えると、続ける言葉が見つけられないように「すごいね」と言って去っていく気持ちも理解できた。

だが数で言えば、話しかけてこない人の方が圧倒的に多かった。わたしは社内のどんな誘いにも応じなかったが、それでも懲りずに声をかけてくる男は何人もいた。そんな人たちほど、小説家デビューの話が伝わった後は露骨にわたしを避けるようになった。最初は、なぜそんな反応になるのかよくわからなかった。サラリーマンと小説家ではあまりに世界が違いすぎて、気の利いた言葉が思い浮かばないせいなのかと解釈した。

しかし時間が経つにつれて、なんとなく腑に落ちてきた。何人かの男性から、わたしを憎んでいるかのような眼差しを向けられることがあったのだ。わたしは彼らと、なんの利害関係もない。わたしが小説家になろうが、彼らに迷惑はいっさいかからない。それなのに敵意を向けられるのは、わたしが彼らの自負心を揺るがしてしまったからに違いなかった。

わたしは能力でも性格でもなく、明らかに顔で採用された。だからわたしに期待された役割は、ただニコニコしてお茶でも汲んでいる職場の花だった。きちんとミスなく事務仕事をしていればそれで充分で、大口の契約を取ってくることや、画期的なアイディアでヒット商品を生み出すことなど求められていなかった。にもかかわらずわたしは、おとなしく職場の花でいることに甘んじず、一般的には知的作業と見られることで世に出た。自分の学歴や業績に自信を持っている男たちを差し置き、公的に認められる勲章を得た。彼らにとって面白いはずもなかった。

結局男は、自分より下の女が好きなのだ。わたしは得心した。能力でも収入でも、自分よりわずかに下の女を男は好む。出過ぎた真似をして男のプライドを傷つけたりしない女。その点わたしは、目立ちすぎたのだ。もはや彼らにとって恋愛の対象外であるだけでなく、嫉妬すべき目障りな存在になったのだった。

別にかまわなかった。これしきのことで嫉妬し憎悪の視線を向けてくるような小さい男とは、こちらも関わりを持ちたくない。世の中には木之内のように、女の特別な才を愛でる男もいるのだ。わたしは顔を作り替えたことで世間を知ったように思ったが、小説家デビューによってもまた学んだ。こうして社会を知ることは、わたしにとって必ずやプラスになるはずだった。

その一方、出版業界の評判は思いがけなくよかったようだ。反響がすごいと、電話口で高井は言った。

「こんなに問い合わせがあるのは久しぶりよ。予想はしていたけど、それ以上ね」

「そうなんですか」

いつもクールな高井が、珍しく高ぶったような声を出していた。やはり編集者にとっては、反響を呼ぶ新人を世に送り出すのは嬉しいことなのだろう。高井が喜んでくれるなら、わたしも嬉しかった。

「そうよ。短編一本で新人賞を取ったって、反響はゼロというのが普通なんだから。やっぱり単行本を出して初めて、小説家として認められるのよ。その点咲良さんは、他の新人よりずっと有利だってこと」

つまり、反響を呼んでいるのは小説ではなく、グラビアなのだろう。事前に言われていたことなので、落胆したりはしない。むしろ、このチャンスを絶対に生かさなければとプレッシャーに感じるだけだった。

「連絡先を教えて欲しいって問い合わせが、何本かあったわ。自分のところでも新人賞を持っている大手も訊いてきたから、本当に珍しいことよ。ただこの前も言ったとおり、最初の一冊を出すまではうちで囲い込ませてもらうので、まだどこにも連絡先は教えてないからね。そのつもりでいて」

「はい、わかってます」

最初の一冊。まずはそれを出さないことには、何も始まらない。そのためにはほぼ書き上げてある二作目を高井に渡さなければならないのだが、まだその勇気がなかった。高井に読ませて、またあの冷ややかな反応が返ってくるのが怖かった。

「それと、インタビューの申し出もいくつも来た。念のために言っておくと、例外なく写真撮影も希望してるわ。これはうちの雑誌の宣伝にもなるから、積極的に受けて欲しい。いいわね」

有無を言わせぬ高井の口調に、わたしは「わかりました」と応じざるを得なかった。高井の説明によれば、インタビューを希望しているのは小説雑誌ではなく、週刊誌や女性ファッション誌らしい。そんなところに自分の発言と写真が載るとは、驚き以外の何物でもない。人に見られて恥ずかしくない顔にしておいてよかったと心底思ったが、よくよく考えてみれば前の顔なら写真撮影のオファーもなかったろう。わたしとしては、ただ冷ややかな笑みを浮かべるしかなかった。

わたしの人生は、大きく変わっていこうとしていたのだった。

44

いざインタビューを受ける段になって、ハタと困った。自分のことを詳しく語れば、後藤和子を知っている人に咲良怜花の正体を見抜かれてしまうかもしれない。わたしは後藤和子として生きてきた人生と、咲良怜花に変身して以後の人生を切り離したかった。わたしの過去を知る人に、「あの女は醜い顔を整形手術で直したんだ」などと言い触らされたくなかった。ならば、多くを語るわけにはいかない。経歴については、いっさい秘密にしておきたいと高井に希望を告げた。

「なんで?」

当然のことながら高井は首を傾げたが、プライバシーを守りたいというわたしの説明に簡単に納得した。

「いくら注目されたって芸能人とは違うんだから、そんなに神経質になることもないんだけど。まあ、咲良さんが経歴を伏せておきたいなら、無理に公開しろとは言わないわ」

高井のお墨付きを得て、わたしは学歴や職歴など、個人を特定できる情報には答えないことにした。むろん、本名も絶対に秘密にしておく。こうなってみると一度新聞に本名が出てしまったことが残念だが、いまさら遡って調べる人もいないだろうと考えるしかなかった。

実際にインタビューを受けてみると、インタビュアーはやはり一番にわたしの個人情報を尋ねてきた。わたしが非公開にしたい希望を伝えると、逆に興味を持たれた。「ミステリアスですねぇ」などと感に堪えたようなことを言う人もいたが、そういう人に限って作品ではなくわたし個人に興味を持っているのが見え見えなので、柔らかい笑みを浮かべるだけに留めておいた。本当のことを言って相手が面食らう様を見てみたいという暗い衝動もあったが、むろん胸の中に押し込めた。

インタビューを受けるたびに、同じことを考えた。これがひとつのきっかけになるだろうか、ということだ。木之内が連絡してくるきっかけ。わたしはまだ存在していないはずの自分の読者に語りかけるのではなく、ただ木之内に声を届けたいと思ってインタビューに答えているのだった。

というのも、受賞作掲載号が発売された直後に会って以来、木之内からの連絡は絶えていたのだ。向こうは既婚者なのだから、妻以外の女に頻繁に連絡をとれるはずもない。それはわかっていたが、しかし見限られたのではないかという恐怖は拭いがたくあった。いや、見限られたというのは正確ではない。木之内は単に、小説を書く人に興味があっただけなのだ。もしわたしではなく、同性の友人が小説家デビューをしていても、木之内は同じように接していただろう。だから受賞作を読んで、ひととおり知的好奇心が満たされたら、わたしに連絡する必要がなくなった。そんなふうに推測した。

切ない考えだった。できるなら、もっと違う推測で自分を納得させたかった。でも、わたしはもう木之内のことをよくわかっていた。木之内が何に興味を持ち、どんなことで喜ぶのか理解していた。だからこの推測が的を射ていることは疑いようがなかったし、そのためにも木之内の知的好奇心を刺激する何かをしなければいけないのだった。

こちらから電話しようとは思わなかった。電話できるわけもなかった。木之内の自宅にはむろんのこと、会社にも電話はかけられなかった。今も会社に残っている山口さんや安原に、わたしとの付き合いが復活したことを知られるわけにはいかない。知られれば、木之内に迷惑がかかる。となると、わたしから木之内に連絡する手段はないのだった。

だからこそ、インタビューが彼の目に留まらないかと考えてしまうのだ。それは連絡をするひとつのきっかけになるはずである。「雑誌、見たよ」と電話をかけてくる木之内を、何度も想像した。想像することだけが、生きていく上でのよすがだった。

しかしわたしは、もっと確実な手段があることにも気づいていた。二作目を発表すること。そうすれば木之内は、間違いなくまた連絡をくれる。インタビュー記事なら目に留まらない可能性も高いが、小説の二作目は絶対に見逃さないだろう。そのためにも、本来なら一日でも早く二作目を完成させるべきなのだった。

高井もインタビューに付き添ってくれるたびに、二作目はどうしたと訊いてきた。それに対してわたしはいつも、「もう少し」と答えていた。実際は、最後まで書いていた。ただ、果たしてこれでいいのかと自信が持てず、ねちねちと手直しをしていたのだ。わたしの小説が嵌まり込んでいる枠がなんなのか、何度読み返してもわからない。完成度を高めようとすればするほど、何かに囚われていくようにも感じる。ただそれは高井の言葉に縛られた錯覚なのかもしれず、単に無駄に足踏みをしているだけの可能性もあった。ともかくわたしは、自分の作品を客観視できずにいたのだった。

自己卑下は得意だったが、自分を公平に評価することはこれまでせずに来た。作品を客観視することがプロに必須の能力ならば、わたしはまだまだプロになりきれていなかったのだろう。進むべき道が見えないのは、ひたすら苦しかった。書くことが楽しくてならなかったデビュー前の日々が、早くも懐かしく感じられていた。

句読点の位置にすら正解が見つけられずにあれこれいじっているうちに、ほとほと疲れていることに気づいた。もはや、出来云々ではなくそもそもこのストーリーが面白いのかどうかもわからない。こうなってしまったからには、やはり高井に見せるしかないだろう。高井に手渡さないことにはこれが活字になる可能性もなく、ひいては木之内に会える機会も訪れないことになってしまう。木之内に会いたい気持ちが、わたしのためらいを振り切ったのだった。

二作目ができたと電話で告げると、高井は大して喜ぶでもなく、「お疲れ様」と言った。その平静な反応は怖くもあり、ありがたくもあった。期待されていなければ、失望させてしまう不安も減じる。その頃はもう、なんでも言ってくれと開き直る心境に達していた。

またいつもの喫茶店で会うことを約束し、後日落ち合った。わたしが恐る恐る原稿を差し出すと、「じゃあ読ませてもらうわね」と高井は気軽に言った。わたしは面食らった。

「えっ、今すぐですか?」

「うん。短編だからすぐ読めるし。ちょっと待っててね」

　こともなげな口振りだった。まさか目の前で読まれるとは思いもしなかったので、俄に緊張が高まる。高井はそんなこちらの気持ちも知らず、さっさと原稿を捲り始めた。わたしは高井の表情ばかりが気になり、生きた心地がしなかった。毎回こんな経験をしなければならないなら、原稿の受け渡しは拷問に等しいとすら思った。

　まったく言葉を交わさないまま、三十分ほど向き合っていた。これほど息苦しい時間を過ごしたことはなかった。高井はまるで反応を示さず、だから面白がっているのか悪い評価を下しているのか、内心がまったく推し量れなかった。そのことがいっそう、わたしを針の筵《むしろ》に坐っている心境にさせたのだった。

「うん、なるほど」

　最後の一枚を読み終え、高井はようやく顔を上げた。笑みもなく、険しい表情もない顔だった。

「どうでした?」のひと言が言えず、わたしはただ硬直する。否定的な言辞には慣れているつもりだったのに、こんなにもマイナス評価を恐れる気持ちが自分の中にあったのかと、改めて驚く思いだった。

「まあ、面白かったわ」

　高井はあっさりと言った。「まあ」という留保はついているが、一応誉め言葉なのだろうか。そうなのだと無理に思い込み、胸を撫で下ろす。気づかぬうちに息を止めていたので、大きく吐き出した。

「そうですか」

胸の奥から絞り出したかのような声を発すると、高井は苦笑した。

「そんなに不安がらなくてもいいわよ。想像どおり、安定した出来だったから。咲良さんの武器は、今のところこの安定感よね。すごい傑作も書かない代わりに、駄作も書かないいんじゃないかと思うわ。それって、職業作家としては大事なことよ」

「そう……ですか」

これは「まあ」の留保つきよりは誉め言葉だと思えた。初めて高井に誉められた気がする。ようやく息がつける心地がして、強張っていた顔が綻んだ。

「一応編集長にも読んでもらうけど、あたしの感覚で言えば、掲載できるレベルだと思う。二作目が書けずに苦労する人も多いんだけど、咲良さんは難なく突破できそうね」

難なく、という表現には大いに違和感があったが、客観的にはそうなのかもしれない。安堵のあまり、全身から力が抜けそうだった。

「基本的には評価しているんだということを前提に聞いて欲しいんだけど」

続けて高井は、そう前置きした。当然難点を指摘されるものと思い、わたしはすぐに身構える。

高井は困ったような表情をした。

「点数をつけると、八十点かな。合格点を七十五点とするなら、つまりぎりぎりというほどでもない微妙なところね。わかるかなぁ。職業作家としては、八十点は悪くないのよ。ただ、新人の二作目としては安定感がありすぎなのが、物足りないところなのよねぇ」

「安定感がありすぎ」

「そう。合格することだけで頭がいっぱいな感じがするのよ。最初から高得点は狙ってないというか。実際、そんなふうに書いたんじゃないの？　冒険しようって気は、端からなかったでしょ」

確かにそのとおりだ。ともかく、二作目を雑誌に載せてもらうことしか考えていなかった。それでは駄目なのか。もっと高い志を持って小説を書くべきなのか。しかしそれは、まだ小説家と名乗るのもおこがましい駆け出しには大それたことではないのか。高井の要求は、レベルが高すぎるのではと思えた。

「百点を目指すべきでしたか」

だから問い返すと、当たり前だろうとばかりに高井は目を剝いた。

「そりゃあ、編集者としてはそうして欲しいわよ。こぢんまりまとまった人なら、もうたくさんいるんだから。何もわざわざ、そんな新人を世に送り出す必要なんてないのよ」

「じゃあ、どうすれば百点が取れるんですか」

ついわたしは、挑戦的に言葉を向けてしまった。言うだけなら簡単だ。わたしがこの二作目を書くのにどれだけ悩んだか知りもしないで、無責任なことを言ってくれると思った。新人が完璧な小説など書けるわけがないではないか。まずは商品として通用するものを書こうとしたことの、何がいけないのか。

「実はね、それをずっと考えてるのよ」

意外にも高井は、声のトーンを落として困惑を露わにした。わたしを正面から見据え、そして首を傾げる。

「こうして話をしていると、咲良さんってけっこう勝ち気よね。それなのに小説は、すごくお行儀がいいのよ。なんか、ぜんぜん本人の個性が反映されてない感じなの。だから枠に嵌めようとしているると思ったんだけど、その枠がなんなのか、あたしにはわからないのよね」

「行儀がいい――」

またしても、難解なことを言われてしまった。しかしひとつだけ、「ずっと考えている」という高井の言葉が嘘ではないことは感じ取れた。高井はわたしの実力を買っていないが、気にかけてくれてはいる。そのことに初めて気づき、胸を衝かれる思いだった。

「行儀が悪い方がいいんでしょうか」

振り返ってみればわたしは、ずっと目立たぬように生きてきた。目立てば注目が集まり、容姿を評価されてしまう。それが怖くて、勢い真面目に生きざるを得なかった。わたしは子供時代からずっと、何からもはみ出さずに生きてきたのだった。

そんな窮屈な生き方が今、小説に反映されているのだろうか。わたしの真面目さが、小説に枠を嵌めているのか。だとしたら、枠を打ち破るのは簡単ではないと直感した。それはつまり、生き方を変えることでもあったからだ。

枠からはみ出した生き方。そんなことが、女のわたしにできるだろうか。そうしなければいけないのなら、わたしには一生、百点の小説など書けそうになかった。これはもしかしたら、壁なのかと思う。デビューという壁をあっさり越えてしまったから、次なる壁が早くも現れたのではないか。しかもこの壁は、どのくらいの高さなのかも見当がつかないほどのスケールで目の前に立ちはだかっている。わたしはすでに二作目にして、これ以上先に進めない絶望感を味わっていた。

「そうね、一度行儀が悪い小説を書いてみるのもいいかもね。没を恐れないで、ともかく奔放に書いてみるのよ。それをしてみれば、咲良さんの枠がなんなのかわかるかもよ」

高井の返事を、わたしはしっかり受け止めた。奔放、という単語に、強い魅力を感じ取った。

45

「小説稿人」に二作目が掲載されると、期待どおりに木之内は連絡をくれた。またしても、作品の内容ではなく小説が掲載されたこと自体を誉めてくれる。わたしはどうしてもそこが引っかかってしまったが、今は木之内から連絡があっただけで嬉しかった。作品の出来に関しては、もう言われなくてもわかっている。仮に木之内が内容を誉めてくれても、どうせ素直に聞けないだろう。

電話のやり取りだけで済ませるつもりはなかったので、また食事に誘って欲しいと先日のように願い出る。「ああ、いいね」と簡単に応じてくれる木之内。木之内にとっても、わたしと会うことは喜びなのだろうかと考えてみた。そうであって欲しいと思う。

数日後にレストランで落ち合うと、木之内は珍しく浮かない顔をしていた。いや、珍しくではないのかもしれない。再会してからこちら、木之内は時折このような表情を見せていた。それはほんのわずかな間のことだし、わたしの方は木之内と時間を共有できることに浮かれていたから、あまり気に留めていなかったのだ。とはいえ、最初からこのように曇った顔をしているのは初めてだった。

「何か、元気なさそうですね」

わたしの二作目に乾杯、とグラスを合わせてから、切り出した。創作上の悩みについて聞いて欲しい気持ちはあったが、木之内を煩わせていることがあるなら力になりたいという思いの方が上回った。木之内が誰にも言えず、わたしにだけ打ち明けてくれる悩み。そんなものがあるとしたら、この上なく嬉しかった。状況につけ込むようで、申し訳なくはあったが。

「えっ、そう？　そうかな。そんなふうに見える？」

木之内は意外な指摘を受けたような顔をした。わたしは大きく頷いた。

「見えますよ。何かあったんですね。もしよかったら、話してください」

少し強引なくらい、打ち明けるよう促した。木之内は迷ったようだったが、すぐに心を決めた。

「まあ、そうだな。こんな話ができるとしたら、和子しかいないもんな。ただの愚痴になっちゃうけど、いいか？」

「いいですよ。愚痴、いいじゃないですか。たまには誰かにこぼさないと、どんどん溜まっていっちゃうだけでしょ」

和子しかいない。そんな殺し文句に、わたしはたわいなく舞い上がっていた。季子にはこぼせない愚痴を、わたしはこれから聞く。季子に対する優越感を抑えられなかった。

「うん」

木之内は応じたものの、なかなか口を開こうとはしなかった。そのためらいを見て、愚痴の内容は仕事に関することではないのではないかと予感した。仕事のことなら、わたしが勤めていたときから悩みを口にしていたのだ。ためらうのは、季子の話だからだろうと踏んだ。

「……ものすごくいまさらのことだけど、ぼくはどうやら、あんまり季子とは相性がよくないようなんだ」

やはりそうだった。逡巡した末に発せられた木之内の言葉は、わたしを驚かせなかった。当然といえば当然のことだ。わたしにしてみれば、なぜ結婚前に気づかなかったのかと問いたいところである。わたしは木之内の好みを知っている。許容範囲はかなり広いが、本当に好みに適うのはごく一部の女だけのはずだ。季子がその一部に該当するわけがないのは、最初からわかっていたことだった。

「季子とうまくいってないんですね」

それでもわたしは確認した。木之内の口から、はっきりそう言って欲しかったのだ。果たして木之内は、不本意そうに認めた。

「……ああ、そうなんだ。君にこんなことを言えた義理ではないんだが」

「本当ですね」

己の立場をわきまえた木之内の物言いに、皮肉ではなく面白みを感じた。まったくそのとおりだ。だから結婚前にそう言ったのにと責めたい気持ちが湧くが、それを大きく上回る愉快な思いがあった。大人なはずの木之内でも、先行きを見誤ることがあるのだ。木之内が潔く間違いを認めたことが、わたしの気をよくしているのだった。

「きっと和子の方が、季子の性格はよくわかってるよな。季子はすごく見栄っ張りなんだ。自分が欲しい物はなんとしても手に入れる女なんだよ。ぼくは知ってのとおり、ガッツがある女性は好きだから季子と結婚したんだけど、どんなことにでも限度がある。季子のあの見栄っ張りぶりには、もう対応が難しいよ」

「そうですね。そういうところ、ありますよね」

わたしはどうしようもなく喜びを感じながら、相槌を打った。人の不幸話で喜ぶなど、自分でも性格が悪いと思う。ただ、季子はそれだけのことをしたのだ。わたしにはこの話を喜ぶ権利があると思った。

わたしは初めて、木之内の結婚生活について聞いた。季子は今、仕事を辞めて専業主婦になっているらしい。木之内は結婚を機に引っ越し、今は三軒茶屋《さんげんぢゃや》のマンションに住んでいるという。あまり料理がうまくなかった季子は料理教室に通って腕を磨いているが、そこで知り合った主婦友達と見栄の張り合いのような形になってしまっているそうだ。木之内名義のクレジットカードで、後先考えずに高い服やアクセサリーを買ってしまうので、ほとほと参っていると木之内はこぼした。

「和子も知ってのとおり、ぼくの仕事はうまくいっているときは景気がいいけど、いつもそうとは限らないだろ。それなのに季子は、いいときのイメージだけで金を使うんだ。お蔭で今は、貯金がゼロだよ。もし会社に何かあったら、こらえきれないかもしれない」

木之内はそれらのことを、喜々として語ったわけではなかった。むしろ言いづらそうに、他の女に対して妻の不満を漏らすことに罪悪感を感じているかのように訥々《とつとつ》と漏らした。そんな木之内はやはり女性に対して誠実で、ますます評価が上がった。季子のような悪い女を悪し様に言おうとしないその態度は、立派だとすら感じた。

「言っても聞かないいんですか」

わたしは季子の性格を承知していながらも、あえて尋ねた。木之内は苦々しげに頷く。

「そうなんだ。いくら言い聞かせようとしても最終的には、『あたしと会社とどっちが大事なの？』という言葉で終わってしまうんだよ。会社が潰れたら、季子に贅沢させてやれないのにな。そんな理屈もわからないとは、不思議でしょうがないよ」

「たぶん季子は、贅沢な生活に憧れてたんですよ。木之内さんはそれを叶えてくれる男だと思ったんでしょう。だから、自分の夢を壊されるのがいやなんです」

わたしの分析は正確だという自信があった。何しろ、季子とは高校時代からの付き合いなのだ。あの女が何を望んでいるかくらい、手に取るようにわかる。ようやく聞く耳を持ってくれた木之内に、すべてを教えてやりたい心地だった。

「まさに和子の言うとおりだ。和子はよくわかってたんだよな。今になって気づくぼくは、さぞかし愚かに見えるだろう」

木之内は話すうちに、ますます気持ちが落ち込んでしまったようだ。煽りすぎたことを反省する。だが、わたしにできることは少なかった。何もかも、いまさら遅すぎるのだ。

いや、果たしてそうだろうか。木之内はこの不満を抱えたまま、死ぬまで季子と暮らし続けるのか。とてもそうとは思えない。ならば、いずれは離婚するのではないか。

つまり、木之内はふたたび独身に戻る可能性があるのだ。馬鹿げて響くかもしれないが、わたしはこの瞬間になってようやくそのことに思い至ったのだった。気づいてしまえば、己の無意識の判断が瞬時に理解できた。わたしは実現しないかもしれない甘い夢から目を遠ざけていたのである。期待すれば、失望する。期待が大きければ大きいほど、深く傷つく。だからこそ、木之内たちが離婚する可能性を考えようとしなかったのだ。それほどに木之内を失った痛手は、わたしの心に爪痕を残していたのだった。

離婚してくれないか。そんな邪悪な期待が、わたしの全身に嚙みついて深く牙を立てた。なんと浅ましいことか。わたしはこんな女だったのかと、愕然とする。しかし、どうにもならない。わたしは木之内と結婚したいわけではなかった。まして、体の関係を求めているわけでもなかった。ただ単に、こうして時間を共有できるだけで充分に幸せだった。木之内の妻になるなどという大それた望みは、過去にはもちろんのこと、今も抱いていなかった。

わたしは過去の自分を思い出す。不細工なだけでなく、存在する意味も見つけられずにいた何者でもない女。だからわたしは、自分のような女は木之内とは釣り合わないと思っていた。わたしが結婚を望まなかったのは、自分に自信がなかったからだ。

しかし、今はどうだ。わたしは生まれ変わった。容姿も名前も変えた。まだ駆け出しではあるが、小説家として世に出ることもできた。このわたしなら、木之内に愛される権利があるのではないか。木之内と並んでも、誰も不釣り合いと笑いはしないのではないか。

これだ。わたしはこんな思いを警戒していたのだ。叶わぬものを願う期待。いや、もはや叶わなくはないのだ。だからこそ、たちが悪い。わたしは己の醜さが厭わしかった。

「ぼくはね、先天的に女の人は男より賢いと思ってるんだ」

唐突に、木之内はそんなことを言った。木之内の話がどこを目指しているのかわからず、わたしは黙って耳を傾ける。木之内はようやく笑顔を浮かべた。

「和子はやっぱり、ぼくより賢かったな。和子の忠告を聞くべきだった。後悔先に立たずとは、まさにこのことだけどね」

木之内の笑みは、本心と正反対であることがありありと見て取れるほど痛々しかった。わたしは初めて、木之内を抱き締めてあげたいと思った。

46

デビュー作と二作目で単行本一冊分の分量になったので、本にしようという話になった。新人賞を受賞してデビューしたのだから自著を出せるのは当たり前と部外者は思うかもしれないが、それほど簡単な話ではない。短編の賞を取ってデビューしても、自著を一冊も出せずに消えていく人は圧倒的に多いのだ。そんな説明を、わたしはすでに高井から聞いていた。

「咲良さんの本を出すのは、もう既定路線だったけどね」

そんな表現で、高井は水を差す。つまり、容姿で注目を集めることができるわたしは、内容に関わりなく本がそこそこ売れると計算が立っているのだ。言われるまでもなくわかっているし、そもそも浮かれる気分はなかった。むしろ、わたしが本など出していいのだろうかとおののく気持ちの方が大きい。

「宣伝にはたっぷり著者近影を使わせてもらうし、本にももちろん写真を載せる。たぶん一万は堅いし、場合によっては二万くらいは期待できるかもしれないと思ってるわ」

「普通、小説稿人新人賞受賞作は、どれくらい売れるんですか？」

わたしにとって、出版界の数字は未知の範囲の話なので、一万部や二万部がどれほどの価値を持つのかわからない。ベストセラーとなれば何十万部だし、ヒットしたレコードもそういう単位だろう。一万部では少ないように感じるが、高井の口振りではそうでもなさそうだ。だから尋ねたところ、高井は「七千部くらいね」と答えた。

「七千も、新人賞って冠があるからこそ出せる数字よ。一冊目が話題にならなければ、二冊目からは五千部になるから」

「そうなんですか」

つまり、新人の作品が二万部も売れれば、それはかなり好成績ということのようだ。そんな数字を期待されて、不意に息苦しくなる。その期待はひとえに、わたしの写真だけに向けられているのだ。ましてこの顔は、偽物である。素直に喜べるわけもなく、むしろ後ろめたさを覚えるほどだった。

そして冷静に考えてみれば、一万人もの人がわたしのつたない小説を読むかと思うと、空恐ろしい気がしてきた。果たして一万人のうちの何人が、面白かったと言ってくれるのか。二冊目が出たとき、もう一度手に取ってみようと思ってくれる人はいるのか。そんなことを考えると、この先に進みたくないという後ろ向きな気持ちにすらなる。雑誌に掲載されるときとは格段に違うプレッシャーが、わたしを押し潰そうとしていた。

「二万部を目指しましょう。雑誌取材には全部応じてもらうから、服をたくさん用意しておいてね。お金がかかっちゃうけど、それくらいはすぐに取り返せるから」

高井は気軽に言ってくれる。高井が楽観しているなら、二万部も難しくないのかもしれない。しかし今後寄せられる感想を想像すると、わたしは笑みなど浮かべられなかった。いよいよ荒海に乗り出していくのだ、と思った。

本作りは順調に進み、三ヵ月後に形になった。できあがった本を初めて手に取ったときは、さすがに大きな感慨があった。ついにここに辿り着いたという達成感。それはこの先への不安が大きければ大きいほど、せめてこの瞬間だけは味わっていたいと思わせる甘美さがあった。わたしは万感の思いを込めて、自著を胸に抱いた。

店頭に並んで以後は、頻繁に書店に通った。大きな書店では平積みで置いてくれたのでありがたかったが、販売促進用のポスターまで貼ってあったので面食らった。ポスターにはもちろん、わたしの上半身の写真が使われている。鏡で見たときにすら違和感を覚えるこの容姿は、ポスターになどなっていたら完全な他人だった。それでもポスターとわたしを見比べて驚く人がいたので、早々にその場から立ち去った。それ以後は、ポスターを貼っていない店を探して覗くようにした。

売れ行きは上々とのことだった。わたしが見て回っている範囲でも、置かれている本が減っているのがわかった。海のものとも山のものともつかぬ新人作家の本を買ってくれる人には、本当に頭が下がる。見知らぬ人にまで自分の作品が届くことがこんな嬉しいとは、経験してみるまでわからなかった。

二週間後に、重版がかかった。初版七千部に五千部の重版なので、当初の目標である一万部を簡単に超えたことになる。本が重版されることがどんなに大変か、わたしは高井からいやと言うほど聞かされていたので、それをあっさり超えてしまったことに楽観よりも恐怖を覚えた。大勢の人を偽物の顔で騙しているかと思うと、疚しいことをしている気持ちにしかなれなかった。

売れ行き好調とのことで、次作を求められた。むろん書きたい気持ちはあるが、書けることは限られている。また同じようなものでいいのかと高井に尋ねたところ、それしか書けないのなら仕方がないと言われた。諦められているようで、悲しかった。

ちょうどその作品を書き上げる頃から、ぽつぽつと書評が出始めた。新聞や雑誌に、わたしの作品を取り上げた評が載るのだ。そのこと自体に驚き、喜んだが、内容はというと手厳しいものばかりだった。曰く、新人の作品なのに既視感がある、初々しさが見られない、改めてこういう新人を世に出す意味はどこにあるのか、そこそこの楽しさをそこそこに提供してくれる作品、等々。中には、売れれば勝ちとばかりに未熟な作品を世に出す出版社の姿勢を問いたい、と糾弾する評すらあった。好意的に迎えられることはないだろうと覚悟はしていても、実際にこうもあちこちで叩かれると、自分でも思いがけないほど落ち込んだ。

書き上げた次作を渡すときに、つい高井に弱音を吐いた。

「どうせこの作品も、わざわざ活字にする価値はないんです」

もともと陽性なたちでないのは自覚していたが、さらに陰に籠ったいじけた物言いをした。それを聞かされる高井もたまったものではなかっただろうに、意外にもいやな顔をせず受け止めてくれた。

「世の中にはいろいろな意見を持つ人がいるのよ。貶す人がいたら、その三倍は誉めてくれる人がいると思ってればいいわ」

「本当に誉めてくれる人なんているんでしょうか。少なくとも書評家は、誰ひとり認めてくれてないですよ」

「それは新人賞を取った人の宿命よ。何も言われずに無視される人が大半なんだから、言ってもらえるだけありがたいと思わないと」

「そうなんでしょうけど……」

そんなふうに前向きに考えられる性格なら、わたしの人生はぜんぜん違うものになっていた。わたしは否定的な評価には慣れているつもりでも、それを自分の中で落ち着かせるすべには長けていないのだ。高井は他人事だからそんな割り切ったことが言えるのだ、と思った。

「今度の小説だって、極端にひどくはないでしょうけど、せいぜい現状維持ですよ。発表する前から、何を言われるかわかりきった作品です。そんな作品で、高井さんはいいと思ってるんですか」

詰め寄ると、高井は黙ってしまった。いいはずがない。本音では、そんな作品を雑誌に載せたくはないと思っているのだ。しかし写真をつければ売れる。だから仕方なく、高井は編集者としての良心を殺してわたしと接しているのだろう。そんな気持ちで接されるこちらは、身の置き所がなかった。

「――あたしもね、咲良さんが今後どうすればいいのか、考えてるのよ」

しばらくしてから、高井はぽつりと言葉を吐き出した。俯いていたわたしは、ハッとして顔を上げる。高井の言葉に、全神経を集中させた。

「遊んでこそいい小説が書ける、なんてことを言う小説家はけっこういるわ。ただあたしは、もうそういう考えは古いと思ってる。苦労は買ってでもしろとか、勘弁してって感じ。苦労なんかしないでも、想像力で補うのが小説家でしょと思うわよ。特に咲良さんは女性だから、どんどん遊びなさいなんて奨励できないしね。ただそれでも、咲良さん自身の世界の狭さが小説を窮屈にしているのかな、とは感じてる」

「世界の狭さ」

「うん。小説って、いろいろな価値観を盛り込めるのがいいところだし、読んでて面白いと思うのよね。でも咲良さんは、その価値観がひとつだけみたいで、いつも主人公の反応や決断が同じなのよ。ありきたりと言っては悪いけど、真面目な人ならこう判断するだろうなという方だけを選ぶのよね。だから意外性がないと言うか。読んでて『おっ』と思う瞬間がないわけ。わかるかな」

つまりそれは、わたし自身がつまらない人間だということか。わたしは深いところで納得してしまった。確かにわたしの世界は狭い。人に話せる経験なんて、つい最近までまったくしてこなかった。それが小説を面白くしない原因ならば、どうすればいいのか。もっと世界に出て、傷つかなければならないのか。

いや、傷つく経験ならたくさんしているではないか。そこから目を背け、綺麗な世界を作りたくて小説を書いたのだ。それがいけないなら、わたしは現実を描かなければならないのか。例えば、容姿コンプレックスを持っている女が整形手術をする話とか。

できない、と思った。そんな話を書けばさすがに面白くなるだろうが、もはやそれは捨て身であって一発勝負でしかない。後が続かず、ただ自分の恥を世間に曝すだけのことだ。わたしは私小説を綴りたいのではなく、あくまでフィクションを書きたいのである。虚構にこそ自分の生きる世界があると、今でも信じていた。

世界の狭さ。もう一度、高井の指摘を反芻した。友人もいない、恋人もいない小さい世界にひとりぽつんと佇むわたし。いい小説が書けるはずもないと、自嘲する活力すらなかった。

47

わたしは今後、どうすればいいのだろう。何者でもない自分を否定し、『和子の中には特別な才能が眠っているかもしれない』という木之内の無根拠な言葉だけを頼りに、小説家への道を歩み出した。だが新たに開けた世界は、わたしのような才乏しい人間が生きていけるほど甘くはなかった。今はただ、容姿の話題性だけで仕事をもらっているが、こんなことでは早晩行き詰まるのは目に見えている。自分を否定してしまったわたしは、この世界で生きることができなければもう行き場がないのだ。ゆくもならず戻るもならず、隘路に嵌まり込んだ心地でただ立ち尽くすだけだった。

　無性に木之内に会いたかった。わたしをこの道へと導いたのは、木之内の言葉だ。進むべき方向を見つけられないでいるわたしに、木之内は指針を示す義務がある。いや、そんな理屈を抜きにしても、ただ木之内に縋って泣きたいのだった。

　いつもならば向こうからの連絡を待つだけだが、追いつめられたわたしは電話をかけることも辞さなかった。とはいえ、さすがに自宅に電話する勇気はないし、そもそも電話番号を知らない。会社にかけるしかなかった。

　今も会社にいる山口さんや安原に、木之内との関係が復活したことを知られるわけにはいかない。だから、声色を使うことにした。電話の送話器にハンカチを被せ、声をくぐもらせる。わたし自身も意図的に声を低くして、誰だかわからないようにするつもりだった。

　いざダイヤルを回すときは、さすがに緊張した。せめて安原が出てくれないかと願いながら繋がるのを待つと、応答したのは女性だった。聞き憶えのある、山口さんの声。残念に思いながら、話しかけた。

「三信《さんしん》商事の加藤と申します。木之内社長はいらっしゃいますか」

　偽名を名乗ると、山口さんは一拍おいて、「少々お待ちください」と言った。山口さんは勘が鋭い。あの間は、何かを勘づいた間だったのかもしれない。だとしたところで、声の主がわたしだと確信はできなかったはずだ。山口さんを避ける連絡方法はないものかと、回線が切り替わる間に考える。

「お電話代わりました。木之内です」

おそらく木之内は、加藤という名前に心当たりがないはずだ。わたしは木之内が不自然な反応をする前に、急いで事態を説明する。

「会社にまですみません。和子です。仕事の電話の振りをしてください」

「えっ？　ああ、そうですか」

頭が切れる木之内は、即座に状況を理解した。さすがだと感心しながら、本題に入った。

「時間をもらえませんか。会って欲しいんです」

「それはかまいませんが、どういったご用件でしょうか」

「小説家として、やっていく自信がないんです」

ただの泣き言でしかない。それでも木之内は呆れず、「そうですか」と冷静に応じてくれた。

「そういうことでしたら、お会いすると伝えてください。いつがご都合よろしいですか」

木之内の演技は完璧だった。わたしが働いていたときも、こんなふうにして他の女と約束していたのだろうと思い至る。だが、それに腹を立てる余裕もなかった。焦りを感じていたわたしは、「今晩か、明日にも」と急いた。

「わかりました。では、今晩にしましょう。場所は――」

木之内は落ち合う時刻と場所を指定した。受話器を置いたわたしは、ひと仕事を終えた感覚でいた。

　午後七時に、新宿で顔を合わせた。木之内はわたしを見るなり、「大丈夫なのか」と案じてくれた。強がる元気もないわたしは、ただ力なく首を振る。木之内は靖国《やすくに》通り沿いにある和食の店に、わたしを案内した。

「どうしたんだよ、和子。初めての本が出て、それが売れてて、順風満帆じゃないか」

　個室で向き合うと、木之内はそんなふうに言って眉根を寄せた。確かに傍目にはそう見えるのかもしれない。だからわたしは、自分が置かれている状況を一から説明した。売れているのはこの容姿のお蔭であること。内容はまったく評価されていないこと。出版社も、小説としての価値は認めていないこと。このままではいずれ、消費されて忘れられるだけであること。

　泣き言はとめどもなく溢れてきたので、一方的に喋る形になった。喉が渇き、ついビールの入ったグラスに手が伸びる。気が利く木之内がその都度注いでくれるので、グラスが空になっていることはなかった。喋り終える頃には、酔いが回ってきたのを感じていた。

「わたしの存在価値は、ただ単にこの顔だけなんです。しかも、偽物です。実はなんの価値もないんです。わたしは整形までして、名前を変えて、完全に変身したつもりだったのに、無意味な自分は結局何も変わっていなかったんです」

　言葉にして説明すると、あまりに己が惨めで涙が出た。情けなくも、木之内の前でだらだらと涙を流す。木之内は困ったように、「泣くなよ、和子」と言った。

「泣かないでくれ。和子が泣くと、ぼくも悲しくなる」

　優しい木之内は、テーブル越しに手を伸ばして、わたしの肩を撫でてくれた。再会以来、初めての身体接触だった。その感触に、驚くほど心が慰められる。スキンシップの効力を、まざまざと感じた。

「すみません」

ハンカチで目許を押さえながら、詫びた。出てきた料理に手をつける気にはなれない。木之内は

「わかったよ」と頷く。

「和子が置かれている状況は、理解した。甘い世界じゃないだろうことは部外者でも想像できたけど、予想以上みたいだな。和子が泣きたくなる気持ちは、よくわかるよ」

木之内の言葉には、共感の響きがあった。今のわたしが最も欲しているもの。理解し、共感されることがこれほどに心を癒してくれるとは。他に友人がいれば捌《は》け口になってもらえるのだろうが、わたしには木之内しかいない。わたしの過去と今を両方知っている人は、世界中に両親と木之内しかいないのだ。だからこそ、木之内への依存心を捨てられなかった。

「やっぱりわたしには無理だったんです。文章は絵や音楽と違って、誰にでも書けるじゃないですか。だからそこそこまとまったものが書けてしまって、運もよくてデビューできたけど、それだけじゃ後が続かないんです。才能がない人間が、作品で勝負する世界に飛び込んだことが間違いだったんです」

わたしからはどうしても、後ろ向きの言葉しか出てこなかった。これは何も、今初めて考えたことではない。デビューが決まったときから、心の根底でうすうす感じていたことだった。それでも才能の有無などすぐに判断できることではないし、努力でどうにかなる部分もあると思っていた。何より、小説を諦めてしまっては何も残らないという恐怖もあった。

しかし、自分をごまかし続けるのももう限界だった。無理なものは無理だ。スポーツでも芸術でも、才能がない者は容赦なく切り捨てられていく。それが現実であり、いくら過酷でも改善する必要はないことだった。切り捨てられる側に立って初めて、才なき身の悲しさを痛感した。

「ぼくはそうは思わないよ、和子」

木之内は優しく諭すように言った。わたしは慰めて欲しくて木之内に会ったのに、他人に何がわかるかと反発も覚える。自分の気持ちがどうにもならなかった。

「才能があるかどうかなんて、それこそ絵や音楽とは違うんだから、簡単に見極められないよ。現に和子は、新人賞の選考委員や編集者が認めたからこそ、立派に本まで出せたわけだろ。それだったら、もっと自信を持っていいんじゃないか」

「新人賞の選評は、木之内さんも読んだでしょ。他に人がいないから、消去法で受賞しただけのことです。デビューしてからこちら、誰ひとりわたしの作品を誉めてくれた人はいないんですよ。木之内さんだって、本当は面白くないと思ってるんでしょ」

「そんなわけないじゃないか。面白いと言ってるだろ」

「それは木之内さんが優しいからです」

言葉を発するたびに喉が渇き、ビールで潤した。いつもより酒が過ぎていると気づいたのは、酔いが回ってきてからだった。酔ったわたしは、たちが悪く木之内に絡んだ。自分が絡み酒だったとは、この瞬間まで知らなかった。

「和子。君が今、プロの厳しさに直面して落ち込んでるのはよくわかるよ。でも、それはどこの世界でも同じことだろ。プロ野球でも、新人がいきなり三冠王になれるか？　初めてフルマラソンに挑戦した人が、世界記録を出せるか？　誰だって最初は、ぱっとしなくて当たり前なんだよ。和子だけじゃないんだ」

木之内は慰めてくれるが、わたしはすかさず反論をいくつも思いついた。初めてのレコードがミリオンセラーになる歌手もいる。デビュー作で大きい文学賞を取る小説家もいる。本当に才能がある人にとってみれば、経験など必要ないのだ。そして才能がない人間は、いくら経験と努力を積んでも先に進むことはできない。

だが、さすがにそれらを口にする気にはなれなかった。ネガティブなことを言い募るのは、慰めてくれる木之内に対してあまりに失礼だ。しつこく絡んで、木之内に嫌われたくないという気持ちもあった。だからわたしは黙り、ひたすら気分を暗くしていった。

「確かに今はまだ、文学史に残るような傑作を書いていないかもしれない。でもぼくには、和子が何かを裡に秘めている気がするよ。それを解き放つ方法が見つけられずに、もがいているだけなんだ。もしかしたらそれは、簡単には外に出てこないかもしれない。だからその間は苦しむかもしれないけど、大事なのは自分を信じることだよ。なっ」

木之内の励ましは相変わらず根拠がなかったが、今のわたしが縋れる唯一のものでもあった。木之内がそう言うなら、もう少しがんばってみようか。そんなふうにも思える。しかしきっと、ひとりになればまた現実に直面するのだ。甘い言葉で現実を忘れていられるのは、木之内と一緒にいるうちだけだった。

時間が経つのが恨めしかった。ろくに箸をつけていないのに料理はどんどん出てきて、ついに店を出る時間になってしまった。会計をする木之内を、壁に寄りかかりながらぼんやりと眺める。酔いがわたしの視界を歪めていた。

「帰らないでください」

店の外で、わたしは木之内の袖を摑んだ。自分がこんな大胆なことを言っても、驚く理性はなかった。

48

その翌日のことだった。自宅で夕食を摂っているときに、電話がけたたましく鳴り出した。電話のベルは誰がかけてきても変わらないので、けたたましくと形容するのは不自然だが、わたしにはなぜかそう感じられたのだ。これはわたしへの電話であり、しかも不穏な用件だ。ベルの音を聞いただけで、そう直感した。

だから箸を置き、母を制して受話器を取り上げた。一度深く息を吸ってから、「はい」と応じる。果たして相手は女性の声で、「木之内といいます」と名乗った。季子だった。

絶句して、言葉を返せなかった。その沈黙で、電話に出たのがわたしであると季子は敏感に悟った。「和子？」と棘《とげ》のある口調で確認する。「ちょうどよかったわ」とも続けた。

「あんたに話があったのよ。用件はわかってるでしょうね」

「藪から棒に、何？　どちら様ですか？」

態勢を立て直すために、空とぼけた。それがよけい、季子の怒りを煽ったようだった。

「どちら様じゃないわよ。木之内と言ってわからないの？　木之内徹の妻は、この世にひとりしかいないでしょ」

見事な先制攻撃だと、もしこの状況を俯瞰《ふかん》できたなら思っただろう。単なる挨拶の段階で、季子はこちらの急所を的確に突いてきたのだ。しかしわたしは、攻撃の唐突さと辛辣さに度肝を抜かれ、冷静に感想を抱くことなどできなかった。身構える準備をしていないときに、この攻撃は応えた。

「なんとか言ったらどうなのよ、この泥棒猫。なんであたしが電話してきたのか、わかってるんでしょ。それとも、あまりにも申し訳なさ過ぎて何も言えないわけ？」

季子は断定した。その口振りは、昨夜わたしが木之内と会っていたことを承知しているようだった。なぜ知られてしまったのだろう。木之内が喋ったのか。しかし、そんなことがあるはずはなかった。

「いまさらわたしになんの用なのよ」

ようやく言い返した。そうだ、どの面下げてとはまさにこのことだ。泥棒猫呼ばわりされなければならないのは、季子の方ではないか。わたしには季子を責める権利がありこそすれ、非難される謂われはないと開き直った。

「なんの用、もないわ。他人の夫を盗《と》っておいて、どういうつもり？　あんたたちの関係はとっくに終わってるのよ。いじましく木之内につきまとわないで」

季子のキンキン声は、受話器から漏れて母の耳にも届いているはずだった。それがいやで、なんとか黙らせたかった。しかし、黙らせるすべがない。仕方なく、荒療治に出た。

「いじましいのはそっちよ」

捨て台詞を残し、受話器を叩きつける。五秒おいてまた取り上げると、もう通話は切れていた。

今度は受話器を架台に置かず、電話器の上に縦に載せておいた。こうしておけば、ベルに悩まされることはない。

「何、和ちゃん？　なんなの？　変な真似をしてるんじゃないでしょうね」

案の定、母は心配と不快さをない交ぜにした顔で尋ねてきた。わたしに説明できるわけもなかった。

「ごめんなさい。ちょっと電話が使えなくなっちゃうけど、このままにしておいて」

それだけを言って、席を立った。夕食を食べ終わってはいなかったが、もう喉を通らない。母にあれこれ訊かれる前に、片づけて自室に籠った。

ひとりになって、冷静に考えてみた。季子に尻尾を摑まれるような真似を、木之内がしたとは思えない。ただなんとなく、夜遅く帰ってくる木之内に女の影を見たに過ぎないだろう。それをわたしと結びつけて考えたのは、単なるはったりか。その割には確信に満ちた物言いをしていたが、おそらくそれはわたしに対する後ろめたさの裏返しではないかと踏んだ。結果的に当たっているのが、女の勘の恐ろしいところだ。

ともかく、証拠はないのだから白を切りとおすしかなかった。昨夜は心の弱さのために木之内を誘ってしまったが、あれは一度だけの過ちにしておき、継続的な関係にするつもりはなかった。何より、木之内は同情で付き合ってくれたのではないかという疑惑が拭いがたく胸の裡に存在している。同情で抱かれるだけなら、二度とごめんだった。

白を切り続けていればなんとかごまかせるのではないかと考えていたが、それは甘い見通しであったことを次の日に思い知らされた。退社するわたしを、季子が待ちかまえていたのだ。夕方の薄暗がりの中、顔を伏せてじっと立ち尽くす姿は幽鬼のようで、わたしは自分の目を疑った。季子の怨念が凝って形になり、眼前に現れたのかと思った。

わたしはどう対処していいかわからず、腰が引けた。ともかく、季子と接触するのが怖かった。その瞬間のわたしは、自分が顔を変えたことを忘れていた。だからわずかに後ずさり、踵を返してその場から逃げようとした。大の大人がすることではなかったが、そのときのわたしには他に選択肢がなかったのだ。

「待ちなさいよ、和子！」

背中を打つ声に続いて、左肘を摑まれた。わたしと季子の距離は充分に空いていたはずなのに、どうして一瞬で間を詰められたのか見当がつかない。やはり幽鬼なのかと馬鹿らしいことを本気で考え、背筋が寒くなった。振り返る勇気を持てなかった。

「逃げるってことは、疚しいことがあるからでしょ。やっぱりそうだったのね。おととい徹と会ってたのは、やっぱあんただったんでしょ」

季子はそんな言い方をした。ああ、やはり勘だけでわたしに詰め寄っていたのかと得心する。だとしたら逃げたことでわたしは馬脚を露わしてしまったわけだが、悔いても遅かった。

「何よ、なんなのよ。何を言ってるのかぜんぜんわからないんだけど。木之内さんとなんか、もう会ってないわよ」

わたしは図太い嘘をついた。季子が憎かったからだ。季子の言葉など、一言半句といえども肯定してやるものか。そんな意地が、ぐいと頭をもたげた。

「見え透いた嘘をつかないで。あんた以外に誰がいるって言うのよ。ブスのくせして、どうやって徹を誘惑したの?」

その言葉で、ようやくわたしは今の顔を思い出した。逃げなければわたしと悟られることはなかったのだといまさら気づいたが、もうどうでもよくなった。ゆっくり振り返り、顔を見せてやる。季子は目を見開き、動揺して視線を泳がせた。別人を捉《つか》まえたのではと考えたのだろう。

「何それ? 何その顔?」

整形手術をしたのだと、思い至ったようだ。季子はしつこいほどに、「何それ?」と繰り返した。

「なんなの? みっともない。それで美人になったつもり? そんなの、お面を被ってるのと同じじゃない。馬鹿じゃないの? その顔で誘惑したのね。ずるいじゃない。そんなの、ずるいわよ」

ずるい、という子供じみた物言いが笑えた。しかし、わからなくもなかった。そう、わたしはずるい。他の女から見れば卑怯な手段で、この容姿を手に入れたのだ。とはいえ、木之内はこの顔に誘惑されたわけではない。妻の座にいながらそんなこともわからないのかと、季子をあざ笑ってやりたかった。

言い争うわたしたちの横を、会社の知人が不審そうに見ながら通り過ぎていった。やり取りの一部始終は聞かれたはずだ。わたしが整形手術をしたのだと、悟られたかもしれない。だとしたところで、痛手ではなかった。わたしの根っこは、もうこの会社にはないのだ。

「悔しかったら、あんたも美人になってみたら、季子? どうせそんな勇気はないんでしょ」

言い返してやった。余人はわかるまい。自分を捨てて別人になる恐怖を。これればかりは、捨てたいと思うほどに自分自身を嫌い抜いた人にしかわからないことだった。

「いくらあんたが顔を変えようと、本質がブスなことに変わりはないんだからね。あんたみたいな女を好きになる男なんて、世の中にいないんだから。徹だってそうよ。絶対に渡さないからね」

季子は必死になっているようだった。言葉とは裏腹に、焦りを感じているのがはっきりと見て取れる。それはそうだろう。この顔を前にすれば、女は皆不安を覚えるはずだ。それは会社の同僚たちの態度で、身に染みるほど理解した。季子の強がりは、ただ滑稽なだけだった。

「それだったらせいぜい、逃げられないように繋ぎ止めておくことね。木之内さんを繋ぎ止めておけると思ってること自体、彼をぜんぜん理解してない証拠だけど」

言うと同時に、季子の手を振り払った。季子はわたしの反撃にダメージを受けたのか、再度摑みかかってこようとはしなかった。歩き出すわたしを、追ってくる気配もない。しかし、これですべてが落着したとはとうてい思えなかった。

49

季子もまた、追いつめられていたのだろう。失われようとしているものを繋ぎ止めんと、なんとか足掻いていたに違いない。しかしその足掻きは、まったく的外れな方向にしか発揮されなかった。木之内の気持ちを自分に向けさせようと努力するのではなく、ただひたすらわたしを憎むことだけに専心していたようだったからだ。

季子はほとんど毎日のように、わたしの家に電話をしてきた。一度や二度ならば相手をする気にもなれたが、連日となると精神攻撃にも等しい。電話に出ても会話は成立せず、ただ「泥棒猫」だの「卑怯者」だのといった恨み言を一方的に呟くだけなので、応じるだけ空しかった。

それに、反論しようにも木之内と寝たこと自体は事実なので、とぼけるか嘘をつくかのどちらかになってしまう。季子相手に卑怯にはなりたくなかったわたしは、勢い何も言い返せなくなるのだった。一度きりで二度と関係を持つ気はない、と言ったところで、もはや季子は信じないだろう。

執拗な精神攻撃にいささか参り、居留守を使った。電話の応対は母に任せ、まだ帰っていないと答えてもらった。すると季子は、何時に帰ってくるのかと毎度毎度食い下がった。遅くなると思います、と応じる母の声は日を追うごとに苦しげになり、季子からの電話が母にとっても重荷になっていることが窺えた。申し訳ないとは思ったが、わたしは電話に出たくなかった。

そんなことが十日ばかりも続くと、さすがに母の負担も限界に来た。電話が鳴った瞬間、「あたしは出ないわよ！」と大声で宣言したのだ。

「どうせ和ちゃんへの電話でしょ。自分で出なさいよ。どうしてお母さんに任せるのよ。あなたが播いた種じゃない。あたしはもういや！」

かつて見たこともない剣幕だった。基本的に母は、いつの頃からかこちらの顔色を窺うようなおどおどした態度でわたしに接するようになっていた。腫れ物に触る、という表現がまさにぴったりで、それはつい最近まで続いていた。わたしが顔を整形してからは幾分家の中の雰囲気も和らいだが、長年の習慣はなかなか改まらない。自分のひと言がわたしの機嫌を損ねてはいないかと、上目遣いでこちらの反応を見る態度は続いていた。

その母が、抑圧がついに弾けたとでもいった有様で叫んでいる。わたしはそんな母を、ただ呆然と眺めるだけだった。

電話はしつこく鳴り続けていたはずだ。それなのに、わたしも母もまったくうるさいとは思わなかった。睨み合いでは決してなかったが、互いに互いしか視野に入らない状態がしばらく続き、たとえ季子の電話といえどもその緊迫感を破ることはできなかった。気づいてみれば、電話は鳴り止んでいた。

「あなたがいつまでも木之内さんと付き合い続けているから、季子ちゃんは怒っちゃったんでしょ。そんなの、当たり前よ。もういい加減、現実を受け止めなさい。木之内さんは確かにあなたと付き合っていたかもしれないけど、それはもう昔のことなのよ。今は季子ちゃんと結婚したんだから、世間様に顔向けできないことはやめなさい」

母はそう諭した。世間様に顔向けできないこと、という形容は、素朴であるが故に思いの外《ほか》に応えた。そうか、やはり母はわたしの振る舞いを苦々しく思っていたのか。そんな当たり前のことを、いまさらのように理解する。本当はわかっていたはずなのに、母の気持ちなど無視してかまわないと傲慢に考えていた自分に気づかされた。

母の爆発を目の当たりにしてわたしが思ったこと感じたことを、ひと口に説明するのは難しい。むろん、申し訳ない気持ちはあった。綺麗に産んでくれなかったことを恨むのは、単に子供っぽい甘えでしかないことも実は理解していた。それでもさして深く考えることなく、親なのだから甘えていいのだと決めてかかっていた。親なのだから、わたしの感情の捌け口になるのは当然の義務だ。親なのだから、わたしに代わって季子からの電話に出るのもまた当然のことだ。それが、娘を持つことに対する責任ではないのか。

ああ、やっぱりいやだったのか。そんなふうにも思った。いきなり怒りをぶちまけるほどに、鬱積するものがあったのか。その瞬間にわたしは初めて、母も人間なのだと認識したのかもしれない。

それまでは母は普通の人間ではなく、〝母親〟というカテゴリーに属する特別な人だと捉えていた。母親は子供に対して感情をぶつけてくることはないし、どんないやなことでも代わって引き受けてくれる。わたしはそう思っていて、実際に母はそう振る舞っていた。だからこの瞬間、母は母親としての役割を放棄したのだとも思った。

意外にも、不愉快ではなかった。母はようやく、ひとりの人間としてわたしに接したのである。そしてそれを認識したわたしは、独り立ちするきっかけをついに与えられたのだった。母の剣幕に仰天しながらも、心のどこかでスイッチが切り替わるのをうすうす感じていた。

「ごめんね、お母さん。本当にごめんなさい」

わたしは素直に謝った。しかし内心では、別の言葉も続けていた。『でもわたしは、木之内さんとの付き合いをやめる気はない。親不孝でごめんね』と。以前のわたしであれば、心の中で呟くだけではなく実際に口に出していただろう。言葉にしない分別が身についたわたしは、心に思いを溜めることをこのときに学習したのだった。

その日から、母は夕方以降の電話には出なくなった。わたしと母の関係性に変化が現れたことをなんとなく察したらしく、父は特に文句を言わなかった。父はわたしが整形手術をしてから、すっかり無口になっている。見慣れぬ顔になった女が自分の娘であることを、未だ実感できずにいるのかもしれない。父に無視されているようで悲しかったが、それだけのことを自分がしたのだと思えばやむを得ないと諦めるしかなかった。

電話が繋がらないと諦めた季子は、またしても会社の前でわたしを待ち伏せるようになった。そうされることを恐れていたので、わたしとしてはダメージが大きかった。ビルの正面玄関前に立っている季子を見つけたとき、ぞっとする脱力感に襲われた。季子は鬼の形相でこちらを睨んできたが、わたしもそれに負けず劣らず幽鬼じみた顔になっていたことだろう。もはや、季子に対する憎しみを心の奥深くに沈めておくのは不可能だった。

「どうして電話に出ないのよ」

季子は低い声で言った。まともに応じる気にはなれない。さっさと離婚しちゃえ、とわたしは思った。木之内から直接聞いたわけではないが、季子の顔を見ればふたりの関係が破綻しかけていることはよくわかる。もうしがみつくのはやめろ。木之内を解放してやってくれ。

「返事しなさいよ！」

季子を無視して目の前を通り過ぎたが、追ってこようとはしなかった。その代わり、周囲を憚らずに大声を上げる。それを恥ずかしいと感じる良識は、とうに失われているようだった。

「泥棒猫！　人の夫を寝取っておいて、よくも涼しい顔で生きてるわね。最低のあばずれ！　売《ばい》女《た》！」

わたしは振り返らなかったが、背後から複数の視線が突き刺さるのは否応なく意識させられていた。季子は会社の人間の耳に届くことを計算して、こんな場所で叫んでいるのか。そうであってもおかしくはないが、単に我を失っているだけにも思えた。理性を失った女は一番怖い。あのように捨て身で来られては、対抗するすべはなかった。

最悪の予想は当たり、季子の待ち伏せはその日から毎日続いた。季子は刃物を振り回すような真似こそしなかったが、思い出すのもおぞましい悪口雑言でわたしを貶めた。そんな季子を見た会社の人たちは、異常者に向ける眼差しを隠さなかったが、その目は同時にわたしにも向けられた。わたしは会社にいる間中、好奇と蔑みに満ちた目を常に感じていた。社内でのわたしは、最低の悪女として認識されていたことだろう。弁明の機会はなく、またわたし自身、その必要を実はあまり覚えていなかった。

あるとき、交通費の申請用紙を受け取るときに男性社員と指が触れたら、「ちっ」と舌打ちされた。汚いものを触ってしまったとばかりに、男性社員は手を引っ込める。そこまでわたしは忌み嫌われる存在になっていたのかと、新鮮な驚きを味わった。何しろわたしは、貞淑とは対極に位置する、人の夫を寝取る女なのである。男性社員たちから汚物のように見られても、不思議はないのだった。

だから、覚悟はできていた。課長に呼び出され、「君が社内でどう思われているか知ってるかね？」と訊かれた際には、来るべきときが来たとしか思わなかった。

「会社に迷惑をかけているでしょうか」

訊くまでもないことだなと、自分の問い返しを自嘲した。迷惑と感じているのは当然だ。これが他の人の話であれば、わたしだって眉を顰めているだろう。簡単にすげ替えの利く女子社員の存在を会社が迷惑と感じたなら、打つ手はひとつだけだった。

「風紀の乱れは社内の士気にも関わるし、何より外聞が悪い。君のせいでうちの社のイメージがダウンしたりしたら、本当に困るんだよ」

つい先日、社員が小説家として活躍することは会社の名誉だと言ったばかりの課長が、同じ口で正反対のことを言う。その変わり身の早さを滑稽とも思わない日和見《ひよりみ》が、わたしにはおかしかった。

「辞めればいいんでしょうか」

開き直るつもりではなく、単に手っ取り早い解決策を見つけたくて、そう尋ねた。課長はそれに対して、卑怯な物言いをする。

「わたしは辞めろとは言わないよ。君を馘にできる立場じゃないからね。ただ、自分の身は自分で処して欲しいだけだ。わかるよな」

「わかります」

わかるよな、と問われれば、わかるとしか答えようがない。ここらが潮時だろうという意識は、わたしも持っていた。何より、わたしにはすでに小説家として生きていく道があった。こんな居心地の悪い会社に便々《べんべん》としがみつく必要は、もうないのだった。

翌日、退職願を提出した。冷ややかな視線ばかりでわたしの退職を惜しんでくれる人がひとりもいないのは、さすがに少し寂しかった。

50

わたしにはひとつ、いやらしい計算があった。これを契機に、自分の枠を打ち破れるのではないかという計算だ。高井はわたしに、世界が狭いと言った。小説の行儀がよすぎる、と。今のわたしは、とうてい品行方正な人間とは言えない。何しろ、かつての友人の夫と寝るふしだらな女なのだ。こんな女が小説を書けば、中身もインモラルなものになるだろう。それはもう、枠をはみ出た小説ではないのか。

だからといって、現実をそのまま書くつもりはなかった。そういうことは絶対にやらないと、心に決めている。経験をストーリーに溶かし込み、濃度を濃くする。それこそが、創作という行為だと信じていた。

焦らず、構想に時間を使った。並行して、たくさんの本も読んだ。何か盗めることはないかと、デビュー前には読まなかった傾向の本にも挑戦した。重い作品や暗い作品、必ずしもハッピーエンドではない作品なども読んでみると、予想外に面白かった。行儀がよくない小説は、単にわたしの視野に入っていなかっただけで、世の中にはたくさんある。わたしもこのように書けばいいのかと、コツを摑んだつもりになった。

枠を打ち破るためには、インモラルな登場人物が必要だと考えた。わたし自身の経験を生かすなら、不倫する人を設定するよりない。しかし、既婚者の男と独身の女という組み合わせでは、現実そのままになってしまう。だから、関係性を逆にしてみた。

既婚者の女と、独身の男。この構図を思いついたとき、わたしは快哉を叫んだ。現実よりももっとインモラルではないか。枠をはみ出すどころか、枠から大きく飛び出す勢いを感じる。何より、自分だけのオリジナルの世界を展開できる予感がして、手応えがあった。

男と女は、かつて付き合っていたことにしよう。愛し合っていたが、女の側の事情がふたりを引き裂く。女はいい家のお嬢様で、当人の意思とは関わりなく見合いをせざるを得なくなるのだ。相手は父の取引先関係者の息子であり、この縁談がまとまれば父が経営する会社にとって大きなプラスになるが、逆に破談となれば悪影響を被る。双方の家と見合い相手当人は大いに乗り気で、もはや女が断れる状況ではなくなっていた。

男は事情を知り、身を引く。それから二年、偶然によって再会したふたりは、互いの気持ちがなんら変わっていないことを確認してしまった。とはいえ、既婚女性が夫以外の男と関係を持つことに、強い抵抗を覚えるのは当然だ。ここの葛藤には、たっぷり枚数を使おう。実際に一歩を踏み出すまでは、ひとつの読ませどころになるはずだった。

一度は過ちを犯す女だが、良心の呵責に耐えかねて、男との関係は断とうとする。しかし男は納得してくれない。そうこうするうちに、夫に男の存在を知られてしまう。口汚く罵り合う夫と男。女は絶望感から家を出るが、男の許に身を寄せるわけにもいかない。ひとり消えていかざるを得ない女の後ろ姿を描いて、物語を閉じる。これならば、行儀がいい小説とはとても言えないだろう。ついに枠を打ち破れたのではないかと陶酔した。

構想を文章にしていくのは楽しかった。会社を辞めると決めたからには、筆一本で食べていかなければならないのだ。専業作家になると決めて挑む第一弾が、自分にとって新境地になるのは心弾むことだった。これでわたしは大丈夫なのではないかと、初めて楽観を覚えた。

一ヵ月ほど使って、完成させた。その間に、会社は退職した。送別会もやってもらえなかったが、もはやどうでもよかった。名残惜しさなどは微塵も感じなかったので、そんなにも愛着がなかったのかと己の冷淡さにかえって驚くほどだった。

書き上げてから、高井に電話をした。珍しく、自分の声が弾んでいるのを自覚した。高井にもそれは伝わったらしく、「自信ありそうね」と言われた。

「迷いは振り切れたのかしら」

「はい。今回は、これまで書いたものとはぜんぜん違いますよ」

「そう。楽しみにしてるわ」

相も変わらず高井の口調は淡々としているので、本当に楽しみにしているのか社交辞令か見当がつかなかった。もしわたしの言葉を信じていないのだとしても、この小説を読めば驚くだろう。高井の驚く顔を想像すると、愉快でならなかった。

喫茶店で会って、会社を辞めたことを告げた。高井は面食らったように眉を吊り上げたが、咎めはしなかった。

「まあ、単行本もいい成績だし、咲良さんは親許にいるから、思い切って辞めても大丈夫かもね。あえて言えば、事前にひと言相談して欲しかったけど」

ああ、そうか。そんなことは考えもしなかった。私生活の悩みを高井に打ち明ける気はないし、向こうに聞く気があるとも思わなかった。不倫をした挙げ句に、相手の妻が半狂乱になって会社に連日押しかけてきて、そのせいで辞めざるを得なくなったのだと言ったら、高井はどう反応するだろう。

「背水の陣です」

でもわたしは、そんな背景は何も語らなかった。これから小説を読んでもらうのに、手の内を明かす必要はない。行儀がよかったわたしが一転して不倫小説を書いたことを、先入観なしに驚いて欲しかった。

「なるほどね。そういう人もいるわよ。人間、追いつめられた方が力を発揮するしね。で、背水の陣で書いた小説は、自信作ってわけね」

「ええ、これです」

目の前で小説を読まれることにはなかなか慣れないが、早く読んで欲しいという気持ちはいつになく強かった。高井は原稿の束を受け取ると、いつものように何も言わずに読み進める。

二十分ほどで、高井は最後まで読み終えた。ポーカーフェイスは終始変わらず、それが少し残念だった。もう少し読んでいる途中で何か反応して欲しかったが、高井にそういうことを求めても無駄だともうわかっている。さあ評価を聞かせてもらおう、とわたしは姿勢を正した。

「ええと、どういうふうに言おうかな」

もったいぶるつもりか、高井はそんな前置きをした。ストレートな賛辞でないことに、わたしはがっかりさせられた。まず「面白い」とひと言言って欲しいのに、どうして素直でないのか。軽く苛立ちながら、続く言葉を待った。

「この前あたしは、没を恐れないで書いてみろと言ったわよね。それが念頭にあって、こういう話にしたのかしら。だとしたら、その姿勢はいいと思うわ。ただ、申し訳ないけど、この原稿はこのままでは掲載できない」

「えっ」

一瞬、頭の中が空白になった。高井が何を言ったのか、理解が追いつかない。予想とまったく違うことを言われると、すぐには受け止められないのだ。たっぷり二十秒ばかり絶句して、ようやく「どうしてですか」と声が出た。

「このままでは掲載できないって、没ですか」

そんな可能性は、まるで思い描いていなかった。わたしの武器は安定感だと、高井も言っていたではないか。一定の出来の作品を書く自信はあったので、まさか没を食らうとは思いもしなかった。

「掲載するなら、相当直してもらわないと駄目だと思う。こだわって直すか、それともまた別の話を書くかは、咲良さん次第よ」

　言いにくそうにはしているが、突き放した物言いだった。わたしは納得できずに、食い下がった。

「どうしてですか？　わたしが書く小説は行儀がよくてつまらないと言ったのは、高井さんじゃないですか。だから枠を打ち破る小説を書いたのに、どこが駄目なんですか」

「ごめんなさいね。あたしの感想を受けてこういう方向に向かったのは、読んでよくわかった。ただ、うーん」

「ただ、なんですか。遠慮なく言ってください」

　ためらうなど、高井らしくない。歯に衣着せぬ物言いが、高井の持ち味ではないか。わたしは正面から高井を見つめ、目を逸らさなかった。

「じゃあ言わせてもらうけど、いくらなんでもストーリーが陳腐じゃない？　今どき、家の事情で仲を引き裂かれる男女というのが古臭いし、男ふたりの争いから身を引いて消えていく女って、ちょっとそれはないでしょって思うわよ。そりゃあ、奔放に書いてみろとは言ったけど、こういうのは奔放とは言わないわ。むしろ、型に嵌ってるわよ」

「えっ……」

　型に嵌っている？　そんなことがあるだろうか。わたしは自分の実体験を元に、このストーリーを組み立てたのだ。決して既存のイメージに頼ったつもりはなかった。

「なんか、あたしの言ったことがすべて裏目に出てる気がして、申し訳ないわ」高井は眉を寄せた。

「実際に経験しなくても想像力で書くのが小説家だ、とは言ったわよ。でも、いかにも頭の中だけで創ったことが透けて見えるようでは駄目よ。想像でも、それを想像と思わせないようなリアリティーを持たせなきゃ。小説家が想像で書いていることなんて、読者も最初からわかってるんだから」

想像ではない、と反論したかったが、物語のベースはやはりわたしの想像だった。木之内との経験をストーリーに溶かし込んだつもりでも、男女の役割を変えた時点でそれはすでに想像上の話になっていたのかもしれない。だとしたら、わたしの経験はなんの役にも立っていないということか。不意に、どうしようもない空しさに襲われた。

「落ち込まないでね。枠を打ち破ろうという意気込みは買うわよ。それに、あたしの言うことを逐一守ろうとする真面目さも、プラスに働いて欲しいなと思う。だからいっそのこと、駄目なところはちゃんと指摘しておくわ。腹が立つだろうけど、取りあえず聞いて」

高井の口調には気遣いが感じられたが、わたしは声が出せずにただ頷くことしかできなかった。

高井は少し考えてから、また厳しいことを言う。

「シチュエーションが陳腐だというだけじゃなく、やっぱり既婚女性が不倫をするというストーリーライン自体が、あまりいただけない。男性読者はもちろん、女性読者も拒否感を覚えると思う。読者が抵抗を覚えるような話は、商品になり得ないわよ。その抵抗を突き崩すようなパワーが備わっていない限り」

そうなのか。やはり男女の役割を逆転させたことが失敗だったわけか。しかし、男が既婚者、女が独身という設定では、とても書けなかった。わたしはまだ、自分を守っていたかった。

納得するための時間をくれようというのか、高井はしばらくわたしを放っておいてくれた。その間、何度も高井の指摘を反芻した。それでも、道は見えなかった。一度は開けたと思った視界が、今は真の暗闇に包まれているに等しい。それだけに、わたしの絶望感は以前の比ではなかった。

「どうする？　シチュエーションを変えてこの路線を貫くか、それともまったく別の話にするか。あたしは、いっそ別の話にした方が楽なんじゃないかと思うけど」

結論は、促されるまでもなく出ている。読んでもらう前の自信が大きかった反動で、今は最悪の駄作を書いてしまったとしか思えない。没にするよりないと決めていた。

「……もう一度、考えてみます」

自分がこんな細い声を出すときが来ようとは、思っていなかった。打ちのめされた様を他人に見られたくはなかったが、表面を繕う矜持ももはや失われていた。

51

木之内は果たして、季子の行状を知っているのだろうか。当然知っているものと思っていたが、知っていて二ヵ月近くも放置しているのなら、木之内はあまりに無策だ。実は知らないのではないかと、間が抜けていることに会社を辞めてから気づいた。

わたしたちはこの間、一度も連絡をとり合っていなかったのだ。木之内と会えばまた、ずるずると関係を続けてしまう。そんな確固とした予感があっただけに、わたしの方から連絡はとれなかった。向こうからも電話がかかってこないということは、木之内も自分の過ちを悔いているのだろう。それがわかるだけに、よけいに何もできなかった。

しかし、木之内が季子のやっていることを知らないとなれば話は別だ。わたしは疚しさから季子の嫌がらせに耐え続けてしまったけれど、木之内には季子を制する義務がある。ともかく一度、木之内に窮状を訴えてみようと思った。小説で行き詰まり、私生活でも神経戦を仕掛けられては、さすがにたまらない。

二ヵ月前と同じように、会社に電話をした。またしても電話口に出たのは山口さんだったから、以前とは違う偽名を使って取り次ぎを願う。山口さんに勘づかれたら勘づかれたで、別にかまわないではないかと開き直る気持ちもあった。

わたしからの連絡に驚いているはずなのに平静を装う木之内と、会う約束を取り交わした。内心でどう思っているかわからないが、わたしを避けようとしない態度はありがたかった。この上、木之内にまで避けられたら、わたしはこの世で生きていく場がなくなる。今となっては、一夜だけの過ちも貴重なものに思えているのだった。

会社を辞めても、季子の嫌がらせは止んでいなかった。さすがに家にまで押しかけては来ないが、連日の電話は依然として続いている。加えて今は、手紙まで来るようになった。怖いので封を開けずにそのまま捨てているが、それが毎日となると書く側の鬼気迫る思いが宛名書きからも伝わってくる。季子はなんとか木之内との別れを回避しようと必死なのだろうけれど、こちらも季子の狂気に触れてノイローゼ気味だった。

渋谷の公園通りを一歩入ったところにあるイタリアンレストランで落ち合うと、木之内は二ヵ月近いブランクなどなかったかのように、「やあ」と挨拶をする。その変わりなさに拍子抜けして、わたしはつい苦笑してしまった。八方塞がりの気分が、たちまち溶け去っていく。図々しいとも言える強さこそ、木之内の最大の長所なのかもしれないと思う。その長所がある限り、わたしはこれからも木之内を頼ってしまうと予感した。

「小説の調子はどうだい？」

木之内はそんなふうに、こちらの近況を尋ねてくる。わたしは返事に困り、「駄目です」と率直に答えてしまった。

「わたしには小説を書くなんて、そもそも無理だったんです」

「なんだなんだ、ずいぶん弱気になってるじゃないか。といっても、自己否定し続けられるところが和子の強みだけどな」

「えっ」

思いもかけないことを言われ、わたしは啞然とした。自己否定し続けられることが強み？　いったいそれは、どういう意味なのか。

「自己否定し続けるのも、けっこう辛いものだぞ。それに耐え続けていられるのは、心の底では自分に自信があるからじゃないのか」

「そんなわけないですよ」

強く否定した。木之内らしからぬ、無理解な言葉だと思った。

「どうかな。少なくともぼくには、ずっと自分を否定し続けることは無理だよ。どこかで否定の手を緩めないと、辛くて仕方なくなると思う。人間なんて、自分には甘いものだからね」

「甘くしようがないんです」

木之内にはコンプレックスがないから、自己否定をする必要がないのだ。だからさすがの木之内も、的外れなことを言うのだろう。

「これはあくまで、門外漢の想像だけど」そう前置きして、木之内は続けた。「小説家をやってたら、常に自分の実力に疑いを抱くのはむしろ自然なんじゃないかな。そうじゃなけりゃ、進歩できないだろ。自分の書いているものが一番と思っている人の作品にも、その自信が生み出す面白さはあるだろうけど、少なくともぼくはあまり興味がない。対人関係と同じで、完璧な人は付き合っててもつまらないよ。少し隙があるくらいの方が、人を惹きつけると思うな」

「そうでしょうか」

どうして木之内はこれほどまでに、他者を勇気づける言葉を持っているのだろう。わたしではなく木之内こそが、小説家になればよかったのだ。つい最前まで、どんな慰めも落ち込んだわたしを引き上げることはできないと思っていたのに、息をするのが楽になっている。駄目だ、木之内とは離れられない。小説家でいる限り、木之内の言葉は麻薬のようにわたしを縛りつけるだろうと思った。

ならばもうひとつの悩みも、木之内に解決して欲しい。その件に関しては、木之内は傍観者ではなく当事者なのだから。

わたしは没にした小説の内容には触れず、主に高井に言われたことを中心に話した。それに対して木之内は、的確な慰めと助言を与えてくれた。ささくれ立っていた心が癒されていく。もう二度と小説など書けないのではないかとまで思い詰めていたのに、言葉をやり取りする間に執筆の気力が戻ってきていた。これでまたわたしは、誰からも面白いと言ってもらえない小説を書けるだろう。寂しい諦念とともに、前を向く勇気を得た。

メインディッシュが来る頃に、話題を変えた。「実は他にも悩みがあるんです」と切り出すと、木之内は簡単に「何?」と問い返す。なぜわたしが呼び出したのか、まるで見当がついていない顔だった。やはり木之内は季子のやっていることを知らないのだ、と理解した。

わたしはすべてを話した。木之内がわたしと会っていると、季子が勘づいていること。会社にまで押しかけてきたので、辞めざるを得なくなったこと。毎日電話と手紙が自宅に来ること。季子は明らかに精神のバランスを欠いているが、こちらもこのままではそうなりかねないこと――。

明るかった木之内の表情は、怖いほど沈鬱になっていた。これほど険しい顔をする木之内は初めて見た。その表情は、陽気を装っていても内側に苦しみを溜めていたことの証だ。そんなにも木之内を苦しめる季子を、わたしは憎んだ。

「前にも愚痴をこぼしたように、ぼくと季子はうまくいってない」木之内の声は、低くしゃがれていた。「でもそのことに、君の存在は関係ないんだ。和子と再会する前から、ぼくたちはぎくしゃくしていた。もちろん、季子だけのせいにするつもりはない。ぼくだって悪いところはある。でも季子は、ぼくだけが悪いと思っているんだ。自分はあくまで被害者だと」

いかにも季子らしい考え方だと思った。季子は決して我が身を直視しない。他者と比較したり、他者を踏み台にしたり、あるいは責任を押しつけたりして、傷つかないよう自分を守っている。わたしとは正反対の人間だった。

「ぼくを責めるのはいい。責められるべき部分があるとは思う。ただ、和子に攻撃の矛先が向かうのは許せないな。君はすでに、ぼくと季子が結婚したときに傷ついている。そのことを、いつかきちんと謝りたいと思っていた。それなのに逆に、さらに苦しめていたとは知らなかった。本当に申し訳ないことをしたと思う」

木之内は深々と頭を下げた。手にしていたナイフとフォークを置き、その手を自分の腿に添え、いつまでも頭を垂れ続ける。そんな真摯な態度に、わたしは胸を打たれた。

「謝らないでください。そんなに謝らないで」

わたしを傷つけたことを謝りたかったと、木之内は言ってくれた。もうそれだけで充分だった。多くは望まない。仮に季子と別れたとしても、その後釜に坐ろうなどと大それたことは考えない。ただこうして、たまにわたしの悩みを聞き、落ち込んだ気持ちを掬《すく》い上げてくれればそれでいい。木之内はわたしにとって大事すぎて、独占するのが怖くなった。

「なんとかする。きちんとけりをつける。ぼくはもっと早く、そうしておくべきだったんだ」

木之内の口調は決然としていた。誰が聞いても、決意のほどがわかる言い切り方だった。木之内がこんな宣言をするからには、もう大丈夫だ。ただひたすら信頼して、待っていればいい。わたしは安堵の思いに包まれた。

52

三週間後のことだ。自宅にいたわたしに、木之内から電話がかかってきた。日中だったので、びっくりする。不愉快そうに取り次ぐ母を気にかける余裕もなく、ひったくるように受話器を受け取った。

「今から出てこられないか」

木之内は挨拶もそこそこに、そう言った。こんな性急な木之内は珍しいので、何かあったのだろうと察する。あれこれよけいなことは訊かず、すぐに行くと応じた。木之内は渋谷の喫茶店を指定した。

　メイクもそこそこに、家を出た。母は見送ろうともしなかったが、言い訳を考える暇も惜しかったので、その方がありがたかった。自分の部屋に専用の電話線を引こうかと考えたのは、電車に乗ってからのことだ。

　木之内が指定した喫茶店は、ホテルのティールームにも似た造りで、スペースを贅沢に使っていた。ひとつひとつのテーブルが離れているので、隣の話し声は聞こえてきそうにない。つまり木之内は、周りに聞かれたくない話をするのだなと理解した。先に来ていた木之内は、手を挙げてわたしを呼ぶ。

「すまないね、急に呼び出して。一刻も早く伝えたかったから」

　わたしが注文を済ませるのも待たず、木之内は切り出す。わたしはメニューも見ないで、ホットコーヒーを頼んだ。

「今、離婚届を区役所に提出してきた」

「えっ」

　前置きもなく重大なことを口にされ、瞬きすらできないほど我を忘れた。目を見開いたまましばらく木之内を見つめ、息が苦しくなってようやく言葉を発する。

「離婚……したんですか」

「ああ、した。もうこれで、和子に迷惑をかけることはないと思う」

　木之内は冗談を言っているようではないし、そもそも冗談でこんなことを言う人ではない。木之内が離婚したと言うなら、それは事実なのだろう。

でも、わたしの心は波打たなかった。事実があまりに重すぎて、受け止め切れていなかった。もちろん、木之内の離婚は何度も夢想した。離婚してくれないかとも望んだ。しかし実際にそうなってみると、何も考えられなくなった。喜びも、痛快さも、怖さも、驚きすらも、心に兆さない。衝撃に、ただ心が震えて麻痺していた。

「なんだ。ずいぶん無反応だな。離婚するのは当然と思ってたか」

硬直したわたしを見て、木之内は苦笑した。それは誤解だと言いたかったが、うまく言葉が出てこない。かろうじて首を振って、「びっくりしたので」と説明しておいた。わたしの今の気持ちは、たとえ木之内ですらわからないだろうと思った。

「びっくりすることでもないだろう。けりをつけると、この前言ったじゃないか。思ったより早かったから、驚いたのか？」

「そうですね」

木之内の解釈を、そのまま肯定しておいた。木之内は憂いから解放されたとばかりに、晴れやかな顔をしていた。

「もう、限界だった。本当はとっくに駄目になっていたのに、季子はそれを認めないし、ぼくは離婚手続きを面倒に思ってたんだ。季子が和子に嫌がらせなんかしなければ、離婚には踏み切れなかった。だから、君には迷惑をかけてしまったけど、踏ん切りをつけてくれて感謝している」

「感謝なんて――」

やり取りをしているうちに、ようやく心の麻痺が解けてきた。様々な感情を圧して、喜びが頭をもたげてくる。他人の離婚話を聞いて喜ぶなど卑しいにもほどがあるが、心の正直な動きはどうしようもない。そもそも木之内は、わたしと付き合っていたのだ。横から略奪していった季子の不幸を喜ぶのは、人間として当然のことだと開き直った。

「でも、よく季子が納得しましたね」

冷静になってみれば、そこが疑問だった。あれほど狂的な振る舞いをしていた季子である。どうやって離婚を納得させたのか、不思議だった。

「納得するしかないだろう。ぼくの気持ちは離れてしまったんだから」

木之内は簡単な話だとばかりに、肩を竦める。それでもわたしは、楽観できなかった。

「季子は、わたしを恨むと思います」

季子の恨みの矛先が、木之内ではなくわたしに向かってくることは確実だった。結局、今後も季子の嫌がらせは続くということか。嫌がらせだけで済めばまだましで、もっと極端な行動に出るかもしれない。木之内はけりがついたと思っているだろうが、わたしにとって状況はさらに悪化したとも言えた。

「大丈夫だ。もう季子は、君の前に現れないと思うよ。君には絶対に迷惑がかからないようにしておいたから」

「どうやって?」

言い切る木之内に、奇異な印象を抱いた。なぜそこまで自信が持てるのだろう。木之内がそのつもりでも、季子の考えは違うのではないか。わたしの疑問を受け、木之内はなぜか言いづらそうに顎を掻いた。それを見て、単に言葉だけで納得させたわけではないのだと悟った。

「ちょっといろいろ細工した」

木之内はそう言うと、いたずらっ子のようににやりと笑った。木之内がこんな顔をするときは、人には言えないようなことをしていながらも、自分の工夫をどこか誇りたい気分があるのだ。何をしたのか見当がつかないが、自慢できるような話ではないに違いないと予想した。

「季子に、ぼくが会っていた相手は和子じゃなくって別の人だと思わせたんだよ」

木之内は白状した。わたしは首を傾げる。果たして、そんなことが可能なのか。

「だから季子が恨むのは君じゃなく、別の女なんだ。もう君のところには行かないから、安心してくれ」

「季子に嘘をついたんですね。でも、それを季子は信じたんですか？」

「と思うよ」

木之内は涼しい顔をしているが、あの季子がそんなに簡単に騙されるわけがないと思った。木之内は単に口だけで嘘をついたわけではなく、もっと何か他のことをしたはずだ。いろいろ細工した、と言ったばかりではないか。その細工とはなんなのか、聞きたかった。

「どうやって信じ込ませたんですか」

しつこく追及すると、木之内は再度苦笑した。

「やっぱり和子にはきちんと説明しないと駄目だな。ええとね、友人に頼んで、ぼくの浮気相手の振りをしてもらったんだよ。もちろん、単なる友人だよ。迷惑がかかることになるから、金銭でお礼をした。だから季子も、ぼくの相手が君だと考えたのは誤解だったと納得したんだよ」

友人？　わたしは木之内の説明を額面どおりには受け取らなかった。どこの世界に、そんないやな役目を引き受けてくれる人がいるだろう。たとえ金銭で礼をしたとしても、ただの友人が引き受けてくれることではないはずだ。昔の女だろうか。

　もっと疑えば、本当にその女と付き合っていた可能性もある。季子にどんな現場を見せたのか知らないが、納得させるためにはただ一緒に歩いているくらいでは足りないはずだ。木之内がわたしと距離をおいた付き合いをしていたのは、他に女がいたからか。

　とっさにそこまで考えたが、それ以上追及はしなかった。世の中には、知らなくてもいいことがある。木之内を疑い出せば切りがなく、それくらいなら騙されていた方がずっと楽しかった。わたしは微笑みを浮かべることで、猜疑心を捨てた。

「それなら安心しました。じゃあ、これからは堂々と木之内さんと会えるんですね」

「ああ、そうだ。いつでも声をかけてくれよ」

　木之内はそんな言い方をする。誘う、とは言ってくれないのか。でもわたしは落胆しなかった。たとえ木之内が他の女と付き合っていても、わたしは怖じ気づく必要はないはずだ。その女がどんな美人であっても、今のわたしなら絶対に負けない。

　また木之内と、大手を振って交際できるようになるだろうか。わたしは夢想した。木之内からの電話を取り次いだときの、母のいやそうな顔。あれは木之内が既婚者だからであって、独身に戻れば母も文句はないはずだ。今度こそ母を安心させてやれる。親不孝を続けてしまったが、そんな日々ももう終わりなのだった。

　もし木之内とまた付き合えるなら、小説家として芽が出なくてもいいと思った。自分の力の限界は、すでに見えた。夢の世界を描いても、現実要素を取り入れても、作品は凡庸なものにしかならない。しょせんわたしは容姿と運だけでデビューした木っ端作家であり、年を取れば飽きられて消えていくだけなのだ。ならば、可能性がない道に固執するのではなく、女としての平凡な幸せを求めた方が賢いのではないか。そんな考えがじわじわと胸の奥底から湧いてきて、しかもそれは心地よかった。小説という鏡を介して自分と向き合うことに、わたしは倦んでいたのだった。

木之内はわたしの前で、静かにコーヒーを飲んでいる。コーヒーをブラックのまま飲む姿を見て、かつてのわたしは大人の魅力を感じ取った。今は木之内の子供っぽい面に気づいている。しかしそれもまた、わたしにとっては微笑ましいだけだった。

視界が不意に開けたかのようだった。

53

会社を辞めてしまったわたしには、あり余る時間があった。でも、無趣味な生活では時間の使い道が限られていた。本を読むか、小説を書くか。どちらかしかないし、そもそも遊んで暮らすわけにはいかない。親と同居しているので住む場所には困らないとはいえ、毎日を怠惰に暮らしていれば母の白い目が痛かった。きちんと働き、家にお金を入れなければ、母は納得してくれない。となると、やはり小説を書くしかないのだった。

是が非でも小説家として生き残ってやる、という気持ちはすでに薄れていた。世の中の大半の人は、いくら練習に打ち込んだところでオリンピックには出られない。それと同じように、たとえ努力を重ねても芽が出ない小説家は多いだろう。自分は違うと思うのは単なる自惚れでしかなく、しかも叶わない夢を見続けるのは苦しかった。この辺りが自分のポジションだと思い定めると、ふっと力が抜けて楽になった。

少なくともわたしは、デビュー作を認められて世に出たのである。それを含めた作品集も、新人にしては悪くない部数が出た。ならば、そのスタイルを崩して冒険する必要はないではないか。認められたパターンを守っている限り、駄作を書く恐れはないし、評価に戦々恐々とすることもない。パターンを持っている小説家は強いのだと、考えを改めた。

冒険はやめて、以前の作風に戻した。若い女が社会の壁にぶつかるが、最終的には乗り越える話。困難は簡単に乗り越えられるものではないことくらいわかっているが、厳しい現実を描くだけで救いがないような話を読みたい人はいいない。せめて創作の中だけでも、カタルシスがあってもいいではないか。それのどこが悪いのかと、わたしのデビュー作を批判した書評家たちに問い質したかった。

短編を書き上げ、高井に持っていった。高井は喫茶店ですぐに読み、「うん」と頷いた。

「じゃあ、これは預からせてもらうわ。掲載号が決まったら、連絡します」

高井の態度は素っ気なかった。冒険をやめたわたしに、露骨に失望しているようだった。しかしわたしは、生活費を稼がなければならない。今はもう、会社勤めの片手間に好きなことを書いていられる身分ではないのだ。商品として通用するものを書かなければ、生きていけない。高井に失望されようとも、自分の書けるものを書くだけだった。

今回の原稿で囲い込みは終了したので、いよいよ他の出版社の人とも会い始めた。ありがたいことに会いたいという申し出はたくさんあったが、稿人社の方針に従って保留にさせてもらっていたのだ。デビューした出版社とだけ付き合っている間はなかなか半人前気分が抜けなかったけれど、他社でも仕事をすることになればようやくプロになった気がする。このまま小説家として軌道に乗れればいいと望んだ。

一社ずつ、新宿の喫茶店で会った。相手の年齢や性別は様々だった。若い女性もいれば、年配の男性もいる。皆それぞれに、デビュー単行本についての感想を言ってくれた。わざわざ会うほど興味を持ってくれたのだから、基本的に全員誉めてくれる。でもわたしは、自作がどんな評価に値するか、もうわかっている。ただおだてられているようにしか感じられなくて、彼らの言葉は心に留まらなかった。駄目な点を指摘して、どうすれば向上するのか助言してくれる人はいないものかと期待したが、ひとりもいなかった。それを考えるのは小説家の仕事だということだろう。高井とし か付き合っていないときにはわからなかったことが、徐々に見えてくる。

短編執筆を依頼された。ありがたいことだ。これで高井に見限られても小説家として生きていけると、安堵の息をついた。自分がどれだけ高井の評価に怯えていたか、解放感を覚えて初めて気づいた。先日の、素っ気ない態度の高井を思い出す。見限られる日はそう遠くないかもしれないと覚悟した。

他社の編集者には、ひとつのパターンの話しか書けないと最初に言っておいた。妙に期待されて、その挙げ句に失望されるのはごめんだった。編集者たちは皆、最初はそれでいいと言った。新人なのだから、あれこれ手を出さない方が賢い、と。しかし、「最初のうちは」という留保が気になった。いつまでが最初のうちなのだ。三冊目の本までか。それとも五冊目までか。それ以降も同じパターンしか書けなければ、どの社もわたしを見限るのだろうか。

深く考えなくても、このまま書き続けていけばいずれ先細りになるのはわかっていた。自分の幅を広げ、新境地を開拓していかなければ、読者に飽きられる。そんな近い将来が見えていても、複数の出版社から原稿を求められれば取りあえず気分はよかった。砂に頭を埋めて危険が迫っていることから逃避するダチョウのように、自分の末路から目を逸らしていた。

わたしの心には、久しぶりに妄想が巣くっていた。木之内の妻になって、平凡な人生を送っている自分。早起きして朝食を作り、木之内を会社に送り出した後は洗い終わった洗濯物を干し、家の掃除をしてから買い物をして、午後の余った時間はゆっくり読書をして過ごす。遅く帰ってくる木之内のために夕食を作って待っていて、テレビを見ながらふたりで食卓を囲む。夜は必ず、木之内と並んで寝る。特別なところなど何ひとつない、ありふれた生活。だからこそわたしは憧れとともに夢想し、希求した。決して叶えられない夢ではなくなったことが、わたしを恋い焦がれさせるのだった。

非凡に生きることになんの意味があるのか。わたしは何度も、自問し続けていた。

54

しかしわたしは、大きな勘違いをしていたのだった。自分に自信を持った経験なんて一度もなかったにもかかわらず、いつの間にか慢心が芽生えていたのだろう。男たちにむやみにちやほやされた経験はわたしの人生観を変え、価値基準すら歪めていた。木之内は女を見た目で判断するような男ではないとわかっていたはずなのに、この顔があればそれだけで彼を惹きつけられると漠然と考えていたのだ。

大手を振って木之内と会えるようになったのが嬉しくて、こちらから誘った。わたしは東京生まれなのに、一度も東京タワーに上ったことがない。だから一度行ってみたくて木之内を誘ってみると、快く応じてくれた。木之内とのデートは本当に久しぶりで、心がときめいた。ついぞ忘れていた感情だった。

地下鉄日比谷《ひびや》線の神谷町《かみやちょう》駅で待ち合わせた。わたしは嬉しさのあまり、二十分も早く着いてしまった。それでも一分でも早く木之内に会いたかったので、ベンチもない場所で待ち続けるのも苦ではなかった。木之内に初めて誘われたときの気分が、心の中でまったく色褪せることなく再現されていた。

電車が到着すると、降車した客たちが改札口までやってくる。わたしはその中に木之内の姿を探し、見つけられないと軽く失望する。そして時刻を確認して、まだぜんぜん早いことに苦笑する。何度同じことを繰り返したかわからないが、そうしている間にも時間は経っているのだった。十一時三分前に、他の人より頭ひとつ高い姿が現れた。

木之内だった。五月の季候に合わせて、木之内は半袖ポロシャツの上にカーディガンを肩からかけ、ジーンズを穿いている。三十を過ぎていても若々しいので、ジーンズがよく似合っていた。わたしが手を振ると、木之内も手を挙げて応えてくれた。

「今日の服もいいね。かわいい」

木之内は開口一番、そんなふうに言う。女性と待ち合わせてまず最初に服を誉める男なんて、なかなかいないのではないだろうか。こういう男だから女にもてるのだと思うが、わたし自身も女だから言われていやなわけもない。木之内が必ず服を見るとわかっていたから、淡いピンクのロングスカートに襟ぐりの深い白のブラウスという、以前のわたしなら絶対に着なかったような組み合わせにしてみた。色合いを華やかにすれば、気持ちも華やぐ。それをかわいいと言ってもらって、充分に報われた思いだった。

並んで地上に出ると、思いの外に強い春の日差しが降り注いできて、わたしは目を細めた。地下鉄の駅から地上に出ることなど過去に何回も経験しているのに、このときばかりは不意に視界が明るくなるのが劇的に思えた。人生には幾度か、こういう瞬間があるのではないだろうか。わたしにとってあれは間違いなく、閉塞感から解放され視界が劇的に明るくなった瞬間だった。

すぐには東京タワーに向かわず、駅のそばにあったしゃれたレストランでお昼ご飯を食べた。木之内は離婚という辛い経験を経ているのに、その心の傷を完全に隠し、以前のままだった。木之内の克己心と気遣いに感嘆する。今の木之内の生活ぶりを聞いているだけで、長かったブランクなどなかったことに思えた。

食事を終えて、東京タワーに着いた。特別展望台までのチケットを買ったが、人数制限があるのですぐには上れない。仕方なく、二階にあるみやげ売り場を眺めて時間を潰した。東京に生まれ育てば、東京みやげを見る機会はめったにない。木之内と肩を並べ、こんなものが売っているとひとつひとつ吟味して回るのは楽しかった。

そしてようやく、特別展望台まで上った。エレベーターの扉が開いてすぐに現れる雄大な眺めに、思わず子供のように歓声を漏らす。窓際に駆け寄って眼下を覗き込むと、東京のすべてが一望できるようで、自分が立つ場所の途方もなさに笑いたくなった。きっとわたしは、純粋な笑顔を浮かべていたのだろう。木之内はそんなわたしを見て、慈しむように微笑んでくれた。

木之内は地理にも明るかった。方向音痴のわたしは土地の位置関係が把握できず、見える風景にとんちんかんなことばかり言ったが、木之内は辛抱強く間違いを訂正してくれた。あの辺りが東京駅、あそこが皇居、霞が関があの辺、新宿はこっち。わたしの目の位置に顔を寄せて指を差すので、頬と頬がすごく近かった。心が春の日向《ひなた》に溶けていった。

ずっとこのままでいたかった。木之内の過去も、わたしの現在の境遇も忘れ、ひたすら木之内とふたりだけの世界に閉じ籠っていたかった。そうできればどんなに楽しかったか。わたしはただ維持することだけを望んだのに、木之内の笑顔が嬉しくて、欲をかいた。銀座に移動して食事をする際、小説の話題を持ち出してしまったのだ。木之内はいつも、小説の話に強い興味を示す。だから調子に乗って、この前高井に渡した原稿や次に書く小説の内容を語った。ただ、この楽しい時間が続くことだけを願ってのことだった。

それなのに木之内の反応は、どうしたことか鈍かった。「がんばってるね」「順調だね」といった言葉はかけてくれるが、面白そうだとは言ってくれない。わたしは肯定的な評価に飢えているから、そうした言葉の欠如には敏感だった。やはり木之内も、本音ではつまらないと思っているのか。そう悟って、顔がすっと青ざめた。手の中から、とても貴重なものがするりと逃げていくのをはっきりと感じた。

木之内に否定されたら、生きていけない。思えば甘ったれた考えだが、わたしは本気でそう考えていた。そこまで精神的に依存していたのだ。わたしにとって小説執筆は木之内に気に入られる努力と同義だったにもかかわらず、モチベーションを落としていた。だからよけいに、木之内の心の動きに敏感になっていたのかもしれない。

「つまらない、ですか……？　つまらないですよね」

評価を求めるのは怖かったはずなのに、そんな恐れすら忘れていた。自分が書く小説が大して面白くないことは、わたし自身がよくわかっている。わたしの小説は、若い女性向けの夢物語でしかない。社会経験を積んだ男性が読んで、面白いはずがなかった。

「つまらなくはないよ。和子はもうプロなんだから、そんなに自己卑下する必要はない。もっと自信を持った方がいいよ」

優しい木之内は、そう言ってくれる。だがわたしは、彼の本音を見抜いた気でいた。

「ありがとうございます。木之内さんが慰めてくれるから、つまらない小説でも書き続けていこうって意欲が湧いてきます」

「いや、あのさぁ、和子……」

わたしの返答が不満だったらしく、木之内は一瞬眉を顰め、言葉を選ぶように考え込んだ。次に口を開いたとき、木之内は珍しく険しい顔をしていた。

「ひとつ訊くけど、和子はなんで小説を書いてるんだ？」

「えっ」

なぜかと問われれば、それは木之内の気を惹くためでしかない。しかし、そんなことを正直には言えなかった。

「書きたいから、です」

返事になってないようだが、これも確かな理由だった。書きたいから書く。そういう小説家は少なくないのではないかと思う。

「書いて、どうしたい？　大勢の人に面白いと言ってもらいたくはないのか？　本が売れて、大金を手にしたいとは思わないのか？」

正直に言えば、問われて初めてその可能性もあることに気づいた。わたしはただ、木之内に誉めてもらいたいだけだったのである。大勢の人に読まれることは、まだ想像の範囲外でしかない。その意味で、わたしの意識は素人レベルに留まっていたのだ。

「そんなの、無理です。一万部売れるだけでも、途方もない数字なのに」

わたしは力なく答えた。一万部は立派な数字である。できすぎと言ってもいい。わたしはその部数に恐怖すら覚えているのに、さらなる数字など求められようはずがない。木之内は部外者だから、一万部の重みがわかっていないのだと思った。

木之内はすぐには言葉を発しなかった。彼の顔から、すっと表情が消える。こんな表情を、わたしはかつて一度見たことがあった。季子が本当はどんな女なのかと告げ口したとき。木之内は憐れむような蔑むような、あるいは呆れるような目でわたしを見た。もう二度とあのような目で見て欲しくなかったのに、何か大きなしくじりをしでかしてしまったようだ。にもかかわらず、わたしは自分の何がいけなかったのかわからなかった。

「ぼくは男でも女でも、常に上を目指している人が好きだよ」

おもむろに、木之内は語り出した。その口調は硬かった。

「ぼくが勤めていた会社を辞めて独立したのは、もちろん可能性を求めてのことだ。会社勤めを否定するわけじゃないけど、既存の組織の中にいてはできることも限られるだろ。それよりもぼくは、自分の力で道を切り開いていきたかったんだ。誰かが開いた道を歩くんじゃなくてね。その結果、うまくいかなくても誰のせいでもない。責任をすべて自分で負えるというのが、ぼくにとってはとてつもない快感なんだよ。世の中にはそういう人がいるものだし、ぼくは和子が同じ種類の人間だと思っていた。違ったんだとしたら、眼鏡違いだった」

「えっ……」

眼鏡違い。それは木之内の口から出る、最も恐ろしい言葉だったのではないだろうか。わたしは木之内を失望させてしまった。木之内につまらない女と思われてしまったのだ。焦りと後悔が、爆発的に胸に満ちる。木之内がわたしに何を望んでいたのか、愚かしいことに今になってようやく見えたのだった。

「ごめんな、きついこと言って。もちろん、小説家の苦労なんて何もわからずに言ってる、素人の意見だよ。知りもしないで偉そうにと思ったら、聞き流してくれ」

木之内は表情を和らげ、いつもの口調に戻った。そしてあっさりと別の話題に移行すると、それを楽しげに語って聞かせてくれる。何かをごまかしたり隠したりしているわけではなく、自然体の木之内だが、わたしの心に芽生えた焦燥は去らなかった。貴重なものが手の中から逃げていく感覚に、胸をぎゅっと圧搾されて息ができなくなった。

55

野心など、かつてわたしは抱いたことがなかった。大それた望みは、禁忌だった。身の丈を超えた望みを抱けば、それは必ず刃となって己自身を傷つける。例えば人並みに明るく振る舞うこと、男性と親しく口を利くこと、おしゃれをすること、いずれも試みることすら怖い、高望みでしかなかった。わたしは陰に籠り、野心という単語を忘れた。生きていくには、そうするしかなかったのだ。

木之内はわたしに、野心を抱くことを求めている。いや、正確に言えば求めているわけではない。わたしが野心を抱かないでいるなら、興味を失うだけのことだ。わたしは木之内に嫌われたくない。見限られたくない。ならば、分不相応な野心でも抱いてみるしかなかった。

いい小説を書くこと。それが、わたしの野心だった。売れたいとか評価されたいといった望みは、二義的なことだ。まずはいい小説を書くこと。自分自身がよしと思えるものを書くこと。自己否定に慣れているわたしには高いハードルだが、ここを越えなければ何も始まらない。百点を目指せという高井の言葉を、今初めてわたしは受け止めたのだった。

実はうすうす気づいていたのだ。わたしが自分を規定する枠から逃げていることに。高井の言う枠がなんなのか、さんざん考えてみた。それでも、自分ではよくわからなかった。考えるだけ苦しいので、逃げることにした。それが、一種類の小説しか書けないという開き直りだった。

高井は没を恐れるなと言った。実際、没になる作品を書いてしまったが、高井は呆れた顔はしていなかった。意図的な再生産の作品を書いたときだけ、高井は能面のように表情を隠した。あれは、野心の欠如に失望した木之内の表情と同じだった。高井の反応を見たときにわたしは、逃避をやめるべきであったのだ。そうしていれば、木之内に見限られることもなかった。

悔いているだけでは、何も変わらない。わたしにはまだ、野心を示す手段がある。それがあることを幸せに思い、挑戦するだけのことだ。己の非才は、ひとまず忘れておくことにした。

枠を破るためには、何をすべきか？　答えは改めて考えるまでもない。新しいことに挑めばいいのだ。その新しいことでいい小説に仕上げる自信がないのが問題なのだが、失敗を恐れている場合ではなかった。書くべき新しいことを見つけなければならない。

わたしはこれまで、若い女性を主人公にした話しか書いてこなかった。わたし自身が若い女だから、想像の及ぶ範囲がそこまでだったのだ。ここを変えてみたらどうか。例えば中年女性を主人公にしてみるとか。そうすれば自ずと、描く世界も変わるのではないだろうか。

自分と距離をおくために、あえて年齢を上げてみた。五十代の女性の世界を想像してみる。しかし、うまく想像できなかった。夫との関係、あるいは子供との関係。結婚して二十年ほど経っていると、夫婦の関係はどう変化するのか。あるいは成長した子供とは、どのように付き合っているのか。

そんなふうに考えると、手本として思いつくのは母しかいなかった。母は毎日、何を考えて生きているのだろう。目下の悩みは何かと推し量ってみれば、笑い出したくなったことに、それはわたしの素行だという答えが浮かぶ。母はわたしが木之内と不倫をしていると案じていた。不倫と言えるような関係ではないのだが、頻繁に会っていたのは事実だから、母が不安に思うのも無理はない。そうか、ここでドラマを作れるではないか。娘の不倫に悩む母の視点で、物語を構築できないだろうか。

実話に基づいてはいるが、想像力を必要としないわけではない。むしろ、これまで書いたものよりもずっと想像力を働かせなければならなかった。なぜならわたしは、母の気持ちなど考えてみたこともなかったからだ。なんと親不孝な娘かと、いまさら気づいて愕然とする。身近な人の気持ちもわからない人間に、多彩な登場人物を書き分けられるはずもなかった。

冒頭は、ふとした疑念が芽生えるシーンを描く。娘の行動を怪しむ気持ち。それはおそらく、認めたくない思いと真実を知りたい欲求の、相反する感情のせめぎ合いなのではないか。これはドラマになり得る。

娘の立ち居振る舞いに目を光らせる日々。これだけで、サスペンスが醸成できそうである。成り行きが気になるストーリーは、読者を惹きつける。わたしがかつて使ったことのない手法だった。

疑念の重みに耐えかねて、娘の部屋を探る母。娘の立場としては絶対にやって欲しくはないが、それだけに踏み外した感がある。子を持つ親が読めば苦い共感が、娘の側が読めば怒りと恐れが生じるのではないだろうか。ならば、読者の感情を揺さぶる話になるかもしれない。

不倫は事実だった。深甚な衝撃に見舞われる母。ここにはたっぷり筆を割こう。心理描写は、実はそれほど不得手ではない。会話のシーンよりも、よほど自信があった。ふだん人と話をしないわたしは、架空の会話を描くのが苦手だった。

娘を諭していいものかどうか逡巡するが、言わずにはいられない。母娘の言い争い。娘は男と手を切ることを承知しない。

やがて、不倫が男の妻に知られる。泥沼の関係を傍観するしかない無力感。娘が幼かった頃のことを回想させよう。母にとって、過去への逃避だけが救いとなる。

結局娘は、男に捨てられる。落ち込んでいる娘を見て、喜んでしまう母。娘が泣き暮らす様を喜ぶ母親の心理は、どんなものだろうか。わたしにも、書いてみなければよくわからない。

基本線は決まった。着地点が見えないが、それだけに挑戦し甲斐があると思えた。もしかしたらこの物語は、これまで届かなかったところにわたしを連れていってくれるかもしれない。そんな期待を込めて、執筆に取りかかった。

得意パターンを使わないだけに、最初はなかなか筆が進まなかった。だが、枚数を重ねるうちにわたし自身がこの世界に馴染んだのか、やがて執筆が苦しくなくなった。飛ぶように書ける快感はまったくないが、じりじりと爪で岩に文字を象嵌《ぞうがん》するような苦労の末に原稿用紙が増えていくのは、別種の喜びがあった。果たしてこれがいい小説なのかと考えてしまうと筆が止まるので、出来に関しては目を瞑った。

最終的に、物語は明確な終わりを迎えなかった。アンハッピーエンドではないが、決して爽快感があるラストではない。中途半端な物語を書いてしまったのではないかという恐れがあったものの、この場合はこれでいいと信じた。わたしが望んだのではない、物語がこの結末を欲したのだから、正しいはずなのだった。

この原稿は、直近の締め切りを与えてくれていた社に渡した。二十代後半くらいの若い女性編集者は、原稿を一読して意外そうに眉を吊り上げた。

「へえっ、咲良さんはこういうのも書くんですか。いろんなレパートリーがあるんですね」

「駄目ですかね」

わたしは弱気だった。これが面白い物語になっているのかどうか、まったく手応えがない。また没を食らうだけではないかと、半ば諦めを交えて編集者が読み終わるのを待っていたのだった。

「いや、いいと思いますよ。ちょっと予想を裏切られて、びっくりしました。これまでの作品に比べて、少し陰があるのがいいですね。なんか、ストーリーに陰影がついた感じがします」

「陰影、ですか」

それは間違いなく、わたしの気分を反映した結果だった。わたしは今、明るい話などとても書けない。暗く沈んだ気分がそのまま文章に滲んでしまっただけだが、それを陰影と受け止めてもらえるとは思わなかった。怪我の功名だろうか。

新作は雑誌の編集長も気に入ってくれたらしく、すぐに掲載された。自分でも一冊買って木之内に手渡したいと思っていたところ、感想第一号を伝えてきたのは意外な人物だった。いや、意外だと思うのはわたしだけなのかもしれない。何しろ高井は、担当編集者なのだから。それでも、高井が真っ先に感想を言ってくれたのは意外だった。

「読んだわ」

電話をかけてきた高井は、短い挨拶の後にそう言った。わたしはつい反射的に身構えてしまう。高井の評価は、他社で書くようになっても怖かった。

「どうしたの、あれ？　気が変わったの？　今後も自分のパターンを守っていくのかと思ってた」

「幅を広げなきゃ、この先生き残っていけないかと思って」

何を言われるのかと戦々恐々としながら、無難なことを答える。高井は「ふうん」と応じながら、無造作に続けた。

「よかったわよ。ああいうのを書くなら、安心した。こんな抽斗《ひきだし》を持ってるとは思わなかったわ。抽斗は多い方がいいから、今後もどんどんいろんな面を見せてね」

わたしはそれに対し、すぐには返事ができなかった。言葉が喉につかえて、出てこなかったのだ。

感情が急に膨れ上がり、自分でも制御できなくなる。どれだけ高井の目に怯えていたか、どれだけ誉められて安堵しているのか、震えている手や口許で初めて実感した。

「あ、ありがとうございます。高井さんに誉められるとは思わなかったので、びっくりです」

かろうじてそう言うと、苦笑する気配が受話器越しに伝わってきた。

「いいものを書いたら、そりゃ誉めるわよ。あたし、いつもそんな渋い顔してたかしら。じゃあ文句も言うけど、こういうのはうちで書いてよ。どうして他社のときにいいものを書くの?」

「すみません、ちょうどそういう順番だったので」

わたしも笑うしかなかった。わたし自身、電話ではなくじかに高井に誉められたかった。

「まあ、それは冗談として。作品について、欲を言えば、だけど」高井はそう前置きして、つけ加えた。「内容が苦みを含んでいる割に、文章が透明なのよね。別に悪いことじゃないんだけど、的確すぎて味がないと言うか。新聞記者が書いた文章みたいに、正確だから情景をきちんと伝えているけど、ただそれだけなのよね。わかるかな」

「味がない」

また難しいことを言われていると思った。だが、言ってもらえるのが嬉しかった。見捨てられているなら、もう何も言われないだろうからだ。

「うん、ごめんね。要求が高すぎると、あたしも思ってる。まだデビューしたばっかの人に言うことじゃないわね。ただ、すごく惜しいなと思ったんで、よけいなことを言っちゃった。ともかく、うちにもまた書いてね。今度は長編をやりましょう」

「はい!」

現金にも、声が弾んだ。高井から次の話をしてもらえるとは、望外の喜びだった。しかも長編とは。小説家として看板を掲げたからには、ぜひ長編も書いてみたいと思っていた。

これでまた少し生きていける。電話を終えると、心の底からの安堵の息が漏れた。まだ小説家でいたい。自分の中に、そんな執念があることに気づいた。

56

こちらから連絡しようと思っていたのに、木之内は雑誌発売当日に買って、新作を読んでくれていた。見捨てられたわけではなかったのだとわかり、温かな気持ちが胸に満ちる。

「すごくよかったよ。話の先が読めなくて、ドキドキした」

電話口で木之内は、そう言ってくれた。高井に誉められたときとは別種の喜びが、わたしを満たす。高井に誉められるのは職の保証に繋がるが、木之内の誉め言葉はわたしという人間の存在に対する肯定だ。木之内が誉めてくれる限り、自分にも少しは存在価値があるのではないかと思える。

「感想を直接言いたいから、会おうよ」

誘ってもらえた。初めて木之内に誘われたときと変わらず、わたしは舞い上がる。どうしていつまでも新鮮な気持ちでいられるのかと、自分でも不思議だった。木之内は特別だからだ、と自答する。

「新作、新境地じゃないか。この前ぼくが言ったことを気にしたんだろ」

青山のレストランで、わたしたちは向き合っていた。これまでは会社で働く山口さんや安原に見つかることを恐れて青山を避けていたが、今はもう見られてもかまわないのだ。そのことが嬉しく、誇らしくもあった。今のわたしの顔を見ても、山口さんたちが後藤和子だと気づいてくれないだろうことが残念なくらいだった。

「はい、木之内さんの言葉で発奮しました」

発奮したのではなく、見捨てられる恐怖に背中を押されたのだが、そこまで言う必要はない。わたしの返事に、木之内もまた嬉しそうだった。

「ぼくの感想が役に立ったんなら、よかった」

木之内はいつも以上に上機嫌だった。何かいいことがあったのだろうかと考えたが、そうではなく、わたしが新しい世界に一歩を踏み出したことが嬉しいようだった。そんなにも小説家としてのわたしの動向を気にかけてくれていたのかと、驚く。ならば今後も、木之内を喜ばせるために小説を書きたいと思った。

「恥ずかしい告白をすると、実はぼく自身も、創作系の仕事をしたいと思っていたことがあるんだ」そんなふうに、木之内は真情を吐露し始めた。「小説に限らず、漫画とか、絵画とか、音楽とか、演劇とか、ともかくなんでもいいから創作をする仕事に就きたいと思っていたんだよ。ただ残念ながら、ぼくにはどれひとつとして才能がなかった。やりたいこととできることは別だからね」

言葉を句切って、ワインに手を伸ばす。木之内はいつもワインを味わいながら飲むのに、このときは水を呷るように無造作に喉に流し込んだ。自分の思いに沈んでいるようだった。

「それだけに、和子が小説を書いたというのが嬉しかったんだ。ぼくにできないことをやってくれた、って思えてね。単に書くだけでもすごいのに、プロとしてデビューして、本まで出せるなんて、まさにぼくの夢を代わりに叶えてくれたようなものだよ。本当に嬉しくってね。だからこそ、和子にはもっともっと大きくなって欲しいんだ」

「大きく……」

それが、本が売れて大金を手にしたいと思わないのかという発言の真意だったわけだ。大金を手にすることが目的だなどと言えば、この世界を知らない一般読者は俗物だと思うだろうが、自分の作品が金をもたらしてくれることほど小説家を安心させることはない。収入は言わば、その小説家がどれくらい世間に求められているかの目安なのだ。わたしは売れたいという欲求を決して否定はしない。

「和子なら、もっと上を目指せると思うんだよ。本を一冊二冊出したくらいで、満足しないでくれ。どうせやるなら、ベストセラーを何冊も連発して、賞をいくつも取るような、そういう大物になってくれよ。和子ならきっとできるから」

わたしがそんな小説家になれるとは、とうてい思えない。それでも、まるで自分の夢のように語る木之内に、わたしも酔わされていた。「はい」と頷くと、何か新しい力が胸の底に落ちていくかのようだった。

木之内はその夜、自分からホテルに誘ってくれた。もう誰に遠慮することなく、木之内と夜を共有できるのが嬉しかった。

わたしは順調に小説を書き続けた。と言っても、作風を急に広げることはできない。子供の素行に悩む親というパターンをもう一度繰り返し、前作とまとめて一冊の単行本にした。わたしはデビュー十ヵ月目にして、早くも二冊目の著書を出したのだった。

反響が楽しみだった。可もなく不可もなし、などという評価はもうこりごりだった。自分では殻を破ったと思っていた。だから当然、一冊目に勝る好評価を得られるものと信じていた。

ところが案に相違して、わたしの身辺は静かだった。一冊目を出したときにはたくさんあったインタビューの申し出も、今回は皆無だった。何かの間違いではないかと考えたが、一ヵ月が経過した頃には現実を直視した。やはり一冊目は、新人賞受賞作ということで注目を浴びていただけだったのだ。新人の二作目など、見向きもされないのが普通だということを、身をもって知った。

本の売れ行きもよくなかった。初版は五千部に減らされ、しかも一ヵ月経っても重版はしなかった。これがプロの実態というものか。甘くはないとわかっているつもりだったが、やはりまだまだ認識不足だった。心のどこかで、本を出すたびに知名度がどんどん上がっていくものと考えていたようだ。

「新刊の評判はどう?」

落ち込んでいるときに、高井から電話があった。わたしは暗い声しか出せない。

「評判も何も、反響はゼロです」

「それでがっかりしてるわけ?　だから言ったでしょう。一冊目の売れ行きや評判はご祝儀で、二作目からが勝負だって」

「ええ」

今は身に沁みてその言葉を実感しているところなのだから、何も追い討ちをかけなくてもいいではないかと思った。そんなこちらの不満も気にかけず、高井はずけずけと言う。

「主人公を若い女の子じゃなく、おばさんにしてみたのはいい挑戦だったわ。でも、だからって次の話も同じ設定にしなくてもよかったじゃない。同工異曲の話を二本並べられてもねぇ、と思うわよ」

高井の遠慮のなさには軽く腹が立つが、指摘自体は的確なので何も言えない。反発する代わりに、己を曝け出すことにした。

「わたし、そんなに器用じゃないから、いろいろな話を書き分けるような力がないんです。知ってる範囲が狭いせいで、結局は同じような話になっちゃうんですよ」

「うん、わかる」

そのとおりだと、高井は肯定しているのだった。せめてお愛想でも、そんなことはないくらいのことは言えないものだろうか。高井はどんなときでも高井なので、今となってはこの物言いにどこかホッとするものを感じる。

わたしの気持ちは一度上向いたのに、今はまたそこはかとない恐怖に覆われていた。小説が書けなくなったら、木之内に見捨てられる。それどころか、凡作を連発するだけでも、木之内は失望するだろう。せっかく木之内が独身に戻り、かつて恋人だった頃のように付き合えているというのに、わたしは自分の実力不足のせいで木之内を繋ぎ止められなくなるかもしれない。それが悔しくてならなかった。

「取材でもしてみる？」

高井は簡単に言った。その言葉は、飢えているわたしの胸にいともあっさりと突き刺さった。そうか、取材か。世界が狭いなら、広げる努力をすればいいのだ。まだ素人に毛が生えた程度でしかないわたしには、そんなことも思いつかなかった。

「やります、やります」

ふたつ返事で応じた。何をどう取材すればいいのかわからないが、刺激を得られるならどこにでも行く気になった。今はなんでもいいから、打開策が欲しかったのだ。

「この前言った、書き下ろしをやりましょうよ。長編となると短編以上にしっかりとした背骨が必要だから、それを支えられるだけの綿密な取材をしましょう。テーマが決まったら、聞かせて。一緒に行くから」

「はい」

現金にも、声が弾んだ。そういうことなら、すぐにでも取材に行きたいと心が急いた。すると、それを高井に見抜かれてしまった。

「もしかして、取材をすればいい刺激を得られるに違いないとか、楽観してない？ まあ、そういうこともあるだろうけど、あまり期待はしない方がいいわよ。取材するだけでいい作品が書けるんなら、誰も苦労しないんだから」

さすがに高井は、何人もの新人小説家を見てきているだけに観察が的確だった。わたしは見事に内心を見透かされ、恥じ入った。

「咲良さんが作風を広げたいと思っているなら、それはいいことだわ。ぜひその方向でがんばって欲しいと思う。でも、あれこれやっているうちは、傍目には低迷しているように見えるからね。たぶん、単行本の数字も伸び悩むだろうし。その辺の覚悟はしておくべきよ」

なるほど、そういうものか。素直に納得してしまった。簡単にデビューできてしまっただけに、わたしは蓄積がまったくない。今から知識や経験を溜め、それらを咀嚼して自分のものにするには、長い時間がかかるだろう。その過程は、低迷や伸び悩みと受け取られるに違いない。若くしてデビューした代償を、これから払っていくことになるのだ。

「ただ、咲良さんが挑戦を続ける限りは、あたし個人としては期待し続ける。すぐには結果が出なくても、しばらくは待つから。失礼を承知で言うけど、新人には二種類いるのよ。天才肌で、高い山も真っ直ぐに一気に登れちゃう人と、そうではなく裾野からぐるぐる迂回しながらじゃないと登れない人と。当然、真っ直ぐ登れる天才なんて、何人かにひとり、いや何十人にひとりしかいないわ。咲良さんは迂回してでも、着実に登っていけばいいのよ。遠回りを恐れないで」

わたしは高井の言葉を、途中から別の人の声のように聞いていた。きっと木之内も、同じことを言ってくれるのではないか。わたしが歩みを止めれば、その時点で木之内は見捨てる。でも遠回りでも、上を目指すことをやめなければ、木之内は見守り続けてくれるだろう。諦めずに歩き続けるだけならば、わたしにもできそうな気がした。

「高井さんって、励ますのがうまいですよね。なんか、元気が出ました」

実は以前から思っていたことを、初めて口にした。高井には思いがけない言葉だったようで、「そう?」とぶっきらぼうな返事しかしない。ただ、付き合いもそろそろ一年になろうとしているので、高井が照れているのだということが電話越しにも感じ取れた。

わたしはすぐに結果を出せるタイプではないのだ。そう自覚すると、息苦しさがわずかに軽減された。

57

木之内との付き合いは、完全に以前の状態に戻った。前と違うのは、職場が一緒ではないという点だけだ。会えるときはいつも、午後三時過ぎ頃に木之内から誘いの電話がかかってくる。それをわたしが断るわけもない。いそいそと青山まで出かけ、木之内と合流する。食事をして、お酒を飲み、そして夜をともにする。木之内と一緒にいる夜は、明度が高かった。夜なのに、何もかもが鮮明に見える。ずっとこんな夜を過ごしたいと、心底望んだ。

「会社を引っ越そうと思うんだ」

あるとき、木之内はワイングラスを揺らしながらそう言った。渋みの少ないワインが好きな木之内は、常にグラスを揺らしてワインを空気に触れさせている。そうすると渋みが和らぐのだと、教えてもらった。木之内から教えてもらったことは多すぎて、今やわたしの知識の半分以上を占めるのではないかという気すらする。

「従業員を増やすんだよ」

「そうなんですか」

わたしが知っている木之内の会社は、総勢四人の小所帯だった。しかしここのところ、業績が好調だということは聞いていた。ついに事業規模を拡大するときが来たのか。木之内の成功は、自分のことよりずっと嬉しかった。

「動けるのがぼくと幸輔だけじゃ、いくらなんでも足りないからね。二、三人、営業できる者を増やすつもりだ。何人か、心当たりに声をかけてて、いい返事をもらってるんだよ」

「すごいですね。わくわくします。これからどんどん成長していくんですよね」

「ああ、そのつもりだ」

わたしは小説家として大成することを目指し、木之内は会社を大きくする。それはひとつの車の両輪のように思え、初めて自分を誇らしく感じた。木之内と併走できる手段を持っていて、本当によかった。

「ぼくは、人生で得られるものには総量が決まっていると思うんだ」

木之内はそんなふうにも言った。わたしは彼が言わんとすることになんとなく想像がついたが、先回りはせずに続きを待った。木之内の話を聞くのは、わたしにとって至高の時間だった。

「何かを得たければ、何かを犠牲にしなければならない。それが意図的な喪失かどうかは問わず、ね。ぼくは離婚という経験を経て、心に傷を負った。自分が馬鹿だったからだけど、喪失であることに変わりはない。だったら、その喪失をどこかで取り返さなきゃ割に合わないと思ったんだよ。自分の中に穴が開いているなら、それを埋め合わせるために必死で努力する。けっこうぼくは、そういうのが好きなんだ」

木之内らしい、前向きな考え方だった。陰に籠りがちなわたしとは、まるで違う。木之内と接しているだけで、前に進む力が得られる。わたしもがんばろう、と単純に思える。

幸せな日々だった。木之内は言葉にして「付き合おう」と言ってくれたわけではないが、実質的にわたしたちは恋人同士だった。何しろ木之内は、今や独身なのだ。会うのに人目を憚る必要はないし、誰に遠慮することもない。木之内を独占できている喜びが、わたしを体の奥から温めてくれていた。

人生で得られるものの総量は決まっている、という木之内の考えは、おそらく当たっているのだろう。木之内との付き合いが順調である一方、仕事の方はぱっとしなかった。長編書き下ろしよりも先に雑誌の締め切りがあったのでそちらに取りかからねばならなかったが、新しい方向性は見つけられない。やむを得ず、また若い女性が悩む話でお茶を濁した。

その雑誌の担当者は、近野《こんの》といった。四十代前半くらいの、男性編集者である。四十代にしては見た目が若く、言われなければ三十代半ばと思っていただろう。結婚していて、小さい女の子がいるとのことだった。

近野は初対面のときから、わたしの容姿を誉め称えた。芸能人みたいだ、とか、こんな綺麗な人にはこれまで会ったことがない、などと、臆面もなく誉めそやす。言及するのは容姿ばかりで小説についてては触れないから、正直あまり印象はよくなかった。ただ、大手出版社からの依頼を無下にはできず、邪険な態度はとれなかった。

とはいえ、付き合いにくい相手ではなかった。愛想がよく、話題も豊富なので、会っていて退屈はしない。必要以上に容姿を誉めることさえやめてくれれば、高井よりもずっと接するのが楽な編集者ではあった。

「一度ゆっくり食事でもしましょうよ」と誘ってくれたのも、他社では近野が初めてだった。さすが大手出版社の接待だけあって、連れていかれたのは銀座の高級店だった。もしわたしが木之内と付き合わず、地味な生活を送っているだけだったら、一生縁がないだろう類の店である。近野は店の雰囲気がまるで自分の手柄のように、「ムードがあるでしょう」と押しつけがましいことを言った。わたしのような若い女が来られる店だとは思っていないのだ。そういう際に生意気なことを言っても益はないので、「素敵です」と猫を被っておいた。

初めて食事をしたときは、単行本の担当になるという女性編集者も一緒だった。わたしは他社の初めての接待ということもあり緊張していたから、女性がいてくれて助かった。そのときは小説を書き始めたきっかけなどを訊かれたが、後はほとんど業界の話題をこちらが一方的に聞くだけに終始した。名前だけ知る有名小説家の珍妙なエピソードがぽんぽん飛び出し、わたしはただ目を丸くしていた。

近野はまめな男だった。担当についてくれた編集者の中では、一番頻繁に連絡をしてきた。特に用がなくても電話をかけてくるので、熱心な編集者はすごいなと素直に感心した。気にかけてくれる編集者がいる限り、わたしは小説家として生きていける。ありがたいことだと思った。

一度目の食事からさほど間をおかず、また誘われた。こちらには断るという選択肢はない。言われるままに指定された場所に行ってみると、近野しかいなかった。単行本の担当もいるものと思い込んでいたので、少々面食らった。

「今日はぼくひとりで」

単行本担当は来ないのかというわたしの問いに、近野は簡単に答えた。つまり今回は、近野とふたりだけで食事ということのようだ。若干抵抗を感じないでもなかったが、そういうことは今後もあり得るだろうと納得した。仕事なのだから、相手が同性か異性かにこだわっている場合ではない。向こうは既婚者なので、警戒するのも失礼だとも思った。

編集者と話すならば仕事のこと以外に話題はないので、目下の悩みである作風の幅について触れた。今のところ、若い女性か五十代の母親視点でしかストーリーを作れないのだ、と。それに対し近野は、若い女性読者をターゲットにすればいいのだからかまわないと、最初は言った。先日渡した原稿についても、若い女性に受けるだろうという感想だった。

ところが酒が進み、ビール瓶が三本四本と空く頃になると、少し態度が変わってきた。陽気な軽い口調が影を潜め、どこか物言いが陰湿になってきたのだ。

「やっぱり若い女の子には、小説を書くのは荷が重いよねぇ」

何人かの小説家についての話題が一巡した頃に、そんなことを言い出した。あまりの唐突さに、わたしは理解が追いつかなかった。相槌も打たず、ただ近野の顔を見つめた。近野の目は、酔いが回り始めているのを物語るように、若干血走っていた。

「小説ってさ、頭で書けるものじゃないと思うんだよ。あちこちぶつかって、傷ついて、その傷の多さが物語を深くするんじゃないかな。とても人には言えないような恥ずかしい経験を曝け出してこそ、小説家として大成するんだよ」

この台詞を聞いて初めて、近野が経験至上主義者なのだと悟った。これまでは人当たりのいい口調に隠されていて、見抜けなかった。わたしは高井に初めて会った頃に聞かされた話を思い出した。遊んでこそいい小説が書ける、と考える小説家がいるという話だ。そんな考え方は古いと高井は断って捨てていたが、おそらくそれは開明的な意見なのだろう。高井が非難したくなるほどに、そうした考えの人は業界に多いのではないか。粘着質な視線を向けてくる近野を見て、わたしはそう理解した。

「咲良さん、人に言えないような恥ずかしい経験なんて、してないでしょ」

近野は断定する。わたしはすぐさま否定した。

「ありますよ、たくさん」

「そうかなぁ。自分がそう思ってるだけなんじゃないの？　咲良さんみたいな綺麗な人は、なんの苦労もなくちやほやされて今に至ってるんじゃないの？」

「それは誤解です」

人はどうしても、相手の見た目だけですべてをわかった気になる。整形手術をしてから大勢の男女の反応を見てきたので、今は特に皮肉を込めずにそう理解していた。だから近野の断定も、不愉快ではあるが仕方のないことと思えた。

「咲良さんの小説の幅が狭いのは、苦労をしてないからだよ。そんなの、小説を読めばわかるんだから」

近野は執拗だった。だが、無視もできなかった。俗な意見には違いないが、そうかもしれないとわたし自身が頷いていたからだ。本当は高井の意見にこそ賛同したいのに、わたしの非才が近野の偏見を肯定してしまっている。悔しかった。

「……苦労はしてるんですよ。でも、それをそのまま書けばいいってものじゃないと思って」

かろうじて反論した。すると、反論など予想していなかったらしく、近野は眉間を険しく寄せた。

「そういうこと言ってるから駄目なんだって。自分を曝け出す度胸が必要なの。咲良さんみたいな綺麗な人には難しいんだろうけどさ」

ふた言目には、「咲良さんみたいな綺麗な人」と近野は言う。これは整形手術で作った顔だと言えたら、どんなに爽快だろうかと夢想した。近野の驚く顔を見るためだけにも、白状してしまおうかという誘惑を覚える。

　これまで付き合いやすい相手と思っていた近野だが、今はその認識が間違いだったとはっきり悟った。とはいえ、完全に反発するわけにもいかなかった。大手出版社との付き合いを袖にする勇気はないし、そもそもそれ以前に、近野の言葉にも一理あると思っている自分がいた。わたしはずっと、わたし自身が嫌いだった。それなのになぜ、こんなわたしを守っているのか。自分を作品に反映させるのは、怖くてどうしてもできなかった。

　食事を終えた後も、近野は「もう一軒行こう」と言って解放してくれなかった。断れない弱い立場が歯痒い。二軒目に行ったバーで近野は、今度はずっと愚痴を垂れ流した。大物作家にいびられたエピソードを、これでもかとばかりに披露する。聞いていて愉快な話ではなかったものの、わたしの底の浅さをねちねちと指摘されるよりはずっとましなので、黙って耳を傾けていた。十時半を過ぎてようやく解放してくれたときには、体の芯に重い疲労が溜まっていた。

58

　複数の出版社と付き合うようになって、わたしの許にも文学賞贈呈式の案内が届くようになった。わたし自身の授賞式は、出版社の会議室で社長から表彰状をもらっただけという地味なものだった。華やかな文学賞贈呈式にも、一度出てみたかった。

　どんな服を着ていけばいいのかわからなかったので、奮発して赤いドレスを買った。以前のわたしなら絶対に似合わない服だが、今の顔はドレスの華やかさに負けていなかった。かなり目立ってしまいそうで気が引けたけれど、ドレスの女性はわたしだけではないだろう。大勢いれば、その中に埋もれられると考えた。

有楽町のホテルに到着し、会場まで行くと、自分の判断が間違いだったことにすぐ気づかされた。ドレスを着ている女性はいたが、どうやら彼女たちは皆、銀座で働いているホステスのようだ。女性たちはわたしに気づくと、何者だとばかりに品定めの目を向けてくる。居心地が悪かったので、早く知り合いを見つけたかった。

「あっ、咲良さん」

後ろから声をかけられ、藁《わら》にも縋る思いで振り返った。そこにはわたしの担当をしてくれている若い女性編集者がいた。編集者は目を丸くして、近づいてくる。

「うわー、艶やかですねぇ。もともとお綺麗なのに、ドレスなんか着たら芸能人顔負けですよ」

「なんか、場違いみたいね。もっとおとなしい服にすればよかった」

「目立っちゃいますね。でも、男性方は喜ぶと思いますよ」

「からかわないでくださいよ。こういうパーティーは初めてだから、ガチガチに緊張してるんです」

できることなら、彼女の肘を摑んでずっと自分の傍らに引き留めたかった。彼女は笑って、「大丈夫ですよ」と言った。

「咲良さんなら壁の花になる心配はないですから。いろんな人が挨拶に来て、大変だと思いますよ。食事をする暇もないかも」

「えーっ、まさか」

わたしは信じなかったが、彼女の言葉が本当だったことをすぐに思い知らされた。会場に入ると、式が始まる前からたくさんの編集者が入れ替わり立ち替わり現れ、わたしに名刺を渡した。こんなに大勢の人と一度に会うのは初めてなので、人いきれにのぼせて何も考えられなくなった。贈呈式が始まって解放されたときには、こっそり安堵の息をついた。

式が終わると、また人に囲まれた。こんなにもわたしの名前は業界で知られていたのかと、驚く。一度挨拶をした編集者が、次には別の人を連れてくるのでずっと頭の下げどおしだった。編集者が連れてくる人の中には、デビュー前から名前を知っていた小説家もいた。

「やっぱり大人気ね、咲良さんは」

途中から傍らにいてくれた高井が、面白がるように言った。高井が間に立って相手を紹介してくれるようになって、ずいぶん楽になった。

「目が回ります」

正直な感想を口にした。一段落してようやくジュースを飲めたが、食事はまったく摂れていない。空腹のはずなのに、舞い上がっているのかまるで辛くなかった。

「咲良さんは目立つから」

それがいけないことであるかのように、高井は言う。わたし自身、目立つことに罪悪感を覚え始めていた。

「じゃあそろそろ、挨拶回りをしようか。注目を集めちゃってるから、自分から動いた方がいいわ」

言われたときには意味がわからなかったが、高井はわたしの立場を考えてくれたようだ。まず真っ先に、小説稿人新人賞の選考委員をやっている小説家の許に連れていかれ、どういうことか理解した。わたしは挨拶をして回らなければいけない立場なのに、偉そうに大勢の人に挨拶されていたのだ。選考委員の先生は、わたしを見て少し驚くような表情をしたが、かけてくれた言葉は「がんばって」だけだった。

続けて他の大家たちにも挨拶をした。何を書いてるのかと訊いてくれる人もいたが、こちらは緊張しているのでうまく答えられない。会話が成立しないため、高井がさっさと切り上げて次に移動してくれた。まるで営業活動だと思ったが、実際のところ本当にそうなのだった。小説家にも営業活動が必要であり、出版パーティーはそのための場なのだと学習した。

次に挨拶すべき相手を探して歩いているときだった。

「高井さん、その人何者？　ぼくにも紹介してよ」

そんな声が、わたしたちを引き留めた。振り返り、目を瞠った。テレビで何度も見ている顔が、眼前にあったからだ。

相手の名は鴻池了《こうのいけりょう》といった。大学在学中に小説家デビューし、そのデビュー作で文壇随一の権威を持つ賞を受賞、受賞作は大ベストセラーになり、涼やかな容姿と語り口調も相まって、たちまち文壇の寵児となった。さほどマスメディアへの露出は多くないが、車のＣＭに起用されて本を読まない人にまで顔が売れた。わたしは小説家の顔になど興味がなかったので、知名度抜群の大家でも今初めて顔を知った相手が少なくなかったが、さすがに鴻池了はひと目でわかった。

「ああ、鴻池さん。こちらは去年のうちの新人賞を取った咲良怜花さんです」

高井がわたしを紹介してくれた。鴻池はにこやかな表情で近づいてくる。

「なんてね、知ってたよ。写真で見て綺麗な人だと思ってたけど、実物はもっと綺麗だねぇ」

鴻池はわたしのことを上から下まで遠慮なく眺めたが、視線に脂ぎった気配がないので、不愉快ではなかった。面白いものを見つけた子供のような目だった。

「咲良怜花と申します。初めまして」

名乗って、低頭した。鴻池了は確か、わたしより三、四歳年上なだけだ。年齢が遥か上の大家に挨拶をするのも緊張するが、同年代の有名人もまた、どんな態度で接すればいいのか困る相手だった。

「ドレス、似合ってるけど目立つね。他人の視線を浴びるのが好きなタイプ？」

鴻池の口調は気さくだった。出版業界でこんなふうに話しかけられたことはなかったので、わたしは戸惑いながらも新鮮に感じた。

「いえ、とんでもない。本当はあんまり目立ちたくなかったんですけど、どういう服を着てくればいいのか知らなくて」

「高井さんが教えてあげなきゃ、駄目じゃん。かわいそうに。怯えてない？」

鴻池は高井に言葉を向けたが、咎めているというよりはやはり、何も知らない新人作家をネタに楽しんでいるかのようだった。高井も涼しい顔で切り返す。

「咲良さんは何を着てても目立ちますよ」

「まあ、そうかもね。でも、銀座のお姉さんと間違えられちゃうよ。ビール持ってきて、とか言われなかった？」

「あ、お持ちしましょうか」

言われてようやく、鴻池が手にしているグラスが空であることに気づいた。すぐにも飲み物を取りに行こうかと思ったが、逆に鴻池に手で制された。

「ああ、待って待って。実はさっきから注目してたんだけど、君こそ挨拶に追われててぜんぜん飲み食いしてないでしょ。持ってきてあげるから、ここで待ってて」

あたしが、と高井が言ったが、いいからいいからと言い置いて、鴻池は足取り軽く人の間を縫って消えてしまった。子供でも顔を知っている有名人なのに、偉ぶったところがまるでない。こういう人もいるのかと、半ば啞然としながら背中を見送った。

「鴻池さんはいい人でしょ。美人にだけ優しいってわけじゃなくて、いつもあんな感じなのよ」

高井がそう説明してくれる。それを聞いて、鴻池に対する好感度が少し上がった。この顔に釣られて近づいてくる人には、実は内心でうんざりしていたのだ。

鴻池は自分の分とわたしの分、それから高井の分の飲み物を持ってきてくれた。さすがの高井も恐縮して礼を言ったが、「おやすいご用ですよ」などとおどけて応じるだけだった。わたしからすれば雲の上の人なのに、こんなふうに接してくれると緊張感も和らぐ。年が近い気安さもあって、ついこちらから話しかけてしまった。

「鴻池さんは、こういうパーティーにはよく顔を出されるんですか」

「うん、けっこう出席率は高いかな。家にいても退屈だからさ、刺激を求めて。そう言う君は、もしかして初めて？」

「そうなんです。だから、勝手がよくわからなくて」

「疲れるよね。そんなに楽しいもんでもないしな」

他人事のように、鴻池は言う。わたしは首を傾げたくなった。

「楽しくないなら、なんで来るんだ？　と言いたげな顔してるね。いや、まったくそのとおりなんだけど、小説家の生活って、パーティーにでも来ないと単調だろ。特にぼくは学生時代にデビューしちゃったから、ホントに世界が狭いんだよ。だからせめてこういう場に来て、世間との接点を保とうと思ってね」

「世界が狭い」

鴻池ですらそんなことを言うのか。その話をもっと聞かせて欲しいと思った。

だがあいにく、知らない人が横から鴻池に話しかけて、会話はそこで中断してしまった。割り込んできた人はわたしを完全に無視しているので、その場から離れざるを得ない。また少し高井と挨拶回りを続けてから、ひとりで会場の隅に行って休んだ。人見知りのわたしには、これだけいっぺんに初対面の人と言葉を交わすのは苦行に近かった。

なるべく人目につかないよう、柱の陰に隠れるように立っていた。お蔭で飲み物を飲む暇は得られたが、食べる物は何もない。さすがに空腹を覚え始めた頃に、また声をかけられた。

「ああ、ここにいたのか。探しちゃったよ」

鴻池だった。鴻池は背が高いので、顔を見て話そうとすると少し見上げなければならない。鴻池は身を屈めて、小声でわたしに話しかけた。

「お腹空いたでしょ」

「あ、はい。実は」

恥ずかしさも忘れて、素直に認める。鴻池は笑うと、「ぼくもなんだ」と言った。

「こういうところに来て、ちゃんと食事をするのは難しいんだよ。だからそろそろ抜けて、何かを食べに行かないか」

「えっ？」

「もう挨拶はひととおり済んだだろ。行こう」

鴻池は簡単に言うと、さっさと出口に向けて歩き出した。わたしがついてくると信じて疑わない、颯爽とした歩きぶりだ。わたしは一瞬ためらったが、空腹に負けて後を追った。正直に言えば、鴻池ともっと話をしたいという気持ちもあった。

誰にも止められることなく、会場を出られた。この辺りだと見つかるから、と言って鴻池はタクシーを拾う。赤坂に行ってくれと、運転手に頼んだ。わたしは先ほどまでとは別種の緊張感を覚えて、鴻池の隣で硬くなるだけだった。

「どう、小説家生活？」

鴻池はそんなふうに話しかけてきた。会社の新人に尋ねるような口振りなのがおかしかった。わたしは微笑んだが、答えるために一瞬考えた。そして、正直なことを言った。

「辛いです。もっと薔薇色の人生が開けるかと思っていたのに、ぜんぜん違いますね」

「あれ、そうなの？　本も売れてるみたいだし、話題になってるし、順風満帆じゃん」

その言葉を聞いて、鴻池はわたしの作品を読んでいないのだとわかった。もし読んでいたら、順風満帆などという表現が出てくるはずがない。それでもわたしは、がっかりしたりはしなかった。読んでいなくて当然だからだ。

「わたしには才能がないんです」

そう思うに至る過程を省いて、結論だけを口にしているので、卑屈に聞こえるだろうことはわかっていた。実際、鴻池は真剣には受け取らなかった。

「あー、ネガティブな新人はみんなそんなことを言うんだよね。才能があるかどうかなんて、死んだ後に後世の人が判断するんだよ。自分じゃわかんないよ」

「でも、鴻池さんは才能に恵まれてるじゃないですか」

かわいい女を演じるべきだと思っていたのに、言い返してしまった。鴻池のような人がわたしのレベルまで降りてきて、こうしてふたりで話していることにも、からかわれているようで軽く腹が立っていた。

「ぼくだって、自分に才能があるなんて思ってないよ。そんなふうに思ったら、もう終わりだろ」

わたしの反発的な態度にも気を悪くせず、鴻池は苦笑した。それが本音かどうかは判断がつかないが、それでも少し興味を惹かれた。

そうこうするうちに、タクシーは赤坂に着いた。鴻池は下車するとさっさと歩き、日本料理屋のような構えの店に入っていった。その立派さに臆したが、ここまで来たらついていくしかない。中に入って、座敷に案内された。

「ここは雰囲気は豪華だけど、ちょっと高いだけの居酒屋だから、緊張しなくていいよ」

寛いだ口振りで、鴻池は言う。こういうところで落ち着けるかどうかに、彼我の差が出ていると感じた。

注文は鴻池に任せた。鴻池はメニューを手にして、仲居相手にあれこれ頼む。それから、まずはビールで乾杯をした。わたしは気になっていたことを尋ねた。

「さっき、世界が狭いとおっしゃいましたよね。実はわたしも同じことを感じてるんですけど、世界が狭くていい小説が書けるものでしょうか」

「駄目でしょ」

あっさりと、鴻池は言う。その突き放した物言いに、わたしは驚いた。

「駄目、では済まないんじゃないですか。わたしはもっといい小説を書きたいんですけど、どうすればいいのかわからないんです」

「おー、ハングリーでいいねぇ。そういうハングリー精神があれば、大丈夫なんじゃない？」

その軽薄な口調だけ聞いていると、単に無責任なことを言っているようにしか思えない。でも、からかわれているとは感じなかった。鴻池のような名をなした人から「大丈夫」と言ってもらえると、たわいもなく心が落ち着いた。

「いい小説が書きたいって、いいねぇ。意外とそういう人、少ないんだよ。売れたいとか有名になりたいとか、そっち方面でハングリーな人はいるけどね。賞が欲しいとか、銀座でもてたいとか、さ。別にそういう目的を否定はしないし、その方がパワーになったりするんだよ、実際。いい小説を書きたいっていう欲は、漠然としすぎてて原動力にならないんだよな」

そのとおりだ、と思った。まさに、わたしが抱えている鬱屈を的確に言い表してくれた。わたしの心には「もっともっと」と求める貪欲さがあるのに、それがまったく力になっていない。小説として外に出す際に、強力な濾過装置を通したみたいに綺麗なものになってしまっている。その原因は、求めるものが抽象的だからだったのか。初めて理解できた。

「いい小説って、どうやったら書けるんだろうな。世界が狭くちゃ駄目だってことはわかってるんだけど、じゃあ広ければいいのかっていうと違うだろ。それだったら、人生の酸いも甘いも嚙み分けたようなじいさんこそ、一番いい小説を書ける人ってことになるじゃん。ぼくらみたいな若い小説家は必要ないってことになっちゃう。でも、そうじゃないんだよ。なんというか、小説の芯の部分に手を届かせるには、経験とは違う何かが必要なんじゃないかと思うんだ。その何かの正体はよくわからないんだけど、もしかしたらそれを探す作業こそがいい小説になるのかもしれないな、なんてことは考えている」

鴻池の言葉は、まるで鋭利な刃物のようだった。わたしの肉がどんなに抵抗しても、するすると体内に入り込んでくる。そしてこの傷は、一生癒えずに残り続けるのではないかと予感させる。それほどに、衝撃的だった。

ああ、これが当代一流の小説家の考えていることなのか。端的に言えば、わたしは感動していた。安っぽい表現だが、わたしの語彙では他に言い表せない。譬えて言えば、視力〇・一以下のわたしが、二・〇以上の人に周りの風景を説明してもらったようなものだった。自分が立っていたのはそんな場所だったのかと、初めて認識した。それはやはり、感動以外の何物でもなかった。

「わたし、そんなことぜんぜん考えてませんでした。目先のテクニック上のことばかりに汲々としてて、なんのために小説を書くのかなんて考えようともしませんでした。すごくいいことを教えていただきました。ありがとうございます」

心底から礼を言ったつもりだったが、鴻池を照れさせるだけだったようだ。鴻池は顔の前で手を振って、韜晦《とうかい》する。

「いやー、ぼくだってふだんから考えてるわけじゃないよ。今、即興で思いついたことを言ってみただけ。そんな立派な小説家じゃないから」

思わず笑ってしまった。鴻池とのやり取りを楽しいと感じた。そしてそれは、木之内以外の男との会話を初めて楽しいと思った瞬間だった。

次々に運ばれてくる料理は、どれもおいしかった。そして、鴻池との会話は何もかもが刺激的だった。鴻池は大先輩なのに偉ぶらず、わたしの悩みを共有してくれる。自分の経験に基づいた助言を与えてくれる。同業者とのコミュニケーションがこんなにも有益で、かつ安心できることだとは知らなかった。鴻池に誘ってもらってよかったと、しみじみ思った。

「やっぱり小説の話は楽しいね」

最後に、鴻池はそう言った。鴻池も同じように感じていたのかと、嬉しくなる。

「また、ご飯でも食べながらゆっくり話そうよ」

わたしを先にタクシーに乗せてから、鴻池は誘ってくれた。「はい」と応じた声は、自分でも恥ずかしくなるほど弾んでいた。

59

そうした楽しい出会いもあれば、その一方で不愉快な経験もする。いや、どちらかと言えば不愉快な経験の方が多い。社会に出ればそんなものと達観して言えればいいが、わたしは少し特殊な立場に身を置いているのではないかと思う。というのも、一般企業ならば周囲に同じ境遇の人間が少なからずいる。だが今の出版業界に、わたしのような立場の者はほとんどいないのだった。わたしのような、とは二重の意味がある。若いこと、そして女であること。そのふたつがハンディでしかないことを、何人もの編集者と接するうちに思い知らされた。

担当についてくれた編集者は全員、わたしより年上だった。大半の人が、この道十年から二十年といったベテランである。当然、デビューしては消えていった新人を数多く見ている。そうした編集者たちからすれば、わたしは三年後に生き残っているかどうかもわからないひよっこでしかないのだった。

わたしの僻目《ひがめ》かもしれないし、当然のことでしかないのかもしれないが、彼らはわたしを見下している。見下しているという表現がきつければ、軽んじていると言ってもいい。新人作家は皆そのような扱いを受けるのならば、まだ公平だ。しかし実際は違う。わたしは若く、女だから、ベテラン編集者に軽く見られているのだ。

例えば彼らは、わたしを食事に誘う際に「何か食べさせてあげる」と言う。新人作家は収入がなく、いいものなど食べられないだろうから、大出版社の金でご馳走してやろうという意識がその言葉には滲んでいる。そして実際に会ってみると、新人作家の心得を教えてやるとばかりに滔々と精神論を垂れる。例の、経験を積まなければ小説に深みが宿らないといった紋切り型の説教だ。彼らは皆一様に、わたしは恋愛で痛い思いをしていないと決めつける。そんなことはないと否定すると、反論されたこと自体が不愉快だとばかりにむきになって言い返す。君のような美人にはわからない辛いことが世の中にはたくさんあるのだと、あたかもわたしの容姿を憎んでいるかのようなことを言う。どうやら彼らの感覚では、この容姿は許しがたいものらしい。会社勤めをしている際にも男性社員から似たような反応をされたから、特に驚きではなかったものの、煩わしいことに変わりはなかった。

もしわたしが男で、四十過ぎてのデビューだったら、そんな言われ方はしないはずだ。わたしが若い女だから、教えてやろうという姿勢になるのだろう。最初はこちらも謙虚に耳を傾けていたが、どう好意的に受け止めようとしてもわたしを軽んじているとしか思えない言動の数々に接するうちに、編集者と話をするのが辛くなってきた。部屋に閉じ籠り、ただ原稿用紙とだけ向き合っていられたらどんなに気楽かと、何度も思った。

高井はずいぶんましだったのだと、ようやく認識した。まし、などという表現では申し訳ない。あれほど公平な編集者はいないと、今になればわかる。彼女が冷たいのは、わたしが凡庸な作品を書いたときだけだ。見るべきところがあれば、きちんと認めてくれる。ドライだが、わかりやすい。わたしの容姿も年齢も作品評価に加味しない姿勢は、かなり貴重なのだと理解した。高井との仕事は今後も大事にしていこうと、心に決める。

それでもわたしはまだ、他社の編集者の誘いを断る勇気がなかった。頼むから誘わないでくれと内心で念じていても、呼び出されれば出ていかざるを得ない。大半の新人作家は声もかけてもらえないことを思えば、贅沢な悩みでしかないのだ。石に齧りついてでも生き残っていきたいなら、ほんの数時間の不愉快さくらいは耐えなければならないと己に言い聞かせる。

また近野に呼び出されたときも、そのように諦めて応じた。近野の雑誌には短編を一本書いたが、なかなかオーケーが出なかった。言われるとおりに何度も書き直しているのだけれど、気に入ってもらえない。直せば直すほどに自分の感性とかけ離れていくようで、もはやわたし自身もその作品には愛着が持てなかった。双方が不幸だと思っているところに、じかに会って話そうと言われた。

断れる話ではなかった。

　午後五時に喫茶店で、原稿を挟んで向かい合った。近野はストーリーの根幹ではなく、どうでもいいような枝葉末節な部分を直せと要求してくる。わたしの感覚では、言われたとおりに直せばどんどん凡庸になっていくとしか思えないのだが、反論をすれば不機嫌になるのはこれまでの経験からわかっていた。すでに中堅からベテランになっている諸先輩たちも皆、こうした時期を耐えてそれぞれに地位を築いたのだろうか。それとも、これはわたしだけに降りかかる試練なのか。しつこい直し要求も、わたしが若い女だからではないかと疑いたくなる。性格がねじれていくようで、悲しい。

　打ち合わせの後は、また食事をすることになっていた。わたしは自分が近野に好かれているのか、それとも嫌われているのか、よくわからない。好かれているならもっと好意的に接してくれてもよさそうなのに、実際は新人いびりを受けているようなものだ。そのくせ、こうして食事には誘う。近野の真意は測りかねた。

「咲良さんは素直でいいよね」

　店を移動し、寿司屋の二階の座敷に落ち着くと、最初のビール一杯を飲み干して近野はそんなことを言った。

「女流作家っていうと男勝りの生意気な女が多いけど、咲良さんは素直でかわいいよ」

　不愉快な物言いだった。歯を食いしばって耐えているわたしを素直だと思っている洞察力のなさが不愉快なら、他の女性作家を悪し様に言う二面性も不愉快でならない。どうせ女性の大家の前に出れば、本音をひた隠しにして追従のひとつやふたつを言うに決まっている。卑しい男だと思った。

「咲良さんは付き合ってる人はいるの？　まあ、そりゃあそれだけ美人ならいるか。男が放っておかないもんなぁ」

ずけずけとこのようなことを言う男は、近野だけに限らない。その一方、恋人がいるなどと答えればどんな付き合い方をしているのかとあれこれ下衆の勘ぐりをされてしまうこちらは、発言の自由度が低かった。不公平だが、これが社会だと思う。それに、木之内の存在を堂々と明かせない事情の裏に、今はもうひとつ別の要因があることも自覚していた。鴻池の耳に届くことを恐れているわたしは、近野を非難できないほどずるい女だった。

「咲良さんもさぁ、実は恋愛経験豊富なんじゃないの？　だったら、それを小説にすればいいじゃないか。社会経験が少ないから、等身大の主人公しか書けないんでしょ。恋愛話くらいは、自分の経験を生かせばいいのに」

今日の近野は、酒が進む前から妙に絡んできた。こちらを見下しているのと、そこはかとなく脂ぎっている言動が気持ち悪い。恋愛経験が豊富だなどと認めれば、以後は色眼鏡で見るに決まっているのに、なぜかそう類型化したいようだ。わたしは期待に応えなかった。

「経験なんて豊富じゃないですよ。性格が暗いから、ずっと男の人には相手にされてこなかったんです」

なぜこんな屈辱的な打ち明け話をしなければならないのかと思うが、近野の誘導に乗るのはよくないと本能が訴えた。近野は不満げに言い返す。

「嘘だぁ。それだけ綺麗なら、性格なんて関係ないでしょ。いくら暗くても、男は寄ってくるよ」

またしても近野は、女を軽く見ている本音を曝け出す。綺麗なら性格なんて関係ないとは、本当に女を馬鹿にしている。こういう男こそ、整形手術で綺麗になった女に騙されて痛い目に遭えばいいのだ。わたしはそんな役割を引き受けたくはないが。

「わたしの人生なんて、ぜんぜん思いどおりになってないです」

これもまた、信じてもらえないのだろうと予想しながらも、呟いた。果たして近野は、「贅沢な悩みだよ」と断じる。こんなふうに絡んできて、いったい何が楽しいのだろうかと不思議に思えてきた。わたしをいじめるのが楽しいのか。わたしはそんなに、男の嗜虐性を誘発する女なのだろうか。

「もし人生が思いどおりになってないと感じてるなら、小説家なんかになるからだよ」

そろそろこの話題は終わりにならないだろうかと考えていたが、甘かった。話をそこに持っていくのかと、うんざりする。

「その美貌を生かして、どこかの金持ちを摑まえて裕福な暮らしをすればいいのに」

「小説家をやめろと言うんですか」

口調に怒りが滲んだ。小説家をやめたら、木之内が離れていく。そうしたらわたしには、もう何も残らない。近野はわたしに、すべてを捨てろと言っているのだ。とても聞き捨てにはできなかった。

「いや、やめろとは言わないけどさ」

近野はニヤニヤ笑うだけだった。その留保つきのような物言いの裏には、どんな本音が隠れているのだ。わたしには才能がないと暗に仄めかしているなら、言われずともわかっていた。でも、引導を渡すとしたらわたし自身が渡す。近野なんぞに言われたくなかった。

「近野さんがわたしの小説を気に入っていないのは、察してました。でも、それならどうして、わたしに依頼したんですか？　才能がない新人になんて、接触しなければよかったじゃないですか」

怒りを抑えられなかった。相手が大手出版社の編集者だろうが何者だろうがかまうものかと、睨みつけてやる。するとますます、近野はいやらしげな笑みを深くするだけだった。近野は「まあまあ」などと言うと、わたしのグラスに勝手にビールを注いだ。

「新人は叩かれて一人前になるんだよ。いちいち怒っちゃ駄目だよ」

またしても、高いところから見下すような物言い。中年男性編集者たちのこうした物言いには、もう嫌悪しか覚えない。新人でなくなれば、こんなことを言われなくなるのだろうか。何年続ければ、新人扱いされなくなるのか。その日まで耐えなければならないのかと思うと、気が遠くなる。

ろくに寿司を食べていなかったが、もはやこの男と同席していることに耐えられなかった。憤然として箸を置き、席を立とうとしたが、素早く伸びてきた近野の手に手首を握られる。触れられて、虫酸が走る思いがした。

「帰ったら終わりだよ。うちとの仕事は金輪際なくなるよ。後悔するのはそっちだよ」

なんと汚い言い種だろう。自分自身の力ではない権力を笠に着て、立場の弱い者を言いなりにさせようとするのか。世の中にはこんな卑しい人間もいる。ひとつ学習した。

「新人にも我慢の限界があります」

わたしの声はくぐもっていた。怒りが大きすぎて、口調が平板になっている。しかし悔しいことに、わたしの怒りは近野を楽しませるだけだった。

「いいね、そういうの。素直なだけじゃないんだ。反骨精神があった方が、小説家としてものになるよ。でも、こらえ性がないのは損だ。いいから坐りなさい」

手首を引っ張られ、強引に坐らせられた。近野は急いで口の中に寿司を放り込むと、最後にお茶で流し込んで立ち上がった。

「次、行こう。もう一軒だ」

「お断りします」

きっぱり言ったつもりだったが、相手には届かなかった。近野は不意にニヤニヤ笑いを引っ込めると、真顔になった。

「つまらない意地を張るな。もう少し大人になれよ」

そんな言い方をされると、ここで無理矢理帰るのは敵前逃亡のように思えてきた。わたしのこの怒りがつまらない意地なのかどうか、近野にわからせてやりたかった。

近野は会計を済ませると、大通りに出てタクシーを拾った。「すぐ近くで悪いんだけど」などと言いながら、運転手に道の説明をする。わたしはできるだけ近野と距離をおいて坐り、窓の外の景色に目をやっていた。繁華街のネオンは空々しいまでに賑やかで、虚飾であることを隠そうともしない。わたしもまた、虚飾で身を覆っているからこんな不愉快な目に遭うのだと思った。

タクシーは路地に入っていった。「ここでいい」と近野が言った場所は、妙な雰囲気だった。どういうつもりかと、その横顔を見る。近野は料金を払うと、ぐずぐずするなとばかりにわたしを車の外に押し出した。

目の前には下品なネオンの看板があった。ラブホテルだ。近野の意図は明白だが、あまりのことにわたしは理解が及ばなかった。何か他の意味があるのかと、ただ呆然とその看板を見つめた。

「行くぞ。いいだろ」

近野は当然の権利のように、わたしの肘を摑んで引っ張った。わたしはその手を振り払った。

「何を言ってるんですか」

「ここまで来て、おぼこめいたことを言うなよ。恥をかかせるんじゃないぞ」

これはいったいなんなのか。新人作家が皆経験する試練なのか。いや、そんなはずはない。近野が特に破廉恥で、わたしはあり得ない経験をしているだけなのだ。わたしの力不足が、近野にこんな振る舞いを許しているのだ。

「馬鹿にしないで」

叫んで、ハンドバッグを振り回した。近野の肩に当たったものの、弱々しい音しかしない。痛くはないはずだが、こちらの抵抗に近野は面食らったようだった。その隙に、わたしは全速力でその場から逃げた。

いくら走っても、近野が追いかけてくる気がした。いや、追いかけてくるのは屈辱感だった。わたしが鴻池のように才能に恵まれていたら。どんなに近野が下劣な男であろうと、こんなふうには接してこなかったはずだ。すべてはわたしの非才が招き寄せた屈辱なのだった。

いつの間にか涙がこぼれていた。悔しくてならず、この屈辱を晴らすためにも是が非でもいい小説を書いてやると己に誓った。

60

木之内と会う頻度が落ちていた。社員を増やし、事業規模を広げようとしているときだから、以前より忙しくなったのだ。待っているだけでは電話がかかってこないので、痺れを切らしてこちらから誘うと、都合がつかないと申し訳なさそうに言う。事情はわかるので、仕方ないと引き下がるしかなかった。

そんなときに、鴻池から誘われた。またゆっくり話そうという言葉は、社交辞令ではなかったのだ。その律儀さが好ましく、わたしはつい応じてしまった。約束を取り交わした後で罪悪感を覚えたが、これは浮気ではなく同業者との交流だと自分に言い訳をした。実際、鴻池の話を聞くのは勉強になるのだ。胸が高鳴るのは、大先輩と食事ができる機会に興奮しているからだと思い込もうとした。

鴻池が指定したのは、また赤坂だった。わかりにくいところにある店だからと、地下鉄赤坂駅の地上出口で待ち合わせようと言う。そんなところで有名人の鴻池を待たせてはいけないので、わたしは約束の時刻の二十分前に到着した。鴻池がやってきたらどんな顔で迎えればいいのかと考えると、顔面の筋肉が強張りそうだった。

そろそろ待ち合わせの時間になる頃に、鴻池は階段を上ってきた。こちらを見つけて、「お待たせ」と手を挙げる。知名度抜群の売れっ子小説家とは思えない気さくさに、わたしの気持ちは和んだ。最前までの緊張が、急速に溶けていく。

「咲良さん、目立つね。こんな美人を路上に立たせておくとは、ぼくも無粋者だったな」

わたしの前に立つと、おどけた調子でそんなことを言った。わたしは容姿に言及されるのは好きではなかったが、明日の天気の話でもするような鴻池の軽やかな口調は不快ではなかった。わたしが笑うと、「何かおかしなことを言ったかな？」と首を傾げるので、言ってやった。

「鴻池さんみたいな有名人を待たせちゃいけないと思って、先に来てたんですよ。同じことをおっしゃるから、おかしくて」

「ぼくのことなんて、誰も気づかないよ。芸能人じゃないんだから」

そうは言うものの、鴻池は芸能人になっても通用するほど、容姿が整っている。自分のことに関してはずいぶん鈍感なのだなと思うと、それもまた好感を覚えさせる一要素となった。

こっちなんだよ、と言って歩き出す鴻池についていくと、裏路地にひっそりと佇む店に至った。小さな看板しか出ていないので、知らなければここがレストランとはわからないだろう。迎えに出てきた人に「こんばんは」と挨拶をしているところからすると、顔馴染みのようだ。まだ誰もいない店内の一番奥のテーブルに案内され、腰を落ち着けた。

「小説家をやってると、おいしい店には詳しくなるよね。咲良さんも、あちこち連れていってもらってるでしょ」

鴻池の言葉を受けて、先日の近野とのいきさつを思い出した。いっそ鴻池に告げ口してやろうかとも考えたが、それは虎の威を借る狐の振る舞いでしかないのでやめておいた。きっと鴻池は、あのような下劣な編集者と付き合う必要はなく、自由に小説を書いているのだろう。羨ましいが、それが彼我の実力差だと思えば諦めがついた。

「食事に誘ってもらえるうちが華ですよね」

鴻池を相手に、愚痴を垂れるような真似だけはやめようと決めていた。同業者の気安さで悩みを語り出せば、止めどがなくなりそうな予感があった。そんな話を聞いても、鴻池はまるで楽しくないはずだ。せっかく誘ってくれたのだから、わたしといる時間を楽しいと感じて欲しかった。

「まったくだね。ぼくらの仕事は、五年後にどうなってるかわからないもんなぁ」

鴻池は「ぼくら」などと言うが、わたしと彼ではまるで立場が違う。それなのに同業者として認めてくれるのが嬉しかった。

鴻池には訊いてみたいことがたくさんあった。創作上の悩みはないのか、小説執筆で心がけていることはあるか、一日何枚書くのか、テーマはどのように設定するのか、文章はどうやって磨けばいいのか、尋ねたいことは切りがないほど湧いてくる。しかしそれらを不躾にぶつけて、鴻池を退屈させてしまってはいけないと思っていた。鴻池が誘ってくれたのは、わたしと普通の話がしたいからかもしれない。仕事のことは忘れていたいのかもしれない。まだ鴻池の性格や思考が把握できていないので、わたしは臆病だった。鴻池に嫌われるような真似だけは、したくなかった。

鴻池はこの店が出す料理の説明をしてくれた。鴻池が語ると、本当においしそうに聞こえる。そういうところも表現力なのだなと感心したが、違う話題に移行しないだろうかとうずうずしているわたしもいた。これがデートだとしたら、ずいぶん失礼な話だと自分でも思う。

そこを起点に話は広がっていったが、なかなか小説のことには触れようとしなかった。わたしの書いているものに対する感想も言おうとしない。もしかしたら、互いの仕事に言及しないのが小説家同士のエチケットなのかと思えてきた。それならばそれで、気が楽でいい。こちらは鴻池の作品を読んでいるけれど、感想を言えば誉め言葉しか出てこないので、媚びているように響かないかと不安だったのだ。

鴻池の話に耳を傾けているうちに、この自然体こそ彼の魅力だということが理解できてきた。偉ぶらず、自虐で笑いを取ろうともせず、あくまでわたしを対等の相手として扱ってくれる。鴻池にとってはおそらく、料理の話も小説の話題も、肩に力を込めて語るようなことではないのだろう。意図的に小説の話を避けているのではないと思えてきたので、わたしは恐る恐る自分から切り出してみた。

「鴻池さんはどうして、小説を書き始めたんですか」

インタビューで何度も答えていることだろうが、あえて訊いてみた。インタビュー用ではないことを話してくれるかもしれないという期待があった。

「小説を読むのが好きだからだよ。君だってそうだろ」

小説家は誰でもそうだと思い込んでいるかのような口吻《こうふん》だった。確かにわたしは小説を読むのが好きだったが、書き始めた動機は違う。わたしにとって小説執筆は、溺れた者が摑む藁だった。不純な動機でとても語れないから、「そうですね」と認めておいた。

「でも、読むのは楽しくても、書くのは難しいです」

執筆の困難さに鴻池がどう立ち向かっているのか知りたくて、水を向けてみた。果たして鴻池は「難しいよなぁ」と同意する。

「技術を磨くための練習なんてできないし、経験が蓄積されないで作品ごとの勝負だし、いつまで経っても手探りだよね」

「鴻池さんでもそうなんですか」

それはわたしにとって安堵できる話ではあるが、今の苦しみがいつまでも続くということでもある。わたしに才能がないから辛いのではなく、小説執筆は本質的に辛い作業なのだろうかと考えた。

「そりゃあそうだよ」鴻池は笑いながら認める。「鴻池さんでも、なんて言うけど、ぼくだってそんなにキャリアは長くないんだしさ。それに、手探りをやめる気もないしね」

「小説を楽に書く気はない、ということですか」

「そうだね。ぼくは小説を書くことに慣れたくないんだ。いつまでも臆病でいたいんだよ」

「臆病で？」

鴻池の言葉の意味がわからなかった。わからないだけに、強く興味を惹かれた。

「うん。ぼくはね、自分が小説を書いているという意識はないんだ。小説ってのはどこか頭の上の方にあるもので、書き手を選んで降ってくると思ってるんだよ。小説の神様が、話を割り振ってくれるというイメージかな。だからぼくは頭の中で話をこねくり回したりしないで、降ってきたストーリーをできるだけ忠実に文字にすることを心がけているんだ。まあ、水道の蛇口みたいなものだね」

「蛇口、ですか」

かなり意外な言だった。小説のストーリーは、練り込むほどによくなると考えていたからだ。練り込みが甘いと、物語に緊張感が宿らない。それなのに鴻池は、話を作ろうとしていないのか。

「そういうつもりでいるんで、ぼくはいつも不安なんだ。このぼくに、降ってきたストーリーを書く資格があるのだろうか、って。もしかしたらぼく以外の人が書けば、もっと面白くなるかもしれないのに、ぼくが書き手になったせいで本来の面白さを発揮できていないかもしれない。そんなふうに考えると、物語に対して申し訳ない気持ちでいっぱいになる」

自分の中にはまったくなかった発想を聞かされ、わたしは言葉がなかった。そんな考え方があるのか。鴻池はやはり、わたしとは違う次元に立っていると思った。

「ぼくにできることは、流れ出ようとする物語を妨げないように、可能な限り直径が太い蛇口であろうとすることだけだね。物語の何もかもを自分が把握しているなんて傲慢なことは考えないで、常に謙虚であろうと心がけてる。そういう姿勢を忘れなければ、いい物語が降ってきてくれるかなと思ってね。神頼みみたいな話だから、おかしな奴だと思われちゃいそうだけど」

「いえ、そんなふうには思いませんが」

鴻池の考え方に従うなら、わたしは傲慢だったのかもしれない。思い返してみれば、わたしは物語をすべて自分の制御下に置こうとしていた。しかし制御された物語は、去勢された牛のようにおとなしくなる。本来は暴れ牛だったかもしれない物語を、わたしは殺してきたのか。確かにわたしは、小説に対して謙虚であろうなどという意識はかけらも持っていなかった。

「鴻池さんはやっぱり、天才なんですね」

価値観を揺さぶられてうまく思考が働かなくなっているわたしは、そんな陳腐なことしか言えなかった。わたしには物語が降ってこない。そんな書き方は、天才にしか許されない方法だと思った。

「何言ってんだよー。君だってできるよ。そういう書き方をすれば、小説って難しいけど楽しいよ。せっかく小説家になったのに辛いなんて言ってたら、もったいないじゃん」

あくまで鴻池は、軽やかに言う。わたしと鴻池の間を隔てるのは、物理的にはテーブルひとつでしかない。距離にして、せいぜい一メートルくらいか。しかしわたしは今夜、鴻池を遠くに感じた。鴻池がいる場所まで辿り着くには、どれだけ歩かなければならないのだろうかと軽い絶望感を覚えた。

61

「長編の進み具合はどう？」

食事中に、木之内に訊かれた。久しぶりの木之内との食事だったのに、わたしは上の空だったようで、突然尋ねられて驚いた。木之内に小説の話をしようという気持ちが薄れていたことに、その瞬間気づいた。

「うーん、あんまり」

歯切れの悪い返事しかできなかった。わたしは鴻池の言葉に影響され、頭を空っぽにして原稿用紙に向かってみようとした。ところが、何も考えていなければ言葉などひとつも出てこないのだ。鴻池はどうやら、まるで恐山のイタコのように小説の神様の言葉を原稿用紙に定着させているらしい。そんなことは、凡人でしかないわたしにはやはり不可能なのだった。

「長編と短編では、使う頭が違う感じがするもんな。短距離ランナーが、マラソンも速いとは限らないだろ。それと同じで、和子の頭の筋肉はまだ短距離走しかできないようになってるんじゃないか」

「そうかもしれません」

木之内はなぜ、自分では執筆しないのにこんな的確なことが言えるのだろう。以前のわたしならそう感じ入ったはずだが、今はなんとなく聞き流したい気分だった。実体験に裏打ちされた鴻池の言葉と比較すると、やはり部外者の無責任な想像に思えてしまう。マラソンは鍛えればタイムを縮めることができるが、小説はどんなに鍛えても一歩も前に進めないかもしれないのだ。わたしのこの苦しみを木之内が体感することは永久にないのだと思うと、彼とは住んでいる世界が違うと感じてしまった。

「文章のリズムが違うから、手こずってるんだよ、きっと。慣れてくれば、長編のリズムが摑めて楽になるよ」

「そうだといいんですけど」

リズムか。それもまた、わたしの弱点のひとつだった。わたしの文章には個性がない。それは、わたし固有のリズムがないからではないか。わたしは文章を磨くために、書き終えてからも徹底して推敲する。読点の位置を変えるのは序の口で、形容詞を書き加えたり語順を入れ替えたり、あるいはさらに文章をつけ加えて描写を濃くしたりと、しつこいほどにいじるのが常だ。そうすることで、ついこの前まで素人だったわたしの文章が、曲がりなりにも商品として通用するようになると考えていた。逆に言うと、推敲しない文章は整形前のわたしの顔のようなもので、そのまま他人様の目に曝すことなどとてもできなかった。

その結果、文章はごつごつした手触りをなくして読みやすくなる。しかしそれは、個性を失うことでもあるのかもしれなかった。わたしにしか書けない文章、わたしにしか書けないテーマ、わたしにしか書けない小説。それを探さなければならないと思うのに、未だに見つけられない。

「なんだか今日は気乗りしないみたいだね」

「えっ」

木之内は鋭い男だとわかっているのに、指摘されると胸を衝かれる思いだった。せっかく忙しい木之内が時間を作ってくれたにもかかわらず、わたしは別のことを考えている。申し訳ない気持ちと、仕方ないのだと開き直る思いが、胸の中で交錯した。

「ごめんなさい。気乗りしないなんてことはないんだけど、どうしても頭の隅に小説のことがあって」

「小説家なら、それも当然だよ。和子も徐々に、小説家らしくなってきたってことじゃないか」

木之内は気にしていない様子で、優しく微笑んだ。ありがたかったが、笑い返すわたしの表情はいささかぎこちなかった。

木之内は怒って帰ったりはしなかったので、その後もいつもどおりのデートコースを経て帰宅した。楽しい時間を過ごせたことは間違いなかったが、それでもかつてのような高揚感を自分が味わっていないことは自覚していた。小説のことは、今後も常に頭から離れないのだろうか。それとも、木之内とのデートを以前のように楽しめないのは、他の理由のせいか。わたしは突き詰めて考えるのが怖かった。

長編は、百枚ほど書いたら高井に見せることになっていた。しかしその百枚が、なかなか書けなかった。無心で書くなどという芸当ができないからには、これまでのスタイルを続けるしかない。それでも、事前に綿密な設計図を引いてから書き始めるという手法に一度疑問を抱いてしまうと、どうしても筆は滞りがちだった。今は文章を推敲することすら、間違いのように感じている。完全に迷いが出ていた。

自分が書くべき小説は何か。その問いが、四六時中わたしの目の前にぶら下がっている感覚だった。わたしはまだ、その答えを見つけていない。つまり、今書いている小説が書くべき小説ではないということだ。それがわかっていながら書き進めるのは、苦行だった。せめて無理矢理にでも文章を綴ることで、長編のリズムに慣れられれば前進だと、木之内の言葉を思い出して励ましとする。しょせんは部外者の意見とあの瞬間には感じたにもかかわらず、結局はそれをよりどころとする自分はひどい女だった。

設計図はあるのだから、根性さえ出して原稿用紙を埋めていけば、いつかは百枚に達する。もはや出来の良し悪しもわからないので、高井に丸投げすることにした。百枚書けたと連絡すると、いつものように喫茶店で会うことになった。「自信は?」などと尋ねてくるので、あるわけがないと内心で考えながら「いいえ」と小さく首を振った。

「長編はリズムが違うから難しいです」

「そうよね。でもその分自由だから、長編の方が書きやすいと言う人も多いわよ。短編は言葉を吟味して、磨き抜いて枚数内に収めないといけないけど、長編は多少の無駄も許容範囲内だから」

「無駄、ですか」

無駄などない方がいいはずだ。わたしはプロットの段階で無駄のないストーリーを組み上げたから、ジグソーパズルのピースを組み合わせるようにして冒頭の百枚を書いた。無駄の存在が許されるならここまで張り詰めた書き方をしなかったのにと思ったが、よくよく考えてみれば余裕がないわたしには小説に無駄な部分を入れることなどできるわけがないのだった。

もしかしたら、小説の無駄とは鴻池の言う自動書記のような状態から生まれるのかもしれないと、ふと思い至った。それは潤いなのかもしれない。潤いや余裕のない物語は、ぎすぎすしている。わたしの物語は、まさにぎすぎすしているのだった。

「ちょっと、今読んじゃうね」

高井は断って、わたしの原稿を捲り始めた。高井は原稿を読むのが早いが、それでも十分やそこらで読める分量ではない。手持ち無沙汰のまま、高井の感想を待った。自分の小説があるべき姿とかけ離れているとわかっていれば、変な期待もなくて待つのが楽だった。

「――うん。最初の百枚だけだとまだわからないけど、少なくとも今のところは、咲良さんらしい小説になってるわね。背伸びしてない感じが美点かしら」

読み終えて、高井はそう言った。精一杯誉めるところを探してくれた感がある感想だった。ありがたく思うと同時に、「すみませんね」と皮肉混じりの礼を言いたくもなる。ともかく、これで少しは前に進めたのは確かだ。たとえ数ミリの前進だとしても。

「小説って、事前にプロットを組むのが普通なんじゃないんですか」

高井がその点をどう考えているか知りたくて、質問をぶつけてみた。高井はこちらの迷いも知らず、簡単に答える。

「人によるし、ジャンルにもよるんじゃないかな。推理小説だと、きちんとプロットを組んでそのとおりに書く人が多いと思うわよ。逆に何も考えず、着地点すらわからずに書く人もいるけど。どっちがいいかは編集者には判断できないから、その人の資質次第よね」

「そうですか。でも、決められたとおりにストーリーを進めるだけだと、物語に潤いがないですよね」

「咲良さんの小説のこと？　潤いかぁ。難しいことを言うわね。潤いとか艶とか言い出すと、苦しいところに入り込んじゃうわよ。そういうのは自然に滲んでくるものだから、意図して盛り込もうなんて考えなくてもいいんじゃないかしら」

つまり、あくまで自然体でいるのがいいということか。まさに鴻池の佇まいだ。彼は自然体だからこそ、小説に潤いや艶を加えることができるのだろう。いったいどうすれば、鴻池のように自然体でいられるのか。

そのとき、聞き流していた言葉を卒然と思い出した。鴻池は、小説を書くのは楽しいと言った。難しいけど楽しい、と。それはわたしには完全に欠けている感覚だった。わたしは苦行僧のように、ストイックに小説に向き合っていた。もっと執筆を楽しめば、小説に余裕が出るのだろうか。

思い返してみれば、わたしは自分が小説執筆を好きなのかどうかなど、一度も考えたことがなかった。小説は逃避だったのだから、好きという感覚とは最初から無縁だった。しかし改めて考えると、さほど迷うことなく答えは出た。わたしは小説を書くのが好きなのだ。苦しいし、ただ辛いだけだが、やめたいと思ったことは一瞬としてない。それは新鮮な発見だった。

譬えて言えば、ずっと探していた物が足許に落ちていたような意外さだった。こんなことを話せば、高井には呆れられてしまうかもしれない。好きかどうかも自覚せずに小説を書いていたなど、出発点にも辿り着いていない論外な姿勢だ。だから何も言わなかったが、この発見が決して小さなものでないことは本能的に察していた。わたしは今後の自分を支え続けるだろう杖を、ついに手にしたのだった。

「続き、がんばって書きますね」

わたしの声には、何か違う響きがあったのかもしれない。高井が不思議そうな顔をするのがおかしかった。

62

相変わらず木之内は忙しそうだった。先日は向こうから連絡をくれたのだが、こちらから誘った場合はなかなか応じてもらえない。きっとこの前の誘いは、罪滅ぼしのつもりだったのだろう。何しろ事業規模を拡大するという話を聞いてからこちら、わたしたちは一ヵ月に一回程度しか会えなくなっていたのだ。わたしの誘いを何度も断ってしまったことに罪悪感を覚え、時間を無理に作ってくれたに違いない。それなのにわたしは、頭の半分で違うことを考えていた。小説に関する悩みで上の空だったのならまだいいが、そうとばかりは言えないのが正直なところだった。木之内を責める権利など、わたしにはなかった。

とはいえ、忙しさを理由に断られてしまうと、どうしようもない寂しさが込み上げてくるのは事実だった。会えないときには会いたくなるのに、会えば木之内を遠くに感じてしまうわたしは身勝手としか言いようがない。我が儘な心の動きが腹立たしかった。

そのような心持ちのときに鴻池から誘われれば、断るのは難しかった。まるで自分の心が、磁石に吸い寄せられる砂鉄になったかのようだった。鴻池との対話を望む気持ちには、抗しようがなかった。

いつも赤坂じゃ芸がないから、今度は違うところに行こう。鴻池は電話口でそう言った。わたしは鴻池の話が聞けるなら、場所などどこでもよかった。鴻池は新宿西口の地下ロータリーを待ち合わせ場所に指定した。どこに連れていってくれるのかは言わなかった。

当日、ロータリーに立って待っていると、目の前に白いポルシェが停まった。ドアウィンドウを開けて「お待たせ」と声をかけてきたのは鴻池だった。その派手な登場の仕方に、正直面食らう。だがスター性抜群の鴻池にはいかにも似つかわしくて、思わず笑いそうにもなってしまった。

「乗って。こっち」

鴻池は右側のシートを叩いて、わたしを促す。回り込んで、一礼をしてからドアを開けた。

「ポルシェとはすごいですね」

挨拶もそこそこに、そんな感想を漏らした。鴻池は苦笑したようだった。

「いかにも俄成金って感じでしょ。でもぼく、車が好きなんだ」

その言い方は、前から欲しかったおもちゃを手にした子供のようで、それもまた鴻池らしかった。見栄や俗物根性で高級外車を買ったのではなく、本心からポルシェが欲しかったことが伝わってきた。

「ぼくはもともと物欲が少ないってこともあるけど、お金って飽和点に達しちゃうと使い道がなくなるんだよね。他に欲しい物もないから、つい買っちゃった。俄成金の自慢だと思って、笑って」

冗談めかして鴻池が言うのでつられて笑ったが、同じ職業に就いている人の言葉とは思えなかった。いや、同じ職業などと考えるのがおこがましいのかもしれない。あまりにも別次元の話で、鴻池のようになりたい、という気持ちすら湧いてこなかった。

本牧《ほんもく》に行こう、などと鴻池は言った。本牧に素敵なレストランがあるそうだ。今から本牧とはずいぶん遠方だと思ったが、ポルシェならあっという間なのかもしれない。鴻池はすぐに首都高速に乗ると、車を飛ばし始めた。

「でも、車だとお酒が飲めないですね」

前回も前々回も、鴻池は酒を嗜《たしな》んでいた。決して下戸ではないのに、わざわざ車を出してくれたせいで酒が飲めなくなるのは申し訳ないと思った。

「うん、別にかまわないよ。ぼくはそんなに酒好きじゃないんだ。でも、君は遠慮なく飲んで」

そんなことを言われて、そうですかとわたしだけ飲むわけにもいかない。今日はアルコールなしの夜になりそうだった。

むしろわたしは、欲がない鴻池の姿勢に感銘を受けていた。物欲がなく、酒も好きではない。初対面の際の言い方だと、文学賞への執着も特にないようだ。その無欲さが、小説の神様に愛でられる秘密なのだろうかと考える。鴻池に比べれば、わたしは欲の塊だった。いい小説を書きたい、綺麗になりたい、木之内の気持ちが欲しい。どれを取っても強欲だ。

あれこれ話していると、移動の時間は本当に短く感じられた。高速道路を降りて鴻池が車を停めたのは、ログハウス風の外観の店の前だった。そこは高台だったので、車を降りると眼下に横浜港の夜景が見えた。どうやら鴻池は、この夜景を見せたかったらしい。わたしが歓声を上げると、満足そうだった。

おいしいステーキを食べさせてくれる店だとのことだった。わたしたちはミネラルウォーターで乾杯をして、窓から見える夜景をしばし楽しんだ。木之内以外の男と会っているという罪悪感は、心の中からいつの間にか消えていた。

「小説の話、していいですか？」

今回はもう、遠慮せずにそう切り出した。小説の話をしたくないなら、わたしを誘うわけがないと開き直った。

「うん、かまわないよ。小説に関しては貪欲でいいね」

鴻池は楽しげに言う。貪欲と形容されて恥ずかしかったが、こと小説についてならば後込みする気持ちもなかった。

「この前、物語が降ってくるとおっしゃいましたよね。それはあまり作り込まないで、物語が自然に膨らむのに任せた方がいいという意味かと解釈したんですが、わたしにはその感覚がよくわからないんです。事前に決めたとおりにしかストーリーが動かないんですけど、どういうふうに書けば物語が膨らむんでしょうか？」

「どういうふうにと訊かれても、本当に自然にだよ。別にテクニックなんかないさ」

わたしはその答えに軽く失望した。そうではないかとうすうす予想していたが、やはり鴻池は天性の感覚で書いているだけなのだ。これでは、わたしが見習う余地はない。

「書き方なんて人それぞれだから、別にぼくの真似をする必要なんてないでしょ。君に合った書き方をすればいいんだよ」

「わたしに合った書き方が見つからないんです」

「うーん、この前よけいなことを言っちゃったかな。ぼくが変なことを言ったせいで、迷っちゃってるんじゃないの？　あんまり人に影響されない方がいいよ。もうこの話はやめようか」

鴻池にとっては面白い話題ではなかったらしく、あっさりと打ち切られてしまった。小説の話なら弾むと思ったのに、悩み相談とでも受け取られてしまったのか。同業者との接し方は難しいものだと、改めて痛感した。

「そんなことより、実はもっと大切な話がしたくて今日は付き合ってもらったんだよ」

　鴻池がそう言い出したので、わたしは耳を疑った。小説についての話題が「そんなこと」で、「もっと大切な話」があるというのか。小説のこと以上に大切な話など、わたしにはまるで思いつかなかった。

「あのさ、咲良さんは付き合ってる人いるの？」

　あまりに唐突に話題が変わったので、面食らった。鴻池がどういう意図で尋ねているのかすら、すぐには理解できなかった。

　十数秒間、ただ瞬きをするだけで他には何もできなかった。それだけの間があってようやく、鴻池の言葉の意味が胸に染み透ってきた。常に自然体の鴻池は、こんなときも真っ直ぐなのだなと思う。あまりに複雑に屈折しているわたしとは、大違いだった。

　屈折している女にとって、真っ直ぐな問いは正面から受け止めるのが難しかった。付き合っている人がいると即答できない自分はずるいが、わたしはまだたくさんのことを鴻池から吸収したいのだ。即答することでその機会を失うかと思えば、どうしても口籠ってしまう。いい小説を書くためならば、ずるくも卑怯にもなれるとこの瞬間思った。

「うーん、いるともいないとも言わないってことは、微妙な人はいるみたいだね。付き合っている人はいないけど、好きな人ならいる、って感じかな」

　こちらの逡巡を、鴻池は間違って解釈してくれた。真っ直ぐな人には、女のずるさなど想像できないのだろう。その誤解に乗じるのもまた、ずるい女の手だった。

「……はい」

「咲良さんみたいな美人が片思いしているなんて、びっくりだな。でもまあ、付き合っている人がいないならよかった。ぼくにもまだ、少しはチャンスがあるってことだよね」

その言葉を聞いたときの素直な気持ちは、「嬉しい」だった。決して困惑ではなかった。わたしは鴻池に好意を持っているし、その才能に敬服してもいる。もっと深く知り合い、才能の片鱗なりとも盗みたいとすら思っている。それだけでなく、金が余っているからポルシェを買うという別次元の生活にも、正直に言えば魅力を覚えていた。鴻池のような男に求愛されて即座に拒絶する無謀さは、たとえずるくなくても持ち合わせていなかった。

「好きな人がいるならすぐには決められないだろうけど、一応ぼくも恋人候補のひとりとして考えてくれないかな。どう?」

「……はい」

わたしは俯き、小さく頷いた。木之内の顔を思い浮かべる。不誠実な男と、真っ直ぐで才能溢れる著名人。どちらを選ぶべきかなど、本来なら考えてみるまでもないことだった。

63

無性に木之内に会いたかった。会って、自分の気持ちを確認したかった。わたしは木之内のどこが好きで、こんなにも別れがたく感じているのか。あれこれ思い出そうとしても、今は記憶にブロックがかかったかのように何も思い浮かばない。わたしは本当に木之内が好きだったのか。理想の男の幻影を作り出して、それを追いかけていただけだったのではないか。そんなふうにすら感じ始めていた。

　それなのに木之内は、相変わらず多忙を理由に時間を作ってくれなかった。今ここでわたしの心を繫ぎ止めてくれなければ、木之内の知らない世界に行ってしまうかもしれないというのに。わたしの思いは届かず、まして口に出して言うことなどできず、ただ寂しさを押し殺して受話器を置く。何度も、同じことを繰り返した。

　そしてまた、鴻池から誘われた。前回から一週間後のことだった。タイムリミットを迎えてしまったと思った。木之内は間に合わなかった。きっと彼は、わたしの誘いの裏にこんな選択があったとは想像もしていないのだろう。木之内は気づかぬうちに、一方の道を選んでしまった。わたしが選んだわけではないのだと、自分自身に言い聞かせた。

　今度はまた、都心部での食事となった。そのときになって、先日はアルコール抜きでわたしに気持ちを伝えたかったのだと鴻池の意図に気づいた。なんと誠実なのだろう。誠実な男は、わたしには目新しく感じられた。

　待ち合わせ場所からタクシーに乗って、目白《めじろ》に向かった。目白の住宅街の中にある店が、目的地だった。和食の創作料理を食べさせる店だそうだ。いつもながら、鴻池の店選びは上品だった。

　鴻池の態度はこれまでと変わらず、話題も雑談からだった。次の小説の取材でパリに行く予定があること、フランス語は大学で勉強したけど赤点ぎりぎりだったこと、でも他言語を学習すると頭の回転が早くなること、別の言語を学ぶことによる文章への影響について、などを面白おかしく語る。鴻池は本当に話し上手で、わたしだけがこんな楽しい話を独占していいのだろうかと申し訳なく思えてくるほどだ。鴻池はエッセイを書かせても、きっと一流の文才を発揮するだろう。鴻池の作品の面白さは、彼自身の個性に起因しているのだということが親しく接しているとよくわかる。

ここでまた、お馴染みの後ろ向きな発想が舞い戻ってきた。わたしはつまらない人間だから、書く小説もつまらないのだ。小説とは本来、鴻池のように豊かな個性を持つ人が書くべきものではないのか。つまらない人間であるわたしが、つまらない小説を書く意味などどこに存在するのだろう。いっそこの辺りで見切りをつけ、鴻池のサポートに回る人生もあり得るのではないか。その方が有意義なのは間違いないのだから、決して逃避ではないはずだった。

わたしはこの瞬間、崖っぷちに立っていたのだった。転げ落ちてしまえば二度と這い上がってこられない、深い谷底に繋がる崖っぷち。しかし、そこに踏みとどまらなければならない理由はなく、落ちた先はむしろ居心地のいい花畑なのかもしれなかった。わたしはもう、落ちまいと歯を食いしばる気力もなくなり、突風がひと吹きすれば自ら谷底に飛び込んでいるところだった。必要なのは、ちょっとしたきっかけだけであった。

だが、わたしの運命はそちらには転ばなかった。与えられたのは谷底に飛び込むきっかけではなく、のぼせた頭を冷やす冷水だった。鴻池はこんなふうにこちらに話題を振ってきた。

「咲良さんは今、どこの仕事をしてるの？」

「稿人社です。書き下ろしで長編を書いてます」

「長編か。長編はこれで何作目？」

そう問われたときのわたしは、後に思い出しても見事な態度だった。動きを止めたり、絶句したりせず、ただスムーズに「長編は初めてです」と答えたのだ。それだけでなく、鴻池に向かって淡く微笑んでさえ見せた。自分の顔が作り物であったことを、改めて思い出した。

鴻池はわたしが何を書き、本を何冊出しているかも知らないのだった。わたしは鴻池の著作をすべて言えるというのに、彼よりずっと少ない数しか出していないわたしの本を鴻池は把握していなかった。

ショック、ではなかった。納得、の方が近かった。鴻池はこれまで、わたしの作品に言及することがなかった。それは小説家同士のエチケットかと思っていたが、そうではなく単に興味がなかっただけなのだ。無理もない。鴻池のような天才から見れば、わたしはわざわざ時間を割いて読むには値しないくだらない作品を書いているだけの木っ端作家でしかないのだから。鴻池は傲慢なのではない。単に立っている場所が違うだけだ。高みにいる人に、底辺を這いずる者の気持ちはわからない。それは、高いところにいる人の罪ではなかった。

鴻池はなぜ、わたしと付き合いたいと望んだのだろう。小説家としての咲良怜花には、なんの興味もないのはもうわかった。ならば、やはりこの容姿に惹かれたのか。この容姿は、男からするとそれほどに魅力的なのか。その人の人間性も能力も問う気をなくさせるほど、美しいことに意味があるのか。

「聞かせてください。鴻池さんはこの前、恋人候補のひとりとして考えてくれとおっしゃいましたよね。あれ、すごく嬉しかったです。鴻池さんがわたしのどこを見てそう言ってくれたのか、教えてもらえますか」

わたしは尋ねた。望ましい回答が得たかったわけではないし、自分の矜持を保つためでもなかった。鴻池という天才の目にわたしがどう映じたのか、知っておきたかっただけだった。

「そうだな」

鴻池はビールグラスを置いて、居住まいを正した。彼はあくまで誠実だった。だからこそ、悲しかった。

「やっぱり同じ小説家同士なら、話題が共通してて楽しいよね。いちいち説明しなくても話が通じるのはいいなぁと思ってる。それと、最初に興味を持ったのは、なんとなく憂いがあるように見えたからなんだ。この人は単に、綺麗なだけの人ではなさそうだなと直感した。この直感は当たってるという自信があるんだけど、まだ咲良さんのことがよく見えてないんだよね。だからこそ、こうやって誘ってるんだ」

鴻池の返事は嬉しかった。容姿だけではなく、わたしそのものに興味を持ってくれているのだ。鴻池の言う憂いがなんなのか、自分ではよくわからない。もしかしたら、劣等感なのかもしれない。ならば、鴻池が望めばわたしはこの醜い劣等感を曝け出せるだろうか。

できない。考えるまでもなく、答えは決まっていた。鴻池にすべてを見せることなど、できるわけがなかった。もし仮に鴻池と付き合ったとしても、わたしは整形手術をしたことを一生隠しとおすだろう。この容姿でなければ鴻池を惹きつけられなかったことを強く自覚し、正体がばれる日が来るのを恐れて過ごすことになるはずだ。わたしは鴻池と同じ場所に立てないだけでなく、彼を欺き続けなければいけない。そんな関係は、双方にとって不幸だった。

やはりわたしには、木之内しかいないのだ。そのとき、胸を深く抉るようにして現実を悟った。木之内はわたしのすべてを知っている。不細工だった過去の顔も、上辺だけ取り繕った嘘だらけのわたしも承知の上で付き合っている。それだけでなく、本人でさえあるとは思っていない才能を、無条件に信じてくれている。こんな男は、もう現れない。今後知り合う男に、わたしはすべてを明かす気などないのだから。

「ありがとうございます」

鴻池に礼を言った。皮肉はひとかけらも交じってない、心からの感謝だった。鴻池と知り合えてよかったと思っている。鴻池から得たものは、おそらく今の時点ではまだ全体が把握できないほど大きい。鴻池が教えてくれたことひとつひとつを胸に抱いて、わたしはこれからも小説を書き続けていくだろう。たとえそれが蟻の営為に等しくても、天を飛ぶ者には見えない世界を書くだけのことだ。

「鴻池さんにそんなふうに思っていただけたことは、身に余る嬉しさです。一生忘れないと思います。でもわたしはどうしても、好きな人のことが諦められないんです。その人との縁は、とてもひと口では語れないほど深いので」

きちんと目を見て、告げた。鴻池は驚いたように目をしばたたいた。わたしのこんな返事は、予想していなかったのだろう。真っ直ぐに育ち、真っ直ぐに己の才能を世に向けて発した人。わたしのように屈折した女は、最初から似合わなかった。

「あ……、そうなのか。それじゃあ仕方がないな、残念だけど」

鴻池は肩を落とした。まるで子供のようだった。天才児がそのまま大きくなった鴻池。彼はこの先もずっと、天才児であり続けるのだろう。

「すみません」

他に言葉がなかった。わたしは馬鹿だから、こんな選択をする。だから鴻池にも、馬鹿な女のことなど忘れて欲しかった。

「いや、謝ることはないよ。ただ、咲良さんと知り合えて楽しかった。今後も機会があったら、お喋りしようよ」

「はい、ぜひ」

　鴻池は最後までいい人で、わたしに心理的負担をかけまいとしてくれた。人はわたしの選択を、愚かだと言うだろう。だが、後悔はなかった。

64

　筆が進んでいた。体の奥底から言葉が湧き出してきて、わたしは急いでそれを文字に定着させなければならなかった。これまでは歯を食いしばり、爪で岩の表面に文字を刻み込むような感覚で小説を書いていた。あの苦行はいったいなんだったのかと不思議に思える、筆の進み具合である。小説執筆を、初めて楽しいと感じた。

　これが、物語が降ってくるという感覚なのだろうか。いや、まだそうではないのだろう。この長編に関しては、辿るべき道筋は見えている。わたしが考え、わたしが設計図を引いた物語は、多少の起伏があるとはいえ凡庸なところに落ち着く定めだ。これは、降ってきた物語ではない。

　だが、湧いてくる言葉は自分が考えているのではないかのようだった。特にそれは会話に顕著で、ふたりの登場人物に言葉を交わさせていると、事前には決めていなかったことを言い出す瞬間がある。それによって、この人はそういうことを考えているのかと、改めて発見したりする。勝手に喋り出す登場人物は、わたしが作り上げた不細工な粘土細工ではなく、どこか他の世界に存在している実在の人物に思えた。

目の前に立ち塞がっていた高く厚い壁に、わずかなりとも罅《ひび》を入れられたように感じた。これで目の前が開けるなどと、安易に楽観はしていない。そんなに簡単ではないだろうことはわかる。それでも、この罅が突破口になり得るという予感はあった。わたしは小説執筆が〝好き〟なだけではなく、〝楽しい〟と思えているのだ。この感覚は、いつまでも大事にしたかった。

小説執筆を楽しんでいれば、いつかこんなわたしにも物語が降ってきてくれるかもしれない。そう期待していた。物語が降ってくれれば、鴻池の域に達せるなどと自惚れているわけではない。物語は、それを受け取る側の力量に応じたサイズのものしか降ってこないのだろうと思う。鴻池の比喩を使えば、わたしはまだ細い蛇口だ。でも、まずは蛇口になりたい。わたしの中を物語に通り抜けていって欲しい。そうなれたとき初めて、自分が小説家になった意味を見いだせる気がした。

この思いを、木之内に聞いて欲しかった。鴻池ではなく、木之内にこそ聞いて欲しかった。鴻池にとって、この発見はなんら目新しいことではないだろう。考えるまでもなく自然に小説の書き方を体得していた鴻池にしてみれば、何をいまさらという話でしかない。だが木之内なら、目を輝かせて聞いてくれるはずだ。そしていつもの力強い言葉で、わたしが正しい道を歩んでいると保証してくれるに違いない。だからわたしは、これまでにも増して木之内に会いたかった。

それなのに木之内は、なかなか時間を作ってくれなかった。わたしはすでに木之内の会社を離れて長いので、彼が今どんな仕事をしているのか見当がつかない。会社を大きくするのは、素人が考えるよりずっと大変なのだろう。実際、電話越しに聞こえる木之内の声には、疲れが滲んでいるかのようだった。

「資金援助をしてくれるかもしれない人がいてね」

そんなふうに木之内は説明してくれた。木之内はわたしと会っているときは羽振りがいいが、ふだんは質素な生活をしているのは知っている。しかし貯金は、浪費家の季子に使い果たされて残っていないようだ。会社の規模を大きくしたければ、第三者の援助が欠かせないのだろう。

「で、けっこう気まぐれな人なんで、割とよく呼び出されるんだ。ぼくのことを気に入ってくれているのは間違いないんだけど、その呼び出しに応じないと、とたんに不機嫌になるんだよ。その人に臍を曲げられると、もうどうにもならない。だからできるだけ、時間を空けておかなければならないんだ」

その説明は、一応納得できた。相手は金持ちの道楽で、木之内の会社に出資しようと考えているのだろう。木之内はかわいいところがあるから、年上に気に入られるのはよくわかる。我が儘な相手に振り回されていても、今は耐えなければならないときだということだ。

だからわたしと会えない、という結論も受け入れざるを得なかった。ここで無理を言って、木之内を困らせるような真似はしたくない。木之内が人生の岐路に立っているなら、見守ってあげたかった。彼が自分の夢を追っているように、わたしも小説執筆に専念していればいいのだった。

それでも、せめて声だけでも聞きたいと思ってしまう気持ちは抑えられなかった。平日はともかく、日曜日の夜なら不意に呼び出されることもないのではないか。そう考えて、邪魔に思われることを恐れながらも電話してみた。

しかし、電話は繋がらなかった。十五分くらい空けて三度、電話をしてみても木之内は出なかったので、トイレや風呂に入っているのではないだろう。木之内は家にいないのだ。

日曜の夜まで仕事か。そんな多忙な木之内にがっかりしながらも、体調を崩さないだろうかと心配にもなる。忙しければ忙しいほど生き生きとする木之内ではあるが、先日の声の疲れは気がかりだった。

木之内は多忙な状態が好きな男だった。自分で会社を経営していると、暇な時間に恐怖心を覚えるようになるのだろう。まるでスケジュール帳の空白を退治するかのように、あえて用事を入れたりする。自分の体を休めるという発想は、端からないのだった。

わたしが勤めていたときからそうだった。毎晩のように取引先の相手と食事をしつつも、わたしと会い、さらに他の女にまで手を出していた。あり余る活力を、そうすることでようやく静めていたのかもしれない。木之内にとって、一日は二十四時間だけではとうてい足りないのだろう。

落胆する気持ちを持て余しながらも、なんとか気分を変えて本でも読もうかと考えたときだった。不意に、自分が大きな見落としをしていたことに気づいた。木之内は忙しいときほど、女との付き合いにも精を出す。今は違うと、どうして言い切れるだろうか。

迂闊だった。わたしは鴻池との関わりで頭がいっぱいで、木之内の性癖にまでは思いが及ばなかった。わたしにでさえ、別の男性が現れるのである。木之内がわたし以外の女に目を向けていても、決して不思議ではない。いやむしろ、そうでない方が不思議ですらあった。

木之内は他の女と付き合っているのか。その疑惑は、胸の底が破けて心がこぼれだしていくほどの衝撃だった。木之内が季子と別れたとき、わたしはすべてが片づいた気でいた。木之内がわたしの許に戻ってくるのは当然で、他の可能性など露ほども考えなかった。木之内はあくまで木之内なのに、なぜああも甘く構えていたのだろう。自分の見通しの甘さが呪わしかった。

捨てられたくない。痛切に、身を切るような切実さで、わたしは思った。木之内に捨てられたら、生きていけない。もちろん、小説など書き続けられない。わたしには木之内の励ましが必要で、彼が認めてくれるから小説が書けるのであり、そして小説執筆こそが今のわたしの存在理由だった。木之内を失えば、わたしの存在理由もなくなる。それは死にも勝る恐怖だった。

確かめなければならない。その結果、女の存在が明らかになるとしても、知らずにいることはできなかった。木之内の気持ちを繋ぎ止められるなら、後はもう何もいらないとすら思った。

65

しばらくこちらから連絡せずにいたら、案の定木之内の方から電話をかけてきた。木之内はそういう男なのだ。追いかければ逃げていき、遠ざかろうとすれば近寄ってくる。決して摑まえることのできない、蜃気楼のような男。わたしと会うことも多忙の日々の中では必要だと思い出させてやれば、必ず電話が来ると思っていた。

「なかなか会えずにごめんな」

電話口で木之内はそう言った。本当に申し訳なく思っている響きだった。演技ではなく、本心で言えるのが木之内の長所だ。わたしは怒ったりしなかった。

「今度の金曜日、時間を作ってくれるか。会いたいんだ」

「いいんですか？　例のスポンサー候補から呼び出されるかもしれないんでしょ」

「いいんだ。和子の方が大事だから」

この言葉は本音かどうか怪しい。おそらく違うと思うが、今この瞬間は本気で言っているのだろう。いちいち疑ったり腹を立てたりしていては、木之内と付き合っていけない。わたしは聞き流した。

ともあれ、木之内と会う約束をした。前回は頭の片隅に鴻池のことがあり、木之内にはすまなかったと反省している。今回は、木之内のことだけを考えていようと思った。

木之内は赤坂を指定した。以前に鴻池と行った店の近くだったので、驚いた。木之内が鴻池とのことを知っているはずもないから単なる偶然なのだろうが、こういうところでわたしをどきりとさせる鋭さが彼にはある。木之内が他の女に目をやっていても、それはわたしの自業自得なのだろうかと思わされてしまった。

「その後、長編の進み具合はどうだ？」

フレンチレストランの個室に落ち着き、食前酒で乾杯をすると、開口一番そう訊いてきた。以前にも木之内は、同じことを尋ねてくれた。口先だけではなく、本気でわたしの仕事の進捗状況を気にかけてくれているのだ。鴻池ではなく木之内を選んだ選択は正しかったと、改めて確信した。

「軌道に乗ってきました。聞いてください。なんかね、小説を書くのが楽しくなってきたんですよ」

わたしの声は弾んでいた。嬉しい出来事を、素敵なレストランでお酒を飲みながら、木之内に語れる幸せ。たとえ木之内の行動に不審な点があろうとも、わたしの心はたわいもなく躍った。

小説執筆がどう楽しくなったのか、わたしは説明した。お喋りな女になったかのように、木之内の相槌も待たずに一方的に話し続けた。そんなわたしを木之内は、微笑みながら見守ってくれた。

わたしが息を切らせながら語り終えると、「すごいじゃないか」と感想を口にした。

「登場人物が勝手に動き出すって話は、よく聞くよな。素人にはわからない感覚だけど、和子の小説にもそういうことが起きたのは、いよいよ本物の小説家になってきたからだよ」

本物の小説家とは、いくらなんでも大袈裟だった。鴻池のような人を知ってしまった今は、わたしなんかまだ半人前ですらないと思う。ただ、久しぶりに聞く木之内の全面肯定は耳に心地よかった。幼児は、親から百パーセントの愛情を注がれてこそ、心が素直に育つという。ひよっこの小説家であるわたしにも、木之内の全面肯定は必要なのだった。

木之内に話を聞いてもらいたいという欲求が満たされたので、今度は彼の話を聞かせて欲しかった。会社はいったいどうなっているのか。わたしが水を向けると、木之内は笑いながらも「うーん」と唸った。

「新しくうちに来て欲しい人には、声をかけて内諾は得てる。だからスタッフには自信があるんだけど、先立つものがね」

「スポンサー候補って、仕事で知り合った人ですよね」

「そうなんだ。まだ五十代の人なんだけど、世界中あちこちで仕事をした経験のある人でね」

木之内はそのスポンサー候補について話してくれた。若いうちに起業して成功を収め、今は会社を売って悠々自適の生活を送っているそうだが、半ば道楽、半ば社会貢献のつもりで、木之内の会社のようにこれから伸びそうなところに出資をしているらしい。かなり豪快なタイプの人なので、経営に細かい口出しはしないようだが、その代わり人物を見る目は厳しいという。木之内も気に入られてはいるものの、未だに金を出してくれないのは、何かお眼鏡に適わない点があるからではないかと心配しているとのことだった。

「和子も知ってのとおり、ぼくは博打《ばくち》根性が抜けないところがあるからさ。実績を残している人からすると、危なっかしく見えるんだと思うよ。まあ、打開策も考えてるから、近いうちになんとかするけど」

わたしの話を聞いているときは明るかった木之内の表情も、いつの間にか曇っていた。よほど心に引っかかっていることなのだろう。会社を大きくできるかどうかの瀬戸際なのだから、それも無理はない。わたしは先を促した。

「打開策って、どんなことを考えてるんですか」

「え？　ああ、それはいろいろこざかしい話になっちゃうから、訊かないでくれよ。本当に、こざかしい話なんだ……」

木之内にしては珍しく、歯切れが悪かった。わたしは不安になったが、そう言われてはしつこく尋ねるわけにもいかなかった。だがその一方、木之内の悩みは事実のようなので、他の女に目を向けている暇もさすがにないのではないかと胸を撫で下ろす部分もあった。あれはわたしの、単なる下衆の勘ぐりだったのか。そうであればいいのにと思った。

「じゃあ訊かないけど、わたしにはなんでも話してください。木之内さんにとって、どんなことでも話せる相手でいたいんです」

本心からの望みを口にした。わたしの究極の、最上の望みだった。

「うん、ありがとう。和子はぼくのことをなんでもわかってくれるもんな。和子なら、なんでもわかってくれると信じているよ」

木之内は自分に言い聞かせるかのように繰り返した。その物言いには何か含みがあるようで、気になった。否定したばかりの疑惑が、また舞い戻ってくる。木之内が言外に示唆していることを、わたしは汲み取りたくなかった。

「わたしは木之内さんの一番の理解者です。だから、わたしには隠し事をしないでくださいね」

縋るような思いから発した言葉だった。木之内に向かって隠し事をするなと頼む空しさは、わたし自身が誰よりもよくわかっている。わかっているのに言わずにはいられなかった自分の弱さを、わたしは嗤った。

「ああ、わかった。和子には包み隠さずなんでも話すよ」

木之内は頷いた。わたしの目を真っ直ぐに見て言い切る木之内。たいていの人なら、そこに誠実さを見て取るだろう。しかしわたしは、こういう点ではまったく木之内を信じられなかった。相手の目を見て嘘をつく男も、この世にはいるのだ。それがわかってしまうこと、そんな男に支えられなければ生きていけないこと、どちらも我が身の不幸だった。

わたしの中には覚悟があった。いや、諦めだったのかもしれない。いずれにしても、それがなければ木之内と付き合っていくことはできないものだ。わたしは木之内の理解者でいたいし、常に木之内に励まし続けて欲しかった。望むことは、ただそれだけだった。

66

次に木之内に会えたのは、なんと二ヵ月後だった。二ヵ月ものブランクができたのは、木之内が離婚して以降では初めてのことだ。わたしから連絡をしなくても不安に思う暇もないのか、ただ音信不通が続く。その状態に耐えられなくなってこちらから電話をすると、「申し訳ないけど、時間が作れないんだ」という詫びを聞かされることになった。本当に忙しいのか、それともこのブランクには別の意味があるのか。わたしの中の覚悟は、時間が経てば経つほど堅固になっていくのだった。

わたしはその間、小説執筆に集中した。木之内のことを思い煩うのにいっぱいで、小説の悩みは吹き飛んでしまった格好だった。ただ筆が進むのに任せ、長編を最後まで書ききった。高井からはオーケーが出て、出版される運びになった。高井の態度は素っ気なかったので、小説に対する評価がどの程度か見当がついた。反省をして次に生かさなければならないところだが、今はあまり深刻に受け止められなかった。

そして、ついに木之内からの呼び出しがあった。待ち合わせ場所は、日比谷のホテルのティールームだった。指定時刻が昼だったので、そこからどこかに遊びに行くことも考えられたが、わたしはそんなふうに楽観できなかった。いつもと違う場所を指定したこと自体に、木之内の意図が見える気がした。

約束した日が永遠に来なければいいのにと、わたしは子供じみたことを望んだ。だが時間の流れが止まるわけもなく、坦々と日々は過ぎていき、当日の朝を迎えた。わたしの心には揺らぐ部分と、何があろうと動かない確固とした決意とがあった。決意できたこと自体を誇りに思って、木之内と会おうと決めていた。

待ち合わせのティールームに行くと、珍しく木之内の方が先に来ていた。木之内は立ち上がり、わたしを迎えた。ティールームはひとつひとつのテーブルが離れていて、他の客に会話を聞かれる心配がない。以前に季子との離婚を告げられたときの喫茶店と、同じような造りだ。やはり単なる待ち合わせではなく、話をするためにここを指定したのだと察した。わかっていたことなので、わたしは動揺しなかった。

「坐ってくれ」

迎えた木之内は、笑顔を見せなかった。わたしもまた、硬い表情のまま頷いた。木之内はわたしの覚悟を、表情から見て取ったようだ。少し驚いたふうに眉を上げてから、わずかに口角を吊り上げた。わたしの察しのよさに、木之内は安堵したのだった。

「まず、仕事の話からさせてくれ」

飲み物を注文してウェイトレスが遠ざかると、木之内はそのように切り出した。仕事の話とは意外だったので肩透かしを食らった心地がしたが、きっとそこから本題に繋がるのだろう。わたしは相槌を打たず、木之内が語るに任せた。

「例のスポンサーからは、なんとか金を引き出すことができた。これで、事業規模を拡大できるよ」

「そうなんですか。それはよかった」

木之内の話の内容に警戒する気持ちは依然としてあったが、それでもいいニュースは素直に祝福したかった。彼の夢が叶うのは、わたしの喜びでもあった。

「ただ、むろん条件があるんだ。ぼくの博打根性は、やっぱり信用されてなかった。今まで大して痛い目に遭ってこなかったのは、単に運がよかっただけだと見られているようだ。この調子でいくと、いずれ遠からず失敗すると警告された。まあそうなんだろうなと、ぼくも思う」

強気なところが木之内の魅力でもあるのだが、人生の節目では強気一本槍でもいられないようだ。では相手の不信を、木之内はどのように克服したのか。

「ぼくとスポンサーの共通の知り合いがいてね。仮にAさんと呼ぶけど、そのAさんもぼくと同じくらいの規模の会社を経営しているんだ。Aさんはぼくとは違って堅実な人なので、スポンサーからの信頼も篤《あつ》い。スポンサーは、Aさんになら喜んで出資をすると言うんだ」

わたしは首を傾げた。木之内は最初に、金を引き出すことができたと言った。しかし、今の話では資金はAさんの方に行くだけではないのか。なぜその金が木之内の方に回ってくるのか、そのからくりに見当がつかなかった。

「Aさんはぼくとは違って、事業の手を広げるつもりはなかったんだ。自分が惚れた商品を、届けたい相手に売れればそれで満足という仕事をしてきたんだよ。ただ、会社がいくつかの部門を持ち、自分がそのひとつを自由に裁量できるという形なら、会社が大きくなってもいいと考えるようになったんだ。ええと、ここまではわかるよな」

「わかりますけど、もしかして、合併するんですか」

木之内はそのAさんと共同経営の道を選んだのか。それは意外でならなかった。小さくても一国一城の主であることを、木之内は望むと考えていた。大きくなれるなら、どんな形でもよかったのか。

「うん、そうなんだ。Aさんの会社と対等合併することになった。それならと、スポンサーも金を出すことを承知してくれたんだよ」

「対等合併。じゃあ、社長はどちらが?」

「ぼくだ。Aさんは肩書は副社長になるけど、実際は部門長として動くことになる。その部門は実質、Aさんの会社そのままだ。つまりぼくの会社は、社内にもうひとつ別の会社を持つことになるんだよ。それでも、合併の効果は大きい。経費は節減できるし、スタッフのノウハウを分け合うこともできる。取引先とのコネも、一気に増えることになるからね」

「Aさんはそれでいいんですか? 対等合併とは言っても、実質は吸収合併みたいじゃないですか」

「大丈夫だ。互いの信頼関係があるから」

「信頼関係」

そんな人が木之内にいたとは知らなかった。考えてみたらわたしは、木之内の交際範囲をよく知らないでいた。木之内にも友人はいるし、その中には親友と呼べる人もいるだろう。互いに信頼し合える相手と共同経営ができるなら、それもまた素敵なことかもしれないと単純に考えた。

「Aさんはまだ若いんだけどしっかりした人でね、ぼくなんかより考え方がずっと大人なんだ。頭が切れて信頼できるし、ぼくのパートナーとしていろいろなことを任せられる人なんだよ。知り合ったのは最近なんだけど、もう二十年来の付き合いのような気がするほどなんだ」

「へえ、いいですね」

「うん。だからね、ぼくはAさんと結婚しようと思うんだ」

「……えっ」

一瞬、何を言われたのかわからなかった。わたしはずっと、Aさんを男性だと思って聞いていた。

とっさに考えたのは、男同士でどうやって結婚するのか、といった馬鹿げた疑問だった。冗談だよと、木之内が笑い出すのを待っていた。

しかし、木之内は笑わなかった。

「和子には本当に申し訳ないことになったと思ってる」木之内はそんなふうに言って、頭を下げた。「でも、今話したような状態なので、他に選択肢がなかったことはわかってくれるだろ。ぼくはこのチャンスを逃したくなかったんだ。そのためには、彼女と結婚するのが必要条件なんだよ。和子のことが嫌いになったわけじゃないんだ。わかってくれ」

木之内は繰り返し、わたしに理解を求めた。その言葉の裏には、わたしなら理解できるはずという信頼があると感じた。そのとおり、わたしは木之内を理解できる。丁寧に説明してもらったので、他に選択肢がないという言葉も嘘ではないと納得した。何しろわたしは、木之内の一番の理解者なのだ。わたしが理解しないで、他に誰が彼を理解できるのか。

和子のことが嫌いになったわけじゃないという最後の説明が、わたしのただひとつの慰めだった。それは嘘ではないはずだ。わたしは木之内の心がわかる。木之内の心がわたしから離れたわけではないと、自信を持って言える。木之内はこういうことでわたしに嘘をつく男ではないのだ。わたしだけが知っている、木之内の本心。

だからこそ、彼が決めたことはいまさら覆らないことも、わかってしまった。彼はもう決めた。わたしではなく違う女を選んだ。木之内はAさんを〝パートナー〟と呼んだ。仕事をする上での、信頼できる片腕。わたしはそうなれなかった。わたしは違う道を選び、互いの仕事上での接点はなくなった。励まし合うことしかできない関係。木之内は、仕事上のパートナーを求めていたのか。

そうと知っていたら、小説家になどならなかったのに。わたしも経営を勉強したのに。顔も名前も知らない女に、後出しじゃんけんで負けた心地だった。

「……相手の人、いくつですか？」

「年？」

木之内の声は、珍しく上擦っていた。わたしの反応を恐れているようだ。

「三十だ」

「三十歳で社長ですか。すごいですね。本当に、優秀な人なんですね」

「あ、ああ」

「綺麗なんですか」

「そうだね。一般的な基準で言うと、綺麗だと思うよ。でも、和子ほどじゃないよ」

木之内もさすがに、気が差しているのか。そんなことを言ってもなんの慰めにもならないことくらい、わかっているだろうに。

「名前はなんて言うんですか？」

この質問には、木之内は答えるのをためらった。わたしは微笑した。

「大丈夫ですよ。季子みたいな真似はしませんから。安心してください」

「いや、そんな心配はしてないよ。アツコだ。敦煌《とんこう》の敦に子供で敦子《あつこ》」

そうか、それでAさんだったのかといまさら納得すると同時に、前回会ったときに木之内が言っていた「こざかしいこと」の意味も理解した。確かに、結婚によって事態を解決するとは、いかにもこざかしい。木之内が言い渋ったわけだと、苦笑したくなった。

「こんなことを言ってもずるいだけだと思うけど、本当のことだから言わせてくれ。ぼくは和子ではなく他の人と結婚するけど、和子に対する気持ちはぜんぜん変わってないんだ。結婚するメリットが、敦子と結婚した場合の方が大きいだけなんだよ。どちらの方がより好きかと言ったら、和子だと思う。何しろ、付き合っている時間の長さがぜんぜん違うから」

木之内の言い訳を、わたしは微笑んだまま聞いた。なるほど、ずるい言い種だった。でも、本音なのだろう。木之内はわたしのような女が好きなのだ。才能一本で生きている女。敦子さんもそうなのだろうけど、わたしの方が木之内の憧れを誘うはずだった。木之内が追えなかった夢を生きているのは、わたしだ。そして、木之内の夢を代わって叶えるためには、これからも木之内の力が必要なのだった。

「ありがとう」

わたしは一度も顔を伏せていない。涙も流していない。そして今、自分で運命を選択しようとしている。上出来だと、誉めてやりたかった。

「わたしも徹さんのことが好き。他の誰よりも好き。この先何年生きても、徹さんより好きな人なんかできないと思う。だからわたしは、徹さんと別れないよ。他の人と結婚してもいいけど、わたしとは別れないで。いいでしょ」

これが、わたしの覚悟だった。わたしは木之内と結婚できるとは思っていなかった。こうなることは、遥か昔に覚悟していた気がする。木之内と会えなくならなければ、それでいい。本当に、それでいいのだ。

「――そうか。和子がそういうつもりでいてくれるなら、ぼくも嬉しいよ。ぼくは不誠実だな。本当に和子には悪いことをしていると思うよ。ごめん」

木之内が自分のことを不誠実と言ったのは、確かこれが初めてのはずだ。ようやくわかったのかと、笑いたくなる。でも、声に出して笑いはしなかった。声を出したら、泣き笑いになりそうだったから。

ここが人生の岐路だという自覚があった。ここで木之内を許すか許さないかで、わたしの人生は大きく変わる。それはわかっていたのだが、でも本当にわたしに選択の余地はあったのだろうか。木之内を許さないという選択肢は、最初から与えられていなかった気がした。

67

木之内の前では気丈に振る舞っていられたが、ひとりになると負の感情がいちどきに襲いかかってきてわたしを苛んだ。わかっていたことだし、他に道はなかったのに、それでも過去を何度も振り返ってしまう。どこかに分かれ道があり、そのとき違う方を選んでいればこんなことにはならなかったのではないか。小説家になったのが間違いだったのか。あるいは整形手術などしなければよかったのか。木之内が季子と付き合っていると知ったとき、短気を起こして会社を辞めたりしなければ、今頃はわたしもビジネスの世界がわかっていたかもしれない。そうすれば、わたしこそ木之内のビジネスパートナーになっていたのではないか。

遡ってそんなことまで考えたが、実際にはそのような選択が不可能だったことはよくわかっている。季子と付き合っている木之内の下で働くような屈辱に、耐えられたはずがない。人生の分岐点に差しかかるたび、わたしはやむを得ない道ばかりを選んできた。もうひとつの人生など、あり得なかった。必然の積み重ねで、わたしは今ここにいる。小説家になっている現在が必然ならば、それはむしろ悪い道ではなかったのではないかと己を慰めてみる。

わたしの胸の中には、暗い情念が渦巻いていた。形容詞のひとつやふたつで表現できるような、そんな単純な感情ではなかった。それは怒りであり、悲しみであり、憎しみであり、すべての負の感情を食らってぶくぶくと成長する醜い虫であり、わたしそのものだった。もしわたしが平凡に生きている会社員だったなら、こんなものを胸の中に抱える苦しさに押し潰されていたかもしれない。しかしわたしには、吐き出す手段があった。わたしは木之内のビジネスパートナーにはなれなかった。ならば小説家として、小説を書かねばならない。

初めての長編はすでに仕上げ、出版の準備に入っている。高井には、第二長編の依頼は受けていない。だが、依頼の有無など今のわたしには関係なかった。認めてもらえなければ、それでもいい。わたしは生きるために小説を書くのであり、出版が目的ではない。書かなければ生きていけないのだ。認めたくない現実に抗うただひとつの手段、それが小説執筆だった。

もはや、明るい小説など書く気にはなれなかった。主人公に多少の困難はあっても、最終的にはすべて解決して幸せになる物語など、今や絵空事にしか思えない。もちろん、現実が辛いからこそ架空の世界では単純明快な話が求められるという面もあるだろう。読書が気晴らしであるなら、むしろそうでなければならない。これまでのわたしもそのように考えて、ハッピーエンドの物語ばかりを書いてきた。

でも、もういい。ハッピーエンドなど反吐《へど》が出る。そもそも、小説の書き方にルールなどないのだった。明るい話でなければならない、物語は幸せに終わらなければならない、などという決まりはない。わたしはわたしが書きたいものを書く。その結果、読者に受け入れられずに市場から消えていくなら、それまでのことだ。小説家として生きていけなくなったら、趣味で小説を書き続けていこう。書きたいから書く。生きていくために書く。そのためには、何も小説家である必要はなかった。

起承転結という型も、意識するのが面倒になった。現実に背を向けた明るい話ならば、作り込みも必要だった。しかしこの胸の情念を、決まり切った型に流し込むことなど不可能だ。型から溢れてうまく収まらないどころか、型を腐食させて歪めてしまうだろう。わたしがすべきことはただひとつ、情念をむやみに撓《たわ》めたり矮小化したりせず、できるだけそのまま世に放ってやることだ。そう、それはまさに鴻池が言っていたように、蛇口になることだった。鴻池は物語の蛇口だが、わたしは情念の蛇口になろう。読者の感情をも呑み込む情念を、わたしは活字にしてやるつもりだった。

型すらも壊す情念ならば、いっそ破壊の物語にしよう。この息苦しさ、ままならない現実を破壊してくれる物語。振り返ればわたしの人生は、木之内に呪縛されているようなものだった。木之内と知り合ってからの期間は短いが、それでも知り合う前の平板な日々をたったひと齣に押しやってしまうほど濃密だった。わたしの本当の人生は木之内と知り合って以後の数年であり、会わなかった期間も含めて彼の呪縛から逃れられていない。逃れようという気もない。だがこの呪縛がわたしを苦しめているのなら、物語の中だけでも打ち破ってやる。それが、物語の力だと思った。

わたしはもうひとつ、別のものにも縛られている。行儀のいい小説という枠だ。わたしはこれまで、枠からはみ出す勇気がなかった。枠からはみ出せば、本当の自分を曝すことになってしまうと恐れていた。実生活では整形した顔の下に隠れ、そして小説内では作り込んだプロットの下に己を隠す。幼い頃から抱えてきた根深い劣等感が、真実の姿を曝け出すことをそこまで恐れさせていたのだった。

わたしを縛るものがふたつもあるなら、いっそそれらを重ねてしまえないだろうか。男の呪縛は、小説の枠の暗喩。男の呪縛から徹底的に逃れることで、いつしかわたしも小説の枠を越えているかもしれない。ともかくわたしはもう、何物にも縛られたくないのだった。縛られるのはうんざりだった。目の前に障害があるなら、ぶち壊してでも前に進みたいという猛々しい衝動がある。ならばいっそ、衝動のままに小説を書いてみたかった。

現実からの逃避を重ねて、男に翻弄される女を語ろう。逃避ではいささか消極的で、内なる破壊衝動を充分に託せないかのようだが、これでいいという謂われのない確信がある。逃避も徹底すれば、現実の破壊に繋がる。果たして女は逃げ切れるのか、途中で力尽きるのか、それすらも決めずに書き始めてみるつもりだった。

女は不実な男との付き合いに疲れ、相手を殺す。だが、自分が置かれた理不尽な状況にどうしても納得ができず、現実に抗うために逃避を選択する。警察の目を逃れての逃避行だから、どうしてもどん底に落ちざるを得ない。女が苦境にいたら、手を差し伸べる男は絶対弱みにつけ込んでくる。それらの男たちのモデルは、すべて木之内だ。木之内を構成する要素をいくつかに分割し、男たちに託してやる。不誠実で、嘘つきで、女の気持ちがよくわかっていて、そのくせ優しく、一緒にいて楽しく、蟻を搦め捕る蜜のような男。女が男たちとどのように知り合い、どうやって逃れていくのかなど、わたしは知らない。すべて女の判断に任せてみよう。物語の行き着く先はわからないから、作品としてどのような後味になるかも見当がつかない。もしかしたら、読んだことを後悔するようなひどい印象を残す小説になるかもしれない。

そんな作品を、高井がどのように評価するかも予想できなかった。それでも、他社の編集者に渡すつもりはなかった。わたしのこの毒は、まず高井に見せたい。彼女にはわたしの変貌を見届ける義務があるし、変貌に立ち会う権利がある。高井に嫌われ、没にされるなら、わたしも諦めがつく。

ただ漠然としたイメージだけを抱えて、原稿用紙に向き合った。最初の一文字目を書くときは、手が震えた。武者震いだろうか。それとも、恐れか。わたしはどこに向かおうとしているのだろう。この先に何か、明るい展望があるのだろうか。何もわからない。ただ、吐き出さずにはいられない禍々《まがまが》しい情念だけがある。わたしは情念の蛇口になる。この毒がありのままに原稿用紙に定着することを、ひたすら祈った。

わたしは先の見えない一歩を踏み出した。だからタイトルは、『薄明の彼方』とした。

68

憑かれたように一気に百枚書き、その時点で高井に連絡を入れた。次の長編を書き始めてみたのだがと伝えると、では読ませてくれと言う。例によって気のない口振りで、わたしの中で生じた変化になどまるで気づいていないようだった。

いつもの喫茶店で会い、原稿を渡す。「手応えは?」と訊いてくるから、「あります」と答えた。わたしの物言いが決然としていたからか、高井は意外そうな顔をする。「今回はちょっと違うみたいね」と言って、原稿を捲り始めた。

最初の数枚を読んで、高井は顔を上げた。わたしの顔に何かがついているかのように、まじまじと見つめる。鬱陶しくなり、こちらから尋ねた。

「なんですか？」

「いや、ずいぶんと作風が違うから」

言い訳がましく言って、高井は原稿に戻った。以後は読み終わるまで、二度と中断しなかった。最後の一枚を読み、高井はまるで息を詰めていたかのように大きく吐き出した。そして、真顔で馬鹿らしいことを訊いてきた。

「念のために訊くけど、これは咲良さんが書いたのよね」

「そうですけど」

「失礼を承知で確認するわ。本当よね。誰か別の人が書いたなんて、後で言われても困るからね」

「わたしが書きました」

怒ってもいいところだろうが、わたしの感情は波立たなかった。これまでとはまるで違う原稿を書いたのだから、高井が疑うのも無理はないと思っていた。

「わかった。信じる」高井は頷いたものの、まだ納得していないようだった。「でも、驚いたわ。なんか、文体からして違うんだもの。咲良さんってもっと、簡潔な文章を書く人だったわよね。係り受けがはっきりしてて、曖昧なところがなくて、まるで文法の本の例文みたいな文章を書くなと思ってた。それなのにこれは、ひとつひとつのセンテンスが長くて、気を抜いてると何が主語なのかもはっきりしなくなる文章になってるわよ。どうしちゃったの？」

「駄目ですか」

挑発の意図はなく、単に高井の評価が知りたくて訊き返した。それでも高井は、「駄目」という言葉が出てきたこと自体に驚いたかのように、大きく首を振った。

「駄目じゃないわよ。なんか、迫力がある。センテンスが長くてもリズムがあるから、途中で意味を見失うことはないわ。なんというか、文章のリズムに巻き込まれて没頭させられるような感じがした。これは意図的に変えたの？」

「そういうわけじゃないんですけど。いつもはもっときちんと推敲するんですが、今回はぜんぜん見直さずに持ってきたから」

「そういう問題？　文体が根本的に違うと思うんだけど。でも、すごくいいわよ。ほら、咲良さんの文章は透明だって話をしたでしょ。味がないって。でもこの文章なら、味がないどころじゃないわ。文章そのものに暗い色がついているみたい。本当に意識的に変えたわけじゃないのね？　でも、変えようと思ってもこんなに極端に変えられるものじゃないか」

高井は原稿用紙を捲って、気に入った文章をいくつか読み上げた。わたしはそれを聞いても、誰か他の人が書いた文章のように感じた。読み返した記憶はあるから確かに自分が書いたはずだが、頭で考えて作った文章ではなく、わたしに取り憑いた情念がそのまま原稿用紙に定着した言葉たちだから、自分が書いたようには思えないのだった。

「内容も、これまでとはぜんぜん違うわよね。主人公が恋人を殺しちゃうなんて、びっくりしたわ」高井は文章の次に、内容にも触れた。「これは新しい挑戦というわけよね。今までの作風から変えてみるんでしょ。ということは、最後はハッピーエンドじゃないのね」

「ハッピーエンドにはならないと思いますけど、まだ決めてないです」

「決めてない？」

正直に答えたら、また驚かれてしまった。高井は何度か目をしばたたいてから、そんな自分の反応を恥じるように苦笑する。

「なんか、いろいろ大胆に変えたのね。プロットは作ってないの？　行き当たりばったりで書くつもりなんだ」

「テーマはありますけどね。でも、それはまだ言わないでおきます」

わたしの返答をどう受け取ったのか、高井は「ふーん」と唸ってから、またこちらの顔を見つめた。

「ねえ、何かあったの？」

「何か、とは？」

わたしの作品をデビュー時から読んでいる高井なら、当然出てくる質問だった。だが、正直に答える気にはなれなかった。恋人だと思っていた人が他の女と結婚することになった、などと説明しても、ただ滑稽なだけだ。しかも、至極ありふれていて凡庸な響きすらある。わたしにとっては天地を揺るがす大事件でも、言葉にしてしまえば小さくなる。わたしの思いは、小説でしか語れないのだと悟った。

「いえ、なんでもないんならいいんだけど。ともかく、これはちょっとすごそうだわ。咲良さんが気にしてた、枠を破る小説になるかもしれないわよ。あえてこの時点で言っちゃうけど、傑作の予感がする。大事に書いていきましょう。あたしも、できるだけのサポートをするから」

今頃気づいたが、どうやら高井は興奮しているようだ。いつも冷たいくらいに冷静だから、よくわからなかった。高井はよほどのことがない限り、軽々しく「傑作」などとは言わない。つまり今のところ、『薄明の彼方』はそれだけ評価してもらっているということなのだろう。

喜んでいいはずだったが、わたしは高井の評価を淡々と受け止めた。没にされても動じない心構えができていたから、逆に誉められても特に浮かれる気分にはなれなかった。この作品の価値は、わたし自身がよくわかっている。いや、本当の意味ではわたしにしかわからないのだ。そんな作品にとって、他者の評価はどうでもいい。情念を撓めずに出し切ること、小説という形にして世に放つこと、それだけが、今のわたしの関心事だった。

その一方、木之内とは意地になって会い続けていた。木之内と会う優先権はこちらにあるのだと、まだ知らない敦子という女に向けて主張しているつもりだった。木之内は会社の合併と結婚の準備で忙しいだろうに、以前のように誘いを断ったりはしなかった。おそらく、大変な無理をしてわたしと会っているのだろう。無理をさせているのは心苦しかったが、同時に嬉しかった。

気をつけなければならないのは、木之内にとってわたしの存在が負担になることだった。それだけは、絶対に避けなければならない。だからわたしは、木之内と会っているときは極力明るく振舞った。彼が他の女と結婚するつもりだなどという話は、できる限り意識の外に追いやった。そんなふうにしなければならない自分が悲しかったものの、木之内と会っていると楽しいので、自己暗示にかかったかのように本当に明るい気分になるのだった。

わたしは敦子のことを知りたくなかった。敦子の顔も人となりも、情報のいっさいを耳に入れたくない。敦子のことを知らなければ、この世に存在しないも同然だ。知らない女には、嫉妬する必要もない。自己欺瞞に過ぎないが、そうとでも思わなければ今の状況には耐えられなかった。

とはいえ、どうしても知っておかなければならない情報もあった。結婚式の日取りだ。木之内はわたしの気持ちを察して、結婚に関することを何ひとつ口にしない。だからいつ入籍するのか、結婚式や披露宴はやるのかといったことは、こちらが訊かない限り絶対に向こうからは言わないだろう。敦子なんて女はこの世にいないと自己欺瞞を続けている間に、いつの間にか結婚していてもおかしくない。木之内はそういう不実なことを平気でする男だった。

だからあるとき、意を決して尋ねた。このときばかりはわたしも、強がらずにはいられなかった。さもどうでもいいことのように、話のついでに触れた。

「そうだ。ところで結婚式っていつなの？」

わたしが強がっていることは、木之内なら簡単に見抜くはずだった。ならば虚勢を張る必要はなかったのだが、ここはどうしても譲れない意地だった。強がらなければ、心が折れる。わたしの心は、わたし自身が支えなければならないのだった。

「十二月。年の瀬の忙しいとき」

木之内が自嘲気味に答えたのは、こちらへの気遣いだろうか。敦子と結婚するのは仕事のためだという言い訳は、もしかして本当なのか。いや、そんな木之内の言葉を額面どおり受け取るほど、わたしはもう初心《うぶ》ではない。木之内は女への気遣いのためなら、自分自身をも欺ける男だ。敦子の前ではきっと、結婚式を心底楽しみにしているのだろう。この推測は、おそらく当たっている。わたしは自分の洞察力がいやになった。

十二月。あと八ヵ月。木之内が結婚しようとも、わたしは変わらず付き合っていくつもりだ。しかし現実には、大きく変わらざるを得ない。「ただいま」と言って木之内が帰る先には、わたしではない他の女が待っている。結婚式の日を、わたしはどのような心地で迎えるのだろう。自分でも、まるで想像がつかなかった。

69

『薄明の彼方』は二ヵ月強で書き上げることができた。わたしは筆が遅い方ではないが、それでも長編一本を二ヵ月強で書き終えるのは異例に早い。よほど集中していたのだろうが、あまりそのような意識もなかった。湧き出る言葉を淡々と原稿用紙に定着させているうちに、そのまま最後まで辿り着いた感覚だった。どうやらわたしは、蛇口になれたようだ。ただ、鴻池のように小説の神様が宿ったのではなく、わたしに取り憑いたのは腐臭を放つ暗い情念だが。

当然のように、物語はひどい終わり方をした。映像を思い浮かべると目を背けたくなる、心に傷として残りそうな陰惨な終焉だ。おそらく大半の読者は、こんな小説に拒否反応を示すだろう。読み終えたら心に傷が残るような小説は、誰だって読みたくないに違いない。しかしわたしが目指していたのは、まさにそれだった。読者の心に食い入って、一生抜けなくなる棘のような小説。その意味では、出来に満足していた。

最後まで読み終えた高井は、こちらが驚くほど興奮した。すごいすごいと、まるで他に語彙の持ち合わせがないかのように繰り返す。陰惨なラストに眉を顰められると覚悟していたので、その反応は意外だった。あまりに誉められ、啞然としてしまう。

「読んでる途中でも傑作だと確信してたけど、わたしの予想を上回る大傑作になったわ。咲良さん、やったわね。本当にすごいわ。あたしも嬉しい」

「そうですか。ありがとうございます。ただ、あまり読者には受けないでしょうね」

　相手に舞い上がられると、相対的にこちらは冷静になる。商売は度外視して書いたから、出版してもらっても会社に迷惑をかけるだろうなと思っていた。

「ちょっと衝撃が強いから読者を選ぶかもしれないけど、でも大丈夫。絶対に受け止めてくれる読者はいるから」

　高井は確信を持っているようだった。そう断言されると、わたしも少し安心できる。

「それならいいんですけど。ラストで眉を顰める人は多いでしょうね」

「ああ、ラストね。うん、確かに強烈な終わり方だけど、でもただ露悪的なんじゃなくって、なんというか荘厳な気配すらあるわ。あたしが一番驚いたのは、そこなの。いつの間にこんな凄みのあるシーンを書けるようになったの？」

　いつの間にと言われても困る。わたしは作風を変えようとして変えたわけではない。そうなるしかなかったのだ。その意味では、顔を変えたときと同じだ。他に選択肢がなかったから、こうなった。そう説明するしかなかった。

「なんとなく、流れに任せて書いたらこうなりました。荘厳と言われるとは思いませんでした」

「あ、そう。自然になんだ。すごいわね。ひと皮剝けるという言い方があるけど、咲良さんは一気に皮を三枚くらい脱いだみたいね。だから、あちこちに血が滲んでいるのが見える。滲んでいる血が、そのまま作品の凄みになっているのよ」

「そうかもしれませんね」

うまいことを言うものだなと感心した。それくらい、高井の誉め言葉は他人事に感じられた。もちろん、誉められれば嬉しい。出版してもらえるなら、安心もする。ただ、わたしがこの作品にすべてを出し切ったのかと言えば、そうではなかった。わたしの中にはまだ、絞り出せていない膿《うみ》がある。とても人には見せられないような、醜い感情が宿っている。もっと吐き出したい。わたしの内面の醜さを曝け出し、その羞恥に酔いたい。そんなマゾヒスティックな気持ちが、背後から牙を立ててわたしに取り憑いていた。わたしにはまだたくさん、語りたいことがあるのだった。

「ともかく、この作品は責任を持って売ります。こんな傑作をきちんと売れないようでは、出版社の恥です。咲良さん、この作品で世間をあっと言わせようよ。こんな凄みのある作品を、咲良さんみたいな若い女性が書いたとなると、絶対話題になるわ。ともかく、やれることはすべてやりましょう」

高井は熱く訴えてくれた。高井の熱意は、素直に嬉しかった。

原稿の授受はこれまでの付き合いがあるから高井としているが、単行本の担当は別にいる。その人も、高井と同じように一読して興奮気味に誉めてくれた。どうやらこの小説は、高井の感性にだけ響く作品というわけではないようだと、胸を撫で下ろす。ふたりに誉めてもらえれば、三人目もいるかもしれない。そんなふうに思えた。

本作りに入り、二度のゲラのやり取りを経て、初版部数が決まった。初版部数はこれまでの実績によって決まる。わたしの初版部数はじりじりと落ちていく一方だったたから、作風の違うものを書いたからといって、部数を増やしてはもらえなかった。高井はそれを悔しがったが、絶対すぐに重版すると請け合ってくれた。わたしとしては、暗い話を好んで読む人がそんなにいるとは思えなかったけれど、高井の意気込みに水を差すのは気が引けたので口には出さなかった。

そして発売日が来て、店頭に『薄明の彼方』が並んだ。これまでの著作は若い女性に手に取ってもらえるように、明るく軽やかな装幀にしていた。だが今回は、暗い冬の海の写真を表紙に使った。わたしに固定読者がいたとしても、これが咲良怜花の新刊だとは気づかないだろう。その意味では、目立つのが難しい本ではあった。

それなのに、稿人社は大きい新聞広告を打ってくれた。広告欄一段の半分を、『薄明の彼方』のために割いてくれたのだ。新人賞受賞作であるデビュー作でも、ここまでの扱いではなかった。自分の顔が新聞に大きく出ている様は、現実のこととは思えなかった。

これまでの作品とは違う小説を書いた自覚はあった。高井の絶賛も、ありがたいと思っていた。だが実感として、『薄明の彼方』を書いたことで何かが変わるとは思っていなかった。一部の好事家には受けるかもしれないが、大半の読者や書評家には無視されて終わる作品。そんなふうに突き放して見ている部分があった。

しかし大きな新聞広告を見て、小説家としてのわたしに変化が訪れるかもしれないと初めて予感した。いずれは出版社からも読者からも忘れられ、人知れず消えていく泡沫作家の域を脱し、確かな足跡を残せるのではないか。そんな大それた欲が、わたしの胸に宿った。

もしわたしが認められたら、きっと木之内は喜んでくれるだろう。わたしのことを誇りに思ってくれるだろう。和子なら傑作を書くと信じていたよ、と例の無根拠な予測を誇って胸を張るに違いない。それらを想像すると、わたしの心はたわいなく昂揚するのだった。

稿人社の意気込みとは裏腹に、『薄明の彼方』の出足はさほどよくなかった。悪くはないがよくもないという、いつものわたしの売れ方でしかなかった。だが一ヵ月ほどしてぽつぽつと出始めた書評は、これまでと違った。かつてわたしを酷評した人ほど驚いたらしく、貶すのに費やした言葉の量をそのまま誉め言葉に転じてくれたかのように絶賛した。曰く、ついに女性が自らの悪意を赤裸々に語る時代が来た、男性が抱く女性への幻想を見事に打ち砕く作品、実は男なら誰でも抱いている「女には敵わない」という気持ちを心の奥から引きずり出される、などと。なるほど男性が読むとそういう感想になるのかと改めて気づかされる評が新聞や雑誌に載った。誉めるところはそこかと皮肉に感じる面もあったが、好意的な書評がいくつも出るのはやはり嬉しかった。

一部で話題になれば、その波紋は広がっていく。書評は一過性で終わらず、以後も載り続けた。そしてそのタイミングで、稿人社は思い切った部数の重版を決定した。なんと、初版部数の三倍の重版である。少し話題になったからといってそんなに刷っていいのかと、こちらが恐縮する数字だった。

「大丈夫ですよ。こんなのすぐに売り切って、また重版しなきゃならなくなりますから」

単行本担当の女性は自信たっぷりに言い切った。彼女としてはむしろ、重版がかかるのが遅かったことが不本意らしい。もっと売りますよと、不敵なことを電話口で言った。

重版は自作が世の中に認められるという嬉しさだけでなく、収入の増加という即物的な喜びも味わわせてくれる。金のために書いているわけではない、などとストイックなことを言うつもりはない。収入増加は、やはりありがたいことだった。

というのも、収入が増えるなら実家から出たかったのだ。自分が悪いのだが、実家の居心地はよくなくなった。母とはぎくしゃくして、父はそんなわたしたちを見て見ぬ振りをしている。いっそわたしが出ていって距離をおいた方が、両親とも付き合いやすくなると考えていた。だから、可能ならもっと売れて欲しかったのだった。

初版が五千部、その三倍の再版が一万五千部で、総計二万部である。初めての単行本で目標として、到達できなかった数字だ。そこに一気に辿り着いたわけだが、だからこそその先は難しいだろうと思っていた。こんな暗い話を、二万人もの人が読んでいること自体が驚きである。売れて欲しいとは思うものの、甘く考えてはいなかった。

しかし、そんなわたしの予想の方が少し渋すぎたようだ。単行本担当の女性が豪語したとおり、一ヵ月もせずに三刷が決まった。さらに五千部。二万五千部分の印税が入ってくれば、充分に独立費用になる。わたしはその重版で、実家から出ていくことを決めた。

女がひとりで住むための部屋探しは、多少覚悟はしていたがやはり難しかった。大家が貸したがらないらしい。不動産屋を三軒回ってすべてに断られて、わたしは自分が持っているあらゆるものを利用しようと決めた。今ならば、稿人社が出してくれた大きい新聞広告が役に立つ。幸い、広告は切り取って保存してあったので、その広告と本を持ってまた別の不動産屋を回った。そうしたら案の定効果覿面《てきめん》で、すぐに借りられるマンションが見つかった。駅からは遠いが、風呂がついている。南向きなので日当たりがよく、周りが静かなのが気に入った。

契約をしてから、両親に報告した。わたしがひとり暮らしを考えていることなどまったく知らなかった母は、ひと言もなく部屋を決めてきたわたしに腹を立てた。この家のいったい何が気に入らないのかと、半ば喧嘩腰にわたしを問い詰める。以前は腫れ物に触るようにわたしに接していたのに、一度気持ちが切れてからはずっとこの調子だった。こちらが悪いという自覚があるから、もう母をなじったりはしない。わたしも大人だからとだけ言って、やり取りを打ち切った。父はただ、「そうか」と頷いた。

引っ越し作業は、すべて業者に頼んだ。運ぶ物が少ない引っ越しはあっさり終わり、わたしは段ボール箱が積み重なった部屋にひとり残された。注文したカーテンがまだ間に合わず、電話も来ていない部屋は、閑散としていてわたしの孤独を否応なく強調してくれた。この寂しさに、わたしは耐えていかなければならない。木之内の結婚式まで、あと三ヵ月。本当の寂しさはこんなものではないと、誰に言われるまでもなくわたし自身がよくわかっていた。

70

時間が経つのが恨めしかった。わたしは朝を迎えるのが嫌いになった。朝、目覚めると、結婚式までの日数が減ってしまったことを意識する。木之内が独身でいる時間が、どんどん失われていく。どうしてこんな辛い選択をしてしまったのかと、あのときの自分の決断が恨めしく思えてくる。

『薄明の彼方』の動きは、結局三刷で終わった。稿人社が期待したほど、大きな話題を呼んだわけではなかった。高井と単行本編集者は悔しがったが、わたしは満足していた。新しい一歩は、比較的好意的に迎えられた。もっと嫌悪を示す読者がいると覚悟していたのに、世の中には意外に暗い話が好きな人もいるのだなと実感できたのは大きい。二万五千部は確かにベストセラーとは言えないが、それでも充分立派な数字だった。

「でも、まだわからないわよ。来年になっていろいろな賞に絡んでくれば、また話題になるから」

高井はそんなことを言った。まったく考えていなかったことなので、驚かされた。自分の作品が文学賞の対象になるようなものとは、思っていなかった。文学賞とは、鴻池のように天賦の才を持つ人だけが関わるものだという強い思い込みがあった。

「わたしはきっと、この先も賞とは無縁ですよ」

変な期待をさせないでくれという抗議の意味を込めて言い返したが、高井は意に介しなかった。

「そんなことないから。まあ、どっちが正しいか、来年になればわかるわよ」

高井は不敵な笑みを浮かべた。来年になどなって欲しくないとわたしが望んでいると知ったら、高井はどう思うだろう。そんなことを考えてみたが、さして楽しい想像ではなかった。

時間は無情に流れ去っていく。遅く流れて欲しいと望むほどに、日々はあっという間に過ぎていくかのようだった。今のうちにとばかりに、わたしは木之内と頻繁に会った。一泊で温泉旅行にも行った。少し小金があったので、奮発して高い部屋に泊まった。眺望がいい、その旅館で一番高い部屋である。木之内と丸二日間、一緒にいられる時間をわたしは味わい尽くそうとした。夜になって寝てしまうのも惜しいと思った。しかし一緒にいる時間が楽しければ楽しいほど、まさに須臾《しゅゆ》の出来事になってしまう。そうしてひとりの部屋に帰ってきて、わたしはまた孤独と闘うのだった。

さらさらと砂が落ちていく砂時計を見ている心地だった。目に見えて、下に溜まる砂が多くなっていく。上の砂は加速度的に嵩《かさ》を減らしていき、やがて尽きた。結婚式当日が、ついにやってきた。

わたしは前日から寝られなかった。布団に入って目を閉じているのに、眠気はいっかな訪れなかった。何度も寝返りを打っているうちに、寝られないことが苦痛になってきた。不眠の苦しみを、生まれて初めて味わった。

　カーテン越しに外の明るさが増してくると、反比例して心にはどす黒い闇が垂れ込めた。嫉妬という名の、おぞましい闇。わたしはこんな感情を持ちたくはなかった。自分がこんな感情を抱える日が来ようとは想像もしなかった。わたしはいろいろなことを諦めて生きてきたから、男の心を他の女に奪われて苦しむことなどあるはずがないと思っていた。それなのに、美貌を手にして小説家として手応えを得ると、その代償のようにこんな醜い感情に苦しめられる。何も持たなければよかったのか。木之内と出会わなければよかったのか。今日ばかりは、自分の運命を呪いたかった。

　寝るのを諦め布団から出てはみたものの、何も手につかなかった。こんな心境では、小説を書く気になれない。ともかく部屋にいるのは苦痛なので、まだ寒い冬の町に当てもなく出ていった。喫茶店も開いていない早い時間だから、ただ歩くことしかできない。無意味に延々と電車ふた駅分も歩いて、さすがに疲れて戻ってきた。お腹が空いたので、パンにハムとレタスを挟んで無理に口に押し込んだ。

　午前十時を過ぎた頃から、迷い始めた。いや、実はずっと前からどうしようかと考えてはいたのだ。ここで電話をしたら負けだと考える意固地な自分がいたが、何に対して負けなのか、そもそも負けてはいけないのか、よくわからなくなった。意地を張るのも疲れたと無気力になった瞬間、わたしは電話の受話器を取り上げていた。

　まだ寝ているかもしれないと思った。相手の生活ペースを、わたしはまるで知らなかった。繋がらなければそれでもいいと投げやりに考えていたら、コール音を八回鳴らしたところで「はい」と返事があった。わたしは小さく息を呑んで、名乗った。

「咲良です。お久しぶりです」

「えっ？　ああ、咲良さん。久しぶりだね」

最初の一声は眠そうだったのに、わたしの声を聞いたとたんに声に張りが出た。そんな相手の反応が嬉しかった。鴻池はまだ、わたしからの電話を歓迎してくれるのだった。

「どうしたの？　咲良さんから電話してくるなんて、珍しいじゃない」

居住まいを正したのが想像できるような、鴻池の口調だった。わたしは思わず微笑みつつも、ごまかしを口にした。

「ご無沙汰しているので、どうしていらっしゃるかと思って」

「相変わらずだよ。言霊が降ってこないから、日々悶々としてる。あ、そうだ。咲良さんの新作、読んだよ。あれはすごいね。咲良さんがあんな粘りのある小説を書くとは思わなかったよ」

「読んでくださったんですか」

瞬間的に、心が軽くなった。他の人ではなく鴻池が認めてくれたのは、予想以上に嬉しかった。たちまち、様々な考えが襲いかかってくる。もっと早く鴻池に認めてもらえる小説を書いていれば。そうすれば、あえて苦しみの多い道を選ぶこともなかったのに。いや、まだ遅くはないのではないだろうか。現に鴻池は、わたしからの電話を喜んでくれているのだ。鴻池の気持ちが変わっていないのなら、今からでも木之内を諦め鴻池と付き合うという選択もあり得るかもしれない。

暴走する身勝手な妄想に、嫌気が差した。わたしはなんとずるい女なのだろう。このずるさがそもそも、無垢な鴻池とは不釣り合いなのだ。わたしは情念を武器にして小説を書くという手段を見いだした。いまさら小説を諦める気はない。ならば、鴻池と付き合って満たされるわけにはいかないのだ。鴻池と付き合い出せば、彼我の才能の差に打ちのめされて、わたしは早晩筆を折るだろう。もしかしたら鴻池の妻の座に納まり、専業主婦として何不自由ない生活を送るかもしれない。そんな未来は、いまさらいやだった。わたしは小説を書く。小説のためには、のたうち回ってでも嫉妬の苦しみに耐えなければならないのだった。

「書評もけっこう出てたよね。あれが評判になるのは当然だよ。咲良さんはあんまり自分に自信がなかったみたいだけど、あれだけ好評なら自己評価も変わったんじゃない？　咲良さんがあんな凄みのある小説を書くようになったのは、ぼくも嬉しいよ」

鴻池はあくまで無邪気だった。わたしはその無邪気さに救われる心地だった。頼むから食事に誘ったりしないでくれと念じながら、電話越しの会話を楽しむ。こんなときばかり電話して申し訳ないと心の中で謝りつつ、感謝もした。

ある程度のところで切り上げ、執筆の邪魔をした詫びを口にしてから、電話を切った。鴻池は最後に何か言いたそうだったが、その隙をわたしは与えなかった。受話器を置くと、自己嫌悪や罪悪感、後悔、謝罪の念、空しさなどが渾然となって込み上げてくる。電話をしなければよかったのか、あるいはしてよかったのか、もうどちらともわからなかった。

午後になってふたたび出かけ、今度は喫茶店を転々とした。コーヒーでお腹がたぷたぷになったところで喫茶店巡りはやめ、酒屋に向かった。奮発して高いワインを二本、買い込む。木之内の結婚をではなく、わたしの新生活の始まりを祝うつもりだった。

マンションに帰り着いたときはまだ夕方だったが、さっそくワインのボトルを開けた。食欲がなかったので、チーズやサラミなど、簡単なつまみを肴に飲み始める。テレビを点け、隣から苦情が来そうなほどボリュームを大きくして、あえて馬鹿馬鹿しいバラエティー番組を流し続けた。大して面白くもないギャグに、無理に反応して笑った。ワインを呷るごとに、くだらない番組が面白く思えてきた。風呂にも入らず、ただだらだらとテレビを見続けた。

ワインをボトル三分の二くらいまで飲むと、さすがに苦しくなってきた。一度トイレに行って、喉に指を突っ込んで吐く。するとたちまち気分がすっきりしたので、またテレビの前に陣取って飲み始めた。あえて時計には目をやらなかった。今頃披露宴のどの辺りに差しかかっているかなどと想像すると、ワインボトルをテレビのブラウン管に投げつけたくなる。やがて笑うのにも疲れ、目を据えてワインを喉に流し込み続けた。いつしか、テレビが何を言っているかもわからなくなっていた。

二本目のボトルを開けるのも、躊躇しなかった。今日は最初から、二本飲むつもりで買ってきたのだ。高いワインだったが、もはや味はわからない。ほとんどジュースのように感じる。トイレにも何度か行き、戻した。気づいてみれば、部屋とキッチンの間に倒れて寝ていた。

ああ、寝られた、と安心した。寝るために酒を飲んでいたのである。寝られるなら、布団を敷こう。押し入れを開け、布団を引きずり下ろした。その拍子に、まだ残っていたワインボトルが倒れた。畳の上に、赤い染みが広がっていく。でも大したこととは思えず、放置して布団に寝そべった。次の瞬間には、意識が途切れていた。

目覚めたのは、翌日の午前十一時過ぎだった。まず最初に覚えたのは、これで人生最悪の日を無事に乗り切った、という感慨だった。身を起こす気にはなれず、ぼんやりと天井を見つめる。頭の芯ががんがんと痛んだ。

かつて経験したこともない、ひどい二日酔いだった。いきなり胃の底から重い衝撃が込み上げてきて、慌ててトイレに駆け込もうとする。だが間に合わず、途中でぶちまけてしまった。酸っぱい臭いがたちまち充満し、自己嫌悪を呼び起こす。しかし、そこで蹲《うずくま》っているわけにはいかなかった。第二波が胃の底から駆け上がってきていたからだ。

今度は便器まで辿り着けた。喉が裂けるような痛みを味わいながら、便器に顔を突っ込む。なんと惨めな姿だろうと、自嘲する。嗤わないことには、とても精神のバランスが保てそうにない。止まらないえずきに涙を流しながら、わたしは切れ切れに嗤った。今のこの惨めな姿を、木之内に見せてやりたかった。

人生最悪の日を乗り切り、そして人生最悪の自己嫌悪を覚えている。なんと素晴らしい経験か。これでわたしは、また小説を書けると思った。この辛さが、痛みが、わたしに言葉を与えてくれる。辛い経験が、わたしを強くする。苦しいのか、自嘲なのか、愉快なのか、もはや自分でもよくわからない。わたしは便器の前で、ただただ笑いの衝動に身を任せ続ける。

71

今後は、木之内との連絡手段が問題だった。もう木之内の自宅に電話をかけるわけにはいかない。手紙すら出せない。だから相談して、オフィスに木之内直通の電話を引いてもらうことにした。この電話にかける限り、他の人は出ない。木之内がオフィスにいるときしか摑まえられないが、向こうからの電話を待つだけよりはよほどよかった。

年末にはもうひとつ――いや、ふたつか――現実的な問題があった。クリスマスと大晦日だ。去年はどちらも、木之内とともに過ごした。今年からはもう、それも無理なのだ。またやけ酒を食らう自分と、結婚して初めてのクリスマスをともに過ごす木之内夫婦を想像する。狂おしい思いが込み上げ、心を掻き乱す。もう今後一生、十二月という月は好きになれないと思った。

結婚式から数日後に、思いがけないものが届いた。書留で届いたその封書には、見知らぬ団体の名称が書かれていた。「文芸」という文字が入っているからには、小説関連のことなのだろう。小説家の団体への勧誘だろうかと思いながら封を開け、目を丸くした。中に入っていた紙片には、日本で一番有名な文学賞の候補に『薄明の彼方』が選ばれたと記されていたのだ。

一読しただけでは本当のことと思えず、短い文面を何度も何度も読み返してしまった。ふだん本を読まないような人でも知っている、社会的に影響力のある文学賞である。もしこの賞を取れば新聞やテレビ、雑誌で大きく取り上げられ、一夜にして知名度が格段に上がる。文壇の大家の大半は皆、この賞を受賞したことをきっかけにスターの座へと駆け上がったのだ。それほどの大きな賞であり、だからこそわたしとはまったく無縁なものだとしか思っていなかった。

そんな雲の上の賞の候補に、わたしの作品が選ばれた。驚かずにいられるわけがない。これはたちの悪いいたずらではないかと、まずは疑ってみた。

高井に電話をかけた。封書に書いてある団体が、この賞の主催団体なのか確認するためである。わたしが団体名を告げると、それだけで高井はピンと来たようだった。

「候補になったの？」

「じゃあ、これはいたずらじゃないんですね」

「そうよ、いたずらなんかじゃないわよ！　やったわね、ほら、あたしの言ったとおりでしょ。絶対何かの賞の候補になるとは思ってたけど、まさかいきなり」

いきなりこの賞の候補になるとは、さすがに高井も思っていなかったらしい。わたし程度の駆け出しの手が届く賞ではなく、まずその前段階として、他の賞をいくつか取ってからようやく候補に選ばれるのが通例だ。高井も、そうしたステップを踏むことを考えていたのだろう。高井の驚きも、わたしに負けていないようだった。

「嬉しいですけど、初めての候補ですぐ受賞なんてあり得ないですよね。今回は期待しないでおきます」

ぬか喜びはしたくなかったから、自分に言い聞かせるように後ろ向きなことを口にした。しかし昂揚した高井は、そんな弱気は認めなかった。

「何言ってるの。初候補でそのまま受賞する人だって珍しくないわよ。『薄明の彼方』にはそれだけの力があるんだから、自信を持ちなさい。咲良さんの小説家人生、やっぱり大きく変わるわよ」

高井の予言は正しかった。噂がどのように広まるのかよくわからないが、その日の夜から電話が鳴りっぱなしになったのだ。他社の担当編集者が、皆口々に「おめでとう」と言ってくれた。あの近野でさえ鉄面皮にも電話をかけてきて、「咲良さんならいつか候補になると思ってました」などとおべんちゃらを言った。その見事な掌返しには、さすがに苦笑するしかなかった。

最終選考は、一月に行われるとのことだった。わたしはこのいやな十二月を、慌ただしさの中で過ごすことになった。候補になっただけで、新聞社や通信社の取材申し込みが殺到するのである。受賞した場合にいち早く記事を載せられるように、事前に準備をしておくそうだ。よけいなことを考えずに済んで、ありがたく思った。もしこの騒ぎがなければ、わたしは自分の暗い情念に苦しめられていただろう。毒を養い、自ら中毒になっていたかもしれない。小説を認められることで騒ぎになるのは、それよりずっと健全なことだった。

木之内にも、さっそく直通電話を使って報告した。木之内はこちらが驚くほど大声を上げて、喜んでくれた。「何っ!」という声とともに、椅子が倒れる音が響く。どうやら立ち上がって、その弾みに椅子を倒してしまったらしい。社員たちはさぞかし目を剝いているだろうに、木之内は気にかける余裕もなさそうだった。

「ほ、本当か。すごいじゃないか。な、なんてことだ。いや、ぼくは信じてたよ。和子の力を信じてたから、ぜんぜん驚きでもなんでもない。当然だよこれは当然。絶対受賞間違いなしだよ」

木之内はまるで周りの耳を気にしていなかった。わたしの名前を出していいのかと、こちらが心配した。だがかつての社員が小説家になっているということ自体は、特に隠す必要はない。今でも付き合いがあるのをおおっぴらにするつもりなら、わたしの名を口にしてもかまわないのかもしれなかった。

「受賞はわからないけど。たぶん無理でしょ」

わたしの冷めた物言いが気に入らなかったらしく、「何を言ってるんだ」と木之内は叱咤する。言霊というものがあるんだから、無理だなどと口にすると本当に無理になっちゃうぞと説教された。言霊か。小説家でもないのに、どうしてそういうことを重視するのだろうとおかしくなる。木之内は結婚しても木之内で、安心した。

候補騒ぎのお蔭で、年内に一度、木之内と会うことができた。木之内はまるで人目を気にせず、だから罪悪感もなく堂々としていて、独身のときとまるで態度が変わらなかった。待ち合わせ場所にやってくると、「やあ」と手を挙げて白い歯を見せる。その変わらない様子が嬉しかった。わたしは緊張していたが、一瞬にしてほぐれる。その瞬間、今後も木之内と付き合っていけると確信した。

以前にも行ったことがある、ゆっくり話ができる静かなフレンチレストランに行った。隣のテーブルが離れているのでよほど大声を出さなければ会話の内容を聞かれることはないし、ウェイターもむやみに近寄っては来ない。以前であれば気にする必要がなかったことだが、木之内が既婚者となった今は、人目を憚る必要ができてしまった。

とはいえ、気にしなければいけない当人である木之内は、まったく以前と同じペースだった。会話を聞かれることなど少しも心配していないように、声を潜めることなく平気でなんでも話す。ともかく今日の話題は、わたしの小説が賞の候補になったことに尽きた。木之内の喜び方はまるで自分のことのようで、見ているこちらが微笑ましくなるほどだ。もしかしたら業界内に身を置いているわたしより、外部の人間の方が賞の価値に重きを置いているのかもしれない。わたしの小説がいかに賞に値するか、文章の細かい部分まで取り上げて力説してくれるのである。作者がわたしであることを木之内は忘れているのではないかと思えるほどの熱弁ぶりだった。

「和子はいろいろなことを諦めている振りをして、実はぜんぜん諦めてないんだよ。諦める振りがあまりにもうまいから、自分でも騙されていただけなんだ。和子ほど粘り強い人はいないんじゃないかと、ぼくは思ってる。だから長編の方が、和子の長所がよく出るんだよ」

木之内はそんなことまで言った。わたしが諦めた振りをしている？　それは素直に頷きにくい指摘だった。わたしが諦めない人間なら、木之内は他の女と結婚したりしなかっただろう。自分の物わかりのよさを、今は心底憎んでいるのだ。諦めてしまう性格が、わたしからすべてを奪っていった。

とはいえ、木之内の観察が間違っていたことは一度もなかったのも事実だった。わたしは本当は諦めてなどいなかったのか。だから今でもこうして木之内と会っていて、小説を書き続けているのか。そうなのかもしれないと、心の一部分が認める。

木之内は新婚生活についてはまるで触れようとしなかったが、それは意図的に避けているというより、ごく自然な振る舞いのようだった。今この瞬間、木之内の気持ちはわたしにだけ向かっていて、家庭があることを忘れているのだろう。そういう男でよかったと、わたしは思う。不誠実だけど、優しい。優しさが不誠実さを上回っている限り、わたしは付き合っていける。

食事後に、わたしのマンションに誘った。木之内は一瞬だけ、帰りたそうな素振りを見せたが、承知してくれた。わたしは木之内の素振りに気づかない振りをした。これからは何度も、同じような経験をするのだろう。気づかない振り、あえて訊かないこと、相手のすべてを知りたいという欲求を抑え、一部分だけを見つめる付き合い。

電車でマンションに向かい、最寄り駅から歩いた。夜の道なので通行人は少ないのに、わたしたちは手も繋がずに歩く。木之内は独身の頃からそうで、いい年をして手を繋ぐのは気恥ずかしいと言った。わたしはそういうものかと納得して手を繋ぐことを求めたりしなかったが、今になってみればやはり手を伸ばしておけばよかったと思う。もっと早く木之内の手を握っておけば、彼を繋ぎ止められたのか。後悔はいつも後からやってくる。

ビールを買って帰り、それを飲んでから一緒に風呂に入って、布団の中で抱き合った。このまま離したくないと思ったが、木之内は帰ると言った。引き留めるわけにはいかない。もう二度と、木之内が部屋に泊まっていってくれることはないのかもしれなかった。

服を着て、木之内を見送るために一緒に外に出た。木之内は大通りでタクシーを拾い、「楽しかったよ。じゃあ、また」と陽気に手を挙げて去っていった。わたしはタクシーが見えなくなるまでその場に残り、そして夜空を見上げた。探すものは、そこにはなかった。

そうか、今日は新月なのか。星はいくつか瞬いているものの、夜空を照らす月の姿はない。どこかに行ってしまったわけではなく、確かにそこにあるはずなのに、見えない月。

まるでわたしのようだと思った。咲良怜花は大きな賞の候補になり、注目を浴びているかもしれない。だが本当のわたしである後藤和子は、もう誰の目にも見えない。美人閨秀作家という虚構の衣をまとっているだけでなく、木之内とも人目を忍ばなければ会えない仲となった。後藤和子を見てくれるのは、この世で木之内しかいないのだ。だからわたしは、木之内に執着する。決して諦めずに。

わたしは月のない夜を歩き出す。寂しさはない。これが自分の選んだ道だから。

72

クリスマスはひとりで酒を飲まずに過ごし、年末年始は実家に帰った。甘えるのも親孝行と思い、意識的に母の世話になった。母はわたしの世話を焼けるのが嬉しいらしく、終始ご機嫌だった。一緒におせち料理を作った経験は、得がたいことにも思えた。

　正月休みが明けて翌週には、早くも賞の選考会があった。候補になった通知が来た直後は、選考会の前日には緊張するのではないかと思っていたが、存外にそんなことはなかった。いつもと変わらず小説執筆に集中し、賞のことは忘れていた。夜になってようやく、明日着る服の心配を始めた。というのも、選考結果を聞くときには自宅にいるわけにいかず、記者会見場のそばで待機しなければならないのだった。もし受賞したらすぐに駆けつけ、マスコミ向けの記者会見を行う手はずらしい。受賞のことまで考えなくてもいいのではないかと思ったが、そういうわけにはいかないと高井に叱られた。だから、万一にもテレビに映る可能性を考えて、服を選ぶ必要があるのだった。

　夜は普通に寝て、そして高井と待ち合わせている待機場所に向かった。高井の他、単行本担当の編集者も来ている。銀座のレストランの個室を借り、そこで軽いものを抓《つま》みながら連絡が来るのを待った。高井はこうした待機を何度か経験したことがあるらしく、いろいろなジンクスを教えてくれた。そもそもこの店も、以前に受賞の報告を受けた縁起のいい場所だそうだ。高井がそんなことを気にするのは意外だったが、おそらく自分のことならジンクスや縁起などまったくかまわないのだろう。わたしのためにこだわってくれているのが嬉しかった。

　選考会は夕方六時に始まるとのことだったのでわたしたちも六時に集まったが、すぐに選考が終わるわけもないのだから、もう少し遅く集合すればよかったと後悔した。というのも、最初のうちはあれこれお喋りをして過ごせたが、次第に雰囲気が重苦しくなってきたからだ。賞の大きさが重圧となってのしかかってきている気がする。こんなときこそわたしが座持ちして場の空気を和らげなければならないのだろうが、そんな如才ない真似はできなかった。七時を過ぎた頃から、心なしか息苦しくなってきた。

通例では八時少し前くらいに結果が出るという。だが混戦となった場合は、その限りではないそうだ。今回は過去に数回候補になったことがある人がいて、大本命と目されている。わたしもその候補作を読んで、受賞で問題ないのではないかと思った。その意味で最初からあまり期待はしていなかったのだが、いざこうして選考結果が出る時刻が近づいてくると、欲をかいているわけでもないのに緊張感が込み上げてくる。目に見える形で認められることの意味を、初めて実感した。

緊張のあまり、大きく息を吐いたときのことだった。個室のドアがノックされ、ウェイターが「お電話です」と告げた。いよいよだ。わたしは頷き、ウェイターの案内に従って電話のある場所へ向かった。受話器を手にして、耳に当てる。相手は名を名乗ってから、「残念ですが」と告げた。

「そうですか。ありがとうございました」

肩の荷を降ろした心地だった。やはり、そう甘くはない。自分の人生を振り返ってみれば、物事が簡単に運ぶわけがなかった。わたしはこんなところで楽をしていい人間ではないのだ。

個室に戻り、高井たちに向けて首を振った。ふたりは揃って天井を見上げ、「えーっ」と慨嘆した。わたしはそんなふたりを見て、微笑んだ。

「がっかりさせてしまって、ごめんなさい。でも、わたしはがっかりしてないんです。この程度のことは、どうということはありません。むしろ、落選の経験ができてよかったです。一発で受賞していたら、落選者の気持ちを実感できないところでしたから。またこれで、いい小説が書けると思います」

負け惜しみでなく、本心だった。わたしは負の感情で強くなる。落胆や悔しさは、次の小説の糧になる。またひとつ、武器を手にした心地だった。

高井たちは一瞬驚いた表情を浮かべたが、すぐに拍手してくれた。おそらく、慰めの言葉を用意していたのだろう。それを口にする必要がなくなり、安堵しているのかもしれなかった。

「咲良さん、本当に覚悟が固まったのね。なんか、安心した。咲良さんなら大丈夫だって、今確信した」

「高井さんに叱られないと、物足りないですよ。もっと冷たくしてください」

わたしが言うと、ふたりは大声で笑った。その後は場所を変えて、三人で酒を飲んだ。編集者と酒を飲むことにはあまりいい思い出がなかったが、この夜ばかりは楽しかった。その意味でも、落選も悪くないと思った。

自分の作品が選考会でどう読まれたかは気がかりだったが、直後の選考委員の記者会見では、「次を見たい」という言葉しか聞けなかった。詳しいことは、翌月に出る選評を読むしかない。わたしはまた静かな生活に戻り、淡々と仕事をした。木之内にも会い、本気で悔しがる彼を宥めた。わたしのことで一喜一憂する木之内を見るのは嬉しかった。

翌月、選評が載っている雑誌が発売された。わたしの許にも送られてきたので、すぐに目を通した。どの選考委員も受賞作に最も筆を割いているので、『薄明の彼方』への言及は少ない。その少ない評を総合する限り、どうやら作品のトーンの暗さが徒《あだ》となったようだ。

読むこちらの気持ちまで暗くなる、とか、最後まで読んでも空しさしか残らないのはいかがなものか、といった言葉があった。わたしはそれらを読んでも「まあ、そうだな」としか思わなかったが、電話をかけてきた高井は憤っていた。

「選評、読んだ？　読んでないなら速達で送るけど」

「雑誌を送ってもらったので、読みましたよ。予想どおりですかね」

「何、物わかりがいいことを言ってるのよ。作風が暗いことは、欠点ではないでしょ。それが理由で落とされるなんて、おかしいじゃない。これだけ人間心理を深く抉ってるんだから、そこを評価して欲しかったわよ」

「この作風が認められないなら、しょうがないですよ」

わたしは選評を読んでも、作風を改めようとは思わなかった。わたしは情念を文字にしているのである。賞を取るために作風を明るくするような、小器用なことはできなかった。

「あたしもね、以前の作風に戻せとは言わないわ。咲良さんは、『薄明の彼方』の作風が金脈なんだと思う。だからむしろ、賞を意識して作風を元に戻されると困るなと思ってたのよ。そういうつもりはないなら安心した」

どうやらこれが言いたくて、高井は電話をしてきたらしい。そんな心配は無用なのに、やはり言わずにはいられないのだろう。

「前の作風に戻したら、そもそも候補にならないですよ」

わたしは軽口で応じた。すでに書き始めている次作も、人間の感情の醜い部分を詳細に描いている。また候補になっても、同じ批判を免れられないだろう。それでもわたしはもともと、消えるのは時間の問題の木っ端作家だったのだ。そんな小説家が晴れやかな舞台に上げてもらえるだけでも光栄である。わたしにできることはただ、内なる情念が命じるままに小説を書くことだけだった。

それでも、高井がわたしのことで怒ったり気を揉んだりしてくれるのは、本当にありがたいと思っていた。だから次作も、本来なら他社の仕事をすべき順番だったが、高井に原稿を渡すことにしていた。自分のためなら賞を狙いはしないが、高井が喜んでくれるなら賞が欲しい。今はそういう気持ちだった。

「でも、まだこれで終わりじゃないから。この後も賞はあるから。次はどの賞の候補になるか、楽しみね」

高井は最後にそうつけ加えた。そうか、一度落ちたら終わりというわけではないのか。言われて初めてそのことに気づき、意外に感じる。まるで敗者復活戦だなと思った。

高井の言葉どおり、その二ヵ月後には別の賞の候補になった。創設されたばかりの、新人に与えられる文学賞である。また前回と同様に高井たちと一緒に選考結果を待ったが、一度落ちていることもあって、今回は最初からリラックスムードだった。遠慮なく料理を食べて、女同士の話に花を咲かせているうちに、緊張感はどこかに飛んでいた。

大笑いしているときに電話がかかってきて、わたしはなんとか笑いの衝動を嚙み殺してから受話器を取った。会話が面白すぎて、期待や落胆への身構えなどはいっさい忘れていた。

「おめでとうございます。受賞です」

弾む声で言われ、きょとんとした。言われた瞬間には、喜びも驚きもなかった。ともかくまずは、背後で固唾を呑んで見守っている高井たちに結果を伝えなければならないと思った。わたしに集中している痛いほどの視線を意識しつつ、彼女たちに向けて指でＯＫの形を作った。とたんに、耳に痛いほどの喜びの声が響き渡って、電話のやり取りを続けるためには片耳を塞がなければならなかった。

「ありがとうございます。受賞できました」

受話器を置いて改めて高井たちに頭を下げると、まさに急霰《きゅうさん》の如き拍手で迎えられた。ふたりとも、わたしのような者のために満面の笑みを浮かべてくれている。受賞の喜びとはこれかと実感した。

『薄明の彼方』はわたしが書いたというよりも、勝手に生じて形になった作品という意識が強い。だから賞の候補になっても、どこか他人事という意識が抜けなかった。認められても貶されても、それはわたしに対する言葉ではなく、あくまで作品に向けられた批評である。わたしが喜んだり悔しく感じたりするのは、どこか筋違いだと思っていた。

しかしこうして、喜んでくれる人たちの顔を見るのは幸せなことだった。もしかしたらこの場にいる編集者だけでなく、読者の中にも喜んでくれる人がいるかもしれない。それを思えば、小説を世に出すことの責任を感じざるを得なかった。喜んでくれる人の数は多くないとしても、そのわずかな人たちのためにもいい小説を書かなければならないと胸に誓った。

73

木之内は得意げだった。わたしたちの様子を第三者が見たら、木之内こそ文学賞の受賞者で、わたしはそれを自慢されているとしか思わないだろう。木之内は自分が誰よりも早くわたしの才能を見抜いていたのだと主張し、鼻を高くしていた。

「ぼくは和子には必ず才能があると言っていたのに、和子自身がそれをぜんぜん信じてなかっただろ。編集者も最初は冷たかったと言ってたよな。ということは、世界で一番にぼくが和子を認めていたわけだ。いやぁ、誇らしいなぁ」

こんなときの木之内は、まったくの子供だった。いくつになってもそれは変わらない。子供っぽい木之内を見るのが、わたしは好きだった。ましてそれが、わたしのことで喜んでくれているかと思うと、嬉しさもひとしおだった。

「和子は本当にぼくの誇りだよ。社員にも取引先にも自慢してるんだ」

「わたし、賞をもらうより、誰に誉められるより、徹さんにそう言ってもらえるのが一番嬉しい」

偽らざる本音だった。こうして手放しではしゃぐ木之内を見ていると、それがわたしの本心なのだと自覚された。確かに文学賞受賞という形で認められるのは嬉しい。担当編集者たちが自分のことのように喜んでくれるのも、ありがたかった。しかしわたしが小説を書くのは、煎じ詰めれば木之内のためだった。木之内に認められたい、木之内を喜ばせたい、そんな思いだけがわたしを駆り立てる。木之内が誉めてくれるなら、他の賛辞など本当は必要ないのだった。

「和子には『薄明の彼方』みたいな作風が合ってると思う。今だから言うけど、以前の作品はどこか借り物っぽい雰囲気だったよ。和子自身がぜんぜん表に出てなかった。和子は面白い個性の持ち主なんだから、それを前面に出せばいいのにと思ってたよ」

木之内はにこやかに言う。やはりそう思っていたのかと、木之内の優しさに対して複雑な思いを抱いた。これからは木之内の本当の評価を引き出せる作品を書かなければならないと自分に言い聞かせる。優しさで糊塗された感想は、もう聞きたくなかった。

「今書いてる小説も、作者の人格を疑いたくなるようなひどい話なんだけど、これがわたしの個性なのかしら」

木之内を困らせるつもりで言ったのに、あっさり「そうだよ」と認められて苦笑するしかなかった。

「世の中にはいろいろな趣味の人がいる。明るく楽しい話が好きな人がいれば、暗く悲惨な話を好む人もいるんだよ。だから市場は、そういうニーズに応える必要があるんだ」

木之内の言葉は、わたしの覚悟を肯定してくれていた。そう、わたしは人間の醜い面を描いていく覚悟を固めていた。そういう小説を好む人は、さほど多くないだろう。だがわずかにでも存在するのなら、供給する側は多様性を保っていなければならない。

誰だって、人には好かれたい。小説を読んで、「この作者はいい人ね」と思われたい。しかし、一種類の小説しかない市場は不健全だ。心温まる話も苦い小説も、傑作も駄作も存在する多様な世界こそ、理想だとわたしは信じる。多様性を保つために誰かが暗い話を書かなければならないなら、わたしがその義務を負おう。人に好かれなくても、わたしにしか書けない小説を生み出す意義はある。

それは孤独な作業かもしれない。多くの支持を得ることは難しく、業界の片隅で細々と生き長らえていく道なのかもしれない。それでもわたしには、木之内がいる。木之内が理解してくれるなら、他の人の共感が得られなくてもかまわなかった。

わたしが今書いているのは、母と娘の話だった。着想はむろん、わたし自身と母との関係から得た。母がわたしの顔色を窺わなくなったのは、大きな驚きだった。母を開き直らせてしまった罪を、日々感じていると言ってもいい。ならばそれは、小説にしなければならない。母と娘の現実を、わたしは剔抉《てっけつ》するつもりだった。

設定はこうだ。母と娘はまるで似ていない。母の容姿は十人並みなのに、娘は美しく育つ。容姿に劣等感を持っていた母は、いつしか娘に嫉妬し始める。実の娘にそのような感情を抱く自分を嫌悪する母。しかし正直な気持ちは変えようがない。己の醜い感情と、母としての義務の狭間で苦しむ。

一方娘は、うまく言葉にできなくても母の複雑な感情には気づいている。母の全面的愛情を得られない痛み。どうすれば愛されるのかと、悩みを抱えながら成長する。自分が悪いから母から愛されないのだと考える娘。飢《かつ》えがある心は、決して満たされない。

わたしが描きたいのは、母性だった。世間の男性は皆、母親には母性が備わっていて当たり前だと考えている。だが、本当にそうだろうか。母性は努力なしに得られるものだろうか。わたしは疑っている。というのも、わたし自身が人の親になっても母性を持てる自信がないからだった。

木之内と結婚という形で結ばれないなら、せめて子供だけでも産もうか。そんなことを、幾度も考えた。わたしには木之内の子供を産む権利があるとも思った。しかし躊躇してしまうのは、世間体を気にするからではない。自分の子供を愛せない可能性を恐れるからだ。

わたしの心は木之内にだけ向いている。他の存在が取って代われるとは、とても思えない。たとえそれが実の子供であっても。

わたしの中には言葉が渦巻いている。わたしの黒い心が言葉を生み出すのか、それともどこかから湧いてくる言葉がわたしの心を黒く染めるのか、もうどちらともわからない。はっきりしているのは、この言葉を外に吐き出さなければいられないということだけだ。これは果たして、創作の衝動なのだろうか。それすらも不明のまま、わたしはただ言葉の蛇口となる。わたしは言葉の傀儡《かいらい》である。

そんなわたしが唯一、傀儡であることを脱してひとりの女に戻れるのは、木之内と一緒にいるときだけだ。木之内を嫌いになれたらどんなに楽かと、何度考えただろう。しかし今は、以前よりもずっと木之内を愛している。言葉に囚われ、そして木之内に囚われているわたし。そのふたつ以外に、わたしを構成するものはないのだった。

わたしは母と娘の物語を書ききった。三ヵ月後に出版され、夏にはまた、大きな賞の候補になった。

74

候補も二度目ともなると、周囲の見る目が変わる。一度目はあくまで顔見せであり、二度目以降が勝負と考える人は業界にも世間にも多かった。今回は前回と違い、候補者の中にベテランはいなかった。そのため、わたしの作品が取っても決しておかしくないという空気があった。

周りの人はいろいろ言ってくれる。わたしも聖人君子ではないから、期待はしている。だが一番嬉しいのはやはり、候補になったことを手放しで喜んでくれる木之内の姿だった。木之内が心から祝ってくれればもう充分で、結果はどうでもよくなる。むしろ、受賞してしまうと木之内に喜んでもらえる機会が減ってしまうとすら思った。

夏の暑い盛りに選考会があり、わたしの作品は落選した。一緒に結果を待ってくれた高井たちを落胆させてしまったのは心苦しかったが、きっと木之内が慰めてくれると考えて密かに胸を躍らせているわたしもいた。その夜はまた前回のように、遅くまで高井たちに付き合ってもらった。落選したときにしか味わえない楽しみだった。

一ヵ月後に出た選評は、予想の範囲を超えていなかった。高井が危惧していたとおり、母性を否定する視点が数人の選考委員に嫌われた。もはや優等生とは言えなくなったわたしは、万人に好かれる作品など書けない。この調子なら、受賞する日は永遠に来ないだろうなと客観的に考えるだけだった。

しかし、思いがけないことも起きた。激越な調子でわたしの作品を否定した選考委員がいたお蔭で、かえって世間の耳目を集めたのだ。そこまで否定されなければならない過激な作品とはいったいどういうものかと、興味本位で買ってくれる人が大勢現れた。見る見る版を重ね、わたしの本の最多部数を更新するどころか、さらに勢いを増して売れ続けた。

わたしは久しぶりに、自分の顔を書店で見かけることになった。出版社がわたしの顔写真入りのポスターを刷り、全国の書店に配ったのだ。デビュー作のときもそうだったが、わたしの顔写真はいい販売促進材料となるらしい。弾みがついて、選評が出てから二ヵ月後にはついに十万部を超えた。わたしの初めてのベストセラーとなったのだった。

そうなると、仕事の依頼の形も変わってくる。以前は長編書き下ろしか小説誌に掲載する短編を頼まれるだけだったが、雑誌での長編連載の依頼がいくつも来たのだ。書いた原稿がそのまま本になる書き下ろしの場合、わたしに入ってくるのは本の印税だけである。それに対して雑誌連載は、原稿料がもらえるのだ。長編ならば原稿料の総計は、売れる前のわたしの書き下ろし一冊分に相当する。実入りを考えれば、雑誌連載を優先的にやった方が賢かった。

しかし幸いにも、ベストセラーが出たことで経済的余裕が得られた。ありがたいことに、引きずられる形で『薄明の彼方』までまた動き始めている。連載の仕事を断るわけではないが、もう一作だけ、高井のところで書いてみたかった。

「あたしに気を使わなくてもいいのよ」

高井はそう言ってくれた。わたしがどういうつもりで高井に原稿を渡そうとしているのか、言わずとも察しているのだった。

「長編連載はやってみるべきだし、連載の方がやりやすいと言う人もいるしね。どうしても次もうちでということなら、『小説稿人』で連載でもいいし」

「一度、連載仕事を受け始めたら、もう当分書き下ろしはできなくなると思うんです。だから当面最後のつもりで、あと一作書きます。それを書き上げたら、各社の連載を始めます」

「そう言ってくれるのは、うちとしてはありがたいけど」

そんなやり取りをした矢先、高井が「小説稿人」編集部から単行本編集部に異動することになった。わたしとしては、願ってもないことである。次作についてふたりでじっくりテーマを練り、より過激な方向性でいくことに決めた。賞を意識して小さくまとめるような真似は絶対に避けよう、という点で意見の一致を見た。

わたしの仕事は軌道に乗った状態だったが、木之内も負けてはいなかった。会社の合併効果が出て、事業規模をどんどん拡大しているのだという。スポンサーになってくれた人は木之内の博打体質を危ぶんでいたけれど、それは杞憂《きゆう》だったのではないかとわたしには思える。傍目には危なっかしく見えようとも、結局は痛い目に遭わずにうまく生きていってしまうタイプの人間もいるのではないか。木之内はまさにそういう人だと、わたしの目には映るのだった。

木之内は賞の落選に憤り、本がベストセラーになったことを大喜びしてくれた。木之内と付き合い始めて何年にもなるが、わたしはまたひとつ、彼の美点を見つけた。木之内は男なのに、まったく嫉妬しないのである。これはわたしの経験に照らし合わせれば、得がたい長所だった。

わたしは文学賞をひとつもらい、書いた本がベストセラーになった。客観的には、成功した小説家である。こうした女に対し、一方的に敵意を燃やす男は少なくない。社会的地位や収入などが自分より上の女は、一部の男にとって目障りで仕方がない存在のようだ。

木之内はそうした無意味な自尊心から、完全に自由でいるのだった。木之内も会社経営がうまくいって収入が増えているというのも、余裕がある理由のひとつだろう。だが仮に収入が少なくても、木之内は絶対にわたしに嫉妬はしないはずだ。嫌みや当てこすりを言う木之内など、とても想像できない。余人には不誠実な遊び人にしか見えない男でも、わたしにはかけがえのない存在である。

「和子には、人が見たくないものを提示する勇気があるんだよ」

木之内はわたしの作風を評して、そう言ってくれた。勇気か。そう、わたしは小説を書く際に恐れは抱かないようにしている。自分にこの物語を書ききることができるかという恐れはある。いみじくもそれは、鴻池が言っていた恐れと同じだ。しかし発表後に受けるであろう非難は、決して恐れない。そんなことを恐れて筆が鈍るようなら、もう小説は書かない。

「そこがすごいと思うな。母性がない母親なんて、そんな人がいるとは和子の小説を読むまで信じられなかったよ。読み終えた今でも、信じたくはない。でも、きっと珍しくないんだろうなと思う。

和子の小説が、世界を見るぼくの目を変えたんだよ」

相変わらず、木之内の賛美は耳に心地よい。できるならいつまでも聞いていたいと思う。でもこのときばかりは、ふと別のことを考えてしまった。木之内の妻の敦子は、母性がある女なのだろうか、と。

木之内にはまだ、子供はできていない。作らないようにしているのか、それともできないのか。わたしは訊かないから知らない。しかし、このままずっと子供がいない状態でいて欲しいとは願っている。木之内に子供ができたら、彼がまた遠くなる。

木之内はわたしの理解者であり、女性の理解者でもある。わたしが子供を産んでも愛せないかもしれないと言っても、驚きはしないだろう。でも、敦子はきっとそんなことは言わない女なのではないだろうか。人並みに子供を産んで、慈しみながら育てることができる女なのではないか。そんな気がしてならない。

「あれはわたしと母の関係がヒントになっているのよ。といっても、母はちゃんと母性がある人だと思うけどね。ただ、わたしに接する母を見てたら、母性ってなんだろうという疑問が湧いてきたわけ」

わたしの胸に、ふと無謀な衝動が生まれた。こういうことは言うべきではないと思う。しかし、避けて通るのも不自然だと自分に言い訳をした。深く考えたら言えない。だから、衝動に任せて口にした。

「経験しなきゃ小説は書けないってさんざん言われて頭に来たけど、今はそういう意見にも一理あるかなと思ってる。だから、もっと深く母性を描くためにはわたしも母親になってみようかな。徹さんの子供、産んでもいい？」

一瞬、場の空気が凍った。わたしは半ば本気だったし、それが充分木之内にも伝わっていた。木之内は殴られたように目を瞠り、いつものように軽口で応じる余裕を失っていた。わたしはたちまち、言ったことを後悔した。半ば本気でも、残る半分は試す気持ちだったのだ。木之内を試したりしなければよかった。

「和子は、子供を欲しがるタイプじゃないだろ。自分でもよくわかってるんじゃないか」

果たして、木之内の口から出てきたのはこんな言葉だった。木之内らしからぬ、無神経な物言いだ。それほどわたしの唐突な願いに動揺したのか。いや、そうではないだろう。木之内はこちらが傷つくことを承知の上で、こんなことを言うのだ。これはわたしに対する戒めだ。

わたしが悪いと反省せざるを得なかった。わたしには子供は愛せない。言葉と木之内に取り憑かれたわたしには、子供を愛する余地がない。こんな女の子供に生まれてきたら、赤ん坊が不幸になるとわかっている人間を、世に送り出したりすべきではない。

「――ごめんなさい。でも、徹さんに子供ができたら教えてね」

「……ああ」

木之内は頷いた。苦いやり取りだった。これを機にわたしはまた、女としての望みをひとつ捨てた。

75

木之内が、日曜日にわたしを誘ってくれた。結婚して以降、木之内と会うのは平日の夜に限られていた。妻が一緒に働いている会社にいて、どのように口実を作っているのかはわからない。訊いても意味のないことなので、訊かないようにしている。きっと木之内のことだから、誰が聞いても納得するうまい理由を用意しているのだろう。

木之内が結婚したときから、会えるのは夜だけだと覚悟していた。それなのに、日曜日に遊びに連れ出してくれた。もう海水浴ができなくなった江《え》ノ島《しま》まで、ドライブしようと彼は言う。もしかしてこれは、先日のわたしを傷つけた言葉の詫びなのだろうか。思いがけないご褒美に、わたしは十代の女の子のようにはしゃいだ。

待ち合わせた渋谷の路上に、木之内は車に乗ってやってきた。国産だが、安くはない車だ。妻を助手席に乗せていつも運転しているのかと思うと座席に坐るのは少しいやだったが、ドライブの喜びには勝てない。シートに髪の毛が落ちていたりしないことを願いつつ、乗り込んだ。

「ぼくがずっと忙しかったから、こうやって午前中から遊ぶのは久しぶりだな」

サングラスをかけた木之内は、前方を見ながらそんなことを言う。忙しいからではなく、別の理由で夜しか会えない関係になっていたのに、見事に忘れ去ったかのような物言いがいかにも木之内らしい。演技ではなく、この瞬間は本気でそう思っているのではないかと見える態度に、わたしはいつも救われている。

「うん、すごい嬉しい。水族館に行って、しらす丼を食べて、江ノ島の一番上まで行こうね」
わたしは一日たっぷり木之内を独占できる嬉しさに、ただ胸を弾ませていた。自分の中にこんな普通の女のような感情が残っていたことに、少し驚く。もう二度とないと諦めていたことだけに、喜びもひとしおだった。

道が渋滞していたので江ノ島に着くまでには時間がかかったが、ふたりだけの空間にいるかと思うとそれも楽しかった。木之内相手だと、どうしてこうも話題が尽きないのだろう。以前は木之内の話を一方的に聞くだけだったが、今はわたしの側にも話すべきことがある。次の小説の構想やテーマを披露すると、木之内は深く感心してくれるのだった。

計画どおりに水族館に行き、ゆっくり見て回った。面白い魚を見つけては、木之内の腕に縋って「あれ見て」などと言ってみた。普通のデートができることの喜び。そしてそれに加えて、敦子を出し抜いているという背徳の喜びもわずかにあった。

水族館を見終えたときには、すでに午後二時近かった。お腹空いたね、と言いながら、目についた食堂に入る。これまた計画どおりにしらす丼を頼んで、料理が運ばれてくるのを待っているときだった。

「あの人、小説家じゃない。ほら、名前なんて言ったっけ」
潜めた声ではあったが、離れたテーブルでの会話が耳に飛び込んできた。わたしは驚いてそちらに顔を向けそうになったが、すんでのところで思い留まった。何も聞こえていない振りを装う。代わりに木之内が、面白がっている顔を近づけてきた。
「和子、有名になったたな」

書店に顔写真入りのポスターが貼られ、新聞にも広告が大きく出たのだから、この顔を知っている人がいてもおかしくない。会ったこともない人に顔を知られている現象には大いに違和感があったが、それどころではなく、わたしは木之内の身を心配した。笑っていていいのか。

わたしに気づいた人は当然、木之内の素性は知らない。だが江ノ島ではなく都心部なら、木之内を知る人と偶然出くわすこともあるかもしれない。そのときに相手がわたしだと知れたら、まずいことになるのではないか。有名になることの危険性を、このとき初めて意識した。あまり知名度が上がると、木之内と会えなくなるのではないかと恐れた。

食べた気がしないままにしらす丼を平らげ、そそくさと店を出た。一度気にし始めると、すれ違う人が皆わたしを知っているように感じられる。自意識過剰ではあるが、自分が目立つ顔をしているという自覚はただの自惚れではない。昔の顔ならこんな心配をしなくてもよかったのにと思った。江ノ島に渡って、汗をかきながら丘を登った。初秋の日差しはまだ夏の名残を含んでいて厳しかったものの、風が心地よく、散策の楽しさを充分に満喫した。青い空、光を反射する海、傍らの木之内。思いがけない素敵な休日だった。

木之内との関係が安定していれば、筆も進む。わたしは淡々と原稿用紙を積み上げ、脱稿した。当面最後の書き下ろしなので、現時点での持てる力のすべてを注ぐつもりだった。実際、そうしなければ書けない難しいテーマを設定したつもりだった。だが書き進めるうちに、自分の限界点がさらに遠くなっていくのを感じた。脱稿時には、次はもっとすごいものを書けると思った。

晩秋に出版されたその本は、三たび大きな賞の候補になった。出版直後から評判を呼び、本命視された。しかしわたしの意識はすでに、次作に向かっていた。自分がどれだけ遠くに行けるのか、それを見極めることが楽しみになっていた。

年が明けて、選考会が行われた。待機していたわたしの許に、受賞の知らせが届いた。慌ただしく記者会見場に向かい、新聞や雑誌、通信社の記者たちを前に、喜びの言葉を語った。わたしは編集者と読者への感謝を口にした。

騒ぎの度合いは、以前に受賞した文学賞とは大違いだった。わたしの記者会見の様子は、テレビのニュースで流され、翌日の朝刊でも大きく取り上げられた。大勢の親戚が、興奮して実家に電話をかけてきたらしい。しかし、かつての知人からの連絡は皆無だった。それはそうだろう。名前も顔も違うのだから、誰も気づくはずがない。テレビで初めてわたしの顔を見た親戚もいて、皆一様に驚いていたそうだ。本来なら娘のことを誇ってもいいはずだった母は、顔のことに触れられるとただ恥ずかしくて身が竦んだという。申し訳ないとは思ったが、わたし自身も今やこの目立つ顔を持て余しているのだ。

新聞や雑誌のインタビューも殺到した。彼らは皆、わたしの顔写真を撮っていった。江ノ島でのひと幕を思い出すと、あまり顔は出したくなかったが、そうも言っていられない。この騒ぎも一過性で、次の受賞者が決まる頃には大半の人がわたしの顔を忘れていることを期待するしかなかった。それでも、テレビの出演依頼は断った。やはりテレビの伝播力は桁違いである。小説になど興味がない人にまで顔を知られる危険性があるから、テレビにだけは出るわけにいかなかった。

騒ぎが大きくなって辛かったのは、木之内に会えなくなったことだった。何しろ、電車に乗っただけで声をかけられるのである。芸能人でもないのにこのような事態になるとは、想像外のことだった。今のわたしが木之内に会えば、確実に迷惑をかけてしまう。しばらく自粛せざるを得なかった。

ただ、電話では話をした。木之内は出版直後に読み終えて、今度こそ受賞間違いなしと断言していたから、存外に興奮していなかった。当然の結果だと言わんばかりに、落ち着いている。

「ぼくに言わせれば、まだまだだよ。和子はまだまだこんなもんじゃない。ここで満足して成長が止まるような人じゃない。本当はもっと書きたいことがあるんだろ。もっともっと、深いところまで抉りたいんだろ。そういう貪欲さが、小説を読むと伝わってくるよ」

まさにそのとおりだ。木之内に「まだまだ」と言ってもらって、安堵した。彼がまだだと言うなら、わたしはさらに進む。木之内の期待だけが、わたしの背を押してくれる。現実の人生で伴走できないからには、せめて創作の道では伴侶になって欲しい。いつまでも、わたしの一番の読者でいて欲しかった。

騒ぎが静まらないうちに、授賞式の日を迎えた。できるなら、この晴れがましい場に木之内を招きたかった。しかし、それは無理だった。わたしが木之内の結婚式に出席できなかったように、出版業界の人間ではない木之内を招待するわけにはいかない。ふだんはあまり引け目を感じないわたしたちの関係だが、このときばかりは堂々と付き合えない辛さを味わった。

広い会場に溢れんばかりの人たちを前に、わたしは用意してきた受賞の言葉を述べた。その大半は、表面的なことだった。わたしがどれほど大きな劣等感を抱えていたかを吐露したところで、おそらく誰も信じてくれない。贅沢な悩みだと反感を買うのが関の山だ。ならば、苦労など語らずに当たり障りのないことを言っておいた方が得である。小説家は口頭ではなく、小説で語るべきだった。

大きな賞を受け、世間の注目を浴びることが快くないわけではない。しかしわたしの気持ちは、もうここにはなかった。木之内が行けと言うから、わたしは彼方を目指す。その途方もなさに、怖じたりはしなかった。

76

受賞作は、前作の倍以上にもなる売れ行きのベストセラーになった。わたしの本が十万単位の人々に読まれているなど、とても本当のこととは思えない。これはやはりわたしの実力ではなく、どこかに生じた物語がわたしを通して世に出ているだけだと考えた方が納得できた。本が売れるのはわたしの手柄ではなく、物語の力だった。

そうは言っても、本が売れれば印税が入ってくる。銀行の預金残高は、あっという間に家一軒買えるほどの額になった。もちろん、来年には所得税と住民税を払わなければならないので全額使えるわけではない。とはいえ、それでもけっこうな金額が残るので、そのまま遊ばせておくのももったいないと考えた。

ひとまず、印税の一部を資産運用に回してみることにした。わたしは社会の仕組みに疎いので、当然のことながら経済についてもよくわからない。知識を増やすのは小説家として大事なことだから、これを機に勉強してみようと考えたのである。

受賞後のインタビューが一段落したときを見計らって、証券会社に足を運んだ。口座を開きたいと、受付で申し出る。すると相手はわたしの顔を見てハッとした表情を作り、「失礼ですが、小説家の方ですよね」と言った。今はどこに行っても、こんな調子で声をかけられる。気取っていると思われないように笑顔を作り、「ええ」と認めた。

「受賞、おめでとうございます。こんな有名な方にお目にかかったのは、初めてです。本は読んだことないので、ぜひ読ませていただきます」

受付の女の子は、無邪気にそんなことを言う。わたしはなんとか、苦笑いを嚙み殺した。本を読んだことがない人にまで、顔を知られている。まるで芸能人だと自嘲したら、プライバシーが保たれていた頃が懐かしくなった。

書類に必要事項を記入すると、ソファで待っているように言われた。わたしが腰を下ろした場所の正面には、雑誌ラックがあった。場所柄、置いてあるのは経済雑誌である。こういう雑誌を読んだことはなかったので、かえって興味を覚えて手に取った。

冒頭の特集から、わたしには少し難しかった。ある程度、金融の知識がある人向けの雑誌のようだ。なんとか理解しようと集中して読んでみたが駄目だったので、以後はぱらぱらと流し読みする。そして、あるページで手が止まった。

そのページは、勢いがある会社の社長にスポットを当てるコーナーだった。社名と業種、業績などの紹介、社長のインタビューで構成されている。それだけでなく、社長自身の写真もカラーで掲載されていた。カメラに向けて淡く微笑んでいるのは、木之内だった。

こんな取材を受けていたのか。知った顔を思いがけず雑誌で見かけて、わたしは愉快に感じた。雑誌に載るなら、教えてくれればいいのに。いつもはわたしが見られている立場だから、木之内をメディアの紹介で見るのは新鮮だった。今度会ったら冷やかしてやろうと思った。

木之内はインタビューで、会社設立の経緯からこれまでの道のりについて、掻《か》い摘《つま》んで語っていた。設立のエピソードはわたしも知らなかったので、いまさらながら感銘を受けた。小説家になるまでのわたしの人生の起伏も、語ればそれなりの物語になるのと同様、木之内にも歴史があるのである。そんな単純な事実を、誌面から知らされた。

楽しく読み進めながら、次のページを捲った瞬間だった。不意打ちのような衝撃を視覚から受け、わたしは固まった。自分の網膜に映っている映像の意味が、すぐには理解できない。いや、理解を拒絶していると言うべきか。本当はわかっているのに、認めたくないという気持ちが思考を停止させたのだった。

次のページにも写真があり、どこかのパーティー会場にいるらしき木之内が写っていた。それだけではない、木之内の傍らには、真紅のパーティードレスを着た女性が立っている。キャプションを見るまでもなく、その女性が木之内の妻であることは誰の目にも明らかな構図だった。

これが、敦子か。わたしは呆然としながらも考えた。見たくないと思っていた敦子の顔を、ついにこんなところで見かけてしまった。一度視線が女の顔に留まると、そこから離せなくなった。この女が、木之内の妻。その顔は、わたしの想像と大きく違っていた。

木之内は敦子を、「一般的な基準で言うと綺麗」と評した。わたしは今、あの言葉が真っ赤な嘘であることを知った。どこが美人なものか。綺麗に着飾り、気合いを入れたメイクをしても、せいぜい十人並みではないか。この女を見て「綺麗」だなどと言うのは、世界中探しても木之内しかいないだろう。

わたしは心の中で悪態をついた。そうしなければ、鈍く重い衝撃が心を深く深く抉っていく痛みに耐えられなかったからだ。なぜ敦子は美人ではないのか。わたしにはその事実が許しがたかった。

木之内はこれまで、美人ばかりと付き合ってきた。季子でさえ、おしゃれとメイクに精一杯気を使えば、美人と言われても大袈裟ではない女だった。木之内の恋人の中で、美人でないのはわたしだけだった。わたしだけは、顔ではなく心と能力を木之内に認められて付き合っていたのである。言わばそれは特権的ポジションであり、わたしの誇りでもあった。

それなのに木之内は、自分の妻に不美人を選んだ。わたしだけの特権的なポジションは、とうに失われていたのだった。わたしと付き合ったときと同様、木之内は敦子の存在自体を評価している。容姿だけではなく、敦子という人間丸ごとを認める大きな包容力。それはわたしに対してだけ発揮されていたはずなのに、今は敦子にも向けられていたのだ。

木之内は女を容姿で選ぶような男ではなかった。それがわかっていながら、わたしは自分の顔を嫌悪し、変えてしまった。美人になれば木之内の気持ちをこちらに向かせることができるかもしれないなどと、愚かな期待も抱いた。あの考えが浅はかであったことを、敦子の顔貌が如実に物語っていた。

木之内は敦子を愛しているのだろう。ぞっとする脱力感の中、わたしはそれを認めた。会社を大きくするための方便だと言いたげだったが、方便だけで木之内がこの女を選ぶとは思えない。きっと敦子は頭が切れて、木之内の心を察するのがうまく、それでいて母性も持ち合わせているのではないか。容姿がどうでもよくなるほどに、敦子は魅力的な女なのだ。

わたしは雑誌を閉じた。込み上げてくる感情の固まりを、歯を食いしばって呑み込む。顎に力を入れると、湧いてくるのは闘志だった。この女にだけは負けたくない、妻という座を奪われたからには、せめて木之内の気持ちは引き留めておきたかった。

わたしには小説という武器がある。いい作品を書き続ける限り、木之内の気持ちはわたしから離れない。いくら敦子が有能な女でも、小説は書けないはずだ。わたしは木之内の心を得るために、小説を書く。それだけがただひとつの、敦子に勝つ手段だった。

77

受賞後の騒ぎが収まらない中、わたしは初めての小説連載を開始した。まずは一回五十枚の連載を、月刊小説誌で書き始める。わたしはもう、物語に着手する前に事細かに設定やストーリーを考えるのはやめていた。全体を貫くテーマと大まかなイメージ、テーマを描くのに必要な人物配置さえ決まれば、それで充分だ。その三つがあれば、わたしは蛇口になれる。怖いのはただ、わたしが物語を世に送り出すにふさわしい蛇口かどうかだった。

月刊誌連載が軌道に乗ったところで、今度は週刊誌連載も始めた。ふたつの話を同時並行で書くのは初めてだが、これは存外にわたしのスタイルに合っていた。小説以外に興味が向かないわたしは、気晴らしの手段を持たない。だから、ともすればひとつの話にのめり込みすぎ、体重が減るほど消耗しているのだが、ふたつの物語を交互に書くとそうはならないことを発見した。ひとつの話を五十枚程度で切り上げ、別の話に切り替えるのは、いい気分転換になった。自分でも先がわからずに書くわたしのスタイルは、連載向きだったのだ。

もちろん、わたしを衝き動かす原動力は他にもあった。闘争心である。会ったこともない敦子に対する、自分でも持て余すほどのライバル意識。これがある限り、わたしの筆が止まることはない。疲労から小説執筆に倦むことがあっても、雑誌で見た敦子の顔を思い出すだけで力が湧き上がってくる。その源泉は間違いなく、闘争心なのだった。

インタビューやエッセイの依頼に対応し、連載を掛け持ちでやり、その合間に木之内と会った。そんな慌ただしい日々を過ごすうちにあっという間に半年が経ち、次の受賞者が決まった。そうなると、わたしの身辺も落ち着く。それを機に、さらにもう一本の連載を始めた。

書き下ろしで長編を書いていたときは、ほんの数ヵ月のスパンで集中して書き上げていた。だが連載となると、どうしても執筆期間が長期に亘る。なかなか単行本が出ない状態になっていたが、受賞から九ヵ月を経てようやく、一番最初に始めた連載が本にまとまった。するとこれがまた評判をとり、受賞作に負けず劣らず売れた。もはやわたしの力を越えたところで、出版社や取次、書店などが咲良怜花という虚像のブランドを作っているかのようである。咲良怜花の名前が知られれば知られるほど、本当のわたし自身とは離れていく。それがかえって気楽で、どこか解放される気分もあった。大きすぎるものは見えない。わたしは自分の見える範囲だけを相手にし、こつこつと原稿用紙を積み上げていくだけだった。

しかしその一方、銀行の預金口座残高はとんでもない数字になっていた。わたしが望むならどんなことでもできる金額が、滔々と口座に流れ込んでくる。もしわたしが男なら、銀座に行って豪遊するのだろうか。売れた小説家はそうするものという固定観念が、このわたしにもある。だが女は、とんでもない金額を何に使えばいいのか。まるで思いつかなかった。

せめて、住環境をもう少しよくしようと考えた。わたしが初めてひとり暮らしを経験したこの部屋には愛着があったが、駅から遠いという難点がある。タクシーを使えばいいとはいえ、そうした贅沢には未だに馴染めない。本を置く場所をもっと確保したいという気持ちもあり、引っ越しをした。山手線の駅に近いが、周辺は静かで、それでいて夜ひとりで歩くのが怖いような暗い道もない。家賃は普通の感覚では容認できない額ではあるものの、今のわたしには負担ではなかった。それに何より、木之内の自宅に近い。木之内が滞在してくれる時間が一分でも長くなるなら、ひと月の支出が数十万円増えようと惜しくないのだった。

　でも、そこまでだった。金の使い道は他に何もない。考えてみればわたしは、小説執筆以外に趣味がないのである。小説と木之内、そのふたつがあれば心の底から満足できてしまうつましい生活。何か新しいことを始めてみようにもきっかけがなく、ファッションにも興味が向かず、友人もいない。金に糸目をつけない豪華な旅行をするのも一案だろうが、女のひとり旅はやはりなかなか難しい。自分の世界の狭さを、経済的余裕を手にして改めて気づかされた心地だった。

「贅沢な悩みですねぇ」

　そうしたことをあるとき、打ち合わせの際に編集者に話した。わたしが売れる前から付き合っている、小《こ》松《まつ》智《ち》佳《か》子《こ》という名の女性編集者である。年齢はわたしよりひとつ上だが、童顔の見た目と舌足らずな口調のせいで、遥か年下と接しているかのように錯覚する。しかしそんな見た目にもかかわらず仕事はきちんとこなす優秀さも持ち合わせていて、嫌いではなかった。むしろ同世代の気安さもあり、会えばこうして世間話をする。

「お金の使い道がないなんて、幸せなことですよ。急にお金持ちになったことに浮かれないで、変わらずこつこつと小説を書いている咲良さんは立派です」

智佳子はそんなことを言う。仕事であれば確かに立派だろうが、わたしにとって小説執筆は趣味なのだから、たいそうなことではない。それでも素直に感心してくれる智佳子は、やはりかわいかった。

「でも、せっかくたくさんお金があるのに、旅行にも行けないなんて、やっぱり女は損ですね。そうだ、それならいっそ、取材旅行に行きませんか。もちろん咲良さんが代金を出すんじゃなく、会社持ちですけど」

いいことを思いついたとばかりに、智佳子は身を乗り出す。こうして誘うくらいなら、智佳子が同行してくれるつもりなのだろう。出版社の顎足つき旅行がしたいわけではないが、この屈託のない智佳子と一緒に旅をするのは悪くないかと思えた。わたしの狷介《けんかい》な性格を、智佳子ならきっとうまく受け止めてくれるだろう。

互いのスケジュールを合わせるのが難しいかと思ったが、そんなことを言っていたらいつまで経っても行けないので、仕事を持っていくつもりで予定を入れてしまった。自分でもその強引さは意外に感じる。それだけ、智佳子との旅行を楽しみに思っているようだ。木之内と旅行に行ったことはあるが、ある意味それは緊張を強いられる旅でもあった。一緒にいる間はずっと、不様な姿は見せられないからだ。それに比べて同性同士の旅行は、体も心も緩めてかまわない気楽さがある。そんな旅行はしたことがないだけに、わたしはいつになく積極的になっているのだった。

とはいえ物見遊山ではないので、仕事で必要な場所に行かなければならない。わたしはイメージをまとめ、智佳子のいる社での新連載は北海道を舞台とすることにした。羽田から飛行機に乗り、千歳《ちとせ》空港に向かう。そこからはレンタカーで、まず札幌に移動した。レンタカーはずっと智佳子が運転してくれた。見かけによらず、安心して助手席に乗っていられるハンドル捌きだった。

わたしにとっては初めての北海道だったが、智佳子は仕事で何度も来たことがあるという。ならばと、案内を頼んだ。札幌を起点に小樽《おたる》や富良野《ふらの》を回るルートを、わたしは漠然と思い描いていた。自分の中のイメージを固めるには、ただふらふらと街を歩いてみるのも大事だった。

昼食にはふたりでラーメンを啜り、小腹が空いたら目についた屋台で買い食いをし、歩き疲れて入った喫茶店ではお喋りに興じ、夜は市場で新鮮な魚の刺身をたっぷりと食べてから、ホテルに戻って酒盛りをした。お喋りに興じ、とはいっても喋っていたのはもっぱら智佳子なのだが、彼女の独演会は聞いていて楽しかった。同性の友人とはこういうものかと、二十代も後半になってようやく知った思いだった。

翌日以降の旅も、同じ調子だった。智佳子の陽気さは、わたしの警戒心を突破してくれた。わたしとて、他人との繋がりを完全に断ってまで小説だけにすべてを捧げていたいわけではない。恋愛はしているが、それ以外の人並みの楽しみも味わってみたかった。今までできずにいたのは、わたしが無意識に造ってしまう壁のせいだということはよくわかっている。だからその壁を、厚かましいくらいに強引に越えてきてくれる智佳子のような人を、わたしは必要としていたのだった。

三泊四日の旅でしかなかったが、たったそれだけの期間に、これまでの人生で笑った回数と同じくらい笑った気がした。だからわたしは最後に空港で、「本当にありがとう」と礼を言った。

「楽しかった。取材旅行だから楽しんでるだけじゃ駄目なんだけど、こんな楽しい旅行は経験したことないというくらい楽しかった。小松さんのお蔭。本当にありがとうございました」

「何を言うんですかぁ。あたしこそ、すっかり仕事を忘れて楽しんじゃいましたよ。咲良さんとの距離も縮まった気がして、嬉しいです」

それはわたしの考えていたことでもあった。他人との距離が縮まるのはなんと心満たされることだろうと、ほとんど初めてと言ってもいい認識を得る。わたしの世界が、少し広くなった気がした。

78

木之内の誕生日が近づいていた。かつてそれは、楽しいイベントだった。何をプレゼントするか考え、食事の場所をわたしがセッティングし、木之内が喜ぶ様を見てこちらも幸せに浸る。木之内が季子と別れてからこちら、彼の誕生日はずっとわたしのものだった。

しかし去年から、誕生日は悩ましい日となった。もうわたしは、木之内とともに誕生日を過ごすことができないのだ。祝うにしても、日をずらさなければならない。わかっていたことでも、こうしたひとつひとつがダメージになるのは避けられなかった。

プレゼント選びも、今や苦痛を伴うことになっていた。おとといしまでは、ただ木之内の趣味だけを考えて選ぶことができた。でも去年は、よけいな気を回してしまった。木之内が身に着ける物を買っては、敦子が勘づくのではないか。そんなことを考えると、選択肢は極端に狭まる。何より腹立たしいのは、敦子が鋭い女なのか、それとも鈍いのか、わたしがまったく知らないことだった。言ってみれば、敦子の幻影に怯えているようなものなのである。悔しかった。

それでも、木之内に迷惑をかけるわけにはいかない。わたしが何食わぬ顔で身に着ける物をプレゼントしたなら、彼はその場では喜びつつも、家に帰るまでに必ずそれを外すだろう。そして敦子の目の届かないところにしまい込み、次にわたしに会うまで封印しておくはずだ。そうしたこそこそした真似を木之内にさせてしまうのはわたしにとっても本意ではないので、知恵を絞らなければならない。去年はさんざん悩んだのだが、今年もまだいい物を見つけられずにいた。

「小松さんは彼氏の誕生日に、どんな物をプレゼントしてます？」

わたしは打ち合わせのついでに、智佳子に話を振ってみた。こんなことは、高井にはとうてい訊けない。智佳子と親しくなっていてよかったと思った。

「えーっ、プレゼントですかぁ。もしかして、彼へのプレゼント選びで悩んでるんですか」

逆に訊き返されてしまった。子供のような顔をしていて敏感だと思ったが、こんなことを尋ねれば誰でもピンと来るかもしれないと内心で苦笑する。いっそ認めてしまおうかと一瞬心が揺れたものの、やはりどうしても言うわけにはいかなかった。木之内が結婚すると決まったとき、心に固く誓ったことがひとつある。それは、誰にも木之内との関係を話さないということだった。話せば、それが蟻の一穴となってわたしたちの関係を崩壊させる。木之内との付き合いを死守したければ、決して愚かな真似をしてはならない。

「そんなんじゃないんですけど」

「本当に咲良さん、彼氏いないんですかぁ？　未だに信じられないんですけど」

男関係については、北海道に行ったときにすでに訊かれていた。女のふたり旅なら、必ず出る話題だ。でもわたしは白を切ったので、もっぱら智佳子の恋愛話の聞き役に徹することになった。智佳子は愛嬌のあるかわいらしい顔立ちの上、物怖じをしないフレンドリーな性格なので、もてるようだ。もし人生をやり直せるなら、彼女のような人間になりたいとすら思った。

「小説を書くような暗い女は、男に好かれないですよ」

十把ひと絡げに語ってしまっては他の女性作家に申し訳なかったが、この場をごまかすためには一般論にすり替えるしかなかった。それでも智佳子は、納得してくれない。

「そうかなぁ。咲良さんくらい美人で頭がよければ、男がいくらでも寄ってくるはずなのに」

「男は意外と、女の顔は気にしてないみたいですよ」

整形手術をしてからの数年で、悟った真理だった。美しい女は第一印象こそいいだろうが、男は結局性格を見ている。むしろこの顔は、男の敵意を誘ってきた。わたしにとっては、大して役に立たなかった美しさなのだ。

そう内心で考えたが、詳しく語る気はなかった。語ったところで、智佳子が理解してくれるはずがない。彼女のように人から愛される性格に生まれついた人には、一生理解できない世界の話だろう。

「うーん、なんかまだ隠し事がある気がするんですけど、まあいいです。で、プレゼントですか？いろいろですよ。服とか靴をあげたこともあるし、バッグとか、パスケースとか、キーケースとか」

やはりそういう物になるのか。わたしもかつては木之内にプレゼントしたことがあるが、今はもう無理だ。服でも小物でも、木之内が誕生日前後に突然新しい物を使い始めたら、たいていの女は怪しむに決まっている。木之内もそれがわかっているはずだから、死蔵するしかないだろう。使ってもらえない物をプレゼントすることほど、空しいことはない。

「でも、プレゼントって難しいですよね。相手が必要としているかどうか、ふだんから観察してないといい物は選べないから。服とか、外しちゃってあんまり喜んでもらえないこともありましたよ。なんか、センスが違ったんですって。あたしは似合うと思ってプレゼントしたのに、喜ばないってひどいと思いませんか？　そんな奴とは別れましたけどね」

　智佳子は自分の過去を、包み隠さず陽気に話す。一方わたしはといえば、見抜かれたとおり隠し事がたくさんある。これがいけないのだとわかっていつつも、言えないことばかりなのが辛い。同じ女に生まれて、どうしてこうも違った人生を歩んでいるのだろうと首を傾げたくなる。

「だから、いっそ何が欲しいか相手に訊いちゃうのが早いですよ。相手を驚かせることはできないけど、少なくとも喜んではもらえるから」

「ああ、なるほど」

　わたしは感心した素振りをしたが、そういうわけにはいかないのだった。かつて一度、木之内にそうした質問をしたことがある。そのとき木之内は、「和子が選んで買ってきてくれるのが嬉しいんだよ。だから任せる」と答えたのだ。その言葉が後に重荷になるとは、当時のわたしは気づきもしなかった。

「今付き合ってる彼は、すっごくわかりやすい奴なので、プレゼント選びは楽ですよ。思考回路がガラス張りだから、何を欲しがっているか丸わかりなんです。『どうしておれが欲しがっている物を知ってるの？』とか驚くんですけど、どうしてじゃないよって思いますよ。単純な男は付き合ってて楽ですよー」

　いつの間にか、智佳子ののろけ話を聞かされることになっていた。智佳子の今の恋人は、同じ職場の人だと聞いている。ずっと一緒にいるから、いいところも悪いところもわかっているそうだ。

ちょっと抜けているところがあるらしく、しくじりのエピソードを挙げ始めたら切りがないのだと、いかにも楽しそうに智佳子は語った。わたしが一度も経験したことがなく、これからも経験することがないだろう、微笑ましい恋愛だった。

「で、参考になりましたか？　誰にあげるんだか知りませんけど、咲良さんからプレゼントされるなんて幸せな男ですねー」

わたしの言葉をまったく信じていなかった様子で、智佳子はわざと横目でこちらを見る。わたしは「そういうシーンを書こうと考えてるだけですよ」と言い繕ったが、それが通じているかどうかはわからなかった。

その後も悩み続けた末に、万年筆を買うことにした。筆記用具なら敦子の目に留まる可能性は低いし、木之内が自分で買ったと強弁できる。木之内の名前を入れてもらったのは、せめてものわたしの意地だった。

木之内の都合を聞き、誕生日の三日前に銀座のレストランで会った。周りの目を気にしなくていい個室で、プレゼントを渡す。その場で開けた木之内は、「おっ、これは気が利いてるな」と言って何度も矯《た》めつ眇《すが》めつした。木之内が喜んでくれている。この笑顔を見るためにも、来年も再来年もプレゼントで頭を悩ませようと密かに思った。

79

ある日突然連絡が来て、昨年出版した小説が地方自治体主催の文学賞に選ばれたと告げられた。

候補になっていたことも知らなかったし、日本で一番有名な文学賞を受賞してからまだ二年しか経っていないので、かなり驚いた。次に文学賞をもらえる機会があるとしても、まだ当分先のことだろうと思っていたのだ。

しかし昨年出したその本は、わたしにとって自信作だった。これまで世に送り出した小説の中で、一番の出来だと自負していたのである。そんな作品を認められて、素直に嬉しかった。賞の知名度ではなく、受賞に伴う名誉でもなく、純粋に認められることそれ自体が喜びだった。

そうした嬉しい驚きがある一方、残念なこともあった。なんと、智佳子が会社を結婚退職すると言うのだ。それを聞かされたとき、わたしは信じられなくてしばし呆然とした。智佳子のような優秀な編集者が、結婚を理由に退職するなど、とても考えられなかった。

「どうして？　何も辞める必要はないんじゃないですか」

わたしはほとんど喧嘩腰だった。理不尽なことを聞かされた思いだったのだ。相手は例の、失敗ばかりしているという同僚だろうか。別れたとは聞いていないので、おそらくそうなのだろう。智佳子を通しての話しか知らないから、なんとなくこちらも彼に対して好意を抱いていたが、結婚したら女は家庭に入れなどという旧弊《きゅうへい》な考えの持ち主なのだとしたら評価を変えなければならない。直接会って、懇々《こんこん》と諭してやりたいとすら思った。

「いやぁ、そういうわけにもいかないですよ。出版社って、一般的な大企業に比べると規模が小さいじゃないですか。そんな小所帯の中で結婚したら、一緒に働き続けるのは難しいですよ。万が一離婚でもしようものなら、お互い気まずいし」

最後のひと言は冗談だとわかったが、納得したわけではなかった。いくら大企業に比べて小さいとは言え、部署がひとつしかないわけではない。単行本編集部や文庫編集部に移るとか、あるいは文芸を離れて一般雑誌の部署で働き続けるなどの手もある。社内結婚をしたから女が会社を辞めるというのは、やはりわたしにとっては受け入れがたい発想だった。

別の部署で働く気はないのかと問い詰めたところ、智佳子は初めて申し訳なさそうな顔をした。

「実はあたし、そんなに仕事に執着があったわけじゃないんですよ。もちろん編集の仕事はすごく楽しくて、咲良さんの連載をいただけたのは中でも特別に嬉しいことでしたけど、だからもう満足した部分があるんですよね。仕事をやりきったなぁという充実感と言うか。咲良さんのお蔭で、胸を張って辞められるんですよ」

「そんな……。わたしはこれから何本でも、小松さんと一緒に仕事がしたかったのに」

嘘偽りのない本音だった。智佳子との仕事は、本当に楽しかった。高井との仕事の際の真剣勝負に似た張り詰めた関係ではなく、気の置けない友達とのやり取りは、ともすれば自分に甘くなりがちだったが新鮮でもあった。智佳子が一番の読者だったからこそ生まれた物語だと、わたしは思っている。それにそもそも、その連載小説はまだ単行本になっていないのだ。発売日までは辞めずにいるとのことだが、それを自分の最後の仕事とするつもりとは、光栄ではあるけれど嬉しいことではなかった。

「そんなふうに言ってもらえたら、一生の思い出です」

わたしの気持ちが伝わったのか、不意に智佳子は目を潤ませた。ハンカチを取り出して口許を押さえ、込み上げてくる感情を噛み殺している。そして少ししてから、また続けた。

「あたし、二十代のうちに結婚するのが夢だったんです。見た目がこんな童顔だから忘れてるかもしれないけど、あたし咲良さんより年上なんですよ。もう来年で三十なんです。実はすごく焦ってたから、彼が結婚しようって言ってくれたとき、こんなこと言うのは恥ずかしいけど天にも昇る心地だったんです。あのときに気持ちに区切りがついちゃったので、もう仕事は続けられないんです」

一気に言うと、智佳子はぺこりと頭を下げて「すみません」とつけ加える。そうまで言われたら、わたしも説得の言葉がなかった。

「そうですか。わかりました。それが小松さんの選択なら、第三者のわたしがとやかく言うことじゃなかったですね。わたしにとっては残念ですけど、本当はおめでとうと言わなきゃいけないことでした。どうぞ、お幸せに」

まだ心にわだかまるものはあったが、智佳子の決意が固いならやむを得ない。快く見送るのが、わたしにできるただひとつのことだった。

「ありがとうございます。あたし、仕事は辞めてもずっと咲良さんの読者でいますから。咲良さんは本当にすごい人だと思います。これからもっともっと、すごい作品を世に送り出していくと確信してます。そのお手伝いができないのは申し訳ないですけど、いつまでも応援してます。それで、子供や孫にあたしは咲良怜花の担当編集者だったんだって自慢します」

智佳子らしい言葉だった。自分に自信が持てないままに生きてきたわたしだが、智佳子に言われると素直にそうかもしれないと思える。わたしはまだ歩みを止める気はない。きっと、どこまで歩いても満足はしないだろう。どんなことがあろうと、たとえ売れなくなり世間から忘れ去られようとも、ただひたすら小説を書き続ける。絶対に、筆を折ったりはしない。それだけは、確信を持って断言できることだった。

「最後に、よけいなことを言っていいですか」

ふと、何を思ったかこちらの機嫌を窺うような態度で、智佳子は切り出した。わたしは話の内容に見当がつかず、ただ頷く。

「本当によけいなことだと思うんですが、怒らずに聞いてもらえたら嬉しいです。咲良さんは辛い恋をしているようですけど、どうか一個人としての幸せを忘れないでくださいね。小説家としてだけじゃなく、女としても幸せになってください。ずっと気になってたんで、いつか言えたらいいなと思ってたんです」

怒るどころではなかった。わたしは心底驚いていて、何も言えなかった。智佳子は「辛い恋」と言った。なぜわかったのか、とは思わなかった。恋愛について言葉を濁し続けていたのだから、よほど鈍感でない限り誰でも察する。わたしが驚いたのは、初めて他人から「辛い恋」と言われたからだった。まさにわたしは、辛い恋をしている。言葉にすると、現実を目の前に突きつけられたかのように感じられた。

「わたしはいいんです。小説家だから」

口にしてはみたものの、それはただの強がりとしか響かなかった。わたしはいい、小説家だから。頭の中で、何度も反芻してみる。自分に言い聞かせているだけだった。

わたしの口調が取り繕うことすらも忘れた寂しさを滲ませていたためだろう、智佳子は絶句していた。わたしは微笑を浮かべた。

80

小説一作一作に己のすべてを注ぎ込むような書き方をしていると、時が経つのはあっという間だった。以前からその傾向はあったが、雑誌連載を始めるようになってからは、時間経過の速度が増したように感じられる。毎週毎月の締め切りをクリアーしているうちに、気づけば季節が一巡していた。そしてふと、智佳子の言葉を思い出した。

来年で三十だから焦っていたと、智佳子は言った。誕生日を迎え、わたしもあのときの智佳子と同じ年になった。二十代最後の一年が始まる。わたしにとっての男が木之内しかいないなら、何も起こらないだろう一年。他の女が特別に意識する一年を、わたしはこれまでと変わらず過ごそうとしている。それでいいと、自分の気持ちを再確認する。

しかし月日の流れは、確実に何かを変えていく。例えば、わたしの顔。整形手術は、一度行えば永遠にその状態が持続するという性質のものではない。定期的に手を入れないと、顔の形が戻っていくのだ。いまさらこの顔を捨てるわけにはいかない。わたしは咲良怜花として、広く世間に知られてしまった。いったんつけた仮面は、一生被り続けなければならない。そのために、メンテナンスの手術を受けた。

初めての整形手術は、言ってみれば獲得するための手術だった。手術を受けることによって、手に入るものがあると信じていた。だが今度の手術は、守りの手術だ。一度手にしたものに執着する、後ろ向きの姿勢。美人ですねと大勢の人から誉められる快感を手放すまいと、わたしは足掻いている。己を客観視して、惨めな気分になった。

美貌を維持している限り、近寄ってくる男は絶えなかった。わたしにちょっかいを出す度胸のある編集者はさすがにもういなかったが、ドラマ化や映画化が続いたお蔭で、出版業界以外の人と接する機会も増えた。ジャンルが違うと敷居が低く感じられるのか、なんだかんだと誘われる。あまりに面倒なので、電話番号は訊かれても教えないことにした。

制作会社やテレビ局の人、映画会社の人、そしてわたしも顔を知っている有名な俳優に至るまで、声をかけてきた男の誘いをことごとく撥ねつけた。木之内への義理立て以前に、彼らにはまったく魅力を感じなかったのだ。違う業界の話には興味がある。聞けば世界が広がり、刺激を受ける。しかし、わたしが覗き込んだ創作の深淵に近づいていると思える人は、ただのひとりもいなかった。作品を作り上げるという点では共通する要素があるはずなのに、深淵に飛び込む度胸がないどころか、そもそも深淵の存在にすら気づいていない。話が合うわけがなかった。

かつて短期間だけ勤めた会社での日々と同様、高飛車な女だとの悪い評判が立った。その一方出版業界では、身持ちの堅い女だと思われるようになった。誰とも付き合っている様子がないのに、有名俳優に誘われてもなびかない堅物。それが、咲良怜花という虚像に新たに付与されたイメージだった。わたしと咲良怜花との距離は、ますます開いていく。

男っ気がまったくないのに、なぜあんなに色恋の凄みを描けるのか。そんなことを、よく言われるようになった。経験至上主義の価値観は、根深く人々の中に残っている。たいていの場合、「さあ」と曖昧に笑ってごまかしたが、気が向けば「経験しなければ書けないようでは小説家として恥ずかしい」と正論を口にしたりした。質問した人は、その説明で十中八九納得する。わたしの創作の秘密は、そうしていつまでも保たれる。

木之内に、その話をした。木之内は笑った。笑い事ではないのにと、わたしは少し腹を立てる。でも木之内にしてみれば、笑うしかないのかもしれなかった。

「和子の言うとおりじゃないか。『薄明の彼方』を書いたとき、男を殺して日本全国を逃げ回った経験があったわけじゃないだろ。それでも、逃げる女の気持ちはリアルに描けた。同じことなのにな。どうして恋愛のことだけ、経験がないと書けないと思うのかね」

木之内はワイングラスを揺らしながら、楽しげに言う。木之内の言葉はもっともなのだが、どこか鈍感だった。以前はそうではなかったのに。

「人を殺して逃げ回った経験がある人はめったにいないけど、恋愛は誰でもしているからでしょ」

人は、自分の知っている世界だけがすべてだと思いがちだ。経験があれば、優位に立っていると無意識に思い込む。だからこそ、経験がないのになぜ書けるのかという疑問が生まれるのだろう。世界には見えない部分もあるのだということには、決して気づかない。

「和子は、ぼくとの付き合いから何かを学んでるのかい？」

目尻に皺を寄せて、木之内は尋ねる。木之内は年の取り方がうまい。時間の経過から逃れずに、見た目は順当に年齢を重ねているにもかかわらず、それがますます本人の魅力になっている。わたしは整形手術でこの顔を維持しているのに、ずるいと思う。

「たくさん学んでるわよ。全部、小説に生かしてる」

「じゃあ、ぼくが小説家・咲良怜花を育てたようなものか」

木之内は冗談のつもりか、そんなことを言って笑う。冗談などではなく、実際にそのとおりなのに、まったく自覚はないのだろうか。知り合った頃から摑み所がない人ではあったが、最近ますますその傾向に拍車がかかっている。

木之内は、いくら掘っても決して資源が尽きない鉱山のような人だった。知り合って丸八年になるのに、未だに彼が見た目どおりの男か、それとも奥に何かを秘めているのか、見極められないところがある。だからこそわたしは、まだまだたくさん木之内から受け取れることがあると思うのだ。どこまででも、行き詰まってもう一歩も前に進めなくなるまで、木之内と一緒にいたい。

木之内が結婚して早くも三年になるが、まだ子供ができる気配はなかった。季子との間には、流産したとはいえ一度は子供ができたのだから、木之内の体質に問題があるわけではないのだろう。敦子が不妊体質なのか、あるいはたまたまできないだけなのか。どちらでもいいから、このまま子供がいない状態を続けて欲しかった。わたしが産めない子供を敦子が産むかと思うと、猛々しい感情が心の中で荒れ狂う。父親になった木之内など、見たくなかった。

木之内との関係が穏やかに持続する一方、小説家としてのわたしを取り巻く状況は常に変化し続けている。智佳子のように去っていく編集者もいれば、新たに担当についてくれる人もいる。ある出版社では前任者の異動に伴い、年下の男性編集者がわたしの担当になった。若くしてデビューしたわたしだが、ついに年下の人が担当につくようになったのだ。来年で三十という年齢を、否応なく意識させられた。

「横山《よこやま》といいます。よろしくお願いします」

名乗った男性編集者は、緊張しているのか頭を下げる動きがぎこちなかった。立ち上がった横山の頭はわたしの目の高さより遥かに上方にあり、見上げなければ視線を合わせられない。思わず、

「背が高いんですね」と言った。

「はい、百八十センチあります」

横山は律儀に答える。長身の男が小柄なわたしを前にしてかちかちになっている様は、本人には悪いが微笑ましかった。横から見ると意外なほど高い鼻に、汗を浮かべている。汗を拭いたらどうかと言ってやりたくなった。

81

横山は熱心な編集者だった。入社時から文芸編集が希望だったのに、最初の配属先は漫画編集部だったらしく、六年間ずっと異動を希望していたという。念願叶ってようやく文芸編集者となり、ちょうどわたしの担当が空くことを知って自ら手を挙げた。わたしのここ数年の仕事ぶりには強い感銘を受けていて、文芸編集部に移れたら絶対担当したいと思っていたそうだ。自分がいかに、わたしの作品に人生観を揺さぶられたか、会うたびに語る。横山にしてみれば、わたしが同世代という事実が驚きだとのことだった。

「失礼を承知で、あえて正直なことを言わせてもらいます。ぼくは咲良さんの小説を読むより先に、広告の写真でお顔を拝見していました。だから一方的に、この人は顔で得しているのだろうと決めつけていました。実際の小説の出来が六十点くらいでも、容姿で評価が二十点くらい上がっているのではないか、と。賞だって煎じ詰めれば小説を売るための行事ですからね、咲良さんのように若くて綺麗な方が取れば話題になる。しょせんは話題先行の人だろうと、舐めてかかってました」

初対面の際に、横山はこんなことを言った。緊張している割には、ずいぶん失礼なことをずけずけと言うものだと思った。しかしそれが前置きであることはわかったので、その先をおとなしく待った。横山がきちんとこちらの目を見て話しているので、わたしも真摯に耳を傾けなければならないと考えた。

「読んで、己の不明を恥じました。小学校の頃からずっと読書好きで、本を読む目にはそれなりに自信があったつもりなのに、あんなに打ちのめされたことはないです。話題先行どころの話じゃなく、まさにこれこそ小説の神髄だと思いました。映像とか音楽とか絵画とか、そういう別のジャンルでは決して表現できない、小説だけが届きうる世界を咲良さんの作品は描いていた。しかも、作者はぼくと一歳しか違わない若い女性だった。まさに、人生観が揺さぶられるようなショックでした。自分がいかに無駄に生きてきたか、恥ずかしくて消え入りたくなりました」

つい数年前まで、読んだ端から忘れてしまうようなどうでもいい小説しか書いていなかったわたしにとって、横山の絶賛は面映ゆかった。そんなたいそうな小説家ではないと言いたかったが、彼の読書体験は彼自身のものである。たとえ作者といえども、それを貶めてはならない。だから、彼の賛美は素直に受け取った。

とはいえ横山は、堅い話しかしないくそ真面目な編集者というわけではなかった。連載の予定はまだ先なのに、月に一度くらいのペースで連絡をしてきて、打ち合わせがしたいと言う。その都度喫茶店で会って話をするうちに、同世代ということもあって次第に打ち解けてきた。生まれ育った時代背景が一緒だと、共通する話題が多い。小説の話となるとたんに堅くなってしまう横山だが、それ以外の話題のときにはこちらに敬意を払いすぎることもなく、冗談を言ってわたしを笑わせたりもした。その自然体が心地よく、人見知りのわたしも気づいてみればなんとなく彼を受け入れていた。

「咲良さんのああいう着想って、いったいどこから得るものなんですか」

連載の打ち合わせを兼ねて食事をしようと誘われたのは、横山が担当について半年ほど経った頃だった。担当者交代直後に一度食事をしているので、これで二度目ということになる。あのときはまだ打ち解ける前だったから座の空気も堅かったが、今夜は楽しい食事会となっている。横山の他に単行本担当の女性もいて、彼女がまたよく喋る人なので、わたしはずっと笑わされていた。

「どこからって、そうねぇ」

問われて、首を傾げた。単行本担当者だけが先ほどから喋っているから、横山は気を使ってこちらに話を振ってきたようだ。場の気配が和んでいても、横山は馴れ馴れしくなることもなく、適度な距離感を保とうと努力する。横山がそういう人だからこそ、わたしも付き合っていられるのだった。

「自分ではあまり意識してないんだけど、テレビや新聞から得る情報は少なくないと思う。そのときはなんとなく聞き流していても、頭の片隅に残っているようなことは、小説を書く上でいずれ役に立つのよ。それから、こうやって話をしているときでもヒントを得ることはある。だから、恥ずかしいことでもなんでも話してね」

わたしが三割くらいは本気で言うと、横山は頭を掻いた。

「ぼくの恥ずかしい話なら山ほどありますけど、咲良さんの刺激になるとはとうてい思えないなぁ。単に笑われてお終いですよ」

「そういうところから、小説家は話を拾うのよ。ほら、話して話して」

同世代の男性に対してはなんとなく警戒心を覚えるわたしだが、横山相手にはからかうようなことも言えた。単行本担当者と組んで促すと、「仕方ないなぁ」と言って学生時代に曝した醜態の数々を披露した。長身で涼しげな横山がそんな馬鹿なことをしていたかと思うと、意外性もあっておかしくてならない。最後に横山が、小説のヒントになるようなことはあったかと尋ねるので、「なんにもない」と答えると彼は天井を仰いで大袈裟に嘆いた。その様を見てわたしと単行本担当者は、また笑い転げた。

三時間ほどでデザートまで食べ終わり、わたしたちは店を出た。単行本担当者が会計をしているので、わたしと横山は先に店を出て待つ。適度に酔いが回っていたから、今夜は気持ちよく寝られそうだと思った。

「咲良さん」

横山は先ほどまでのおどけた気配を、表情から消していた。それでもわたしは何も感じず、彼の顔を見上げる。横山は少し早口に言った。

「咲良さんと話をしてると、すごく楽しくて時間が経つのがあっという間です。今度は仕事は関係なく、個人的に食事に誘ってもいいですか」

まったく予期していなかった言葉だった。横山がわたしに好感を持っているのはわかっていたが、それは単に小説家として評価しているからだと思っていた。わたし自身に好意を持っているとは、なぜか少しも考えなかったのだ。だから横山の誘いは意外だったが、不愉快ではなかった。いつもなら反射的に断る言葉が浮かぶのに、今は逆の返事が勝手に口から飛び出した。

「はい、いいですよ」
「いいですか。よかった」
横山は手放しに無邪気な笑顔を浮かべた。そんな笑顔をわたしが浮かべさせたのだと思うと、嬉しかった。単行本担当者が店から出てきて、わたしは横山が捉まえたタクシーに乗った。車が走り出し、彼らの姿が見えなくなると、自然にわたしの頬に笑みが浮かんだ。

82

口説かれるのかと思った。むろん、迫られても応える気はなかったが、それならどうして横山の誘いを拒否しなかったのか、自分でもよくわからない。彼が言うように、話をしていて楽しいからか。おそらくそうなのだろうと、自分を納得させる。木之内との先がない恋愛も、来年で三十という年齢も関係がない。気の合う男友達のひとりくらいいてもいいはずだと、誰にともなく言い訳をした。

横山との約束の日は、かなり緊張して家を出た。緊張してしまう自分が、いやだった。相手は編集者なのだからと思っても、どこか後ろめたい気持ちがつきまとう。世間から後ろ指を差されるような恋をしている女なのに、ずいぶん純情なものだと自嘲した。

横山とは新宿駅の東口で待ち合わせをした。編集者はふだんから、スーツではなくラフな服装をしている人が多い。横山もそうなので、プライベートで会うからといって特に新鮮味はなかった。でもなんとなく、いつもより服装に気を使っているようにも思える。着ているシャツやスラックスは、安物ではなさそうだった。

「どんな店にお連れしようか迷ったんですけど、あんまり背伸びしても咲良さんに笑われてしまうので、ぼくの給料に見合った店にしました。だから期待しないでください」

横山はそんな前置きをした。こちらも最初から、高い店に行きたいなどとは思っていない。横山がこれまでと態度を変えずにいてくれていることがありがたかった。

横山は居酒屋の個室にわたしを案内した。料理がおいしい店だという。充分だとわたしが言うと、横山は少し安心した顔をした。彼なりに、やはり緊張しているのかもしれない。

ビールで乾杯した後は、先日の食事会と大して変わらない話題で言葉を交わした。他の小説家の近況や最近の話題作、それから時事問題に話が飛んで、横山の学生時代のエピソードまで遡る。横山は一方的に喋るわけではなく、わたしにも話す機会を作ってくれるのだが、過去のことを問われても語れることは何もなかった。暗いだけで友達もいない毎日だった、と言っても横山はまるで信じてくれない。終いには、「咲良さんは謎めいているなぁ」と勝手に感心する始末だった。

やり取り自体は楽しかったが、いつ口説かれるかと警戒していたので、どこか気持ちを緩められずにいた。しかし横山は終始ペースを崩さず、いきなり真面目になることもなく、お腹がいっぱいになったところで「もう一軒行きましょうか」と誘う。そうか、次の店で口説くつもりかと考えつつ頷くと、飲食ビルの地下にあるショットバーに足を向けた。店は適度に混んでいたが、カウンターの隅は空いている。わたしたちはそこに腰を下ろした。

わたしの緊張も若干高まり、口数が少なくなってしまった。横山はこちらの変化に気づいているのかいないのか、先ほどまでと同じ調子で話し続ける。話題を妙な方向に持っていこうともしないので、安堵しつつも拍子抜けした。途中からわたしも、会話を楽しんだ。

「今日はとても楽しかったです。あの咲良怜花さんと個人的に食事ができるなんて、感激ですよ。もしよかったら、また付き合ってください」

結局横山は、十一時半を過ぎた辺りでそう締め括った。本当に単なるお喋りがしたかっただけのようだ。自意識過剰すぎた自分を嗤いつつ、わたしも楽しく過ごせたことの礼を言う。むろん、またこういう機会が持てるなら嬉しかった。

以来、横山とは月一回のペースで食事をするようになった。おいしそうな店を見つけた、と言ってはわたしを誘うのだ。横山が見つけてくる店はバリエーションに富んでいて、都内にこんなところもあるのかといつも驚かされる。木之内と食事をする場所は固定化されてきていただけに、横山の誘いは新鮮だった。

横山との付き合いでありがたいのは、プライベートで会っているときはいっさい仕事の話をしない点だった。彼の会社での連載も予定に入っているから、少しは新作の話をしたいだろうに、そこはけじめだとでも思っているのか触れようとしない。たまにわたしの書く小説を絶賛することはあっても、基本的には対等な関係の友人として遇してくれているのが心地よかった。思えばわたしは、同世代の異性の友人を持ったことがなかったのだ。智佳子と親しくなったときとは明らかに違う充足感が、横山との付き合いにはあった。

かといって、横山が単なる友情だけでわたしと接しているとは思えない節もあった。話題がそうした方向に流れたときだけだが、わたしの過去の恋愛関係を知りたがったりするのだ。性格が暗いから男とはぜんぜん付き合っていない、と答えてもとぼけていると受け取られる。まあ、信じられないだろうなと自分でも思う。

「ぼくの観察したところによると、綺麗な人やかわいい子は周りの男が放っておかないから、どうしたって恋愛経験を積むことになるんですよ。咲良さんが自分の過去を語りたくない人だってことはわかりましたけど、恋愛経験がないなんて言われても信じられません。過去の話どころか、本当は今も付き合っている人がいるんじゃないかと怪しんでるんですけどね」

横山はそんなふうに絡んできた。立ち入ったことを訊いても許されると思えるほど、わたしたちの関係も深まっていたのだ。鋭いなと内心で苦笑しつつ、はぐらかす。

「いたらどうだって言うの？　そう言う横山君こそ、彼女がいるんじゃないの？」

「ぼくが彼女に手ひどく振られたことは、咲良さんにも話したじゃないですか。それ以来、誰とも付き合ってませんよ」

横山は情けなさそうに、眉を八の字にする。わたしはまだからかってやりたかった。

「一流出版社に勤めてる高給取りの上に、背が高くてなかなか見栄えがするんだから、それこそ女たちが放っておかないんじゃないの？　もてるんでしょ」

「咲良さんみたいな魅力的な女性は、世の中になかなかいませんから」

横山は手許のカクテルグラスを覗き込んで、ぽつりと言った。冗談めかすわけではなく、むしろ重い台詞を吐き出すような口振りなので、いささか戸惑う。やはり横山は、わたしを女として見ているのだろうか。

男とは見ていないよなと、冷静に考える。わたしがそうであるように、横山も異性の友達を持つ喜びを味わっているのだろう。ただ、横山に対する気持ちが完全に純粋な友情かと問われれば、少し怪しい。横山が男だからこそ、会っていて楽しいという面は確実にある。向こうもそれは同じはずだった。

　自分の気持ちがうまく分析できなかった。横山に口説かれたら困ると考えているのは事実だ。その一方、横山がわたしを女として意識していなかったら、寂しいし腹立たしい。勝手なものだと思う。

「付き合っている人がいるって言ったら、横山君はどう思うの?」

　どのように見られているのか、確認してみたかった。こういう確認もまた、異性の友人と付き合う楽しみのひとつではないかと考えた。

「そうですね」横山はこちらに顔を向け、わたしをまじまじと見た。「残念ですけど、しょうがないと思いますね」

「しょうがない?」

　なんだ、その答えは。かなり失望して、訊き返した。横山は口を尖らせる。

「だって、咲良さんは今や日の出の勢いの人気作家で、こっちはしがない編集者ですから。ぼくが咲良さんに対して、何かできるわけないでしょ。せいぜいこうやって、酒を飲むのに付き合ってもらうだけです。これだって本当は、編集長に知られたら苦い顔をされますよ」

　にこりともせずに言うと、横山はまたカクテルグラスに視線を戻した。わたしはといえば、その言葉に軽い衝撃を覚えていた。わたしはわたしであり、多少状況の変化に慣れた部分はあっても、さほど変わってはいないつもりだった。しかし実際には、咲良怜花という虚像は大きく膨らんでいるのだ。ある程度以上の接近が憚られるほど、大きな存在に。

いっそすべてを打ち明けてしまいたいという誘惑を、強烈に感じた。わたしはそんなたいそうな人間ではなく、何度も言っているように性格の暗い取り柄のない女なのだと。見た目の美しさは作り物であり、生み出す小説にしたところでどこか他の世界に存在する物語をただ蛇口となって世間に放っているだけなのだと。後藤和子という女は、横山が諦めなければならないほど才に溢れた人間などではないのだと。

しかし、言うわけにはいかなかった。打ち明ける度胸は、爪の先ほどもなかった。わたしの本当の姿を知れば、横山は呆れて去っていく。わたしを女として見るどころの話ではなく、もはや友情すらも覚えなくなるかもしれない。そんな先のわかっている危険は、とても冒せなかった。仮面を被って生きることを選択したときから、わたしにはこの運命しか与えられていないのだった。

だからわたしは、何も言わずにカクテルをもう一杯注文した。せめてあとカクテル一杯分、横山に付き合ってもらいたかった。

83

誕生日の予定はどうなっているか、と横山に訊かれた。むろん、木之内と会うことになっている。すでに約束がある、とわたしは答えた。女友達との、とつけ加えたのは、小さい嘘なのか、それとも大きな偽りか。

「ああ、それだったら仕方ないですね。じゃあその前後でいいから、時間を作ってもらえませんか。誕生日を祝わせてくださいよ」

横山はいつもどおりの、屈託のない口調だった。彼の陽気さが好もしい。わたしは少し考え、誕生日の前日に会うことにした。その日はわたしの、二十代最後の日である。特に意味を込めるつもりはなかったのに、イベントが入ってしまった。その日で本当によかったのかどうか、電話を切った後もくよくよと考えてしまった。

当日、横山は少し豪華なレストランにわたしを連れていってくれた。割り勘としても、横山の負担は大きいだろう。「ずいぶん高そうな店ね」と囁くと、「今日はぼくに任せてください」と横山は言う。そんなわけにはいかないと抵抗したが、聞き入れてくれなかった。店の入り口で支払いについて言い争い続けてはいられないので、わたしたちは中に入った。

案の定、最初に見せられたワインリストにはけっこうな値段のものが並んでいる。わたしが決めていいなら安いワインを選ぶところだが、横山の顔を潰すような真似はできない。注文は彼に任せたら、ソムリエと相談して一万五千円くらいのワインを頼んだ。常識外れではないが、友人に奢ってもらう値段ではない。やはり割り勘にしようと、心に決めた。

「一日早いですが、誕生日おめでとうございます」

グラスを合わせる際に、横山はそう言った。それに対してわたしは、満面の笑みを浮かべる気にはなれなかった。

「ありがとう。でも、あんまりめでたくもないわよ。これで三十だから」

「何を言ってるんですか。誕生日はいくつでもめでたいものです。今日は楽しみましょうよ」

「そうね」

三十歳という年齢は気にしないよう努めてきた。木之内との付き合いを続けていくと決めたときから、自分の年齢には意味がなくなったのだ。二十代のうちの結婚が望めなくなったからには、三十になろうと四十に達しようと同じだ。むしろ、年を気にして卑屈になるようでは木之内が付き合いづらいだろう。だからなるべく、年齢のことは忘れようとしていたのだった。

しかしこうして二十代最後の日に、憎からず思っている異性と食事をしていると、否応なく今日の意味を意識させられる。相手がわたしよりひとつ年下で、三十になるまでにはまだ少し時間があるという点がまた、わたしの気分を後ろ向きにさせた。やはり誕生日が過ぎた後に会えばよかったと、軽く後悔した。

「これ、気に入ってもらえるかどうかわからないんですけど、どうぞ」

横山は照れ臭そうな表情で、細長い包みを取り出した。誕生日プレゼントということのようだ。木之内以外の男から誕生日プレゼントをもらうのは初めてなので、いささか戸惑う。しかし同時に、自分でも驚くほど嬉しさが込み上げてきた。

「ありがとう。まさか横山君からプレゼントをもらえるなんて、思わなかったわ」

受け取って、開けていいかと確認した。横山は笑いながら、「どうぞ」と言う。箱の形状から見当がついていたが、中身はやはりネックレスだった。シルバーとゴールドの、ふたつのハートが知恵の輪のように絡まっているデザインである。かわいいが大人っぽくもあり、わたしくらいの年齢の女が身に着けても恥ずかしくはなさそうだった。

「すごい素敵。横山君、こういうのを選ぶセンスがあるのね。ああ、そうか。誕生日にネックレスをプレゼントするのは、初めてじゃないんでしょ」

手放しで喜んでしまいそうな自分が恥ずかしかったから、あえて横山をからかうことで気持ちをごまかした。横山は眉を八の字にして、「咲良さん、鋭すぎますよ」と文句を言う。その口調が情けなかったので、思わず笑ってしまった。横山も一緒になって笑う。

ネックレスを首に装着しようとしたら、横山が「ぼくにつけさせてください」と言った。横山はこちらの返事を待たずに立ち上がり、わたしの横に立ってネックレスを奪う。やむを得ず髪を片側に寄せ、首筋を曝した。横山がつけるネックレスは、軽いのに存在感があった。

ただ、いつもと違うのはそこまでで、以後はふだんどおりの横山だった。踏み込んでくる度合いと引くタイミングが絶妙だから、こうして付き合っていられるのだなと再確認する。最初のうちは意識していたネックレスも、話をしているうちにやがて忘れた。

思い出したのは、トイレに行って鏡の前に立ったときだった。首元を飾る見慣れぬ装飾品を、とたんに重く感じる。ふたつのハートの上に手を置き、しばし考えた。かつてわたしは、人生の岐路と思える瞬間を何度か迎えた。その都度、人任せではない自分の判断で道を選んだ。それらの選択すべてが正しかったのかどうか、まだよくわからない。間違ったからこそ、今こうして迷っているとも言える。それでも胸を張れるのは、すべて自分で決めたと言い切れるからだ。木之内のせいでも、他の誰のせいでもない、わたしの人生はわたしが選び取った。これからもわたしは、そうして生きていく。

席に戻ってデザートを食べ終えると、横山はいつものように「もう一軒付き合ってください」と言う。わたしに断る気はない。どちらが会計をするかで少し揉めたが、特別な日なのだからと結局押し切られてしまった。「その代わり、次はぼくの誕生日に奢ってください」と横山は言う。それも悪くないと思い、引き下がった。

タクシーで移動し、何度か来たことがあるショットバーに入った。わたしがグラスを空けるペースは、ふだんより速かった。「今日は飲みますね」と横山が指摘するので、「二十代最後の日だから」と自虐的に答えた。

十一時半を過ぎると、横山は紳士的に切り上げを宣言した。わたしは今日の礼を言い、とても楽しかったと伝えた。でも、もうちょっと付き合って欲しい、とも。

「いいですよ。どこへなりとも」

横山はおどける。わたしたちは店を出て、ふたたびタクシーを拾った。わたしが行く先を告げる。それを聞いて、横山は驚いた顔をした。

コーヒーを飲みたいから、付き合って。自宅マンション前に着いたとき、そう言って横山をタクシーから降ろした。ここに来る道中で腹を据えたのか、横山は腰が引けた様子は見せなかった。堂々とわたしの部屋に入ってきて、ソファに腰を下ろす。わたしはキッチンに立って、コーヒーメーカーを操作した。

自分で呼び込んでおきながら、わたしはまだためらっていた。しかし横山が、そんなこちらの躊躇を押し切った。わたしに恥をかかせまいと考えているのか、横山はここに来てからずっと主導権を握った。ベッドに入るまでの過程で、わたしが大胆なことを口にする必要はまったくなかった。ただ、自分が選んだ流れに身を任せていればよかった。

心が思いがけない反応を示したのは、ベッドで互いの唇を合わせたときだった。予想もしなかった大きな感情のうねりが心の中で急激に膨れ上がり、わたしを支配した。それは喜びなどではなく、悲しみだった。何が悲しいのかすぐにはわからず、自分が置かれている状況も忘れて戸惑った。必死に分析し、わたしは自分の愚かさを悲しんでいるのだと理解した。筆舌に尽くしがたい愚かさ。二十代最後の日になどなんの意味もないと己に言い聞かせながら、寂しさに耐えきれずに心の空白を他の男に埋めてもらおうとしている。たとえ横山でも、この空虚感を埋められはしないのに。横山でいいなら、今このように悲しみを感じるはずがないではないか。わたしを満たせる男は、この世にひとりしかいない。そんな自明のことを、他の男と寝ることでしか確認できないとは、愚かにもほどがある。

「泣いてるの?」

横山は気づいて、驚く。わたしはごまかした。

「ちょっと、感極まって」

時計の針は、零時を回っていた。わたしは三十歳になった。三十女のずるさだった。

横山は終始誠実だった。思いやりがあった。それに対してわたしは、不実だった。頭の中は他の男のことと、後悔で満たされている。せめて感じているふりをするのが礼儀だと考えたが、それすらも不実ではあった。

「付き合ってくれてありがとう。タクシー拾えるかしら」

終わってから、ここには泊めないと暗に告げた。察しがいい横山は一拍おきつつも、「大丈夫だと思いますよ」と応じた。身支度を整え、部屋を出ていくときに、横山はいつもの爽やかな笑顔を浮かべた。

「もう誕生日になりましたね。改めて、おめでとうございます」

ありがとうと答えるわたしの顔は、ごく自然な笑みを浮かべているはずだった。作り物の、咲良怜花の笑みだった。

84

木之内に合わせる顔がなかった。いっそ、今日の約束はキャンセルしてしまおうかとすら考えた。だがそんなことはできない。わたしの誕生日を木之内が祝ってくれようというのに、それを断るわけにはいかなかった。木之内と会える機会を一度でも逃すのは、他ならぬわたし自身が耐えられないのだった。

態度が不自然になってしまいそうだった。鋭い木之内なら、きっと何かがあったと気づくだろう。一度はそう考えたが、いやそんなことはないと思い直した。結婚してこの方、木之内は鈍感になった。結婚ぼけかと、皮肉のひとつも言いたくなる。わたしは鋭い木之内が好きだったのに、いろいろなことに気づかなくなった彼には不満だった。とはいえ今日ばかりは、何も気づかないでいてくれたらありがたいと虫のいいことを望んだ。

「誕生日おめでとう。今年もこうやって和子の誕生日に会えるのが嬉しいよ」

待ち合わせた店に先に来ていた木之内は、立ち上がってわたしを迎えた。手には大きい花束を抱えている。こういう気障なことをしれっとできるのが、木之内の強みである。比較しては悪いが、横山にはとうてい無理な芸当だ。

「ありがとう。嬉しい」

わたしは手を伸ばして、花束を受け取った。薔薇の香りに包まれ、ひととき幸せな気分を味わう。

本当は自分が何を望んでいるのか、薔薇の香りが改めて教えてくれた。

テーブルを挟んで向かい合っても、罪悪感から木之内の顔を直視できなかった。思えば木之内は、結婚してからまだ一度も浮気をしていない。いや、わたしとこうして会っていることが浮気なのだからその表現はおかしいが、わたしの主観ではそうなのだ。木之内は敦子とわたしに満足して、他の女に目をくれなくなった。それなのにわたしは、木之内を裏切ってしまった。申し訳なさが、痛切に込み上げてくる。

「和子の誕生日を祝うのも、これで何度目かな。ずいぶん長い付き合いになったたな。これからもずっと、和子が誕生日に会ってくれる男でありたいよ」

注文を終えてから食前酒のグラスを合わせると、木之内は述懐するように言った。木之内はそういう言葉を、事前に考えてくるのだろうか。それともわたしの顔を見て、即興で口にしているのか。長い付き合いになった今でも、よくわからない。わかるのは、木之内がわたしの胸の奥に届く言葉を的確に見つけ出すということだった。わたしも、来年も再来年も木之内に祝ってもらいたい。他の男ではなく、木之内に祝ってもらいたい。この世に神がいるなら、わたしは祈りたかった。もう愚かなことは決してしないから、わたしと木之内の仲を裂かないでくれ、と。

「嬉しい。本当に嬉しい。でもわたし、今日で三十よ。もう若いとは言えないし、これからますます若くなくなっていく。それなのに、来年もまた会ってくれるの？」

物言いが卑屈になっていた。まるで、小説という武器を手にする前のわたしに戻ってしまったかのようだ。でも木之内は、あの頃からずっと励まし続けてくれた木之内のままだった。

「何を言ってるんだ。三十がどうした。和子は自分では気づいていないのかもしれないけど、知り合った頃と今を比べたら、今の方がずっと魅力的だぞ。それは間違いなく、年齢を重ねたからなんだ。だからきっと、五年後の和子は今よりさらに魅力的になっていると思う。年を取ることを恐れる必要なんてないぞ」

　この言葉は、わたしが今一番欲しているプレゼントだった。わたしは言葉を紡ぐことを生業《なりわい》としているが、そのわたしに言葉をもたらしてくれるのは間違いなく木之内だ。木之内がいなければ咲良怜花は存在し得なかったし、わたしもいない。木之内はもう何年にも亘って、わたしがわたしでいることを認めてくれている。

「なんだ、和子。泣いてるのか。和子らしくないな」

　木之内は自分がわたしに何をくれたのか、無自覚だ。わたしはばつが悪くて、おどけた。

「年を取って、涙もろくなったのよ」

「和子には似合わないよ」

「悪うございました」

　幸せだった。この幸せを、少しでも長く味わっていたいと思った。

　しかしそのためには、自分が犯した過ちの責任を取らなければならなかった。横山は前にも増して、頻繁に電話をしてくるようになった。彼からすれば当然のことだが、わたしにとっては正直煩わしかった。ひどい女だと、自分でも思う。

　留守番電話には、横山のメッセージが何本も残されていた。連絡が欲しい、と言う彼の口調は、回を重ねるごとに悲愴になっていくようだった。さすがに気が差して、あるとき電話に出た。どうせ留守番電話だと覚悟していたのか、横山は驚いた反応をした。

「す、すみません。咲良さんですか。横山です。何度も電話してしまい、申し訳ありませんでした」

「こちらこそ、いつも留守ですみません」

謝りはしたが、わたしの方から電話をかけ直さなかったのだから、ある程度察しているはずとも考えた。横山は言うべき言葉を用意していなかったのか、珍しくしどろもどろになりながら続けた。

「お忙しい中、すみません。もしよければ、また会っていただきたいのですが」

最近は砕けた口調でわたしに接していたのに、初対面の頃のような堅い物言いに戻っている。だからわたしは、意図がわからなかった。

「ええと、それは仕事で？　それともプライベート？」

「プライベートです」

「だったら、しばらく忙しいから無理。ごめんなさい」

「いつでもいいです。待ちます。あの……、こんなことを言うとご不快に思われるかもしれませんが、一度この前のようなことがあったからといって、恋人面するつもりはまったくありません。その点は安心してください」

横山は頭に血が上っているのか、電話口だというのにそんなことを口走った。周りに誰もいないだろうなと、心配になった。

「その件だったら、こちらがどういう気持ちでいるか、もうわかると思うけど」

あえて突き放した。ここで情を見せては、かえって横山のためにならないはずだった。

「わからないです。ぜんぜんわかりません。ぼくが何か失礼なことをしたのか、ずっと考えてます。

でも心当たりはまったくないんです。このまま拒否し続けるなんて、ひどいですよ」

横山の怨じる言葉は、耳に痛かった。確かに、このままにしておいていいことではない。少なくとも横山には友情を覚えていたのだし、わたしが一方的に迷惑をかけたのだから、きちんと引導を渡す義務があると考え直した。

「わかった。だったら一度会いましょう。でも、話をするだけ」

わたしは高輪《たかなわ》にあるホテルのラウンジを指定した。そこなら、出版業界の人もあまり使わないはずだ。「わかりました」と応じる横山の声は悄然としていた。申し訳ない思いでいっぱいになったが、横山と男女として付き合うのは初めから無理だった。

日曜日に、横山は硬い顔で待っていた。こちらを見つけて微笑もうとするが、その表情はぎこちない。わたしが近づいていくと、横山は丁寧に頭を下げた。

「お忙しいのに、時間を作ってくださってありがとうございます」

つい先日、ベッドをともにした相手に言う挨拶とは思えなかった。それほどわたしの態度に傷ついているのだろう。わたしは自分の罪を自覚している。そして、逃げる気はなかった。

「こちらこそ、日曜日に出てきてもらってごめんなさい」

そう応じて、腰を下ろした。横山は注文を聞いたウェイトレスが離れていくとすぐに、身を乗り出した。

「この前はありがとうございました。本当に楽しくて、少しはしゃぎすぎたかもしれません。そのせいで不愉快に思われたなら、遠慮なく指摘してください。咲良さんが怒っているのはわかっているんですが、自分の何が咲良さんを怒らせたのか、見当がつかないんです」

横山がわたしの首元に視線を向けたのには気づいていた。わたしは横山からのプレゼントを身に着けていない。わたしが着けているネックレスは、木之内からもらった物だった。どう取り繕っても横山を傷つけてしまうだけなら、いっそ徹底して悪女になるまでだ。

「怒ってないわ。この前は楽しかったし、プレゼントも嬉しかった。本当は改めてお礼を言わなきゃいけなかったのに、遅くなってごめんなさいね。ありがとう」

「いいんですよ、そんなこと。それより、どうして態度を急変させたんですか。この前のこと、後悔してるんですか。だったらぼくは、咲良さんと友達のままがよかったですよ。友達のままで、充分楽しかったのに」

それはわたしもそうだ。横山との間に友情が成立したのは、わたしにとっても嬉しいことだった。にもかかわらず、壊してしまった。横山は何も悪くない。わたしが愚かだっただけだ。

「わたしもよ。これまで男友達っていなかったから、いい経験になった。小説を書くときに生かせると思う」

「あ、そうですか――」横山は複雑な顔をした。「小説執筆の役に立つなら嬉しいですが……。でも、そんなことを言って欲しくなかったです。ぼくとの付き合いは、全部小説のためだったんですか」

「そうよ」

わたしは即答した。横山は絶句した。

「も、もちろんぼくは編集者ですから、咲良さんが小説のためだと言うならいくらでもご協力します。ただ、そういう功利的なことだけが目的でぼくと付き合ってくれていたとはとても思えないんですけど。今そんな言い方をするのも、きっと何かわけがあるんでしょう？　それはまだ言えないことなんですか？」

横山は立ち直ると、食い下がった。わたしはあえて、冷ややかに応じる。

「わけなんてないわ。わたしは小説のためにならないことはいっさいしないもの。横山君からはいろいろ得るものがあると思ったから、付き合っていたの。家に誘ったのも、そのため。男友達と寝たことはなかったから、そういう経験をしてみたかったのよ。でも、一度経験すれば充分。協力してくれてありがとう。助かったわ」

「本気ですか――」

横山は唖然としていた。わたしがごまかしを口にしているわけではないと、ようやく理解できてきたようだ。しばらく言葉が見つけられないように目をしばたたいていたが、やがて低い声で言った。

「経験を積めれば、相手は誰でもよかったんですか」

「そんなことはない。一応わたしにも好みはあるから。横山君も、わたしみたいな女が好みだったんでしょ。編集者にとっても経験は大事だから、お互いにプラスになったんじゃない？」

自分があえて露悪的になっているのか、それともこれが本音なのか、よくわからなくなっていた。口にしてみれば、嘘をついているわけではなかったからだ。咲良怜花は、こういう女だ。横山を諦めさせるために演じているのではない。

「――よくわかりました。咲良さんがどうしてあんなすごい小説を書けるのか、よくわかった気がしますよ。あなたは本当にひどい女ですね。ひどい人だから、人間の醜い面が克明に描けるんだ。

すごいですよ。本当にすごい。生粋の小説家ですね」

　横山はかつてわたしに向けたことのない、冷ややかな目をしていた。憎い相手が目の前にいるように、鋭い視線を放つ。その視線に貫かれているのは、誰でもなくわたしだった。

「でもぼくは、付き合いきれないです。いくら編集者でも、人間ですから限界があります。咲良さんはすごすぎて、ぼく如きでは担当できません。だから、これきりにさせてもらいます」

　横山は伝票を手にして立ち上がると、憤然として去っていった。わたしはその後ろ姿を見送らなかった。まだ残っているコーヒーを、ゆっくりと味わう。喪失の悲しみはあったが、泣きはしなかった。

85

　横山は翌年、漫画編集部に戻っていった。自ら望んでの異動だったという。横山は入社時からずっと、文芸編集がやりたかったと言っていた。彼の夢を絶ち切ったのは、わたしだ。わたしの担当にさえならなければ、横山は好きだった文芸編集を今でも続けていただろう。

　しかしわたしはもう、自分の行いを後悔することも、責めることもなかった。横山に言ったとおり、己の愚かさを小説に生かせばいいだけのことだ。それこそが、横山への一番の詫びになると信じていた。

　わたしの作品は発表するたびに評判になり、そして驚くほど賞に恵まれた。地方の小さな文学賞から、歴史のある大きな賞まで、二作に一作くらいのペースで受賞し続けた。まさに賞が賞を呼んでいる状態だったのではないか。自分では特に突出した出来ではないと思っている作品でも賞をもらったから、やはり実力ではなく名前で受賞しているのだろう。それほどに、咲良怜花という名はひとり歩きして大きくなっていたのだった。

だからわたしの三十代は、受賞に明け暮れた日々と言ってもいい。必然的に人前に出る回数は多くなり、わたしは加齢による容色の衰えを恐れるようになった。金の使い道を知らないわたしだが、基礎化粧品には惜しみなく大枚をはたいた。肌に張りと潤いを与えてくれるという謳《うた》い文句の基礎化粧品なら、国内のものはもちろん、海外からも取り寄せて使った。やがてその効果も空しく目尻に小皺が寄り始めると、またしても美容整形に頼った。仮面は美しくなければ意味がない。わたしは木之内みたいにうまく年を取ることができないのだ。人前に出て恥ずかしくないように、そして木之内と一緒にいて釣り合いが取れるように、わたしは手術を繰り返した。事情を知らない人に、「咲良さんはいつまでもお若いですね」などと言われると、たわいもなく喜んだ。

木之内との関係は、おおむね順調だった。彼の誕生日やクリスマス、年末年始に会えない寂しさはあったが、もう慣れた。ひとりでいることを恐れなくなったし、年末年始は親孝行期間と割り切っている。何年も同じことを繰り返していれば、行事の意味すら忘れてしまった。

それでも、夜に数時間会うだけではなく、日曜日に昼間から出かけたり、あるいは木之内の出張にかこつけて一緒に旅行したこともあった。海外についていったときは、人目を気にする必要がなかったので思いきり羽を伸ばせた。ロンドンやアムステルダム、香港やニューヨークの街中で、堂々と木之内の腕に腕を絡めて歩いたのは、忘れ得ない思い出だった。

敦子に気づかれている様子はなかった。木之内は天性の嘘つきだ。演じているわけではなく、敦子の前では本当に誠実な夫でいるのだろう。こんな男を夫にした女は不幸だと思う。敦子が知らない木之内を知っているわたし。その優越感が、わたしを支え続けていた。

敦子との仲がどうなっているのか、わたしは訊かないから知らない。だが今のところ、子供には恵まれていなかった。わたしはずっと、木之内に子供ができることを恐れていた。わたしたちの関係に決定的変化を与える事件があるとしたら、それは敦子の出産だと思っていた。木之内が結婚してからずっと怯え続けてきたが、月日が経つうちにやがてそれも薄れてきた。年を取るのも悪くないと思えるのは、敦子の出産の可能性がどんどん減っていくからだ。敦子が三十七を超えた頃には、もう木之内との間に子供はできないだろうと見做すようになった。数年に亘って頭上に垂れ込めていた暗雲が、ようやく消え去った思いだった。

木之内との仲は穏やかに継続しているが、まったく波風が立たなかったわけではなかった。小さな言い争いなら、何度も経験した。とりわけわたしは、木之内が鈍感になったことが我慢ならなかった。わたしより遥かに大人の木之内は、常に鋭い洞察力ですべてを見通していた。そんな彼も、わたしが黙っている限りいっこうに気づかないということが増えた。結婚して、わたし以外に気を使わなければならない女ができたからか。それとも、付き合いが長くなって気持ちが緩んだのか。どちらにしても、腹立たしいことだった。

降り積もった不満は、あるとき爆発した。あれは木之内の四十四回目の誕生日のときだ。わたしは例によって、プレゼント選びに苦慮した。贈っても敦子に気づかれずに済む物は、年を追うごとに選択の幅が狭まっていく。過去にあげた物と違う物にしようと思えば、どうしたって悩む期間は長くなるのだ。考えに考えた挙げ句、ジャケットをプレゼントすることにした。若い人向きのデザインだが、色がシックなので、木之内が着ても若作りには見えないだろう。ただし、渡すのは一ヵ月後にした。

「えーっ、どうして？　今もらわないと、意味がないじゃないか」

木之内はお預けをくった子供のように、口を尖らせた。なぜ木之内はこんなに鈍くなってしまったのだろう。一ヵ月後に渡す意味がわからないということは、わたしの苦労にも気づいていないことになる。さすがに言わずにはいられなかった。

「何を言ってるの？　誕生日前後に見たこともない服を夫が突然着始めたら、どんな鈍い女だっておかしいと思うでしょ。わたしだって、すぐに使ってもらえる物をプレゼントしたいわよ。でももう、そういう物はこれまでの誕生日やクリスマスにあげちゃったの。もうアイディアがないのよ。だから仕方なく、一ヵ月後に渡そうとしてるんじゃない。どうしてそんなこともわからないの？」

激した感情を抑えられなかった。わたしは簡単に怒る方ではない。木之内にとって、付き合いやすい女だったはずだ。でもそんなわたしも、察してくれない木之内はいやだった。互いに察してこそ、わたしたちのような関係は長く続くのではないかと言いたかった。

木之内はじっとわたしを見つめていた。驚くでも、自分の言動を悔いるでもなく、ただじっと視線を向けてくる。わたしはそれすらも不愉快で、睨み返してやった。木之内がどんな言い訳をするのか、ぜひ聞いてやろうと身構えていた。

「和子、ぼくが鈍くなったと思ってるだろ。和子がずっと苛々していることには、気づいていた。今気づいたわけじゃない。ずっと前から気づいていたよ」

木之内は思いがけないことを言った。そんな馬鹿なと、反射的に心の中で言い返した。わたしが珍しく怒ったから、なんとか取り繕おうとしているだけだ。いまさらすべて洞察している振りをしても、ごまかされたりしない。

「クリスマスや大晦日に一緒にいられないことも、せっかくの誕生日祝いを当日にしてもらえないことも、申し訳ないと思ってた。でも、それをいちいち謝った方がよかったのか？　和子は謝って欲しいのか？　そうじゃないだろ。ぼくたちがこういう関係になろうと決めたときから、言っても仕方のないことが山のようにできてしまったんだ。だからぼくは、気づいていても言わなくなった。お互いに鈍感でいなければ、付き合い続けられないと思ったからだ」

わたしは目を見開いていた。ここ最近で、こんなに驚いたことはなかった。確かに木之内は、結婚してから鈍感になった。それはわたしが考えたように結婚ぼけなどではなく、意図的だったのか。何も気づいてくれなかった木之内は、気づかない振りをしているだけだったのか。

「そう……だったの」

呆然と言葉を吐き出した。木之内は小さく頷く。

「和子には悪いと思っている。もし他にいい人ができたなら、そっちを選ばれても仕方ないと覚悟してるよ。でもぼくは、和子と別れたくないんだ。ずっといつまでも、賢い和子を近くで見ていたいんだよ。和子が賞をたくさん取って、どんどん大物になっていくのを近くで見ていたいんだ。図々しいことを言ってるのはわかってる。でも、付き合い続けたいんだから仕方ないだろ」

最後に木之内は堂々と開き直った。そうだ、仕方がないのだ。わたしが木之内を好きなのも仕方がないし、木之内に妻がいるのも仕方がない。全部仕方がないのに、いちいち苛々していたわたしは子供だった。わたしは木之内に見守られていればそれで幸せなのに、いつしか彼の賢さを見くびっていた。自分の馬鹿さ加減に、心底安堵した。

「ごめんなさい。鈍いのはわたしだった。徹さんの方がずっと大人だってことを忘れてた。これからもわたしに駄目なところがあったら、叱って」

「和子に駄目なところなんかないさ。悪いのはぼくなんだから」

木之内は優しく言って、淡く微笑む。口許に寄る皺が、なんとも魅力的だった。

「でも、プレゼントをすぐに渡して大丈夫なの？　気づかれない？」

それでもわたしは不安だった。木之内は軽く肩を竦める。

「これも言いたくなかったんだけど、しばらく隠しておくから大丈夫だよ。敦子はぼくの部屋を勝手に漁ったりしない。隠しておいて、それこそ一ヵ月もしたら自分で買ったと言って着始めるよ」

「それなら大丈夫ね。でも、悪い男ね」

「申し訳ない」

木之内はおどけた。わたしたちは顔を見合わせて笑った。

わたしはずっと、こんな付き合いが続くものと信じていた。喧嘩をしても仲直りできるからには、別れる理由は見つからなかった。胸を張って付き合える関係でなくても、会えるだけで充分だった。わたしと木之内の仲は、誰にも壊させはしないと思っていた。

しかし最も恐れていたことは、わたしの油断を突くように訪れた。たったひとつの恐れ、わたしがどうしても勝てないこと、もうその恐怖は去ったと思い込んでいたわたしに、木之内の言葉は冷水を浴びせかけた。そのとき木之内は、彼にしては珍しく言葉に詰まった。木之内の口吻は不明瞭で、聞き取りにくかった。なのにわたしの耳は、一言一句違わず理解した。「子供ができた」と言った木之内の言葉を。

86

敦子が妊娠したのは、わたしが三十七、敦子が四十二、木之内に至っては四十九のときのことだった。まさかその年になって、木之内に子供ができるとは思わなかった。木之内はわたしに報告するのは気まずいと考えているのか、それとも単に照れているのか、言いづらそうに続けた。

「ぼくもいまさら子供とは、驚いた。もうぼくに子供はできないと思っていたからね。でも、堕ろすわけにはいかない。敦子は喜んでいるから、産ませない理由はないんだ」

わたしは呆然として、何も言えなかった。いや、呆然としているせいではない。そもそもわたしには、こんな事態に言える言葉は何もないのだ。木之内がわたしではない女に子供を産ませるなんて、死ぬほどいやだった。敦子に殺意すら覚えた。でも、わたしに敦子は殺せないし、出産に反対できる立場でもない。ただ絶句するより他に、わたしの反応はないのだった。

「――おめでとう」

ただひと言、そう告げた。それが皮肉なのかそうでないのか判別がつかない様子で、木之内は複雑な顔をする。わたし自身、どういう意味が籠った「おめでとう」なのかわからなかった。

それから産み月までの期間に、わたしの脳裏を恐ろしい考えが何度もよぎった。四十二での出産は、高齢出産になる。高齢出産はリスクが高い。敦子の体に万が一のことが起きないかと、そんな可能性を考えてしまうのだ。

わたしはこれまで、敦子の死や不幸を望んだことは一度もなかった。天に誓って、一度もなかった。敦子はわたしにとって〝敵〟だが、敦子自身が悪いわけではない。むしろ、世間から指を差されなければならないのは木之内であり、わたしだ。敦子は同情されるべき立場にいるのである。夫の愛人から呪われるのは、いくらなんでも理不尽だった。

それに、これは自分でも奇妙な感情だと思うのだが、長い間木之内を共有する関係を続けていると、敦子に対する一方的な仲間意識も芽生えていた。例えば木之内が綺麗なハンカチを使っていたり、しゃれたネクタイを締めていたりすると、敦子に感謝したくなる。わたしに代わって木之内の面倒を見てくれてありがとうと、本気で思うのだ。何をふざけたことを、と非難されてもやむを得ないのはわかっている。敦子が聞いたら激怒するだろう、盗人猛々しい言い種だ。しかし、偽りない本心だった。わたしは敦子を憎んではいないのだ。

にもかかわらず、卑しいことを望む自分がいた。わたしはずっと、人間の醜い面を小説で描いてきた。だがこんな感情だけは、見たくも知りたくもなかった。まして、自分自身で味わいたいとは思わなかった。醜い感情がわたしを苦しめる。恐ろしい考えがよぎるたびに、わたしは必死で敦子の安産を祈った。

七ヵ月後に、敦子は赤ん坊を出産した。女の子だった。産まれたら必ず教えてくれと頼んであったので、木之内は律儀に電話で知らせてくれた。わたしは真っ先に、母子の状態を尋ねた。

「大丈夫。母子ともに健康だって」

「よかった」

心からの安堵だった。子供の存在がわたしを苦しめるのはわかっているのに、今ばかりは安堵せずにはいられなかった。子供に罪はない。むしろ、そろそろ初老と区分されてもおかしくない年齢の父親を持った赤ん坊に、同情を覚えた。若々しかった木之内も、今や老眼鏡をかけている。子供の授業参観に行けば、祖父と間違えられるのではないだろうか。そんな想像をしては、笑ってみるのだった。

「名前はどうするの?」

木之内は咲良怜花の名付け親だ。実の娘にはどんな名前をつけるのか、興味があった。

「うん、レイコにしようと思ってる。君のペンネームから一字もらって、怜子《れいこ》」

「えっ」

驚いて、二の句が継げなかった。喜んでいいのか、怒るべきか、悲しむところか、とっさには判断がつかない。ただ思いついたのは、それはあまりに危険ではないかということだけだった。木之内が咲良怜花と面識があることを、敦子は当然知っているだろう。名前の一字をもらったりしたら、怪しむのではないか。

「平気だよ。咲良怜花にあやかって、賢くて強運の女性になって欲しいという意味だと説明するから」

木之内は平然と答えた。木之内はかつて、あえて鈍い振りをしていると言った。これもまた演技なのか、あるいは考えが足りないだけなのか、わたしには見分けられなかった。

出産後に初めて会ったとき、赤ん坊の写真を見せてくれと頼んだ。木之内はバッグの中から、写真を取り出した。持ち歩いているのか、とわたしは小さい失望を覚える。いや、木之内のことだから、わたしがそう求めることを予想して持ってきたのだろう。そのように解釈しておくことにした。

赤ん坊はかわいくなかった。顔が真っ赤で目が飛び出していて、あまり人間らしくない。世間の人はこんな存在を、かわいいかわいいともてはやしているのか。敦子の子供ではなく、わたしが産んだ子ならかわいいと思えるのか。

「かわいいわね」

わたしは口先だけの感想を告げ、写真を返した。木之内は嬉しそうな顔で、受け取る。わたしの本音は、今も木之内に見抜かれているのか。とてもそうは思えなかったが、しばらくは目こぼしするしかないと考えた。

木之内とはかれこれ十五年以上も付き合っていることになるが、彼が子供好きだという印象はなかった。街中で小さい子供を見かけても、反応したことは一度もない。欲しがってもいなかったから、どちらかと言えば子供は嫌いなのだろうと解釈していた。わたしが木之内の子供を産むことは永久にないのだから、嫌いであって欲しいと望んでいた。

だがこの反応からすると、自分の子供は別格なのかもしれない。そうなるのではないかという予感があったから、この事態を恐れていたのだ。わたしの心の奥底に、小さな痼《しこ》りができる。痼りは、大してかわいくない赤ん坊の形をしていた。

ありがたいことに、子供が生まれてからも木之内はわたしと会うペースを落とさなかった。子供が待っているからといそいそ帰る木之内など、見たくなかった。木之内はこれまでと同じようにわたしと会って食事をし、マンションまで来て寛いで、帰っていく。唯一変わった点は、携帯電話を持つようになったことだ。数年前までは肩からかけるタイプだった持ち運べる電話も、ようやく二百グラムほどになった。とはいえまだ持っている人は少数で、普及品とは言えない。そんな物をいち早く木之内が買ったのは、敦子からの連絡をいつでも受け取れるようにだった。どうやら木之内の娘は、あまり体が丈夫ではないらしい。熱を出した、という連絡をもらい、木之内が慌てて帰っていくことも何度かあった。そんなとき木之内は、ひどく申し訳なさそうな顔をしたが、それでも帰っていくのはわかっていた。わたしは引き留めず、快く送り出してやった。痼りは、赤ん坊の成長に合わせて少しずつ大きくなっていく。

87

普通とはなんだろう、とわたしは考える。木之内は特別な人だと、ずっと思っていた。だからわたしも特別な存在になりたくて、小説を書いた。小説を書いている限り、わたしも木之内と同じ範《はん》疇《ちゅう》の人間になれる。非凡であることが唯一の、木之内と寄り添っていられる資格だと考えていた。

しかし木之内は、娘が生まれて普通の人になった。例えば、木之内は娘の写真を持ち歩いているのだ。あるとき、名刺入れを背広の懐から取り出そうとして、パスケースを取り落とした。そのパスケースは両面が透明になっていて、片方に定期券、そしてもう片方に娘の写真が入っていた。不幸にも、落ちたときに娘の写真が表になっていたのだ。木之内は慌ててそれを拾い、何食わぬ顔で懐にしまった。わたしは何も気づかない振りをした。

小説を書く際、わたしは常に主人公を異常な状況に置いた。同時に、異常な状況に立ち向かっていける特質を主人公には付与した。つまりわたしが描く主人公は、いい方向か悪い方向かは問わず、必ず非凡な人だった。普通の人を主人公にしたことは、初期の数作を除いて一度もなかった。わたし自身が、普通の人になど興味がなかったからだ。

だが初めて、普通とはなんだろうと考えた。人並みに恋愛をし、人並みに結婚し、人並みに子を産むことか。整形手術で完全に顔を変えたりせず、小説を書いて読者の心に棘を残したりせず、まして世間に顔向けできない恋愛を延々と続けるような真似は絶対にしない人が、普通の人なのか。ならば整形手術をしただけで、普通ではなくなるのか。小説家は皆、異常な人間か。不倫をしたらもう、普通の生活には戻れないのか。

突き詰めて考えていくと、意外に答えは難しかった。普通とは何か。わたしは答えが見つけられず、小説を書くことで模索しようとした。普通に生きる普通の中年女性を主人公にし、その日常生活を描く。果たしてそれは退屈なだけの毎日か、あるいは深く掘り下げるに値するテーマが見つかるのか。特殊状況を設定しなくても、人の心には痼りが生まれるのか。わたしは答えを求めて書き続けた。

二年かけて書いたその小説は、咲良怜花の新境地としてまた評判になった。道具立てに頼らなくても、咲良怜花は人間の心を深く抉れると言われた。むろん、肯定的評価は嬉しいのだが、しかしわたしには違和感があった。これまでと手法を変えたつもりはなかったからだ。書き終えて、わたしは気づいた。普通の中年女性もまた、わたしにとっては異常な存在であったことに。

わたしには友達がいないし、趣味もない。わたしが心を通わせられる相手は木之内だけで、彼と会っていない時間はただ小説を書いているだけだ。ストイックと言えば聞こえはいいが、実際は殺伐としている日々。こんなわたしにとって、普通の女性の日常は異次元世界の話だった。取材をし、想像を巡らせ、自分がいかに異常な生活を送っているかを思い知らされた。いや、どちらを正常とするかは、見る者の立場によって変わる。わたしから見れば、普通の人生は異常でしかなかった。わたしが自分の生活に疑問を覚えず、普通であることになんら魅力を感じなかったのは、木之内がいたからだ。わたしの世界には、木之内さえいてくれればそれで充分だった。木之内と小説は、等価ですらない。小説は単に、木之内の気持ちを繋ぎ止める手段でしかなかった。わたしはただ、木之内に「面白い」と言って欲しいだけだったのだ。そのひと言のために、延々と文字を積み上げる。木之内の誉め言葉に比べれば、どんなに大きな文学賞も、何万何十万という読者の存在も、正直に言えばどうでもよかった。木之内と秤にかけて釣り合うものなど、この世にひとつとしてないのだった。

その木之内が、普通の人生を歩もうとしている。いつまでもやんちゃ小僧で、傍から見ると危なっかしくてならず、そのくせ強運であらゆる困難を平然と乗り越え、結局大した苦労もせずにこの年まで生きてきた木之内。頭が切れて姿形がよく、女にだらしなく、不誠実で嘘つきのくせにいつも真面目で本気で、わたしを励ます言葉を無限に持っている木之内。こんな特別な男が、どこにいるのか。木之内は木之内だから特別だったのだ。子煩悩な木之内など、木之内ではなかった。

わたしは置いていかれる恐怖を覚えた。この殺伐とした世界に、ひとり取り残される恐怖。木之内はわたしを置いて、普通の世界に行ってしまうのか。わたしと死ぬまで一緒に、この誰もついてこられない道を歩いてくれるのではなかったのか。頼むから置いていかないでくれと、縋りつきたかった。わたしはひとりでいることには耐えられない。木之内がいなければ、小説を書く意味も見いだせない。わたしから木之内と小説を取り除いてしまえば、後には何も残らない。抜け殻ですらない、完璧な空虚。喪失の恐怖に、わたしは幾度も夜中に目を覚ました。安眠は遠い世界の話になった。赤ん坊の形をした、心の痼り。この痼りを胸に抱えてから、わたしは前にも増して小説にすべてを注ぎ込むようになった。咲良怜花の小説はますます凄みを増した、と世間の人は評した。わたしがなぜ小説を書くのか、誰も知らない。

　だがそんなわたしの恐怖をよそに、木之内は飄々《ひょうひょう》と生きていた。彼はがんばってくれていた。娘が生まれる前から、わたしが問わなければ敦子の話はしない人だった。今もそれは同じで、わたしと会っている間は家庭があることなどおくびにも出さないでくれた。木之内が夜中に帰っていきさえしなければ、わたしは彼が独身だと錯覚していたかもしれない。それほどに木之内は切り替えが巧みで、彼の不誠実さにわたしは救われていた。うっかり娘の写真を落としてしまうことくらい、許してやらなければならない小さな失敗だった。わたしは不眠症になりながらも、しぶとく、しぶとく木之内と付き合い続けた。

　やがて木之内は、わたしを連れていかない旅行によく行くようになった。言いはしないが、おそらく家族旅行だろう。娘が乳児でなくなれば、移動も楽になる。木之内は年に二、三回のペースで旅行に行った。わたしは彼がいない東京で、ひとりでゆっくり酒を飲んだり、ベランダに出て空を見上げたりした。わたしには二十一で知り合って以来の、木之内と過ごした長い長い日々の思い出がある。ほんの数日会えないくらいは、どうということもなかった。

　木之内らしいと思うのは、そういう旅行に行ってもわたしに必ずみやげを買ってくることだった。敦子の目を盗んでこそこそとみやげを買う木之内を想像し、わたしはくすくす笑う。大した物でなかったときは、きっと選ぶ暇がなかったのだろうなと推察した。それでも、買ってきてくれること自体が嬉しかった。

人の子供の成長は早い。ついこの前生まれたと思っていたのに、木之内の子供は幼稚園に行くようになり、そして小学生になった。木之内は五十代の半ばに差しかかり、髪に白いものが増えた。わたしたちの関係はいつしか穏やかになって、ほとんど茶飲み友達のようだった。木之内とともに老いたいというわたしの念願は、形は違えどこのまま叶えられるかと思われた。

そんな中、木之内の唯一の悩みは娘の健康だった。木之内の娘は生まれたときから病弱で、すぐ熱を出す子だった。小学生になってもそれは変わらず、体育の授業にはまともに参加できないほどだという。こちらが尋ねなければ木之内は娘の話をしないので、あるとき水を向けてみたら切々と不安を吐露した。わたしにとって木之内の娘は異物でしかないが、だからといって小さい子供の具合が悪いと聞けば胸は痛む。わたしはその話を聞いて、敦子が妊娠中のことを思い出した。高齢出産に伴うリスクで、敦子の身に何かが起きないかと期待してしまった自分。敦子が無事だった代わりに、わたしの呪いは娘に向かったのではないか。そんな馬鹿馬鹿しいことまで妄想し、密かに引け目を覚えた。

心の痼り。木之内の娘。その存在がわたしたちの仲をいつか決定的に変えてしまうのではないかと予感しつつも、ずるずると日々を過ごしてきた。導火線に火が点いたのは確かだが、それは予想以上に長く、わたしが死ぬまで発火点には達しないのではないかと楽観しかけていた。しかしそれがただの自己欺瞞でしかなかったことを思い知らされる日が、とうとうやってきた。木之内の娘が倒れ、病院に運び込まれたのだった。

「病院にって、そんなにひどいの?」

木之内が連絡を受けたとき、たまたまわたしたちは一緒にいた。過去に何度もあったことだから、また熱を出したのだろうとしか思わなかったが、どうやら事態はもっと深刻らしい。木之内は陰鬱な顔で首を振り、答えた。

「よくわからない。今すぐ病院に行ってみるよ」

木之内は自分の本当の気持ちを隠すのがうまい人だ。でもこのときばかりは、家にいないでわたしと会っていたことを悔いる気持ちが顔に出ていた。わたしはショックを受けた。

木之内の娘はそのまま入院し、出られなくなった。わたしのところにやってこなくなった木之内は、連絡すらくれなかった。だから状況がわからず、ただ焦燥を抱えるだけだった。あるとき思いきって、木之内の携帯電話にかけてみた。敦子が出たら、間違えたと言って切るつもりだった。

「――ああ、連絡しなくて、すまない」

木之内の声は沈んでいた。それを聞いただけで、容態が悪いことは手に取るようにわかった。わたしは何も言えない。小説家なのに、慰めの言葉ひとつ思いつけない。木之内は早口に言った。

「今度会って、詳しいことを話す。また連絡する」

電話で話せたのはそれだけだった。手にしている受話器が、不意に重くなった。

後日、木之内はわたしのマンションにやってきた。電話で約束をしたとき、「聞いて欲しいことがある」と木之内は告げた。この危急の事態に、わたしが聞かなければならない話とは何か。想像がつかず、胸を掻き乱された。

玄関で木之内を迎えたとき、わたしは息を呑んでしまった。木之内はすっかり面変わりしていたのだ。目の下に隈ができ、頬は痩《こ》け、白髪の量も増えているようだった。もはや木之内に若さは残っておらず、疲れた老人に見えた。その一方、玄関先の姿見に映るわたしの姿は、二十年前とほとんど変わっていなかった。整形手術を繰り返し、わたしは老いから逃れ続けていたのである。木之内と一緒にいて恥ずかしくないようにと美しさを保ち続けてきたのに、こうして比べてみればもはや釣り合いがまったく取れていなかった。この落差に、わたしは愕然とした。

「娘さん、どうなの？」

リビングルームでソファに落ち着き、改めて問いかけた。木之内はわたしではないどこかを見ているような虚ろな眼差しで、答えた。

「怜子は拡張型心筋症と診断された。心臓の病気だ」

「拡張型心筋症……」

わたしも病名くらいは知っている。原因がウィルスか遺伝かもまだ不明の、難病ではないか。根治の手段は限られ、そして手をこまぬいていれば命に関わる。唯一の治療法は確か――。

「心臓移植をしなければ、怜子の命はもう長くないと言われた」

木之内は機械的に言った。医者のその宣告を、未だに受け止めかねているかのようだった。

「心臓移植って、日本では無理でしょ。海外に行かないと」

わたしは聞きかじりの知識で問い返した。募金を募って渡航した子供の話を、何度か耳にしたことがあったのだ。

「ああ、そうだ。アメリカに行って、移植の順番を待たなければならない。そのためには、一億円必要なんだ」

「一億円」

理不尽な金額だと思うが、それが命の重みなのかもしれなかった。木之内の視線の焦点が、徐々に合ってくる。木之内はわたしの目をはっきりと見た。

「怜子のためなら、一億円も惜しくない。一生かかっても、必ず作ってみせる。だが、それじゃあ遅いんだ。怜子の容態は、一刻を争う。悠長に金を作っている場合ではないんだよ。でも、悔しいけどぼくには一億円をすぐに用意することができない。一千万二千万ならどうにかなっても、一億はとうてい無理だ。だから、頼む」

木之内は不意に立ち上がった。ソファの横に移動すると、そこで膝を折る。正座して、わたしの顔を直視した。

「一億円、貸して欲しい。必ず返す。借用書も書く。こんなことを頼めるのは、和子、君しかいないんだ。どうか、怜子を助けて欲しい」

そして木之内は、床に両手をついて深々と土下座した。

土下座。木之内がわたしに土下座している。床に額を擦りつけ、助けて欲しいと懇願している。娘のために。わたしではない人のために。

ああ、と声が漏れた。ああ、わかった。いや、とっくにわかっていたことだったのだ。わかっていたのに、目を逸らせていた。わたしは木之内の一番でいたかった。木之内にとって一番大事な人でありたかった。譲歩して、同率一位でもよかった。わたしと敦子、どちらも選べないと言うならそれでいい。わたしと敦子の両方が一番なら、充分に許容できた。だからわたしは敦子に負けないように、小説を書き続けた。一番でいたかったからだ。木之内にとっての一番。富も名声もいらない。わたしの最高の栄誉は、木之内の一番でいることだった。

それなのに、わたしは一番でなくなった。木之内にとっての一番は、もうわたしではない。木之内が見栄も外聞もかなぐり捨てて、土下座してまで助けたいと望む存在。こともあろうに木之内は、わたしに土下座している。木之内はもはや、わたしの気持ちがわからなくなった。土下座されてわたしがどんな気持ちになるのか、想像できなくなっている。わたしが一番ではないから。彼の気持ちは、他の存在でいっぱいになっているから。

終わった、と思った。ついに終わった。長い長い夢だった。わたしはずっと夢を見続けていた。木之内とともに生きていく夢。夢は、必ず覚める。こんなにも長い間、夢を見続けられていただけで幸せだった。わたしは夢の中で別人になり、小説を書き、あまつさえ大勢の読者を獲得する喜びを味わった。すべて夢の中の話だからだ。夢が覚めれば、わたしはもう小説など書けない。わたしを創作に向かわせるものは、何もないのだから。

「――もちろん、貸すわ。わたしのお金が役に立つなら、こんなに嬉しいことはないし。でも、敦子さんにはどう説明するの。全部白状するつもり？」

どうでもいいことではあったが、訊かずにはいられなかった。木之内は顔を上げて喜色を浮かべると、自分が口走ることの意味もわからないように堂々と言い放った。

「和子に金を借りろと言ったのは、敦子なんだよ。敦子はとっくに、和子のことを知ってたんだ」

なんだ、そうだったのか。あまりに滑稽な話に、脱力する。わたしの体から、力が抜けていく。二十八年間、わたしを支え続けてきた力。まるで憑き物が落ちたようだ。木之内という憑き物。咲良怜花という憑き物。そのふたつが消えてしまえば、後に残るものは何もなかった。

こうしてわたしは、すべてを失ったのだった。

エピローグ

二〇一〇年十月二十二日、首都高速道路で玉突き事故が発生した。荷物を積み過ぎたトラックがカーブを曲がりきれずに横転、そこに後続車が次々と突っ込み、乗用車三台、小型トラック二台、大型トラック一台を巻き込む大惨事となった。最初に横転トラックに突っ込んだ乗用車が炎上し、その火の手はあっという間に他の事故車を呑み込んだ。事故による死者は五名、負傷者は三名だった。

死者の中に、後藤和子の名前があった。当初マスコミは、それがかつてベストセラーを連発した小説家の咲良怜花の本名であるとは気づかず、事故を小さくしか扱わなかった。時間をおいて咲良怜花の死亡が報じられたが、やはり大したニュースにはならなかった。現役の小説家ならともかく、すでに筆を折って久しい過去の存在である。書店店頭で追悼コーナーが作られたくらいが目立った動きで、新聞や雑誌では小さな扱いに終始した。事故の記憶は一ヵ月も経たぬうちに風化し、人々の脳裏から消えるかに思われた。

しかし渡部敏明にとっては、風化することなど一生あり得ないほどの衝撃だった。事故は、敏明が咲良怜花の話をすべて聞き終えた二日後に起きたからだ。怜花はタクシーに乗っていて、不幸にも事故に巻き込まれたという。事故は完全に突発的な出来事であり、第三者や当事者の意図が反映する余地は皆無だった。にもかかわらず敏明には、そこで生を終えるのが咲良怜花の意志であるかのように感じられた。すべてを敏明に話し終えて、もう思い残すことがなくなった。だから咲良怜花は死んだのであり、そうであるなら、敏明が訪ねていきさえしなければ怜花はまだ生きていたのではないか。そんなおかしな考えが敏明に取り憑き、離れなかった。

怜花からすべての話を聞き終えたときの正直な感想は、「面白い」だった。怜花の話は、背筋がぞくぞくするほど面白かった。この話は、かつて誰にもしていないという。木之内ですら自分が関わった部分しか知らないのだから、全貌はこの世で怜花と敏明だけが知っていることになる。編集者である敏明にとって、それはあまりにもったいなく感じられた。だから、自伝を書くよう勧めた。もともと敏明は、怜花に新作を書かせようと考えていたのである。小説が無理なら、自伝は格好のリハビリテーションではないかと思った。

だが、怜花の反応は芳《かんば》しくなかった。怜花は呆れたように言い放った。『わたしの話をちゃんと聞いてなかったの？』と。

それでも諦めきれず、ならば他の人に評伝を書かせることを許して欲しいと食い下がった。自分ひとりだけしか知らないのは、重荷を背負わせられたようにも感じられたのだった。

怜花は首を縦に振らなかった。この話を公表すれば、迷惑を蒙る人がいる。いまさら木之内を苦しめるのは本意ではない。だからもう誰にも語らず、このまま墓場まで持っていく。そう、怜花は言った。敏明も諦めざるを得なかった。

悔やまれることがあった。ならばなぜ、敏明にだけ語ることにしたのか、その理由を尋ね忘れたのだ。タイミングがよかったということの他に、つまらない理由があると怜花は言っていた。しかし、それを明かすことなく怜花は旅立った。怜花があのとき何を思い、敏明に過去を語る気になったのか。それは永遠の謎になるかと思われた。

＊

月日は流れ、渡部敏明は定年を迎えた。編集畑ひと筋に働き続け、最後は編集長も務めた。定年した後も嘱託として仕事をし続けないかという誘いもあったが、断ることにした。敏明にはやりたいことがあったのだった。

定年後に、咲良怜花の評伝を書くこと。それが、怜花の訃報を聞いたときから敏明の裡に生じていた考えだった。義務感と言ってもよかった。自分は数十年後に評伝を書くために、咲良怜花からあの長い話を聞かされたのである。そうでなければ、話を終えて二日後の死の意味がわからなかった。怜花に死なれ、敏明は大きな課題を残されたように感じていた。以後の人生において、ずっと頭の片隅でその課題を意識していた。誰か他の人に書かせる気はなかった。こうして人生の半分以上が過ぎ去ってみれば、自分は咲良怜花の評伝を書くために存在していたようにも思われるのだった。

怜花だけでなく、木之内も敦子ももうこの世にない。ただひとり、心臓移植で命を取り留めた木之内怜子だけは存命だが、若い頃ではなく中年を過ぎた今ならば、亡き父の振る舞いを冷静に受け止めることができるのではないか。すべてが時効になった現在、評伝を書く機は熟したと敏明は考えていた。

当事者の証言を拾い集められないのは残念だが、実は木之内徹とは二度、話をしたことがあった。一度目は、咲良怜花の葬儀の席でだった。受付をしていた敏明は、記名帳に書かれた木之内徹の名を見て、顔を上げた。香典を差し出す相手と目が合い、愕然とする。それは向こうも同じだったらしく、敏明の顔を見て目を見開いていた。木之内は一礼すると、焼香するために祭壇の方へと歩いていった。

以後、敏明はずっと木之内を目で追っていた。木之内は出棺が済むと、火葬は見届けずに帰ろうとした。敏明はその後を追い、葬儀場を出たところで声をかけた。振り返った木之内は、敏明を見て苦笑に似た表情を浮かべた。敏明が追ってくることを、どこかで予期していたのかもしれない。

『失礼ですが、木之内徹さんですね』

確認すると、木之内はそのひと言だけで呼び止められた理由を悟った。怜花の言うとおり、鋭敏な人だと思った。

『わたしを知っているということは、あなたは和子から聞いているんですね』

『そうです。咲良先生と木之内さんの関係のすべてを、聞かせていただきました』

『すべて』木之内は意外そうに眉を吊り上げた。『和子がすべて語るとは、あなたはよっぽど信頼されていたのですね。あるいは単に、あなたがわたしの若い頃によく似ているから、和子は気まぐれを起こしたのかな』

自分が特別に信頼されていたとは思わない。熱意は届いたかもしれないが、やはり話の聞き手に選ばれたのは、顔が木之内に似ているからだろう。怜花は「つまらない理由」と口にしたとき、恥じらうような表情を見せた。怜花にとって木之内は今でも大きい存在だったのだと、敏明は知った。

『それで、わたしに何か？』

木之内は先を促した。呼び止めてはみたものの、特に話したいことがあったわけではない。衝動に任せて声をかけてしまったとは言えず、敏明はまごついた。すると木之内は、自分の名刺を取り出して裏側にペンを走らせた。

『わたしはもう行かなければならないんですが、あなたにお見せしたいものがあります。もしよければ、後日拙宅までいらしていただけないでしょうか。ここに携帯電話の番号を書きました。こちらに連絡をくだされば、応じられます』

木之内は名刺を敏明に渡すと、頭を下げて去っていった。すべてを知った上で見るからか、木之内の背中には失意が滲んでいるかのようだった。

日を改めて木之内に連絡をとり、自宅を訪問した。木之内は応接間に敏明を請じ入れると、呼ぶまで入ってくるなと家人に言いつけた。

『和子は、筆を折った理由をあなたに話したのですね』

木之内は知っていることを改めて確かめる口調だった。敏明が頷くと、重ねて尋ねてくる。

『どう思いましたか？』

どうと問われても、答えに困った。もしかしたら木之内は、絶筆の本当の理由を知らずにいるのかもしれない。ならば、話してしまうのが故人の遺志に適うことなのか、疑問に思った。

『言いにくいことですか』

敏明の態度から、木之内は察してくれた。木之内は敏明の顔から視線を外すと、窓の外を眺めて述懐した。

『わたしは、和子のことならなんでも知っているつもりでした。自分こそ、世界で一番の和子の理解者だと思っていました。でもこうして時間が経ってみると、理解者どころか、誰よりも和子のことをわかっていなかったのではないかという気がしてきます。最も近くにいながら、わたしは和子のことを理解していなかった。いつかそれを詫びたいと思っていたのに、もう遅いのが残念です』

木之内の声は乾いていた。だからそこにどれほどの思いが込められているのか、敏明には推し量れなかった。ふたりの付き合いの詳細を知っていても、敏明はあくまで傍観者である。首を突っ込んでいいことではないと判断した。

『あなたにお見せしたいものとは、これです』

木之内は傍らに伏せてあった紙片を、テーブルの上に置いた。それは男女四人の姿を撮った写真だった。

『話には聞いていても、和子の前の顔は見ていないでしょう。それをお見せしたくて、足を運んでもらったのです。これが和子です』

木之内は指を差した。若い頃の木之内は、ひと目でわかる。なるほど、自分によく似ていると敏明は思った。小太りの中年女性は山口、木之内よりもっと若い男は安原。初めて見る顔でも、敏明には彼らの名前がわかった。山口と安原は、左右の端にいた。真ん中にいるのは、木之内と女性。

女性の顔は、咲良怜花とは似ても似つかなかった。

渡部敏明は評伝を書き始めるに当たり、まず咲良怜花の墓参をすることにした。怜花は自伝を書くことも評伝を書かせることも拒否したが、やはり自分が感じ、考えたことはこの世に残しておきたかったのではないかと、今でも信じている。そうでなければ、敏明に語るわけがなかったのだ。咲良怜花の意志は承知している。それでもまず、墓前に報告しないことには着手できなかった。

生涯を独身で通した咲良怜花には親族が少なく、その墓は愛読者たちの手によって維持されていた。墓地の中で特別な場所に位置するでなく、格別目立つ墓石を使っているわけでもないが、手入れが行き届いている様は今もなお怜花が読者に愛されていることを物語っていた。実際、書店に行けば咲良怜花の本は普通に手に入る。死後数十年を経ても未だに読まれ続けている現状を、怜花はどのように感じるだろうか。せめて誇らしく思って欲しいと、敏明は望む。

持参した花を手向け、墓石を洗い、手を合わせた。黙禱すると、思い出されるのはふたつの顔だった。輝くばかりに圧倒的に美しい咲良怜花の顔と、木之内の家で見せてもらった写真の女性。若い木之内の隣で笑っている女性は、確かに美しいとは言えなかった。だがその笑顔は、この上なく幸せそうだった。

本作品はフィクションであり、実在の個人・団体とは関係がありません。

初出『別冊文藝春秋』二〇一〇年七月号～二〇一二年一月号

貫井徳郎（ぬくい・とくろう）
一九六八年、東京都生まれ。
早稲田大学商学部卒業。九三年、第四回鮎川哲也賞の最終候補作となった『慟哭』で作家デビュー。二〇一〇年『乱反射』で第六十三回日本推理作家協会賞、『後悔と真実の色』で第二十三回山本周五郎賞を受賞。『修羅の終わり』『転生』『プリズム』『殺人症候群』『追憶のかけら』『愚行録』『空白の叫び』『ミハスの落日』『明日の空』『灰色の虹』など著書多数。

新月譚《しんげつたん》

二〇一二年四月十日　第一刷発行

著　者　貫《ぬく》井《い》徳郎《とくろう》
発行者　羽鳥好之
発行所　株式会社　文藝春秋
〒一〇二-八〇〇八
東京都千代田区紀尾井町三-二三
電話　〇三-三二六五-一二一一㈹

印刷所　凸版印刷
製本所　加藤製本

万一、落丁・乱丁の場合は送料小社負担でお取替えいたします。
小社製作部宛、お送りください。定価はカバーに表示してあります。

　ISBN 978-4-16-381290-8　

神のふたつの貌《かお》

神の愛を求めた少年——。
その魂はなぜ彷徨うのか？

なぜ神は人間に不完全と不幸を与えるのか？
牧師の子・早乙女は善悪の彼岸にその理由を
問う——。貫井徳郎が描く新世紀の『罪と罰』。

貫井徳郎

文藝春秋刊（文庫）

文藝春秋刊（単行本／文庫）

夜想

妻と娘を亡くした男の
絶望と救済を描く

貫井徳郎

妻と娘を喪い、惰性でただ生きる男・雪籐。その運命は美少女・遙と出会って大きく動き始める。新興宗教をテーマに描く傑作長編。